PAT CADIGAN

Synder

Roman

Aus dem Amerikanischen übersetzt
von
MICHAEL WINDGASSEN

Deutsche Erstausgabe

WILHELM HEYNE VERLAG
MÜNCHEN

HEYNE SCIENCE FICTION & FANTASY
Band 06/5052

Titel der amerikanischen Originalausgabe
SYNNERS
Deutsche Übersetzung von Michael Windgassen
Das Umschlagbild malte Raillé

Redaktion: Wolfgang Jeschke

Erstausgabe by Bantam Spectra Books, New York

Printed in Germany 1993
Umschlaggestaltung: Atelier Ingrid Schütz, München
Technische Betreuung: Manfred Spinola
Satz: Schaber Satz- und Datentechnik, Wels
Druck und Bindung: Presse-Druck, Augsburg

ISBN 3-453-06624-3

01

»Ich geh kaputt«, sagte Jones.

Die Tätowiererin — ein Bild von Frau — unterbrach die Arbeit an den Lotusblüten, die sie einem Ausgeflippten, der halb ohnmächtig auf dem Stuhl hing, in den Arm ritzte. »Was? Doch nicht schon wieder.«

»Lach mich nicht aus, Gator.« Jones fuhr mit der Knochenhand durch die Panikfrisur.

»Wer lacht denn? Siehst du mich lachen?« Sie rutschte auf dem hohen Hocker hin und her und hielt den Arm des Klienten näher ans Licht. Die Lotusblüten hinzukriegen, war besonders schwer, weil sie haargenau dem Entwurf entsprechen mußten, und Gators Augen waren nach stundenlanger Nachtsitzung völlig überanstrengt. »Über jemanden, der so oft stirbt wie du, kann ich nicht mehr lachen. Im Ernst, eines Tages spielt dein Kreislauf nicht mehr mit, und dann machst du endgültig schlapp. Vielleicht sogar schon bald.«

»Sei's drum.« Jones wandte den Blick von dem Schädel-und-Rosen-Entwurf ab, der an der Zeltwand steckte. »Keely ist verschwunden.«

Stirnrunzelnd setzte Gator die Nadel wieder an und punktierte die dekorierte Haut. Wie die meisten Penner der Mimosa-Szene hatte auch der Ausgeflippte eine äußerst dünne Haut. Aber immerhin war er geduldig wie Papier. »Was hast du erwartet? Die Beziehung zu einem Typen, der ständig abzunibbeln droht, muß doch früher oder später in die Binsen gehen.« Sie sah ihn aus ihren großen, grünen Augen an. »Laß dir helfen, Jones. Du bist süchtig.«

Sein bitteres Grinsen veranlaßte sie, den Blick wieder schnell auf die Lotusblüten zu richten. »Klar doch«, sagte er. »Warum auch nicht? Damit komm ich gut zurecht. Lieber kratze ich ab, als mich noch einen weiteren Tag mit Depressionen rumschlagen zu müssen. In dem Fall würde ich endgültig Schluß machen, ein für allemal.«

»Ich sag's ja nicht gern, aber daß du auch jetzt ganz tief durchhängst, ist nicht zu übersehen.«

»Deshalb will ich ja Schluß machen. Und außerdem: Keely hat mich nicht verlassen; er ist verschwunden.«

Die Tätowiererin legte wieder eine Pause ein, senkte den schlaffen Arm des Klienten in den Schoß und zog neue Tinte auf die Nadel. »Worin liegt da der Unterschied?«

»Er hat eine Nachricht hinterlassen.« Jones kramte ein zerknittertes Stück Papier aus der Gesäßtasche und reichte es ihr.

»Halt's ins Licht. Ich hab beide Hände voll.«

Er tat, was sie verlangte, und wartete auf ihren Kommentar. »Na, was sagst du?« fragte er schließlich.

Sie schob seine Hand beiseite und beugte sich über die Arbeit. »Halt mal für einen Moment die Klappe. Ich denke nach.«

Plötzlich dröhnte laute Musik von draußen; die Band, die schon die ganze Nacht Rabatz machte, hatte wieder voll aufgedreht. Jones schreckte auf wie ein elektrifiziertes Huhn. »Scheiße, wie kannst du bei dem Krach nachdenken?«

»Ich versteh dich nicht; die Musik ist zu laut.« Sie wackelte mit dem Kopf im Takt zur Musik, vollendete das blumige Detail auf dem Arm des Ausgeflippten und legte die Nadel in einer Metallschale ab. Eine letzte Blüte noch, dann wäre der Strauß komplett, und sie würde den Penner zurückschicken können, von wo er gekommen war, nämlich unter die Brücke. Sie richtete sich auf und drückte mit der Hand von hinten gegen die Bandscheiben. »Wenn du wirklich entschlossen bist zu sterben, solltest du mir vorher den Nacken massieren.«

Er machte sich daran, ihr die Schultern zu kneten. Die Musik wurde ein wenig leiser und entfernte sich über den Brettersteg. Da war wieder einmal eine Spontanfete im Schwange. Viel Spaß, Kinder; meldet euch, wenn ihr mit Bewährung davonkommt.

Ein großgewachsener Mann mit knöchellangem Cape stürmte so ungestüm ins Zelt, daß Jones erneut zusammenschreckte.

»Aua!« Gator schlug Jones' Hand von der Schulter. »Verdammt, was glaubst du, wer du bist? Hephaistos?«

Auch wenn Jones in der griechischen Mythologie bewandert gewesen wäre, hätte er dieser Anspielung keine Beachtung geschenkt. Er starrte auf die schwarzen Schlingenmuster, die der Faltenwurf des weißen Capes in wogende Bewegung brachte, und zwar so dynamisch und verworren, daß der Anblick schwindelig machte.

»Hübsch«, sagte Gator und rieb sich mit schmerzverzerrtem Gesicht die Stelle, an der sie Jones gekniffen hatte. »Bei wem läßt du schneidern? Bei Mandelbrot?«

Der Mann drehte sich um und schlug den Umhang weit auf. »Dafür kann man doch sterben, oder?«

»Schlechte Wortwahl«, brummte Gator. »Außerdem hast du dich offenbar in der Adresse geirrt. Gestrafft wird die Haut bei mir nicht.«

»Eigentlich suche ich jemanden.« Er wandte sich dem Ausgeflippten zu, der schlaff in der Lehne hing, und musterte vornübergebeugt dessen Gesicht. »Fehlanzeige. Na schön.« Wieder aufgerichtet brachte er das Cape noch einmal in Wallung. Der Stoff moirierte gewaltig. »Wenn ihr Lust habt, kommt mit nach Fairfax. Da lassen wir was steigen.«

»Fairfax ist ein langweiliges Kaff«, antwortete Gator.

»Deshalb wollen wir's in Schwung bringen.« Der Mann grinste erwartungsvoll.

»Tja, du bist mir einer«, bemerkte Gator wie zur Antwort. »Ich bin wahnsinnig begeistert, aber wie du siehst, hab ich zu tun.«

Er schaute zu Jones rüber, der immer noch wie gebannt das Cape fixierte. »Ihr von der Mimosa-Szene seid ein paar seltsame Typen.«

»Du mußt es ja wissen«, sagte sie.

»Letztes Angebot. Keine Lust?« Er beugte sich ein wenig vor. »Ein Küßchen zum Abschied?«

Sie lächelte. »Davon darfst du träumen.«

»Das tu ich. Du kommst in mein nächstes Video.«

»Valjean!« brüllte jemand von draußen. »Kommst du endlich?«

»Bin kurz davor!« rief er zurück und rauschte hinaus in einem Strudel verschnörkelter Ornamentik.

»Massier weiter! Du bist noch nicht entlassen.«

Gehorsam machte sich Jones wieder an Gators Schultern zu schaffen. Die Musik hatte sich verzogen; es war relativ ruhig geworden. Weiter unten auf der Straße startete jemand zu einer Synthesizer-Improvisation in Moll.

»Ich finde«, sagte sie nach einer Weile, »du solltest deinen Frieden machen mit dem, was du für das Höchste Wesen hältst. Die volle Beichte.«

Jones gab ein kurzes, harsches Lachen von sich. »Klar doch. Sankt Weckmann könnte mir womöglich wirklich helfen.«

»Man kann nie wissen.«

»Damit hab ich nichts am Hut.«

»Du weißt anscheinend doch Bescheid. Offenbar bist du unheilbar informiert. Zeig mir Keelys Nachricht noch mal.«

Er reichte ihr den Zettel, und sie las, während er ihr die Schädelbasis massierte. »›Dive, dive‹ kann eigentlich nur heißen ...«

»Ich weiß, was das heißt«, unterbrach sie. »›Kapsel vom grünen Dotter trennen, zum Mitnehmen. Bdee-bdee.‹ Das ›bdee-bdee‹ gefällt mir besonders.«

Jones lachte. »Da siehst du's. Keely ist derjenige, der Hilfe braucht, nicht ich. Diese B&E-Scheiße. Bruch und Einstieg. Ich habe ihn gewarnt. Eines Tages wird man dich erwischen, hab ich ihm gesagt. Und *angefleht* hab ich ihn, daß er sich helfen lassen soll ...«

»So wie du dir helfen läßt? Mit Implantaten vom Wonne-Werk, dem alles egal ist, solange deine Versicherung aufkommt?« Sie wand sich aus seinen knetenden Fingern und trat vor den Laptop, der auf einem Tisch in der Zeltecke stand. Der Bildschirm zeigte das verästelte Abbild einer Efeuranke, die sich rotierend aus verschiedenen Perspektiven darstellte. Sie tanzte mit den Fingern über die Tastatur. Dem Efeu wuchsen eine Reihe neuer Blätter. Sie drückte eine andere Taste, und der Bildschirm teilte sich in zwei Hälften, verdrängte den Efeu nach rechts und ließ links ein Menü aufscheinen.

»Mal sehen, was sich erfahren läßt«, sagte sie und wählte mit dem kleinen Finger eine bestimmte Menüzeile an. »Und schluck Keelys Wisch so, wie er ist.«

»Wenn ich schon sterben muß, dann lieber mit nüchternem Magen.«

Statt darauf zu antworten, seufzte sie nur. Auf der linken Bildschirmhälfte tauchte in großen Blockbuchstaben der Hinweis auf: *Dr. Fishs Antwort-Maschine.* Einhändig tippte Gator das Wort *Tätowierungen* ein.

U/1 oder d/1? wollte der Computer wissen.

Sie wählte U/1, wartete einen Moment lang und drückte dann eine weitere Taste. Die Teilung in der Schirmmitte verschwand, während sich die Oberfläche neu auflud. Der rotierende Efeu blieb stehen und wurde ausgeblendet.

Der Doktor bedankt sich für Ihr Vertrauen und empfiehlt: richtige Ernährung, viel Ruhe, regelmäßige Entgiftung und die Konsultierung eines Arztes, bevor auf eigene Faust irgendein Sportprogramm angefangen wird.

Der Bildschirm wurde blank, und Gator langte nach einer Zigarette. »Keiner weiß Bescheid«, sagte sie. »Morgen werde ich die Antwort-Maschine finden und feststellen, ob ...«

Plötzlich machte es *rums.* Jones lag kieloben im festgetretenen Sand. Tot. Gator stöhnte. »Ach, du Scheiße. Jetzt hat er's doch tatsächlich wahrgemacht, dieses erbärmliche Stück Dreck. In den Mülleimer sollte ich ihn kippen. Aber Keely hätte wohl was dagegen, weiß der Himmel, wieso.«

Sie wandte sich wieder dem Laptop zu und rief die gespeicherte Kopie des Schädel-und-Rosen-Entwurfs auf, für den sich merkwürdigerweise Jones so sehr interessiert hatte. Gator fühlte sich erneut in ihrer Theorie bestätigt, wonach jedem Kunden eine — mindestens eine — ganz bestimmte Tätowierung im wahrsten Sinn des Wortes auf den Leib zugeschnitten war — ob er sie nun auf der Haut trug oder nicht. Möglich, daß Jones weniger von den Rosen als vielmehr vom Schädel hingerissen war; allerdings konnte Gator mit anderen Mustern aufwarten, die den Tod sehr viel drastischer symbolisierten, doch denen hatte er kaum Beachtung geschenkt.

Erneut unterteilte Gator den Schirm, indem sie das Mailbox-Menü aufrief und den Rosen-und-Schädel-Entwurf aus dem Speicher holte. Dazu schrieb sie in Form eines Briefes:

Für alle Clubmitglieder: Hier ist der neueste Entwurf und Beitrag zur Wahl der Tätowierung des Monats. Entscheidet euch so schnell wie möglich. Und holt ärztlichen Rat ein, bevor wir eure Haut in Angriff nehmen.

Sie drückte die Enter-Taste und wartete. Der Schirm wurde dunkel bis auf ein kleines Quadrat, das rechts unten in der Ecke aufblinkte. Minuten vergingen. Sie ließ den Buffer geöffnet und wandte sich dem Ausgeflippten auf dem Stuhl zu. Er war eingeschlafen oder auch in Ohnmacht gefallen. Gator hievte ihn vom Stuhl und legte ihn vor dem Eingang auf den Boden. Bald würden die Kids auftauchen, um wieder mal zu schnorren. Sie könnten sich was verdienen und den Penner an seinen angestammten Platz unter der Brücke bugsieren.

Gator wuchtete nun Jones auf den Stuhl und krempelte ihm den linken Ärmel hoch. Um ihn aufzumuntern, nahm sie sich vor, den Schädel samt Rosen auf seinen Arm zu tätowieren. Doch dann besann sie sich eines Besseren. Wer so wählerisch war wie er, sollte dafür bezahlen. Sie dachte zurück an die Zeit, als sich Jones noch an Videos versucht hatte, was er dann aber schnell drangab, nur noch rumgammelte und dafür sorgte, daß außer ihm auch andere süchtig wurden. Der einzige Unterschied zwischen ihm und Valjean bestand darin, daß letzterer es geschafft hatte, lange genug sauber zu bleiben, um eine anständige Band zusammenstellen zu können. Aber Gator hatte gut und hochnäsig reden, zumal der von ihr gewählte Beruf verlangte, ohne Drogen auszukommen.

Der Laptop piepte diskret. Sie ging nachschauen.

Bin unterwegs. Die Wörter blinkten zweimal auf und verschwanden. Sie holte das Efeumuster auf den Schirm zurück und ließ es ausdrucken. Der kleine, würfelförmige Drucker spuckte einen schmalen Papierstreifen aus. Den strich sie mit zwei Fingern auf die Innenseite von Jones' Unterarm und gab Druck darauf. Eine Minute später pellte sie die Matrize ab und betrachtete den Abdruck auf der bleichen Haut. Perfekt. Gator langte zur Nadel.

Die Zeltöffnung lappte auf, und zwei Kids kamen herein. Gator kannte den dürren Fünfzehnjährigen. Dessen spillriger Freund schien aber neu auf der Bildfläche zu sein. Dem Aussehen nach war er keinen Tag älter als zwölf. Ganz schön in die Jahre gekommen, dachte Gator.

»Schafft ihn dahin zurück, wo ihr ihn aufgelesen habt«, sagte sie und zeigte auf den Penner am Boden. »Wenn nicht, merkt euch, wo ihr ihn absetzt, und sagt mir Bescheid.«

Der große Junge nickte.

»Und verlauft euch nicht«, fuhr sie fort. »Ich brauche euch noch, um den hier bei einem Kumpel abzuliefern.« Sie winkte mit dem schlaffen Arm von Jones.

Der Junge trat einen Schritt vor und begaffte Jones, sichtlich irritiert. Sein kleiner Freund schaute ihm über die Schulter und ließ verängstige Blicke zwischen Gator und dem Mann auf dem Stuhl hin und herwandern. »Den willst'e tätowieren, platt, wie er ist?« fragte der große.

»Er *war* tot, jetzt ist er im Koma.«

»Na schön, dafür krieg ich aber dann so 'n Tätto.« Er deutete auf die Entwürfe.

»Den Gefallen tust du mir doch sicher aus Freundschaft«, lachte sie. »Über eine Tätowierung reden wir später. Viel später.«

Trotzig hob er den Kopf. »He, jetzt reicht's mir aber langsam. Gestern mußte ich auch schon zwei wegschaffen.«

»Herzchen, wenn du wüßtest, was mir schon alles durch die Lappen gegangen ist ...«

Er warf einen verstohlen Blick auf den Laptop. Das Efeumuster rotierte wieder über den Schirm. »Das da wär was für mich.«

»Ist schon für jemand anders reserviert.«

Der Junge schmollte. »Irgendwann taucht mal einer hier auf, der den Laden hochgehen läßt.«

»Und der wird — wenn überhaupt — erst im Krankenhaus wieder zu sich kommen.« Sie zeigte auf den Ausgeflippten. »Schafft den Kerl jetzt raus. Wenn ihr wieder da seid, können wir über alles sprechen. Keine Angst, ich mach euch nicht fertig.«

Der Junge musterte Jones. »Der ist fertig.« Dann packten die beiden Freunde den Penner bei den Beinen und schleiften ihn aus dem Zelt.

Jungs, dachte Gator und machte sich am Efeumotiv zu schaffen. Sie war mit der Arbeit fast fertig, als Rosa aufkreuzte.

02

Das Bescheuerte an abendlichen Gerichtsterminen war die Tatsache, daß man dafür wach bleiben mußte.

Gina saß in der letzten Reihe des gut gefüllten Sitzungssaales, eingeklemmt zwischen einem Milchgesicht namens Clarence oder Claw und einem Null-und-Nichtsnutz mit Bewährungsmanschetten an den Füßen. Sie versuchte auszurechnen, welches Strafmaß sie zu erwarten hatte. Auf frischer Spontanfete ertappt — wahrscheinlich fünfzig Tagessätze, zumal sie bloß dabeigewesen war und nicht zu den Anstiftern zählte; hundert TS, falls die Richterin die Schnauze voll hatte, wenn ihr Fall endlich zur Verhandlung kam. Verstoß gegen das Betäubungsmittelgesetz, Erregung öffentlichen Ärgernisses, die unterlassene Anzeige der Spontanfete, Hausfriedensbruch, Widerstand gegen die Staatsgewalt — also insgesamt hundertfünfzig, zuzüglich Sonderzuschlag bei richterlicher Übermüdung: runde zweihundert. Die Anklage in puncto Widerstand gegen die Staatsgewalt war, wie Gina fand, absolut daneben. Sie hatte bloß das Weite gesucht, sich aber dann ohne Gegenwehr einfangen lassen. Als wär's nicht ganz natürlich, daß einer, dem eine wildgewordene Bullenherde hinterherhetzt, abzuhauen versucht.

Scheiß drauf, dachte Gina, der es auf eine Anklage mehr oder weniger auch nicht mehr ankam. Die Geldstrafe ließ sich locker wegstecken, und der zusätzliche Fleck an der Weste war nicht der Rede wert. Gina hatte nur den einen Wunsch, so schnell wie möglich wieder raus auf die Straße zu kommen, um Mark zu finden und ihn nach Hause zu bringen. Der blöde Esel hatte sich wieder einmal holterdiepolter in die Scheiße reiten lassen, wofür sie nun zahlen mußte. Auf der Suche nach ihm war sie in diese beknackte Spontanfete geraten.

Sie war nach Manhattan-Hermosa gegangen, also in jenen Bezirk, den die Kids Mimosa nannten und ausnahmslos von den Verlierern des letzten Erdbebens bevölkert wurde. Gina war noch zu jung, um sich an den Großen Bums zu erinnern; als der stattfand, hatte sie ganz woanders gewohnt. Die Kids, die sich jetzt in der Mimosa rumlümmelten, wußten genauso wenig von dem Beben. Sie kannten nichts anderes als die Sandwüsten zwischen Manhattan Pier, Hermosa Pier und Fisherman's Kai, wo die Penner hausten. Von denen erinnerten sich wahrscheinlich auch nur die wenigsten, jedenfalls längst nicht alle, die das Gegenteil behaupteten.

Zu dumm, daß die Piers den Großen Bums überstanden hatten (der, wie mittlerweile alle glaubten, gar nicht der wirklich Große gewesen war, sondern nur der Halb-Mittlere, was aber wohl auch nicht stimmte). Bis auf einen Teil des alten Fisherman's Kais standen sie noch da, nicht gerade in Top-Form, aber sie standen. So ähnlich wie Mark.

Das Beben und die anschließende Massenhysterie erlebt zu haben, führte manche dazu, sich unter die Piers zu verkriechen und mit den Zehen Zwiesprache zu halten. Andere wiederum hatten aus den Trümmern zusammengekratzt, was sich noch verwerten ließ. Mark war schon immer Anwärter auf ein Loch im Sandboden gewesen, selbst in früheren Tagen, bevor er sich im Sturm und Drang verausgabt hatte. Gina war manchmal geneigt, ihn seinem verkorksten Nietenschicksal zu überlassen und sich mit der Einsicht abzufinden, daß es Typen gab, denen einfach nicht zu helfen war.

Aber sie schaffte es nicht, ihm den Laufpaß zu geben; und mochte er noch so durchhängen, nicht zu retten sein — sie brachte es nicht übers Herz. Also hatte sie sich wieder einmal eine Nacht in der Mimosa um die Ohren geschlagen, sämtliche Kaschemmen abgeklappert, unter den Piers nach ihm gesucht, sich Rüpel vom Hals halten müssen und überall rumgehört in der Hoffnung, Mark nach Hause zu holen, ihn dort mit dem Schlauch abspritzen und entgiften zu können, um ihn wieder auf Vordermann zu bringen.

Von einigen Szenetypen hatte sie erfahren, daß Mark zuletzt in einem Karavan gesehen worden und nach Fairfax unterwegs sei. Zweifellos vollgedröhnt bis zur Eichmarke. Dabei stand er eigentlich gar nicht auf Spontanfeten, aber irgend jemand — einer wie Valjean zum Beispiel — hatte wahrscheinlich schnell genug ›Party, Party, Party‹ gesagt, um alle Vorbehalte aus seinem Kopf zu streichen. Als gäbe es nichts Wichtigeres, als in der Wüste von Fairfax Halligalli zu machen.

Gina war nach Fairfax gefahren, so schnell wie es der mickrige Motor des kleinen zweisitzigen Leihwagens möglich machte. Auf dem schnieken Parkett des alten Pan-Pacific-Auditoriums war schwer was los, als sie dort ankam. Halbgare jeglicher Couleur gaben sich ein Stelldichein, während Hacker auf ihren Laptops Störschleifen abspulen ließen, um eine Überwachung unmöglich zu machen. Alle waren da, die bei solchen illegalen Parties in öffentlichen Gebäuden für gewöhnlich auftauchten, nur Mark nicht. Er hatte sich wieder verkrümelt, falls er denn überhaupt zugegen gewesen war. Bevor Gina eine neue Spur von ihm hatte aufnehmen können, waren die Bullen angerollt.

Im Gerichtssaal war Gina schmollend weggedöst, als die Gruppe, die vor ihr an der Reihe war, aufstand und vor die Richterin trat. Rechts neben Gina kletterte ein junger Mann mit Videokamera über zwei Sitzreihen, um aus einem günstigeren Blickwinkel filmen zu können.

»Wieder ein Fall aus der Klinik?« fragte die Richterin müde und blickte auf den Monitor, der vor ihr auf dem Tisch stand.

»Drei Untergruppen, Euer Ehren«, antwortete der Ankläger. »Ärzte, Personal und Patienten.«

»Um diese Uhrzeit?« Die Richterin zuckte die Achseln. »Ach so, ist ja klar. Für Ärzte gelten ja keine geregelten Arbeitszeiten. Wenn sie nicht rund um die Uhr praktizierten, würden sich manche Patienten womöglich rechtzeitig aus dem Staub machen. Warum muß ich immer die Versicherungsbetrügereien dieser Herren verhandeln? Irgendwelche Vorstrafen?«

»Darauf kommen wir noch, Euer Ehren«, sagte der Vertreter der Anklage eilig, als ein paar Hände in die Höhe gingen.

Gina beugte sich vor; die Müdigkeit war vorläufig vergessen. In der Regel reichte Versicherungsbetrug kaum aus, um eine nächtliche Razzia zu rechtfertigen. Die Litanei der Anklage war entsprechend langweilig: versuchter Betrug, Betrug, unzulässige Implantationen — das Übliche in einem Klinikfall, wenn Ärzte vor Gericht standen, die Implantate einsetzten unter dem Vorwand, Depressionen, Anfälle oder Gehirnschäden zu behandeln. Wonne-Werke, nicht der Rede wert. Gina fing wieder zu dösen an.

»... unstatthafter Verkehr mit einer Maschine.«

Ihre Lider klappten spontan auf. Ein Raunen ging durch den Sitzungssaal, und irgendeiner unterdrückte ein Kichern. Der Kerl mit der Videokamera war über die Brüstung geklettert und nahm die angeklagte Gruppe ins Visier.

»Und was, verehrter Kollege, darf ich mir unter einem unstatthaften Verkehr mit einer Maschine vorstellen?« fragte die Richterin.

»Sie werden den Sachverhalt gleich von Ihrem Bildschirm ablesen können, Euer Ehren.«

Die Richterin wartete und mit ihr alle Anwesenden im Saal. Minuten später wandte sie sich verärgert vom Monitor ab. »Gerichtsdiener! Gehen Sie sofort nach unten in die Zentrale und geben Sie dort Bescheid, daß wir technische Probleme haben. Nein, nicht einfach bloß anrufen. Gehen Sie, und zwar *zu Fuß;* melden Sie die Sache *persönlich.*«

Neben Gina ließ Clarence oder Claw absichtlich ein heftiges Niesen laut werden. Die Richterin schlug mit dem Hammer auf. »Zwanghafte Komiker werden von uns sofort kuriert. Sechs Monate wegen Mißachtung des Gerichts. Das mag zwar als Therapie recht altmodisch sein, ist aber äußerst wirksam, und außerdem brauchen wir Ihre Versicherung nicht zu belangen.« Die Richterin wandte sich wieder dem Ankläger zu. »Sie sind doch schon einmal ermahnt worden, Beweise und konfisziertes Material viren-prophylaktisch zu behandeln.«

»Diese Maßnahmen sind getroffen worden, Euer Ehren. Offenbar muß das Virenprogramm aktualisiert werden.«

»Wer ist verantwortlich für die Datenspeicherung?« wollte die Richterin wissen und musterte jeden einzelnen der Angeklagten. Einer von ihnen meldete sich schüchtern.

»Euer Ehren«, sagte die Verteidigerin und trat eilig vor. »Das EDV-Personal ist für das Auftreten und Verbreiten von Viren nicht zur Rechenschaft zu ziehen. Ich verweise auf die Strafsache *Vallio gegen MacDougal,* in der entschieden wurde, daß MacDougal keine Schuld trifft an einer möglicherweise schon bestehenden Infizierung.«

Die Richterin seufzte. »Von wem also stammen die Daten?«

»Euer Ehren«, bemerkte die Verteidigerin hastig. »Diese Frage ist erst zu klären, wenn vorher festgestellt wurde …«

Die Richterin winkte mit der Hand ab. »Schon verstanden, alles klar. Viren entstehen ganz von alleine und befallen Daten ohne jedes menschliche Zutun. Niemand ist dafür verantwortlich.«

»Euer Ehren, lassen wir das Problem der Selbsterzeugung einmal außer acht. Ich stelle jedoch fest, daß es heutzutage äußerst schwerfallen dürfte zu beweisen, daß ein Virus nicht schon existiert hat, bevor es aktiviert wurde ...«

»Ich bin mit dem Problem bestens vertraut, Mrs. Pelham, vielen Dank, aber das hilft uns jetzt nicht weiter.«

»Ich beantrage Aussetzung des Verfahrens, Euer Ehren.«

»Abgelehnt.«

»Aber das Virus ...«

»Frau Anwältin«, entgegnete die Richterin müde. »Vielleicht ist es Leuten Ihrer Generation nur schwer begreiflich, daß es früher nicht nur möglich war, sondern sogar Routine, ein Verfahren auch ohne Computerhilfe durchzuführen. Wir fahren fort und stützen uns auf Aktenunterlagen; dafür haben wir schließlich unsere Gerichtsschreiber. Jetzt möchte ich endlich wissen, was die Anklage des ›unstatthaften Verkehrs mit Maschinen‹ zu bedeuten hat.« Wieder richtete sich ihr kritischer Blick auf den Vertreter der Anklage.

»Euer Ehren«, sagte dieser. »Der Vorwurf umfaßt unter anderem Einbruch und Industriespionage. Aus diesem Grund wünscht der Kläger, daß der Fall vertraulich behandelt wird. Ich bitte darum, den Gerichtssaal zu räumen.«

»Und wer ist dieser Kläger?« fragte die Richterin.

»Euer Ehren, auch diese Frage möchte der Kläger vertraulich behandelt wissen. Einstweilen jedenfalls.«

»Antworten Sie mir! Wer ist der Kläger?«

Gina sah sich um auf der Suche nach jemanden, der unter Dampf zu stehen schien, aber die im Saal Übriggebliebenen gehörten allesamt zu der Gruppe, die mit ihr auf der Spontanfete verhaftet worden waren, abgesehen von dem Kerl mit der Videokamera, den ein Gerichtsdiener inzwischen hinter die Brüstung zurückgedrängt hatte.

»Darf ich mit Ihnen kurz unter vier Augen sprechen, Euer Ehren?« fragte der Vertreter der Anklage.

Die Richterin nickte. »Na schön, aber ich hoffe, Sie haben mir Wichtiges zu sagen.«

Die beiden konferierten eine Weile, während die Kliniker nervös, aber still auf ihren Stühlen herumrutschten. Der Mann mit der Videokamera saß mit halbem Hintern auf der Brüstung und blickte säuerlich auf den Scherzaufkleber, den der Gerichtsdiener übers Objektiv gepappt hatte.

»Im Interesse der Allgemeinheit wird das Verfahren unter Ausschluß der Öffentlichkeit fortgesetzt«, verkündete die Richterin. »Bevor wir den Saal räumen, rufe ich diejenigen auf, deren Fall noch zu verhandeln ist.«

Der Gerichtsdiener trieb die Klinik-Gruppe zur Seite des Saales. Gina mühte sich von ihrem Platz auf und trat mit Clarence oder Claw, der Null auf Bewährung und den anderen Spontis vor die Schranke.

Die Richterin unterbrach die Verlesung der Anklage. »Ist das alles? Kein Mord, kein unstatthafter Verkehr mit Maschinen? Na gut. Das Gericht läßt die Anklage fallen«, sagte sie und fügte mit Blick auf Gina hinzu, »obwohl ich weiß, daß einige von Ihnen ein ziemlich langes Vorstrafenregister haben. Da von den Anstiftern niemand verhaftet werden konnte und da wir im Augenblick Wichtigeres zu verhandeln haben, setzt das Gericht Sie auf freien Fuß, wohlwissend, daß es sich mit Ihnen sehr bald wieder auseinanderzusetzen hat. Auf eine Verurteilung mehr oder weniger kommt's auch nicht mehr an. Sie jedoch«, sagte sie und zeigte auf die Null, »Sie verbringen die Nacht hinter Gittern. Morgen hören wir uns dann den Rest Ihrer Geschichte an.«

Um nicht zu grinsen, mußte sich Gina auf die Innenseiten der Backen beißen. Sie grinste trotzdem, was der Richterin nicht entging. Sie schüttelte den Kopf und gab dem Gerichtsdiener die Anweisung, den Saal zu räumen.

»Du bist also auch wieder dabei?«

Gina blickte auf in das schmunzelnde Gesicht von

Clarence-oder-Claw. Wurde der Kerl denn nie müde? Was ihn antörnte, schien um Etliches wirkungsvoller zu sein als das, was der Kramladen auf der Spontanfete anzubieten hatte.

»Ich bin dabei, mich ganz schnell zu verpissen«, sagte sie und drängte sich an ihm vorbei. Er trottete über den blankgewienerten Flur hinter ihr her.

»Im Ernst«, flüsterte er. »Ich weiß, wo gerade 'ne Party steigt, und die ist besser als die, auf der man uns geschnappt hat.«

»Zieh Leine!« Sie legte einen Schritt zu, obwohl ihr vor Müdigkeit die Knie einzuknicken drohten.

»He, warte doch mal ...«

Sie nahm die nächste Ecke mit einer schwungvollen Wendung um hundertachtzig Grad in der Absicht, ihm eine Ohrfeige zu verpassen, als sie mit einer dritten Person zusammenprallte. Papierbögen wirbelten durch die Luft und landeten verstreut auf dem Boden. Jemand fuchtelte hektisch umher, um die Seiten aufzusammeln.

Benommen richtete sie sich auf, massierte die rechte Gesichtshälfte und starrte auf das, was ihr wie eine solide Wand in Nadelstreifen vorkam. Sie blickte auf.

»Mount Rushmore«, sagte sie. »Für diese Jahreszeit ein bißchen weit östlich.«

Gesichter gafften auf sie herab, drei Männer und eine Frau. Invasion der Nadelstreifen. Achselzuckend mühte sich Gina vom Boden auf und benutzte dabei die Jackettaschen des ihr am nächsten stehenden Mannes als Haltegriffe. Er bewegte sich nicht, verzog auch keine Miene. Gina bedauerte sogleich ihr ungezogenes Betragen. Sein Gesicht kam ihr bekannt vor. Sie wußte es zwar nicht einzuordnen, spürte aber, daß die Begegnung mit ihm keine besonders glückliche gewesen war. Der Blick seiner Augen verriet, daß auch er sie kannte und nicht die beste Meinung von ihr hatte.

Scheiß drauf! Sie fuhr mit der Hand durch ihren Rasta-Filz und mimte auf nicht-zurechnungsfähig-weilzu-bekifft. »Hoffentlich ist mit den verdammten Träumen bald mal Schluß«, murmelte sie und bahnte sich mit den Ellbogen eine Schneise mitten durch die Gruppe.

Ohne weiteren Zwischenfall und ohne Clarence-oder-Claw im Schlepptau erreichte sie das Erdgeschoß. Auf dem Weg nach draußen wählte sie instinktiv den Ausgang am rechten Rand des Portals. Sie hatte einen guten Überblick von dort, blieb selbst in Deckung und sah Hall Galen und Lindel Joslin aus einer unzugelassenen Limousine auf den Bürgersteig treten. Den jungen Kerl, der den beiden folgte, hatte Gina noch nie gesehen. Als letzter stieg Visual Mark aus.

Der Junge zögerte vor den Stufen, die von den anderen einschließlich Mark mit zügigen Schritten genommen wurden. Gina lehnte sich flach an die Wand, als Galen haltmachte und einen Blick über die Schulter warf.

»Komm schon, Keely«, zeterte er in feuchter Aussprache, die Gina immer an einen perversen Säugling erinnerte. »Glaubst du, sie kommen raus und nehmen ihren Kronzeugen persönlich im Empfang.«

Joslin schlug eine knochige Hand vor den Mund und gab ein Kichern von sich, das nur Hunde hören konnten. Gina konnte es immer noch nicht fassen, daß dieses Klappergestell eine Implantat-Chirurgin war. Wer bei ihrem Anblick nicht vom OP-Tisch sprang und schreiend davonrannte, war entweder total verrückt oder tot.

»Du hast gesagt, daß mir der Deal schriftlich bestätigt würde«, sagte der Junge. »Davon hab ich noch nichts gesehen.« Er schien noch jünger zu sein, als Gina zunächst angenommen hatte. Gerade kein Kid mehr, ein Ex-Kid.

»Der Wisch liegt bei unseren Anwälten für dich parat.«

Gina winselte; nur ein ausgemachter Depp konnte auf Galen reinfallen, wenn der ganz lässig und beiläufig tat. *Hau ab, du Esel!* dachte sie; *vielleicht traut dir keiner zu, daß du die Biege machst, und wenn niemand damit rechnet, hast du gute Chancen davonzukommen.*

»Du hast gesagt, daß ich die Bestätigung in der Tasche hätte, bevor ich einen Fuß ins Gericht setze«, protestierte der Junge und rührte sich immer noch nicht vom Fleck, wirkte aber so unsicher, daß er von jetzt auf gleich umzukippen drohte. Gina mochte die Szene nicht länger mitansehen, konnte aber nicht verschwinden, ohne entdeckt zu werden.

»Jetzt aber los, Keely!« sagte Galen und schmatzte dabei mit den Lippen auf jene Art, die Gina immer zum Wahnsinn trieb. »Wir haben versprochen, uns für dich einzusetzen, können aber nichts dafür, daß die Transkriptions- oder Schreibmaschinen so langsam sind. Die klappern ihr eigenes Tempo runter, du verstehst?«

Der Junge blickte zu Boden und murmelte wieder etwas von einer schriftlichen Bestätigung vor sich hin.

Galen ließ seine betuliche Maske fallen, machte kehrt und blieb zwei Stufen über dem Jungen stehen, den er aus dieser Position um einen Zoll überragte. »Da drin warten ein voller Gerichtssaal und ein ungeduldiger Richter. Wir gehen jetzt rein. Entweder du folgst freiwillig oder in Handschellen. Auspacken mußt du so oder so.«

Mark gähnte geräuschvoll, und für einen Moment lang schien es so, als blickte er durch die Schatten auf Gina. Sie setzte schon zum Sprung an, als sein Blick an ihr vorbeiwanderte. Erleichtert ließ sie sich zurück an die Wand fallen. Falls sie ihm aufgefallen war, so wahrscheinlich nur als eins der Videobilder, die ihm durch den Kopf flackerten. Zum Kuckuck, womöglich wußte er nicht einmal selber, wo er sich im Augenblick tatsächlich befand. *Wenn ich dich erwische, du Arschloch,* dachte Gina, *oh, wenn ich dich erwische, bleibt anschließend nichts als Scheiße und Blut von dir übrig.*

Doch davon schien er nur wenig zu enthalten. Er bestand aus Haut und Knochen. Sein dünnes, braunes

Haar war schulterlang, die Nase gebrochen; das Grün seiner Augen wirkte stumpf und verschossen, und die Stimme schien permanent von einem Haufen Kies verschüttet zu sein. Mark hatte noch nie viel hergemacht, nicht einmal früher, als er ins Videogeschäft eingestiegen war zusammen mit Gina, dem Beater und einer Handvoll anderer. Gemeinsam hatten sie Rock-Videos mit Simulationen aufgemotzt. Doch das lag weit zurück; damals war der Beater noch der Beater gewesen, und Mark hatte noch richtig was auf dem Kasten, und Hall Galen, der kleine Mogul, hockte immer noch auf dem Thrönchen. Und wahrscheinlich beschäftigte sich Joslin damit, Hamster zu quälen.

Es schien, als hätten Ginas abgedriftete Gedanken die Chirurgin in Gang gesetzt. Joslin wurde plötzlich lebendig und eilte die Stufen zu Mark hinunter. *Faß ihn nicht an, du Zicke!* dachte Gina, während ihre Lippen die Worte formulierten. Doch Joslin streckte die leichenbleiche Hand aus und legte sie Mark auf die Schulter. *Nimm deine Flosse von ihm runter, der Kerl gehört mir!*

Joslins Hand blieb, wo sie war, schien an ihm zu ankern für den Fall, daß der Wind auffrischte und ihn wegblasen würde. Bei seiner derzeitigen Verfassung hätte dazu schon ein mittlerer Schwall gereicht. Trotzdem, in ihm brannte immer noch genug Feuer, um die schärfsten Videos zu machen. Das war zwar nicht der einzige Grund, warum Gina ihn nicht aufgeben wollte, aber sicherlich derjenige, der auf Anhieb am plausibelsten zu sein schien.

Wahrscheinlich würde sie ihn nicht einmal dann aufgeben, wenn er endgültig am Boden läge, und er war auf dem besten Weg dahin. Daran zweifelte keiner mehr, weder sie noch der Beater, und auch Mark selbst schien in den letzten, noch intakten Windungen seines ausgebrannten Gehirns begriffen zu haben, daß es mit ihm rapide bergab ging. Galen wußte auch Bescheid. Fraglich war nur, was er zu später Stunde vor Gericht suchte, zusammen mit einem tattrigen Wrack, das auf Grundeis lief, einem Ex-Kid, dem die Kronzeugenrolle nicht zu passen schien, und einer dürren Hexe, die auf Gehirnimplantate spezialisiert war.

Am meisten fuchste Gina, daß Mark ihr nichts von alledem gesagt hatte und auf eigene Faust hier aufgekreuzt war. Sie hatten nie Geheimnisse voreinander gehabt und immer am selben Strick gezogen, auch als Galen Beaters Anteil an der Videoproduktionsfirma übernommen und EyeTraxx an das Monsterkonglomerat verhökert hatte. Und auch übermorgen würden sie wieder am selben Strick ziehen und gemeinsam zu ihrem ersten Arbeitstag bei dieser Monsterfirma antreten.

Gerade als der Junge klein beigab und sich von Galen die Treppe hochführen ließ, fiel Gina ein, wer sich hinter der Wand aus Nadelstreifen verborgen hatte: Soundso Rivera, eine mittlere Charge des Konglomerats, das unter dem hübschen Namen Diversifications, Inc. firmierte. Er war drei- oder viermal bei EyeTraxx aufgetaucht, um zu begutachten, was seine Firma aufgekauft hatte. Gina war ihm stets aus dem Weg gegangen, machte sich aber nichts vor. Rivera wußte, wer und was sie war, und wenn er wollte, würde er sie jederzeit ausfindig machen können. Das schaffte jeder. Immerhin wurde ihr Einkommen auf richterlichen Beschluß hin gepfändet.

Die Saubacke hab ich ganz schön geschockt, dachte sie, doch dieser Gedanke befriedigte sie nur unzulänglich. Saubacken von der Marke Riveras ließen sich nur ungern schocken. Sie würde dafür büßen müssen.

Oder Mark. Ihn durch das Haupttor verschwinden zu sehen, ließ ihr den Rasta-Filz zu Berge stehen. Impulsiv drängte es sie, ihm nachzugehen, sich irgendwo zu verstecken, um ihn dann, wenn er das Gericht wieder verließ, in die Mangel zu nehmen. Doch wer weiß, wie lange die Sitzung dauerte, und außerdem hatte Rivera bestimmt jemanden losgeschickt, um sie zu suchen. Ratsamer war es, auf Mark in dessen Wohnung zu warten.

Im Dunklen hinter ihr rührte sich was, und im ersten Augenblick fürchtete sie schon, einem von Riveras Bütteln in die Hände gefallen zu sein. Dann aber sah sie die Umrisse der Videokamera.

»Interessantes Schauspiel, nicht wahr«, sagte er. »Immerhin scheinst du es interessant zu finden.« Er kam ein paar Schritte auf sie zu.

»Na, hast du den Scherzaufkleber von der Linse abgekriegt?« fragte sie.

»Du kennst nicht zufällig irgendeinen der Typen, die gerade reingegangen sind?«

Gina schnaubte. »Du etwa?«

»Ich hab zuerst gefragt«, sagte er lachend. »Aber was soll's? Ja, ich kenne ein paar davon. Jetzt bist du an der Reihe.«

»Ein paar kenne ich auch«, antwortete sie.

»Wär schön zu wissen, ob sich unsere Bekanntenkreise an irgendeiner Stelle überschneiden.« Er rückte bis auf eine Stufe heran. »Kann ich dich für eine Tasse Kaffee erwärmen?«

Gina wischte sich mit den Händen übers Gesicht. »Im Augenblick würde es mich sogar kalt lassen, wenn du nackt in einer Wanne voll Wackelpeter säßest. Für wen arbeitest du?«

Er zögerte, und Gina spürte genau, daß er darüber nachdachte, ob er die Wahrheit sagen oder lügen sollte. Nach Marks Ansicht ermöglichte der Zustand äußerster Müdigkeit eine extrem sensible Wahrnehmung, die fast an Telepathie grenzte. Voraussetzung war natürlich, daß man darüber nicht gänzlich einschlief.

»Ich bin freischaffend«, antwortete er schließlich. »Komm ganz gut dabei über die Runden …«

»Solange die Ware stimmt«, meinte sie.

Sein Lachen war sexy, selbst zu dieser vorgerückten Stunde. »Solange ich sie zu plazieren weiß. Was ich hier im Kasten habe, findet mit Sicherheit einen Abnehmer. Allerdings müßte ich noch ein bißchen mehr darüber in Erfahrung bringen.«

Gina gähnte. »Optimist. Wer interessiert sich denn heute noch für eine Razzia in Wonne-Werken? Darauf ist nicht mal der albernste Sensationskanal scharf, und selbst 'ne Hund-beißt-Mann-Geschichte hat mehr Pep.«

»Ach, meinst du wirklich?« Sein Lachen war jetzt weniger sexy, und der Stimme fehlte jeglicher Ausdruck.

»Außerdem«, fuhr sie fort. »Vermutlich wirst du bei einem der nächsten Startversuche deines Rechners feststellen, daß sich ein Virus in den Speicher eingeschlichen und jedes zweite Bit zu Müll verarbeitet hat, bevor es dann auch auf deine Kamera übergreift und ihr den Garaus macht. Und vielleicht kommt's noch dicker, dann nämlich, wenn du den Giftknösel auf einen deiner teuren Abnehmer abschmierst; der hängt dir ein Verfahren an den Hals, während du noch darüber rätselst, was mit deiner Scheißkamera passierst ist. Ich schätze, eines Tages ist es soweit, daß deine Jagd auf Nachrichten einem ernsten Fall von Zwangsneurose gleichgesetzt und mit therapeutischer Implantation behandelt wird. Dann wirst du dich endlich einen Dreck um Neuigkeiten scheren. Ist das zu hoch für dich und deine weiche Birne?«

»Bist dir wohl ziemlich sicher«, sagte er gelassen.

»Nein.« Sie gähnte wieder. »Ich weiß nur, daß dir ein Scherz-Sticker auf die Linse geklebt wurde und die Richterin den Sitzungssaal hat räumen lassen. Was du da im Kasten hast, ist verdammt heiß, und solltest du das Zeug zu verkaufen versuchen, wird man dich vermutlich einbuchten, und dann kannst du schmoren bis zur Verhandlung.«

»Du scheinst in der Hinsicht 'ne Menge Ahnung zu haben«, sagte er und rückte einen Schritt näher.

»Ich hab null Ahnung. Ich bin kaputt und geh jetzt nach Hause, wo ich mich ordentlich auspenne, um morgen wieder arbeiten zu können.«

»Und für wen arbeitest du?«

Gina wies mit den Daumen auf die inzwischen leeren Eingangsstufen. »Für die.« Dann setzte sie sich in Bewegung und ließ ihn mit der Nuß zurück, die er nun zu knacken versuchen konnte.

Sie war zu müde, um länger darüber nachzudenken, ob sie ihm tatsächlich Angst gemacht hatte oder nicht. Im günstigen Fall würde er sein Material versteckt halten oder — besser noch — im Klo runterspülen. Der ungünstige Fall brauchte nicht ihre Sorge zu sein. Sie hatte selber genug Probleme.

Und vor allem wollte sie sich Mark vorknöpfen, diesen klapperdürren Durchhänger. Die Hölle würde sie ihm heißmachen.

03

LAX verlief so glatt und ereignislos wie der gesamte Trip von Kansas City nach Salt Lake, von Salt Lake zur Bay und schließlich per Jumper von der Bay nach L. A. Es war also eine Art Triathlon-Reise, denn nur so konnte es gelingen, drei verschiedene Tickets unter drei verschiedenen Namen zu kaufen — Korrektur: nur zwei. In San Francisco hatte niemand nach dem Namen gefragt. Für die Benutzung des Jumpers reichten anonyme Inhaber-Chips, und zwar in Mengen, die niemands Stirn zum Runzeln brachten.

Sam hatte mit ihrer Vermutung recht behalten: Die Insulin-Pumpe, die ihr aus der Seite heraushing, war unbeachtet geblieben. Nur einmal war das Ding auf Störsignale hin abgecheckt worden; der Schutzmann beim Bay-Jumper hatte nicht mal das für nötig gehalten. Er grinste Sam bloß an, zeigte auf seine eigene Pumpe und sagte: »Wollen bloß hoffen, daß das Gewebe drauf anspricht, gell, Schwester?« Die Flughafensicherung interessierte sich nur für Waffen und Sprengstoff, nicht für unlizensierte oder geschmuggelte Computergeräte. Außerdem war der Apparat tatsächlich mal eine Insulin-Pumpe gewesen, bevor Sam daran herumgebastelt hatte.

Mit gemächlichem Schritt durchquerte sie die Station und ließ das Volk um sich herumfließen. Die Pumpe steckte unsichtbar und deaktiviert in der Tasche ihrer weiten Hose; an einer Schnur um den Hals hing die klobige Sonnenbrille (klobig, aber funktionstüchtig; wenn ausgeschaltet, war die retinale Projektionsscheibe im linken Glas transparent). Der Chip-Abspieler war in dem kleinen Matchbeutel verstaut. Auch dafür hatte sich niemand interessiert. Immerhin waren Chip-Abspieler weit verbreitet und sehr viel zahlreicher als schwerkranke Diabetiker, deren Körper alle herkömmlichen Implantate abstießen. Selbst wenn der Schutzmann genauer hingesehen, die fingerspitzengroßen Kopfhörer entdeckt und reingehorcht hätte, wäre ihm bloß wüster Speed-Thrash zu Ohren gekommen — in Stereo. Speed-Thrash erlebte gerade wieder einmal eine Renaissance, da die neue Junggeneration dahintergestiegen war, daß sich mit dieser Musik alle, die über fünfundzwanzig zählten, in die Flucht schlagen ließen. Sam stand auf Speed-Thrash. Sie war siebzehn.

Sie kam zur Gepäckannahme und bahnte sich einen Weg durch die Menge, die vor den Kabinen gegenüber des Karussells Schlange standen. Das Cal-Pac-Modem-Symbol über diesen Kabinen flackerte und summte, was nicht gerade vertrauenserweckend wirkte, doch keiner der Wartenden ließ sich beirren. Sam wunderte sich jedes Mal darüber, wie viele Leute den öffentlichen Modems von Cal-Pac trauten. Wegen ihrer breiten Kompatibilität waren sie für Viren äußerst anfällig, trotz aller Impfstoffe, die ins System gespritzt wurden, und die Hälfte der verwendeten Impfstoffe war hoffnungslos überaltet. Aber anstatt in Forschung und Entwicklung zu investieren, setzten Staat und Steuerzahler (zu denen Sam nicht gehörte) auf verschärfte Strafen für Saboteure. Als würde das was nützen.

Vor der Kabine am äußeren Ende blieb Sam einen Augenblick lang stehen. Das kleine Graffito war immer noch zu erkennen. In krakeligen Blockbuchstaben stand auf der Plastikverkleidung zu lesen: *Dr. Fish macht Hausbesuche.* Darunter war nachträglich hinzugefügt worden: *Sankt Weckmann, bitte für uns.*

Am Ausgang der U-Bahn lungerte das übliche Pack herum: ein paar fliegende Händler und Verteiler von Handzetteln, die für zwei rivalisierende Kliniken Werbung machten und Sam versprachen, daß ihre Motivation wie durch Zauber zurückkehren würde, ja, *wie durch Zauber,* junge Frau; Diagnostiker vor Ort, *direkt vor*

Ort; nicht nötig, um nach einer Empfehlung beim Hausarzt nachzusuchen, denn der würde sowieso nur abraten, weil er wie so viele seiner Kollegen noch immer nicht kapiert hat, daß die Heilkräfte von Implantaten jedem zuträglich sind, *jedem,* der sie nötig zu haben *spürt.*

»Das moderne Leben macht dich krank!« rief ihr jemand nach.

»Was mich krank macht, sind deine Sprüche!« schrie ein anderer.

Sam grinste. O Mann, das Karma lastet heute wieder schwer.

In der Mietwagenzentrale am Flughafen herrschte wie immer ein heilloses Durcheinander. Auf den letzten Drücker versuchten etliche, ihre Fahrzeuge in aller Eile abzugeben, um den Flug noch zu erwischen, für den sie schon reichlich spät dran waren. Andere, die gerade gelandet waren, drängten auf Abfertigung und lagen den gelangweilten Angestellten in den Ohren, die gelassen zwischen den Schaltern für *Rücknahme* und *Ausgabe* hin und her schlenderten. Willkommen in L. A., dachte Sam und zuckte die Achseln. Nach zweiwöchigem Aufenthalt in McNabbs Naturreservat in den Ozarks war sie nicht mehr sicher, ob ihre Toleranzschwelle überhaupt noch existierte.

Sie stellte sich in die Schlange derer, die vor dem Schalterhäuschen mit der Aufschrift *Ausgabe* warteten. Wenn sie endlich an die Reihe käme, würde ihr wahrscheinlich mitgeteilt: Tut uns leid, wir haben nur noch größere Modelle zu vermieten; nein, ein Preisnachlaß ist leider nicht drin, der nächste bitte. Aber Sam war viel zu reisemüde, um die Hotelfuhrparks zu Fuß abzuklappern, und um einen der privat betriebenen Shuttle-Dienste in Anspruch nehmen zu können, war ein maschinenlesbarer Personalausweis nötig, doch darauf konnte Sam dank der anonymen Inhaber-Chips verzichten. Sie hatte keine Lust, eine verfolgbare Spur hinter sich herzuziehen.

Sam kramte das Abspielgerät aus dem Beutel und steckte die Kopfhörer auf. Zu hören war eine dummdreiste Speed-Thrash-Nummer, die Keely aufgenommen hatte, ohne das Übersetzungsprogramm, das Sam benutzte, außer Funktion zu setzen. So war es ihr möglich gewesen, das codierte Material im Speicher zu behalten und während des Flugs abzurufen, ohne dabei aufzufallen. Sie hatte ausgesehen wie jeder x-beliebige Teenager, der sich hinter seiner Sonnenbrille versteckt und aus Langeweile Musik hört. Niemand hatte beobachten können, daß das Abspielgerät unter ihrer schäbigen Satinjacke mit der ehemaligen Insulin-Pumpe in der Hosentasche verdrahtet war. Das Gestrüpp von Haaren hatte den Anschluß zwischen Kopfhörer und Brillenbügel verborgen.

Auch jetzt war sie wieder drauf und dran, die Sonnenbrille aufzusetzen und sich noch einmal Keelys Daten zu Gemüte zu führen. Doch dazu blieb auch später noch genug Zeit — falls sie denn nicht an Altersschwäche sterben würde, auf ein Auto wartend und womöglich vergebens. Sie haßte Autovermietungen — wie jeder andere auch —, doch in L. A. einen eigenen Wagen zu erwerben, kam einem bürokratischen Alptraum gleich und erforderte eine blütenreine Weste sowie haufenweise Gebühren für Dutzende verschiedener Anträge und Genehmigungen, die alle drei Monate zu erneuern waren. Mit diesen einfallsreichen Schikanen hatte die Stadt im vorigen Jahrhundert den Verkehrsinfarkt zu kurieren versucht, was aber aus heutiger Sicht nicht mehr als ein schlechter Witz war. Ein Massentransit-System hatte sich nicht verwirklichen lassen; statt dessen vermehrten sich diese Mietwagen in karnickelhaftem Tempo, kleine rollende Kisten, die von Tesafilm und Spucke zusammengehalten wurden und mit lausigen Computernavigatoren ausgestattet waren. GridLid, das Fahrleitsystem, taugte für keine fünf Cent und hinkte dem tatsächlichen Verkehr ständig um zwanzig Minuten hinterher, so daß man immer wieder in Staus geriet, bevor eine entsprechende Warnung angezeigt wurde.

Sam schnaubte müde. Kaum war sie eine Stunde zurück in L. A., und schon ging die Erholung nach zweiwöchigem Urlaub flöten. Die Einsamkeit in den Ozarks war — wie Vater Gabe prophezeit hatte — ›Balsam‹ für ihre Nerven gewesen, und denen hatten die übergeschnappte Hackerszene und der Informationswahn mächtig zugesetzt. Apropos Vater: Daß Sam schließlich austickte, war nicht zuletzt den Eltern Gabe und Catherine anzukreiden — vor allem ihr, der Mutter, um fair zu sein. Aber das war ja nach all den Jahren zu Hause abzusehen gewesen. Inzwischen reichte allein der Gedanke an die Eltern, um Sam an den Rand einer Tobsucht zu bringen.

Das allein war Grund genug für den Ausflug in die Berge gewesen. Zum fluchtartigen Verlassen der Stadt hatten sie jedoch die heißen Informationen bewogen, die ihr beim Anzapfen der Rechner von Diversifications in die Hände gefallen waren. Darin den eigentlichen Anlaß ihrer Reise zu sehen, war ihr im übrigen lieber, denn die Vorstellung, sich mit den Eltern zu überwerfen, tat ihr im Herzen weh.

In McNabbs Naturreservat hatte man sie zum Glück in Ruhe gelassen. Dort wurden weder Personenchecks vorgenommen noch neugierige Fragen gestellt. Die Serviceleistungen hielten sich in Grenzen wie die Preise. Allmorgendlich hatte sie von ihrem Zelt aus einen Spaziergang zur Gemeinschaftsdusche unternommen. Wenn sie auf Nachrichten aus war, konnte sie in dem kleinen Gemischtwarenladen der Campinganlage mit Hilfe eines dort installierten Modems eine persönliche Ausgabe von *Das tägliche Du* abrufen und ausdrucken lassen; allerdings mußte sie anschließend ihre Defaults neu einstellen. Manchmal war auch eine längere Wartezeit in

Kauf zu nehmen, da in dem Laden nur zwei Drucker zur Verfügung standen; Sam ließ sich die Ausdrucke dann von Lorene McNabb zurücklegen, um sie später abzuholen.

Der Aufenthalt im Camp war zwar eine nette Abwechslung, aber für Sam kein Leben auf die Dauer. Nach Keelys Anruf hatte sie gleich wieder nach L. A. zurückkehren wollen.

Alle Zelte waren mit einem Telefon ausgestattet, denn McNabb wollte sich die Mühe ersparen, Anrufe entgegenzunehmen und an die Gäste weiterzuvermitteln. Der Apparat auf dem Fußbänkchen am Pritschenende sah ziemlich komisch aus, wie Sam fand. Sie hatte nicht damit gerechnet, daß er jemals klingeln würde, zumal niemand wußte, wo sie steckte. Sie aufzuspüren, konnte nur einer schaffen, und das war Keely.

Wie gewöhnlich klang er aufgekratzt und hektisch. Daß er mit diesem bescheuerten Jones rummachte, war ihr, Sam, bei allem Terz, den sie hatte, zusätzlich auf die Nerven gegangen. Aber immerhin lag er ihr diesmal nicht mit seinem Geseire über Jones und dessen Implantate in den Ohren. Was ihn jetzt so hektisch und nervös machte, schienen irgendwelche erhackten Entdeckungen zu sein. Sam vermutete, daß er Diversifications angezapft hatte. Vor ihrer Abreise war sie so dumm gewesen, ihm die Programmdaten der modifizierten Insulin-Pumpe überlassen.

Sam hatte an der Pumpe fleißig herumgebastelt, vor allem aus Neugier an dieser Art von Hardware. Daß das Ding inzwischen funktionierte, kam ihr nun zupaß, denn Keely wollte unbedingt ein paar Daten übers Telefon schicken, und sie hatte ihren Laptop bei Rosa zurückgelassen.

Als dann die Daten übertragen waren, verabschiedete er sich und legte auf. Sam hatte keinen Zweifel mehr daran, daß Keely Diversifications angezapft hatte, den Mount Everest aller Hacker, jenes Ziel, das leicht zur

Falle werden konnte. Wer geschnappt wurde, mußte mit Strafverfolgung rechnen. Keely hatte sich immer schon fast zwanghaft mit Sam zu messen versucht; er wollte ihr hackermäßig in nichts nachstehen. Es war ihr nicht gelungen, ihn davon zu überzeugen, daß eine solche Rivalität unsinnig sei und daß jeder wiederholte Versuch, in die Datenbänke von Diversifications einzudringen, die Gefahr erhöhte, geschnappt zu werden. Keely hatte immer schon mehr Talent als Verstand besessen.

Vielleicht, so dachte Sam, wäre sie überzeugender gewesen, wenn sie ihm ihr kleines Geschäftsgeheimnis anvertraut hätte: Sie wußte, wie die Abwehr zu umgehen war, denn ihr Vater arbeitete bei der Firma, und es war ihr durch simple Osmose gelungen, viel über deren Verfahrenswege rauszubekommen. Vielleicht hätte Keely eingesehen, daß es besser ist auszusteigen; möglich aber auch, daß er sie auf Tips und Hinweise hin bis zum Wahnsinn gelöchert hätte. Wie dem auch sei, sie fühlte sich auf fast schon neurotische Weise verantwortlich für alles, was ihm passierte. Lächerlich, aber so war es. Und nun war sie hier, zurück in L. A.

»... super Show, Hardware gratis, absolut kostenlos!«

Die Stimme, die den Tumult in den Kopfhörern übertönte, klang vertraut. Sam schaltete das Abspielgerät aus und sah sich um.

Der junge Kerl, der sich vom Schlangenende aus nach vorn arbeitete, hätte zur Füllung seines Bodysuits ein paar Pfunde mehr vertragen können, und der absurd lange Behang seiner goldgelben Haare fiel bis weit über die knochigen Schultern herab. Über dem Kopf hüpfte eine Hologramm-Krone, die mit jedem Schritt auf- und abflackerte. Den Projektor an seinem Gürtel zu justieren, fiel ihm offenbar nicht ein, genauso wenig wie der Versuch, die gelangweilte Miene aus dem Gesicht zu nehmen. Sam grinste. Beauregard war ihr lange nicht mehr unter die Augen gekommen, doch sie hätte ihn in jeder Verkleidung sofort wiedererkannt.

»Freikarten!« rief er und hielt sein Angebot mit zwei Fingern in die Höhe. »Vorschau auf die super neue Show.« Er wollte gerade an ihr vorbeistürmen, als sie ihm am Arm zurückhielt.

»Schon viele Abnehmer gefunden?« fragte sie.

Er stierte sie eine Weile mit leerem Blick an und ließ dann ein überraschtes Lachen hören. »Ja, leck mich.«

»Etwa auch kostenlos?«

Er gab ihr eine Freikarte. »Dafür darfst du dir 'ne Stunde lang einen Monitor über die Kalotte ziehen und im Glücksfall 'ne neue Serie abziehen, mit der du bei deinen Leuten in Kansas City tierisch angeben kannst. Und wenn du langgelegt werden willst, ruf meinen Agenten an. Der vögelt dich viermal nacheinander, bevor du überhaupt meinen Namen genannt hast.«

»Danke, Beau, aber darauf verzichte ich. Mir ist es lieber, wenn ich vom Vögeln was mitkriege.« Sie musterte ihn von oben bis unten. »Hübsche Strumpfhose hast du da an. Siehst aus wie 'n Straßenclown aus alten Tagen.«

»Und du siehst aus wie 'ne Pennschwester von anno Tobak. Manche ändern sich nie. Wo, zum Teufel, hast du gesteckt?«

Zögernd sah sie sich nach beiden Seiten um. Beauregard steckte dem Mann, der hinter ihr stand, zwei Karten zu. »Da, die kannst du behalten, wenn du dem Mädchen hier mal kurz den Platz freihältst«, sagte er. »Mit den Tickets kannst du dich vors Chinesische Theater am Hollywood Boulevard stellen und locker hundert Schleifen machen. Die Karten sind knapp, und jeder ist scharf drauf.«

Der Mann zog die Stirn kraus und besah sich die Karten in der Hand. Beauregard legte zwei weitere drauf. »Mehr ist nicht drin. Das sind garantierte zweihundert Schleifen, die du da hast; dafür kannst du dir den besten Mietschlitten, den's hier gibt viermal ausleihen. Besten Dank, Kumpel, du bist super.« Sam kicherte, als

Beauregard sie aus der Warteschlange hinter sich herzog.

»Stimmt das, was du dem da versprochen hast?«

»Quatsch. Das sind Freikarten. Um die loszuwerden, muß er wahrscheinlich draufzahlen.«

Sam schüttelte den Kopf. »Wie kommst du mit deiner Art eigentlich ungeschoren davon?«

»Du schaffst es doch auch, Schätzchen.« Er knuffte sie mit der Faust unterm Kinn. »Wo bist du gewesen?«

»In den Ozarks. Hübsche Gegend. Wieso trägst du das Logo von Para-Versal spazieren?«

Er schielte nach oben auf das Hologramm, das immer noch über dem Scheitel schwebte. »Hab mal zur Abwechslung Glück gehabt. Ich nehm teil an *Tunnels im Nichts.*«

Sam musterte die Freikarte, die er ihr gegeben hatte. »Und worum geht's?«

»Eine Gruppe furchtloser Entdecker reist durchs Universum und nutzt Schwarze Löcher als eine Art intergalaktisches U-Bahn-System, und diese Typen, die allen Gefahren und wissenschaftlichen Fakten lächelnd die Stirn bieten, nehmen dich mit auf die Suche nach spannenden Abenteuern. Tja, und da steckt Arbeit hinter. Daran bin ich beteiligt, vorausgesetzt, ich schaff das Publikum ran — das richtige.« Ohne mit der Wimper zu zucken, nahm er ihr das Ticket wieder aus der Hand. »Wie gesagt, manche ändern sich nie.«

»Das mag sein.« Sam schüttelte den Kopf. »Mehr gibt die Sache wohl nicht her, oder? Intergalaktisches U-Bahn-System. Du lieber Himmel, wer ist denn noch so blöd, daß er sich damit locken läßt?«

»Da fragst du noch? Guck dir doch den Kerl da hinten an, der demnächst meine Karten auf dem Boulevard loszuwerden versucht. Diversifications hat die Sache aufgepeppt. Die Werbung stammt von deren Kunden, und zur Zeit werden die Spielrechte versteigert. Da steckt jede Menge drin.«

Bei der Erwähnung von Diversifications atmete Sam tief durch. »Tut mir leid, Beau, aber ich finde, du verschwendest nur deine Zeit.«

»Ja, ja. Hackerprogramme zu schreiben oder Bullen auszutricksen ist ja so viel honoriger.« Er zuckte die Achseln. »Ich hab Rosa meinen Computerkram verkauft. Sie hat Verwendung dafür.«

»Das hattest du auch mal«, entgegnete sie in ernstem Tonfall.

Er blickte zum Himmel, seufzte künstlich und brachte dabei sein Hologramm zum Wackeln. »Mann, warum machst du nicht wie die anderen 'nen großen Bogen um mich, bis ich wieder — Zitat — ›auf der Höhe bin‹ — Zitat Ende?«

»Beau, wenn du dich angestrengt hättest, könntest du selber groß rauskommen, und zwar nicht mit Blödsinn wie *Tunnels im Nichts,* sondern mit richtig guten Sachen. Du weißt ja, das Dr.-Fish-Virus haben viele dir zugeschrieben, dem, ›der's geschafft hat, ohne aufzufliegen‹.«

»Na, das haben wir zwei dann wohl miteinander gemein.« Sein Gesicht war ohne jede Miene. »Aber dir brauch ich doch wohl nicht zu sagen, daß es immer schwieriger wird, Tritt zu finden. Sämtliche Studios rüsten um auf totale Simulation, und was soll man davon halten? Keiner mehr zu Hause, oder was? Nichts gilt mehr.«

»Vielleicht wird's die totale Simulation bald geben, Beau«, sagte Sam und versuchte, locker zu bleiben. »Morgen wohl noch nicht, aber ziemlich bald. Für deine Gewerkschaft und all die anderen wahrscheinlich viel zu schnell. Für dich wird's dann zu spät sein, es sei denn, du springst beizeiten mit auf den Zug.«

»Keine Lust. Wo's lang gehen soll, will ich selber bestimmen. Wenn das zur Zeit nicht aktuell ist, schreib mich getrost ab. Erwarte nicht von mir, daß ich den Leuten verklickere, worauf sie abfahren sollen.«

»Touché, Herzchen.« Sam streckte beide Hände aus. »Frieden?«

Er klinkte sich kurz in ihre Finger ein und schaute verlegen aus der Wäsche. »Ich hab dich nicht aus der Warteschlange gezogen, um mit dir zu streiten. Schön, dich wiederzusehen, Sam.«

»Gleichfalls.« Sie stockte. »Du hast in letzter Zeit nicht zufällig jemanden gesehen?«

»Ha, wen denn zum Beispiel?«

»Och, Rosa, Gator ...«, und achselzuckend: »Keely?«

Beauregard schüttelte den Kopf und ließ das Hologramm kreisen. »Nein, tut mir leid.« Er fuhr ihr zart mit der Fingerspitze die Wange entlang und sah sich um. »Du, ich muß weiter ...«

Sie nickte. »Wir sehen uns, Beau.«

»Ja, wenn ich Glück habe.« Er setzte seine Marktschreierei fort. Sam rückte wieder in die Schlange ein und lächelte dem Mann zu, der immer noch die beiden Vorschaukarten in der Hand hielt.

»Entschuldigung«, sagte er, als Sam gerade dabei war, die Kopfhörer aufzusetzen. »Ist es wahr, daß ich dafür was kriege?«

»Tja, vielleicht«, antwortete sie. »Bestimmt sogar. Versuchen Sie's.«

»Der Kerl von vorhin hat mich doch nicht angeschmiert, oder?« Er sah alles andere als zufrieden aus.

»He, er hat Ihnen die Karten umsonst gegeben. Angeschmiert werden Sie nur, wenn Sie sich tatsächlich die Vorschau ansehen. Willkommen in Hollywood, Mister.«

Eine halbe Stunde später saß sie in einem Mietwagen, der als Zweisitzer gehandelt wurde, einzig und allein aus dem Grund, weil ein zweiter Sitz eingebaut war. Sam hätte es kaum gewagt, mehr als ihren Matchbeutel zuzuladen, was ihr aber zur Zeit nicht weiter problematisch war. Wie gewöhnlich gab der Bordcomputer GridLid falsche Verkehrsdaten an, so daß sie am Sepulveda mitten in einen Stau geriet, der sie, wie es schien, noch eine Weile aufhalten würde. Außerhalb der amorphen Masse von Datenübermittlern gab es ein paar kleine, unabhängige Funkstationen, die auf Anruf Verkehrsberichte durchsagten. Sam warf einen Blick auf den Hörer, der vom Armaturenbrett herabbaumelte. Ach was, für einen Anruf war es jetzt sowieso zu spät.

Fez würde ihr raten, den Stau als Gelegenheit zur Entspannung zu nutzen. *Vermittels verstopfter Straßen ruft die Stimme der Natur zur Pause auf.* Aber von Fez' Empfehlungen war ohnehin nicht viel zu halten, hatte er ihr, Sam, doch davon abgeraten, sich mit ihren Eltern zu versöhnen.

Seufzend blickte Sam auf die Navigationsanzeige. Statt der Straßenkarte, die noch soeben aufgeleuchtet hatte, zeigte sich nun eine Menüdatei. Guter alter GridLid. Tut uns leid, Leute, daß wir euch nicht rechtzeitig vor dem Stau gewarnt haben, aber da ihr nun mal drinsteckt, wollen wir euch auf angenehme Art ablenken.

Das Angebot war bescheiden und beschränkte sich auf das Herkömmliche der verschiedenen Dienstleister, Spiele mit Text und/oder Ton. Schmunzelnd registrierte Sam das Angebot von FolkNet: *Memorie* und *Mensch ärgere dich nicht.* Wer gegen den Gedächtnisspeicher von GridLid nicht ankam, konnte versuchen, sich würfelnd über das Elend, im Schrittempo voranzuschleichen, hinwegzutrösten.

Sie drückte die Scroll-Taste auf der Tastatur zwischen den Sitzen, und die Menüeintragungen glitten nach oben. *Nachrichten aus der Geschäftswelt: lokal, regional, national, international; Sportnachrichten; Lunarium; Kleine Sünden aktuell* — das machte neugierig: Prominente übergeben sich in der Öffentlichkeit und anderer heiß begehrter Klatsch — *CrimeTime; Welt der Medizin; L. A.-Kino mit den !neusten! Video-Ausgaben.*

Sam wählte letzteres und fühlte sich ein wenig besänftigt. Der billige Monitor hatte zwar eine miserable Wiedergabe, aber immerhin würde sie neue Musiktitel hören können, und vielleicht ließen sich ein paar gute Krypto-Vehikel finden. Kryptos machten Spaß — spielt das Zeug schräg ab, Leute, und lauscht einer Nachricht vom Teufel. Keely fuhr voll darauf ab.

Keely haßte Speed-Thrash.

Dieser Gedanke kam ungerufen, nistete sich in Sams Gehirn ein und wartete darauf, verarbeitet zu werden. Keely hatte ihr seine Nachricht, in Speed-Thrash getarnt, zukommen lassen, dabei haßte er Speed-Thrash. *Wenn Speed-Thrash Teil des göttlichen Plans gewesen wäre, hätte mich der Herr im Himmel taub zur Welt kommen lassen.*

Na und? Keely wußte, daß sie den Mist gerne hörte. Womöglich wollte er eine Mitteilung überspielen, die ihr gefallen könnte.

Sam verzog das Gesicht. Die Sache kam ihr merkwürdig vor. Keely hatte es eilig gehabt und jede Menge Krypto-Vehikel zur Auswahl, von den Brandenburger Konzerten bis hin zu seinen überaus geschätzten Edgar-Varese-Schnulzen, und auf all diese Nummern hatte er schnellen Zugriff, einen schnelleren als auf Speed-Thrash, zumal dem neusten Stück.

Sie wählte die Liste der neuesten Speed-Hits an und tippte ungeduldig mit den Fingern aufs Lenkrad, während GridLid auf ihren Wunsch einging und sich mühsam auf die Suche machte. *Beeilung,* dachte sie zähneknirschend.

Ganze zehn Sekunden später schlug der Bildschirm die Seite auf. Endlich hatte Sam mal Glück. Auf Anhieb zeigte sich Audio-Exzerpt nach ihrem Geschmack: *Durchdrehende Mechaniker* von Scattershot. Als das Copyright eingeblendet wurde, riß sie die Augen auf: *Aiesi/EyeTraxx, im Auftrag von Diversifications, Inc.*

EyeTraxx arbeitet im Auftrag von Diversifications? Seit wann, und warum wußte sie nichts davon? Sam schaltete ins Hauptmenü zurück und optierte für Nachrichten.

Zu erfahren war nur der übliche Klatsch aus der Szene. *Allgemeines aus der Industrie,* Sparte *Rock-Videos,* informierte darüber, wer wem seine Rechte abgetreten hatte, welche Künstler bei welchen Videofirmen unter Vertrag standen, wer gestorben war und wer zur Zeit überhaupt nichts tat.

Rock-Video: Zugänge listete noch einmal auf, wer bei wem unter Vertrag stand. All das wußte Sam schon über ihre Ausgabe von *Das tägliche Du,* die ihr in den Ozarks zugespielt worden war.

Sie öffnete das Schiebedach und stellte sich auf den Sitz. In sämtliche Richtungen wucherten ununterbrochene Schlangen von Mietwagen und einigen Privatfahrzeugen aus. Vor ihr bewegte sich nichts. Sam kletterte wieder hinters Steuer und machte sich Luft. »Scheiße.«

»Schrecklich, nicht wahr?«

Aus dem Wagen links neben ihr lächelte der Fahrer mitfühlend. Sie nickte. »Schlimmer noch.«

»Ich finde, wir sollten uns alle zusammentun und GridLid verklagen, damit endlich mal das Programm sauber gemacht wird«, fuhr er fort. »Oder zumindest müßten Mietwagen ans komplette Datennetz angeschlossen sein. Was ich wirklich will, läßt sich in diesem Karren nicht aufrufen.«

»Mir geht's genauso.« Sam sah den Nachbarn fragend an. »Sie verfolgen nicht zufällig, was sich in der Rock-Video-Branche so tut?«

Sein Grinsen wirkte verlegen und gelangweilt zugleich. »Tut mir leid. Ich interessiere mich für *Wetterberichte* und *Tägliches Allerlei,* alles andere kann mir gestohlen bleiben.« Er blickte nach vorn. »Ich frage mich nur, warum all diese Leute nicht zu Hause bei ihren Familien sind.«

»Hallo, Sie da.« Eine junge Frau winkte Sam aus dem

Mietwagen zu, der hinter dem des Mannes stand. »Ich weiß über Rock-Videos Bescheid.«

Trotz der langen, pinkfarbenen Haare machte sie den Eindruck, weniger auf Thrasher- als auf Folkmusik zu stehen. Aber Sam war nicht wählerisch. »Ich hab da gerade was gelesen«, rief sie der Frau zu und zwängte sich aus dem Fenster. »Es heißt, EyeTraxx arbeitet für Diversifications. Wissen Sie was Genaueres?«

Die Frau setzte einen Blick auf, als würde sie Sam für nicht ganz gescheit halten. »Himmel, nein. Das hört sich ja nach Business an. Schnarch, schnarch.«

»Nichts für ungut«, meinte Sam kleinlaut und zog den Kopf ein. Business, na ja, was denn sonst? Sie kam sich dämlich vor, schaltete zum Hauptmenü zurück und wählte *Nachrichten aus der Geschäftswelt* an. Der Bildschirm forderte eine Auswahl unter den Rubriken *lokal, regional, national und international.* Spezifischere Angaben wurden nicht gemacht. Typisch. Echte Geschäftsleute zählten nicht zur Zielgruppe von GridLid; sie würden nicht in Staus geraten, sondern in Büros sitzen und ihre diversen Netzanschlüsse und Mailboxen abrufen. Wie Sams Mutter. *Gib auf,* dachte sie, *zumindest bis sich eine bessere Gelegenheit bietet.*

Fünfzehn Minuten später rollte der Verkehr um gute zwanzig Meter weiter, bevor er wieder stockte. Aber immerhin hatte Sam einen kleinen Eintrag gefunden unter *Märkte auf einen Blick/New Yorker Börse schwungvoll.* Dem Kurs von Diversifications war eine Fußnote beigefügt, die die Firmenbilanz vor und nach dem Erwerb von EyeTraxx in Vergleich stellte. Die Daten waren rund zwei Wochen alt, und ein Verweis auf zusätzliche Informationen fehlte.

Frustriert warf sich Sam im Sitz zurück und streckte die Arme durchs Schiebedach nach draußen. Sie wurde aus dem, was in Erfahrung zu bringen war, nicht schlau. *Wenn es nichts zu bedeuten hat, ist es keine Information,* würde Fez jetzt sagen.

»Fez, du schwätzt zu viel«, murmelte Sam. Sie hörte sich Auszüge aus den neuesten Speed-Thrash Veröffentlichungen an, und die Sonne stieg immer höher am Himmel.

GridLid rückte endlich mit der Meldung eines Unfalls raus, der sich knapp einen Kilometer weiter vorn zugetragen hatte. Doch inzwischen schlich der Verkehr in Fünf-Meter-Etappen voran. Ein paar Händler waren aufgekreuzt, die aus Bauchläden Verpflegung anboten, dann aber von der Polizei vertrieben wurden. Doch den Verkehr umzuleiten, bevor er stockt, das schaffen die Bullen nicht, dachte Sam verärgert; blitzschnell zur Stelle sind sie nur, wenn jemand Reibach machen will. Ihr Magen fing zu grummeln an. Die Bullen waren von der Unfallstelle herbeigejoggt, bevor einer der Händler Sams Wagen erreichen konnte.

Sie hatte vom Flughafen direkt zur Mimosa fahren wollen, mußte aber jetzt unbedingt was zu essen besorgen, um nicht schlappzumachen. Auf dem Umweg der Artesia fand sie ein Drive-in-Restaurant, vor dem weniger als fünf Autos anstanden. Der an solchen Stationen angebotene Fraß war zwar nicht nach ihrem Geschmack, aber immerhin wurde hier auch etwas Vegetarisches verkauft.

Der Speiseschalter lag außerhalb ihrer Reichweite, und so mußte sie sich aus dem Fenster hängen, um die Taste ›Sushi-Reis in Seetang-Tasche‹ drücken zu können. Die Bestellung leuchtete inmitten des Bildschirms rot auf; Sekunden später blinkten die Worte *!Gute Wahl!* Reizend, dachte Sam. Mit *!Lieber nicht!* oder *!Gift für dich!* wäre wohl kaum zu rechnen gewesen.

Aus dem Getränkeangebot wählte sie ›Kaffee, koffeinhaltig, große Tasse‹, und der Kommentar, der nun zu lesen war, blinkte nicht. *Die Ärzteschaft weist darauf hin, daß Koffein im Übermaß zu Chromosomveränderungen, Kopfschmerzen, Muskelverspannungen, Angstzuständen und*

Bewegungsstörungen führen kann. Schwangere Frauen, die auf bestimmte Substanzen allergisch reagieren, müssen mit Komplikationen rechnen. Verzicht ist ratsam. Fragen Sie Ihren Arzt.

Sam traute ihren Augen nicht. Das war ihr neu: ein besorgtes Schnellrestaurant. Trotzig schlug sie mit der flachen Hand auf das Bestätigungsfeld — zu spät, denn schon war ihr die Lust auf Kaffee verdorben, obwohl sie danach lechzte. Das moderne Leben machte krank in dem Versuch, Krankheiten vorzubeugen.

»Tolles Angebot«, sagte sie zu dem Mann am Fenster, als sie sich durchs offene Schiebedach reckte, um ihm ein paar zerknüllte Geldscheine in die Hand zu drücken.

»Ja, die Technik bringt's«, antwortete er interesselos. Er war groß gewachsen, sah gut aus, hatte schneeweiße Haare, grellgrüne Kontaktlinsen und gehörte offenbar zur jungen Generation aufstrebender Schauspieler. Typen seiner Sorte waren wahrscheinlich der ausschlaggebende Grund dafür, warum sich das alte Hollywood immer noch gegen Simulation behaupten konnte, dachte Sam. Wenn nicht mehr von lebendigen Vorgaben kopiert würde, wer täte dann Dienst in den Schnellrestaurants? »Augenblick noch«, sagte er und reichte ihr das Wechselgeld. »Es muß nur eben eine neue Dose Reis geöffnet werden.«

»Nett, daß man sich hier so um die Gäste sorgt«, sagte Sam. »Besonders hat mir die Warnung vor Kaffee gefallen.«

»Verflucht. *George!*« brüllte er über die Schulter hinweg. »Das verdammte Virus hat sich wieder eingeschlichen!«

Sam lachte laut auf. Darauf hätte sie auch selber kommen können. Kein Zweifel: Doktor Fish ging mit Ratschlägen zur Gesundheit hausieren, ohne darum gebeten worden zu sein. Dabei waren seine Mitteilungen durchaus harmlos fürs System, nahmen nur Platz weg und verzögerten die Rechnergeschwindigkeit.

Ein älterer Mann, der bestimmt kein aufstrebender Schauspieler war, tauchte neben dem Grünäugigen im Fenster auf. »Ist es zu viel verlangt, Harmon, wenn ich dich bitte, unsere Probleme nicht so laut rumzuposaunen?«

Der junge Mann zeigte auf Sam. »Sie ist vor Kaffee gewarnt worden.«

»Es war bloß einer dieser Ratschläge der Ärzteschaft«, sagte sie achselzuckend. »Fällt nicht weiter auf.«

Der Alte musterte sie mit krauser Stirn, als wäre sie zur Verantwortung zu ziehen. »Großartig. Der Mist ist nicht wegzukriegen. Sooft ich glaube, die Platte ist sauber, taucht dieser Unfug wieder auf.«

»Weil er sich anscheinend selber reproduziert«, erklärte Sam. »Die infektiösen Daten lassen sich nicht einfach löschen. Sie haben Herpes und keine Cholera.«

Er wirkte leicht angewidert. »Wie bitte?«

Sam sah den Jungen an, der hinter vorgehaltener Hand zu grinsen anfing. »Cholera ist eine Krankheit, die man über ihre Symptome bekämpft. Herpesbläschen können zwar so behandelt werden, daß sie verschwinden, aber der Infekt bleibt in den Nerven und wartet auf die nächste Möglichkeit wieder auszubrechen.«

»Na, vielen Dank, gute Krankenschwester, auf die Belehrung hab ich den ganzen Tag gewartet.«

»Es ist ansteckend«, ergänzte Sam unbekümmert. »Es kann übertragen werden, ohne aktiv zu sein.«

Die Fahrerin im Mietwagen hinter ihr ließ kurz die Hupe tröten. »Dauert's noch lange?« wollte sie wissen und steckte den Kopf zum Fenster raus.

»Sie sind gleich dran«, rief ihr der Alte zu, und an Sam gewandt: »Sie haben offenbar Ahnung von der Materie.«

Sam zuckte die Achseln. Wenn der Kerl so daneben war, daß er nicht einmal von Dr. Fish gehört hatte, lohnte sich der Versuch wohl kaum, ihm auf die Sprünge zu helfen. »Wer einen Computer hat, sollte sich damit auch ein bißchen auskennen.«

»Ich leite hier nur den Betrieb, heuer Hilfen an und feuere sie.« Er warf dem Jungen einen Blick von der Seite zu. »Ich spendiere Ihnen ein Essen.«

Sam stützte die Ellbogen auf das Wagendach und faltete die Hände. »Warum?«

»Als Gegenleistung dafür, daß Sie das System in Ordnung bringen. Dann muß ich den Kundendienst nicht bemühen.«

»Versuchen Sie's doch selber«, antwortete Sam.

»Ich? Ich hab von Computern nicht den geringsten Schimmer.«

»Sie wissen doch wohl, wo der Schalter zum Ausmachen ist, oder?«

Er nickte. »Ja, und?«

»Schalten Sie aus. Dann haben Sie Ihre Ruhe. Nur so läßt sich ein Virus kleinkriegen, auch wenn Ihnen die Service-Leute was anderes erzählen. Am besten, Sie ziehen den Stecker raus.«

Der Mann verdrehte die Augen. »Ausgeschlossen. Wir hängen mit unserem Menü am Netz; die Zentrale nimmt den Umsatz auf. Wir sind bloß Peripherie. Wenn ich abschalte, schickt man uns einen Prüfer auf den Hals, und ich steh dann unter Verdacht, Einnahmen veruntreut zu haben.«

Der junge Typ stand hinter dem Alten und schlenkerte die halb geschlossene Faust in eindeutiger Geste auf und ab. Um einen Lachanfall zu unterdrücken, biß sich Sam auf die Unterlippe.

»Na schön, wenn Sie kein Freiessen haben wollen, bitte sehr. Vertragen könnten Sie's aber, und mehr als eine Portion, wenn ich Sie so sehe.«

»Sie haben nur eine angeboten«, antwortete Sam gelassen. »Und mit dem Geld, das eine Firma für die Reparatur verlangen würde, könnte ich mir ein Jahr lang täglich den Wanst vollhauen.«

»Dann eben nicht.« Er zog den Kopf aus dem Fenster zurück und wandte sich dem jungen Mann zu, der sich plötzlich heftig am Haaransatz kratzte. »Soll das Virus bleiben, wo es ist, und von mir aus die Kundschaft abschrecken, Kaffee zu trinken. Dann verkaufen wir eben mehr Kräutertee.« Er marschierte ab.

Der Junge grinste Sam zu. Sie schüttelte den Kopf und sagte: »Ich hätte wahrscheinlich sowieso nichts machen können, denn es ist gut möglich, daß das Virus in der Startdatei sitzt und aktiv wird, sobald der Kasten eingeschaltet wird.«

»Ist doch egal, solange es nichts kaputt macht«, meinte Grünauge achselzuckend. »Die meisten lesen drüber weg wie über Graffiti.«

Wieder hupte es hinter Sam. »Ich fragte, ob's noch lange dauert?« rief die Fahrerin, diesmal deutlich lauter.

»Geduld, wir sind gleich soweit«, antwortete Sam. Der Junge im Fenster reichte ihr eine kleine Tüte und einen großen Thermo-Becher mit Verschlußdeckel. Sie dankte und ließ den Wagen ein Stück vorrollen, um der Frau hinter ihr Platz zu machen. Dann riß Sam die Tüte auf und machte sich über die Mahlzeit her. Die Reiskugel kegelte aus dem Seetang-Hörnchen, fiel ihr in den Schoß und zerkrümelte. »Scheiße«, fluchte sie, wischte den Reis mit einer Hand von den Beinen und fuhr zurück auf die Artesia in Richtung Mimosa.

»Wo ist Gator?« fragte sie den Knaben im Zelt. Er schien an die fünfzehn Jahre alt zu sein, hatte ein drolliges, rötliches Puttengesicht und verfilzte dunkle Rasta-Locken.

»In der Kirche«, antwortete er und zog die Hose höher, die aus ausrangierten Krankenhausbeständen stammte. Er sah darin aus wie ein minderjähriger, obdachloser Chirurg.

»In der Kirche?«

»Ja. Sie hat gesagt, sie will beten gehen, damit Gott dir vergibt.«

Sam klimperte mit den Lidern. »Ich bin in der Hölle«, sagte sie verwundert. »Die Welt ist untergegangen, als ich gerade weggesehen habe, und jetzt bin ich in der Hölle.« Sie rieb sich mit dem Handrücken die Stirn und versuchte nachzudenken. Immerhin sprach der Junge englisch. »Hat Gator dir wirklich aufgetragen, mir das zu sagen?«

Der Junge wirkte verlegen. »Jedenfalls soll ich das jedem sagen, der hier aufkreuzt, um tätowiert zu werden.«

Sam lachte und lachte immer noch, als sie sich in Gators alten Friseursessel fallen ließ und damit den Jungen in Aufregung versetzte.

»He, steh lieber wieder auf. Gator hat versprochen, mich umzubringen, falls ich hier jemanden Scheiße bauen lasse.«

»Ich baue keine Scheiße, ich lache«, entgegnete Sam müde. »Verstehst du den Unterschied?« Sie ließ den Sessel herumkreisen. Der Drucker stand wie immer in der Ecke, aber den Laptop schien Gator mitgenommen zu haben. In die Kirche. In St. Weckmanns Zuflucht für unheilbar Uninformierte, wo immer die zur Zeit zu finden war.

Plötzlich erinnerte sie sich an die Insulin-Pumpe in ihrer Tasche.

»He«, maulte der Knabe und folgte ihr in die Ecke. »Daß du hier rummachst, wird Gator mit Sicherheit nicht passen.«

»Ich mach nicht rum, ich schließ mich an«, sagte Sam und entwirrte das Kabel, das hinter einem Tischbein versteckt war. Sie fand den Anschluß, steckte ihn in die ehemalige Pumpe und verband diese mit der Sonnenbrille und dem Abspielgerät. »Wenn Gator zurückkommt, werde ich dafür sorgen, daß du nur so viel Fett abkriegst, wie du verdienst.«

Sie hockte sich auf den Sandboden und setzte die Sonnenbrille auf. Der Monitor im linken Glas leuchtete auf, flackerte eine Weile und stellte sich auf die Brennweite ihres Auges ein. Auf ihrem Knie war ein Schalter. Sie plierte über den Brillenrand und fixierte den Jungen.

»Du hast ja Läuse«, sagte der und zeigte dabei auf ihre Hose.

»Das ist Reis«, korrigierte sie. »Und jetzt stör mich nicht. Ich rufe Gebet-frei-Haus.«

»Ihr alten Weiber seid echt religiös«, murmelte er.

Augenblicke später hatte Sam den Zugang zur Zuflucht für die unheilbar Uninformierten erreicht. Sie ignorierte die Sperren und gab den Befehl für eine Konferenzschaltung ein.

›*Sie sind falsch informiert*‹, stand auf dem Schirm zu lesen. ›*Konferenzschaltungen sind auf dieser Ebene nicht möglich. Eine Spende bitte, wenn Sie beten wollen. Wenn nicht, verlassen Sie das Programm.*‹

Sam mußte am unteren Brillenrand vorbeischielen, um die winzige Tastatur an der Pumpe bedienen zu können.

›*Finden zur Zeit Dienste statt?*‹ wollte sie wissen.

›*Gebetsstunden verlangen eine Spende.*‹

Sie rief die Standardeinstellung der angeschlossenen Insulin-Pumpe auf und schaltete das System zu. Nach einer kurzen Pause meldete der Schirm: ›*Der Arzt läßt bitten.*‹

Sam krauste die Stirn. Der Arzt? Verteilte Sankt Weckmann Viren an alle, denen er nicht traute? Sie hackte erneut auf der kleinen Tastatur herum, als eine weitere Botschaft auf dem Schirm aufleuchtete.

›*Schön, von dir zu hören, Sam. Geh zu Fez und laß dich einweihen.*‹ Schlagartig war der Kontakt unterbrochen, und das ganze System stürzte ab.

Sam nahm die Brille von der Nase und rieb sich die Augen. Fez. Klar doch. Ihn hätte sie sofort aufsuchen sollen. Er wußte alles oder fast alles. Vielleicht wußte er auch, wo Keely steckte oder was dessen schematische Zeichnung eines menschlichen Neurons, die er ihr, in

Musik verschlüsselt, die er nicht leiden konnte, hatte zukommen lassen, mit dem Aufkauf einer Video-Produktionsfirma durch Diversifications zu tun hatte. Vielleicht wußte Fez eine Antwort darauf. Irgend jemand mußte doch Bescheid wissen.

04

Das Haus lag ruhig da wie auch die Straße, aber Gabe wußte, daß dies nur dem Anschein nach so war.

Links stand Marly. Sie stieß ihn an und sagte leise: »Innen ist es noch unheimlicher als von außen. Costa erzählt, daß mal jemand darin verhungert ist, bevor er den Ausgang finden konnte.«

Gabe schüttelte den Kopf. »Du glaubst wohl alles, was Costa erzählt.«

»Die Geschichte glaube ich. Er ist nämlich schon dringewesen im Unterschied zu uns.« Sie schaute über seine Schulter hinweg auf Caritha, die rechts von ihm stand. Sie hielt einen Cam-Projektor in der Hand und lächelte zuversichtlich. Gabes Zweifel mehrten sich. Der Projektor war viel zu klein, aber einen besseren hatte sie in der Kürze nicht auftreiben können. Viel zu klein war auch Caritha. Die späte Nachmittagsonne schien in den kurzgeschorenen schwarzen Haaren Funken zu schlagen. Marlys Haar war dagegen eine Mähne, die ihr honigfarben und wild über die Schultern fiel.

Als hätte sie seine Gedanken erraten, packte sie die Wolle mit beiden Händen und knotete sie über dem Hals zusammen. Gabe starrte fasziniert und staunte, daß der Dutt nicht wieder auseinanderfiel. Womöglich hielt ihn Marlys Willenskraft zusammen. Gabe hätte sich nicht gewundert. Sie lächelte ihm zu und schlang einen muskulösen Arm um seine Schulter. »Du willst doch wohl nicht ewig leben.«

Gabe winselte. Marly war knapp zehn Zentimeter größer als er, wahrscheinlich auch schwerer. Jedes Pfund schieres Muskelfleisch. »Zerquetsch mir nicht das Schlüsselbein, vielleicht brauch ich's noch.«

»Du willst alles für dich allein, gell, mein kleiner Glühfix?« Marly drückte ihn herzhaft und ließ ihn los.

»Im Augenblick will ich nur eins: rein ins Haus, deinen Freund rausboxen und verschwinden«, antwortete Gabe.

»Ich will das Virenprogramm«, meinte Caritha ernsthaft. »Mich stört's, daß solche Kliniken anderer Leute Gehirne vermacken.«

»Mich stören Kliniken schlechthin«, erwiderte Marly. »Kommt. Richten wir ein bißchen Schaden an.«

Die Glocke am Eingang blieb unbeantwortet. Caritha griff zum Türknauf, und Gabe hörte ein leises Zischeln.

»Verdammte Scheiße«, fluchte Caritha. »Das Ding steht unter Strom.«

»Unverhohlen feindselig«, kommentierte Marly und zog eine kleine Plastikkarte aus der Brusttasche. »Nur gut, daß ich mir von Costa den Schlüssel besorgt habe.«

Gabe inspizierte den Türrahmen. »Ja, aber wo stecken wir ihn rein? Ich sehe keinen Schlitz.«

»Sieh mal genauer hin.« Marly langte nach oben an den Türsturz und schob die Karte hinein. Sie verschwand, und Sekunden später öffnete sich die Tür. Caritha trat als erste ein und hielt den Projektor in Bereitschaft. Marly folgte, dann kam Gabe. Er schaute sich um und sah, bevor die Tür zuschlug, mitten auf der Straße eine kleine Gestalt stehen, ein Kind, das die Hand wie zum Abschiedsgruß erhoben hatte. Gabe interpretierte diese Geste als schlechtes Omen. Aber vielleicht, so beruhigte er sich wieder, spielte jemand aus der Klinik mit einem Hologramm, um sie zu erschrecken.

Sie standen in der düsteren Eingangshalle, die schaurig antiquiert war. Die auf Hochglanz polierten Holzvertäfelungen sahen kalt und naß aus. Marly faßte seinen Arm, und gemeinsam folgten sie Caritha durch die Halle.

Vor dem ersten Durchgang blieb Caritha stehen und winkte sie zurück. Marly preßte sich rücklings an die Wand und schlug einen Arm über Gabes Brust. Im Obergeschoß waren leise Schritte zu hören, die die gesamte

Deckenlänge entlangschlurften und dann zum Stillstand kamen. Gabe wartete darauf, eine Tür aufklicken zu hören, aber es blieb beklemmend still.

»Ich weiß, daß Sie da sind«, tönte eine Frauenstimme. Gabe zuckte zusammen. Marly klopfte ihm beruhigend auf die Rippen, doch daß auch sie angespannt war, spürte er deutlich.

»Es wäre wohl angebracht, Sie kommen herein und stellen sich vor, wie es sich gehört«, fuhr die Frau fort. »Es sei denn, Sie sind Einbrecher, aber dann werden Sie feststellen, daß wir Ihnen sehr viel mehr wegnehmen können als umgekehrt. Kommen Sie nur.«

Caritha fuhr herum und stellte sich in den Durchgang.

»So ist es richtig. Und nun Ihre beiden Freunde. Es sind doch zwei, oder? Einer davon ist enorm kräftig gebaut.«

Marly trat neben Caritha, Gabe gesellte sich zu ihnen. In dem altmodisch eingerichteten Zimmer stand eine greise Frau mit schwarzem Kleid, das bis zum Boden fiel. Auf dem runden Tisch vor ihr waren Flaschen, geöffnete Pillendosen und mehrere blanke Metallkästchen zu sehen.

Caritha brachte den Projektor in Stellung. Die Frau verschwand zur Hälfte. »Hab ich mir doch gedacht«, meinte Caritha und erweiterte den Strahlenwinkel, um den Tisch mit einfangen zu können. Die Flaschen verschwanden. »Billige Holo-Show. Sie haben sich mitten im Haus vergraben und rücken nie so nahe an eine Außenwand.«

»Augenblick«, sagte Gabe mit Blick auf den Tisch. Das Hologramm der Frau war erstarrt; sie hielt eine Hand am hochgeschlossenen Kragen. Einen Moment später brach die Übertragung völlig ab, und das Bild löste sich auf. »Nicht alles, was auf dem Tisch steht, gehört zur Show der Laterna magica.« Vorsichtig rückte er einen Schritt vor, aber Marly zerrte ihn zurück.

»Der Boden ist vermint«, sagte Caritha wie selbstverständlich.

Gabe fixierte das eine Metallkästchen, das nicht vom Tisch verschwunden war. »Ihr wollt doch das Programm. Ich bin sicher, es steckt in diesem Implantat.«

»Denk nach, Glühfix«, knurrte Marly. »Warum lassen die wohl ein Implantat so offen herumliegen?«

»Vielleicht haben *Sie's* nicht dahingestellt; vielleicht ist es ein Hinweis von deinem Freund.«

Gabe spürte, wie Marly ihre Hand von hinten in seinen Hosenbund zwängte und an der Unterwäsche zerrte.

»Verdammt, Marly«, zischte er. »Laß das!«

»Du wirst mir noch dafür danken«, flüsterte sie.

Doch er langte nach dem Tisch, legte eine Hand vorsichtig auf die Platte und tastete mit der anderen nach dem Metallkästchen. Als er die Finger darum schloß, öffnete sich der Boden. Er stürzte nach unten und riß Marly mit sich.

Er kegelte über eine Art Rutsche mit vielen Windungen und Kurven. Immer wieder prallte er mit den Schultern an den Rand. Marly sauste ihm im kurzem Abstand nach.

»Streck dich!« schrie sie. »Versuch, dich festzukeilen!«

Es dauerte eine Weile, aber schließlich gelang es ihm, Knie und Ellbogen gegen die Seitenwangen zu stemmen und abzubremsen.

»Gabe?« rief Marly weiter oben.

»Geschafft«, antwortete er außer Atem.

»Schaffst du's auch, wieder hochzukrabbeln?«

Er stöhnte. »Nein. Ich flieg einfach zurück, das ist auch nicht schwieriger.«

Er hörte Marly herbeirutschen und spürte ihre Hände an seinen Schultern. »Versuch's, ich halte dich«, keuchte sie angestrengt.

»Mich hochzuhieven, schaffst du nicht.«

»Nein, aber wenn du dich an mir festhältst, geht's vielleicht leichter.«

»Für wen?«

»Hör auf zu quasseln und mach endlich! Damit rechnet keiner, daß wir zurücksteigen.«

Ächzend stemmte er sich gegen den Rand der Rutsche. »Weil's nicht klappen kann.«

»Reiß dich zusammen, Glühfix«, sagte sie und hangelte sich ein Stück nach oben. »Wieso bist du überhaupt hergekommen?«

»Was blieb mir anderes übrig? Hätte ich euch die Kamera geben und viel Glück wünschen sollen?« Er rutschte mit dem Ellbogen aus, suchte verzweifelt Halt, befand sich aber schon wieder auf dem Weg nach unten.

»Verdammt!« schrie Marly, und er hörte, daß sie ihm folgte.

Er landete auf einem Stoß muffiger Matratzen und wälzte sich zur Seite, bevor Marly aufprallte.

»Das passiert, wenn man sich nicht anständig vorstellt«.

Die Frau in Schwarz stand wenige Meter entfernt vor einer weißen Wand aus Leichtbeton. Gabe richtete sich zaghaft auf, klopfte den Staub von der Hose und hielt Marly die Hand hin. Doch sie schlug seine Hilfe aus und starrte auf die Frau. »Ist die Sache mit der Falltür nicht ziemlich einfallslos?« fragte sie.

»Aber wirksam, technisch durchaus angemessen.« Die Alte schmunzelte. »Genau das, was Sie verdienen.«

»Glühfix, die da ist wahrscheinlich nicht echter als ihre Zwillingsschwester«, mutmaßte Marly und trat einen Schritt näher.

Plötzlich schrumpfte das Abbild der Frau zu einem grellen, roten Lichtpunkt zusammen.

»Deckung!« brüllte Marly.

Sie lagen bäuchlings auf dem Boden, als aus dem Lichtpunkt eine rote Lanze wurde, die dicht über sie hinwegsauste und mit lautem Zischen auf die Rutsche traf. Der Gestank heißen Metalls füllte die Luft. Vorsichtig hob Marly den Kopf und blickte zurück auf die Matratzen. »Die haben offenbar ein paar hübsche Lichttricks auf Lager.«

Benommen gaffte Gabe auf die Stelle, wo das Abbild der Frau zu sehen gewesen war, und richtete dann den Blick auf die Rutsche. »Hat die Regierung nicht getönt, daß es unmöglich ist, Holos in Laserstrahlen umzuwandeln?«

»Unmöglich für die Regierung«, sagte Marly und sah sich argwöhnisch um. »Die Typen hier haben sich das Team, das daran gearbeitet hat, an Land gezogen und auf ihre Richtung hin getrimmt.« Sie stand auf. »Scheiße, wo sind wir? In einem Güterwaggon?«

Der Raum hatte die Ausmaße eines Eisenbahnwaggons. Fenster oder Türen waren keine zu sehen. Gabe entdeckte nur eine Öffnung, da nämlich, wo die Rutsche mündete. Marly riß eine der Matratzen auf und zerrte eine Handvoll Schaumstoff heraus. Den schleuderte sie vor die Betonwand; doch anstatt davon abzutropfen, verschwand das Zeug.

»Damit wäre die Frage beantwortet«, sagte sie und machte sich auf.

»Warte! Was hast du vor?« sagte Gabe, als Marly auf die Wand zusteuerte.

»Wir werden mit Sicherheit beobachtet«, antwortete sie. »Und wenn sie uns sehen, will ich, daß auch wir sie sehen.« Sie ging durch die Wand. Gabe eilte ihr nach.

Hinter der weißen Wand öffnete sich ein langgestreckter Saal, beidseitig mit Betten vollgestellt, die allesamt belegt waren. Gabe ging in Habachtstellung, doch niemand bedrohte ihn oder Marly. Keiner in den Betten bewegte sich oder sagte ein Wort.

»Die Station«, murmelte Marly.

»Wo steckt das Personal?« flüsterte Gabe.

»Das wird nicht gebraucht. Hier geht alles vollautomatisch.« Marly trat vor das erste Bett und hievte den Mann, der da lag, am Nachthemd auf. Er hing schlaff an ihrer Faust, die Augen weit geöffnet, aber blind. Im rasierten Schädel steckte mittig ein dickes, schwarzes Kabel, das mit kleinen Klammern fixiert war.

»Himmel«, stöhnte Gabe.

»Das Virenprogramm ist nur Beiwerk«, raunte Marly und legte den Mann zurück. »Hast du dich jemals gefragt, woher die Solomon Laboratorien all die frischen, echten und nicht synthetischen Neurotransmitter beziehen?«

Gabe war sprachlos.

»Und wenn du glaubst, hier einem dunklen Geheimnis auf die Spur gekommen zu sein, irrst du dich gewaltig«, ergänzte Marly. »Das ist allgemein bekannt. Selbst in dem Laden, wo du arbeitest. Während du deine Werbespots fabrizierst, stopft sich das obere Management seine regelmäßigen Dosen N/T rein, um Top-Leistung zu bringen. Wenn du hoch genug aufsteigst, kriegst du auch was davon ab.« Marly sah sich auf der Station um. »Falls Jimmy hier irgendwo liegt, sollten wir ihm einen letzten Gefallen tun, ihm das Kabel aus dem Kopf ziehen und verduften.«

Am anderen Ende des Saales tauchte die Silhouette eines Mannes auf. »He, Sie haben hier nichts verloren!« Der Mann rannte auf sie zu, doch plötzlich zuckte ein roter Blitz durch den Raum und spießte ihn auf. Er schlug der Länge nach auf den Rücken.

Wenig später stand Caritha mit gezückter Kamera neben Gabe. »Hab ich eigentlich schon erwähnt, daß ich an deiner Hardware ein paar Modifikationen vorgenommen habe? Ich hoffe, das stört dich nicht.«

»Bist du etwa die Rutsche runtergekommen?« fragte er verblüfft.

»Klar, denn damit hat niemand gerechnet«, antwortete sie und zwinkerte ihm zu. »Habt ihr Jimmy gefunden? Ich hoffe nicht.«

»Wir haben noch nicht nachgesehen«, sagte Marly. »Kommt!« Sie eilten durch den Saal. Caritha tastete mit der Kamera die Betten ab. Gabe staunte. Sein Gerät war ursprünglich nichts anderes gewesen als ein einfacher Holo-Projektor mit Aufnahme- und Playbackfunktion, doch jetzt, nach Carithas Eingriff, schien ein optisches Schweizermesser daraus entstanden zu sein. Sie konnte so genial mit Hardware umgehen wie Sam.

Ihn drückte ein wenig das Schuldgefühl bei dem Gedanken an seine Tochter, doch zur Vertiefung blieb nun keine Zeit. Sie hatten das Ende des Saals erreicht. Er entdeckte drei leere Betten, doch schon schob Marly ihn und Caritha in eine Nische, die wie ein Fahrstuhl aussah. Hinter ihnen schnappte die Tür zu. Marly suchte noch nach der Schalttafel, als sich der Boden neigte und alle drei durch die schwarze Seitenwand kippte.

»Ohhh«, stammelte Caritha.

Vor ihnen lag nicht etwa ein weiterer Raum, sondern eine dunkle, enge Gasse, übersät von Müll und Maschinenschrott.

»Hier enden anscheinend die kaputten Geräte«, bemerkte Marly. Sie ging in die Hocke, gefaßt darauf, sich verteidigen zu müssen.

»Versuch mal rauszufinden, wo wir sind«, forderte Gabe Caritha auf.

»Das ist nicht so einfach«, antwortete sie. Sie drückte einen Knopf an der Kamera, und ein heller Lichtkreis fiel auf die dreckverschmierte Seitenwand. Kurz darauf leuchteten in giftgrüner Farbe Worte auf, die so präzise wie beängstigend waren:

ZEIT: 10:30 h
TERMIN: 11:15 h, MONATSSITZUNG
ZUR AUFGABENVERTEILUNG
!!ZUR ERINNERUNG!! LUNCH MORGEN UM 12:30 h
W/MANNY RIVERA, WAHRSCHEINLICH RE QUOTA
VERSTRICHENE ZEIT: 24 MINUTEN, VERBUCHT BEI
GILDING KÖRPERPANZER
ABBRUCH: J/N?

Gabe stöhnte.

»Datensalat«, sagte Marly und grinste Gabe an. »Oder was meinst du?«

»Bestimmt«, murrte er. »Lieber hätte ich die Teufel der Technik zu Besuch als wieder auf eine dieser Sitzungen gehen zu müssen.«

Caritha zwickte ihn am Arm. »Soll ich nun bestätigen oder abbrechen?«

Gabe stand auf und versprach: »Ich hol euch gleich wieder ein.«

»*J* oder *N?*«

»Ja, verdammt«, fluchte er. »Ich meine, J. Aber laß das Ding laufen. Laß es laufen!«

Die Gasse wurde schwarz.

Der Abbruchbefehl öffnete automatisch die Verriegelung des auf den Kopf montierten Monitors. Der war brandneu und noch leichter als sein altes Modell. Trotzdem wurde er den Eindruck nicht los, eine Mülltonne auf dem Haupt zu tragen. Gabe setzte ihn behutsam ab und stöpselte die Verbindungsstecker aus seinem Hotsuit.

Er stand in der Simulationswerkstatt und suchte nach Orientierung. Sämtliche Glieder taten ihm weh, weil er, im Raum hin und her hampelnd, überall angeeckt war, gerade so wie ein hyperaktives Kind, das mit seinem Junior-G-Man spielte. Dabei war der Raum ziemlich groß, der größte, der Diversifications zur Verfügung stand. In fünfzehnjähriger Arbeit hatte er die Halle ausgebaut; sie war groß wie ein Basketballfeld und sechs Meter hoch, voll eingerichtet mit einem Laufrad, einer Treppenstiege, Gerüsten, Polstermatten und Möbelattrappen.

Er hatte eine geschlagene Stunde gebraucht, um die Bühne samt Rutsche in den Frachtenaufzug zu bugsieren und für die Falltür-Sequenz zusammenzubauen. Der Anblick der albernen Requisiten stieß ihm peinlich auf, obwohl niemand anwesend war, der ihn in Verlegenheit bringen konnte.

Was ist los, Glühfix? Sieht dir das alles zu sehr nach Kinderkram aus? Im Geiste hörte er Marlys tiefe Stimme und ihr leicht heiseres Lachen.

Er schaute auf den Monitor, der wie eine große, aufgeschlagene Bibel in seinen Händen lag. Der Bildschirm nahm den größten Teil der Innenfront in Anspruch. Er hatte die Form einer Taucherbrille, die die Augenpartie paßgenau umschließt. Ringsherum war eine Vielzahl winziger Laser arrangiert, die eine sehr viel höhere Bildauflösung ermöglichten als sein altes Modell. Er konnte in alle Richtungen blicken. Die von der Hornhaut abprallenden Laserstrahlen reagierten sofort und schwenkten den Bildschirmausschnitt so sanft, daß ein Unterschied zum natürlichen Sehen kaum zu erkennen war. Sich in der Simulation zu verlieren, war nun mehr als wahrscheinlich, und Gabe hatte kurz davor gestanden, als Alarm ausgelöst wurde.

Er nahm den Monitor mit zur Arbeitsbank und legte ihn darauf ab. Der Computerbildschirm zeigte an, daß die Simulation ohne ihn flüssig weiterlief. Marly und Cartha würden allerdings nichts merken, wenn er das Programm stoppte. Sie verschwänden einfach aus der Vorstellung, denn sie waren nicht mehr als ein elektronisches Flackern im System.

Nicht mehr und nicht weniger, dachte er. Phantasievorstellungen, Chimären, eingebildete Playmates. Daß sich Gabe plötzlich so müde fühlte, lag nicht allein an den unternommenen Anstrengungen.

Nun, ganz und gar eingebildet waren die beiden nicht. Zwei wirkliche, lebendige Personen hatten ihnen Modell gestanden, bevor sie in der Masse der Namenlosen wieder untertauchten, da sie beim Testpublikum nicht angekommen waren — was Gabe ganz und gar nicht verstehen konnte. Denn deren Abbilder Marly und Caritha waren, wie Gabe fand, umwerfend. Aber vielleicht hatte der Programmierer einen ausgesprochen guten Tag gehabt — oder auch einen besonders schlechten. Vielleicht war er im Verlauf der Arbeit peu à peu ausgeflippt und dann endgültig meschugge geworden, als er das Simulationsgespann schließlich komplett hatte.

Diversifications hatte die ganze Sache abgeblasen, bevor Gabe dazu gekommen war, einen Antrag auf Verwendung zu stellen. Und so experimentierte er inoffiziell, und tief in der Schublade seiner Konsole vergraben lagen die Chip-Kopien seiner Originalklischees. Sooft die Arbeitskopien unübersichtlich wurden und in weit verästelte Entscheidungswege ausfransten, richtete er die Programme wieder auf die Originale aus — genauer gesagt: auf die Master-Kopien der Klischees der Originale. Aber Gabe nahm es damit nicht so genau. Er hatte die zwei Frauen persönlich nie kennengelernt und wollte auch nichts von ihnen wissen. Denn wenn sie dahinterkämen, daß ein Angestellter von Diversifications seit zwei Jahren unerlaubtermaßen und gratis mit ihren Simulationen herumspielte, würden sie eine satte finanzielle Abfindung beanspruchen können und er seinen Job verlieren.

Herrje, zwei Jahre? So lange schon? Er fühlte sich ertappt — wie ein Schüler beim Abschreiben. Ganz zu Anfang waren für ihn die Simulationsversuche angeblich nicht mehr gewesen als eine fortgeschrittene Aufwärmübung, womit er seine alte Ideenpumpe in Schwung bringen, den Kreativitätsgenerator wieder anwerfen wollte. Seit fünfzehn Jahre schon stoppelte er Werbespots zusammen für Körperpanzer, Arzneien und Heilquellen, für Datenmodule und blödsinnige Reinigungssprays. Zwischendurch brauchte das Gehirn Stimulanz, um nicht gänzlich auszutrocknen.

Jede Menge Szenarien hatte er nun schon entworfen und wieder verworfen, doch nach wie vor redete er sich ein, lediglich der Pflege seines Geistes wegen daran zu arbeiten. Sein Output schrumpfte langsam, aber stetig, und die Werbespots nahmen immer mehr Zeit in Anspruch. Jedenfalls bildete er sich das ein; im Grunde aber nahm nur seine allgemeine Trägheit zu, so daß Manny schon maulte über die gesunkene Produktivität. Trotzdem verbrachte Gabe täglich mindestens eine Stunde in Simulation mit Marly und Caritha. Eine Stunde? Wohl eher vier. Wie leicht man sich in der Zeit vertat.

Er öffnete den Reißverschluß seines Hotsuits und pellte ihn ab. Darunter kamen auf blasser Haut die barocken Abdruckmuster von gewundenen Kabeln und Sensoren zum Vorschein, ein Gewirr, das doppelt so komplex war wie bei den teuersten Anzügen, die auf dem freien Markt verkauft wurden. Nur die … ehmm … Genitalien waren unverdrahtet. Hochentwickelte Anzüge dieser Art standen eigentlich nur denen zur Verfügung, die für Hollywood an ganz raffinierten Projekten arbeiteten.

Gabe massierte die Druckstellen und fürchtete sich vor dem Tag, da sie nicht mehr verschwinden und wie Tätowierungen auf der Haut zurückbleiben würden. Wenn er dann stürbe (oder gefeuert würde), ließe Diversifications ihm bestimmt die Haut abziehen und seinen Balg als Muster für neue Hotsuits nutzen.

Die Großen der Menschheit hinterlassen Spuren; auf allen bleiben Spuren zurück. Er streifte das Oberteil ab und musterte sich. Es gab hysterische Fälle, die sich einbildeten, gepackt zu werden und tatsächlich Zeichen der Gewalt als Stigmen davontrugen. Und zwar ohne Hotsuits.

Plötzlich hatte Gabe das Gefühl, als würde ihn jemand sachte bei der linken Hand führen, auf der immer noch der Handschuh steckte. Ursache dafür waren die letzten Zuckungen abflauender Energie. Das passierte manchmal. Eilig streifte er den Rest des Anzugs ab und stieg in seine Straßenkleider.

Nervös richtete er den Blick auf die Zeituhr rechts unten auf dem Computerbildschirm. Irgendwo im Rechner — in einer alternativen Welt — wehrten sich Marly, Caritha und ein Programmphantom, das seine Stelle einnahm, gegen finstere Gestalten, die in der Gasse über sie herfielen. Gabe kannte den Ausgang. Die simulierte Situation, der er seine Figuren aussetzte, war einem alten Hollywood-Streifen entlehnt. *Das Haus der Kopfjäger* — so der Titel — war auf Konjunktiv-Format konvertiert worden. Im Kino hatte der Film nur mäßigen Erfolg gehabt, im neuen Format aber war er ein absoluter Hit gewesen. Wer Gefallen an dem Streifen finden wollte, mußte ihn — statt nur zu sehen — sozusagen von innen heraus miterleben. Als das Interesse schließlich nachließ, wurde er ausrangiert und zum Ausweiden für Werbespots freigegeben.

Gabe hatte zugegriffen, um, wie er angab, Szenen für einen Spot über Körperpanzer herauszukopieren. Diese Begründung erschien ihm plausibel genug für die vierteljährliche Produktivitätsprüfung, die ihm im Nacken saß wie der Abgabetermin für das fertige Produkt, und er hatte noch nicht einmal mit der Arbeit daran begonnen. Für den Nachmittag nahm er sich vor, die Rolle abzuspulen und brauchbare Ausschnitte zu markieren. Hoffentlich hatten Marly und Caritha nicht mehr Veränderungen eingebaut als ihnen technisch zustand. Als Programme waren die beiden clever genug; sie konnten dazulernen und andere, konkurrierende Programme nach Gutdünken manipulieren. Zudem hatte *Das Haus der Kopfjäger* einen hohen Manipulationsquotienten. Wer wollte, konnte am Ende sterben oder sich für eine Risikooption entscheiden, die den Ausgang offenhielt.

Das brachte Gabe auf eine Idee. Wie wär's, diese Möglichkeit in die Werbung einzubauen? *Körperpanzer von Gilding können Ihr Leben retten … können sie wirklich?* Die Leute von Gilding würden im Sechseck springen.

Oder vielleicht sollte er den bevorstehenden Lunch-Termin mit Manny Rivera simulieren und Marly und Caritha hereinplatzen lassen. Anstatt in Person dort aufzukreuzen, würde er sich das Treffen nachträglich bloß anzusehen brauchen. Aber er wußte genau, was Manny dazu zu sagen hätte: *Gabe, wir stehen vor der Quartalsprüfung unserer Produktivität, und du weißt, daß es dem Dach-Team nur auf Zahlen ankommt, Zahlen, die darüber Auskunft geben, wieviel du produzierst und wie lange du dafür brauchst. Alles andere interessiert die nicht.* Dach-Team wurde im Firmenjargon das obere Management von Diversifications genannt. Der Ausdruck klang kollegialer und sollte wohl, wie Gabe vermutete, darüber hinwegtäuschen, daß es sich bei diesem ›Team‹ nur um eine Stapeldatei handelte.

»Zehn Uhr vierzig«, sagte die Computeruhr höflich. Gabe verzichtete auf den Ein-Personen-Lift und stieg über die Leiter hinauf zur Galerie, um seiner verkrampften Muskulatur einen Gefallen zu tun. Als er oben ankam, drückte ein Gegenstand in der Tasche unangenehm auf den Schenkel: der Schlüssel für den Lastenaufzug. Er hatte vergessen, ihn beim Werkschutz abzugeben. Egal.

Die Schloßsensoren, auf die er die Finger legte, reagierten verzögert, da das Simulationsprogramm weiterlief und den Arbeitsspeicher belastete.

»Wie sehr ich meine Arbeit liebe«, murmelte Gabe.

Und ich erst, hörte er Carithas Stimme durch den Kopf hallen.

Das Schloß sprang auf, und er ging durch den Flur auf die Fahrstühle zu.

05

»Du hättest gleich zu mir kommen sollen, Sammilein«, sagte Fez.

Sam hob die Schultern. »Ich hab wohl heute morgen die falsche Pille genommen.« Sam gegenüber saß Rosa, die sich gerade einen zweiten Doughnut aus der Schachtel auf dem Tisch nahm und dann die Schachtel dem jungen blonden Burschen auf der Couch reichte. Adrian, der Großneffe von Fez und ein wahrer Blitz aus dem Äther, war am Morgen aus San Diego eingetroffen. Fez hatte nie etwas von einer Familie erwähnt. Das Kerlchen war vierzehn, sah aber aus wie zwölf, und an seinen mandelförmigen Augen schien irgend etwas nicht zu stimmen; sie schielten ein wenig, als hätte der Junge soeben einen harten Schlag aufs Dach bekommen. Ein benommener Vierzehnjähriger. Sam vermutete, daß auch sie so ausgesehen hatte, als sie das erste Mal von zu Hause weggelaufen war. Freiheit war das einzige, woran man dachte, und wenn sie endlich gewonnen war, machte man sich in die Hose. Willkommen in der großen, weiten Welt, Jungchen.

»Du hast bestimmt wieder mal nichts gegessen«, sagte Fez onkelhaft.

»Doch, zwischendurch 'ne Kleinigkeit«, antwortete Sam und fand ein letztes Reiskorn auf der Hose, das sie davon abpickte, zwischen den Fingern rieb und dann, weil sie nicht wußte, wohin damit, in die Tasche steckte.

»Seetang und Grasschnipsel wie üblich?« fragte Fez.

»Seetang und Sushi-Reis.«

Fez drehte sich um. »Mal sehen, was im Haus ist. Vielleicht kann ich dir was Anständiges auftischen. Außer Doughnuts.« Er ging zur Kochnische, einer abgetrennten Zimmerecke mit Zwei-Platten-Herd, Mikrowelle und Kühlschrank, in Schränken eingebaut. Sam kannte sich darin gut aus. Hier hatte sie zu kochen gelernt.

»Du weißt, was er von Seetang hält«, sagte Rosa und wischte Puderzucker aus den Mundwinkeln.

»Ja. Fleisch, Milchprodukte, Gemüse und Doughnuts — Fez legt Wert auf Viergang-Menüs.« Sam versank tiefer im Sessel. »Himmel, bin ich müde. Diese verdammten Pillen geben einem den Rest.«

»Da kann ich nicht mitreden«, meinte Rosa heiter. Sam schmunzelte. Rosa war eine schlaue kleine Frau, die im elektronischen Untergrund schon den Status einer grauen Eminenz erworben hatte, als Sam vor drei Jahren durch Zufall in ihre Schaltkreise hineingeraten war.

Zur etwa gleichen Zeit hatte sie Fez kennengelernt und all die anderen: Keely, Gator, den armen, abgedrehten Beauregard, Kazin und etliche mehr, von denen die meisten inzwischen verschwunden waren, im Bau saßen oder dem Bau auszuweichen versuchten. Wie Keely zum Beispiel.

»Ich dachte, du wärst gleich gekommen, um deinen Laptop abzuholen«, sagte Rosa. »Daß du ohne ihn abgereist bist, hat mich übrigens schwer gewundert. Es kam mir so vor, als würde jemand splitternackt und ohne Gepäck zu einer Weltreise aufbrechen.«

Adrian kicherte und schlug dann verlegen die Hand vor den Mund. Rosa bedachte ihn mit ihrem trockenen, schiefen Lächeln. »Schon gut, Junge. Unter der Kleidung läuft schließlich jeder nackt rum.« Wieder kicherte Adrian und blickte schamvoll zur Seite.

»Quäl den Jungen nicht«, rief Fez aus der Küche. Die Mikrowelle summte und schaltete sich klickend aus. »Denk daran, daß auch du mal ein nervöser Teenager gewesen bist und noch grün hinter den Ohren.«

»Wenn du das beweisen kannst, zahl ich dir hundert Dollar«, antwortete Rosa.

»Hört euch die Alte an mit ihren vierundzwanzig Jahren«, tönte Fez, der nun mit einer Schale und einem Löffel aus der Küche kam. »Vor nicht allzu langer Zeit hättest du mir hundert Dollar für den Beweis gezahlt, daß du bis heute überlebst.« Mit leichter Verbeugung reichte er Sam Schale und Löffel. »Bohnensuppe aus Marinebeständen in Ermangelung grüner Eier, und Schinken ist leider auch nicht da.«

»Gut so.« Leicht angewidert musterte Sam den klumpigen, braunen Brei in der Schale. »Ich hab doch schon gegessen.«

Fez steckte den Löffel in die Suppe. »Seetang und Reis, uhh, das ist doch kaum zu schlucken. Jod mag zwar mitunter ganz gut für die Gesundheit sein, aber du brauchst was zwischen die Rippen. Die lassen sich nämlich bei dir noch zählen.«

»Du hast gespickt«, sagte sie. Fez wurde ein wenig rot und setzte sich zu seinem Großneffen auf die Couch.

Fez war an die Sechzig. Seine duftigen weißen Haare erinnerten an Zuckerwatte. Er hatte schwarze Augen, eine krumme Nase, die ein paarmal gebrochen war, und einen Mund, der nie zu lächeln aufhörte. Diese Merkmale hatte er mit dem Weihnachtsmann gemein, doch Fez war weder dicklich noch bärtig. Untypisch für den Weihnachtsmann war außerdem sein eckiges, scharf geschnittenes Gesicht, und trotz des Lächelns verriet seine Miene, daß er ständig auf der Hut war.

Sam erinnerte sich daran, wie schwer es ihr gefallen war, diese opahafte Gestalt in Übereinstimmung zu bringen mit dem Bild, das sie sich im Online-Kontakt von ihm gemacht hatte: neunundzwanzig oder dreißig Jahre alt und dem Aussehen, Charme und Sex-Appeal nach einer derjenigen, die in der Szene für Renegaten gehalten wurden.

Im nachhinein war ihr klar, daß sie zumindest sein wirkliches Alter hätte erraten können. In den zahllosen Online-Unterhaltungen zu vorgerückter Stunde hatte er oft beiläufig Hinweise fallen lassen, die eindeutig darauf schließen ließen, daß er die letzten vierzig Jahre aus eigener Erfahrung kannte.

Sam saß in dem alten Sessel und würgte sich ihm zu Gefallen die laffe Suppe rein. Dabei dachte sie zurück an ihren ersten Besuch hier in dieser Einzimmerwohnung in Ost-Hollywood. Rosa hatte sie mitgenommen, und schon damals war Fez bemüht gewesen, seinen Gast abzufüttern, und Sam hatte artig zugelangt. Rosa war für sie eine Offenbarung gewesen — Cherokee Rosa, wie sie in der Szene genannt wurde, denn sie gehörte tatsächlich zum Stamm der Cherokee, und ihr Name war tatsächlich Rosa; sie hatte Massen dunkler Locken, einen verschlagenen Blick und eine Hand, die wie ein Schraubstock zudrücken konnte. Offenbar war ihr der Auftrag gegeben worden, sie, Sam, aus ihrem Wohnklo bei Santa Monica herauszuholen, wo sie sich verschanzt hatte und auf ihrem selbstgebauten Laptop übte.

Wir haben dich beobachtet, Kleine. Du hackst gut.

Sam hatte mit gemischten Gefühlen reagiert. *Der Große Bruder, he?*

Nein. Sagen wir lieber: der Verwandte, über den niemand zu reden wünscht.

Das bin ich, hatte Sam geantwortet.

Das sind wir alle zusammen, Kleine.

In der Tat. Und so war es zum Treffen mit Fez gekommen, das Sam so sehr überrascht hatte, und anschließend war sie so oft wie möglich zu Besuch gewesen. Später fand sie heraus, daß sie zu den ganz wenigen zählte, die Fez in seiner Nähe duldete (Rosa gehörte auch dazu). Sam wäre gerne ganz zu ihm gezogen, doch er hatte sie immer wieder abgewimmelt und deutlich zu verstehen gegeben, daß ihm nicht der Sinn danach stand, die Ost-Mimosa-Bagage zu bewirten. Außerdem sei er, wie er sagte, kein Vaterersatz. Doch in dieser Rolle hatte Sam ihn nie gesehen.

Es genügte ihr schließlich, an seinem umfangreichen Wissen über Computer-Kommunikation teilhaben und das Privileg genießen zu dürfen, seinen leistungsstarken Computer zu benutzen, der auf dem Tisch in der Ecke stand. Das Gerät wirkte auf den ersten Blick geradezu stümperhaft aufgemotzt mit seinen Peripherien und Erweiterungen, die allesamt nicht zusammenzupassen schienen. Die Konfiguration wechselte ständig. Inzwischen waren ein zweiter Flachbildschirm dazugekommen und ein paar zusätzliche Speicher. Darüber hinaus entdeckte sie einen Kopfmonitor, der am Tischrand lag und mit dem Rechner verbunden war, als hätte Fez ihn erst kürzlich benutzt — was Sam verwunderte. Auf künstliche Realitäten war Fez nie sonderlich scharf gewesen, jedenfalls nicht in der Praxis.

Das System war eingeschaltet, wie Sam registrierte, obwohl keiner der Bildschirme aufleuchtete. Auch das entsprach ganz und gar nicht der Art von Fez. Normalerweise ließ er nie ein Programm auflaufen, ohne die Entwicklung zu verfolgen.

»Du warst also auf Reisen und nicht zu erreichen«, sagte Fez.

»Sie hat in den Ozarks campiert«, informierte Rosa. »Stell dir das vor. Die Ozarks sind in Missouri«, fügte sie für Fez erklärend hinzu.

»Ja, hab schon davon gehört«, entgegnete er. »In Missouri laufen zur Zeit interessante Forschungen, und zwar auf dem Gebiet der Nanotechnologie. Was für ein Zufall ...« Er nickte Rosa zu, und an Sam gewandt fuhr er fort: »Aber davon hast du wohl bei aller Naturfreude nichts mitbekommen. Ich dachte immer, Camping wäre für dich eine Nacht im Knast und nicht Jagen und Fischen.«

»Gejagt hab ich nicht und nur einmal geangelt. Tiere totzumachen, liegt mir nicht«, antwortete Sam achselzuckend. »Ich war das Rumhacken leid und wollte mal raus aus der Stadt.«

Rosa lachte. »Und bei mir läßt du die heiße Hardware zurück. Du hast Ideen.«

»Die Hardware ist nicht heiß, nur die Software, und die hab ich mitgenommen.«

»Wozu? Um sie als Ohrringe zu gebrauchen?«

Sam grinste. »Nein, aber du bringst mich auf eine gute Idee für ein Kryptogramm.«

Rosa kniff die Brauen zusammen. »So gut ist die Idee nun auch wieder nicht, und außerdem paßt der Begriff nicht. Tarnung wäre wohl zutreffender. Du hast zu lange am Computer gesessen.«

»Was soll's?« Mit Blick auf Fez fragte Sam. »Hast du Keely gesehen?«

Fez' Miene wurde ernst. »Keely ist verschütt gegangen. Er hat sich nicht gemeldet, und niemand weiß, wo er steckt. Nicht einmal Jones.«

»Und wo ist Jones?«

»Unter Kontrolle«, antwortete Rosa. »Ich hab ihn hier, aber nur vorübergehend. Er war bei Gator, wieder schwer daneben und hat schlappgemacht. Ich mußte seine Leiche aus dem Zelt holen.«

Adrian riß die Augen auf. »Soll das heißen, hier in der Wohnung liegt ein Toter?«

»Vorübergehend. Ich meine, er ist vorübergehend tot, aber wahrscheinlich nicht einmal das, sondern nur im Koma. In ein paar Tagen ist er wieder auf den Beinen.«

Der Junge warf einen irritierten Blick auf Fez. »Mann, bei euch geht's echt merkwürdig zu. Bei uns zu Hause stirbt man für gewöhnlich nur einmal und das für immer.«

»Mit den entsprechenden Implantaten wird sich das auch bei euch ändern«, bemerkte Rosa spöttisch. »Unser Freund Jones — oder besser gesagt: der Freund unseres Freundes Keely — litt unter chronischen Depressionen und war schwer selbstmordgefährdet. Elektroschocks haben nicht geholfen. Also ist er in die Wonnefabrik eingeliefert worden, wo ihm ein Implantat ins Gehirn gesetzt wurde. Jetzt kann er sich umbringen, so oft er will. Er liegt dann ein, zwei Minuten flach, bis sein Adrenalinsystem einen Tritt bekommt, und schon bekrabbelt er sich wieder.«

»Nein, sie nimmt dich nicht auf den Arm«, versicherte Fez seinem Neffen. »So werden mittlerweile Depressionen behandelt, wenn alle anderen Mittel versagen.«

»Nur, Jones hat nie andere Mittel ausprobiert«, präzisierte Rosa. »Er hat sich gleich von den Wonnemachern versorgen lassen. Jetzt ist er todessüchtig, und das wird er so lange sein, bis ihm das Adrenalin ausgeht. Dann geht er endgültig.«

»Ins Fegefeuer vielleicht«, meinte Fez gutmütig.

Adrian lehnte sich zurück und schlug die Arme um die Brust. »Soll noch mal einer sagen, *ich* wäre verrückt.«

»Am liebsten würde ich 'ne Bombe in die verdammte Klinik werfen, die Jones auf dem Gewissen hat«, sagte Rosa. »Aber die Bullen sind mir zuvorgekommen. Letzte Woche sind die Wonnemacher eingebuchtet worden.«

»Und Jones ist aufgeschmissen«, sagte Sam. »Jetzt muß er ohne Klinik auskommen, und Keely ist auch nicht da. Was kann er tun?«

»Sterben. Periodisch.« Rosa wandte sich an Fez. »Ich mach jetzt wohl besser einen Spaziergang, damit ihr euch in Ruhe angucken könnt, was Sam von Keely empfangen hat.«

»Plapper bloß nichts aus«, ermahnte Fez.

Rosa bekreuzigte sich.

»Augenblick noch«, sagte Sam und blickte bedeutungsvoll auf Adrian.

Der fing wieder zu kichern an. »Keine Bange, von mir ist nichts zu befürchten. Du weißt es wohl noch nicht: Ich kann nicht lesen.«

Fez bestätigte: »Er kriegt keinen Buchstaben auf die Reihe.«

»Also braucht ihr auf mich keine Rücksicht zu nehmen. Nur den Ton dürft ihr nicht zuschalten.«

»Er hat eine Gehirnverletzung«, erklärte Fez kurz und trocken. »Eine Alexie. Implantate helfen nicht, aber wir sind auf eine andere Lösung gekommen. Er hat Mandarin zu lesen gelernt.«

Rosa zog die Brauen hoch. »Im Ernst? Kannst du Mandarin lesen?«

Der Junge zuckte die Achseln. »Von Lesen kann eigentlich nicht die Rede sein. Nicht in meinem Fall. Aber wenn weltweit auf duale Schreibprogramme umgestellt würde, die sowohl Buchstaben als auch Ideogramme verarbeiten, wär ich aus dem Schneider. Wenn nicht, muß ich nach China auswandern.«

»Warum nicht einfach gesprochenen Text verwenden?« fragte Rosa.

»Aus demselben Grund, der dich davon abhält«, antwortete Fez. »Zeit. Gesprochener Text nimmt doppelt so viel Zeit in Anspruch wie stille Lektüre. Und außerdem nervt das Geschnatter auf die Dauer. Wir haben ein Übersetzungsprogramm für ihn entwickelt, das alles, was über die Dataline kommt, in Ideogramme umschreibt. Allerdings ergeben sich dabei oft kleinere Sinnverschiebungen.«

Sam stellte die Suppenschale auf den Boden. »Ich wäre gespannt darauf zu erfahren, wie dieses Programm Keelys Mitteilung übersetzen würde. Es handelt sich um ziemlich verrücktes Material. Viel zu lesen ist nicht dran.« Sie blickte auf Adrian. »Hör zu, ich will nicht, daß jemand zufällig zum Mitwisser wird und dadurch in Schwierigkeiten gerät.«

»Adrian ist in Ordnung«, sagte Fez entschieden. »So, und nun zeig mir, was du hast.«

»Ich bin ziemlich sicher, daß Keely Diversifications angezapft hat. Vor wem sollte er sonst so viel Schiß haben und in Deckung gehen? Auffällig ist, daß er die Daten in einer Speed-Thrash Nummer verschlüsselt hat, gespielt von einer Gruppe, die bei EyeTraxx Videos gemacht hat. Und durch Zufall erfahre ich, daß EyeTraxx inzwischen zu Diversifications gehört. Mein Vater arbeitet schon jahrelang bei der Firma, und ich weiß, daß sie nie, aber auch nie interessiert war an Musikvideos. Neben Hardware stellt sie vor allem Werbespots her, macht in Filmverleih, Instant-Reisen und all dem anderen Mittelklassescheiß.«

»Vergiß nicht die elektronischen Grußkarten«, sagte Rosa. »Wenn's die nicht gäbe, würden manche von uns nicht einmal zu Muttertag mit der Mutter Kontakt aufnehmen ... O verdammt, tut mit leid, Sam«, fügte sie hinzu und zeigte sich zerknirscht. »Den Verkauf von EyeTraxx hab ich auch am Rande mitbekommen, mir aber nichts weiter dabei gedacht. In letzter Zeit springen viele Großfirmen auf den Rockzug auf. Schau dich mal im BizNet um, dann siehst du, wo das Geld hinfließt, falls es dir gelingt, aus den ganzen Transaktionen schlau zu werden.«

»Zuerst hab ich mir auch nichts dabei gedacht«, sagte Sam. »Aber dann fand ich's doch komisch, daß die Nachrichten kein Wort davon erwähnten. Zugegeben, die Ozarks liegen, idyllisch wie sie sind, verdammt weit weg, aber die Datalines reichen auch bis dahin, und darüber war nichts zu erfahren. EyeTraxx ist — oder war — eine Firma von Hall Galen, und normalerweise ruft Hall Galen zur Pressekonferenz, auch wenn er nur einen Rülpser von sich zu geben hat.«

»Vielleicht war der Verkauf für ihn nur ein kleines Aufstoßen.« Fez stand auf, ging an den Tisch und schaltete einen der Bildschirme an. »Wo hast du den Verkauf bestätigt gefunden?«

Sam gab Auskunft.

»Ah ja, gut versteckt zwischen langweiligen Nachrichten aus der Geschäftswelt. Um darauf zu stoßen, muß man schon seine Defaults neu einstellen.« Fez winkte Rosa und Sam zu sich. Das allgemeine Dataline-Menü tauchte auf dem Bildschirm auf. Mit dem kleinen Finger steuerte Fez BizNet an. Sogleich zeigte sich ein

Verzeichnis von BizNet, aufgeteilt in sechs verschiedene, komprimierte Abschnitte.

Sams Augen stellten sich quer. »Himmel, was für ein Chaos.«

»Was so ein richtiger Hai ist, weiß damit ebenso viel anzufangen wie du mit deiner bevorzugten Assembler-Sprache«, meinte Fez und gönnte ihr ein Lächeln. »BizNet ist wählerisch bei der Vergabe von Lizenzen; zuerst einmal müssen sich Interessenten einem Augentest unterziehen. Hier wird Platz gespart.« Er klickte ein Feld links oben im Bildschirm an. Über die sechs Abschnitte legten sich vier Quadrate, die Zwischenmenüs enthielten.

»Geht's nicht schneller, als von einem Menü zum nächsten zu blättern?« fragte Rosa.

»Nur dann, wenn, wie gesagt, die Defaults entsprechend eingestellt sind«, antwortete Fez. »Und wenn wir die richtige Einstellung wüßten, wüßten wir, was wir nicht wissen. Alles klar?« Er zwinkerte Sam zu, ließ etliche Menüs abrollen und blätterte durch Kleingedrucktes, bis er endlich am Ziel war. »Na bitte.« Er deutete auf einen kleinen Paragraphen.

»Scheiße«, sagte Rosa und blinzelte auf den Schirm. »Können wir das nicht durch Adrians Hieroglyphen-Übersetzer schicken?«

»Abwarten«, erwiderte Fez geschäftsmäßig. »So weit kommt's noch. Jede Gesellschaftsgruppe wird bald ihre eigene Sprache haben, die so spezialisiert ist wie die von ihr verwendeten Daten. Dann laufen wir in unserem Weltdorf durch ganz neue Straßen, beziehungsweise durch alte Straßen mit neuen Namen.«

»Nachbarschaft ade«, sagte Rosa und starrte mit Abscheu auf den Schirm. »Oder auch ›Hallo, Nachbarschaft, willkommen‹, wie man's nimmt.«

Fez hob die Schultern. »Die Menschen neigen nun mal zur Grüppchenbildung. Was meinst du, wie egal es deinen Thrash-Rockern ist, ob ihr Video von EyeTraxx,

Diversifications oder irgendeinem Arschloch aus Detroit hergestellt wurde. Das juckt die nicht im geringsten, und deshalb kommen solche Meldungen auch nicht in die allgemeinen Musiknachrichten. Wer sich für Geschäfte interessiert, hat ein Abo bei BizNet und nicht bei G-Clef. Musiker holen sich ihre Informationen bei PerfectPitch, Techniker bei CircuitBreak und ...«

»... alle anderen gucken dumm aus der Wäsche«, meinte Sam nachdenklich.

Fez lachte. »Sie hat's kapiert. Nun denn, festzuhalten ist folgendes: Diversifications hat nachgerechnet, ob es sich lohnt, die Unternehmen von Gall Halen als komplettes Paket aufzukaufen. Gall Halen war einverstanden, EyeTraxx abzutreten, für einen angemessenen Preis, versteht sich. Und so sind beide Seiten übereingekommen.«

Rosa zeigte mit dem Finger auf den Schirm. »Da steht's wohl. ›... Gelegenheit zur Gewinnmaximierung durch Reorganisation und Vorstoß in die Lücke der UBE‹. Was soll denn UBE heißen?«

»Unabhängige Betriebseinheit«, antwortete Fez. »Darunter ist alles mögliche zu verstehen. Hier ist ein Querverweis zur MedLine, und zwar über die Rubrik Forschung: Human/Zerebral/Neurophysiologie.«

Rosa schüttelte den Kopf. »Was hat denn unser Fall in der verdammten MedLine zu suchen?«

Ein kleines Kästchen tat sich am unteren Rand des Bildschirms auf; darin blinkte die Nachricht: *verbleibende Zeit für freien Zugriff 24 min.*

»Verdammte Gauner«, sagte Sam, als die Zahl im Kästchen auf 23 zurücksprang. »Das macht mich ganz wild. Du kriegst nichts mehr ohne Gebühren.«

Fez klickte in der Dachzeile eine höhere Geschwindigkeit ein und wählte aus einem kleinen Menü, das am unteren Rand auftauchte, die Querverbindung zur MedLine. »Halb so schlimm«, meinte Rosa. »Immerhin lassen sie uns ein bißchen Zeit.«

Fez kicherte. »Wie lange noch. ›Wahrheit ist billig, Information kostet.‹ Von wem stammt der Spruch noch mal?«

»Vince Sowieso«, antwortete Sam. »Ging drauf bei einem Terroristenanschlag, wenn ich mich nicht irre. Ich dachte immer, du würdest darauf bestehen, daß alle Informationen umsonst sind.«

»So sollte es sein, ist es aber nicht. Wissen ist Macht, und Macht korrumpiert. Also ist das Zeitalter der schnellen Information durch und durch korrupt.«

»Lassen sich denn die anderen Epochen der Geschichte ausnehmen?« fragte Sam.

Er zeigte ihr sein verträumtes kleines Lächeln. »Sammilein, ich vermute, wir steuern auf Verhältnisse zu, die alles bisher Gewesene in den Schatten stellt. Manchmal glaube ich, daß wir kurz vor dem eigentlichen Sündenfall stehen.«

Sam verstand die Anspielung zwar nicht, aber trotzdem lief es ihr kalt den Rücken runter. »Gänse watscheln über mein Grab«, sagte sie.

»Um auf die andere Seite zu kommen«, murmelte Rosa. Sam warf ihr einen Blick zu.

»Wer heutzutage an echte Informationen rankommen will, muß nicht nur reich, sondern vor allem auch gewieft sein«, sagte Fez. »Wichtig ist zu wissen, wonach man sucht und unter welcher Datei es zu finden ist. Gelegenheitshacker haben keine Chance, es sei denn, sie sind stinkreich. Ich wollte, ich könnte einen Blick in die Zeitung werfen.«

»Kriegst du keine?« fragte Sam überrascht. »Ich schon. Sogar draußen in den Ozarks hatte ich keine Schwierigkeiten, *Das tägliche Du* aufzuschlagen.«

»Ha, das ist doch keine Zeitung. So was nannten wir früher Ausschnittdienst. Der liefert nicht mehr als Schlagzeilen und schalen Senf dazu. Ahh, endlich ...« Fez hielt den Bildschirmausschnitt an und ließ dann Zeile für Zeile abrollen. »Dr. Lindel Joslin, im Dienst bei bla

bla bla, Lokalisierung zerebraler Nervenwege bla bla, Rezeptoren, Rezeptoren und noch mal Rezeptoren ...« Die Zeilen marschierten über den Schirm nach oben. »Hier ist es. Hmmm. Frau Doktor ist Chirurgin für Implantate. Ihre Forschungen wurden gesponsert und verwertet von der Hall-Galen-Gruppe und EyeTraxx. Jetzt liegen alle Patente bei Diversifications, Inc.«

»Patente?«

Kopfschüttelnd überflog Fez den Rest des Textes, richtete sich dann auf und stemmte die Arme in die Hüften. »Auf das, was da sonst noch steht, kann ich mir keinen Reim machen. Medizinerlatein.«

Rosa lachte. »Schalte doch den Overdrive zum Übersetzer; mal sehen, was dabei rauskommt.«

Sam hatte immer noch die Augen auf den Schirm gerichtet. »Mir fehlt nach wie vor die Erklärung dafür, warum dieses esoterische Manager-Info über den Verkauf einer Rock-Video-Firma querverweist auf Med-Line.«

»Das ist doch klar. Frau Joslin wurde von EyeTraxx gesponsert«, sagte Rosa. »Diversifications hat nach der Übernahme weiter gezahlt und darf nun ihre Ergebnisse verwerten. Mich interessiert nur, warum EyeTraxx die Forschung unterstützt hat. Um Steuern zu sparen?« Sie stieß Fez von der Seite an.

»Das wäre eine Möglichkeit.« Er verschränkte die drahtigen Arme. »Die Frage nach dem Querverweis läßt sich wohl auch beantworten. Du, Sam, kannst zur Antwort beitragen.«

Sam blickte überrascht auf. »Ich?«

»Du hast nur einen Teil von Keelys Nachricht«, erwiderte er. »Ich habe den anderen. Zeig mir deinen, und ich zeige meinen. Beides zusammen wird uns weiterhelfen.«

Sie grinste. »Du zeigst mir deinen, wenn ich meinen zeige?« Sie steckte die Hand in die Tasche, in der sich die ehemalige Insulinpumpe abzeichnete. »Meine Chips sind nicht kompatibel mit deinem System. Was dagegen, wenn ich meins benutze?«

Fez knautschte die Brauen. »Von welchem System sprichst du?«

Sie nahm die Pumpe aus der Tasche. Mit verblüffter Miene musterte Fez die handtellergroße Einheit, die ihm da präsentiert wurde. »Ich kann mich nicht erinnern, daß du jemals über Diabetes geklagt hättest oder darüber, daß dein Körper Pankreas-Implantate abstößt. Äußerst clever.« Er nahm ihr die Pumpe aus der Hand und zupfte an der Verkabelung, die unter ihrer Bluse verschwand. »Auweia.«

»Was ist los?« wollte Rosa wissen.

Sam hob ihre Bluse und entblößte die beiden Nadeln, die in der fleischigsten Stelle ihres Bauches steckten. »Du hast dich geirrt in der Annahme, ich wäre nur auf Erholung aus gewesen, statt mich in Sachen Nanotechnologie schlau zu machen«, sagte Sam und grinste albern. »Die Ozarks waren genau der richtige Ort für mich und meine heiße Pumpe. Ich habe ein Labor gefunden, wo mir als Gegenleistung für kleinere Hackaufträge die Möglichkeit geboten wurde, an meiner Sache weiterzuarbeiten.«

»Ach, du Schande«, japste Rosa. »Du bist ja krank, Mensch.«

»Unsinn. Ich bin Selbstversorger«, korrigierte Sam.

»Was hast du gegen Batterien«, knurrte Fez.

»Die sind so unpersönlich. Kein Scheiß.« Sie lachte über seine entsetzte Miene. »Das ist 'ne alternative Stromquelle. Natürlich kann man auch Batterien verwenden oder mit einem Adapter die Steckdose zu Hause anzapfen. Aber sobald das eine oder andere ausfällt, ist Hängen im Schacht. Nicht so bei mir. Bei Diversifications wird diese Methode unter Verschluß gehalten. Nicht einmal mein Vater weiß davon. Sie ist entwickelt worden für Arbeiten unter extremen Bedingungen: in der Antarktis, auf dem Mond und so weiter.«

»Oder für Spionage.« Fez holte tief Luft. »Was für einen Bildschirm benutzt du?«

Sam setzte die Sonnenbrille auf. »Man muß nur die Brennweite auf Augendioptrie einstellen. Die Retina ist der eigentliche Schirm. Leute mit Astigmatismus haben Pech.«

Fez berührte das Kabel. »Tut das nicht weh?«

»Zu Anfang ziept's ein bißchen, aber daran gewöhnt man sich.«

»Wie gesagt, du bist krank«, protestierte Rosa und weigerte sich hinzusehen. »So was wird sich nie, nie durchsetzen.«

»Sie hat recht«, sagte Fez. »Wer würde sich auch freiwillig als Nadelkissen hergeben? Schwere Diabetiker oder endokrine Fälle vielleicht, aber frag mal nach, wie die so was finden. Einige der Forscher bei Diversifications scheinen nicht ganz bei Trost zu sein.« Er reichte Sam die Pumpe zurück. »Gib mir Software und Treiber. Ich habe einen Adapter.«

Sie kramte das Abspielgerät aus dem Beutel und stellte es auf den Tisch. Fez stöberte in den Schubladen herum und fand ein geeignetes Kabel, mit dem er das Abspielgerät mit seinem Rechner verband.

Wenig später schnarrte blechern Thrash-Rock aus den kleinen Arbeitslautsprechern. Fez verzog das Gesicht unter Schmerzen. »Das Zeug ist ja noch kryptogrammiert.«

»Natürlich. Glaubst du, ich wollte riskieren, mit nackten, geklauten Daten erwischt zu werden? Laß mich mal ran. Keely hat das Kryptogrammieren von mir gelernt. Du würdest mit deinem Programm Tage zum Entschlüsseln brauchen.«

»Übertreib nicht«, antwortete er leise und winkte sie herbei. »Na los! Aber wir nehmen meine Stromquelle. Ich hab einen erstklassigen Generator; du brauchst also keine Angst zu haben, daß man uns im falschen Moment den Saft abdreht.«

»Sagt mir Bescheid, wenn ich wieder hinsehen kann«, sagte Rosa, die den beiden den Rücken zugewandt hatte.

Fez fand den Adaptereingang am Rand der Pumpe und stöpselte sie an seine Stromquelle. Als das Gerät unter Spannung stand, zog Sam die Nadeln aus der Haut. »Du kannst dich wieder rumdrehen, Rosa«, sagte sie.

»Und jetzt schaff mir das Zeug aus den Augen«, befahl Fez. »Ich will dich nie mehr damit sehen.«

»Ja, Daddy.«

Er strafte sie mit seinen Blicken. Sam lud das Decodierprogramm, und unmittelbar darauf verstummte die Musik. Gebannt starrten die drei auf den Monitor, der eine schematische Darstellung aufleuchten ließ.

»Was soll das eurer Meinung nach sein?« fragte Sam schließlich. »Das Diagramm eines Stammbaums? Ein dreizehn Jahre alter Löwenzahn, vielleicht? Oder ist es allzu abwegig, ein synthetisches Neuron darin zu sehen? Was mich umhaut, ist das da.« Sie deutete auf einen Kanal, der von dem klumpigen Dreieck in der Bildmitte abzweigte. »Ich kann mich noch erinnern, in Gehirnbio gelernt zu haben ...«

»Du hattest Gehirnbiologie in der Schule?« fragte Rosa.

»Im Aufbaukurs. Damals hatte ich noch vor, zur Uni zu gehen. Wie dem auch sei, entweder handelt es sich hier um einen axonalen Nervenfortsatz, der Impulse nach außen abgibt, oder um einen Dendriten, der Informationen von außen empfängt. Vorausgesetzt, wir haben es tatsächlich mit einem Gehirnneuron zu tun. Könnt ihr mir folgen?«

Fez warf ihr einen spöttischen Blick zu. »Laß dich nicht aufhalten, Professor.«

»Na schön. Dendriten sehen aus wie Baumwipfel im November, und für einen Neuriten ist dieser Fortsatz da viel zu dick.« Sie fuhr mit dem Finger an den unteren Rand des Klumpens. »Hier ist ein echter Neurit. Das Ding da oben erinnert mich eher an einen Omnibus ...«

»Na und?« fragte Rosa.

»Ich frage mich, was hat dieses Gebilde an einem Neuron zu suchen? Ein einfacher Neurit würd's doch auch tun. Dieser Omnibus da ist breit genug, um zwei Verkehrsspuren einzunehmen: eine, die rausführt, und eine, die ankommt.« Sam stockte. »Ich vermute, Keely hat entdeckt, daß Diversifications an der Großhirnrinde rumbastelt. Und zwar an einer maßgeschneiderten. Ich wette, daß der Teamneuling daran arbeitet, diese Frau Doktor Wie-heißt-sie-noch? Was stand in dem Querverweis zur MedLine? Das wär doch 'ne Erklärung, was meinst du, Fez? Wir haben's mit einer neuen Hardware zu tun, und die stellt alles andere in den Schatten. Ich finde es allerdings merkwürdig, daß diese Frankenstein-Nummer bei EyeTraxx gestartet wurde. Hall Galen hat doch seine Finger überall im Spiel; er hätte Frau Doktor leicht woanders unterbringen können.«

»Vielleicht ging's ihm wirklich nur darum, Steuern für EyeTraxx zu sparen«, meinte Rosa. »Oder um eine gute Tarnung, um die Forschung einstweilen abzuschirmen. Wer nach neuen Videos sucht, den Firmencomputer anzapft und per Zufall auf die Daten der Frau Doktor stößt, wird damit nichts anzufangen wissen. Den besten Whiskey füllt man am besten in die Mundwasserflasche ab.«

»Ja, aber steuerlich abzuschreiben sind nur echte Betriebsinvestitionen«, sagte Sam. »Ich verstehe zwar nicht viel von Steuern, aber das weiß ich genau.«

»Dann hat Hall Galen wahrscheinlich gelogen und dem Finanzamt erzählt, daß er an neuen Videoformaten rumknöstert«, schlug Rosa zur Erklärung vor.

Fez blickte ernst drein wie nur selten. »Tja, liebe Rosa, genau das hat Galen behauptet. Der Beweis dafür steht in der Mitteilung, die ich von Keely bekommen habe.« Mit besorgter Miene wandte er sich an Sam. »Er hat seine Daten schlau aufgeteilt. Falls einer von uns beiden erwischt wird, bleibt dem anderen genug Material an der Hand, um Krach zu schlagen. Uns hat er mit der Aufteilung zwar geholfen, aber einige Informationen sind dabei draufgegangen.«

Sam zeigte sich verwirrt.

»In meinem Teil lassen sich Reste einer verdeckten Startdatei erkennen, die kaputt gegangen ist, und zwar bei der Trennung, wie es scheint. Wenn Keely uns den ganzen Klumpatsch übermittelt hätte, wären wir jetzt einen entscheidenden Schritt weiter.«

»Komisch, daß Keely diese Datei übersehen hat«, sagte Rosa.

»Sie ist sehr geschickt versteckt worden. Mir wäre sie selber nicht aufgefallen, hätte ich nicht genauer in den Trümmern nachgesehen. Ich kann euch zeigen, was geblieben ist.« Er kramte eine Schachtel aus der untersten Schublade und entnahm ihr einen Chip, der halb so groß war wie Sams kleiner Fingernagel.

Wenig später leuchtete der andere Bildschirm auf, und es zeigte sich die dreidimensionale Grafik eines menschlichen Gehirns aus halblinker Perspektive. Im Indexfeld am unteren Bildschirmrand stand *Neues Video Format* zu lesen.

»Für mich sieht das aus wie ein Medizinporno.« Rosa rümpfte die Nase.

»Das ist noch nicht alles«, sagte Fez. Auf Tastendruck legte sich eine neue Grafik über das Bild, eine Karte, die verschiedene Gehirnfelder markierte, aber mit unsinnigen Zeichen unterlegt war. »Na, Professor, sagt dir das was?«

»Implantate«, antwortete Sam spontan. »Verrückt. Daß Diversifications im Musikgeschäft mitmischt, will mir ja noch einleuchten. Aber die wollen doch wohl nicht auch noch eine Klinik aufmachen?«

»An Implantate habe ich auch zuerst gedacht«, meinte Fez. »Aber dagegen spricht, daß auf dieser Abbildung viel zu viele Felder markiert sind, die außerdem zu dicht an der Oberfläche liegen.«

Adrian war aufgestanden und hatte still zugesehen. Jetzt beugte er sich nach vorn und zeigte nacheinander auf alle markierten Stellen. »Stirnlappen, Schläfenlappen, Hörnerv, Sehnerv. Meine Verletzung liegt hier hinten«, fügte er schüchtern hinzu und deutete auf seinen Hinterkopf.

Fez bediente einen Schalter auf der Tastatur, worauf das Bild zu kreisen anfing, das linke Gehirnprofil darstellte und dann ersetzt wurde von einer Querschnittsgrafik.

Rosa sah Adrian an. »Na, was sagt dir das?«

Der Junge zuckte die Achseln. »Lummerkotelett, Schulterbraten, Rinderbrust?«

In einer weiteren Überblendung, die sich nun auf dem Bildschirm zeigte, war nur ein Gestrüpp von Linien auszumachen, die aus dem Stamm wucherten und im Kortex ausfransten, scheinbar zufällig, als hätte jemand ein Fadenknäuel darübergeworfen.

»Kannst du diese Überblendung noch mal rausnehmen?« bat Sam und rückte näher an den Bildschirm heran.

Fez tat ihr den Gefallen. »Siehst du was?«

Sam schüttelte den Kopf. »Mir war, als hätte ich in der Unterlage was entdeckt, aber es scheint doch in der Überblendung zu stecken, ist aber zwischen dem Spaghettisalat nicht eindeutig auszumachen.«

»Wie sieht's denn aus?« wollte Fez wissen.

»Tja, wie ein rechteckiges Gebilde ...«

Rosa warf die Hände in die Höhe. »Jetzt reicht's mir langsam. Ich bin Hacker und kein Neurochirurg. Wenn man euch so hört, könnte man meinen ... Nee, mir reicht's!«

»... da in der Zone, wo Träume entstehen«, fuhr Sam fort.

Rosa schaute wieder hin; die Brauen näherten sich dem Haaransatz. »Also das interessiert mich dann doch.«

»Oder ist es die Stelle, die einen davon abhält, in Koma zu verfallen.« Sam krauste die Stirn. »Verdammt, ich kann mich nicht mehr erinnern.«

»Ausgerechnet jetzt, da meine Neugier geweckt ist«, stöhnte Rosa und ließ sich auf die Couch fallen.

»Nichts für ungut, aber wahrscheinlich ist dieses Gekritzel auch nur Datenmüll.« Fez ließ eine neue Perspektive auf dem Schirm erscheinen: Das Gehirn war nun von hinten zu sehen und der mittlere Sektor durch Helligkeit hervorgehoben. »Das ist einer der wenigen lesbaren Texte, die ich finden konnte«, sagte er und deutete auf die Legende in der unteren linken Monitorecke. »Aber die Worte ›Visual Mark‹ sagen mir nichts.«

Sam riß die Augen auf. »Mir aber. So heißt der Kerl, dem das Gehirn gehört, und was wir hier sehen, ist eine medizinische Akte. Scheiße, kein Wunder, daß Keely auf Tauchstation gegangen ist. Solche Akten zu klauen, setzt Hiebe.« Sie richtete sich auf und wandte sich an Fez. »Du bist nicht zufällig auf dem laufenden, was Rockvideos angeht, oder?«

»Allerdings nicht.«

»Visual Mark arbeitet — oder arbeitete — für EyeTraxx. Vermutlich ist er jetzt bei Diversifications, und wenn er noch keine Implantate hat, werden ihm bestimmt bald welche eingepflanzt.«

»Na und?« meldete sich Rosa von der Couch. »Die halbe Welt hat Implantate. Vielleicht ist dieser Typ süchtig, vielleicht ausgebrannt. Würde mich nicht wundern.«

»Und was ist mit dem Neuron auf meiner Platte?« Sam trat zurück an den ersten Monitor. »Wie passen die beiden Informationen zusammen? Und wo steckt Keely? Ist er nun tatsächlich untergetaucht, oder hat man ihn eingelocht?«

»Gute Fragen«, erwiderte Fez. »Wir könnten in der Liste anhängiger Gerichtsverfahren nachsehen. Danach ziehe ich ein paar Kopien von dem Zeug hier und heiz damit der Frau Doktor ein.«

»Hast du etwa vor, Keelys Fund mit einem Virus zu infizieren?«

»So ungefähr. Aber zuerst machen wir mal Pause. Du hast deine Suppe noch nicht ausgelöffelt.« Er trieb sie weg vom Schreibtisch, und kaum hatte sie ihm den Rükken zugekehrt, da verschwand das Display von beiden Bildschirmen.

06

Die Zeit zwischen dem nächtlichen Gerichtstermin und Mexiko verpennt zu haben, war ein schwerer Fehler gewesen, dachte Manny. Er war völlig von der Rolle gewesen, und keine noch so starke Stimulans hätte ihn klarer sehen lassen, als er den Jumper bestiegen hatte und gegen Nachmittag in Mexiko gelandet war — immer noch groggy und mittlerweile reif für eine doppelte Dosis an Stimulanzien.

Der Schlamassel häufte sich. Zuerst die Sache mit dem Hacker, der fündig geworden war, bevor man ihm auf die Schliche kommen konnte; dann der Ärger mit der verdammten Wonnefabrik und dieser widerspenstigen Richterin; und schließlich die Begegnung mit der EyeTraxx-Hippe, die es so eilig hatte, ihm zu entwischen. Fünf- oder sechsmal war er bei EyeTraxx gewesen, hatte sie aber nie in Person dort angetroffen. Aber ein Ausflug ins Gerichtgebäude genügte, um ihr über den Weg zu laufen.

Zuerst hatte er befürchtet, sie stecke mit dem Hacker unter einer Decke und könnte die ganze Geschichte auffliegen lassen. Dann aber schien es doch so, als sei sie rein zufällig im Gericht gewesen. Daß sie vorgeblich vollgedröhnt war und ihn nicht wiedererkannte, hatte er ihr zwar nicht abkaufen wollen, aber ansonsten schien sie völlig arglos gewesen zu sein. Nur gut, daß der Hakker inzwischen unter Kontrolle war, und die Bande aus der Klinik hinter Schloß und Riegel saß. Bevor die wieder auf freiem Fuß war, würde Gras über die Sache gewachsen sein.

Manny saß mit halb geschlossenen Augen auf dem Beifahrersitz des Geländewagens, völlig entspannt und in sich versammelt. Nur einmal hatte er sich bewegen müssen, um das Gedudel im Radio abzuwürgen, das der Fahrer eingeschaltet hatte. Am Steuer saß ein blonder, pickelgesichtiger Knabe, der in seinem jungen Leben offenbar schon viel zu viel Guadalajara-Pink geschnupft hatte. Heute war er allerdings trocken; Manny hatte persönlich einen Drogentest bei ihm vorgenommen.

Aber sobald Manny den Jumper nach L. A. bestiegen hätte, würde der Junge ihn schon wieder vergessen haben. Pink brachte die Verbindung zwischen Kurz- und Langzeitgedächtnis gründlich durcheinander, und genau aus diesem Grunde hatte sich Manny für diesen Jungen entschieden. Zum Glück hatte der Autofahren gelernt, bevor er darauf abfuhr, sein Gedächtnis zu malträtieren.

Auch Manny hätte gern die vergangenen Stunden aus der Erinnerung gelöscht oder das reizende Paar auf der Rückbank aus dem Kopf gestrichen. Galen und Joslin konnten einen durchaus in Versuchung bringen, Pink zu probieren. Galen zählte zu jener Kategorie großkotziger Geldsäcke, die sich einbildeten, mit ihrer Knete alles regeln zu können. Joslin war eine Psychopathin par excellence, dünn wie ein Versprechen und mit ausgeprägtem Hang zur Tierquälerei.

Wahrscheinlich hielten die beiden Händchen. Das taten sie oft: händchenhalten, kichern und miteinander tuscheln. In den Berichten über ihren letzten Mexikoaufenthalt, zu dem sie während der Installationsphase aufgebrochen waren, stand zu lesen, daß sie sich die meiste Zeit über in ihrem Hotelzimmer verrammelt, Videos angesehen und Sexübungen abgespult hatten, die nie auch nur im geringsten variierten.

Die Vorstellung davon kam einem erdachten Comic-Streifen gleich. Galen war klein, kaum größer als ein Schulbub, schwabblig, ohne ausgesprochen fett zu sein, hatte einen quadratischen Schädel und ein ewiges Grinsen im Gesicht. Joslin sah ganz und gar gespenstisch aus und war so bleich, als hätte sie Zeit ihres Lebens in

Kellerlöchern gehaust. Ihr Haar war gelb wie Sauerkraut, die enorm großen Augen drohten ihr aus dem Kopf zu springen, und es schien, als wäre sie permanent zu Tode erschrocken. Oder angewidert. Ihre dürre Gestalt ließ darauf schließen, daß es ihr ein erotisches Vergnügen war, den Finger in den Hals zu stecken.

Was hatten die beiden bloß aneinander gefressen? Manny ordnete diese Frage der Akte ›Kleine Rätsel‹ zu und kümmerte sich nicht weiter darum. Der Verkauf von EyeTraxx ermöglichte es den beiden, alle Rolläden runterzulassen und sich ein Video nach dem anderen reinzuziehen. Manny hatte nicht vor, sie auf interessantere Möglichkeiten der Freizeitgestaltung zu bringen.

»Wir sind da«, sagte der Fahrer plötzlich.

Manny richtete sich auf. Der weiße, flache Fertigbau war wie ein Hologramm aus der Einöde aufgetaucht. Mit dem Sturmschutzzaun ringsum sah das Gebäude eher nach einer Lagerhalle als nach einer Klinik aus.

»Fahr uns bis vor den Eingang«, sagte Manny. »Und da warte, bis wir wieder rauskommen. Ich lasse dir eine Erfrischung bringen.«

Der Junge kicherte.

»Apfelsaft«, präzisierte Manny. »Es sei denn, du möchtest lieber ein Glas Milch. Was anderes gibt's erst, wenn wir wieder im Hotel sind.«

Immer noch kichernd schaltete der Junge einen Gang tiefer. Er mochte noch so idiotisch sein — fahren konnte er. Manny widerstand dem Wunsch, den Kopf zu schütteln. Implantate könnten den Zustand des Jungen verbessern, zumindest graduell. Aber wahrscheinlich war er nicht versichert, was seinen Fall nahezu aussichtslos machte, es sei denn, emsige Sozialarbeiter würden sich für ihn ins Zeug legen, Petitionen verfassen, Spenden sammeln und Sponsoren bemühen. Aber der Junge schien mit seinem Los zufrieden zu sein und Mannys Philosophie zu bestätigen, wonach manche Leute durchaus erpicht darauf waren, in ihrer Tretmühle zu verharren. Apropos ...

Er drehte sich um. Galen und Joslin schliefen; sein Kopf lag auf ihrer Schulter. Manny langte mit dem Arm aus und rüttelte sie wach. »Wir sind da.«

Joslin schreckte auf und zwinkerte nervös mit den Glubschaugen, während Galen benommen um sich griff, ihre Bluse zwischen die Finger bekam und dabei mehr Haut entblößte, als Manny lieb war. Auf ihrer Brust zeigte sich ein Netz von Narben.

»Du bist doch hoffentlich in der Lage, mich über alles aufzuklären, oder?« sagte er und fixierte Galen mit strengem Blick.

»O ja, natürlich.« Er stieß den Ellbogen in die Seite seiner Partnerin und forderte sie blinzelnd auf, die Bluse zu richten. Sie starrte Galen an, als würde sie ihn zum ersten Mal sehen und sich fragen, was er an ihrer Seite zu suchen hatte.

»Du hast versprochen, daß alles vorbereitet ist«, sagte Manny.

Joslin wandte sich langsam von Galen ab und richtete den Blick auf Manny. »Es ist alles vorbereitet«, antwortete sie schrill und monoton. »Bis auf die Köpfe haben wir alles beieinander.«

»Die sind bald zur Stelle.« Der Wagen hielt vor der Pforte an. Manny schaute nach vorn. *Die Köpfe,* dachte er, *mein Gott.*

»Wir haben alles bis auf die Köpfe«, wiederholte Joslin.

»Aber Manny hat doch gesagt, daß sie bald zur Stelle sein werden«, beruhigte Galen.

»Ich weiß«, fauchte sie. »Ich bin doch nicht schwerhörig.«

Manny holte tief Luft und ließ sie langsam entweichen. Die für Diversifications arbeitenden Ärzte waren alle auf herkömmliche Implantationen spezialisiert. Aber Travis, der stellvertretende Chef der Chirurgie, hatte versichert, daß es nicht schwerfallen dürfte, das Team mit der von Joslins entwickelten Operationstechnik in kürzester Zeit vertraut zu machen. Der Einbau von Steckbuchsen erforderte nicht viel mehr als das Implantieren therapeutischer Aggregate. Sobald Joslin ihre Tricks verraten hätte, würde Travis alleine weitermachen können. Dafür wollte Manny sorgen.

Der Wachmann an der Pforte checkte die Ankömmlinge auf einstudiert umsichtige Weise, die Manny weniger rückversichernd als ärgerlich fand. Anschließend ließ der Junge den Wagen bis zum Eingang vorrollen, wo er den Motor abstellte und Manny ansah. »Wo sind wir hier eigentlich?«

Manny antwortete nicht. Eine Minute lang wurde geschwiegen; der Eingang blieb verschlossen.

»Wir haben der Belegschaft einen Tag freigegeben«, sagte Galen und kicherte hohl.

»Haben wir nicht«, widersprach Joslin gereizt. »Das Personal ist im Dienst.«

Schließlich öffnete sich die Tür, und hervor trat ein großer rothaariger Mann in antiseptischem Weiß. Manny war erleichtert, Travis zu sehen, stieg aus und schüttelte ihm die Hand. Travis führte ihn in die Halle, wollte etwas sagen, sah sich aber dann stirnrunzelnd um. Manny warf einen Blick über die Schulter. Galen und Joslin saßen immer noch in der Limousine und versuchten, das Rätsel der Sicherheitsgurte zu lösen. Mann ging zurück, um ihnen zu helfen.

»Du wartest hier«, ermahnte er den Jungen am Steuer — überflüssigerweise, denn die Straßenkarte auf dem Monitor des Navigationscomputers war ersetzt worden durch den Hinweis: BIS AUF WEITERES WARTEN.

»Klaro, Muchacho«, tönte der Junge mit idiotischem Grinsen. Manny verzichtete auf eine passende Miene zur Antwort. Allerdings widerrief er die versprochene Erfrischung für ihn, und später — auf dem Rückweg —

mußte der Junge, ohne zu wissen warum, die finnigsten Gemeinheiten über sich ergehen lassen, die Manny auf Lager hatte.

Über den Bildschirm bewegten sich zwei Blasen in langsamem Tanz um ein verwickeltes, litzenförmiges Geflecht. Sooft eine dieser Blasen zögerte und ans Ende der Litze zurückkehrte, sich dort vorübergehend anhängte, um gleich darauf wieder loszutanzen, entstand ein neues Kettensegment. Manny studierte den Vorgang minutenlang. Dann blickte er zu Travis auf und fragte: »Was soll das sein, wenn's fertig ist?«

»Das Weibchen. Der Empfänger«, antwortete Travis.

Manny warf einen verstohlenen Blick auf Joslin, die gemeinsam mit Galen in dem kleinen Raum hin und her wanderte, ab und zu stehenblieb und dem Begleiter etwas ins Ohr zu flüstern. »Das ist wohl der Teil, der im Gehirn bleibt.«

»Genau.« Nachdenklich kratzte sich Travis am Hinterkopf. »Das Ergebnis wird ein Schlauch sein, der nur wenige Moleküle dick ist.«

»Und lebendig.«

»Ja, das Gewebe ist lebendig.« Travis starrte unverwandt auf den Schirm. »Erstmalig werden Implantate zu hundert Prozent aus lebendigem Gewebe bestehen. Therapeutische Implantate haben alle einen gewissen Anteil an Hardware und somit die Eigenschaft von Fremdkörpern, die sich nicht immer mit dem Organismus vertragen.«

Manny nickte höflich.

»Dieses Präparat hier ist für das Sehzentrum.« Travis zeigte auf die Stelle seines Hinterkopfes, an der er sich soeben gekratzt hatte. »Es wird durch Schwarte und Schädelknochen injiziert und fühlt sich dann im Hirn ganz wie zu Hause. Bildlich ausgedrückt.«

»Und ist nur wenige Moleküle dick.« Manny runzelte die Stirn. »Tja, ich fürchte nur, daß die meisten der Patienten, die in den Genuß dieser Vorrichtung kommen werden, alles andere als zielsicher sind und nicht einmal einen Möbelwagen aus drei Metern Entfernung treffen. Wie sollen die einen Stecker in eine Buchse stecken, die am Hinterkopf sitzt und nur wenige Moleküle dick ist?«

Travis lächelte fast. »Jedes Zielfeld wird mit einem Wulst in der Größe eines Pickels markiert. Der Stecker braucht nur an diesen Wulst gelegt zu werden und findet den Anschluß dann selbständig mittels Tropismus. Egal, um was für einen Stecker es sich auch handelt — die Software sorgt für den richtigen Input und Output, und alle Stecker ziehen sich auf einen entsprechenden Befehl hin automatisch zurück, damit kein Schaden am Mechanismus auftreten kann. Das braucht ein bißchen Übung, aber wenn Ihren Leuten die Implantate am Morgen eingesetzt werden, sind sie gegen Mittag bereits in der Lage, damit umzugehen. Theoretisch jedenfalls.«

»Clever.«

»Dr. Joslin hat gute Arbeit geleistet.«

Die beiden Männer sahen sich nach ihr um. Sie stand vor einer Reihe von niedrigen Metallschränken, wedelte mit teigiger Hand in der Luft herum und flüsterte immer noch auf Galen ein, der ihr einen Arm um die spillrige Hüfte gelegt hatte.

»Erstaunlich.« Manny wies mit zackiger Kinnbewegung auf die Metallschränke. »Was ist da drin?«

»Noch nicht sehr viel. Gefriergut für die fertiggestellten Polymere. Es muß bei Minustemperaturen aufbewahrt werden, damit es bis zur Einpflanzung in statischem Zustand verharrt.« Travis führte Manny ins Nebenzimmer. Es war weiß gekachelt und leer bis auf einen Tisch, auf dem eine Kiste stand, die die zweifache Größe eines Menschenkopfes hatte.

»Der Operationsraum«, erklärte Travis. »Wenn wir darin zu arbeiten beginnen, wird natürlich alles steril sein.« Er legte eine Hand auf die Kiste. »Hierin ist ein marktüblicher Kombinations-Scanner samt Einführvorrichtung. Der Scanner markiert jede gewünschte Gehirnzone für die Implantation. Für unser Verfahren brauchte das Gerät kaum umgerüstet zu werden.«

»Ist sie schmerzhaft?« wollte Manny wissen.

»Die Operation?« Über Travis' rötliches Gesicht huschte ein heiteres Schmunzeln. »Nicht wirklich. Dr. Joslins Versuchsprimaten bemerkten einen vorübergehenden Juckreiz an den Einführstellen, der aber wahrscheinlich nur eingebildet war. Es ist damit zu rechnen, daß sich individuelle Reaktionen einstellen, und vielleicht empfindet der eine oder andere Patient ein gewisses Unbehagen, solange sich die Steckerbuchsen akklimatisieren. Aber, wie gesagt, das hängt von der Person ab. Das Gehirngewebe an sich ist ohne Schmerzempfinden.«

»Zwischen Primaten und Menschen liegt ein großer Unterschied«, gab Manny zu bedenken. »Auch eine Projektionssimulation kann nicht hinlänglich ...«

Travis hob die Hand. »Dr. Joslin?« rief er. »Würden Sie bitte einmal kommen und mir helfen, Mr. Rivera etwas zu zeigen?«

Joslin tauchte im Türrahmen auf, begleitet von Galen. Sie sah sich im Raum um und kicherte verlegen, als wäre sie bei einer unanständigen Tat ertappt worden.

»Dr. Joslin, würden Sie sich bitte einmal auf den Tisch legen und den Kopf in den Scanner stecken?« fragte Travis und öffnete die Frontseite der Kiste.

Joslin löste sich von Galen, hüpfte auf den Tisch und rutschte, auf dem Rücken liegend, nach oben, bis ihr Kopf in der Kiste verschwand. Travis nahm eine kleine Fernbedienung zur Hand und tippte darauf herum.

An der Wand hinter Manny strahlte eine große Holographie auf, die in grellgrünen Lichtspuren das dreidimensionale Abbild eines Gehirns darstellte. Innerhalb des Gehirns war ein Gewirr aus schwarzen Linien zu erkennen, die aus verschiedenen Zonen zu einem Knäuel zusammenliefen.

»Dr. Joslin hat die Plazierung ihrer Steckerbuchsen bereits im Eigenversuch vorgenommen«, sagte Travis und reagierte auf Mannys krause Stirn mit gelassener Miene. Manny richtete den Blick von Travis weg auf die Holographie. Er wußte: Dem Dach-Team würde es ganz und gar nicht gefallen, daß Joslin auf eigene Faust ein Verfahren anwendete, das sie zwar entwickelt hatte, nun aber im ausschließlichen Besitz der Gesellschaft war. Gut so, dachte Manny, denn falls die Frau irgendwann Ärger machen sollte, würde ihr diese Vertragsverletzung unter die Nase gerieben werden können.

»Bei den schwarzen Linien, die Sie dort sehen, handelt es sich um Verbindungswege, die von den Steckern im Gehirn erzeugt worden sind. Die Konfiguration wird von Person zu Person verschieden ausfallen, wie auch das Gehirn und dessen Organisation von Person zu Person verschieden ausfällt.«

Manny richtete den Blick zurück auf Travis. Dessen Begeisterung für die Sache war unverkennbar.

»Acht Steckerbuchsen reichen im allgemeinen schon aus«, fuhr Travis fort. »Aber vielleicht wird sich zeigen, daß der eine oder andere mehr davon braucht, womöglich auch weniger. Das Schöne ist: Mit diesem Verfahren entstehen Implantate, die Fehlfunktionen von sich aus beheben können. Ein ganz und gar organisches Implantat greift in das Gehirngewebe ein und ist in der Lage, krankhafte Zellen gegen gesunde auszutauschen.«

»Das steht wohl auch in Ihren Berichten für die Ärzteschaft und das Ministerium für Ernährung, Drogen und Software, nicht wahr?« fragte Manny.

Travis nickte. »Tja, die werden diese Vorteile womöglich nicht zu schätzen wissen.«

Manny lachte kurz auf. »Das lassen Sie mal meine Sorge sein. Für morgen abend sind deren Vertreter zu einer Präsentation in Topanga eingeladen, und da werden ihnen die Vorteile schon deutlich gemacht werden, insbesondere, was die Marktchancen angeht.«

Travis' Miene blieb unbewegt. »Die Verbindungen zwischen den einzelnen Steckbuchsen enden ausnahmslos im limbischen System, das unsere emotionalen Regungen steuert — Wut, Furcht, Lust. Wenn die Buchsen angeschlossen sind, werden entsprechende Stimuli für die Dauer des Erlebnisses auf direktem Wege dort eingegeben. Der Konsument klinkt sich in ein geeignetes Medium ein — zum Beispiel in ein Musikvideo, in einen Spielfilm, einen Werbespot oder das übliche Fernsehangebot — und kommt somit zu einem dreidimensionalen Erlebnis.« Travis zeigte ein sonniges Grinsen. »Ihre Marketing-Leute werden schon wissen, wie sich das am besten verkaufen läßt.«

Manny nickte. Er fühlte sich unbehaglich.

»Schauen Sie ...« Zwei seitliche Gehirnfelder leuchteten heller auf. »Steckerbuchsen, die an die Schläfenlappen angeschlossen sind, verstärken die dort eingehenden Daten. Und wieder kommt es zur Interaktion: Der Konsument kann teilnehmen an der Erzeugung von Bildern. Das nützt vor allem bei Spielen jeglicher Machart. Die Wirkung ist ganz außergewöhnlich. Mysteriös, wenn Sie so wollen.«

Manny war sich nicht sicher, ob von ›Wollen‹ in seinem Fall die Rede sein konnte.

»Die Manipulation der Parietallappen« — zwei andere Gehirnzonen hoben sich nun ab — »erzeugt die Illusion von Bewegung. Der Konsument wird nicht mehr im Hotsuit herumspringen müssen — ein ganz entscheidender Fortschritt.«

»Moment mal«, sagte Manny. »Ich dachte, diese Zonen lassen sich nicht stimulieren, ohne daß eine entsprechende Bewegung nachvollzogen wird.«

Travis zeigte sich beeindruckt. Anscheinend hatte er die Botschaft registriert: *Mach mir bloß nichts vor; ich weiß Bescheid!* »Sie haben recht. Bislang gab es noch keine verläßliche Methode, doch Dr. Joslin hat eine Technik entwickelt, die die Empfindung von der physischen Bewegung zu trennen vermag. Sie basiert hauptsächlich auf zwei bekannten Phänomenen: die Unterdrückung von Bewegungsreizen während der REM-Schlafphase und der sogenannte Phantomschmerz in amputierten Gliedern. Die neue Technik kombiniert diese beiden Reize und kehrt sie um, wodurch die gewünschte Nebenwirkung entsteht.« Travis schielte über Joslins ausgestreckten Knochenkörper. Die Kiste verbarg ihren Kopf, und sie sah aus wie eine guillotinierte Vogelscheuche. »Eine brillante Forscherin«, sagte Travis, als könnte er selber nicht fassen, daß so viel Talent in dieser Jammergestalt steckte.

»Die Stirnlappen werden natürlich auch mit einbezogen. Rechts wie links«, fuhr Travis fort. »Die Behandelten werden sprühen vor Kreativität — unter anderem.

Darüber hinaus kommt je eine Steckbuchse in den Seh- beziehungsweise Hörnerv. Um ein Musikvideo zu produzieren, reichen diese beiden Anschlüsse im Grunde aus, aber die Verwendung aller Anschlüsse bietet ein noch intensiveres Erlebnis, das einem Tagtraum gleichkommt, einer echten Erfahrung.« Travis setzte wieder sein merkwürdiges Grinsen auf. »So was nennt man extrakorporale Erfahrung oder genauer gesagt: das Gefühl einer extrakorporalen Erfahrung.«

Manny fand keine Antwort darauf. Travis tippte mit dem Ringfinger an den Mundwinkel, und das Display erlosch. »Sie können wieder aufstehen, Dr. Joslin. Vielen Dank.«

Joslin zog den Kopf aus der Kiste hervor; Galen reichte ihr hilfestellend die Hand, als sie vom Tisch hopste. Mit stolzem Grinsen wandte er sich an Manny und sagte: »Willst du auch mal mein Hirn sehen?«

Manny sah Travis an. »Wie kommt's, daß hier ohne Genehmigung von Diversifications Behandlungen vorgenommen wurden?«

Travis hob das Kinn. »Dr. Joslin ist die Chefchirurgin. Es war ihre Entscheidung.«

»Ruhig Blut, Manuel«, sagte Galen und breitete die Arme aus. »Wenn die Sache erst einmal bekannt ist und die Leute drauf anspringen, wird's leichter sein, auf dem Mond politisches Asyl zu finden, als hier bei uns auf die Warteliste zu kommen. Und noch weiß keiner, ob die Behandlung in den Staaten auch wirklich gestattet wird. Da können sich noch so viele geschmierte Politiker für Diversifications einsetzen. Erinnere dich bloß an das Gesicht der Richterin vergangene Nacht.«

»Früh am Morgen«, korrigierte Joslin süffisant. Beidhändig massierte sie Galens Schultern und verknautschte dabei sein ohnehin schon schlecht sitzendes Jackett.

Galen tätschelte ihr lässig den Schenkel. »Als ich in den Gerichtssaal kam und erfahren mußte, daß die verdammten Wonnefabrikanten an den Implantaten irgendeiner blöden Gans rumgestümpert haben und ...«

»Die Sache ist schon geregelt«, winkte Manny ab und rang sich ein höfliches Lächeln ab. »Außerdem bin ich sicher, daß Diversifications im Grunde nichts dagegen hat, daß ihr zwei euch schon einer Behandlung unterzogen habt. Trotzdem muß darauf bestanden werden, daß nur die Firma das Recht hat, eine solche Behandlung zu genehmigen.«

»Jetzt aber mal halblang, *Manuel*«, lachte Galen. »Lindy ist der Kopf des ganzen.«

»Nicht mehr. Mit der Übernahme von EyeTraxx hat Diversifications alle Rechte und Verwertungsansprüche erworben. Laß dir mal bei Gelegenheit den Vertragstext von deinem Anwalt vorlesen.«

Wieder lachte Galen laut auf. »Komm mir doch nicht auf die Tour. Ohne uns ist Diversifications in den Arsch gekniffen. Also hör auf, mir den Vertrag vorzuhalten, *Manuel!* Ich laß mich schließlich nicht von einem Tortillafresser anmachen, dessen Großmutter, unter einer Ladung von Pfefferschoten versteckt, auf einem Lastwagen die Grenze passiert hat.«

Manny blieb wie immer ruhig. »Mein vollständiger

Name lautet: Immanuel Castille Rivera. Meine Vorfahren waren *Conquistadores*, und deren Nachkommenschaft hatte sich schon längst in hiesigen Breiten etabliert, als deine Familie noch, von schwarzen Pocken infiziert, auf Ellis Island unter Quarantäne gehalten wurde. Doch das tut jetzt nichts zur Sache. Ich hatte das Glück, in einer Atmosphäre aufzuwachsen, die frei war von ethnischen Ressentiments und der Machismo-Sitte, der Ehre wegen Beleidigungen zu rächen. Was mich allerdings stört, ist Dummheit, wenn sie allzu offen zur Schau getragen wird, und so empfindet übrigens auch das Dach-Team.«

»Nichts für ungut.« Die arrogante Miene war aus Galens Gesicht verschwunden. »Ich habe ein paar schlechte Investitionsentscheidungen getroffen. Diversifications ist eingesprungen und hat den Laden übernommen — ganz nach Art der *Conquistadores*, he?« Er zuckte mit den Achseln. »EyeTraxx steckte schon öfters mal in Schwierigkeiten, aber was soll's? Ich bin mittlerweile reicher als je zuvor, und wir zwei können uns von heute an getrost aus dem Weg gehen. Es sei denn, deine Firma kommt ihren Zahlungsverpflichtungen nicht pünktlich nach.«

Er lehnte sich an Joslin, die beide Arme um ihn schlang und ihr Kinn auf seine Schulter legte, was in Anbetracht der Größendifferenz mehr als komisch aussah. »Tatsächlich bin ich froh darüber, dich aus den Augen verlieren zu dürfen«, fuhr Galen fort und fand zur gewohnten Dreistigkeit zurück. »Du wirst mit Sicherheit noch verdammt viel zu tun haben, um die öffentliche Meinung von einer Sache zu überzeugen, die verdammt nach Gedankenkontrolle und Gehirnwäsche stinkt. Es gibt nämlich immer noch 'ne Menge Leute, die davon ausgehen, daß manisch Depressive, Schizos, Migräne-Geplagte, Epileptiker, Narkoleptiker und all die anderen Leptiker moralisch falsch gewickelt sind, wenn sie sich kleine Knöpfe ins Hirn pflanzen lassen, die sie ruhigstellen.

Nicht wenige halten sogar Retortenbabies für 'ne verdammte Sauerei. Und warte mal ab, wie die Ärzteschaft reagieren wird oder das Ministerium. Die werden auf die Barrikaden klettern und Zetermordio schreien. Das führt noch zur Mutter aller Kopfschmerzen, und ich mag keine Kopfschmerzen.«

»Und du, Joslin«, sagte Manny, »was denkst denn du so?«

Ihr Gesichtsausdruck wechselte merkwürdig abrupt; zuerst war er leer, dann voller Mitteilungseifer. »Die Sache ist außer Kontrolle geraten.«

Manny lächelte mitleidig. »Wie bitte?«

»Warte nur ab«, kicherte sie. »Oder leg dich doch gleich mal auf den Tisch, und du wirst sehen. Komm Hally!« Sie stakste aus dem Raum und zog Galen hinter sich her.

Manny schüttelte den Kopf. »Und Jesus weinte ...«

»Über Zion«, ergänzte Travis und überraschte Manny. »In gewisser Weise hat sie recht.« Er räusperte sich, schaltete den Schirm wieder an und ließ die Darstellung von Joslins Gehirn aufleuchten. »Gehirnimplantate sind alltäglich geworden, die Kinderkrankenheiten längst überwunden, was aber nicht heißt, daß es diesbezüglich keine Probleme mehr gibt. Im Gegenteil.« Er nickte in Richtung Schirm. »Wir wissen noch nicht, welche Auswirkungen eine direkte Pipeline auf das Organ hat. Es lassen sich Vermutungen anstellen, und vielleicht liegen wir mit der einen oder anderen Prognose sogar richtig. Wenn ich mich nicht verhört habe, sind in der ... ah ... Wonneklinik an einer ... ah ... Patientin Implantate modifiziert worden mit dem Ergebnis einer beachtlichen Stimulanswirkung. Arzt und Patientin vergnügten sich gerade an pornographischen Entwürfen, als die Polizei eintraf.«

»Das beweist doch den Unterhaltungswert dieser Sache«, meinte Manny trocken.

»Wie man's nimmt. Die Entwürfe wurden auf einem

Schirm dargestellt; eine direkte Verbindung zwischen Sender und Empfänger war nicht vorhanden«, referierte Travis. »Wir wissen, daß ein Output sehr viel leichter zu erzielen ist als ein Input. Aber welche Wirkungen ein Input nach sich zieht, ist mehr oder weniger unbekannt. Folgendes steht allerdings mittlerweile fest ...« Er deutete auf den Schirm. »Sehen Sie dort. Das sind die Schläfenlappen.« Die heller aufleuchtenden Zonen wurden kleiner, und die Farbe im Feld der linken Gehirnhälfte wechselte nach Gelbrot. »Das ist der mittlere linke Schläfenlappen. Wenn die emotionalen Zentren in dieser Region nicht auf den Punkt genau schalten, setzt eine Panikreaktion ein, die eine Herzattacke zur Folge haben kann.« Pause. »Durch geeignete Implantate lassen sich diese Fehlschaltungen zwar vermeiden, doch denen wiederum wirken hemmende Neurotransmitter entgegen, die in jedem gesunden Gehirn vorhanden sind und Neuronen davon abhalten, pünktlich zu schalten. Durch Input könnten diese Hemmer aktiviert werden. Damit wäre nur ein Beispiel der noch zu bewältigenden Probleme genannt.«

Sekundenlang starrten die beiden schweigend auf den Schirm. »Ich verstehe«, sagte Manny schließlich. »Aber was soll ich damit anfangen?«

»Das bleibt Ihnen überlassen«, antwortete Travis. »Subjektivität ist Trumpf. Zur Vorbereitung auf eine Steckbuchsenimplantation wird ein detailliertes Schema des zu behandelnden Gehirns hergestellt und archiviert.« Travis schaltete den Schirm aus. »Unbefugte haben natürlich keinen Zugang zu diesen Akten.«

»Natürlich.« Manny verspürte eine zunehmende Mattigkeit; die Stimulanzien in seinem System waren fast verbraucht. Er schaute auf die Uhr. »Ich schlage vor, Sie schreiben einen umfassenden Bericht und deponieren den in meiner Mailbox. Vertraulich. Ich muß den Abend-Jumper nach L. A. erwischen. Da wartet ein Haufen Arbeit auf mich.«

Travis zeigte sich ungerührt. »Wollen Sie den Bericht in 3-D oder auf Flachformat?«

»Sowohl als auch. Ich brauche eine Vorlage, in die ich Notizen einfügen kann, und zwar ohne Hardware.«

»Ist das System von Diversifications sicher genug?«

»Mittlerweile ja. Wir haben einen Hacker unter Vertrag genommen, der entsprechende Vorkehrungen trifft.«

Auf dem Weg nach draußen gingen Manny tausend Gedanken durch die Stirnlappen.

07

»Halleluja«, frohlockte Melody Cruz übertrieben heiter, wie gewöhnlich. »Ein neuer Tag bricht an! Will jemand wissen, welcher?«

»Nein danke«, murmelte Gabe benommen. Er schlurfte ins Wohnzimmer und ließ sich auf die überlange Couch fallen. Die zwanzigminütige Duschmassage war ihm entweder zu viel oder zu wenig gewesen. Er wollte nur noch eins: im Sofa versinken und mit den Kissen verschmelzen.

»Typisch. Trotzdem wirst du dir die häßliche Wahrheit anhören müssen: Der Abgabetermin für deinen Werbespot rückt näher und droht in Lebensgröße und doppelt so handfest. Entschuldige meine Ausdrucksweise.«

Gabe grunzte. »Sag mich lieber, was ich noch nicht weiß.«

»Geduld. Zuerst laß ich an folgendes erinnern: Für heute mittag bist du mit Manny Rivera zum Essen verabredet — noch ein Grund, warum du mit deinem Körperpanzer-Spot langsam fertig werden solltest.«

»Schon gut, ich habe verstanden«, sagte Gabe. »Nervensäge.« Er richtete sich ein wenig auf, aber die Augenlider hingen immer noch auf Halbmast.

»Übrigens quillt die Mailbox bald über. Noch drei Eingänge, und du darfst Extragebühren abdrücken. Wenn du nicht schnell was unternimmst, wird man die Berechnungseinheiten demnächst nach dir benennen: Gabriel Ludovics elektronische Postmaut. So was hätte ich nicht gern auf meinem Grabstein stehen.«

»Was ist denn drin in der Mailbox?«

»Der gesammelte Datenmüll von Los Angeles und Umgebung. Anfragen, die derart hohl sind, daß ich mich wundere, warum sie nicht schon längst implodiert sind.«

»Irgendwas von Kassandra dabei? Hinweise auf Sam?«

»Heute nicht.« Die Antwort kam wie aus der Pistole geschossen.

»Dann lösch alles.«

»Bist du sicher?«

Gabe gähnte. »Absolut. Und nerv mich nicht. Haben wir noch Grapefruit-Saft im Haus?«

»Ja, es sei denn, du bist heute nacht in die Küche geschlichen und hast heimlich alles ausgetrunken.«

Gabe grunzte wieder und hievte sich von der Couch. Melodys Stimme folgte ihm zur Küche, wo sie vom Dekkenlautsprecher übertragen wurde.

»Ich hab von deinem Konto die fällige Hypothekenrate für die Bruchbude hier abbuchen lassen, für den Fall, daß es dich interessiert. Willst du den Kontostand wissen oder lieber eine Überraschung erleben?«

»Überrasch mich.« Gabe hielt ein Glas unter den Safthahn an der Seitenwand des Kühlschranks und wählte eine Portion von sechs Unzen — ungesüßt. Der Saft war bitter und eisig und wirkte auf die Stirnhöhlen, kaum daß er den Rachen erreicht hatte. Gabe lehnte sich an den Kühlschrank, kniff die Augen zusammen und preßte Daumen und Zeigefinger auf den Nasensteg. Die Bettschwere fiel von ihm; zurück blieb ein Hauch von Müdigkeit.

»Nun, dann hör zu. Es betrifft dein elendes Leben«, fuhr Melody im Unterhaltungston fort. »Allgemeine Nachrichten: In Malaysia wird nach wie vor rumgeschossen; da sind deine Steuergelder am Werk. Die Hungeraufstände auf den Britischen Inseln gehen weiter, während hier bei uns in der Stadt der Preis für ein Gourmet-Brot von Gatsby's Restaurant seit heute zwanzig Dollar beträgt. Das überrascht doch, oder?«

»Mich nicht«, antwortete Gabe. »Schließlich arbeite ich in der Werbung.«

»Für Gildings Körperpanzer. Abgabetermin. Entweder du hältst dich dran, oder du kannst deine Koffer packen.«

»Okay, okay, du wiederholst dich.« Er füllte das Glas auf und kehrte ins Wohnzimmer zurück.

»He, du hast eins der Stichwörter gebraucht. Sieh dich vor, sonst setzt du noch die lästige Sub-Routine in Gang.«

»Das will ich ja«, entgegnete Gabe und machte es sich wieder auf der Couch bequem. »Ich muß doch auf dem laufenden bleiben.«

Zwei der vier Dataline-Bildschirme in der Wand gegenüber zeigten Bilder der *Allgemeinen Nachrichten*. Auf dem Schirm rechts oben rollte der dazu passende Videotext ab, der wesentlich präziser war als Melodys Zusammenfassung der Schlagzeilen. Der Schirm rechts unten bot ein Übersichtsmenü. Gabe langte nach der Fernbedienung und wählte das Pop-Kultur-Programm.

»Pop-Kultur, kommt sofort«, sagte Melody. »Soll's was Bestimmtes sein oder der übliche Mix?«

»Das Übliche. Vielen Dank.«

»Höflichkeitsfloskeln kannst du dir schenken.« Pause. »Hätte ich geahnt, was mir diese Dataline-Lizenz einbringt, wär ich lieber gleich ins Wasser gegangen.«

»Ich auch«, brummte Gabe und stierte auf den Katalog, der die Angebote von FolkNet, dem Öffentlichen Auge sowie den sozialpsychologischen Dienstleistern zusammenfaßte. Ein paar unterhaltsame Themen von BizNet waren auch dabei. Der Pop-Kanal war eine Fundgrube für Material, das sich für Werbespots verwenden ließ. Und Gabe mußte heute unbedingt fündig werden.

Zwischen einem Hinweis auf neue Frühstücksgewohnheiten und der Nachricht, daß sich Leute mit Implantaten nunmehr besonders gern in Videosalons rumtummeln, wurde die gekürzte Version eines alten Pharmazie-Werbespots von Gabe eingespielt, der ihm einen kleinen Preis eingebracht hatte: nichts Großes, nur eine

Würdigung für verantwortliche Werbung, ausgesprochen vom Nationalen Pharmazeutikerverband. Das war zwei Jahre her, und zwei Jahre sind eine Ewigkeit im Zeitalter der Schnellinformation.

Du weißt, wie das ist, Gabe: Uns interessiert nur deine aktuelle Leistung und nicht das, was du mal geschafft hast.

Halt's Maul, Manny! dachte Gabe. »Melody?«

»Hast du gebellt?«

»Kannst du mir mal vorlesen, was die Pop-Kultur auf der Palette hat?« Er hoffte, daß ihre Stimme Mannys Einflüsterungen übertönen würde.

»Na schön. Also, da wäre zum einen ein heißer Bericht über Frühstücksgewohnheiten, zum anderen eine witzlose Geschichte über Implantierte, die Videosalons stürmen — aber das hast du ja schon gesehen. Was hätten wir da noch? He, das ist gut: *Haustier*-Implantate, wie findest du das? Wer will denn auch noch seinen Dackel an der Leine führen? Jetzt kannst du dir einen klinisch behandelten Springerspaniel zulegen, der von alleine läuft. Oder wie wär's mit einem Pudel namens Doktor? ›Doktor, komm bei Fuß.‹ Langweile ich dich? Ich wette, in einem Monat ist ›Doktor‹ der Hundename schlechthin.«

»Ich setze eine Milliarde Dollar dagegen«, sagte Gabe und schüttelte den Kopf.

»Tu das, und du bist mir ausgeliefert. Wäre es nicht schrecklich peinlich für dich, Schuldner eines Dataline-Moduls zu sein?«

Gabe rutschte tiefer in die Couch und ließ ihre Stimme am Ohr vorbeiplätschern, während sie weiter aus dem Katalog vorlas. Er hatte das Melody-Cruz-Modul nachträglich gekauft, selber eingebaut und auf ›lustig‹ programmiert. Manchmal waren ihre Scherze ein wenig makaber, und Catherine hatte sich schon darüber beklagt, daß er immer mehr verkinschen würde. Aber Catherine konnte einfach nicht unterscheiden zwischen albern und launig.

Von der Couch aus war die Tür von Catherines Büro nicht zu sehen. Doch Gabe wußte ohnehin, daß sie wie immer verschlossen und per White-Noise schalldicht abgesperrt sein würde, denn Catherine wollte sich von Melodys Albernheiten nicht stören lassen, während sie, am Computer sitzend, ihren Maklergeschäften nachging. Catherine Mirijanian — die hermetisch Abgeriegelte. Anscheinend aß und schlief sie auch in ihrem Büro. Gabe war ins Gästezimmer umgezogen und wußte deshalb nicht, ob sie das gemeinsame Schlafzimmer benutzte. Er wußte nicht einmal, ob ihr überhaupt aufgefallen war, daß seine Seite im Doppelbett freiblieb.

Wenn sie mehr Kinder hätten, nur eines mehr, vielleicht ... Ach, dieser Wunsch war zu absurd. Mit der einen Tochter hatten sie schon genug Ärger am Hals gehabt. Als Sam noch klein gewesen war, ja, da hatten sich die Eltern noch gut verstanden, und wenn dieser Abschnitt durch weiteren Nachwuchs zu verlängern gewesen wäre, hätten er und Catherine sich womöglich endgültig zusammenraufen können.

Nein, auch dieser Gedanke war absurd. Mehr Kinder hätte bedeutet, daß noch mehr Menschen von ihm enttäuscht worden wären, und Catherine hätte in noch mehr Menschen eine Enttäuschung erlebt.

Gabe hörte eine Abfolge leiser Klicklaute. Catherine öffnete die Tür und kam heraus.

»Melody!«

»Ja, was ist?«

»Stell alles ins Büro rüber; ich hol's mir da auf den Bildschirm.«

»Auch die Zusammenfassung?«

»Ja. Und halte dich bedeckt. Sorg einfach nur dafür, daß die Dataline auf Realzeit eingeschaltet bleibt.« Gabe richtete sich nervös auf. Es blieb ihm keine Zeit mehr, sich ins Gästezimmer zu verdrücken und dort zu warten, bis Catherine wieder verschwunden sein würde. Hoffentlich merkte sie nicht, daß die Dataline eingeschaltet war. Sie hatte meist nur ihre Geschäfte im Kopf und keinen Sinn für alles andere.

Doch gleich darauf schämte sich Gabe für seine Gedanken, und wie immer, wenn er seine Frau sah, bedauerte er zutiefst, daß ihre Ehe so zerfahren war. Sie zählte zu jenen Frauen, die mit den Jahren immer schöner wurden. Ihre Vorfahren stammten aus dem Nahen Osten und hatten ihr ein Äußeres vererbt, das für die meisten Menschen nur in Kosmetikkliniken zu erwerben war. Ihre Haut hatte den Glanz von Honig und schien noch dunkler geworden zu sein, seit er sie das letzte Mal gesehen hatte. Einmal im Monat kam ein Mädchen ins Haus, das ihren Teint nachfärbte, was, wie Gabe fand, ganz und gar nicht nötig war. Er fand ihre natürliche Hautfarbe perfekt, so auch ihre Hände, schlicht und makellos. Die Nägel rot zu lackieren, war für sie nie in Frage gekommen. So oft er ihre Hände sah, erinnerte sich Gabe an all die Eigenschaften an ihr, die er so sehr geliebt hatte und immer noch liebte — wenn auch nur noch aus der Ferne.

Sie trat vor die Couch und sagte: »Ich muß eine Immobilie präsentieren.«

Er sah sie fragend an, begriff aber dann, daß sie ausgehen wollte. »Ein Haus? Eine Wohnung?«

Sie schüttelte den Kopf und strich die weinrote Weste glatt. »Ein ziemlich großes Grundstück mit allem, was drauf ist. Es steht zum Verkauf.«

Gabe versuchte ein Lächeln. »Und wahrscheinlich in erdbebensicherer Lage. Wunderbar. Wirklich schön für dich. Ich gratuliere.«

»Viel zu früh«, entgegnete sie kurz angebunden. »Reiche Interessenten sind zwar vorhanden, aber der Verkauf ist noch längst nicht unter Dach und Fach.« Wieder strich sie mit den Händen über die Weste, prüfte den Verschluß ihrer Armspange aus Platin und wischte eine unsichtbare Fluse von der enganliegenden Hose.

»Ich wünsche dir jedenfalls viel Glück.«

Ihre vollen Lippen zuckten. »Ob's zum Abschluß kommt oder nicht, hat mit Glück nur wenig zu tun.«

Gabe nickte reumütig. »Natürlich. Ich vergaß.«

Sie stand da und musterte ihn mit festem Blick. Wie war es möglich, rätselte Gabe, daß sie sich so weit von ihm entfernt hatte, wo er ihr doch so nahe gewesen war.

»An Provision und Courtage springt einiges ab. Davon ließe sich ein Haus kaufen. Und ich weiß auch schon, wo bald eins frei wird.« Sie sah sich im Wohnzimmer um und richtete dann den Blick zurück auf Gabe.

Er zog die Stirn kraus und sah sich selber um. »Und?«

Sie schwieg.

»Was ist?« fragte er. »Soll das heißen du willst umziehen?«

»Ja«, antwortete sie und befeuchtete die Lippen. »Ich will ein Haus.«

»Na schön. Du brauchst bloß ...« Er stockte, als ihm wie eine Hotsuit-Empfindung schwellenden Wassers aufging, was sie meinte. »*Du* willst umziehen. Von uns beiden ist nicht die Rede, nur von *dir*. Du alleine.«

Ihr hübsches Gesicht nahm einen Ausdruck an, der als Bedauern zu deuten war. »Ich glaube, so ist es.«

»Du glaubst? Das paßt gar nicht zu dir. Du willst von Glück nichts wissen und fängst jetzt an zu glauben?«

Wie zur Abwehr hob sie das Kinn. »Es fällt mir nicht leicht.«

Prustend ließ er sich zurück in die Sofakissen fallen. »Ja, ich weiß.«

Sie beugte sich über die Armlehne, und ihre Stimme klang plötzlich gepreßt, als sie sagte: »Früher wär's für uns beide gewesen. So hab ich's mir immer vorgestellt. Und wenn du nicht nachvollziehen kannst, daß es weh tut, von dieser Vorstellung abzulassen, ist es wohl egal, wie's zwischen uns jetzt steht.«

Gabe hatte den Eindruck, als würde ihm der Grapefruit-Saft ein Loch in den Magen ätzen. »Wirklich, Catherine? Sag mir ... tut's dir leid wegen uns, oder weil deine hundertprozentigen Erfolgsaussichten auf dem Spiel steht?«

»Meine Erfolgsaussichten mit dir sind gleich Null«, konterte sie.

»Und das paßt dir natürlich nicht.« Er schüttelte den Kopf. »Sam und ich, wir haben dir ganz schön zugesetzt, nicht wahr?«

»Kassandra ist ein Kind. Welche Entschuldigung hast du vorzutragen?« Sie kam um die Couch herum, setzte sich neben ihn aufs Polster, blieb aber dennoch auf Distanz. Als Grundstücksmaklerin hat sie ein sehr sensibles Gespür für Grenzlinien entwickelt, dachte er zerknirscht. »Vor sieben Jahren hätten wir uns noch zusammen ein Haus zulegen können, aber du, du ...« — sie suchte nach Worten — »du wolltest ja nicht. Statt Karriere zu machen, hast du es vorgezogen, auf der Stelle zu treten. Dabei hoffte ich so sehr, daß du endlich aufwachen und einsehen würdest, daß es mit dir nicht so weitergeht. Wärst du nicht so schlaff gewesen, hätten wir jetzt ein Haus und womöglich auch eine Tochter, die bei uns lebt.«

»*Ich* habe eine Tochter, auch wenn sie sich von zu Hause emanzipiert hat«, entgegnete Gabe mit scharfer Stimme. »Sie ist keine gottverdammte Immobilie, die man besitzen kann.«

»Wenn du deinen Verstand dafür eingesetzt hättest, um mehr aus dir und deinem Beruf zu machen, wäre Kassandra wohl kaum auf die Idee gekommen, sich mit Pennern rumzutreiben und in verlausten Löchern zu hausen ...«

»Sam hat ihren eigenen Kopf. Und ich habe diesen verfluchten Beruf nie leiden können. Du wolltest, daß ich ihn ergreife, und dann mußte ich dabei bleiben, weil du immer mehr wolltest. Ich steckte in der Falle.«

»Was hättest du denn lieber getan?« fragte Catherine grinsend. »Dich als Künstler rumgeschlagen? Was die Welt besonders dringend braucht ist noch ein Künstler, vor allem dann, wenn er Gabriel Ludovic heißt. Ich hätte wohl allein für die Familie aufkommen sollen, während du auf den Besuch der Muse wartest. Tja, mein Lieber, nicht mal dazu hat's gereicht. Erinnere dich: Immerhin hast du's mit der Kunst versucht, nachts über und an Wochenenden. Mir war's recht. Hobbies braucht der Mensch.«

»Das war kein Hobby!« protestierte Gabe.

Sie lachte laut auf und winkte ab. »Mach dir von mir aus ruhig was vor, aber soviel steht fest: Von zwei Millionen schafft es nur einer zum echten Künstler. Der Rest landet in kleinen Klitschen, die sich Galerien nennen, oder produziert Pornos für 'n Appel und 'n Ei. Großartig. Als Hobby hätte dir der Spaß noch was gebracht, aber so?« Sie schwenkte den ausgestreckten Arm im Kreis. »Ich sehe nichts, keine Holographien, keine Kunst am Bau; ich sehe nichts, was auch nur den Versuch einer künstlerischen Arbeit andeuten könnte, denn die hast du nie ernsthaft betrieben. Du hast bloß dagesessen und über deinen Job gemault, bis ich dein Gejammere nicht länger mit anhören konnte. *Deshalb* war ich dagegen, daß du deinen Beruf der Kunst wegen aufgibst. Selbst wenn du wirklich dieser eine von zwei Millionen wärst — ich bin sicher, du würdest nichts zu Wege bringen.«

»Und daran ist der Job schuld«, sagte Gabe, der jetzt, da sie ihn zu verlassen vorhatte, alles daransetzen wollte, endlich Verständnis bei ihr zu finden. »Der Job hat mich ausgelaugt und keine Energie übriggelassen, die ich für meine eigenen Werke gebraucht hätte.«

»Nein«, erwiderte sie mit entschiedener Betonung. »Du hast es nicht intensiv genug gewollt. Sonst hättest du dich zusammengerissen und an die Arbeit gemacht. Aber dazu wäre es selbst unter günstigsten Voraussetzungen nicht gekommen. Ha, es hat schon Querschnittsgelähmte gegeben, die mit dem Pinsel zwischen den Zähnen gemalt haben, weil sie unbedingt malen wollten.«

»Hör zu, ich war nie scharf auf unseren Lebensstil; ich hätte mit weniger auskommen können ...«

»Ich aber nicht.« Ihr dunkles Haar fiel über die linke Schulter. Sie warf es mit der Hand zurück und sagte: »Außerdem hatten wir eine Tochter, an die zu denken war. Es ging nicht um *ihre* Kunst und nicht um *meine,* sondern ausschließlich um *deine.* Es lag einzig und allein an dir, einen Weg als Künstler zu finden, und zwar einen Weg, der auch unsere Bedürfnisse berücksichtigt hätte. Wenn's dein Wunsch ist, unter einer Brücke Hunger zu schieben, hättest du dir keine Familie zulegen sollen.«

»Aber wir waren nicht angewiesen auf mein Einkommen.«

Catherine straffte die Schultern und sah auf ihn herab. »Ich füttere niemanden durch und laß mich von niemandem durchfüttern. Das wußtest du, bevor wir geheiratet haben.«

»Arme Sam«, sagte er plötzlich.

Sie sah aus, als wäre ihr gerade eine Ohrfeige versetzt worden. »Was soll das heißen?«

Er suchte nach geeigneten Worten, fand sie aber nicht. »Ach, nichts. Ist mir nur so rausgerutscht. Du willst mich verlassen. Damit ist der Fall erledigt. Um die Wahrheit zu sagen: Ich frage mich, warum du nicht längst schon gegangen bist. Wie kommt's? Konntest du dir bislang noch kein Haus leisten?«

Sie antwortete nicht und wich seinen Blicken aus. Lauthals fing er zu lachen an.

»Da hab ich wohl den Nagel auf den Kopf getroffen. Du hast die Tage gezählt, bis der Bausparvertrag endlich abgelaufen ist.«

»Bausparvertrag?« sagte sie leise. »Von wegen. Ich zahle bar.«

»O Mann.« Er spürte, wie ihm die Gesichtszüge entgleisten. »Du hast es wohl dicke.«

»Weil ich eifrig genug drauf aus war, Geld zu machen.« Ihr Blick war auf alarmierende Weise verzweifelt. Es schien, als versuchte sie die letzte Chance zu nutzen, von ihrem Mann verstanden zu werden. »Ich habe bis in die Nächte hinein geschuftet, egal, wie müde ich war, egal, wie mies die Geschäfte liefen. Ich hab die Zähne aufeinandergebissen und mich durchgeschlagen. Statt maulend rumzuhocken, hab ich die Augen offengehalten, jede Gelegenheit genutzt. Ich war immer die erste am Ball, hatte die Klientel voll im Blick und war vor der Konkurrenz zur Stelle, wenn jemand kaufen oder verkaufen wollte.«

Sie stand langsam auf, zupfte Hose und Weste zurecht. »Es ging mir nicht darum, dick Freund zu sein mit anderen. Ich habe mir weder Zeit noch Nerven rauben lassen von irgendwelchen Clowns, die nichts lieber tun, als sich bei anderen auszuheulen. Mir lag nichts daran, in den Ruf eines Störenfrieds, Rumtreibers oder Verlierers zu kommen.«

»So wie ich«, sagte er gelassen.

Sie schaute zur Decke. »Herrje, du warst so gut in deinem Job bei Diversifications. Du hättest voll mitmischen können, aber statt dessen wolltest du lieber auf den Putz hauen und dich mit anderen notorischen Nörglern zusammentun. Das war dein Fehler, das ist das Traurige und Sinnlose an der Sache. Das ist der Grund, weshalb ich die Schnauze voll von dir habe. Du hättest es anders gekonnt, aber du wolltest nicht.« Sie verschränkte die Arme und schüttelte sich. »Ich würde an deiner Stelle in Scham versinken.«

Im Hintergrund brabbelte leise die Stimme der Dataline. »… Entspannungsprobleme? Wir helfen. Wenn Sie durchdrehen: Wir bremsen. Klinik Schlupfwinkel. Wir tun nur das, was Sie selber täten, wenn Sie wüßten, was zu tun ist. Die einzige Implantationsklinik mit eigener Mineralquelle, vom Neurologenverband als ›sehr gut‹ empfohlen; mit Genehmigung des Ministeriums für Ernährung, Drogen und Software …«

Der Bildschirm brachte die Ansicht eines schönen Meeresstrandes. Gabe wußte Bescheid, ohne hinzusehen. LeBlanc hatte die Werbung gemacht und gehofft, ein paar Tage vor Ort verbringen zu können. Aber Diversifications ließ die Außenaufnahmen von irgendwelchen Studenten machen, um Kosten zu sparen und um LeBlancs Hoffnungen auf Extraurlaub zu durchkreuzen.

»Allein wirst du dir die Wohnung hier nicht leisten können«, sagte Catherine. »Wenn es soweit ist, regel ich den Verkauf für dich. Nach Abzug meiner Provision wird noch genug für dich rausspringen.«

Gabe starrte auf die Dataline, als Catherine mit leisen Schritten zur Tür hinausging. »Besorgst du mir auch was Neues in meiner Preislage?« rief er ihr nach.

»In deiner Preislage arbeite ich nicht.«

Immerhin zählte Catherine nicht zu denjenigen, die Türen hinter sich zuknallen. Unverwandt starrte er auf den Bildschirm. BizNet sendete einen Bericht über das Konsumentenverhalten, verständlich gemacht für Laien. Das Thema hätte ihn interessieren sollen, aber er hörte nicht hin. Ab in den Papierkorb, entschied er. Vielleicht würde er bei Bedarf mal reinschauen.

Wie Sam wohl reagieren würde? dachte Gabe, als sich seine Nerven wieder beruhigt hatten. Wahrscheinlich wäre sie erleichtert. Möglich auch, daß ihr mittlerweile egal war, wie es um ihre Eltern stand. Vor drei oder vier Jahren hätte es ihr noch was ausgemacht. Seitdem war sie unabhängig. Vielleicht hätte er sie noch vor zwei Jahren überreden können, wieder nach Hause zurückzukehren, ein College zu besuchen oder in fester Anstellung als Programmiererin zu arbeiten. Talent hatte sie mehr als genug.

O ja, eine feste, legale Anstellung bei irgendeiner Firma, bei Diversifications womöglich, wäre genau das Richtige für sie gewesen. Um sich von ihren Flausen im Kopf befreien zu lassen, hätte sie bloß nach Hause und unter Catherines Fittiche zurückfinden müssen.

Klar, Daddy, ich komme zurück — sobald du mir einen guten Grund nennen kannst, warum du nicht schon längst ausgebüchst bist.

Was hätte er ihr darauf antworten sollen — *nun, Sam, der Grund bist du?* Mit solchen Sprüchen war Sam nicht abzuspeisen, und auch er hätte an ihrer Stelle kein Verständnis dafür gehabt. Er war kaum älter als Sam heute gewesen, als er und Catherine geheiratet hatten. Damals war es ihm nicht eingefallen, einen Alternativplan zu entwerfen für den Fall, daß die Ehe scheitern würde. Wie hätte er ahnen können, daß sich seine Träume nicht erfüllen würden, daß ihm die Liebe abhanden kommen und er sich, statt Kunst zu machen, mit albernen Simulationen in der Firma die Zeit vertreiben würde, bis er eines Tages tot umfiel. Aus Langeweile wahrscheinlich.

»Erste Warnung«, tönte Melody, und Gabe zuckte vor Schreck zusammen.

»Was?«

»Wenn du dich beeilst, kommst du noch rechtzeitig zur Arbeit. Auf dem Fuhrpark nebenan sind noch Mietwagen frei. Soll ich einen buchen?«

»Ja, tu das«, sagte er. Klar, was spricht dagegen, zur Arbeit zu gehen? Die Verabredung mit Manny zum Essen? Ha. Noch schlimmer kann der Tag nicht werden, wenn einen morgens die Frau verlassen hat.

Er nahm sich vor, diesen letzten Satz dem Melody-Cruz-Modul einzugeben. Nein, besser noch: Marly müßte diesen Satz sagen. Aus ihrem Mund würde er noch besser klingen als aus seinem.

08

Wenn Gina was spitzkriegt, haut sie mir die Hucke voll, dachte Mark. Das hatte sie schon öfters und bei geringeren Anlässen getan.

Problem war nicht, daß alles zu schnell passiert war vergangene Nacht — nein, die Nacht davor. Himmel. Er kam nicht mehr mit, er raffte nichts mehr. Es war so viel passiert. O je, diese Nacht war wirklich der Hammer gewesen.

Erste Station: die Mimosa, wo ständig die Post abging. Da kamen sie alle zusammen, die Hacker und die Musikfreaks, die Jecken und die Deppen. Da lungerten sie rum, hielten leerstehende Häuser besetzt, hausten in Bretterbuden oder unter den Piers. Besonders gut drauf waren die Hacker, die ihre Datencocktails zapften und die Laptops heißlaufen ließen, während die Freaks Musik dazu machten. Und mitunter verirrte sich auch mal ein Mädchen aus gutem Haus hierher, um seinem Camcorder nette Träume abzuschwatzen mit Hilfe von Simulationssequenzen aus den Laptops der Hacker. Manchmal ließ jemand ein Cartoon per Exoskelett rumkaspern, und dann wurde viel darüber geredet, daß aus einem richtigen Hotsuit noch viel mehr rauszuholen wäre, was den Pennern, die dabeistanden, ziemlich egal war. Die hielten alles, was sich da abspielte, für ein unterhaltsames Video.

Valjean und sein Cape. Wahnsinn. Mit dem Ding hatte er mal in einem Video seines Canadaytime-Labels Aufsehen gemacht, und Valjean wollte darauf nicht mehr verzichten. Es verbrauchte jede Menge Energie und war zentnerschwer mit all den Sonnenkollektoren. Valjean ließ es täglich an die achtzehn bis zwanzig Stunden laufen. Valjean und sein Cape, Ecklestone und seine Haarbürste, Moray und ihre Gang, mit der sie fetzig Musik machte wie schon damals vor dem Durchbruch mit ihrem Video. Valjean hätte ihr am liebsten die ganze Nacht lang zugehört, aber dann kam jemand mit der Idee, eine dieser Spontanfeten steigen zu lassen, und alle waren schon so zu, daß die ganze Bande mitmachte. Natürlich war er, Mark, mit dabei.

Er erinnerte sich, mit mehreren anderen in einem Mietwagen eingeklemmt gewesen zu sein. Wie eine Ölsardine. Einmal hatte er ein *eigenes* Auto besessen, aber das war schon lange her. Unterwegs nach Fairfax erzählte er jedem davon. Vielleicht hielt er auch nur Selbstgespräche. Wenn Musik dudelte, fiel einem der Unterschied nicht mehr auf. Jedenfalls forderte der Programmdirektor in seinem Kopf: erzähl davon, laut und immer wieder.

Sie trafen sich in dem schäbigen alten Gilmore Park oder was davon übriggeblieben war. Vielleicht würde irgendwann einmal jemand mit genug Schotter aufkreuzen und restaurieren, was der Große Bums kaputt gerüttelt hatte. Unter den ramponierten Bogenlampen sah es aus wie auf dem Mars oder genauer: wie auf dem Mars, nachdem die Menschen werden ihren Müll dort abgeladen haben. Mark fand den Anblick deprimierend. Aber immerhin hatte der Kiosk geöffnet (*Wie? Was? Das ist doch keine Drogenbar, Herr Wachtmeister, sondern bloß eine Würstchenbude*), und es gelang ihm sogar, ein junges Ding in verrückter Flamingo-Verkleidung und ellenlangen Federn zum Lachen zu bringen.

Die Hacker spulten ihre Störschleifen ab — *das ist so simpel, Mann, echt simpel: Du mußt bloß die Alarmsensoren umgehen und irgendwelche simulierten Daten einspeisen, mehr ist nicht dabei, ich hab's selber schon gemacht*. Er tat so, als interessierte ihn, was ihm das Mädchen da sagte; es machte einen so bierernsten Eindruck und war noch ziemlich jung. Außerdem war mit diesem Satz sein — Marks — Leben zusammengefaßt: Sensoren umgehen und x-beliebige Daten einspeisen. Aber entweder war ihm der Spaß an der Sache vergangen, oder der Spaß war von Anfang an nicht groß genug gewesen, denn er hatte ein ungutes Gefühl, das sich nicht ablegen ließ. Warum, wußte er auch nicht, und so drehte er ab, bevor Valjean ihn wieder in Schwung bringen konnte.

Und überhaupt, er war nie sonderlich scharf gewesen auf Spontanfeten oder die Frage: Wieviel Spaß kann man haben, bevor die Bullen auftauchen? Nur einmal war er voll auf seine Kosten gekommen. Da hatte die Party auf dem Mittelstreifen einer Autobahn stattgefunden. Das war irre gewesen und irgendwie eine Entschädigung für all den Alltagsfrust. Die aufgebrummten Tagessätze hatte er gern dafür in Kauf genommen.

Also danach ... tja, da war er im Dunklen einfach nur so rumgekurvt. Eigentlich hatte er nach Hause fahren, den Kopfhörer aufziehen, sich bekiffen und ins Videoland abdriften wollen. Aber daraus wurde nichts. Unterwegs wurde er geschnappt. *Keine Sorge, den Mietwagen bringen wir zurück. Du mußt jetzt mit uns kommen. Unbedingt.*

Unbedingt. Das war Rivera. Gina hatte sich immer aus dem Staub gemacht, wenn Rivera aufgekreuzt war, wahrscheinlich weil er ständig Galen im Schlepptau hatte, und für Gina war Galen ein rotes Tuch.

Er, Mark, mochte diesen Rivera auch nicht besonders. Immerhin hatte er sich EyeTraxx unter den Nagel gerissen, woran vor allem natürlich Galen schuld war. Mark hielt nach wie vor den Beater für den legitimen Besitzer von EyeTraxx, obwohl er den Laden an Galen hatte abtreten müssen. Der war erst später dazugekommen, als der Beater schon ganze Arbeit geleistet und den Laden aufgebaut hatte. EyeTraxx Video.

Er, Mark, war von Anfang an dabei gewesen. Er war dabei gewesen, als der Beater den alten Tourneebus für kleines Geld verkauft hatte. Mit einer Band rumtouren — das war out. Video war in. Tausende kleiner Produktionsfirmen schossen wie Pilze aus dem Boden, aber

EyeTraxx war was Besonderes, zumal dem Beater nicht wie den anderen die Geldgeier im Nacken saßen. Dazu kam es erst, als Galen die Klitsche übernahm.

Am Anfang lief alles wie geschmiert. Video war zwar keine Neuheit mehr, wurde aber ständig weiterentwikkelt. Mit Hotsuits und künstlicher Wirklichkeit war man endlich mittendrin. Und dann stieß dieser Wahnsinnstyp zum Team — woher kam er noch? Egal. Er mischte eine Simulation von Elvis, dem Großen, und Rockern späterer Generationen zusammen; sein geilster Streifen aber war Latin-Satin aus dem Jahr 2002, featuring Mad Bad Jim Morrison — wie er leibt und lebt.

Der Beater hatte enorm was auf der Latte; er hätte ganz groß rauskommen können mit seiner Musik und seinen Visionen, kam aber dann in Schwierigkeiten und gab alles auf. Er gab einfach auf, klappte seinen Synthesizer zu und machte — nunmehr ganz Geschäftsmann — einen Schreibtisch draus. Ohne mit der Wimper zu zucken.

Jammern hat keinen Zweck. Live-Auftritte sind passé. Was jetzt hochkommt, treibt sich nicht mehr in den Clubs rum. Meine Zeit ist vorbei. Mein Synthesizer hat ausgespielt. Aber du, alter Freund, du und Gina und die anderen, ihr versteht es, den Sound und die Bilder zu synthetisieren, die jetzt gefragt sind. Ihr seid die richtigen Synthesizer.

Er lachte wie über einen schlechten Witz. *Vielleicht bin ich ein Sünder, aber kein Synthesizer.*

Synder also. Mit ›Y‹.

Und dieser bescheuerte Name blieb an ihm kleben, wie auch all die andere Scheiße kleben blieb. Galen hatte sich dann immer breiter gemacht; Guerstein und Vlad gingen von allein, Kim wurde gegangen, Jolene packte ihre Sachen und zog wutschnaubend davon. Schließlich blieb nur noch die Kerntruppe übrig: Mark, der Beater und Gina. Und wo waren sie jetzt?

Mark hatte keine Ahnung; er wußte sich nicht einmal selber zu lokalisieren. Ach ja — zur Zeit im Schlafzimmer irgendeines Penthouses. Man hatte ihm gesagt, er solle dort die Nacht verbringen und sich am Morgen zur Arbeit melden. An welchem Morgen? Anschließend könne er wieder nach Hause gehen, kein Problem. Unter Arrest stünde er nicht; an die Kette gelegt worden sei nur dieser Hacker.

Mark bekam von alledem nichts auf die Reihe. Wer war dieser Hacker, der das Schlafzimmer nebenan belegte? Aus der Mimosa kam er nicht, soviel stand schon fest.

Vielleicht, so spekulierte Mark, war der Hacker bei Diversifications eingestiegen und der Sache von Galen und Joslin auf die Schliche gekommen; vielleicht sollte er jetzt für sie arbeiten. Allerdings schien Rivera den Jungen schon des längeren zu kennen, und zwar ziemlich gut. Galen und Joslin ahnten von dieser Bekanntschaft offenbar nichts. Kein Wunder. Die beiden registrierten nämlich selten was. Daß aber Rivera und der Junge auffallend oft seltsame Blicke tauschten, war ihm, Mark, nicht entgangen, und mit Einbildung hatte das nichts zu tun, dessen war er sich sicher, obwohl in letzter Zeit die Phantasie oft mit ihm durchging, vor allem wenn er an Videos arbeitete, was er inzwischen ständig tat. Gina meinte, daß er bei dieser Arbeit immer *ganz weggetreten* sei. Aber, zum Kuckuck, wie sollte er sonst an seine Bilder kommen?

Er glaubte sich zu erinnern, die Polizeirazzia zumindest am Rande mitbekommen zu haben. War das in der Klinik gewesen? Klar, in der Wonnefabrik! O Mann, und alle hielten *ihn* für meschugge! *Er* hatte doch keine Implantate eingebaut, die einen high machten, ohne daß man vorher Drogen genommen hatte. Zum Teufel auch, high ohne Drogen? So was kam für ihn nicht in Frage. Das war nicht rechtens, das war *verrückt*, absolut *unnatürlich* war das.

Unnatürlich war allerdings auch das Ding, das Galen für ihn gedreht hatte. Aber ich hab's ja nicht anders gewollt, dachte Mark und fühlte sich mulmig dabei. Gehörte er jetzt auch zu diesen Monstern mit Druckknöpfen im Hirn? Nein, was er hatte, war viel besser: Er würde demnächst Bilder aus dem Kopf rausholen können, so wie er sie sah, und sie unverfälscht auf Video wiedergeben. Ja, das war was anderes; mit dem, was eine Wonnefabrik anbot, hatte das nichts zu tun.

Am liebsten hätte er sein neues Talent schon ausprobiert, als er im Auto saß und zusah, wie die Leute der Wonnefabrik von Bullen abgeführt wurden. Ihm gingen eine alte Rocknummer vom Beater und passende Bilder dazu durch den Kopf. Wahnsinn, ein echter Knaller. Der Beater war zum Greifen nahe.

Was war nach der Razzia passiert? Genau, sie hatten den Hacker freigeeist und dann einen Blitzbesuch gemacht in irgendeinem vornehmen Haus, abgeschottet durch x-verschiedene Sicherheitssperren. Aber so genau erinnerte er sich nicht mehr. Vielleicht war's auch nur eine Sperre gewesen, die er doppelt und dreifach gesehen hatte wegen der Musik, die ihm im Kopf rumhämmerte. Sein kleiner Programmdirektor hatte sich von den Bildern inspirieren lassen und die Musik zu einem Remix abgeschmeckt, der dem Beater — dem alten jedenfalls — Wasser in die Augen getrieben hätte.

Mark erinnerte sich nur noch vage an die Luxusvilla. Er wußte nur noch, daß andauernd Telefonate geführt und entgegengenommen wurden. Im ganzen Haus waren an die zwei Dutzend Telefonanschlüsse und noch mal so viele Terminals und Bildschirme. Mann, da wurde mit Informationen regelrecht rumgeballert, daß er Angst hatte, von Querschlägern erwischt zu werden. Auch der Hacker zog ständig den Kopf ein und sah ziemlich verregnet aus.

Vielleicht setzte ihm Rivera zu. Mark zweifelte keinen Augenblick mehr daran, daß Rivera den Hacker kannte. Er sah den Jungen dermaßen bärbeißig an, daß es fast den Anschein hatte, er würde eine Granate in der Hand und den Sicherungsstift zwischen den Zähnen halten. Und alle redeten auf den Jungen ein; ach was, sie redeten nicht, sie löcherten ihn mit verbalen Maschinengewehrsalven: rattatata, peng peng, rattatata, *peng*. Mark war drauf und dran zu schreien: »In Deckung vor diversen Perversen!« Aber Rivera, dieser Arsch, verstand keinen Spaß.

Der Junge hielt wacker durch und gab schließlich das Geheimwort von sich: ›*Kronzeuge*‹. Aber die eigentliche Pointe war, daß Rivera noch erleichterter zu sein schien als der Junge. Mark hatte den Eindruck, als glaubte der Junge, daß seine Probleme nun endlich von Rivera gelöst werden würden, obwohl es sich allem Anschein nach genau umgekehrt verhielt: Offenbar hatte der Junge gerade Riveras Probleme gelöst.

Anschließend mußte der Junge einen Stapel Dokumente unterzeichnen, die alle schrecklich förmlich aussahen, und dann in einen dieser optischen Apparate gucken, die einen Abdruck von der Retina nehmen. Danach: noch mehr Palaver und Telefongespräche. Als Mark schließlich hoffte, nach Hause gehen zu können, zog die versammelte Mannschaft vors Nachtgericht. Er hatte nicht gerafft, wohin die Fahrt ging, und sich nur gewundert, als der Wagen vor den Eingangsstufen stehenblieb.

Da, auf den Treppenstufen, wurde der Junge plötzlich fuchtig. Es ging um irgendwelche Kopien. Mark erinnerte sich nicht mehr. Und dann im Gerichtssaal...

Bevor sie den Saal betraten, ging ihm dann der Arsch mit Grundeis. Er fürchtete, Gina über den Weg zu laufen, denn die mußte ja auch vor Gericht erscheinen — wegen dieser Spontanfete, wegen Drogenbesitz, Erregung öffentlichen Ärgernisses und so weiter. Würde sie ihn mit Galen und Joslin zusammen sehen — o Mann, das wäre der Super-GAU.

Und wenn sie von dem Deal erführe, dem er zugestimmt hatte? Von wegen GAU — die verdammte Apokalypse wäre das. *Ritter, Tod und Teufel kämen exklusiv für ihn.*

Aber man hatte ihm versprochen, sie rechtzeitig einzuweihen und für das Projekt zu gewinnen, bevor die Öffentlichkeit davon erfahren würde. Dann wären sie wieder gemeinsam am Drücker und fein raus. Trotzdem, den Alleingang würde sie ihm kaum verzeihen, und er mußte sich darauf gefaßt machen, die Hucke vollgehauen zu kriegen, prinzipiell. Sie hatten nie Geheimnisse voreinander gehabt. Denn erstens kannte er keine, und zweitens konnte er sich nicht einmal vorstellen, Gina über irgendeine Sache im unklaren zu lassen. Bis heute.

Tut mir leid, Gina.

Er fragte sich, ob er wohl die Gelegenheit haben würde, diese kleine Entschuldigung vorzubringen, bevor sie ihm die Hölle heiß machte.

Tja, es war nichts mehr so wie früher, und daß er das jammerschade fand, hatte nichts mit dem Kater am Morgen danach zu tun, denn der Absturz lag immerhin schon zwei Nächte zurück. Wo war der gestrige Tag geblieben?

Natürlich, man hatte ihn auf die schnelle Art zur Ausnüchterung gebracht. Rivera war mit ihm zur Ärztin gefahren — nein, sie war gekommen, ins Penthouse. Was sie ihm dort verabreicht hatte, wurde in der Szene beschönigend ›Fegefeuer‹ genannt und leitete eine hundsgemeine Tortur ein, die Mark schon einmal erfahren und nie vergessen hatte. Wer da durch mußte, fühlte sich um Jahre seines Lebens beraubt. Diesmal hatte Mark den Eindruck, als würde Diversifications in der Person von Rivera an seinem Lebensrädchen drehen — nach dem Motto: Dein Leben wird schöner, dafür aber kürzer. *Ars longa, vita* verdammt *brevis.*

Scheiß drauf! Er wollte nur noch daliegen und schöne Bilder entwerfen. Die Videoshow, die sich in seinem Kopf endlos abspulte, rückte immer näher auf ihn zu;

möglich auch, daß er immer tiefer eintauchte. Egal. Hauptsache, die Sicht war gut.

Da zeigte sich wieder der See. Der See und der steinige Strand. Diese Kulisse war mittlerweile auf all seinen Videos zu sehen. Was das zu bedeuten hatte, wußte er selbst nicht. Er fragte auch nicht danach. Die Bilder entstanden von selbst; er war nur das Medium ...

... der Synder ...

... ja, warum auch nicht? (Er hatte sich Beaters Ausdruck zu eigen gemacht.) Es hätte auch schlimmer kommen können. Der Beater wäre womöglich auf die Idee verfallen, die alte Kastanie auszureißen, diesen *Cyberdingsbums* oder was auch immer — Mark erinnerte sich nicht, wollte sich nicht mehr erinnern. Er stand am See, auf einem Strand voller Kieselsteine, millionenfach, vom Wasser eierrund gewaschen, und in jedem Stein steckte eine geheimnisvolle Welt, die sich für ihn entfaltete.

Sei vorsichtig!

Ein Flüstern drang durch die Musik. Ob sie dazu gehörte oder aus einem anderen Winkel des Bewußtseins stammte, ließ sich nicht feststellen.

Die Steine drückten unter die Fußsohlen, als er mit wackligem Schritt dem Strandbogen folgte. Die Sonne stand hoch und strahlte grell — gebieterisch — aufs Wasser.

Sei vorsichtig!

Wippend stand er auf einem Fuß. Die Sonne forderte den See auf, etwas in Bewegung zu setzen ...

Die Steine rollten unter ihm weg, rissen ihn aus dem Gleichgewicht. Himmel und Erde kreisten umeinander, er stürzte zu Boden. Die Sonne strahlte gebieterisch.

Wasser schwappte weich an seine Fingerspitzen, und die Hand schloß sich um einen Stein.

Sei vorsichtig? Kannst du den Stein werfen?

Er nahm den Stein und hielt ihn dicht vors Gesicht. Er war knochenweiß, von hauchdünnen, silbergrauen

Fäden durchzogen, die wie Spinnenbeine in Bewegung gerieten, als er sie zu fixieren versuchte. Und die gebieterische Sonne schlug einen winzigen weißen Funken davon ab.

Eine Welle kräuselte die spiegelglatte Wasseroberfläche und warf wie zur Antwort einen Funken zurück, der ihm grell auf die Augen traf. Oder blendete ihn der Stein, auf den er schaute. Oder beides: Stein und Wasser?

Wieder verschob sich die Maserung des Steins; da teilte sich etwas wie Wasser, wie ein Vorhang, und er blickte in den Stein hinein, geradewegs auf den Kern des Geheimnisses ...

Wieder kräuselte sich das Wasser, und es zuckten Blitze bis auf den Rand des Schmerzes. Heiße Nadeln drangen ihm in den Kopf, Nadeln so groß wie Lanzen, Nadeln aus Licht, und — o Gott — er glaubte, das Geheimnis zu erkennen, und wollte raus hier, nichts wie weg.

Sei vorsichtig.

Und dann *war* er draußen und trieb dahin, ohne Gewicht, wie der leere Abstand zwischen Träumen ohne Masse, und es schien, als wäre sein ganzes Wesen zu einem reinen Gedanken destilliert worden.

Er fühlte sich wohl, mehr als wohl. Auf dieses Gefühl hatte er sein Leben lang gewartet.

Das knochenhafte Weiß war ein Bett; er blickte über seinen liegenden Körper wie durch das verkehrte Ende eines Fernglases.

Aufhören!

Die Bewegung stoppte. Er wartete.

Das Kräuseln des Wassers setzte sich in der Luft fort, und er spürte den Luftdruck zunehmen, spürte, wie sich der Junge im Nebenzimmer, wie von Krämpfen geschüttelt, auf seinem Bett zwischen den Laken hin und her wälzte.

Jones, hatte der Junge an einer Stelle gesagt. Laut?

Wohl anzunehmen. Mark erinnerte sich gehört zu haben, daß der Junge diesen Namen bei früherer Gelegenheit erwähnt hatte. *Jones.* Jones war tot. Nein, Jones war nicht tot. Doch Jones *war* tot, wenn auch nur manchmal, vorübergehend. Schrödingers Jones. Was war das bloß für einer, der Katzen in Kisten sperrte und vergaste? Seltsame Angewohnheit, fast so seltsam wie Schrödingers Video, das er ständig neu überarbeitete, weil er nie zufrieden war, was der Beater nicht verstehen konnte. Deshalb hatte er mit Galen und Joslin gemeinsame Sache gemacht. Schrödingers Video sollte endlich fertig werden. Und auch dem Leid, das Schrödinger bisweilen mit seinem Schwanz hatte, sollte Abhilfe geschaffen werden. O Mann, dieser Schrödinger war übel drauf.

Mark fühlte den Stein zwischen den Händen, die die glatte und doch angerauhte Oberfläche umschlossen, und gleichzeitig wähnte er sich selbst davon umschlossen, obwohl sein Körper weit weg war und wie ein abgelegtes Exoskelett ausgestreckt auf dem Bett lag. Auf dem Bett, über den See getrieben mit funkensprühenden Wellen ringsum und einer geheimnisvollen Welt inmitten des Steins, aber kein Hinweis auf einen Weg zurück nach Hause ...

Am Kieselstrand stand ein Fremder, der sich nun langsam, ganz langsam umdrehte. Wie das Wetter drehte er sich, wie der Mond, und Mark hatte Angst. Welches Gesicht würde ihm der Fremde diesmal zuwenden, welches Gesicht würde aus dem Schatten ins Licht schwenken, welches Gesicht?

Gina. Erleichterung schüttelte ihn durch. Diesmal war es Gina. Es war, als sähe er sie nach langer Zeit endlich wieder deutlich vor Augen, ohne all die Schleier und Nebelvorhänge, die sich in zwanzig Jahren zwischen sie geschoben hatten. Fast hätte er vergessen, wie schön sie war.

Was für eine Hautfarbe sie hatte, und zwar von Natur aus! Was die Färbestudios in der Stadt unter der Bezeichnung ›Wildwald-Hartholz‹ anboten, kam ihrem Teint nicht gleich. Trotzdem war sie nie eingebildet auf ihr Aussehen, sie hatte Wichtigeres im Kopf. Die Rasta-Locken kamen ohne Pflege aus. Sie fielen ihr über die Stirn, über die Ohren bis weit auf die Schultern, anmutig, verfilzt. Stark auch ihr Gesicht, außergewöhnlich die Augen. Sie sah einzigartig aus und besser noch als vor zwanzig Jahren, als sie mit ihrem Laptop und einer selbstgestrickten Simulation antanzte, verrückt darauf, Videos zu machen. Sie war kaum älter als sechzehn oder siebzehn gewesen. So genau hatte er das nicht gewußt, und in all den Jahren war er nie auf sie zugegangen, um zu fragen: *Wie alt bist du eigentlich?*

Daß sie sein Alter kannte, sah er ihrem Gesicht an, das sich immer noch durchs Licht drehte und wieder von ihm abwandte. Sie wußte, wie alt er war; sie wußte es genau.

Und noch etwas entdeckte er in ihrem Gesicht, etwas, das ihm damals nicht aufgefallen war, als er auf den Stufen vor dem Gerichtsgebäude gestanden hatte, während Galen und Joslin (selber ahnungslos) dem Jungen einheizten und ihm ihren Willen aufzudrücken versuchten; er, Mark, hatte dabeigestanden und zugesehen, ohne auf die Gestalt zu achten, die im Schatten des Portals lauerte und ihn mit scharfem Blick beobachtete. Jetzt wußte er diesen Blick zuzuordnen, und er sah, was er damals übersehen hatte: Ihre Augen blitzten, und das Wasser des Sees kräuselte sich unter ihrem Atem.

Gina, es tut mir leid.

Sie wandte das Gesicht von ihm ab. Er sah sich wieder auf das knochenweiße Bett geworfen und wußte, es war höchste Zeit zurückzukehren, wenn überhaupt.

Dies war die Stelle in Schrödingers Video, die ihn immer im Ungewissen ließ. Bislang hatte er stets zurückgefunden, doch diesmal mochte es womöglich anders kommen. Diesmal.

Sei vorsichtig!

Er wankte, drohte umzukippen, zur einen oder zur anderen Seite hin ...

Er lag bäuchlings auf dem Boden; die Wange drückte auf den Teppich. Das Nachglühen der visionierten hellen Funken wurde langsam weniger. Die Finger der linken Hand umklammerten einen imaginären Stein.

Ach, du Scheibenkleister, dachte er und hangelte sich am Bettrand hoch. Bin ich doch glatt im Traum aus dem Bett gekippt. Kommt von diesem Scheiß-Fegefeuer. Himmel, bevor er sich noch mal so ein Ding verabreichen ließ, würde er das Weite suchen und davonlaufen, immer geradeaus, über Berg und Tal und Ozean. Nie wieder Fegefeuer, auch dann nicht, wenn man ihm die Geheimnisse des Universums in Pralinenform anbieten würde. Schluß, aus.

Seine Sachen lagen zusammengeknäult in einem dikken Polstersessel. Langsam zog er sich an, strich die Knitterfalten mit den Händen glatt und fragte sich, ob es nicht an der Zeit sei, die Unterwäsche zu wechseln. Diversifications war ein ziemlich pingeliger Laden, der viel Wert auf Entgiftung und Safer-Sex legte. Wenn die vom Dach-Team nicht so scharf hinter Joslins Großprojekt her wären, würden sie ihn, Mark, nicht einmal mit der Kneifzange anpacken. Und auch Gina nicht.

Der Gedanke an Gina traf ihn wie ein Hammerschlag. Er steckte mit einem Bein in der Hose, verlor die Balance und hinkte durchs Zimmer. Im glatten Velour des Teppichs sah er einen Moment lang den Kieselstrand, bevor er seitlich aufs Bett kippte.

Daß ihm die Luft wegblieb, lag nicht am Sturz, sondern an der erschreckenden Ahnung, daß sie tatsächlich dagestanden hatte im Schatten des Portals und er zu bekifft gewesen war, ihren Blick sofort zu registrieren. Das hatte sein Gedächtnis für später aufgehoben: für die Szene am Kieselstrand.

Er richtete sich auf, strampelte mit dem freien Fuß die Hose ab und warf sie zurück auf den Sessel. In Zukunft wollte er sich besser vorsehen. Denn so oft er einen Fehler machte, landete er zwischen den eierförmigen Kieselsteinen am Strand, und manchmal dauerte es arg lange, bis er den Weg zurück fand, was mit Schrödingers Video nichts mehr zu tun hatte. Denn …

Eine Erklärung fiel ihm nicht ein. Auf jeden Fall hatte er es satt, herumgestoßen zu werden. Lieber wollte er einen riskanten Sprung wagen, denn er fand es besser, lichterloh zu verglühen, als langsam dahinzuschmurgeln.

Und das hatte sehr wohl mit dem See und den Steinen am Strand zu tun. Möglich, daß ihm eine der unzählig vielen geheimen Welten dort einen Ausweg zeigte, doch vom Deal mit Galen und Joslin war in dieser Richtung mehr zu erhoffen. Zumindest hatte der Beater soviel in Aussicht gestellt, als der Deal geschlossen worden war.

Vielleicht ist es besser, lichterloh zu verbrennen als langsam dahinzuschmurgeln, aber noch besser ist es, cool zu bleiben. Ich fürchte, du bist schon ziemlich ausgebrannt. Stimmt's Mark?

Ich glaube, ja. Schön, wie taktvoll du das formulierst. Ich hätt's dir eher sagen sollen, damals schon, als du noch mitgemischt hast, Alter. Du hast zu früh das Handtuch geworfen. Als dein Synthesizer zuklappte, hab ich meinen Sargdeckel zuklappen hören.

»Au Mann«, sagte er und gab ein Schnauben von sich, das auch als ein Lacher hätte durchgehen können. Dann reckte er sich, stand vom Boden auf und schlich vorsichtig auf den Sessel zu, wo seine Sachen lagen. Diesmal setzte er die Füße richtig voreinander, und zwar im Takt der Musik, die ihm durch den Kopf ging. Beim Anziehen hatte er keine weiteren Probleme.

Das Wohnzimmer war geschmackvoll luxuriös und leer. Auf dem Schreibtisch am Fenster stand ein Monitor, der blinkend seinen Namen buchstabierte. Doch er mußte eine Weile warten, bis sein Programmdirektor einen geeigneten Rhythmus einspielte, der ihn, Mark, in die Lage versetzte, den Knopf auf der Tastatur zu finden, der die Nachricht im Speicher abrief.

Vielen Dank für Ihre Hilfe vor Gericht, stand auf dem Bildschirm zu lesen. *Für das Verfahren war es zwar nicht erforderlich, daß Sie mit uns vor dem Richter erschienen, doch es diente unserer Sache durchaus. Hoffentlich haben Sie sich gut erholt. Drücken Sie auf ›Print‹, und Sie erhalten einen Ausdruck vom Plan dieses Hauses und seiner Umgebung. Links von Ihnen liegt der Flur, der zum Fahrstuhl führt. Manny Rivera.*

Das war alles? Nicht einmal ein schickes Frühstück? Und dafür hatte er die Fegefeuer-Prozedur über sich ergehen lassen? Diese verdammten Geizkrägen!

Er langte gerade nach der Kopie, die der Drucker ausgespuckt hatte, als er einen Luftzug im Nacken spürte.

Der Junge stand in der Tür. Er hatte bloß eine farblose, kurze Unterhose an, die, streng genommen, nicht mehr tragbar war. Eine vertraute Seele, ob Kronzeuge oder nicht.

»Visual Mark«, sagte der Junge.

Er zuckte die Achseln.

»Mir ist schon 'ne Menge von deinem Zeug zu Gesicht gekommen. Hab mich immer schon gefragt, wie du wirklich heißt.«

Mark lachte kurz auf. »Wer weiß das schon? Jedenfalls hab ich es längst vergessen.« Was nicht ganz stimmte. Zwar wirkte der Stoff, den er sich über die Jahre reingepumpt hatte, auf bizarre Weise nach, doch der eigene Name wäre ihm schon noch eingefallen, wenn er es nur versucht hätte. Meist waren Versuche in dieser Richtung nicht kompatibel mit der Tonspur in seinem Kopf.

»Ja«, sagte der Junge. »Tja.« Geistesabwesend fixierte er einen Punkt auf dem Teppich.

»Hör zu ...« Mark ging einen Schritt auf ihn zu, blieb

aber wieder stehen. Unfreiwillig. Der Junge hatte das Geheimwort ausgesprochen, und deshalb waren bei Mark die Rolladen runtergegangen. Er schüttelte den Kopf. »He, Mann, das hier ist Schrödingers schräge Welt.« Er stopfte den Plan in die Tasche und marschierte zum Fahrstuhl.

09

»Und stellt euch vor«, sagte Dinshaw und wuschelte mit der Hand durchs krause Rothaar. »Nachdem alles vorbereitet und abgesegnet ist, kommt Manny daher und will ›noch eine Winzigkeit‹ geändert wissen.«

In der Kantine herrschte ein zivilisierter Geräuschpegel, den Dinshaw mühelos übertönte, als sie auf ihre Zuhörer einredete, die mehr oder weniger gelangweilt und per Zufall zusammengewürfelt mit ihr an einem runden Tisch saßen — eine Szene, die sich im Saal an all den anderen Tischen wiederholte. Die Angestellten der Abteilung für Werbung und Unterhaltung hatten sich versammelt.

Gabe mimte höfliche Aufmerksamkeit, zumal er direkt neben Dinshaw saß. Den ganzen Vormittag über hatte er mit Marly und Caritha in New Orleans eine Bande von Kopfjägern zur Strecke gebracht. Er stand auch jetzt noch unter Spannung, fühlte sich aber gleichzeitig erschöpft. Marly und Caritha hatten sich spontan für einen Voodoo-Film entschieden, und er wäre fast an einer Zypresse gekreuzigt worden. Die Authentizität war zwar mehr als fraglich, die Aufregung aber durchaus echt gewesen — verhältnismäßig —, jedenfalls echter als Dinshaws genäselte und zugleich heisere Beschwerde.

Ihm gegenüber saß LeBlanc, die mit einem Auge auf die Dataline-Monitore schielte, die im Sechserblock vor der Wand angeordnet waren. Ab und zu drückte sie einen Knopf der Fernbedienung in der Tischmitte und schaltete zwischen *Was ist Unterhaltung?*, *Fragen an Frau Sorge* und *Die Show für Sterne, Sternchen und Du* hin und her. Neben ihr saß Shuet, die unentwegt von unidentifizierbaren Knabbereien kleine Stücke abbrach und in den Mund steckte. Ihre Designer-modellierten Kiefern mahlten so bedächtig, als würde sie die Kaubewegungen zählen. Auf der anderen Seite von LeBlanc: Silkwood. Auch er interessierte sich vor allem für das, was die Dataline anzubieten hatte. Sein breites, nettes Gesicht spiegelte abwechselnd Zaghaftigkeit und Heißhunger. LeBlanc stieß ihn an und fragte: »Na, wie läuft's mit der Diät? Sollen wir mal einen Freßporno ins Programm holen?«

»Nein, danke«, antwortete er steif. »Ich habe schon prima abgenommen, und Freßpornos guck ich mir nicht mehr an, seit ich meine Knöpfe habe.«

»Deine *was?*« fragte LeBlanc irritiert.

»Die Knöpfe, mit denen ich den Zwang, immer mehr essen zu müssen, abstellen kann. Findest du das irgendwie anstößig?«

»Daß du von deinen Implantaten sprichst, war mir nicht gleich klar«, erwiderte LeBlanc und tauschte mit Gabe ein heimliches Schmunzeln.

»... das Konzept ist perfekt, die Ausstattung fix und fertig, für alles ist gesorgt, bis ins kleinste Detail«, wetterte Dinshaw. »Aber Manny sagt, der Kunde hätte gesagt, ich würde nicht *zierlich* genug denken. Die Zielgruppe würde sich, sagt Manny, mit diesem hoch aufgeschossenen Modell, das mit langen Beinen durch die Welt stakst, nicht identifizieren können; man müsse den Geschmack derer berücksichtigen, die — und jetzt zitiere ich wörtlich — ›von der Stange kaufen.‹ Zitatende.«

Gabe nickte mitleidig, und LeBlanc schnaubte empört. »Wer hat denn den Test gefahren?«

»Genau da liegt das Problem«, ereiferte sich Dinshaw. »TexTones beschäftigt an die neunhundert Frauen, trotzdem war keine, nicht eine einzige für den Probedurchlauf zu haben. Statt dessen wurde uns dieser feiste Schmerbauch angedient. Wir mußten ihn mit 'nem Schuhlöffel in den Hotsuit packen und sagen: ›Okay,

Alter, in der Simulation siehst du dich jetzt als Traumfrau. Viel Spaß.‹«

»Schaut euch das an!« rief LeBlanc und zeigte auf die Dataline. »Damien Splader macht eine Talkshow im Gefängnis. Er sitzt lebenslänglich und kriegt seine eigene Show. Das hat uns noch gefehlt. Knastpornos. Sechsundachtzig Prozent aller neuen Programme auf Dataline sind mittlerweile pornografisch.«

»Woher hast du denn die Zahl?« wollte Sheut wissen. »Aus dem Nachrichtenporno?«

LeBlanc sah ihn ungerührt an. »Zweifelst du an der Presse?«

»Ich weiß nur nicht, was man sich unter einem Knastporno vorstellen soll. Wer würde sich denn an Gitterstäben aufgeilen?«

»Wen geilen leckere Speisen auf?« fragte Silkwood düster.

»Bist du sicher, daß deine Implantate richtig funktionieren?« wollte LeBlanc wissen.

»Ja. Ich habe nur gerade an meine schlechten Gewohnheiten von früher gedacht«, entgegnete Silkwood und stierte auf Shuets leeren Pappteller.

»Manny hält mir Vorträge über die Möglichkeiten wirklich *guter* Simulationen«, fuhr Dinshaw fort. »Er meint, so eine Simulation müßte in der Lage sein, eine Frau davon zu überzeugen, im Grunde ein Mann zu sein, und ein Mann müßte sich für ein supertolles Mannequin halten können, das Unterwäsche präsentiert. Wenn nicht, war die Simulation nicht *lebendig* nicht *echt* genug.«

»Was ist mit dem Begleit-Spot?« fragte LeBlanc. »Oder sind wieder Budgetkürzungen zu erwarten wie bei Kickers Wanderstiefeln? Kicker kann mir in Zukunft gestohlen bleiben.«

»Amboy arbeitet dran und setzt eine Kopie meines Prototyps ein. Das Programm wird automatisch auf einen männlichen Betrachter hin abgestimmt und in

Flachschirm-Format übersetzt. Das heißt, ich kann an meinen Prototypen nichts mehr ändern.«

»Natürlich kannst du«, sagte Silkwood. »Schick Amboy einfach einen neues Modell rüber.«

»Ach, so einfach ist das deiner Meinung nach. Sobald ich das tue, kommt Amboy in Mannys Büro gestürmt und macht Zoff, weil er nicht mehr pünktlich fertig werden kann von wegen der bösen Emily Dinshaw, die ständig ihre Vorlagen ändert. Und dann scheißt Manny mich an und behauptet, nur ein bißchen mehr *Gefühl* verlangt zu haben, aber keine komplette Neuversion.«

»Soll er sich doch da mal reinfühlen«, schlug LeBlanc vor.

»Nicht ohne Hotsuit. Nicht einmal *mit.*«

»Das ist es, was uns noch fehlt«, sagte LeBlanc lachend. »Ein Diversifications-Porno! Stimmt's? Wir sollten unsere Horrorstorys aufzeichnen und den Abnehmern zu Hause vorspielen, damit die mal erfahren, was wir durchmachen, um ihnen Werbespots zu servieren, sozusagen als Appetithäppchen ... o Pardon«, fügte sie mit Blick auf Silkwood hinzu.

»Du kannst mich nicht mehr aufziehen«, antwortete Silkwood. »Meine Knöpfe funktionieren; ich bin mit mir im reinen.«

»Hat Manny also irgendeinen hilfreichen Rat anzubieten?« fragte Shuet.

»Manny sprudelt geradezu über mit *hilfreichen Ratschlägen ...*«

Gabe überlegte, ob er sich noch eine Tasse Kaffee gönnen sollte, und warf einen Blick auf die Getränkeautomaten. Der dürre Kerl, der davorstand und in den Taschen nach Kleingeld kramte, war wie aus dem Nichts aufgetaucht, gerade so wie ein Spezialeffekt in einer besonders realistischen Simulation. Die strähnigen braunen Haare fielen ihm über den Kragen des offenen Hemdes, das entweder einmal gelb gewesen oder inzwischen vergilbt war. Die abgewetzten Jeans drohten wie die Schuhe in Stücke zu zerfallen. Langsam drehte sich der Mann um, und Gabe sah, daß er genau wie alle anderen Kollegen eine Sicherheitsmarke am Hemd trug. Anscheinend gehörte der Kerl zur Firma. Kaum anzunehmen, daß er sich als unbefugter Eindringling eingeschlichen hatte, ohne Alarm auszulösen.

»Was ist das denn für einer?« zischte Shuet. »Und wie zum Teufel ist er hier reingekommen?« Auch an den anderen Tischen wurde es schlagartig still, und alles starrte auf den Fremden.

»Tja, unsere Unterhaltungsabteilung wird offenbar peu á peu aufgestockt.« Keiner beachtete Clooney, der an den Tisch gekommen war und auf die Einladung wartete, einen der freien Stühle einnehmen zu dürfen. Doch jeder hoffte, daß er sich wieder verziehen würde, wie Gabe deutlich spürte.

»Der junge Mann nennt sich ›Visual Mark‹«, fuhr Clooney unbekümmert fort. »Hübscher Name, nicht?«

»Das ist Visual Mark?« sagte Dinshaw, ohne Clooney auch nur eines Blickes zu würdigen. »Er scheint tatsächlich einem seiner Rock-Videos entsprungen zu sein.«

»Rock-Videos?« wunderte sich Silkwood.

»Meine Kinder haben nichts anderes mehr im Kopf.« Dinshaw verzog das Gesicht. »Der Kerl macht ganze Arbeit, scheint sich aber ziemlich zu verausgaben.«

»Siehst du dir etwa Rock-Videos an?« fragte LeBlanc, klimperte dabei übertrieben mit den Wimpern und legte die Hand an den Hals. »Unsere Emily ist ein Rocker. Ich bin geschockt.«

»Das Zeug ist doch echt Schund«, erklärte Silkwood. »Schlimmer als alle Pornos zusammengenommen. Warum auch wir ins Musikvideogeschäft einsteigen mußten, will mir nicht in den Kopf gehen. Die Firma ist auch so sehr gut zurechtgekommen.« Der Mann am Automaten klopfte immer noch seine Taschen ab, und zwar mit seltsam rhythmischen Bewegungen. Daß ihn alle Anwesenden im Saal fixierten, schien ihm zu entgehen.

»Da ist viel Geld drin«, meinte Clooney wichtigtuerisch. Dinshaw war versucht, ihm einen bitterbösen Blick zuzuwerfen. »Jede Menge Geld. Voraussetzung ist, daß Vertrieb und Promotion stimmen. Und wir haben dazu die Mittel. Es ...«

»Es mag vielleicht wirklich jede Menge Geld drin sein«, unterbrach Dinshaw, sah Clooney aber immer noch nicht an. »Nur, was hat unsereins davon? Dem Kerl da scheint sogar das Kaffeegeld zu fehlen.«

»Ich leih ihm was«, hörte sich Gabe sagen und stand auf, als Clooney gerade Platz nahm.

»Schnell geschaltet«, rief ihm LeBlanc hinterher.

»Videoreflexe«, antwortete er im Weggehen, was er aber sogleich bedauerte. Womöglich würde sich Clooney bei Manny beklagen, zumal er ihm als selbsternannter Handlanger alles zutrug — und das war kein Geheimnis. Offenbar glaubte nur noch Clooney selbst, daß niemand Bescheid wußte, und daß er von allen wie die Pest gemieden wurde, schien ihm nichts auszumachen, vor lauter Tumbheit vielleicht, oder aber er bildete sich ein, die Kollegen wären eifersüchtig darauf, daß ihm ständig Lohnerhöhungen zugeschustert wurden. *Wie kann man nur so blöd sein?* wunderte sich Gabe und tippte Visual Mark auf die Schulter.

Der drehte sich so langsam um, als stünde er unter Wasser. Die blaßgrünen Augen schienen Gabe in der Ferne zu suchen. »Kann ich Ihnen helfen?« Das zweite und dritte Wort war leicht betont, was, wie Gabe später dachte, durchaus plausibel klang.

»Nun, es schien mir, als fehlte Ihnen das passende Kleingeld für den Automaten«, meinte Gabe achselzuckend und spürte alle Blicke auf sich gerichtet.

Der Mann zeigte ein unerwartet breites und sonniges Grinsen. »In der Tat. Woher wissen Sie das?«

Gabe hatte den Eindruck, als bremsten seine Gehirnströme wie vor einer Straßenrampe ab. »Ehmmm ...«

»So geht's mir ständig im Leben. Überall neue Münzautomaten, und ich hab kein Kleingeld dabei.« Er rückte ein wenig näher. Ein Schwall unterschiedlichster Gerüche wehte Gabe um die Nase. Kölnisch Wasser war nicht darunter. »Kennen wir uns eigentlich?« fragte er, und das Nachdenken fiel ihm sichtlich schwer.

Gabe drückte ihm eilig ein paar Münzen in die Hand. »Hier. Ein Schluck Kaffee wird Ihnen bestimmt gut tun.«

Langsam und bedächtig nickte der Kopf des Mannes auf und ab. »Wie wahr, wie wahr. Das Karma kommt heute mal wieder knüppeldick.« Er stopfte die Münzen in den Schlitz. »Das ist immer so, wenn die Automaten wechseln.« Wenig später zog er einen gefüllten Becher aus dem Trichterschacht und prostete Gabe zu. »Je mehr Wechsel, desto geringer der Durchblick. Stimmt's?«

»Das will ich nicht bestreiten«, antwortete Gabe und wich einen Schritt zurück.

Der Mann zwinkerte ihm zu. »Wie wahr, wie wahr.«

Gabe wähnte sein Gehirn wie von einem Rührstab aufgequirlt. Er drehte sich um und ging.

Anscheinend war er, wie ihm später dämmerte, geradewegs in ihre Faust gelaufen, was die Wucht ihres Schlages um so heftiger hatte ausfallen lassen. Zuerst sah er nur Sternchen. Kurz darauf meldete sich ein dermaßen herber Schmerz, daß er den Sturz auf den Teppich gar nicht mehr spürte.

Als er die Augen aufschlug, blickte er in einen verschwommenen Kranz von Gesichtern. Der Schmerz in der Wange wurde unerträglich. Er kniff die Augen wieder zu und wartete auf Linderung, doch die blieb aus. Es war, als würde sich aller Streit, alle Feindseligkeit unter den Kollegen im Saal auf der kleinen Fläche seines Gesichts bündeln. In Ohnmacht abdriftend, hörte er jemanden hektisch fordern: *zurücktreten, zurück, er braucht Luft, verdammt noch mal.*

Irgendwann später vernahm er Dinshaws näselnde Stimme. »Das ist ein Kündigungsgrund, wenn nicht sogar Grund genug, um eingebuchtet zu werden«, sagte sie wütend.

Vor seinem inneren Auge tauchte Marly auf. Sie grinste ihm spöttisch zu. *Na, willst du dir das gefallen lassen, Glühfix? Du hast doch heute noch nichts ausgefressen, was eine solche Strafe verdiente.*

»Quatsch«, erwiderte eine fremde Stimme leise und verunsichert. »Ich habe hier gerade erst angefangen. Man kann mich doch nicht schon in der ersten Woche feuern.«

Gib's ihnen, dachte Gabe. In der Phantasie sah er, wie sich Caritha über ihn beugte, spürte ihre Hand an seinem Arm. *Glühfix, du wirst doch nicht schlappmachen?*

»Antworte, Gabe! Ist mit dir alles Ordnung?« Die Hand an seinem Arm drückte fester zu. Er öffnete die Augen.

LeBlanc stand über ihn gebeugt. »Nicht bewegen. Die Ärztin ist schon unterwegs. Du bist wie ein Stein zu Boden gefallen und warst, wie es scheint, einen Augenblick lang weggetreten. Hast du die Besinnung verloren? Erinnerst du dich?«

Ihre Worte schwemmten wie eine Sturzflut über ihn hinweg. Er fühlte sich verschaukelt.

»Wie soll er sich erinnern, wenn er tatsächlich die Besinnung verloren hat?« fragte die fremde Stimme nach.

Clooney schielte hinter LeBlancs Rücken hervor. »Gabe, weißt du, wo du bist?«

Gabe stöhnte. »Ich bin hier.«

»Hört, hört!« Die fremde Stimme kam von links. »Stellt ihn auf die Beine; er hält noch 'ne Runde durch.«

Gabe mühte sich auf in den Sitz. LeBlanc hielt immer noch seinen Oberarm gepackt. Er streifte ihre Hand ab und schaute sich um. Unter den Leuten, die ihn umringten, fehlte nur dieser verrückte Typ, Visual Mark, der keine Münzen für den Automaten hatte. Von ihm war keine Spur zu sehen. Vorsichtig befingerte Gabe die malträtierte Gesichtshälfte.

»Ich weiß nicht, was da, wo Sie herkommen, so Usus ist«, sagte Dinshaw. »Wir jedenfalls verzichten darauf, anderen die Kieferknochen zu brechen.« Und mit flüchtigem Seitenblick auf Clooney fügte sie hinzu. »Solange es sich vermeiden läßt.«

»Ich hatte nicht vor, ihm den Kiefer zu brechen.« In der Stimme klang zum ersten Mal Bedauern mit. Gabe stellte den Blick scharf auf eine mittelgroße, kräftige Gestalt in einer Aufmachung, die aus den Kleiderschränken von Esoterikern und Stadtguerilleros zusammengestellt zu sein schien. Daß es ihn so schlimm erwischt hatte, wunderte Gabe nun nicht mehr. Selbst die Filzlocken dieser merkwürdigen Gestalt wirkten gefährlich.

Die Doppeltür zur Kantine ging flüsternd auf. Gabe konnte sich nicht erinnern, dieses Geräusch gehört zu haben, als die Frau hereingekommen war, um ihm ins Gesicht zu schlagen. Womit hatte er diesen Boxhieb eigentlich verdient, und warum fragte niemand nach?

»Was ist passiert?« Die Ärztin kniete neben Gabe nieder, hob sein Kinn und sah ihm in die Augen.

»Die da hat ihn niedergeschlagen«, sagte Dinshaw und zeigte auf die Frau. »Sie hat mit der Faust ausgeholt und ihn von den Beinen geboxt.«

Die Ärztin warf einen Blick über die Schulter auf die Frau, die mit verschränkten Armen lässig am Kaffeeautomaten lehnte. Schicksalsträchtig, dieser Kaffeeautomat, dachte Gabe, und ihm war plötzlich zum Lachen zumute.

»Es war ein Versehen«, sagte sie. »Er ist in die Schußlinie geraten.«

»Ach, wirklich?« spottete die Ärztin. Gabe blinzelte ins Licht der kleinen Taschenlampe, die sie auf seine Augen gerichtet hielt. »Können Sie den Mund öffnen?«

Es gelang ihm, die Lippen zu teilen, als sie vorsichtig den Unterkiefer abtastete. Die seltsame Frau rückte ein Stück näher und versuchte der Ärztin über die Schultern zu schauen. Der Statur nach zu urteilen, haute sie so leicht nichts um. Ihr Gesichtsausdruck aber verriet echte Besorgnis.

»Fraktur oder Dislokation sind nicht festzustellen«, diagnostizierte die Ärztin. »Aber wir sollten eine Röntgenaufnahme machen, falls es zu einem Haarriß gekommen ist. Und gegen die Schmerzen werde ich Ihnen was geben. Die Prellung tut noch eine Weile weh.«

Clooney räusperte sich affektiert. »Na, hoffentlich steigt dir das Mittelchen nicht in den Kopf und hindert dich an der Arbeit.«

Gabe wollte ihm einen strafenden Blick zuwerfen, doch die Ärztin hielt sein Kinn immer noch fest im Griff. »Was ich verordne, ist harmlos«, sagte sie. »Keine Sorge, davon hebt niemand ab.«

»Quel fromage«, meinte die Fremde.

Die Ärztin warf ihr erneut einen Blick zu. »Haben Sie gesagt: ›Was ein Käse‹?«

»Warum nicht?«

Wieder schwang die Doppeltür flüsternd auf. Manny Rivera trat ein; er sah abgehetzt aus und leicht zerknittert. Er blieb im Eingang stehen und hinderte die Tür am Zuklappen.

»Gibt's hier was zum Feiern?« fragte er und mimte auf kollegial. Hübsche Simulation, dachte Gabe, und wieder mußte er an sich halten, um nicht laut aufzulachen. Manny schaute in die Runde, als wollte er sich jedes einzelne Gesicht genau merken. Schließlich blickte er auf Gabe herab, der immer noch am Boden saß und von der Ärztin am Kinn gehalten wurde. Die gekünstelte Freundlichkeit wich aus Mannys Gesicht; statt dessen rutschten ihm die Brauen hoch. »Hat er sich was getan?«

»Was glauben Sie, warum er auf dem Boden hockt?« Die Fremde musterte Manny, als wollte sie auch ihn zur Strecke bringen. Die Gruppe um Gabe löste sich auf. Den Kollegen fiel nun ein, daß sie eigentlich an ihrem Arbeitsplatz zu sein hatten. Manny trat von der Tür weg, die, kaum daß sie zuschlug, nun vor den Herauseilenden wieder aufklappte. Nur die seltsame Frau und die Ärztin bewegten sich nicht von der Stelle.

»Schön, Sie endlich einmal kennenzulernen«, sagte Manny zu der Fremden, als der Saal geräumt war. »Bei EyeTraxx habe ich Sie ja leider nie angetroffen.«

»Ach, ja?« Die Frau stellte den Kopf schief und krauste die Stirn. »Und wer sind Sie? Chang oder Rivera?«

Die Ärztin stand auf und sagte zu Gabe: »Lassen Sie sich erst einmal röntgen. Das Schmerzmittel können Sie später abholen.« Dann warf sie einen letzten Blick auf die Frau und rauschte davon.

Verlegen raffte sich Gabe vom Boden auf. Am liebsten wäre er gleich der Ärztin nach draußen gefolgt, ohne ein Wort mit Manny wechseln zu müssen. Doch irgendwie kam es ihm unfair vor, die Frau mit ihm alleinzulassen. Den Fausthieb trug er ihr nicht nach.

Manny schenkte ihm ein irritiertes Grinsen. »Und was ist dir passiert?«

»Hab mir den Kiefer geprellt«, antwortete Gabe, was sich aus dem geschwollen Mund anhörte wie: *... Schiefer gepellt.*

»Tja«, meinte Manny besorgt. »Ich hoffe, unsere Verabredung zum Mittagessen bleibt bestehen.«

»Sowieso«, nuschelte Gabe und nickte eifrig.

»Gut, das ist gut.« Manny streifte die Frau mit flüchtigem Seitenblick und marschierte durch die Doppeltür, die beflissen auf- und zuklappte, als wüßte sie Mannys Stellung zu respektieren.

Unsicher, wie er sich nun verhalten sollte, schenkte Gabe der Frau ein schiefes Lächeln zum Zeichen, daß er keinen Groll gegen sie hegte. Er rechnete mit einer Entschuldigung, etwa in der Art wie: *Tut mir leid, daß ich Sie geschlagen habe,* oder: *Ich sollte mich wirklich schämen,* oder auch nur: *Tut's sehr weh?*

Statt dessen aber wandte sie sich von ihm ab, fütterte den Getränkeautomaten mit Münzen und drückte eine der Wahltasten mit derselben Faust, die sie zuvor gegen ihn geschwungen hatte. Eine Limonadendose rumpelte ins Ausgabefach, die, als sie danach griff, in ihrer großen Hand fast verschwand. Die Nägel waren kurz und unlackiert.

Dann starrte sie Gabe an und schien sich zu wundern, daß er immer noch dastand.

»Warum konnten Sie auch nicht aufpassen, wohin Sie gehen?«

Ohne auf eine Antwort zu warten, stürmte sie hinauf. Offenbar ging ihr die Tür nicht weit genug auf, denn sie half schwungvoll nach.

10

Ein Anruf nach draußen war, wie er wußte, ebenso sinnlos wie der Versuch, zur Tür hinauszugehen. Trotzdem mußte er den Vorstoß wagen. Leider hatte dazu Rivera noch ein Wörtchen mitzureden, denn der schien auf alles vorbereitet zu sein. Ein zweites Mal würde er sich wahrscheinlich nicht linken lassen.

Keely rutschte auf der Couch herum, stopfte ein Kissen unter die Knie und ein zusätzliches in den Nacken. Die Firmenmatratze war weicher als seine gewohnten Unterlagen. Auch die frisch duftende Kleidung, die man ihm zurechtgelegt hatte, war weich wie Windeln. Welche Annehmlichkeiten! Hart war nur, daß er nicht anrufen konnte.

Wenn er sich anstrengte, würde er die Sperre bestimmt umgehen können, aber das Paßwort hieß *Konzentration,* und die fehlte ihm. Sein Kopf war wie benebelt, und zwar auf ganz merkwürdige Weise. Er fühlte sich zwar frisch und wach, aber ohne den geringsten Antrieb. Was nicht besonders verwunderlich war. Rivera hatte sich persönlich um seine Diät gekümmert, und was ihm da ins Essen gemischt worden war, ließ in seiner Wirkung allmählich nach, so daß rechtzeitig mit der Überholung des kompletten Sicherheitssystems begonnen werden konnte. So wollte es Rivera, und er erwartete viel von Keely. Was ihn allerdings wunderte, war die Frage, warum sich Rivera nicht schon längst einen eigenen Hacker zugelegt hatte. Ihm wären Kosten und Mühen erspart geblieben.

Keely warf einen Blick auf die Wand, in der neun Dataline-Bildschirme integriert waren. Die Programme, die sich darauf zeigten, wechselten, ohne daß er Kenntnis davon nahm. Manchmal schaltete er per Fernbedienung den Ton ein, wenn interessante Bilder eingeblendet wurden, aber einer Sendung aufmerksam zu folgen, war ihm zu anstrengend. Was hatte Rivera ihm bloß verabreicht? Eine milde Dosis Blankodin? Oder irgendwelche Präparate aus dem Kräutergarten? Auf jeden Fall war es ein clever gewähltes Mittelchen. Der Denkapparat funktionierte perfekt. Er war sogar in der Lage, komplette Programme zu erträumen. Aber sooft er versuchte, etwas Komplizierteres zu tun, als eine Schaltertaste zu drücken, versagte das System. Nicht genügend RAM-Kapazität, dachte er bitter und launig zugleich. Oder zuviel für einfache Rechenprozesse.

Mit Jones war nicht zu rechnen. Wie alle Therapieopfer hatte er nichts anderes im Kopf, als *mit sich fertig zu werden*. Und sich fertig zu machen. Ein ums andere mal abzunibbeln. Danke, Bruder, du bist mir eine verdammt große Hilfe.

Zugegeben, der Hellste war er, Keely, selber nicht. Er wußte nicht einmal zu entscheiden, was dümmer wäre: Rivera auszutricksen oder gemeinsame Sache mit ihm zu machen.

Dabei hatte er geschworen, sich niemals auf Industriespionage einzulassen. Entsprechende Angebote von ehrgeizigen Managern hatte er stets abgewimmelt. Auf Rivera aber war er sofort angesprungen. Vielleicht, weil er sich damals gerade gelangweilt hatte, oder weil er Jones hatte beweisen wollen, daß B&E — also Bruch und Einstieg — mehr als nur persönliche Genugtuung einbringen konnte. Daß er so blöd gewesen war, sich vor dieser Leiche aufzuplustern, zeitigte nun Folgen, mit denen er nicht gerechnet hatte. Scheiße.

Der Frischluftduft seines Hemdes wehte, als er sich auf die Seite wälzte. Über den Bildschirm oben in der Mitte lief ein Desasterporno; gezeigt wurde die Serie *Die fünfundzwanzig schlimmsten Flugzeugabstürze.* Ganz schön widerlich. Er war entschlossen, das Programm zu ändern, sobald er sich zu einer Entscheidung für eine Alternative durchgerungen hätte. Aber Entscheidungen zu treffen, fiel ihm heute schwer, und leicht hatte er sich nie damit getan. Der Entschluß, in Riveras Auftrag die Hall-Galen-Gruppe als Hacker auszukundschaften, war der Start gewesen für eine Folge unvorteilhafter Karrieremanöver. Sozusagen.

Wäre ihm bewußt gewesen, daß Rivera zu Diversifications gehörte, hätte er ihn wohl abblitzen lassen. Aber Rivera war gut abgeschirmt und hatte mit ihm über eine anonyme Mailbox kommuniziert, in der Keely später auch die Daten von Hall Galen deponierte.

Problemlos war der Hackauftrag nicht gewesen, aber ungefährlich und über ein verwickeltes Netz abgesichert. Hätte Hall Galen Lunte gerochen, wären alle Verbindungen gleichzeitig gekappt und Nachforschungen selbst für den schnellsten Fahnder unmöglich gemacht worden. Natürlich war bei diesem Verfahren ein kleiner Nachteil in Kauf zu nehmen gewesen: Keely hatte während des Transfers selber keinen Zugriff auf die Daten, und nur Rivera besaß den Schlüssel zur Mailbox. So jedenfalls war es ausgemacht gewesen. Aber Keely hatte sich ein Hintertürchen in der Mailbox offengehalten. Wenn Rivera so dämlich war zu glauben, daß er, Keely, Informationen reinholte, ohne davon Kenntnis zu nehmen, hatte sich der Dämel geschnitten und verdiente es nicht anders, selber hinters Licht geführt zu werden.

Zum Teufel auch. Der Kerl war ein lausiger Dieb, ein verwöhnter Nassauer, der sich die eigenen Finger nicht dreckig machen wollte und den Fehler beging, einem anderen Dieb zu vertrauen. Aber Keely mußte sich auch selber einen Fehler vorwerfen. Er hatte Rivera unterschätzt und ihm keine dreckigen Tricks oder Lügen zugetraut. *Ja, ich interessiere mich für die Bilanzen. Ich will wissen, wie's dieser Firma geht und was es kostet, sie zu kaufen.* Im nachhinein war kaum daran zu zweifeln, daß Rivera schon von Anfang an sehr wohl mehr im Sinn gehabt hatte, als bloß einen Blick in Bilanzen zu werfen.

Die Sache mit der Steckbuchse war sozusagen der erste Klops, ein gefundenes Fressen für Rivera. Nach dieser Entdeckung zeigte er sich großzügig. Für Keely lagen in verschiedenen elektronischen Börsen etliche Inhaber-Chips bereit, die er mit Wonne verschleuderte. Derweil wartete er darauf, daß Rivera die Mailbox verschloß und das eingebaute Hintertürchen aufsprang, und ihm, Keely, Zugriff auf die deponierten Daten verschaffte.

Kurz zuvor war Riveras letzte Nachricht eingetroffen: das Versprechen auf eine Sondergratifikation. Und die bestand, wie sich herausstellte, aus eben jenen Programmdaten, die Sam für ihr System benutzte.

Als Keely die Daten dechiffriert und das wilde, kleine Nanoding gesehen hatte, das sich aus einer alten Insulin- oder Endokrin-Pumpe herstellen ließ, platzte ihm der Kragen. Er haßte Diversifications aus tiefster Seele. Unverfroren bediente sich dieser Multi bei Hackern, gaunerte ihnen ihre Erfindungen ab, die dann neu verpackt, aufgemotzt und überteuert als brandneue Produkte auf den Markt geworfen wurden. Wie zum Beispiel das Dodge-M-Programm, mit der sich der Zugriff auf eine Mailbox verschleiern ließ. Das Programm war nicht mehr als eine geschickt ausgeklügelte Störschleife, die Nachrichten in einer Mailbox als *exklusiv* auswies, obwohl sie längst gesichtet waren.

Und dann traf Keely zum zweiten Mal der Schlag, als er erfuhr, welche Informationen er Rivera auf silbernem Tablett serviert hatte, und zwar für den Preis eines Programms, das ihm Sam auch umsonst überlassen hätte. *Steckbuchsen, verdammte Gehirnsteckbuchsen.* Rivera durfte sich ins Fäustchen lachen. Er hatte ihn, Keely, wirklich schön an der Nase herumgeführt.

Dann kam ihm plötzlich der Verdacht, daß Diversifications dieses Nano-System womöglich präpariert hatte, um Hacker in die Falle zu locken. Vielleicht waren in den Programmdaten unsichtbare Zeichen verborgen, die, sobald das Gerät angeschlossen wurde, einen Alarm auslöste. In diesem Fall wäre Sam in höchster Gefahr.

Per Blitzsuche hatte Dr. Fish sie in den Ozarks ausfindig machen können — wie, das blieb für Keely ein Geheimnis. Immerhin schien Sam in Sicherheit zu sein, jedenfalls in größerer Sicherheit als er selbst.

Und Keely sann auf Rache. Bevor der vermeintliche Alarm losgehen konnte, zog er zwei Kopien von den ergaunerten Dateien. Eine davon teilte er auf und schickte je eine Hälfte an Sam und Fez. Die andere ließ er der Klinik zukommen, um Diversifications das Gefühl zu vermitteln, wie es ist, mit den eigenen Waffen geschlagen zu werden. Mit den erhaltenen Informationen würde die Wonneklitsche ihre billigen Implantate im Handumdrehen zu Steckbuchsen umbauen können.

Steckbuchsen aus einer Wonneklinik! Für Diversifications würde an Profiten nicht mehr viel übrigbleiben. Ha, Rivera, was für ein Schuß in den Ofen!

Die Kopie für Sam und Fez aufgeteilt zu haben, war womöglich keine besonders gute Idee gewesen. Denn was die beiden damit anfangen würden, blieb fraglich. Aber Keely hatte auf die Schnelle keine bessere Vorsichtsmaßnahme ergreifen können.

Er saß noch am Laptop und rieb sich die Hände vor Freude, dem Multi eins ausgewischt zu haben, als die Bullen die Tür einrammten und ihn zu Rivera schleppten. Um einen neuen Deal auszuhandeln.

Du spielst den Kronzeugen gegen die Klinik, und niemand wird dich dafür belangen, daß du die Datensperre von Diversifications geknackt und streng vertrauliche medizinische Akten eingesehen hast. Wie findest du das? Rivera mußte nicht lange mit Konsequenzen drohen. Er selbst war aus dem Schneider, da für den Einbruch in die Mailbox keine Beweise vorlagen und EyeTraxx schon vor Wochen von der Hall-Galen-Gruppe an Diversifications abgetreten worden war. Den Schwarzen Peter hielt allein er, Hacker Keely, in der Hand. Wenn die Klinik aufgrund seiner

Zeugenaussage den Prozeß verlieren sollte, würde ihr das Geschäft durch die Lappen gehen und Diversifications hätte wieder den Alleinanspruch auf die Vermarktung ihrer superheißen Neuentwicklung. Und nach der gültigen Kronzeugenregelung wäre Keely zwar von einer Anklage wegen Betrugs ausgenommen, müßte aber der geschädigten Partei — also Diversifications — Regreß erstatten.

Daß er nun in einer firmeneigenen Penthouse-Wohnung unter Hausarrest stand, war zwar eine ziemlich ungewöhnliche Form von Regreßleistung, aber offenbar hatten die Anwälte von Diversifications die Richterin von der Nützlichkeit dieser Maßnahme überzeugen können. Ausschlaggebend für den Ausgang des Prozesses war die Sache mit den medizinischen Unterlagen. Wenn in den Dateien nicht zufällig auch die Krankenakte von Visual Mark enthalten gewesen wäre, hätte Keely noch mit einem blauen Auge davonkommen können. Aber sobald die Vertraulichkeit von medizinischen Berichten auf dem Spiel stand, war mit Milde nicht mehr zu rechnen. Nicht einmal Hacker hatten dafür Verständnis, denn in der Vergangenheit, zur Zeit des Retrovirus, war mit solchen Unterlagen viel zu viel Schindluder getrieben worden.

Die einzige Genugtuung, die ihm vergönnt blieb, war der Anblick von Mannys säuerlicher Miene gewesen, als dieser hatte zur Kenntnis nehmen müssen, daß das so aufwenig in Mexiko vorbereitete Projekt schon in einer lausigen kleinen Wonnefabrik abgewickelt worden war, und zwar ohne all die Annehmlichkeiten, ohne hohe Gehälter und ohne einen Chef namens Manny Rivera. Vielleicht brauchte die Vorstandsetage noch eine Weile, um diese Pointe zu verstehen, doch früher oder später würde sich einer den Bauch halten vor Lachen, und dann bekäme Rivera sein Fett weg. Und Keely würde sich darüber freuen können, daß er Rivera am Ende doch noch ausgebootet hatte.

Wieder warf er einen Blick aufs Telefon. Daß er neuen Mut schöpfte, war vielleicht nur Wunschdenken, aber er glaubte fest daran, die Anrufsperre nach draußen bald überwinden zu können.

Vielleicht geschah auch noch ein Wunder, und Visual Mark, das Versuchskaninchen Nummer eins, würde zurückkommen und sich darauf einlassen, ein Kassiber von Keely nach draußen zu schmuggeln. Ihn gleich darum zu bitten, war ihm, Keely, nicht eingefallen. Visual Mark war zwar nicht viel besser dran als er selbst, aber immerhin frei. Vorläufig jedenfalls. Verdammt, Diversifications war schwer auf Zack; das mußte man der Firma lassen. Die Implantate über die Schiene der künstlichen Realität von Rock-Videos auf den Markt zu bringen, war enorm clever eingefädelt. Gegen das, was sich auf diesem Sektor in kürzester Zeit an Nachfrage entwickeln würde, war kein offizielles Kraut gewachsen. Die Schmiergelder für Ärzteschaft und Politiker hätten gespart werden können. Die Vidioten würden Amok laufen für das neue Produkt.

Auch Keely war schon scharf darauf, und wie. Nur die Vorstellung, daß Diversifications am Ruder saß, paßte ihm ganz und gar nicht, und deshalb wollte er am liebsten das ganze Boot versenken.

Vorläufig aber hing er hier in dieser Penthouse-Wohnung fest. Erneut schaute er zum Telefon hinüber. Ja, bald würde er einen weiteren Versuch wagen. Und wieder wehte ihm das Frischearoma seines Firmenhemdes um die Nase. Keely nickte ein.

11

Das also ist eine Simulationswerkstatt, dachte sie. Lächerlich. Die Wände waren mit Teppichboden ausgelegt. In einer Ecke standen jede Menge Trimm-dich-Geräte: ein Laufband, eine Treppenstiege, ein Gestell mit Seilzügen und verschiedenen Haltegriffen, Teile für Aufbauten und Gerüste sowie ein Haufen von Bauelementen, aus denen sich Möbel zusammenstellen ließen, die wohl allesamt besser waren als die in ihrer Wohnung. Von der Decke hing ein Fluggeschirr, komplett mit Joystick. Der Beater hatte recht: Hier schien für alles vorgesorgt zu sein, und was eventuell fehlte, ließ sich im Supermarkt an der Ecke kaufen.

Das System war ebenfalls vom Feinsten. Es hatte sowohl einen Flachbildschirm als auch einen Aufsatz für den Kopf, passend zum Hotsuit, eine Tonanlage und ein Keyboard, so breit wie ihre Armspanne. Kapazität in Hülle und Fülle, rammelvoll programmiert. Ans System angeschlossen waren das Telefon, die Kontrollen für den Raum und das Sensorenschloß der Tür, die sie hatte offenstehen lassen. Sie könnte sie nun schließen, indem sie die beleuchtete Scheibe berührte, doch darauf verzichtete sie. Die Vorstellung, eingeschlossen zu sein, gefiel ihr überhaupt nicht.

Sie schaute zur Tür und stellte sich vor, Mark würde im Rahmen auftauchen und sagen: *Na, wie wär's?* Und dann würden sie wie in alten Tagen ein paar Runden Videoduell spielen. *Schau mal da rein, Herzchen. Hast du was Besseres auf Lager?*

Heute nicht. Kam ihr doch, bevor sie ihm eins auswischen konnte, dieser Heini in die Quere und geradewegs in die Faust gelaufen. Ganz schön daneben, dieser Clown. Die kleine Genugtuung, überhaupt jemanden niedergeschlagen zu haben, war schnell verflogen. Ihr

Opfer hatte noch abgewrackter ausgesehen als Mark, falls der Vergleich überhaupt möglich war.

Bevor ihr Mark Rede und Antwort stehen konnte, hatte er sich verzogen. Wie immer. Die beiden kannten sich gut. Zwar führte jeder sein eigenes Leben, aber darüber hinaus gab es auch ein gemeinsames zwischen ihnen, die Schnittfläche zweier Kreise sozusagen, eine linsenförmige Gemeinschaftszone. Die war ihr manchmal vertrauter als der eigene Kopf. Bisweilen aber schien ihr eine Front aufgebaut, die nur Mark kannte. Allerdings kam es auch manchmal — wie heute zum Beispiel — vor, daß keiner von beiden wußte, woran sie miteinander waren.

Mark war schon immer eine ganz besondere Marke gewesen. Sie kannte seine Arbeit aus dem Effeff. Als sie ins Videogeschäft eingestiegen war, hatte er schon seinen Titel: Visual Mark. Richtiger hätte er heißen müssen: Mark, der Visionär. Er schien eine Verbindung zu irgendeinem Urreservoir an Träumen zu unterhalten, wo Musik Bilder hervorbrachte und Bilder Musik erzeugten in wechselseitig synthetischem Wahn.

Synder. Ja. Der Beater hatte die richtige Vokabel gefunden; sie stand für diejenigen, die ständig halluzinierten, und Mark war das Original. Wenn er sie anschaute, schien es oft, als suchte er sie im Dickicht verschlungener Vorstellungen, die ihm den Blick auf die Realität verstellten. Und nicht selten fragte sie sich, wie lange er noch so leben könnte und wann jene kritische Schwelle in seiner Bilderwelt erreicht wäre, über die er dann endgültig stolpern würde.

Vor zwanzig Jahren hatten solche Sorgen nicht gezählt; die Zukunft war noch verlockend gewesen und alles andere als bedrohlich. Mark konnte damals noch klar denken, und sie hatte einen Berg von Schulden am Hals, die ihr von ihrem Vater vermacht worden waren. Der hatte sie vierzehnjährig vor die Tür gesetzt und siechte dann später wochenlang vor sich hin, unversichertermaßen, so daß das Krankenhaus per Gerichtsbeschluß bei ihr die Rechnung einzutreiben versuchte.

Die Karriere des Beaters verlief zu dieser Zeit bereits leicht abschüssig, was aber damals kaum Grund zur Beunruhigung war. Er war noch jung und fühlte sich unsterblich oder immerhin voll auf der Höhe. Damals hieß es bloß: *Mann, wir müssen langsamer treten, sonst werden wir nicht alt.* Doch Kritisches passierte nie, und jeder glaubte, ewig leben zu können, immer jung zu bleiben — und nie erwachsen werden zu müssen.

Sie schaute sich in der Werkstatt um. So sah offenbar ein Spielplatz für Erwachsene aus. Oder ein Altersheim. Oder die Videohölle.

In der offenen Tür tauchte eine Gestalt auf. Der Beater.

Der Kerl im grauen Anzug war nur noch ein Schatten jenes wilden, gongschlagenden Tieres vergangener Tage. Das glatte, kinnlange Haar klebte pomadig und zurückgekämmt am Kopf. Es war mittlerweile weniger braun als grau. Zweifellos machte sich das Melierte gut in seiner Firmenstellung. Die Leute, mit denen er es jetzt zu tun hatte, erinnerten sich bestimmt nicht an seine früheren Auftritte, an seine *echten* Auftritte, als es noch Live-Konzerte gab und Videomitschnitte nur als Zugabe angeboten wurden.

Mit seinem Aussehen von damals hätte er nie Zutritt zur Welt der Nadelstreifen gefunden. *He, Leute, der Kerl hatte früher mehr Farbe im Gesicht als die Sixtinische Kapelle unter der Decke, und er hält immer noch den Weltrekord im Weitkotzen aus fahrenden Tourneebussen.*

Wer ihn jetzt sah, wußte sofort, daß die Party endgültig vorbei war, und das schon seit geraumer Zeit. An die Arbeit, Leute, so wie vor einem Jahrhundert. Die Geschäfte gehen vor.

Ob er von der nächtlichen Prozeßkomödie wußte, in der Mark den Narren gespielt hatte? Gina zweifelte daran. Aber irgend etwas mußte er doch wissen. Ihm dürfte nicht entgangen sein, daß Mark am Gängelband von Galen und Rivera hing. Immerhin war Beaters Stellung in der Firma ebenso hoch wie die von Rivera. *Ja, Kinder, ich bin immer noch euer Boss, aber jetzt will ich, daß ihr gewaschen zur Arbeit erscheint.*

Tja. Damals, als sie zu sechst ihre Videos abgeleiert hatten, war von ihm niemals das Wort *Boss* zu hören gewesen. Dann übernahm Galen den Laden, und jeder wußte, wer der eigentliche Boss war.

»Ganz schön gediegen, was?« sagte er. »Darf ich reinkommen?«

Sie verschränkte die Arme vor der Brust. »Klar. Spring runter!«

Er ging auf die kleine Hebebühne zu.

»Ich sagte: *spring!*«

Er blieb stehen und sah sie verdutzt an.

»Los, wird's bald? Sonst komm ich hoch und stoß dich runter.«

Er lehnte sich ans Geländer. »Ein Vorschlag zur Güte. Ich komm auf meine Weise runter, und dann kannst du mir einen Kinnhaken verpassen. Ich verspreche dir, nicht einmal den Kopf einzuziehen.«

Sie grinste. »Mein Auftritt hat sich wohl schon rumgesprochen, wie?«

»Du warst wieder mal sehr beeindruckend.« Er betrat die Hebebühne und drückte den Abwärtsknopf. »Manny Rivera hält es für angebracht, eine chemische Keule zum Einsatz zu bringen für den Fall, daß du außer Kontrolle gerätst.«

»Daß ich nicht lache.«

»Ich bin dein Supervisor und werde Ungebührliches deinerseits nicht durchgehen lassen.« Die Hebebühne kam unten an. Der Beater stieg aus. Ihm war heute jedes seiner mehr als fünfzig Jahre anzusehen, vor allem in der krummen Haltung seines schlaff gewordenen Körpers und an den Hängebacken des einstmals kantigen Gesichts. Gina verspürte Lust, ihm das Haar zu durchwuscheln, aber da war so viel Festiger drin, daß sie sich womöglich die Finger gebrochen hätte.

»Mein Supervisor. Soweit sind wir also jetzt.« Sie nahm Platz und legte den Fuß auf die Tastatur. »Wie bringt man denn hier die Mitarbeiter zur Fasson? Per Lohnabzug? Fünf Tadel, und mein Weihnachtsgeld wird gestrichen?«

»Hör auf«, sagte er ruhig und schob eine Hälfte seines Hinterteils über den Rand des Tisches in sicherem Abstand zu ihr. »Daß es so gekommen ist, tut mir so leid wie dir.«

»Ach, nee.« Sie breitete die Arme aus. »Du hast für deinen Anteil an EyeTraxx doch ordentlich abkassiert. Wenn's dir hier nicht gefällt, kannst du getrost die Fliege machen. Im Unterschied zu unsereins.«

»Wohin sollte ich gehen?« Sein Gesicht war ohne Ausdruck. »Für den Aufbau einer neuen Produktionsgesellschaft reicht das Geld nicht. Und selbst, wenn es mir gelänge, einen kleinen Laden hochzuziehen — woher sollte ich die Künstler nehmen? Unsere Gruppen sind mittlerweile allesamt vertraglich an Diversifications gebunden. Ich seh mich schon durch die Mimosa laufen oder die Clubs abklappern auf der Suche nach Talenten. Kommt, Jungs und Mädchen, unterschreibt bei mir; ich bin ein alter Hase und weiß, wo's langgeht.« Er seufzte. »Es hat nicht sollen sein. Geld regiert die Welt. Vielleicht schaffst du's ja, die Schulden deines Vaters abzustottern, bevor du in mein Alter kommst.«

»Wenn Mark nicht wäre, würde ich die Brocken hinschmeißen«, sagte Gina. »Und wenn man mich in den Schuldenturm sperrte ... Mark ist der einzige Grund, warum ich nicht aussteige.« Mit kreisender Armbewegung deutete sie auf die Werkstatt. »Was meinst du? Wie lange wird er's wohl darin aushalten?«

In seinem Gesicht zeigte sich ein kurioser Mienenwechsel. Es schien, als gingen die Rolläden bei ihm hoch. »Länger als du glaubst.«

»Ach, mach mir doch nichts vor.«

»Und was soll dann die Frage?« entgegnete er. »Du siehst doch selbst, was er treibt. Er macht sich fertig. Du erinnerst dich doch: Sein letztes Video mußten wir komplett überarbeiten. Hinter seinem Rücken.« Er beugte sich vor. »*Er* erinnert sich nicht. Zum Teufel, er weiß doch kaum mehr, wo er ist und was er tut. Er braucht Hilfe.«

»Und Diversifications nimmt ihn unter die Fittiche.«

»Jedenfalls wird hier auf ihn achtgegeben.«

Gina ließ den Unterkiefer hängen. »Verdammt, was habt ihr vor? Wollt ihr ihm Implantate einsetzen, damit er besser für die Firma spurt? Du bist doch sein Freund. Er hat für dich gelebt, hat dir seine verdammten Visionen gewidmet. Du hast nicht nur deine Musik, sondern auch ihn im Stich gelassen.« Sie stand auf und packte ihn beim gestärkten Hemdkragen. »Ich sollte dir die Prügel geben, die ich für ihn vorgesehen hatte.«

Er schraubte ihre Hand los und hielt sie fest. »Gina Aiesi, gemeingefährlich wie immer. Daß du mir eins auswischen willst, versteh ich ja. Aber warum hast du es eigentlich auf Mark abgesehen?«

Sie starrte ihn einen Moment lang an; dann lachte sie freudlos. »Du weißt den Grund nicht? Das habe ich mir gedacht.«

»Was?« Sein Gesicht blieb ungerührt, doch ihre Hand hielt er nun noch fester umklammert.

»Mark ist vorletzte Nacht vor Gericht erschienen. Zusammen mit Tausendsassa Galen, Frankenstein Joslin und Manny Arschgesicht Rivera. Kannst du mit dem Begriff *Kronzeuge* was anfangen?«

Der Beater wunderte sich. »Mark war Kronzeuge?«

»Ach, du hast also keine Ahnung«, sagte sie spöttisch und zog ihre Hand zurück. »Mark war zumindest mit von der Partie, und ich dachte, du hättest auch deine Flossen im Spiel. Anscheinend nicht. Vielleicht solltest du mal mit Rivera über deine Karriere sprechen. Über das Thema sprecht ihr tollen Hechte doch ständig, wenn ihr beim Lunch zusammenhockt.«

Er gab sich nun besorgt. »Mark vor Gericht ... mit Galen, Joslin und Rivera ...«

»Und zwar wegen einer ganz großen Sache, 'ner Witznummer. Unstatthafter Verkehr mit einer Maschine.«

Der Beater war ganz Ohr. Gina hob die Schultern.

»Vielleicht hat Joslin mit einem Tieflader gevögelt und ist dabei erwischt worden. Wer weiß? Du vielleicht?« Sie stockte. »Kannst du dir wenigsten erklären, was da gelaufen ist?«

»Nur zum Teil«, sagte er langsam.

Wieder langte sie ihm ans Hemd und bekam diesmal die Knopfleiste zwischen die Finger. »Dann pack endlich aus.«

Er schüttelte den Kopf und befreite sich von ihrem Griff. »Nicht bevor ich mir über eine Sache im klaren bin. Ich werde mit Rivera reden.« Er wollte gehen, doch Gina packte ihn beim Hosenbund und zerrte ihn zurück.

»Scheiß auf Rivera, Mann, du hast mit mir zu reden.«

Der Beater riß sich von ihr los und stieß sie zurück in den Sessel. »Verflucht, Gina, wann wirst du endlich erwachsen? Was glaubst du, wo wir hier sind? Auf 'ner Spontanfete? EyeTraxx ist verloren, ein für allemal. Die Multis sind auf dem Durchmarsch. Was kann ich dafür? Mark war während der letzten fünfundzwanzig Jahre permanent vollgedröht. Jetzt zahlt er den Preis dafür. Nichts ist so, wie es mal war, Gina. Damit müssen wir uns abfinden.«

Sie fixierte ihn mit düsterem Blick. »Das sind Allgemeinplätze. Ich will Konkretes wissen. *Womit* müssen wir uns abfinden?«

Der Beater preßte die Lippen aufeinander. »Mach deine Videos. Mach einfach deine Videos und drück die Daumen, daß sich alles zum Guten wendet.«

Er kehrte ihr den Rücken und trat auf die Hebebühne.

Sie hockte eine Weile da und dachte an nichts. Um sie herum viel leerer Raum: die Simulationswerkstatt. In den Tagen bei EyeTraxx hätten sie sich die Beine für eine solche Anlage ausgerissen. Der umgebaute Lagerschuppen war für ihre Videoarbeit alles andere als optimal gewesen und viel zu eng, vor allem wenn die Gruppen eintrafen. Valjean mit seinem Cape, die verrückte Skiffle-Revival-Band, die Little Cares. Vlad hatte die meisten Videos produziert. Meist hockte eins seiner sieben Kinder bei ihm auf den Knien, während das ganze Team erste Rohfassungen auf dem Flachbildschirm begutachtete. Als Galen kam, mußte Vlad gehen. Die Little Cares nahm er mit sich, und gemeinsam brachten sie noch ein Video auf die Beine, eine Solidaritätsshow, mit der sie aber baden gingen. Danach war von ihnen nichts mehr zu sehen gewesen.

Galen maulte andauernd wegen zu hoher Betriebskosten. Kim ging als nächste, gefolgt von Joline. Während Kim an eine unbekannte Adresse verzog, hielt sich Joline nach wie vor in der Gegend auf und jobbte bei Gelegenheit. Galens letzte Kündigung traf Guerstein, der immer neue Einfälle gehabt hatte wie andere Ausfälle. Damit blieben nur noch drei zurück, und es war wieder wie zu Anfang, nur mit dem Unterschied, daß jetzt ein anderer über sie bestimmte. Galen ließ Trennwände in den Schuppen ziehen und vermietete drei Viertel der Fläche als Warenlager. Nach einem Jahr aber war alles vorbei.

Seltsam, aber manchmal hatte Gina Schwierigkeiten, sich vorzustellen, wie es damals war. Dann kam es ihr so vor, als habe es all diese Jahre nie gegeben. Nur Mark erinnerte sie daran.

Mach deine Videos und drück die Daumen, daß sich alles zum Guten wendet.

Klar doch. Videos. Nach dem Geschmack der Chefs. Gina sah sich in der Grube um. Hier wurden Werbespots produziert, mit Spielfilmen rumgealbert oder raffinierte Spielchen ausgetüftelt. Aber Rock'n'Roll gab es hier nicht. Und wenn überhaupt, dann nur sauber verpackt. Zum Wahnsinnigwerden war das.

Wann wirst du endlich erwachsen? Na schön, das ließ sich vielleicht noch einrichten, dachte Gina; aber mehr Zugeständnisse sind vorläufig nicht drin. Zuerst wollte sie Bescheid wissen. Wer sich geschlagen gab, sollte wenigstens wissen, wofür. Die Antwort darauf war man ihr und vor allem auch Mark schuldig.

Mach deine Videos. Drück die Daumen. Wie wär's, Herzchen? Hast du was Besseres auf Lager? Heute nicht.

Sie war gerade in den Flur hinausgetreten, als sich vor ihr eine Tür öffnete, und plötzlich stand ihr der Kerl, dem sie den Kinnhaken verpaßt hatte, vis-à-vis gegenüber. Er zuckte vor Schreck zusammen und sah sie an, als fürchtete er, ein zweites Mal niedergeschlagen zu werden. Oder wollte er etwa Streit und sich schadlos halten? Danach sah er eigentlich nicht aus. Gina überlegte, ob sie ihm freiwillig das Kinn zum Schlag anbieten sollte.

Oder war es angebracht, ihm eine Ohrfeige zu geben als Strafe dafür, daß er sie so anstarrte? »Is was?«

Er schüttelte den Kopf und schwieg. Sein Gesicht war ziemlich geschwollen, und auf der Backe klebten drei bis vier fleischfarbene Schmerzpflaster.

»Die möglichen Nebenwirkungen sind Ihnen doch bewußt, oder?« sagte sie.

Er sah sie fragend an, und sie zeigte auf die eigene Wange.

»Passen Sie auf, das Zeug macht plemplem.«

Er wirkte jetzt nachdenklich und schien die Diagnose treffen zu wollen, ob er tatsächlich schon plemplem war oder nicht. Gina wollte ihn bei dieser Entscheidung nicht stören.

»Augenblick!« rief er.

Sie drehte sich gelassen um. »Ja?«

»Ich frage mich ...« Er trat einen Schritt hinaus in den Flur und berührte das geschwollene Gesicht. »Warum haben Sie mich geschlagen?«

»Aus Versehen. Sie sind mir in die Quere gekommen. Alles klar?«

»Verstehe.« Er zuckte die Achseln. »Und warum wollten Sie den anderen schlagen?«

»Was geht Sie das an?«

»Wenn Sie sich schon nicht entschuldigen wollen, könnten Sie mir den Vorfall wenigstens erklären.«

Gina lachte. »Ganz schön dreist. Aber fragen Sie ruhig, und nicht lockerlassen. Vielleicht legt Ihnen irgendwann mal jemand ein Ei ins Bier.«

Es schien fast, als verstünde er ihre Worte. Tja, womöglich verstand er sie sogar. Gina steuerte auf die Fahrstühle zu.

12

»Du bist tüchtig«, sagte Manny. Seine Hand lag auf dem abgedeckten Speisetablett, das vor ihm auf dem Tisch stand. »Das steht außer Frage. Du machst gute Werbespots, aber leider zu wenige.«

Gabe saß ihm gegenüber und gaffte auf sein Tablett. Wehe dem, der sich über sein Essen hermachte, während Manny sprach. Ihm lag viel daran, erst einmal zu erklären, warum er seine kostbare Zeit opferte und mit einem Untergebenen zu Mittag speiste. LeBlanc hatte einmal vorgeschlagen, einen Lunch-Termin mit Manny als olympisches Ereignis zu begreifen. *Nennen wir es Biathlon. Die erste Disziplin: sich quälen lassen bis zum Geht-nicht-mehr. Dann wäre zu zeigen, wie viel man in seiner Gegenwart essen kann, bevor der Brechreiz nicht mehr zu unterdrücken ist.*

Gabe preßte einen Finger auf die wunde Wange, um sich am Lachen zu hindern. *Passen Sie auf, das Zeug macht plemplem.* Er rutschte auf seinem Stuhl hin und her.

»Und außerdem geht viel zu viel Zeit für einen Auftrag drauf. Du brauchst zu lange.« Manny starrte ihn an und wartete auf eine Antwort.

»Ich versuche, mich zu beeilen«, brachte Gabe hervor und bewegte kaum die Lippen dabei. Seine Stimme klang fremd und entrückt, als spräche er durch einer Maske hindurch.

»Gabe, der Versuch allein genügt nicht.« Manny schüttelte den Kopf bedächtig hin und her. Wie ein schlechter Schwulendarsteller, dachte Gabe. Die ganze Szene kam ihm ganz und gar irreal vor. Echt war nur das schmerzhafte Pochen im Gesicht. »Du mußt es *schaffen,* und zwar noch vor der nächsten Quartalsprüfung. Denn das eine kann ich dir versichern: Wenn deine Arbeitszeit mit dem, was du an Arbeit abgeliefert hast, verglichen wird, ist eine persönliche Revision angesagt. Merk dir das. Dann tritt man dir gehörig auf die Füße, und du wirst jeden Arbeitsschritt der letzten zwei Jahre erklären und rechtfertigen müssen.«

Manny legte eine Pause ein, um Gabe Gelegenheit zu geben, die Drohung zu verdauen. Doch der hatte nur den Duft im Sinn, der vom Tablett aufstieg und ihm auf den Magen schlug. Er kramte ein frisches Schmerzpflaster aus der Tasche und klebte es auf die Wange. Wenig später ließ das Pochen nach, doch der Essensgeruch ekelte ihn um so mehr. Es roch nach Gebratenem. *Passen Sie auf, das Zeug macht plemplem.*

»Und bevor du in Versuchung kommst, deinen Arbeitsplatz auszumisten, denk lieber noch mal nach.« Manny beugte sich vor und hielt sein Tablett mit beiden Armen umklammert. »Zur Zeit hast du kaum was vorzuweisen. Man könnte auf die Idee kommen, du arbeitest an eigenen Projekten, die mit deinem Job nichts zu tun haben. Ich brauche dir nicht zu sagen, was passieren wird, wenn der Verdacht aufkommt, du hättest firmeneigene Anlagen mißbraucht.« Mannys ernste Miene wurde übergangslos leutselig. »Und privat ist alles in Ordnung?«

Gabe stöhnte. Was sollte er darauf antworten? *Nun ja, heute morgen hat mich meine Frau verlassen, und dann komme ich zur Arbeit und eine mir völlig fremde Person schlägt mich nieder. Jetzt scheint es so, als würden mir die angeblich so harmlosen Schmerzmittel den Kopf vergiften und mich plemplem machen. Aber davon abgesehen ...*

Als ihm bewußt wurde, daß seit Mannys Frage schon eine geraume Weile verstrichen war, zuckte er die Achseln und sagte: »Jeder hat so seine Probleme.«

»Wie wahr«, antwortete Manny. »Aber ich denke, daß es dir wohl keine Freude machen würde, unter persönlicher Aufsicht zu arbeiten. In dem Fall wird nämlich jede deiner Bewegungen per Monitor überwacht, auch dann, wenn du bloß ein Szenario entwirfst. Im allgemeinen ist es kaum möglich, unter solchen Bedingungen zu arbeiten, aber das Dach-Team glaubt, die Produktivität eines einzelnen dadurch steigern zu können. Es hat keine Ahnung von Kreativität. Deshalb liegt es in der Verantwortung eines kreativ Schaffenden, sich anzupassen und die Spielregeln zu respektieren.«

Das Spiel. *Das Haus der Kopfjäger.* Der Gedanke daran raubte ihm die Konzentration. Er hatte zu viele Schmerzpflaster aufgeklebt, wie er jetzt gewahr wurde. Offenbar hatte die Frau mit der lockern Hand recht gehabt mit ihrer Warnung. Wie dem auch sei, dachte Gabe; ein *bißchen* plemplem zu sein, war ja noch hinzunehmen, oder wie Marly sagen würde: *Na, Glühfix, tickst du nicht richtig? Hat man dein Uhrwerk überdreht?*

Manny musterte sein Gegenüber genau und bemerkte Gabes Schmunzeln. Der verzog nun das Gesicht zu einer Grimasse und berührte die Wange.

»Clooney sagt, Gina Aiesi hätte dich geschlagen. Stimmt das?« Mannys Hand lag immer noch auf dem abgedeckten Tablett.

»Aus Versehen«, antwortete Gabe. »Ein blöder Zufall.«

»Aha.« Manny befingerte den Henkel der Abdeckhaube. »Du nimmst doch ernst, was ich dir gesagt habe, oder? Es täte mir leid, wenn einer unserer besten Mitarbeiter nach so langer Zeit in Schwierigkeiten geriete.« Er zögerte. Gabe erwartete, daß Manny ihm den Rat geben würde, den Firmenarzt zu konsultieren über die Möglichkeit, seiner Konzentration durch ein geeignetes Implantat auf die Sprünge zu helfen. Statt dessen aber lüftete Manny den Deckel vom Tablett und gab zu erkennen, daß nun gegessen werden konnte.

Gabe tat es ihm gleich und betrachtete mit zerknirschter Miene das Schweinekotelett, die Stampfkartoffeln, den Maiskolben und das Salatgemisch aus Sellerie und Möhrenschnitzeln.

»Hmmm«, schwelgte Manny. »Direkt aus der Chefküche. Wiederentdeckte Rezepte — der neueste Trend in der Gastronomie. Mir läuft das Wasser im Mund zusammen.« Er schenkte Gabe ein freundliches Lächeln, nahm Messer und Gabel zur Hand und zerlegte das Kotelett.

Die Dunkelmänner, die in der Gasse lauerten — falls es denn überhaupt eine Gasse war —, rückten näher mit der wilden Entschlossenheit von Maschinenmonstern, die auf Mord aus sind. Das Programm lenkte ihn durch eine bestimmte Bewegungsabfolge. Zumindest verhinderte es, daß er die Choreografie über den Haufen warf, und der Hotsuit kompensierte den Mangel an gestischen Möglichkeiten. Aber trotzdem ließ sich seine Vorstellung von Wirklichkeitstreue nicht erzielen.

Caritha erlegte gerade einige der Angreifer mit Schüssen aus der Kamera. Doch Gabe war unzufrieden. Vielleicht, so dachte er, störte das Schmerzmittel die Illusion. Er spürte die Sensoren an den Nerven zwicken und die Empfindung von Boxhieben und Tritten simulieren — sowohl ausgeteilte als auch eingesteckte, aber zumeist ausgeteilte, versteht sich. Das Programm war nicht für Masochisten ausgelegt.

Zum Teufel, dachte er und sah seine Faust im Gesicht einer der Schattenfiguren landen. Darin hatte er seit dem Kantinenvorfall etwas mehr Erfahrung. Sein Gesicht pochte unter dem Kopfaufsatz, doch dieses Gefühl blieb vage und war weniger unmittelbar als das Schlagerlebnis, das die Sensoren auf den Knöcheln der Faust auslösten. Wer zuschlägt, sollte schließlich etwas davon spüren. Aber das Programm machte einen zum eisenharten Kerl. Eingesteckte oder ausgeteilte Hiebe ließen sich ohne weiteres verschmerzen. Auch Marly schien kein Schmerz zu schrecken. Er sah, wie sie die Faust in den Bauch eines Gegners wuchtete und ihm, als er vornüberklappte, das Knie ins Gesicht rammte. Er stürzte rücklings zu Boden, als ein anderer von der Seite über sie herfiel und mit ihr gegen die Mauer prallte. Gemeinsam sackten sie zu Boden, doch wenig später flog der Unhold mit rudernden Armen zurück. Gabe trat vor und imitierte gekonnt einen Karateschlag in den Nacken des anderen.

Marly gratulierte, zeigte sich aber plötzlich alarmiert. Noch bevor sie warnend aufschrie, sprang Gabe zur Seite und parierte den Angriff des Killers, der sich von hinten an ihn herangemacht hatte. Er wandte den Kopf, um zu sehen, was Caritha trieb.

Sie vollführte mit dem letzten der Mörderbande ein lächerliches Tauziehen um die Kamera, riß die Arme hoch und versuchte, ihm zwischen die Beine zu treten. Doch der Gegner wich aus und hielt an der Kamera fest. Gabe trat einen Schritt vor, doch schon flog Marly an ihm vorbei. Sie hechtete dem Ganoven in die Seite und zwang ihn zu Boden, wo sich nun auch Caritha näher um ihn kümmern konnte. Gabe schaute sich um.

Die Gasse war leer, abgesehen von dem Müll, der überall herumlag. Programmgemäß versetzte ihm der Hotsuit den Eindruck kalter Schauer, die über den Rükken liefen und Gänsehaut verursachten. Er starrte bis ans Ende der Gasse und versuchte auszumachen, ob sich noch irgendwo ein weiterer Angreifer versteckt hielt. Die genaue Gegnerzahl kannte er nicht, da das Programm blind zusammengestellt war. Vorsichtig wandte er sich Caritha und Marly zu, die immer noch auf den Ganoven am Boden eindroschen. In diesem Moment wähnte er links von sich eine Gestalt. Natürlich. Immer dann, wenn man glaubt, das Ding geschaukelt zu haben, fliegt einem eine Überraschungsfaust entgegen. Er duckte sich. Zwar reagierten die Sensoren im Kopfbereich sehr viel weniger empfindlich als die im Hotsuit, doch für sein lädiertes Gesicht wäre auch eine weniger ausgeprägte Schlagillusion viel zu viel gewesen.

Herumwirbelnd riskierte er aufs Geratewohl einen

wuchtigen Schwinger, spürte aber keinen Widerstand. Erst jetzt sah er, daß niemand da war, der ihn bedrohte. Und doch spürte er immer noch die Nähe eines Fremden. Sein Kiefer schmerzte höllisch in Erwartung eines Hakens.

»Geschafft«, sagte Marly und blickte zu ihm auf. Die Stelle, an der ihr und Carithas Prügelknabe gelegen hatte, war nun auch leer.

»Verfestigtes Hologramm ...«, meinte Caritha klärend und klopfte die Hose aus. Dann untersuchte sie die Kamera auf eventuelle Schäden. »Das existiert natürlich bloß im Kopf, denn nur da verfestigt es sich. Die Kerle haben uns, als wir reinkamen, die Netzhaut ausgeleuchtet, unsere Wellenlängen analysiert und das Bewußtsein decodiert.«

»Das hasse ich«, sagte Marly. »Ich hasse diese Art von Attacken, die auf das Bewußtsein zielen. Hätten wir den Nerv gehabt, mit geschlossenen Augen hier durchzumarschieren, wären sie nicht in der Lage gewesen, über uns herzufallen. Aber ein Blick nur, und die Täuschung ist perfekt. Dir bleibt keine andere Möglichkeit, als zu kämpfen.«

»Versuch doch mal, mit geschlossenen Augen durch eine dunkle Gasse zu gehen«, sagte Caritha. »Wundere dich aber nicht, wenn was Handfesteres auf dich wartet.«

»Du hast ja recht«, antwortete Marly und massierte die Knöchel der rechten Hand. »Aber mir stinkt es, wenn sich die anderen ins Fäustchen lachen, weil ich nur mir selber weh getan habe.«

»Wenn du einen fairen Kampf willst, steig in den Boxring.« Caritha machte sich auf den Weg durch die Gasse. Marly folgte und forderte Gabe auf mitzukommen.

Er sah sich noch einmal um und entdeckte nun endlich, was ihn irritiert hatte. Ein seltsamer Fleck in der Größe einer Münze schwebte am Rand des Blickfeldes. Ein Knösel im Programm, dachte er verärgert.

»He, Glühfix!« rief Marly, die schon im Dunkel verschwunden war. »Kommst du endlich, oder wartest du auf die Nachtschwester, um von ihr zu Bett gebracht zu werden?«

Der Fleck schwebte quer durchs Blickfeld. Gabe versuchte, mit den Augen zu folgen, doch plötzlich wurde der Fleck kleiner, und es schien, als folgte er Marly und Caritha. Durch den Kiefer zog sich ein heftiger Schmerz bis zur Schläfe hinauf. Winselnd langte er impulsiv mit der Hand zum Gesicht, wobei er den Kopfaufsatz berührte und mit einem Schlag die gesamte Illusion zunichte machte.

»Uhh ... ich seh euch später«, rief er den beiden nach. »Ende.«

Er wollte gerade das gespeicherte Programm ins Schließfach unterm Schreibtisch stecken, als ihm der Gedanke kam, den Sicherheitsstatus des Systems zu überprüfen.

Alles schien normal zu sein, ein fremder Zugriff war nicht registriert worden, was allerdings nicht viel bedeutete. Es war ein offenes Geheimnis, daß B&E-Programme unbemerkt an Meldern vorbeikamen. Gabe befand, daß der Argwohn wieder einmal mit ihm durchging. Er war so benebelt, daß er sich nicht richtig auf das Programm konzentrieren konnte, aber ein kleiner Schatten brachte ihn in Panik. Als ob Manny ihn ohne sein Wissen bespitzeln könnte. Gabe kannte nur eine Person, die zu einem solchen Hackerkunststück in der Lage sein würde, nämlich Sam. Oder einige ihrer Freunde.

Aber da *war* jemand im Programm gewesen. Der Verdacht ließ nicht locker. Gabe beugte sich über die Konsole und versuchte nachzudenken trotz der Schmerzen im Kiefer, die ebenfalls nicht lockerließen. Nein, unmöglich. Weder Manny noch irgendein anderer konnte ihn überwachen, ohne vorher eine offizielle Erlaubnis beantragt zu haben, wovon Gabe automatisch unterrichtet worden wäre. Und ohne eine solche Erlaubnis war das System absolut dicht — zumindest dem Anspruch nach, denn zum einem sollte den einzelnen Angestellten Vertraulichkeit garantiert werden und zum anderen innerbetriebliches Hacken ausgeschlossen sein.

Trotzdem, Gabe wurde das Gefühl nicht los, daß irgend jemand ins Programm eingestiegen war. Ob das nun Sinn ergab oder nicht — irgend jemand hatte seine Nase da reingesteckt. Vielleicht ein neugieriger Hacker von draußen, der auf der Suche nach wirklich interessanten Informationen das Programm kurz überflogen hatte.

Im Geiste sah Gabe immer noch den seltsamen Flekken, der durch die Gasse huschte. Marly und Caritha hinterher, als fände er diese beiden interessanter als ihn. Doch diesmal hatte er das Programm nicht ohne sein Beisein weiterlaufen lassen. Wenn der Fleck einen Eindringling angezeigt hatte, so war dieser beim Abbruch des Programms herausgeworfen worden.

Er holte ein Standardformular für die Meldung von Sicherheitslücken auf den Flachbildschirm und fing an, es auszufüllen, hielt aber dann inne. Wenn er den Verdacht meldete, würde er eine Kopie der fraglichen Simulation vorlegen müssen. Und Manny war daran mit Sicherheit interessiert.

Seufzend lehnte sich Gabe im Stuhl zurück. Eine Kugel durch den Kopf würde ihm alle Sorgen nehmen, dachte er.

Ach was. Es war ein Hacker, und der kam nicht weit. Das Sicherheitssystem der Firma würde ihn entweder rauswerfen oder festnageln und strafverfolgen lassen. Gabe wäre in beide Fällen nicht involviert. Selbst wenn der Hacker etwas über ihn erfahren hätte, was würde er damit anfangen können? *Das Haus der Kopfjäger* war früher überall zu kaufen gewesen, und nicht einmal Sammler interessierten sich dafür. Und um vertrauliche Informationen handelte es sich nun wahrhaftig nicht.

Laß gut sein, redete er sich ein. Die Sache war zwar

merkwürdig und unheimlich, aber letztlich ohne Bedeutung. Und würde wahrscheinlich nicht wieder vorkommen. Er klebte ein weiteres Pflaster aufs Gesicht und dann gleich noch eins, bevor er eine Krankmeldung ausfüllte und zum Firmenarzt schickte. Da er mit der Arbeit sowieso nicht weiterkam, mochte er auch nach Hause gehen und da Däumchen drehen.

Passen Sie auf, das Zeug macht plemplem!

Passen Sie auf ...

Er fuhr mit der Hand übers Gesicht und runzelte die Stirn in Erinnerung an Gina Aiesi, als er den Mietwagen startete.

... das Zeug macht plemplem.

Vielleicht hatte sie recht, denn mitten am Nachmittag auf der La Cienega zu fahren, war wirklich nicht besonders vernünftig. Himmel, wann würde endlich die Stadt zugeben, am Ende zu sein, GridLid auf den Schrott werfen und neue Spuren anlegen, um den Verkehr in Schwung zu bringen? Am oberen Rand des Navigationsschirms stand immer noch der Teil einer illegalen Botschaft, die an den Sperren von GridLid vorbeigesikkert war: *Warum stellst du die Karre nicht ab und machst einen Spaziergang? Der Doktor findet, daß du dich nicht genug bewegst.*

Das war natürlich Dr. Fish, einer von Sams Helden. Gabe schüttelte den Kopf. Sams Bewunderung für krumme Typen ließ sich nur im Zusammenhang mit Catherine begreifen. Catherine war so unanständig gut, daß sich Ganoven dagegen regelrecht tugendhaft ausmachten.

Gabe spielte am Bildschirm herum, während er sich Stück für Stück der Autobahn näherte. Bei diesem Tempo würde er wahrscheinlich erst zur gewohnten Zeit zu Hause ankommen, auch wenn die Autobahn halbwegs frei wäre. Er hätte wohl besser den Rest der Arbeitszeit auf einer Pritsche beim Firmenarzt abfeiern sollen, immerhin wäre er dann nicht in den Stau gekommen. Oder er hätte die Simulation weiter durchspielen und die Zeit vergessen sollen. Dabei wäre es allenfalls zu kleineren Unterbrechungen gekommen, um weitere Schmerzpflaster aufzukleben. Mit einer ausreichenden Dosis hätte er womöglich sogar an dem verhaßten Werbespot weiterarbeiten können. Körperpanzer: der Totalschutz — aber machtlos gegen Staus und Hacker.

Der Navigator zeigte an, daß der Autobahnzubringer via Olympic passierbar sei. Der Hörfunk bestätigte diese Meldung mit einer monotonen, aber freundlichen Männerstimme, die den Verkehr von La Cienega wegzulotsen versuchte.

Gabe brauchte zehn Minuten, um auf die Abbiegerspur zu gelangen. Auf dem Zubringer lenkte eine Motorradpolizistin den Verkehr in Richtung Olympic. GridLid sollte die Polizei eigentlich entlasten. Gabe sah den Ärger im Gesicht der Frau, als sie ihn über die Kreuzung winkte.

Am Südrand von Westwood steckte er wieder im Stau. Eine Viertelstunde später meldete GridLid, daß aufgrund des hohen Verkehrsaufkommens nun der Olympic verstopft sei; La Cienega und der Venice-Boulevard könnten dagegen ungehindert passiert werden.

Gabe schaute durch die verkratzte Windschutzscheibe zum Himmel empor und erwartete, dort einen Hubschrauber kreisen zu sehen. Doch dem war nicht so. Die Stimme von GridLid wiederholte die Warnung, den Olympic zu befahren. Gabe schaltete den Hörfunk aus. Noch einmal wollte er sich nicht verschaukeln lassen.

Nahe der alten, aus dem 20sten Jahrhundert stammenden Studiogebäude von Century-Fox schien ein Weiterkommen überhaupt nicht mehr möglich. Die Sepulveda-Kreuzung war völlig zu. GridLid wirkte verschämt — und hatte allen Grund dazu.

Mit geschwollener Backe saß Gabe in dem billigen Gefährt und schaute hinaus auf die alten Gebäude, die in kleine Mietstudios aufgeteilt worden waren, nachdem sich die alte Filmfabrik auch nicht mehr dadurch hatte retten können, daß sie ihren Namen in 21st Century Fox umwandelte. Vielleicht wäre besser ein anderes Wort für ›Fox‹ gesucht worden. Gabe kannte sich ein wenig aus hinter den Mauern. Vor seiner zweifelhaften Karriere bei Diversifications und seiner noch zweifelhafteren Ehe mit Catherine hatte er eins dieser Studios stundenweise gemietet, zusammen mit Consuela, einer hoffnungsvollen Künstlerin. Nachdem er aus seiner Hälfte ausgezogen war, hatte er sie aus den Augen verloren. Um so mehr überraschte es ihn nun zu sehen, daß ihr Name immer noch auf dem Adreßschild eingetragen war.

Die Gelegenheit war günstig, denn er rollte gerade auf einen freien Parkplatz zu. Also drehte er das Steuer herum und stellte den Wagen ab. Der Eintrag auf dem Schild ließ erkennen, daß Consuela in ein größeres Studio umgezogen war. Offenbar gingen die Geschäfte gut. Allerdings hatte Gabe ihren Namen in den Medien nie auftauchen sehen, was aber nur wenig besagte, da er ganz und gar nicht auf dem laufenden war. Nachdem er sein Studio geräumt hatte, war er an Nachrichten aus der Kunstszene nicht mehr interessiert gewesen.

Consuela hatte nun einen Raum im Obergeschoß des Hauptgebäudes. Verwundert stellte Gabe fest, daß der Zugang anscheinend ungesichert war. Kein Wachposten stellte sich ihm in den Weg. Er konnte ungehindert hineinspazieren und die Treppe hochsteigen. Neben der Tür hing eine kleine beleuchtete Anzeige, die ihn stutzig machte. Darauf stand nicht wie üblich *Bitte klingeln* zu lesen, sondern: *Komm rein, wenn du Mumm hast.*

Consuela schien sich ihrer selbst ziemlich sicher zu sein, und Gabe zweifelte schon daran, genügend Mumm aufzubringen. Doch dann drückte er den Knopf, und die Tür ging leise auf.

Er trat ein und wähnte sich im Meer versunken.

Vom Meeresboden stiegen, träge schwankend, neonfarbene Schlinggewächse auf, die im Halbdunkel des Raumes wie kaltes Feuer brannten. Gabe zögerte, ließ die Tür hinter sich zufallen und trat einen Schritt vor. Der Fuß berührte fahlen, weichen Untergrund und versank. Zwar spürte er dann doch konventionell festen Betonboden unter sich, aber die Illusion blieb erhalten. Der guten Consuela geht's *enorm* gut, dachte er. Bei Diversifications konnten sich nur die Allerreichsten Projektoren dieser Güte leisten.

Eine violett schillernde Krake kroch hinter einem hüfthohen Felsen hervor und beäugte ihn neugierig. Die Arme bewegten sich voller Anmut. Aus dem Schatten vor ihm schwebte nun ein stacheliger Fisch herbei. Gabe blinzelte. Nein, das war kein Fisch. Die nadelspitzen Stacheln steckten nicht in einem Körper aus Schuppen, sondern in elektronischen Bauelementen. Die großen braunen Glasaugen musterten ihn mit kühler Strenge.

»Was willst du?« fragte der Fisch mit heller Altstimme, deren leichter Akzent Gabe vertraut klang.

»Hallo, Consuela«, antwortete er. »Ich bin's. Gabe Ludovic.«

Der Fisch ließ die Schwanzflosse zucken und schoß in einer Wolke von sprudelnden Luftblasen davon. Gabe wartete. Consuela war schon immer extravagant gewesen. Das machte womöglich den Unterschied aus zwischen ihm und einer erfolgreichen Künstlernatur — die Extravaganz. Davon hatte er ziemlich wenig.

Ein heller Schein blitzte durchs Wasser, und plötzlich segelte ein Hai herbei. Gabe blickte unter einen silbrig glänzenden Bauch, der im weiten Bogen über ihm kreiste. Im Kiefer steckte ein Strauß zerbissener Rosen. »Lange nicht gesehen«, sagte der Hai in Consuelas Stimme.

»Und du hast wohl inzwischen viel Erfolg gehabt«, antwortete er. Der Hai wälzte sich um die Längsachse und schwamm weiter im Bogen um Gabe herum.

»Ich habe mich oft gefragt, was aus dir geworden sein

könnte.« Nun schnellte der Fisch geradewegs auf Gabe zu, wechselte aber im letzten Moment die Richtung. Eine Rose fiel Gabe vor die Füße. »Heb sie auf!«

Gabe bückte sich und nahm die Stengelillusion zwischen zwei Finger. Ein Dorn verschwand im Daumenballen. Er hob die Hand und mit ihr die Rose, die seinen Bewegungen präzise folgte. »Alle Achtung, Conny.«

»Es kommt noch besser.« Die zerdrückten Blütenblätter öffneten sich und brachten Consuelas Gesicht zum Vorschein. »Aufgepaßt!«

Blut tropfte aus der Stelle im Daumen, wo der Dorn gesteckt hatte. Schmerzloses Blut. Fast so tödlich wie blutloser Schmerz, dachte Gabe verdutzt. »Autsch«, rief er.

Dem aristokratischen Gesicht in der Blüte fehlte jede Spur von Arroganz. Dazu war Consuela viel zu wohlerzogen. »Hätte nicht für möglich gehalten, dich noch einmal wiederzusehen. Was, zum Teufel, hast du in all den Jahren getrieben?«

»Ich weiß nicht«, antwortete er unsicher. »Dies und jenes.«

»Und nichts Gescheites?« Ihr Lächeln ließ sie härter aussehen, wie früher schon. Sie war hart. Sie hatte eine Art an sich, die ihm immer schon unheimlich vorgekommen war, so unheimlich, wie ein unwirklicher Dornenstich, der unwirkliches Blut aus dem Daumen zieht. Ihr ganzes Denken war auf ihre Arbeit ausgerichtet. In dieser Hinsicht war sie durchaus mit Catherine zu vergleichen, und vielleicht war es das, was Gabe an ihr so unheimlich fand. Aber während Catherine nur Sinn hatte für millionenteure Grundstücke, war Consuela darauf aus ...

Gabe schritt tiefer in den Raum und sah sich um. Die Decke war vor Dunkelheit nicht zu sehen. Er erhaschte einen Blick von einem kleinen Schwarm glitzernder Fische, die ruckartig vorbeischwammen und winzige Leuchtspuren hinter sich herzogen. Die violette Krake lag immer noch faul auf dem Felsen und beobachtete ihn mit klugen Augen, vor denen er innerlich zurückschreckte. Einer der langen Arme hob sich und winkte ihn herbei. Mit schwerfälligen Schritten strebte er auf den Felsen zu; das Unterwasserambiente bestimmte seinen Bewegungsablauf, was er mit Unbehagen zur Kenntnis nahm.

»Du hast dich aufgegeben, stimmt's?« sagte die Krake.

Gabe zuckte die Achseln und legte die Rose auf die flache Hand. Die Illusion, sie zu halten, war nur schwer zu behaupten, ohne ständig darauf zu blicken. »Ich habe mich von der Realität einholen lassen, wie man so schön sagt.« Er deutete mit der Hand ringsum und fuhr fort:

»So was hier geht mir 'ne Nummer zu weit. Jedenfalls taugt es nicht für meine Arbeit in der Werbung.«

»Quatsch. Für Werbung läßt sich alles verbraten. Man muß es nur richtig anstellen und Ausdauer zeigen.«

»Dazu fehlt mir der Antrieb, den du offenbar hast.«

»Den hast du auch. Du mußt nur einen Gang einlegen. Das weißt du.« Die Krake zwinkerte mit einem Auge und rollte die Tentakeln zusammen, wobei die glitzernden Saugnäpfe kurz zu sehen waren. »Wieso bist du gekommen?«

»Da ich zufällig in der Nähe war, dachte ich: Schau doch mal rein.«

»Auf der Olympic im Stau steckengeblieben?«

Er lachte. »Was soll eigentlich dieser Firlefanz hier?«

»Firlefanz? Daran habe ich Jahre gearbeitet.«

»Das hättest du auch einfacher haben können. Mit einem einfachen Kopfaufsatz für Simulationen.«

»Nicht groß genug. Die *Welt* ist nicht groß genug. Wenn sie es wäre, könnten wir uns solche Welten sparen.«

Ein Rochen segelte vorüber; wie eine Peitsche zuckte der Schwanz. Ihm folgte ein Geschwabbel von Quallen unterschiedlicher Größe und Farbe. Gabe ging instinktiv in Deckung, als die langen Nesseln einer Qualle seine Schulter streiften und dabei Funken schlugen — noch eine von Consuelas Erfindungen. »Hast du vor, damit auf Online zu gehen?« fragte er.

»Ich bin damit auf Online, und wer eifrig genug sucht, findet den richtigen Kanal.«

»Wovon lebst du? Ich meine, womit verdienst du Geld?«

»Ich gehe mit Wohltätern ins Bett.«

»Aha.«

Sie lachte herzhaft, kollernd wie eine Opernsängerin. »Was ist dabei? Immerhin sind wir alle Liebhaber der Kunst, oder?« Erneut fing sie zu lachen an. »Erinnerst du dich an unser Atelier im Keller? Natürlich tust du das. Allerdings warst du nur selten anwesend.«

»Wegen der Kosten«, sagte er. »Selbst der halbierte Mietpreis war mir zu teuer, und außerdem hockte ich ja eh nur dumm rum und stierte Löcher in die Luft.« Er sah sich um und schüttelte den Kopf. »Catherine hatte recht.«

»Hat sie dich schon verlassen?«

Perplex starrte er die Krake an und nickte. »Vor kurzem.«

»Du solltest vielleicht demnächst auch mal mit einer Wohltäterin schlafen.«

Er holte tief Luft. »Autsch«, prustete er. »Das tat wirklich weh.«

»Sollte es auch. Hör zu! Die Mäzene, die mit mir ficken, bekommen mich nie zu Gesicht. Sie wissen nicht einmal, wie ich aussehe, wollen es auch gar nicht wissen. Sie kommen her, betreten die Welt, die ich für sie entworfen habe, und überlassen alles weitere mir.« Die Krake zwinkerte. »Was ist schon dabei? Es sind immerhin Menschen, mit denen ich's zu tun habe. Ich nehme sie ein bißchen aus.«

»Tut mir leid«, sagte er und wich von dem Felsen zurück. »Ich gehe.«

»Du brauchst dich nicht zu entschuldigen. Versprich statt dessen, wiederzukommen.«

Er lachte. »Ich vermute, du brauchst keinen Atelierpartner mehr, um die Mietkosten zu teilen.«

»Aber vielleicht hast du Lust, dich mal gehen zu lassen.« Ihre Stimme meldete sich nun aus der Rose. Er schaute in die Blüte, aus der ihm ihr Gesicht entgegenstrahlte, klar und klug.

»Ich bin kein Mäzen«, sagte er zaghaft. Consuela hatte früher nie Interesse an ihm gezeigt. Ihr Angebot war zwar verlockend, schreckte ihn aber zugleich ab.

»Du könntest Nutznießer sein«, antwortete sie.

Er ließ die Rose fallen und wich zur Tür zurück. »Nein. Ich ...« Er hob die Schultern. »Kommt nicht in Frage.«

»Halt!«

Gabe hatte schon die Hand auf den Türknauf gelegt und erstarrte.

»Wenn du nicht zu mir willst, geh woanders hin. Verstehst du mich? Geh irgendwohin!«

Er nickte mit dem Kopf, als duckte er sich, schlüpfte nach draußen und warf die Tür — etwas zu heftig — hinter sich zu. Im Laufschritt eilte er zum Mietwagen zurück.

Beim Einbiegen auf den Olympic mußte er einer großen Privatlimousine ausweichen. Vielleicht gehörte sie einem von Consuelas Wohltätern, der nun einen Termin bei ihr hatte.

»Geh irgendwohin«, murmelte er und fädelte sich in den zäh fließenden Verkehr ein. »Klar doch, Conny. Am liebsten auf den Mond. Wenn die Straßen nur nicht so verstopft wären ...«

13

»Ja?« sagte Manny und straffte die Schultern.

Unter den zahlreichen Anwesenden im Salon erhob sich eine Frau vom Sofa. Sie trug ein förmliches Geschäftskostüm und war Abgeordnete eines westlichen Staates. Von welchem genau, fiel Manny nicht mehr ein. »Ich will nicht lange um den heißen Brei reden«, sagte sie und setzte ein professionelles Lächeln auf. »Mir scheint, daß dieses Prozedere, wie Sie sich ausdrücken, außerordentlich anfällig ist für Mißbrauch. An welche Sicherheitsvorkehrungen haben Sie gedacht?«

Manny spiegelte ihr Lächeln. »Ich hoffe, Sie verzeihen mir, wenn ich sage, daß dies doch wohl ... ähm ... eine Angelegenheit der Legislative ist. Oder irre ich da?«

Alle Anwesenden lachten.

»Sie haben recht.« Die Abgeordnete verschränkte die Arme vor der Brust. »Ich werde meine Frage also anders formulieren: Warum sollen wir ein Verfahren gesetzlich absegnen, das dem Mißbrauch Tor und Tür öffnet? Hat die amerikanische Öffentlichkeit überhaupt ein Interesse daran?«

»Ich finde, wir sollten den Menschen freie Wahl lassen«, antwortete Manny überheblich und erntete erneut zustimmendes Lachen. »Wir wünschen kein *Erzwingungs*gesetz, sondern bloß eine Erlaubnis. Als Implantate zum ersten Mal therapeutisch eingesetzt wurden — gegen Epilepsie, manische Depressionen, Autismus und so weiter —, gab es, wenn ich mich recht erinnere, viel Aufhebens um vermeintliche Möglichkeiten des Mißbrauchs. Wie wir alle wissen, wird tatsächlich Mißbrauch getrieben. In Amerika ... ach, was sag ich? auf der ganzen Welt gibt es doch keine einzige Stadt mehr, die nicht auch an solchen Wonnefabriken beteiligt ist, in denen unverantwortlicherweise Ekstaseknöpfe implantiert und charakterlosen Menschen An-und-Aus-Schalter eingebaut werden. Trotzdem glaube ich, daß wohl niemand mehr manisch Depressiven die Chance streitig machen wollte, ein normales Leben zu führen, frei von Drogen, die nur vorübergehend helfen können oder gar schlimme Nebenwirkungen besitzen. Ich denke, keiner von uns würde jemandem, der durch Unfall Schaden am Gehirn nimmt, die Aussicht verwehren ...«

Und in diesem Stil salbaderte er weiter, wohl wissend, daß Mirisch vom Dach-Team mit strahlender Miene zuhörte und immer wieder mit dem Kopf nickte. Mirisch, die graue Eminenz des Vorstands, mit dem Silberhaar und den dazu passenden silbernen Anzügen — Mirisch hatte sich selber nicht in der Lage gefühlt, all den hier versammelten Senatoren, Abgeordneten und VIPs Rede und Antwort zu stehen. Um so mehr konnte Manny auftrumpfen.

Mehrere hundert Wörter später — Manny war gerade in Schwung gekommen — nahm die Abgeordnete kommentarlos wieder Platz.

Auf der linken Seite des Raums ging der Finger eines älteren Mannes in die Höhe, dessen Backenbart die Breite des Gesichts verdoppelte. Er stand auf, ohne gebeten zu werden, und sagte: »Angenommen, die Sache wird legalisiert. Soll das Verfahren dann etwa auch bei *Kindern im schulpflichtigen Alter* Anwendung finden?«

Manny neigte den Kopf ein wenig zur Schulter hin. »Ich glaube, schon erwähnt zu haben, daß nur voll ausgewachsene Personen in Betracht kommen. Ausnahmen sollen nur für Organgeschädigte, Autisten und Dyslektiker gelten.« Manny sah sich im Raum um und nickte einer eleganten schwarzhäutigen Frau zu, bevor der Alte noch einmal zu Wort kommen konnte.

»Sie haben von freier Wahlmöglichkeit gesprochen«, sagte sie. »Im Grunde aber ist die Vorstellung von Wahlfreiheit doch nur schöner Schein. Sie sagten, daß der direkte Gehirnanschluß zu noch lebhafteren Eindrücke führt als der Gebrauch von Simulationsgeräten. Birgt dies nicht die Gefahr der totalen Manipulation, der *Programmierung* von Menschen?«

»Genau das wollte ich auch gefragt haben«, rief die Abgeordnete aus dem Westen. »Ich fürchte, das sind Gefahren, die der mögliche Nutzen nicht aufwiegen kann.«

Alle Augen waren gespannt auf Manny gerichtet, einschließlich deren von Mirisch, dem das Lachen vergangen zu sein schien. »Der Einwand ist nicht unberechtigt«, formulierte Manny bedächtig. »Aber die Forschungen von Dr. Joslin haben ein paar sehr interessante Entdeckungen zu Tage gebracht. Unter anderem wissen wir nun, daß der Output eines Gehirn sehr viel weniger kompliziert verläuft als der Input. Mit anderen Worten: Sich auszudrücken, ist für den Menschen leichter als zu lernen. Wer von Ihnen Kinder hat, wird dem wohl beipflichten.«

Dieser kleine Schlenker zeitigte einen nur bescheidenen Lacherfolg. Aber immerhin lächelte Mirisch nun wieder. »Dr. Joslin hat sogar die Möglichkeit untersucht, vermittels einer Steckbuchse beruflich auszubilden, *stante pede,* sozusagen. Stellen Sie sich vor, was dabei herauskäme: Instantärzte, Instantanwälte, Instantpolitiker ...« Noch ein Lacher. »Oder Instantarchitekten, Instantneurologen und so weiter. Allerdings scheint der Mensch vor allem durch Handlungen zu lernen. Dem Instantneurologen würde es an Erfahrung mangeln. Dr. Joslin hat mir versichert, daß unsere Steckbuchsen nicht in der Lage sind, Erfahrungen zu vermitteln. Im übrigen haben wir es ja auch nur mit einem Medium zu tun. Der Output eines Gehirns wird auf ganz herkömmliche Weise abgespeichert, nämlich auf einem Datenträger. Eine *Programmierung,* wie Sie sie fürchten, verehrte Dame, wäre nur möglich, wenn sich zwei oder mehrere Gehirne direkt miteinander verbinden ließen.«

Die Frau zeigte sich besorgt. »Wäre das machbar?«

»Gegenwärtig nicht«, antwortete er. »Aber vielleicht rät es sich schon jetzt, eine *solche* Entwicklung durch geeignete Gesetze zu verhindern.«

Das Lachen klang immer noch ein wenig zaghaft. Eine ältere, orientalisch aussehende Frau, die unmittelbar vor Manny saß, stand nun auf und sagte: »Warum haben Sie sich dazu entschlossen, diesen — wie Sie es nennen — großen Durchbruch über die Herstellung von *Rock-Videos* einzuleiten?«

Etliche Hände regten sich zum Applaus, und der ältere Mann in Schwarz rief: »Gute Frage!« Manny wartete den Beifall ab, um in Ruhe antworten zu können. Er warf einen Blick zur Bar, wo der Beater stand und schweigend an einem Drink nippte. Sehr viel nervöser reagierte Mirisch. *Nur keine Panik, Alter,* dachte Manny; *paß mal auf, wie geschickt ich dieser Falle ausweiche.*

»An einer effizienteren Produktion von Rock-Videos sind wir im Grunde gar nicht so sehr interessiert. Es geht uns vor allem um eine ganz bestimmte Person, namentlich um einen gewissen Visual Mark. Wie ich von Dr. Joslin weiß, ist das Visualisierungsvermögen dieses jungen Mannes hypertrophisch, das heißt überentwikkelt. Sein Gehirn vermag ohne weiteres, sämtliche Vorstellungen nach außen abzugeben. Wir haben noch einen zweiten möglichen Kandidaten, doch wie dessen Gehirn funktioniert, ist noch nicht hinlänglich geklärt. Natürlich wäre es uns lieber, eine Testperson zu finden, die einen etwas vornehmeren Beruf bekleidet, aber anstatt nun eine aufwendige Talentsuche zu starten, nehmen wir vorlieb mit dem, was wir haben.« Manny erlaubte sich ein kesses Lachen. »Und der junge Mann, von dem ich spreche, ist in der Rock-Video-Branche tätig. Was ihn für uns prädestiniert, ist die Tatsache, daß er sich freiwillig für uns zur Verfügung stellt. Es wäre durchaus möglich, einen Kandidaten zu finden, der aus einer anderen Sparte kommt und ein noch besseres Visualisierungsvermögen besitzt. Ob er aber auch zu einer Zusammenarbeit mit uns bereit wäre, bliebe fraglich.«

Noch zwanzig Minuten lang stand Manny Rede und Antwort; dann ergriff Mirisch das Wort und verkündete, die Befragung müsse jetzt abgebrochen werden, da sonst keine Zeit mehr bliebe für den geselligen Teil des Zusammentreffens. Dieser Hinweis löste den enthusiastischsten Applaus des Abends aus. Die schlucken alles, wenn man ihnen nur was zum Runterspülen gibt, dachte Manny und trat zur Seite, um Mirisch das Feld zu überlassen. Er war erleichtert, hatte er sich doch schon zu Beginn der Konferenz schrecklich müde gefühlt, was aber wohl niemandem aufgefallen zu sein schien. Wieder einmal hatte er mit eiserner Selbstkontrolle alle Schwächen überspielt.

Zu einem früheren Zeitpunkt an diesem Tag war ihm diese Kontrolle fast abhanden gekommen, als er auf dem Firmendach in den Hubschrauber stieg und feststellen mußte, daß der Beater auf dem Rücksitz saß. Aber der Flug war reibungslos verlaufen, und der Beater hatte genausowenig Gesprächsbereitschaft gezeigt wie Manny selbst.

Der Beater stand nach wie vor an der Bar und blickte mürrisch drein. Beater. Was für ein alberner Name für einen Fünfzigjährigen! Idiotisch, aber so war die gesamte Belegschaft von EyeTraxx. Immerhin hatte sich ihr Vormann im Zaum gehalten. Wenn nicht, wäre er, Manny, vom Dach-Team zur Rechenschaft gezogen worden, und in dem Fall hätte er die Vorteile, die ihm aus dem EyeTraxx-Coup erwachsen waren, wieder vergessen können.

Manny beobachtete, wie Despres, das jüngste Mitglied des Dach-Teams, auf Belle Kearney vom Ministerium für Ernährung, Drogen und Software einredete, und wieder einmal wunderte er sich darüber, wie sonderbar leicht es ihm gefallen war, seinen Coup einzufädeln.

Aus der Chefetage hatte niemand Fragen gestellt, als er mit Joslins Forschungsberichten und den Bilanzen von Hall Galen angerückt war und den Vorschlag unterbreitet hatte, durch eine vorgetäuschte Gesamtübernahme der Hall-Galen-Gruppe ExeTraxx zu erwerben. Dabei lag Joslins Steckbuchse überhaupt nicht auf der Produktlinie von Diversifications. Aber auch das schien niemanden vom Dach-Team zu stören. Im Gegenteil, jeder witterte das große Geschäft, sogar dieses Leichtgewicht von Mirisch, der sich gerade von seinen Gästen abwandte, um Despres und Kearney einen freudestrahlenden Blick zuzuwerfen.

Ja, auch dafür hatte Manny gesorgt: daß dem Dach-Team nun die Gelegenheit geboten war, zahlreiche VIPs auf seine Seite zu ziehen. Privat fand Manny die meisten Vertreter der vermeintlichen Gesellschaftselite ziemlich ordinär; sie erinnerten ihn an gewisse Schranzen innerhalb der Belegschaft von Diversifications. Bedenklich fand er auch, daß viele von ihnen mit Implantaten oder ähnlichen Prothesen ausgestattet waren, was er aber in seiner Rede wohlweißlich unerwähnt gelassen hatte. Zwar behaupteten alle, diese Implantate kämen ausschließlich der Konzentration und Gedächtnisleistung zugute, aber Manny vermutete, daß etliche unter ihnen mit manischen Depressionen und schizophrenen Anwandlungen zu tun hatten, wenn nicht gar Schlimmerem.

Nur eine Vertreterin des Abgeordnetenhauses gab öffentlich zu, mit ihren Implantaten epileptischen Anfällen vorzubeugen. Diese Frau war heute allerdings nicht anwesend, was eigentlich verwunderte, denn normalerweise ließen sich Leute ihres Schlages einen solch großzügig gestalteten Konvent nicht entgehen.

Wenn es um Großzügigkeit ging, kalkulierte Diversifications knallhart, denn Geschenke wurden nur auf Verlangen ausgeteilt, und zwar ausschließlich an diejenigen, die sich ohne entsprechende Angebote den Geschäftsinteressen gegenüber verschlossen zeigen würden.

Manny nahm dem Kellner einen Drink vom Tablett und hielt das Glas wie eine Requisite. Es wurde für ihn bald Zeit, die Stimulanzdosis aufzufrischen, mit der es sich nun schon seit Mexiko auf den Beinen hielt. Der Hackereinbruch hatte seine Terminpläne völlig über den Haufen geworfen, und er war gezwungen gewesen, die Nacht durchzumachen, um sich auf die heutige Präsentation vorzubereiten. Nur gut, daß es die Chemie gab.

Despres trat an die Bar, um sein Glas auffüllen zu lassen. Er nickte Manny mit unterkühlter Höflichkeit zu und schien sauer darüber zu sein, daß nun Mirisch auf Kearney einschwätzte und ihn dabei außen vor ließ. Der Esel wußte offenbar nicht, daß die beiden in Harvard zusammen studiert hatten. Schulverbindungen zu pflegen, war immer noch in Mode — was auf Keaneys Outfit ganz und gar nicht zutraf, wie Manny bemerkte. Wann, so fragte er sich, wird der Schneider wohl so gnädig sein und ihr den ehedem abgetrennten Kragen zurück an die Bluse nähen?

Der Gedankensprung amüsierte ihn, obwohl er wußte, daß die abklingende Wirkung seiner Stimulanzien dafür verantwortlich war. Die Zeichen standen auf Sturm, und viel länger würde er nicht durchstehen können, ohne bei seinen Chefs unangenehm aufzufallen. Und denen Schwächen zu offenbaren, war alles andere als karrierefördernd.

Tim Chang kam an die Bar und schob sein leeres Glas über den Tresen, um sich von dem klebrig süßen Likör nachschenken zu lassen, den er literweise verdrückte. Er war Mannys rechte Hand in der Unterhaltungsabteilung und beaufsichtigte das Personal, das Hollywood-Streifen zu überarbeiten hatte. Theoretisch fiel auch die Herstellung von Rock-Videos in sein Ressort, aber Chang war clever genug einzusehen, daß er und seine Abteilung unter Mannys Schirmherrschaft stehen würden, sobald dieser neue Schirm von Diversifications aufgespannt wäre. Chang war wie Mirisch ein Leichtgewicht, wußte sich aber immerhin dem Unvermeidbaren zu fügen. Und Manny wußte, daß er wie jeder aufstrebende Manager einen beflissenen Handlanger brauchte.

»... der Senator fährt voll ab auf Erziehung und Ausbildung«, sagte Chang und strahlte übers ganze Gesicht.

Eine großgewachsene Frau in schwarzem Smoking und mit einem Wust rötlich goldener Haare tauchte neben Chang auf und hakte sich bei ihm unter. »Auch ich finde Ausbildung ganz toll«, sagte sie. »Und heute abend habe ich ungemein viel dazugelernt.«

»Rana!« rief Chang und gab sich überglücklich. »Wie schön, daß du kommen konntest. Manny, du erinnerst dich doch noch an Rana Copperthwait von Para-Versal?«

Copperthwait langte nach Mannys ausgestreckter Hand, schüttelte sie mit festem Griff und sah ihm dabei in die Augen. Manny fand, daß sie in ihrem Smoking wie ein Kellner aussah. Er erwiderte ihren Blick mit freundlichem Lächeln, obwohl es ihm gar nicht recht war, sie als Vertreterin der Filmstudios hier als Gast begrüßen zu müssen. Falls frühzeitig Informationen durchsickerten, war von seiten der Gewerkschaften mit Ärger zu rechnen, obwohl alles darauf hindeutete, daß das alte Hollywood nun bald doch seinen Geist aufgeben würde. Simulation war angesagt, und die Profite daraus flossen in immer größeren Mengen Leuten wie Copperthwait zu. Wenn es ihnen jemals gelänge, nicht nur — wie bisher — Szenarien und Spezialeffekte, sondern auch eine entsprechende Rollenbesetzung auf Bestellung anzubieten, würden sie einen Boom in Bewegung setzen, gegen den der Große Bums ein Bäuerchen wäre. Und Copperthwaits Blick verriet, daß ihr genau dieser Gedanke durch den Kopf ging.

Zu Beginn seines Vortrags hatte Manny Andeutungen

in diese Richtung gemacht, und in der Tat: Ein direktes Interface mit dem menschlichen Gehirn barg unter anderem auch Möglichkeiten, die Leute wie Rana Copperthwait nutzen könnten, um sich mit ihrer Produktion von Diversifications unabhängig zu machen. Ja, die alte Firma könnte im Zuge einer solchen Entwicklung durchaus ins Hintertreffen geraten und von ehrgeizigen Geschäftemachern übertrumpft werden, die sich nicht mit Nullen wie Gabe Ludovic oder schleimigen Bürohengsten wie Bergen Clooney herumschlagen mußten.

Nach kurzem, freundlichem Palaver mit Manny zog Copperthwait weiter, um sich von Chang jemand anderem vorstellen zu lassen. Mirisch trat an die Bar, ließ sein Glas auffüllen und gratulierte Manny zur gelungenen Überzeugungsarbeit.

»Und nehmen Sie den Einwand von Senator Backenbart nicht tragisch. Wenn der von ›Kindern im schulpflichtigen Alter‹ spricht, hat er natürlich verwöhnte Gören im Sinn«, fügte Mirisch hinzu, bevor er wieder ein Bad in der Menge nahm.

Das soll nicht meine Sorge sein, dachte Manny und fand zu seinem überlegenen Grinsen zurück. Er sah zu, wie sich Mirisch gekonnt an einen anderen Senator heranmachte, und spürte plötzlich, daß es nun auch mit den letzten Energiereserven zu Ende ging. Höchste Zeit für ein stabilisierendes Mittelchen.

Er kramte in der Tasche nach dem Inhaliergerät und ließ dabei den Inhalt des Glases, das er mit der anderen Hand hielt, im hohen Bogen auf den Teppich schwappen. Entsetzt stand er da und sah zwei diensteifrige Kellner herbeieilen. Die Sauerei war weggewischt, bevor Manny registrieren konnte, daß seine Hände heftig zu zittern angefangen hatten. Zum Glück war sein Malheur keinem der Gäste aufgefallen. Erleichtert machte er sich auf den Weg zum Waschraum.

»Mr. Rivera.«

Ein lang aufgeschossener Mann tauchte hinter der

bewegten Holographie eines olympischen Wettkämpfers auf. Manny lächelte ihm höflich zu und ließ sich die Hand schütteln, zumal er sowieso warten mußte, da der Waschraum besetzt war. »Ich gratuliere. Ihr Vortrag war faszinierend.«

»Schön, daß er Ihnen gefallen hat.«

»Von Gefallen kann nicht die Rede sein. Ich sagte, daß ich ihn faszinierend fand.« Das Vergnügen im Gesicht des Mannes drang nicht bis zu den Augen vor. »Sie wissen wohl nicht, wer ich bin.«

Manny sehnte sich nach einem Stuhl, auf dem er hätte Platz nehmen können. »Tut mir leid. Ich wüßte nicht, daß wir uns jemals kennengelernt ...«

»Doch, vor einigen Jahren. Es war eine kurze Begegnung. Und im übrigen muß ich mich entschuldigen. Ich habe mich nicht vorgestellt. Mein Name ist Edward Tammeus. Senator von Michigan.« Er zog einen Beutel aus der Innentasche des Jacketts und entnahm ihm eine Tabakspfeife. »Wie gesagt, Ihr Vortrag war faszinierend. Was Sie sich da vorgenommen haben, ist ja wirklich ein mieses Stück.«

Manny holte tief Luft. »Ach ja? Und was finden Sie an einer sofortigen und dauerhaften Heilung von Fehlfunktionen des Gehirns so mies?« Kaum hatte er die Worte ausgesprochen, bedauerte er auch schon den defensiven Klang seiner Stimme. Zaghaft zu reagieren, war ein Fehler bei Männern wie Tammeus.

»Mr. Rivera, Sie wollen mir doch nicht einreden, daß es Ihnen um arme leseschwache Kinder geht.«

Manny fühlte sich ausgelacht und geriet in Wut, die er aber sogleich wieder unter Kontrolle hatte. Nein, nicht ihm galt der Spott, sondern dem Dach-Team, der Firma insgesamt, aber Tammeus hatte anscheinend nicht den Mumm, sich mit den eigentlichen Chefs anzulegen, und also mußte er, Manny, herhalten.

»Tja, das Projekt läßt sich natürlich auch für die Werbung nutzbar machen«, entgegnete Manny. »Ich würde sagen, über die Schiene verbesserter Rock-Videos lassen sich in Zukunft auch noblere Zwecke verfolgen.«

»Zerebrale Störungen lassen sich auch durch herkömmliche Implantate beheben«, meinte der Senator und kippte einen Überschuß an Tabak zurück in den Beutel, bevor er ihn zuschnürte und wieder in der Tasche verschwinden ließ.

»Steckbuchsen können *allen* helfen«, konterte Manny.

»Und wie soll das funktionieren?«

»Nun, das ist eine technische Frage, und damit befassen sich zur Zeit unsere besten Techniker.« Manny zuckte mit den Achseln. »Die können Ihnen besser Auskunft geben als ich.«

»Dann würde ich gerne einmal mit ihnen reden«, sagte der Senator und plierte durch die Flamme des Feuerzeugs in Mannys Gesicht.

Manny spürte, wie das Zittern in den Händen durch die Arme nach oben kroch. Der Kollaps stand unmittelbar bevor. Falls der Senator ihn noch länger aufhielte, würde Manny eine Überdosis nehmen müssen und hätte dann wieder eine schlaflose Nacht vor sich.

»Ja, ich bitte darum, ein Gespräch zu arrangieren«, fügte Tammeus hinzu, als wäre ihm bereits ein Versprechen gemacht worden.

»Kein Problem«, antwortete Manny. »Aber dazu müßten Sie nach Mexiko fahren, denn dort befindet sich unsere Versuchsanlage. Sagen Sie Bescheid, wann ein Gespräch Ihnen terminlich am besten paßt.«

»Mein Büro wird Sie informieren. Die Sache ist wirklich mies, und ich will alles darüber wissen.« Er blies eine blaue Rauchwolke in die Luft. Sie roch nach Honig.

»Verstehe«, sagte Manny. »Sie möchten keine Entscheidung treffen, ohne vorher genau Bescheid zu wissen.«

»Oh, meine Entscheidung steht schon fest.« Der Senator blickte in den Pfeifenkopf. »Keine Angst, ich bin für die Freigabe, obwohl es sich um die mieseste Angelegenheit handelt, die mir je zu Ohren gekommen ist. Teuflisch, was Sie da vorhaben. Und wenn sich was dagegen unternehmen ließe, würde ich einschreiten.«

Der Kerl hat 'ne Macke, dachte Manny. Und überhaupt, was raucht der bloß für 'n Kraut? »Verzeihen Sie, Senator, ich verstehe nicht ganz. Sie sind *für* eine Freigabe, würden das Projekt aber stoppen, wenn Sie könnten?«

»Genau. Was ist daran so unverständlich?«

Manny senkte den Blick und lächelte demütig. »Der Tag war ziemlich anstrengend. Vielleicht bin ich zu müde.«

»Die Sache ist gelaufen.« Der Senator zeigte mit dem Pfeifenstiel auf Mannys Nase. Das Mundstück schimmerte feucht. »Und dafür sind Sie verantwortlich. Ein Rückzieher ist nicht mehr möglich. Das Atomzeitalter hat seinerzeit auf ähnliche Weise angefangen. Sie können die Zauberbüchse nicht wieder schließen und Pandora so lange um Geduld bitten, bis Ihnen mehr ...« — der Senator suchte nach einem treffenden Ausdruck — »... mehr *Moral* zur Verfügung steht, um es einmal mit diesem veralteten Begriff zu sagen. Da es also kein Zurück mehr gibt, müssen wir uns jetzt um ein Höchstmaß an Kontrolle bemühen.«

Die Sache ist außer Kontrolle geraten. Manny erinnerte sich an Joslins genäseltes Verdikt. Er zwinkerte mit den Augen. Hatte der Senator tatsächlich das Wort *Moral* verwendet?

»Auf jeden Fall werde ich dies als Empfehlung meinen widerspenstigen Kollegen mit auf den Weg geben«, fuhr der Senator fort. »Mit diesem Argument müßte auch Ihnen gedient sein. Komische Vorstellung, nicht wahr? Eine Sache aufzuschieben, bis man die moralische Reife dafür hat?« Er lachte. »So oft ich dieses Wort ausspreche, schaue ich in verdutzte Gesichter. *Moral.*

Das Wort kommt in der Öffentlichkeit nicht mehr gut an. Dafür haben während der vergangenen Jahrzehnte gewisse Interessengruppen gesorgt.« Er nahm einen Zug aus der Pfeife und hielt den Rauch in der Lunge. »Es war einer der Grundsätze jener Kirchengemeinde, in der ich aufgewachsen bin. Ein Vorhaben zurückzuhalten, bis man ihm moralisch gewachsen ist, klingt als Idee doch ganz vernünftig, oder? Allerdings scheint die Kirche auf dem Standpunkt zu stehen, daß der Mensch nur für den simpelsten Lebensvollzug moralisch befähigt ist.«

Manny biß die Zähne aufeinander, um nicht gähnen zu müssen. Die Tür zum Waschraum war immer noch versperrt. Anscheinend war er nicht der einzige, dem die chemische Puste ausgegangen war.

»Es ist offenbar von Vorteil, wenn man sich unmoralisch verhält und andere manipuliert, anstatt selber manipuliert zu werden.« Der Senator nahm sein Pfeifenbesteck zur Hand und stocherte in der Glut herum. »Ich kann also davon ausgehen, daß Ihre Firma für die Fahrt nach Mexiko, die Unterbringung und so weiter aufkommt?«

Manny nickte. Jeder hatte so seine eigene Art zu nassauern. Die einen hechelten mit hängenden Lefzen, die anderen heuchelten edle Absichten. Für Manny war Schmiergeld gleich Schmiergeld, egal, ob es einem Senator oder einem Hacker zugeschoben wurde. Wenn aber Versteckspielchen verlangt wurden, ließ er sich bereitwillig darauf ein.

Die Tür zum Waschraum öffnete sich, und heraus kam eine Frau aus der Riege des Ministeriums für Ernährung, Drogen und Software. Sie stand ein bißchen wackelig auf ihren hohen Absätzen und zeigte große Erleichterung im Gesicht. Manny verbeugte sich vor dem Senator. »Sie entschuldigen mich.«

Er mußte an sich halten, um nicht Hals über Kopf in den Waschraum zu stürzen und die Tür zuzuknallen.

Fünf Minuten brauchte er zur Einstellung des Inhaliergerätes und ebenso lange dauerte es, bevor er wieder in der Lage war, sich ins Getümmel zu stürzen.

Als er hinaus auf den Flur trat, stand der Beater wartend vor ihm.

14

An die Arbeit. Das wurde von ihr verlangt. Sie mußte akzeptieren, was der Beater forderte: Mark vergessen, Videos produzieren und die Daumen drücken, daß sich alles zum Guten wendet. Daumen drücken. Was sollte der Scheiß? Nachfragen konnte sie nicht. Er war nicht zu sprechen; Rivera hielt ihn in Beschlag. Mit Mark konnte sie auch nicht reden, denn der schwebte wieder einmal in anderen Sphären.

Daran war sie selber wahrscheinlich nicht ganz unschuldig gewesen. Schließlich hatte sie vor dem Beater ihr großes Maul nicht halten können. Der war zu Rivera gegangen, und Rivera hielt Mark nun allem Anschein nach in Schach.

Trotzdem suchte sie weiter nach ihm, denn es konnte ja auch sein, daß er sich verdrückt hatte aus Angst, Prügel von ihr einstecken zu müssen. Nach Mark zu suchen, war ihr inzwischen fast schon zur Gewohnheit geworden. Es blieb ihr also nichts anderes übrig, als Videos zu machen. Doch das fiel ihr verdammt schwer, solange Mark verschwunden blieb.

Sie ging die Straßen entlang, klapperte sämtliche Clubs ab, tauchte mindestens einmal pro Nacht in der Mimosa-Szene auf und ließ sich auf jeder Spontanfete blicken. O Mann, in der Luft würde sie den Kerl zerreißen, wenn er ihr unter die Finger käme. Nach über zwanzig Jahren hatte sie die Schnauze gestrichen voll von ihm. Trotzdem suchte sie weiter.

»Ich hab ihn nicht gesehen«, sagte die kleine Drummerin der Loopheads und klapperte mit ihren Schlegeln auf der Tischplatte herum, irgendwann zu vorgerückter Stunde in einer langweiligen Kneipe, die sich per Videowand und Live-Musik über Wasser zu halten versuchte. Auf der briefmarkengroßen Tanzfläche tummelten sich

Boulevardessen und Hampelmänner; darunter mischten sich vereinzelt Vidioten, die zur Abwechslung mal nicht vor der Glotze hockten, und zwei, drei Jungs mit Handkameras, die gute Szenen einzufangen hofften, um einen Streifen zusammenzuschneiden — wahrscheinlich mit Hilfe von Geräten, die aus Büroklammern, Tesafilm und Spucke zusammengebaut waren. Anschließend würden sie ihre Machwerke über einen der öffentlich zugänglichen Kanäle ausstrahlen und den Rest der Welt zum Zusehen zwingen.

Die kleine Percussionistin hieß Flavia Soundso. In ihrer Kluft sah sie aus wie ein Höhlenkind. Die Schlagstöcke nahm sie überall mit hin. Sie trommelten wie von selbst wechselhafte Rhythmen auf die Tischplatte, unbeeinflußt vom konträren Beat der Band auf der Bühne. Die Musik von Loophead bestand im wesentlichen aus Percussion.

»Wenn du noch mal kommst, machst du dann ein neues Video?« fragte Flavia. »Du mußt mal eins von uns auf unserem Turf machen. Du hast freie Hand, Hauptsache, du drehst mit uns, ja?«

»Ich dachte, Mark wollte eins von euch machen«, sagte Gina und genehmigte sich einen kräftigen Schluck aus der Flasche LotusLand, die vor ihr auf dem Tisch stand. Flavia tippte versuchsweise auf die Flasche, als die wieder abgestellt war, schien den Klang zu mögen und drosch darauf ein, als wäre ihr Spiel zu hören bei all dem Lärm im Hintergrund.

»Wie gesagt, ich hab ihn nicht gesehen, und mit Unsichtbaren läßt sich kein Video drehen.« Übertrieben hob sie die Schultern, was aber den Wirbel ihrer Stöcke nicht störte. Vor einiger Zeit hatte Flavia einmal Mark mit ins Bett genommen, einschließlich ihrer Klöppel und allem drum und dran. Gina erinnerte sich, Flavia erinnerte sich. Nur Mark nicht.

Ein junger Kerl in Lumpen und Plastikwickel, flog, getreten von dem heiser kreischenden Sänger der Band, mit Elan auf die Tanzfläche, verschwand allmählich im Gedränge der zuckenden Körper und tauchte, wie ein verrücktes Känguruh hüpfend, an der anderen Seite wieder auf. Auf der Stirn war deutlich der Abdruck eines Schuhabsatzes zu sehen.

»Ein Synder im Werden«, murmelte Gina.

Flavia fuchtelte mit den Stöcken vor Ginas Nase herum. »Man muß tapfer, tapfer syndigen. Wer hat das noch mal gesagt. Vince Weiter-weiß-ich-nicht. Starb bei einem Terroristenüberfall in Malaysia.«

Gina schüttelte den Kopf. »Es war ein anderer. Wahrscheinlich starb er wie ein Hund.«

Die Musik bremste wie mit quietschenden Reifen ab, und die Bandmitglieder räumten die Bühne nicht ohne Handgemenge. Die Videowand leuchtete auf. Zu sehen war einer von Marks Streifen. Gina kippte den Rest LotusLand in sich rein und starrte auf den großen, konkav geformten Bildschirm. Selbst in diesem Format war der Kieselstrand in allen Einzelheiten zu erkennen.

»Nichts als Steine«, sagte Flavia und verzog das Gesicht. »Das kennt man schon. Ich wünschte, er würde mal was anderes machen.«

»Stell doch einen Antrag.«

Die in Augenhöhe abgedrehte Vorwärtsbewegung endete über einem glatten, rotgoldenen Stein, der rukkelnd herangezoomt wurde, bis die körnige Oberfläche sichtbar wurde. Das Muster verschmolz mit rätselhaften Symbolen, die Gina aus dem Halluzinogen von LotusLand bezog. Dann lösten sich diese Symbole wieder in konkrete Formen auf, und eine fremde Landschaft zog auf, in der Himmel und Erde flatternden Flügeln gleich ständig den Platz tauschten.

Canadaytime zerrte sie weg von einer Spontanfete in den Ruinen von Beverly Hills, um der Polizei zuvorzukommen. Valjean konnte sich auch nicht erklären, wo Mark steckte. Behauptete er jedenfalls. Ob sie denn je erlebt hätte, daß er, Mark, eine von seinen Parties ausließ?

Und ob, antwortete sie ihm. Mehr als eine.

Na, dann wahrscheinlich eine der besonders gelungenen.

Mehr als eine. Trotzdem hatte sie sich mitnehmen lassen, nicht zuletzt auf den vagen Verdacht hin, daß Mark in einem der vielen Schlafzimmer von Valjean untergeschlüpft war.

Von einer gelungenen Party konnte eigentlich nicht die Rede sein, trotzdem war ein Kamerateam da, das alles aufnahm. Den Streifen kannst du später überarbeiten … (Von wegen. Sie machte zwar seine Videos, war aber nicht für seine blöden Parties zuständig.) Mach was Gutes draus; die Instantparty-Sender kriegen den Kanal nicht voll genug davon. All die Leute da draußen am Netz der Dataline – die sind nie auf solchen Parties, haben nicht so ein Leben. O wie schade, dachte sie, als ein Mädchen seine Kamera auf sie anlegte und sich wie auf der Jagd heranpirschte. Keiner von uns erlebt solche Parties, nie und nimmer. Daraus wird nichts. Nur über die Dataline wird was daraus.

Valjean hatte einen Bildschirm für jeden Pornokanal. Die Monitore stapelten sich vor der Wand: der Freßporno neben dem Medizinporno über dem Kriegsporno neben dem Sexporno unter dem Nachrichtenporno neben dem Katastrophenporno über dem Techno-Phantastenporno neben Pornos, die sie nicht identifizieren konnte. Vielleicht konnte das niemand mehr, vielleicht war die Stufe längst überschritten und aller Porno einerlei. Metaporno, Pronoporno?

Ich weiß nicht, was es ist, aber es macht mich geil, und darauf kommt es an.

»In echt, Mann, an einem guten Porno ist doch wohl verdammt nichts auszusetzen«, sagte Quilmar. Quilmar war einer der ewig Junggebliebenen. Er hatte etliche Jahre von seinem wahren Alter weggestrichen und muß wohl ungefähr neun gewesen sein, als er zum ersten Mal die Haut hatte straffen lassen, und seine Bettgespielen behaupteten, daß das Grübchen in seinem Kinn tatsächlich der Nabel sei. Vielleicht, so dachte Gina, hatte der Beater am Ende doch das Richtige getan.

»Im Porno liegt das Geheimnis des Lebens, Schwester. Was sich nicht vögeln oder zum Tanzen bringen läßt, sollte entweder zu fressen sein oder weggeschmissen werden. So ist das verdammte Universum eingerichtet, und mir gefällt diese Freß-Fick-und-Tanz-Ordnung.«

Dann versuchte er, sie in Valjeans enge Kochnische zu treiben, verlor dort aber die Orientierung und rammelte den Kühlschrank. Gina machte sich aus dem Staub, bevor Quilmar versuchen würde, den angerotzten Kühlschrank wegzuschmeißen.

»Zu viel Talent quetscht einem das Hirn aus.« Jolene war gealtert, aber hübsch gealtert; sie sah klug aus und würdevoll. »Scheiße, das hast du schon damals gesagt, als ich dir zum ersten Mal half, Mark nach Hause zu bugsieren. Wie hält er es übrigens in der Firma aus?«

Als Gina die Antwort schuldig blieb, führte Jolene sie hinauf ins Obergeschoß, wo Valjean seine geheimen Sauerstoffvorräte aufbewahrte. Dort schnallte ihr Jolene eine Atemmaske ins Gesicht. Gina ging mit sich ins Gericht. Das also war ihr Einsatz bei der Suche nach Mark: andere um Hilfe zu bitten und sich selbst den Kopf mit Drogen vollzuknallen. Das Gas tat ihr gut; es bestand fast ausschließlich aus Gottes reinem O_2. Gemeinsam mit Jolene saß sie anschließend unter der Dachtraufe und schaute hinunter ins Tal. Sie hielten sich bei der Hand und redeten wenig.

»Mach dich an die Arbeit«, sagte Jolene nach einer Weile. Ihr Kopf ruhte auf Ginas Schulter. Gina war hetero aus Überzeugung, aber Jolene hielt sich — wie sie selber zu sagen pflegte — alle Optionen offen. Mit jemandem zusammenzusein, der nicht zurückschreckte vor dem Bedürfnis des anderen, berührt zu werden, war vollauf in Ordnung, egal, ob die eigenen Optionen festgelegt waren, weit offen standen oder im verdammten Wind flatterten. »Ich arbeite für einige der Freien. Die stehen alle mit einem Bein im Knast, haben allerdings vor, koscher zu werden. Das dürfte zwar ziemlich schwerfallen, aber uns bleibt keine andere Wahl. Diversifications sitzt uns im Nacken und wirbt die besten Leute ab. Dich haben sie auch schon in der Tasche, Gina, stimmt's?«

»So gut wie.«

»Verdufte doch einfach«, drängte Jolene. »Mach dich vom Acker. Was können sie dir anhaben? Dich einlochen?«

Gina nickte. »Sagt dir der Ausdruck ›Mißachtung des Gerichts‹ was?« Sie zog die Beine ein und legte das Kinn auf die Knie. »Wer Pech hat, kann dafür zeitlebens hinter Gittern sitzen. Und nur, weil er gesagt hat: ›Scheiße, nein.‹«

»Du bist verloren, Mädchen.«

Gina lachte. »Im Gegenteil. Man hat mich gefunden, und das ist mein Problem. Man hat mich gefunden und hält mich fest — wie Mark, den man so gründlich gefunden hat, daß er mittlerweile für immer verloren ist.«

!! U B THE * !!
Große Filme mit Ihnen in der Hauptrolle
Ab sofort erhältlich:
Razzia in Buenos Aires * Hau drauf * Liebe tötet
Die Buddy-Holly-Story (drittes — und BESTES! — Remake)
1000 weitere Angebote; treffen Sie Ihre Wahl!!!
Kompletter Rock-Video-Katalog
(Sonderangebote)

Sie las die Anzeige durch und kehrte zur ersten Zeile zurück. U B the Asterix? — War sie zu bekifft oder nicht bekifft genug?

Ach so! *You be the ass to risk.* Der Gelackmeierte sozusagen.

Gina nickte und glaubte, wieder auf eines der Geheimnisse des Lebens gestoßen zu sein. *You be the ass to risk.* Liebe tötet. Drittes — und BESTES! — Remake.

Ein Rock-Video-Katalog, komplett sogar. Worin die alten Rock-Videos vergammelten, die eigenen, die von Mark und all den anderen — hier zu sehen in den Wunschsalons, den Wunschkanälen, offen für diejenigen, die solchen Mist ertragen konnten.

Quilmar hatte nicht zu Ende gedacht. Was sich nicht vögeln oder zum Tanzen bringen läßt, sollte entweder zu fressen sein, *an die Stelle des eigenen Lebens treten können,* oder weggeschmissen werden.

Eine Frau, die sich kleine, alte Filmstreifen in die Haare geflochen und Silberglitzer auf den Augenbrauen kleben hatte, lockte einen jungen Mann mit Kaninchengesicht und gemietetem Körperpanzer durch eine mit Lametta zugehängte Tür. »Viele versprechen, einen Star aus Ihnen zu machen; wir aber sind die einzigen, die ein solches Versprechen auch einlösen können. Wie finden Sie das? Was wollen Sie sein?« Die glitzernden Brauen hüpften auf und ab, der Lamettavorhang raschelte, und von der mit Autos verstopften Straße war Rattern und Hupen zu hören.

»Kommen Sie, junger Mann, es ist so leicht. Was wollen Sie sein? Buddy Holly? Ein Revolverheld in Buenos Aires? Wollen Sie töten und ungeschoren davonkommen?« Sie streifte die Ärmel ihres schlampigen Kimonos hoch und nahm den Jungen bei den Händen. »Kommen Sie, immer raus mit der Sprache. Ich bin Ihr Hollywood-Dienstmädchen und ganz Ohr. Verraten Sie mir, was Sie sein wollen.«

Der Junge sah sich ängstlich um, als fürchtete er, bei einer verbotenen Sache ertappt zu werden. »Haben Sie Hotsuits? Durchgehend, von oben bis unten?«

»Junger Mann, woher kommen Sie? Natürlich haben

wir die, und zwar die besten, die es gibt. Damit wird jeder Körperteil erfaßt. Sagen Sie mir nur, was Sie sein möchten.«

Wieder warf er verstohlene Blicke in alle Richtungen. Plötzlich entdeckte er Gina vor dem Anzeigenschild stehen und starrte sie an. Die Frau kniff die Glitzerbrauen zusammen. »Gehört die da zu Ihnen?«

»Nein«, antwortete er zaghaft. Scheinbar war er sich selbst nicht sicher. Gina lachte insgeheim. Ha, was *der da* sein will, ist doch klar. Er will jemand sein, der nicht in dieser verdammten Stadt lebt, nicht in seiner Drei-Zimmer-Wohnung mit Dataline-Anschluß und zwei Bildschirmen hausen muß und der nicht ständig nur dumm rumhängt, weil er keine Ahnung hat, was er tun soll, wenn ihm die ganzen Serien und Spielfilme und Videos zum Hals raushängen und die Frage hochkommt, warum er denn nicht so ein Leben wie auf dem Bildschirm führen oder sich nicht wenigstens auch so einen Hotsuit mit Vollabdeckung leisten kann.

Die Miene des Jungen war trotzig und verlegen zugleich, als die Frau ihn durch den Vorhang zerrte, der klimpernd hinter den beiden zufiel. Dann steckte sie noch einmal den Kopf durchs Lametta und rief Gina zu: »Ich hoffe, du verziehst dich bald von meinem Bürgersteig.«

Gina zeigte ihr lachend den Vogel und trollte sich.

»Was gibt's da zu lachen, du Heimchen?« Gina und Heimchen! Eine waschechte Boulevardesse war sie, in einen roten Abfallsack gekleidet, auf den in Großbuchstaben *Sondermüll* gedruckt war, was auch als Tätowierung auf ihrer Stirn zu lesen stand.

»Wie gut, daß ich tanzen kann«, sagte Gina.

Auf dem Friedhof von Forest Lawn tanzten alle, ob gekonnt oder nicht. Die Musik war so laut aufgedreht, daß nur die taubsten Bullen nichts davon mitbekamen. Aber Mark fehlte auch auf dieser Spontanfete. Irgendein

Halbgarer namens Dexter hatte sie vor dem Grabstein von Liberace in die Ecke gedrängt und behauptete, mit seinem Laptop ein ganzes Orchester ersetzen zu können. Einige Schritte weiter stand eine ihr vertraute Gestalt mit versteckt laufender Kamera.

Er sah auch heute abend gut aus, und sie hörte im Geiste sein Lachen, das so sexy klang. Gina war durchaus angetan und gewillt zu verdrängen, daß er eigentlich nur was von ihr in Erfahrung bringen wollte und ansonsten keine Absichten hatte.

»Na, was gibt's?« fragte er und kam näher.

»An Neuigkeiten?«

»Zum Beispiel«, sagte er ganz natürlich.

Sie warf einen Blick auf den Halbgaren, der sie immer noch lüstern angaffte. »Zieh Leine«, sagte sie, und der Junge verdrückte sich mit blasiertem Grinsen, das seine Kränkung überspielen sollte.

»Du bist wohl auf dem Umweg zum Nachtgericht«, sagte sie. »Wartest auf die Bullen, daß sie dich im Wagen mitnehmen.«

Grinsend schaute er hinunter auf das bunte Treiben. Der Imbißstand war noch geöffnet, aber die Band hatte ihre Instrumente bereits eingepackt. Die Musik dröhnte nun aus einer Lautsprecherbox, was der Lust am Tanzen keinen Abbruch tat. Gina entdeckte Clarence oder Claw inmitten einer hektisch herumkaspernden Jungschar, die es darauf anlegte, noch vor Eintreffen der Bullen restlos ausgeflippt zu sein.

»Ich hab hier was, das dich interessieren könnte«, sagte er.

»Und ich soll im Gegenzug verraten, was ich weiß«, antwortete sie. »Laß stecken. Ich weiß immer noch nichts.«

Er musterte sie eine Weile mit spekulativem Interesse und zuckte dann die Achseln. »Sagst du mir Bescheid, wenn du was erfährst?«

»Bin ich etwa der *Generalanzeiger*? Oder der *Index*

für Pop-Kultur? Wie seh ich denn deiner Meinung nach aus?«

»Wie *Frau Sorge.*«

Sie grinste. »Ach, du kannst mich mal.«

»Mit Vergnügen.«

Sobald diese Antwort kommt, hast du gewonnen und freie Bahn, hatte Mark einmal gesagt, was vieles erklärte, denn ihm gegenüber war sie noch nie mit dieser albernen Redensart rausgerückt.

Er wartete, sie wartete, und er hob erneut die Achseln. »Sieh mal her.« Er schaltete die Kamera auf Preview und gab sie ihr. Sie schaute durch das Okular und sah Mark im Sand sitzen. Er hatte sich mit den Händen nach hinten abgestützt und starrte verträumt in den Himmel. »Das habe ich gestern abend aufgenommen. Dem Zustand nach zu urteilen, in dem er sich befunden hat, hockt er immer noch auf demselbem Fleck.«

Gina gab ihm die Kamera zurück. »Danke.«

Er sah sie überrascht an und schaltete das Gerät aus. »War doch interessant, oder? Ich habe ein paar Nachforschungen über dich angestellt. Und über ihn — das bleibt nicht aus, wenn man dir auf der Spur ist. Verrat mir doch mal, wie eine Schwarze an den Namen Aiesi kommt.«

»Leichter als du glaubst.« Gina sprang von Liberaces Grab und marschierte davon.

»Soll ich dich mitnehmen?« rief er ihr nach. Sie drehte sich um und sah ihn an. »Zur Mimosa«, fügte er hinzu. »Du kannst doch jetzt nicht mehr selber fahren.«

»Was bleibt mir anderes übrig.« Sie grinste. »Zum Gehen bin ich zu blau.«

Er war in drei langen Sätzen bei ihr und begleitete sie zum Tor. Er legte ihr den Arm um die Schultern, versuchsweise und in Erwartung einer klaren Reaktion. Wie konnte es anders sein? Sex, Drugs and Rock 'n' Roll. Fraglich war nur die gewünschte Reihenfolge.

Sie hätte seine Mutter sein können. Ihr Aussehen

entsprach beileibe nicht dem modischen Standard, sondern war von erlesener Qualität und machte keinen Hehl daraus, daß sie stramm auf die Vierzig zusteuerte. Was also wollte er von ihr?

Oder war er womöglich gar nicht auf sie scharf? Als freischaffender Journalist wollte er vielleicht nur etwas durch sie in Erfahrung bringen. Über Mark zum Beispiel. Neugier wird der Katze zum Verhängnis. Und die Lust macht immer wieder schwach.

Nein. Mark wartete in der Mimosa, und außerdem war's mit ihrer Lust nicht weit her.

Als sie ankam, sah sie den Beater, vor Sorge ganz aufgelöst, über ihn gebeugt. Mark lag rücklings im Sand und starrte in den schwarzen Himmel, der für ihn voller Wunder zu sein schien. Widerwillig ließ sie sich neben ihm auf die Knie fallen.

»Er ist mir entwischt«, sagte der Beater. »Ich habe versucht, ihn auszunüchtern. Gut, daß du da bist. Du kannst mir helfen.«

Marks Augen wanderten langsam auf sie zu und richteten sich auf ihr Gesicht. *Warum muß es mit dir immer so weit kommen?* fragte sie im stillen. *Wo bist du jetzt, was geht in dir vor? Was hab ich bloß an dir gefressen? Die Musik allein kann's nicht sein, auch nicht das Video.*

»Wechsel für den Automaten«, sagte er.

Der Beater packte rechts zu, sie links, und gemeinsam hievten sie ihn auf die Beine. Der Freischaffende nahm sie beim Weggehen mit der Kamera auf. Was soll's? Hatte er wenigstens etwas im Kasten, auch wenn es nichts wert war.

Sie brachten Mark in Beaters Wohnung und legten ihn auf die Couch. Er schlief bereits, oder vielleicht war er auch weggetreten. Wer weiß? »Ich hatte den Auftrag, auf ihn aufzupassen«, sagte der Beater und zog Mark die Schuhe aus. »Damit er nicht auf den Gedanken kommt, wegzulaufen, habe ich ihm gesagt, daß du drauf aus bist, ihm die Hölle heiß zu machen.«

»Wenn mir freundlicher zumute wäre, würde ich sagen: ›Leck mich!‹«

»Ich wollte nicht, daß er frei rumrennt und Ärger bekommt. Rivera hat ihm bereits ein Fegefeuer verpassen lassen, und das durfte kein zweites Mal passieren.«

Sie schnappte nach Luft. »Himmel, er hätte dabei draufgehen können. Warum ist er nicht einfach mit einer Drahtbürste abgeschrubbt worden?«

Der Beater nickte müde. »Ich hab's erst im nachhinein erfahren, wie auch vieles andere mehr.« Er hob den Kopf und sah ihr in die Augen. »Nimm dich in acht. Rivera könnte auch dir zum Fegefeuer verhelfen.«

»Wie kommst du darauf?«

Der Beater ging an ihr vorbei zur Einbauküche.

»Was ist eigentlich los?« rief sie ihm nach. »In welche Scheiße bin ich geraten, ohne es zu wissen?«

Er reckte den Kopf durch den Wandausschnitt. »Willst du Kaffee?«

Sie fixierte ihn, bis er den Blick senkte. »Ich hätte lieber auf ihn aufpassen sollen.« Er zog den Kopf zurück, und sie hörte ihn mit der Kaffeekanne hantieren. Der Scheißkerl braute tatsächlich Kaffee. Sie ging zur Küche und stellte sich mit verschränkten Armen in den Türrahmen. Die Kaffeemaschine auf der Anrichte zischte und blubberte. Alte Heißgetränke wiederentdeckt.

»In deiner ersten eigenen Wohnung in Boston hattest du eine richtige Küche. Mit einem Tisch und Stühlen drin«, sagte er. »Ich erinnere mich.«

»Das war nicht meine erste. Bevor ich dich kennenlernte, habe ich in einigen anderen Apartments gewohnt, und die hatten alle eine Küche.«

Er stand ihr in der engen Nische unmittelbar gegenüber. »Sind es Drogen oder ist es bloß Müdigkeit, daß du so ruhig geworden bist?«

»Vielleicht liegt's am Älterwerden.« Sie rieb sich die

Augen mit dem Handrücken. »Erzählst du mir jetzt endlich, was du sonst noch alles rausgefunden hast?«

»Ich kann nicht. Noch nicht.«

»Und warum nicht?«

»Das liegt nicht an mir. Ist das klar?«

»Nein, verflucht; mir ist nichts klar.«

Stöhnend fuhr der Beater mit der Hand durch die gelverschmierten Haare. »Du kannst mir ruhig glauben. Nach all den Jahren, die wir uns kennen, werde ich nicht zulassen, daß ihm was passiert.«

»Aber Galen kümmert sich einen Scheißdreck um ihn. Für Rivera zählt er genauso wenig. Und diese verdammte Joslin ist ein Monstrum.«

»Du bist auf dem falschen Dampfer«, sagte der Beater leise.

»Danke für den tollen Hinweis.« Sie zog das Hemd aus. »Ich will keinen Kaffee.« Auf dem Weg zum Schlafzimmer ließ sie Hose und Strümpfe zurück.

»Gina!«

Sie blieb in der Tür stehen und drehte sich um.

»Ich rate dir, morgen zur Arbeit zu erscheinen. Du fehlst schon seit drei Tagen und hast noch Videos zu machen.«

»Leck mich«, murmelte sie. Bis auf T-Shirt und Unterhose ausgezogen, schlüpfte sie in Beaters Bett. Kurze Zeit später spürte sie ihn an ihre Seite rutschen. Wie gehabt; das Leben ist unsicher, sieh zu, daß du dir eine Betthälfte sicherst. Als sie Stunden später aufwachte, war Mark wieder verschwunden.

15

Rosas Wohnung war so winzig, daß sie ständig über die Leiche von Jones hinwegsteigen mußten, aber weil sie nicht wußten, wohin mit ihm, blieb er einfach auf dem Boden liegen. Menschliche Unordnung; wie ist es bloß gelungen, diesen Gipfel der Zivilisation zu erreichen, dachte Sam.

»Ich muß mich schwer zurückhalten«, sagte sie zu Rosa. »Sonst trample ich noch auf ihm herum, bis nur noch Blut und Scheiße übrigbleibt.«

»Das Leben ist so ungerecht«, erwiderte Rosa. »Dir liegt Keely am Herzen, und der liebt dieses Miststück hier.«

»Keely ist mein Brudererersatz«, sagte sie, kurz angebunden. Trotz alledem; es war gut, wieder zurück zu sein. Rosa teilte sich mit ihr kleinere Aufträge, Gelegenheitsarbeiten wie das Aktualisieren von Inventardateien. Bisweilen verbesserten und vertrieben sie Raubkopien beliebter Programme oder entschlüsselten Daten für Kunden, die Wert darauf legten, anonym zu bleiben. Die Arbeit brachte genügend Inhaber-Chips ein, um überleben zu können. Und es war gut, wieder ans Netz angeschlossen zu sein, darin rumzuschnüffeln und bei Dr. Fish anzufragen, was es an interessanten Programmen zu laden gab, wer als Hackerneuling zu begrüßen war und wen es von den alten Hasen erwischt hatte. Die Nähe zu Fez war auch günstig. So konnte Sam immer wieder nachfragen, ob er aus Keelys Botschaft inzwischen schlau geworden war.

Fez machte offenbar gute Fortschritte in der Entwicklung des Mandarin-Übersetzungsprogramms für Adrian. Allerdings waren sich Sam und Rosa einig: Gesprochener Text tat es auch. Rosa war bekannt dafür, daß sie sogar Selbstgespräche führte, wenn sie die Illusion von

Gesellschaft brauchte. Doch Fez hatte es sich in den Kopf gesetzt, daß der Junge lesen lernte, und der Junge war nicht abgeneigt. Sei's drum, dachte Sam. Sie hatte andere Sorgen.

Zum Beispiel Jones, und mit dem Problem hatte sie nicht gerechnet, als sie von den Ozarks zurückgekehrt war.

»Wie hält er das bloß durch?« fragte sie. »Daß der Organismus da noch mitmacht. Eigentlich kann doch nichts mehr an ihm funktionieren.«

»Ich bin selber ahnungslos«, sagte Rosa. Sie hielt das Steuer des vollbeladenen Mietwagens mit beiden Händen fest im Griff und warf einen Blick auf den Navigationsschirm im Armaturenbrett. Spontan bog sie scharf nach rechts ab. »Er liegt nicht ständig im Koma. Meist schläft er ganz normal. Depressive Menschen schlafen enorm viel, und man könnte fast meinen, sie fürchteten, daß ihnen der Schlaf demnächst verboten würde. Heute nacht war er allerdings für kurze Zeit wach.«

»Wirklich? Da muß ich geschlafen haben.«

Rosa steuerte eine Linkskurve, die Sam an die Beifahrertür warf. »Verzeihung. GridLid warnt vor einem Stau. Wir müssen einen Umweg machen.« Sie überholte einen patronenförmigen Tourenbus und kehrte derart riskant in die Spur zurück, daß sie den Bus fast streifte und der Stoßstange einer altmodischen, überlangen Luxuskarosse gefährlich nahe kam, die vor ihnen fuhr. »Blöde Protzer«, sagte sie. »Wen versuchen die bloß zu beeindrucken? — Ja, er ist aufgestanden, hat die ganze Milch weggetrunken, in der Dataline nach Post gesucht, ein bißchen rumgemacht und ist dann wieder schlafen gegangen. Ich war zu müde, um aufzustehen und nachzusehen. Jedenfalls hat er keinen besonders toten Eindruck gemacht.«

»Für meine Begriffe ist er mausetot«, antwortete Sam. »Er sieht aus wie der leibhaftige Sensenmann.«

Rosa trat auf die Bremse und schlug mit der Faust aufs Lenkrad. »Verdammt, ein Stau«, fluchte sie und schnippte mit dem Finger gegen den Navigationsschirm. »Scheiß GridLid.«

Sam reckte den Hals zum Fenster raus. »Der Stau ist nicht lang. In zehn Minuten sind wir durch.«

»Von wegen. Der hält uns doppelt solange auf. GridLid ist dermaßen verseucht, daß demnächst nur noch die Viren funktionieren. Vielleicht geht's dann besser.« Sie streckte den Ellbogen durchs offene Fenster und legte den Kopf in die Armbeuge. »Weck mich, wenn's weitergeht.«

»Du willst doch jetzt nicht schlafen. Sag mir, was weißt du noch alles über das Programm, mit dem Fez die Nachricht von Keely abzuspielen versucht?«

»Mehr als das, was ich dir schon gesagt habe, weiß ich nicht.« Rosa seufzte und fuhr mit dem Zeigefinger im Kreis um das Steuerrad. »Es ist eine Art Hyperutility-Programm, selbstlernend.«

»Mit virösen Aspekten, und es hat mit Dr. Fish zu tun.«

»So ist es.«

»Und deine Auskünfte variieren so lange, bis ich wie Jones tot umfalle.«

Rosa warf ihr einen müden Blick zu. »Hör zu, ich habe alle Hände voll zu tun mit meinen laufenden Aufträgen, um die Unverschämtheit bezahlen zu können, die Miete genannt wird. Obendrein muß ich zusehen, daß mein toter Untermieter nicht völlig erkaltet. Aber damit nicht genug: Ich forste sämtliche Gerichtsdateien durch, um festzustellen, ob Keely flüchtig oder schon geschnappt ist und ob wir als seine Bekannten auch schon gesucht werden.

So glaub mir doch endlich: Ich habe keine Ahnung. Ich weiß nicht, was Fez da hat und wie er daran gekommen ist. Es ist ein Programm, ein Virus, Künstliche Intelligenz, Pfefferminz, Schlagsahne. Es ist die größte Errungenschaft seit Erfindung geschnittener Zahncreme.«

Sam zuckte die Achseln. »Sag mir doch einfach, wie es dir geht.«

»Was? Mein letztes Geheimnis soll ich preisgeben? Na schön. Mir geht's zum Kotzen. Ich habe jede Menge Leute in den Knast wandern und davor weglaufen sehen. Ich habe mich selber vor etlichen Haftbefehlen in Sicherheit bringen müssen und keine Lust mehr, darauf zu warten, daß es mich erwischt.«

»Nun mal nicht den Teufel an die Wand.«

»Wenn Keely noch auf freiem Fuß wäre, hätten wir inzwischen von ihm gehört und Jones würde nicht mehr auf meinem Fußboden rumliegen. Und daß Keelys Name nirgends auftaucht, macht alles nur noch mulmiger. Ich fürchte, daß auch wir bald einkassiert werden.«

»Von wem? Von Diversifications?«

»Du sagst es.« Der Stau löste sich auf, und sie beschleunigten in Richtung East Hollywood.

Als sie ankamen, verließ Fez gerade mit Adrian die Wohnung.

»Arzttermin«, sagte Fez. »Daß er sich regelmäßig bei einem Neurologen meldet, ist zur Auflage gemacht worden, um bei mir wohnen zu dürfen. Immerhin ist er noch minderjährig und praktisch gehirngeschädigt.«

»Das trifft auf die Hälfte aller Hacker und auf fast jeden Bewohner von Mimosa zu«, meinte Rosa. »Sollte keine Beleidigung sein.« Sie warf Fez die Schlüsselkarte ihres Mietwagens zu. »Nimm den hier. An der Baustelle bei der nächsten Kreuzung staut sich der Verkehr.«

Fez warf ihr die Karte zurück. »Ich fahre nicht.«

»Dachte ich mir.« Sie sah Adrian an.

»Minderjährig und gehirngeschädigt«, brummte er. »Also ohne Führerschein.«

»Na schön, dann fahre ich«, sagte Rosa. »Keine Widerrede. Bevor ihr einen Bus erwischt, ist Adrian wahlberechtigt. Allerdings passen keine vier Personen in den Wagen.«

Fez reichte Sam sein Schlüsselbund. »Versuche nicht, ins Pentagon einzusteigen, jedenfalls nicht auf Spuren, die sich zurückverfolgen lassen.«

Sam betrat die Wohnung und ließ sich auf die Couch fallen. Es ärgerte sie ein wenig, daß Fez gerade jetzt angeblich dringend weg mußte, obwohl er wußte, daß sie ihm Fragen zu diesem Programm stellen wollte. *Viröse Aspekte* — was, zum Teufel, sollte das bedeuten? Und warum brauchte es so lange?

Andererseits war Sam glücklich, eine Weile alleine sein zu können. Seit der Zeit in den Ozarks hatte sie keine ruhige Minute erlebt. Um so mehr genoß sie nun die Einsamkeit in Fez' Wohnung.

Catherine hatte ständig an ihr herumgemäkelt und nur eines gelten lassen: ihr Bedürfnis, alleine zu sein. Kein Wunder, denn Catherine war die Zurückgezogenheit in Person. Daß sie überhaupt geheiratet hatte, zumal einen Menschen wie Gabe, paßte ganz und gar nicht zu ihrem Charakter.

Sams Vater war auch nicht übermäßig gesellig. Aber daß er stundenlang allein bei der Arbeit saß, schien ihm weniger zu behagen. Vielleicht war es auch nur der Job an sich, der ihn unzufrieden machte ...

Schwamm drüber. Sam hatte rund zwei Stunden freie Bahn und wollte keine Zeit verplempern mit unleidlichen Grübeleien über die Familie. Sie hatte ein paar Chips in Fezens Schreibtischschublade liegen. Darauf waren Entwürfe für Spielprogramme gespeichert, an denen sie nun weiterbasteln konnte.

Sie wollte gerade den Netzschalter eines der Monitore drücken, als der von allein aufleuchtete.

GEWÜNSCHTE INFORMATION
JETZT ERHÄLTLICH
(DER DOKTOR IST ZU SPRECHEN)

Sam setzte sich langsam nieder, ließ die Hände weg von der Tastatur und wartete mit Spannung auf das, was als nächstes kommen würde.

Ein gewaltiges Gewitter braute sich über den endlosen Weiten in der Mitte von Kansas zusammen. Die Landschaft war kahl und ungeschönt, abgesehen von einigen Details in der Gestaltung des wogenden Grases und der Wolken. Aber auch der Blitze, die in ihrer Abfolge dramatisch getimt durch den Himmel zuckten. Eine bessere Umweltsequenz war ihm nie gelungen. Zwar zweifelte Gabe daran, ob sie auch wirklich zum *Kopfjäger*-Szenario passen würde, aber da im Programm genügend Platz für eine optionale Kulisse vorhanden war, hatte er diese Sequenz eingegeben, zumal er die Sumpfland- und Urwald-Reviere mittlerweile nicht mehr sehen konnte. Das *Kopfjäger*-Programm hatte diese Variante problemlos akzeptiert, und falls sie nichts taugte, ließ sie sich jederzeit wieder herausnehmen.

Der seltsame kleine Fehler, dieser Fleck, der seit der French-Quarter-Sequenz immer wieder aufgetaucht war, schien nun verschwunden zu sein. Gabe sah sich in der Scheune um, die ihm, Marly und Caritha als Unterschlupf diente. Er war darauf gefaßt, diesen dunklen Fleck wieder neu zu entdecken, aber anscheinend war er nur auf dem Originalmaterial des *Kopfjäger*-Videos zu sehen.

Welch eine Erleichterung. Gabe hatte schon befürchtet, mit dem Einbau von Marly und Caritha die Kapazität überschritten zu haben.

Ein dumpfes Donnergrollen war zu hören. Dann plötzlich krachte es so gewaltig, daß die Scheune erzitterte. »*Prima*«, kommentierte Marly, die an einem der offenen Fenster Posten bezogen hatte. Ein kühler Wind blies ihr glattes Haar zurück. Mit Genuß beugte sie sich in den Luftschwall und legte das Gewehr auf einem Heuballen ab. »Solche schönen Gewitter kommen am Golf nicht vor. Jede Menge Wirbelstürme, aber keine anständigen Gewitter.«

Gabe hockte sich auf den Heuballen. In der Ferne peitschten die Zweige eines großen Baumen hin und her.

»He!« rief Caritha vom Dachboden herunter. »Hier oben ist es trocken und sauber. Zum Übernachten wie geschaffen.«

»Willst du wirklich so lange hier bleiben?« Gabe mußte brüllen, um den Donner zu übertönen.

Caritha kam die Leiter heruntergeklettert. Sie hatte das Gewehr um die Schulter geschlungen, und von der Armbeuge baumelte die Kamera am Gurt. »Willst du dich denn lieber mit den Banditen anlegen, da draußen, wo's jede Menge Freifläche gibt, um unsere Leichen zu verscharren? Wenn wir nicht aufpassen, düngen wir bald schon die Wintersaat.«

»Die Kerle lassen sich bestimmt nicht blicken«, meinte Marly zuversichtlich. »Sie wären völlig ungeschützt, eine prima Zielscheibe für uns. Und bei dem Wetter wagt es keiner, mit 'nem Hubschrauber aufzusteigen. Och, seht mal!« Auf dem Rücken ihrer Hand hockte eine große, grasgrüne Heuschrecke, deren Vorderläufe auf dem Knöchel des Mittelfingers ruhten. Wieder zuckte ein greller Lichtstrahl aus den Wolken, der sich in den glänzenden, kupferfarbenen Augen des Insekts spiegelte.

»Mann, das nenn ich eine Wucht«, sagte Caritha und kniete sich neben Gabe auf den Heuballen.

Der Donner krachte laut und anhaltend, und wieder erbebte die Scheune. Hinter der aufgewühlten Grasfläche schien der Baum seine Äste in den Himmel zu rekken, als ein dicker Blitzstrahl niederging. Gabe sah die Funken sprühen und den Baum zerbersten. Doch er blieb stehen. Caritha legte die Hände auf seine Schultern und verabreichte ihm eine sanfte Massage.

Marly legte den Arm aufs rauhe Fensterbrett und beobachtete die Heuschrecke, die nach wie vor auf dem

Handrücken saß. Seltsame Augen, dachte Gabe; viel zu leuchtend für die einer echten Heuschrecke. Er fragte sich, ob das Insekt komplett eingefügt oder nur verschönt worden war. In der Vorschau war es nicht zu sehen gewesen. Gabe staunte über die gestochen scharfe Reflexion von Marlys Gesicht in den wulstigen Kupferaugen, an deren Rand, stark verzerrt, auch noch das eigene Spiegelbild zu erkennen war.

Marly wandte ihm ihr Gesicht zu. »Was siehst du?« fragte sie.

»Ein Leben, das ich nicht lebe«, antwortete er, überrascht von den eigenen, absonderlich klingenden Worten. Aber er war plötzlich sehr müde und dachte nicht weiter darüber nach. Caritha massierte seine Schultern. Die Heuschrecke starrte. Es hatte zu regnen angefangen, und die Tropfen trommelten aufs Scheunendach, so laut, daß Marlys Stimme kaum zu hören war. Gabe verstand sie trotzdem. Auf ihre Bitte hin, sich konkreter auszudrücken, antwortete er träumend, wie von Ferne und ohne nachzudenken.

Einige Zeit später registrierte er, daß es zu regnen aufgehört hatte und die beiden Frauen vom Fenster verschwunden waren.

»Marly? Caritha?«

Sie tauchten in der Luke des Dachbodens auf und lächelten ihm zu. »Komm hoch, Glühfix«, lockte Marly. Auf ihrem Handrücken war ein grasgrüner Fleck zu sehen. Hatte sie die Heuschrecke zerquetscht? Oder war das Programm ins Stottern geraten, als sie das Tier abgeschüttelt hatte?

Er ließ die Frage offen und kletterte die Leiter hinauf.

Rivera schlug ihm anerkennend auf die Schulter. Daß Keely zusammenzuckte, schien Rivera nicht zu bemerken, denn er war bemüht, nicht allzu breit zu grinsen. Es schickt sich wahrhaftig nicht für einen Herrn, seinem Diener gegenüber Gefühle zu zeigen, dachte Keely säuerlich. Er fühlte sich erbärmlich. He, du da, sag den Zuschauern der *Aktuellen Weltnachrichten* brav Hallo. Du bist die Sensation der Stunde — du da mit der offenen Hose.

Keely konnte sich nicht wehren. Rivera war am Drükker, und wenn er einen seiner eigenen Angestellten auszuspitzeln wünschte, hatte Keely den Mund zu halten. Wer würde ihm auch zuhören?

»Ich will zwei Kopien davon«, sagte Rivera und rückte mit dem Stuhl näher an den Computer.

Gehorsam führte Keely den Befehl aus und stand auf. »Ich muß mal pinkeln.« *Dir übers Hemd.*

Mannys Kopf schnellte herum. »Ich hoffe, du weißt inzwischen, wo das Klo ist«, rief er ihm nach.

»Klar doch.« *Eigentlich wollte ich den Abtritt auf der Straße benutzen. Was dagegen? Schade, dann eben nicht.* Wenn der arme Wicht, dessen Datenbank er gerade angezapft hatte, tagtäglich für Rivera arbeiten mußte, war es durchaus verständlich, daß er seinen Frust abreagierte und mit Phantasiegespielinnen auf Abenteuer machte.

Die Klotür ließ sich sogar verriegeln; aber leider war kein Fenster in der Wand. Keely hatte zwei Möglichkeiten: zu pinkeln oder sich das Leben zu nehmen.

In einem Monat hatte er sich per Kabel zum ersten Mal beim Bewährungsausschuß zu melden. Was wäre, wenn er denen verklickerte, daß er im Rahmen seiner Bußübungen bei Diversifications innerbetriebliche Hakkerdienste leisten und in persönlichen Dateien von Mitarbeitern herumschnüffeln mußte?

Wenn er in Person vor dem Ausschuß erscheinen müßte, hätte er vielleicht die Chance, einen Aufstand zu machen. Aber die Anhörung lief übers Netz, und bevor er das Wort auf Rivera gebracht hätte, würde ihm der Stecker rausgezogen. Aus Versehen. Zwanzig Minuten später wäre er dann wieder auf Sendung, aber nicht ohne vorher gründlich medikamentös nachjustiert worden zu sein, und dann würde er ziemlich dämlich aus der Wäsche schauen.

In einem Monat wäre sowieso alles zu spät. In Mexiko würde das Projekt auf vollen Touren laufen, und in den Staaten stünde das Genehmigungsverfahren kurz vor dem Abschluß. Diversifications schien noch bessere Überzeugungsarbeit zu leisten als Dr. Fish.

Er schnüffelte am Hemdkragen. Das Frischluftaroma war längst verflogen — natürlich, denn sonst hätte er es kaum geschafft, den Hackbefehl auszuführen.

Plötzlich kam ihm ein Gedanke. Er konnte das geknackte System noch einmal anzapfen, in die Simulation einsteigen und sich mit dem Typen in Verbindung setzen. Dem würde er dann eine *wahre* Geschichte auftischen und dringend raten, Kontakt aufzunehmen ...

Mit wem? Mit Sam? Fez? *Jones?* Was könnten die bloß tun, ohne selber eingebuchtet zu werden? Vielleicht sollte er doch nur diesen Typen warnen: He, du da mit der offenen Hose ... Keely ging zurück ins Wohnzimmer, wo Rivera die kopierte Sequenz noch einmal ablaufen ließ und sich daran vergnügte. Und wie er sich vergnügte! Keely sah auf den ersten Blick, daß er seit Tagen turbomäßig aufgeputscht war. Er machte Überstunden für sein großes Projekt, und brauchte vielleicht ein wenig Entspannung.

Rivera schaltete auf Standbild, lehnte sich im Stuhl zurück und trommelte mit den Fingern auf die Oberschenkel. »Ist es möglich, auch die anderen Sequenzen ablaufen zu lassen, ohne daß *er* sie vorher aktiviert hat? Mich interessiert, womit er sich so seine Zeit vertreibt.«

Es lag Keely auf der Zuge zu sagen: *Ja, falls sich das Zeug im Diffusionsspeicher befindet.* Aber er hielt sich zurück und antwortete statt dessen: »Tut mir leid. Vielleicht kann's ein anderer. Was ihr da an Sperren eingebaut habt, ist zuviel für mich. Ich könnte nur von außen über eine Datenbank rein, die mit der Simulation verbunden ist, und das erfordert haargenaues Timing. Der

Zugriff ist nur dann möglich, wenn eine Vorlage — zum Beispiel das Gewitter — in die Simulation eingespeist wird. Alle Vorlagen liegen außerhalb seines System, und zwar in einer Speichereinheit, die von allen anderen Mitarbeiter mitbenutzt wird.«

Rivera nickte nachdenklich. »Also könnte jeder der Belegschaft bei ihm einsteigen.«

»Nur wer sich genau auskennt. Die richtigen Befehle zu kennen, reicht nicht. Man muß sich schon aufs Hakken verstehen.« Keely schämte sich für den stolzen Unterton in seiner Stimme. Er hatte nun wirklich keinen Grund, stolz zu sein.

»Und was ist mit dem Diffusionsspeicher?« fragte Rivera. »Der wird doch von der Hauptspeichereinheit abgeteilt, oder?«

Keely fühlte Wut aufwallen. »Ist das nicht ein bißchen gesetzwidrig, was wir hier machen?«

Riveras Lächeln war auf bizarre Weise herzlich. »Falls du Bedenken hast, können wir ja deinen Vertrag auflösen, um dir die Möglichkeit zu geben, vor Gericht über Recht und Unrecht zu streiten.«

»Vielleicht verrate ich da, was hier getrieben wird.«

»Vielleicht fehlen dir aber auch die nötigen Beweise, und du bist wegen Falschaussage dran. Ersatz für dich zu finden, ist nicht schwer.« Rivera legte eine Pause ein. »Im Grunde keine schlechte Idee. Wir stehen sozusagen ständig mit Hackern in Kontakt. Um nicht andauernd Klage führen zu müssen, lassen wir sie für gewöhnlich gewähren, die meisten prallen sowieso von uns ab. Aber wir könnten jederzeit einen Ersatz für dich an Land ziehen.«

Keely nickte. »Nur zu. Macht das. Ich würde euch Banausen allzugerne vorführen, wie *zwei* Hacker eurer System auseinanderpflücken.«

Rivera warf den Kopf in den Nacken und brüllte vor Lachen. »Bitte, bitte, sing jetzt noch eine Hymne auf die Solidarität; das wäre der Gipfel.« Er zeigte auf das Standbild der Heuschrecke. »Weißt du, was dich und diesen Gentleman unterscheidet? Nun, du hast Mumm in den Knochen. Er nicht.«

»Und was habt ihr mit ihm vor? Soll er auch eure alberne, kleine Steckbuchse verpaßt bekommen? Oder schickt ihr ihn in die Wüste?«

»Was ich mit ihm vorhabe, geht dich nichts an. Behalte ihn im Auge, sonst nichts.« Rivera stand auf. »Ich habe noch einiges zu tun, bevor ich unserem Freund hier einen Besuch abstatte.« Er nahm seine Aktentasche vom blankgeputzten Konferenztisch. »Ich will noch zwei weitere Kopien — nein, drei. Und alles, was noch kommt, ebenfalls in dreifacher Ausfertigung. Morgen hole ich die Chips ab. Was du zum Essen brauchst, ist in der Küche, und zur Unterhaltung steht dir das volle Dataline-Programm zur Verfügung. Keine Pharmazeutika, tut mir leid ...«

»Streikt die Wäscherei?« fragte Keely.

»... aber falls es dir gelingt, das Schloß zur Hausbar zu knacken, kannst du dich am besten Cognac des Dach-Teams berauschen. Der Stoff ist, wie ich mir habe sagen lassen, sehr verträglich.«

Keely kehrte Rivera den Rücken zu, setzte sich vor den Computer und ließ die Sequenz noch einmal durchlaufen. Er teilte den Bildschirm, um die Funktionen des Programms und dessen Ausführung gleichzeitig betrachten zu können. Falls er es schaffte, einzelne Elemente stärker zu manipulieren, ließe sich womöglich über zusätzliche Eingaben ein Dialog herstellen. Bisher war es ihm lediglich gelungen, bestehende Daten zu verschieben. Er hatte die von der Frau an den hypnotisierten Kerl gerichteten Worte aus den meistbenutzten Dialogvorlagen gezogen, wäre aber beinahe über die Sache mit der Heuschrecke ins Schleudern gekommen. Wenn doch bloß Dr. Fish einen Hausbesuch machen könnte! Tja, wenn er *hier* vorbeischauen könnte, würde Keely nicht in dieser Zwickmühle stecken.

Das Programm war ziemlich kompliziert. Einem Angestellten von Diversifications hatte Keely eine solche Leistung gar nicht zugetraut. Aber wenn das Programm seine Eingaben akzeptierte, ohne abzustürzen, würde er mehr zu Wege bringen als Kopien zu ziehen von der Phantasiewelt des Möchtegern-Aussteigers. Er würde mit ihm sprechen können. He, du da mit der offenen Hose. Es wäre möglich, ihn zu warnen.

16

Theo hatte sich an der Neuaufnahme eines alten Beater-Hits versucht. Der Titel: *Who Do You Love?* Komplett synthetisch natürlich. Bei Dämmerlicht wußte Theo nicht einmal eine Gitarre von seiner Freundin zu unterscheiden. Falls er überhaupt eine hatte. Was bei dieser Coverversion rausgekommen war, entsprach der akustischen Folter, die sie sein sollte.

Dräng dich durch die wild hopsende Meute auf der kleinen Tanzfläche, bis du auf jemanden stößt, der mit dem Kopf auf und ab nickt, und wenn du glaubst, er ist es, leg ihm die Hand auf die Schulter und laß ihn nicht entwischen.

Wen liebst du?

Sag's noch mal, Puppe, ich hab dich nicht verstanden.

Pardon. Hab mich wohl verwählt. Aber er sieht gut aus, und bei anderer Gelegenheit wärst du vielleicht bei ihm geblieben und hättest dir eingebildet, daß er der Richtige ist. Aber statt dessen ziehst du weiter, quetschst dich durch die Meute hinaus auf die Straße. Da ist die Luft nach heißem Tag immer noch zum Schneiden dick. Am Straßenrand steht jemand und trommelt mit zwei Schlagstöcken auf der Kühlerhaube einer abgestellten Limousine herum.

Wen liebst du?

Frag noch mal, Puppe; wohl nicht gehört, was ich sehe.

(Überleitung: ein wahnsinniger Riff, als würde ein Hammer die Tonleiter herunterstürzen, und du denkst darüber nach, gehst aber weiter.)

Vor einem Wunschsalon entdeckst du ihn endlich. Er hat dir den Rücken zugekehrt und spricht mit einer Frau. Sie hat Höllenhaare und trägt einen silbernen Kimono und versucht, ihn durch einen Vorhang aus Stacheldraht zu ziehen, von dem noch das Blut des letzten Opfers herabtröpfelt. Bevor er hindurchschlüpft, hältst du ihn bei der anderen Hand gepackt. Er dreht sich um.

Wen liebst du?

Puppe, warum stellst du immer dieselbe Frage? Du siehst wohl, was ich nie gesagt habe.

Offenbar wieder nicht der Richtige. Aber er sieht gut aus, zu gut, um sich durch diesen Vorhang schleifen zu lassen. Er scheint keine Ahnung zu haben; du könntest ihn retten, fürs erste jedenfalls, aber er wäre nach wie vor der Falsche.

(Wiederholung dieser Wahnsinnsüberleitung. Die Töne hecheln hinter dir her; du suchst das Weite und erreichst die andere Seite, kommst erneut an dem vorbei, der mit seinen Schlagstöcken goldene Mülleimer bearbeitet. Müll bleibt Müll. *Weiter.*)

Wen liebst du?

Tja, Puppe, das wüßtest du wohl gerne.

Heute abend sind alle aus ihren Löchern unter den Piers gekrochen, alle, ohne Ausnahme. Sie wissen, wen du suchst, und haben dich erwartet, sind jetzt hinter dir her. Noch bist du zu schnell für sie, doch irgend etwas wird dich aufhalten, und dann sind sie zur Stelle. Du siehst sie dir an, jeden einzelnen. Der ist es nicht, der nicht, der nicht — dem Himmel sei Dank. Aber dann da oben ...

Und ein großer Feuerball fliegt auf dich zu, explodiert vor deinen Augen, und von nun an siehst du alles anders als zuvor. Du glaubst, ganz woanders zu sein.

Solange du schnell genug gehst, brennt das Feuer nicht. Nicht dieses Feuer. Zurückzubleiben hätte sowieso keinen Zweck. Du würdest genausowenig wie er im gewohnten Trott weitermachen können; du nicht mit deiner Masche, er nicht mit seiner. Du hast, was du brauchst, und es ist nicht weniger geworden durch das, was hätte sein können. Vielen bleibt weniger übrig, wenn die rauchende Lampe auf Sparflamme brennt.

Wen ...

Sie langen nach dir, gehen aber auseinander wie das Rote Meer, und ihre Hände greifen ins Leere.

Wen liebst …

Er wälzt sich im Sand, versucht aufzustehen, schafft es aber nicht.

Wen liebst du?

Du wirst zurückgehalten, stemmst dich gegen die Schranke ihrer Arme. Du kannst sie durchbrechen, aber nur, wenn du auch wirklich willst. Und die Frage lautet:

Wen liebst du?

Willst du's immer noch wissen?

Wen liebst du?

Willst du's immer noch wissen?

Wen liebst du?

Sag's mir, Puppe.

Wen …

Willst du's …

… liebst du?

… immer noch wissen?

Er steht auf, und du hast ihn endlich erreicht.

Wen willst du immer noch lieben?

Er ist es. Aber du weißt, auch alle anderen waren es.

Das Kichern verhallt im Dunklen.

Theo setzte die Kopfmontur ab und sah sie an. Dann holte er tief Luft und sagte ausatmend: »Du bist verdammt gefährlich.«

Gina schaltete den Flachbildschirm aus. »Dir gefällt's also.«

Er steckte die klobigen Finger in den möhrenfarbenen Bart (»*Sienarot,* nicht möhrenfarben. Sag ja nicht noch mal *möhrenfarben;* ich habe für *Sienarot* bezahlt.«), und glotzte sie aus glasigen Augen an. »Vielleicht geht einer hopps daran, was uns dann womöglich in die Schuhe geschoben wird, aber …« Achselzuckend machte er sich daran, den Hotsuit abzupellen. »Hilf mir mal, sonst ersticke ich.«

Sie half, warf ihm dann die Klamotten zu und wandte sich ab, um ihm beim Anziehen nicht zusehen zu müssen.

»Wie, so diskret?« spottete er. »Ich bin doch mehrmals in der Woche nackt durch EyeTraxx geflitzt.«

»Das hat mir gereicht.«

Sie tippte auf der Tastatur herum, machte Kopien von Theos Video und zappte eine davon rüber zur Abnahme, wo sie über x Schirme und durch x Hände lief, um endgültig abgesegnet zu werden. Selbst Rivera mußte sein Okay geben. An dem Streifen würde er eine Weile zu kauen haben, zumal er nur an Werbespot-Diät gewöhnt war.

»Ich hab mir fast in die Hose gemacht.«

Sie warf einen Blick über die Schulter und runzelte die Stirn.

»Wegen dem Video«, fügte er hinzu und zog die Weste übers Hemd. »Kein Scheiß.«

»Du bist ein alter Angsthase, Theo.«

Lächelnd ging er auf sie zu. »Mit einer Blume, die dich das Fürchten lehrt.«

Sie sah ihn prüfend an. Theo war sechsundzwanzig und sah aus wie die Videosimulation eines Bauernlümmels, trotz des möhrenroten Bartes. Der Beater hatte ihn in einem Club entdeckt, wo er nostalgische Hits mit eigenen Improvisationen aufpeppte. In einem schwachen Moment wäre Gina damals fast selber auf ihn reingefallen.

Sie klopfte ihm auf den Latz und sagte:

»Zieh dir 'ne Nummer und warte. Ich hab jede Menge zu tun.«

Theo war erst wenige Minuten weg, als es an der Tür klingelte. Gina drückte den Öffner, und Valjean rauschte in seinem Cape herein, das ein neues Design schmückte. »Du darfst gespannt sein«, sagte er.

»Nicht schon wieder.«

Moray tauchte neben ihm auf; ihr Keyboard hing an

einem geflochtenen Band von der Schulter. Ecklestone steuerte zielstrebig auf die Hebebühne zu. »Toll hier«, sagte er. Er steckte in einem Doppelreiher aus den 40er Jahren des vorigen Jahrhunderts: breite Revers, wattierte Schultern. Das Jackett paßte ganz und gar nicht zu den dunkelblauen Haarfransen, die weit über den Kragen herabfielen.

Valjean rutschte mit gegrätschten Beinen über die Holme der Leiter nach unten. »Sportlich, was?« sagte er und verbeugte sich leicht.

»Ein toller Hecht bist du«, meinte Gina.

Er bemerkte das Fluggeschirr, das von der Decke hing. »Damit würde ich auch mal gerne fliegen.«

»Bist du nicht schon oft genug auf die Schnauze gefallen. Zum Beispiel mit deinen letzten sechs Videos?«

Moray wackelte in ihrem superengen, roten Gummidress die Leiter herunter. Das Haar war zurückgekämmt und wie mit Lack überstrichen.

Über das Cape marschierten Zickzack-Pfeile in rigider Formation. »Na, was sagst du dazu?« wollte Valjean wissen, breitete beide Arme aus und drehte sich im Kreis. Die Zickzack-Winkel streckten und wölbten sich mit der Bewegung. »Dasselbe Motiv gib's auch im Video-Format. Ganz neu auf dem Markt. Das Programm dazu hat ein Junge von der Mimosa geschrieben.«

»Mir stellen sich die Augen quer.«

»Vor Begeisterung bestimmt. Na, bist du interessiert?«

Gina gähnte übertrieben lange.

Mit Körperpanzern von Gilding ausgerüstet, gingen sie zurück zur Klinik. Gabes Schutz dämpfte die Landung am Ende der Rutsche nur geringfügig. Aber der von Marly wehrte den Laserschuß ab, ohne daß ein Brandfleck auf dem Panzer zurückblieb. Wenig plausibel, dachte Gabe; aber Gilding verlangte schließlich kein Cinema Verité. Trotzdem ließ er sich von Caritha einen gut gezielten Streifschuß verpassen.

»Alles okay, Glühfix?« fragte sie und untersuchte ihn. »Können wir nicht eine Einstellung drehen, bei der ich als Schütze weniger dumm dastehe?«

Ihre Bemerkung traf ihn schmerzlicher als der Schuß. Offenbar foppte ihn wieder einmal das Programm. »Es war nur ein Versuch«, flüsterte er. »Keine Bange. In der endgültigen Fassung kommt diese Szene nicht vor.«

Sie pirschten durch die Krankenstation und bestiegen den Pseudofahrstuhl, der sie hinaus in die Gasse beförderte.

»Wir scheinen tatsächlich draußen zu sein«, sagte Caritha mit Blick auf die beleuchtete Anzeige im hinteren Teil der Kamera.

Marly sah sich um. »Ziemlich schnell dunkel geworden.« Geduckt rückte sie vor. Gabe war unmittelbar hinter ihr, als die dunkle Gestalt aus den Schatten hoch oben herabflog. Eine Duftwolke aus Maschinenöl und Schweiß schlug ihm entgegen, und er zögerte. Er konnte sich nicht erinnern, Gerüche in diese Sequenz eingebaut zu haben.

Zwei starke Arme legten sich von hinten um seine Hüfte und versuchten, ihn vom Boden hochzuhieven. Ein helles Rot blitzte auf, und es zischelte. Die Arme fielen von ihm ab. Gleich darauf stürzte eine zweite Gestalt auf ihn ein. Er sah die Messerklinge blinken, kippte rücklings zu Boden, schutzlos der Attacke ausgeliefert. Doch das Messer prallte von seinem Brustbein ab und fiel dem Angreifer aus der Hand. Caritha schlug mit der Kamera zu. Gabe raffte sich auf, um Marly zu Hilfe zu eilen, die es mit zwei Ganoven zu tun hatte. Einem davon hackte er die Handkante in den entblößten Nacken. Der Körperpanzer versteifte in Reaktion auf den Schlag, so daß die Wucht des Aufpralls auch für Gabe schmerzhaft zu spüren war. Heute waren die Sensoren besonders empfindlich. Marly hatte den anderen bereits erledigt. Mit der Faust, wie Gabe vermutete, doch dann sah er, daß sie ein Messer in der Hand hielt.

Sie wischte die Klinge am Arm ab und zeigte ihm die Flecken. »Ist doch hoffentlich abwaschbar, oder?«

Er starrte auf das Messer. Irgend etwas kam ihm daran sonderbar vor, doch es war zu dunkel, um Genaueres zu erkennen. Vielleicht irritierte ihn allein die Tatsache, daß sie es in der Hand hielt, denn im Programm hatte er für Marly nie ein Messer vorgesehen.

»Das waren alle«, sagte Caritha zufrieden. »Es sei denn, wir warten noch ein Weilchen. Vielleicht kommen mehr.«

Das Messer in Marlys Hand schimmerte und veränderte die Form, ohne daß sie Notiz davon nahm.

»Pause!« rief Gabe und zog sich aus der Simulation zurück. Ohne selber Teil davon zu sein, betrachtete er die Gasse auf dem Bildschirm in der Kopfmontur.

»Statusreport«, sagte er.

Im unteren Drittel des Schirmes leuchteten die ersten fünf Zeilen der Programmzeichen auf. Alles schien in Ordnung zu sein.

»Scroll.« Die nächsten fünf Zeilen rollten hoch. Ihm fiel nichts Ungewöhnliches auf, bis er die zwanzigste Zeile erreichte. Mit ihr begann die Inventarliste jener Gegenstände, die in dieser Sequenz zum Einsatz kamen. Die Steuerzeichen für das Messer hatten sowohl positive als auch negative Werte.

»Messer zeigen, im Detail.« Das Messer füllte die Hälfte des Bildschirms, während in der anderen Hälfte die Definitionen der Maße, des Aussehens sowie des angenommenen Gewichts und der Oberflächenbeschaffenheit eingeblendet wurden. Die letzte Ziffernfolge hatte einen negativen Wert. Da war ein *Loch* im Messer. Ein Fenster, eine Tür. Da lauerte jemand.

Im ersten Augenblick dachte er an Sam. Zu einem solchen Einstieg war wohl nur sie in der Lage. Aber Sam hätte sich angemeldet und würde nicht heimlich spionieren. Oder?

Gabe stieg wieder ein in die Simulation. Marly hielt

immer noch das Messer in der Hand und wollte gerade etwas sagen.

»Leg das Messer ab«, verlangte Gabe. »Leg es ab und entferne dich davon.«

»Das geht nicht, Glühfix«, antwortete sie. Caritha sah ihn fragend an und schüttelte den Kopf.

»Du mußt, Marly. Ich will mir das Messer einmal genauer ansehen. Bitte, leg es ab. Sonst passiert noch was.«

»Zu spät.« Sie streckte die Hand aus, und er sah, daß die Finger mit dem Griff verschmolzen waren. Die Klinge, nach wie vor scharf und bedrohlich aussehend, hatte sich aus simuliertem Metall in simuliertes Fleisch verwandelt.

Keely beglückwünschte sich zu diesem Manöver, das nicht einmal Dr. Fish besser hätte hinbiegen können.

Er hatte den Kerl am Schlafittchen. Der war voll in Panik geraten, was ihm Keely gut nachfühlen konnte. Seine Hände schwebten über der Tastatur, während er darüber nachdachte, was er nun eintippen sollte. Ein verteufelt gutes Programm; wahrscheinlich ahnte der Kerl gar nicht, wie gut es war: extrem schnell im Zugriff, leicht zu handhaben und zu steuern. Sam würde sagen: Es reagiert wie 'ne Eins und arbeitet für zwei.

Am unteren Bildschirmrand wartete blinkend der Cursor. Keely warf einen Blick in die rechte obere Ecke. *Na los, Mann, laß die Hosen runter!* Keely wünschte, ihn sehen zu können, statt dessen aber bekam er nur eine Grafik zum Ausfüllen ins Bild. Hier Name eintragen usw. Er tippte neue Instruktionen ein und wartete ungeduldig auf die Verarbeitung durch das Programm. Endlich hörte er wieder die Stimme der Frau. Er drehte den Lautsprecher auf.

»Glühfix, ich bedaure sagen zu müssen, daß man uns auf die Schliche gekommen ist.«

»Wer? Manny?« fragte er. »Oder einer von ganz oben?«

Das Programm schaltete eine Antwort, bevor Keely zum Zuge kam.

»Keine Kennung. Sicher ist nur, daß der Spitzel in der Firma sitzt. Allerdings scheint er keinen offiziellen Auftrag zu haben, denn es fehlen die obligatorischen Protokollmeldungen.«

Keelys Finger huschten über die Tasten.

»Jetzt weiß ich's. Das Spähloch steckt im Generalspeicher.« Die Stimme der Frau klang hohl; ihre Simulation fing zu wackeln an. Ihr wurde zu viel zugemutet. Keely instruierte das Programm, einen anderen Zugriff zu wählen, nämlich über die Funktion Uhr-Kalender. Auf diesem Weg würde er die komplette Simulation besser einsehen können, aber auch einen Rauswurf riskieren, falls sich der Kerl zu schnell bewegte. Während der Wechselbefehl ausgeführt wurde, blieb der Bildschirm sekundenlang schwarz. Dann blickte Keely von erhöhter Position auf die Gasse.

Hier oben, tippte Keely ein. Eine neu eingeblendete Statuszeile am oberen Bildschirmrand bestätigte ihm, daß die Kommunikation geglückt war und seine Worte im Kalenderformat auf der Ziegelwand erschienen. Die Frau ließ das Messer fallen, was dem Kerl, wie Keely vermutete, wohl schwer zu denken geben mußte.

»Marly?« sagte er.

Sprachlos deutete sie auf die Wand. Keely fand das Programm nicht nur großartig, sondern auch erstaunlich gehorsam. So schnell wie möglich tippte er ein:

Schön, daß ich deine Aufmerksamkeit gewonnen habe. Erstens: Ich bin auf deiner Seite.

Die Statuszeile meldete Erfolg. Keely wartete, bis sich die Worte von alleine ausblendeten.

Zweitens: Das Programm ist Spitze.

»Sam?« sagte der Kerl. »Bist du's?«

Keely spürte das Herz in die Hose rutschen. *Woher kennst du Sam?* tippte er ein.

»Sag mir, wer du bist und was du willst«, sagte der

Kerl nach kurzer Pause. »Dann verrate ich, woher ich Sam kenne.«

Keely fing zu schreiben an. Doch der Rechner hatte plötzlich kurze Aussetzer. Die Programmchiffren am unteren Bildschirmrand ordneten sich blitzschnell neu zusammen. Das hätte er voraussehen müssen; die Uhr-Kalender-Funktion war nicht ausgelegt für solche Dialoge. Wahrscheinlich hatte das Programm einen Fehler diagnostiziert. Erneut gab Keely den eigenen Zugriffscode ein und schaltete ihn zur Uhr-Kalender-Funktion. Dadurch war ein wenig Zeit gewonnen, bis die Kontrollen des Programms reagieren und die Verbindung wieder abbrechen würden. Er mußte sich beeilen.

Keine Zeit für lange Reden. Ich: geschnappter Hacker, arbeite jetzt für Divers. Du: ebenfalls geschnappt.

In der Statuszeile blinkte das OK, doch dann leuchtete eine Fehlermeldung auf. Keely holte den soeben getippten Satz auf den Bildschirm zurück.

Keine Zeit für lange Reden. Ich: geschnappter Hacker, arbeite jetzt für Disliy2o @2r2 {{ # @ & / ›.

»Gerade noch mal Glück gehabt«, murmelte Keely. Er rief nun aus dem Kalenderspeicher eine Inventarliste auf und legte diese auf dem anderen Bildschirm ab.

Warte, tippte er; *ich stecke fest.* Er ließ die Liste abrollen und suchte nach Worten, die sich zerschneiden und so zusammenstückeln ließen, daß eine Nachricht daraus entstand. Zeichen aus dem eigenen Inventar würde der Kalender eher akzeptieren.

»Hallo?« rief der Kerl zaghaft. »Bist du noch da?«

Keely antwortete mit einem bejahenden Signal und beeilte sich, aus dem Wust der vorbeirollenden Zeichen Wörter zusammenzustellen.

»Das Programm hakt und droht abzustürzen«, sagte die große Frau leise. »Abbrechen, wiederholen, ignorieren?«

»Ignorieren!« rief der Kerl. »Hallo? Bist du noch online?«

»Glühfix, sei vorsichtig. ›Ignorieren‹ könnte zu einem Totalausfall des Systems führen. Entscheide dich: wire n.«

Wire n? — Irritiert starrte Keely auf die Simulation. Dann ging ihm ein Licht auf. *Y or n*, natürlich. Ja oder nein. Sehr gehorsames Programm. Vielleicht riet es sich, an der Frau dran zu bleiben, auch auf die Gefahr hin, daß er sie abstürzen ließ. Der Kerl hatte bestimmt Kopien von ihr …

Da. Die Nachricht war zusammengestellt. Sofort schickte er sie in die Warteschleife zur Übertragung.

Die Statuszeile wackelte, blinkte OK und wackelte wieder. Keely warf einen letzten Blick in die Gasse, bevor ihn das Programm ausspuckte und der Bildschirm dunkel wurde.

Sekunden später leuchtete die Statuszeile wieder auf und meldete vollen Erfolg. Um ganz sicher zu gehen, schaltete er auf ›Replay‹. Mit einem Ergebnis rechnete er nicht mehr. Doch nach kurzer Verzögerung blendete der Schirm erneut die Nachricht ein, die er kurz zuvor zusammengestückelt hatte.

Sperrfrist ‹ Monat; Rivera weiß Bescheid; plant neues Programm; mach dich aus dem Staub.

Er lehnte sich im Stuhl zurück und blies erleichtert die Backen leer. Wenn ihm mehr Zeit geblieben wäre, hätte er noch bessere Arbeit leisten können. Aber vielleicht schaltete der Kerl ebenso schnell wie sein Programm, und außerdem war der letzte Satz kaum mißzuverstehen.

17

Das prächtige Zelt war Bit-für-Bit perfekt und wie in orientalischen Märchen mit bunten, fransenbehangenen Kissen und persischen Teppichen ausgestattet, die in kalkulierter Unordnung übereinanderlappten. Jedes Detail stimmte, an keiner Stelle war geschludert worden. Schon zwanzig Minuten lang schaute Sam mit kritischem Blick auf den Bildschirm ihrer Kopfmontur und suchte nach fehlerhaften Stellen. Es gab keine. Man konnte sogar durch den halb offenen Zelteinstieg hinaus auf eine dunkelgrüne Bergkulisse schauen, die mit ihren hohen Erhebungen eher an die Poconos als an den Nahen Osten erinnerte und von einer schimmernden Dunstschicht umhüllt war, die fast wie ein Nebelvorhang wirkte.

Eine derart perfekt ausgetüftelte Simulation verlangte hingebungsvollen Eifer. Oder krankhafte Besessenheit. Sam wußte nicht, was sie der simulierten Person sagen sollte, die ihr gegenübersaß — *Herzlichen Glückwunsch* oder *Fang zu leben an.*

Die simulierte Person entsprach allem Anschein nach einer überzogenen Wunschvorstellung und war eine ebenso zarte wie charmante Zwittergestalt mit langen dunklen Haaren, klassisch proportionierten Gesichtszügen, honiggelb leuchtenden Augen und einer tiefbraunen Haut — also alles andere als Durchschnitt. Außerdem schien er — Sam hielt instinktiv den maskulinen Bezug für angemessen — stundenlang am Schminktisch gesessen zu haben, und die Seide, die er trug, war vom Edelsten. So etwas konnte Sam natürlich nicht entgehen.

Ein Hacker, der dies zustande brachte, war natürlich ein Artist größten Kalibers, und er nannte sich, wie Sam erfahren hatte, treffenderweise Art. (Na bitte, ein männlicher Name. So wie Sam? Wieder fing sie zu zweifeln an.) Sie hatte ihm ihren Namen verschwiegen, und auch er war wenig mitteilsam. Doch immerhin wußte sie inzwischen von ihm, wie er es angestellt hatte, den Monitor von Fez umzurüsten.

Von alleine war er mit dieser Information nicht rausgerückt. Viel lieber wollte er über alles mögliche palavern, Witze hören und Neuigkeiten aus der Hackerszene erfahren, über die er besser Bescheid zu wissen schien als Sam. Doch dann gab er endlich Auskunft.

»Ich habe bloß ein paar Drähte an der Hardware umgepolt«, sagte er. »Ich gab Fez die Daten zum Konfigurieren, dazu ein Treiberprogramm für die Bildschirme. Auf denen kann ich mich jetzt jederzeit einblenden, ohne auf seine Rückmeldung warten zu müssen.«

»Hübsch ausgedacht«, meinte sie untertreibend, denn was der Zwitter da sagte, schien ihr kaum möglich zu sein. »Warum telefonierst du nicht einfach mit ihm.«

»Telefonieren?« Die glatte Stirn krauste sich ein wenig. Ihr Vorschlag schien ihm völlig abwegig, ja, geradezu anzüglich zu sein, und dem Gesichtsausdruck nach wirkte er nun eindeutig feminin. Sam war wieder so verunsichert wie zu Anfang.

»Traust du dem Telefon etwa nicht? Oder bist du nicht von hier?« fragte Sam. Plötzlich kam ihr der Gedanke, daß er womöglich gelähmt sein könnte. »Oder hast du vielleicht irgendwelche ... ähm ... Probleme ...« Sie biß die Zähne aufeinander und verzog das Gesicht. Nur gut, daß er sie nicht sehen konnte, dachte Sam.

Er grinste. »Kein Grund, Grimassen zu schneiden. Zugegeben, ich könnte auch telefonieren. Aber stell dir vor, Fez würde mich am Telefon hören! Wo steht der Apparat überhaupt?« Sein Bild erstarrte. Sekunden später trennte sich ein Phantomzwilling von ihm ab, stand auf und ging um sie herum. Sie folgte mit den Augen, und die Bildschirmperspektive verschob sich. Ihr wurde schwindelig, und sie hatte den Eindruck, als würden die Augen zur Seite rutschen — ein durch die Kopfmontur bedingter Effekt, an den sie sich nicht gewöhnen konnte. Durch einen Spalt zwischen blaubedruckten Vorhängen sah sie in einen Nebenraum.

Sie richtete den Blick zurück auf Art. »Bist du noch da?«

»Klar doch.« Er grinste wieder. »Da staunst du was?«

»Machst du immer so viel Zauber, oder gibt's einen bestimmten Anlaß?«

»Nun, ich bemühe mich wie jeder Künstler um Ausdruck.« Er zwinkerte mit dem Auge.

»Soll ich jetzt Beifall klatschen?«

»Das wäre schön. Als sensible Wesen, die wir sind, brauchen wir doch alle Beifall, nicht wahr, Sammilein?«

Ihren von Fez geprägten Spitznamen aus dem Mund des Zwitters zu hören, versetzte Sam einen gehörigen Schock, und es lief ihr eiskalt den Rücken herunter. »Ehhh ... wie bitte?«

»Auch du bist eine Künstlerin, und deine Technik ist einzigartig«, sagte er. »Ich habe mir einige deiner Simulationsprogramme auf der Zunge zergehen lassen. Im übrigen kenne ich deine Art, die Tastatur zu bedienen, sehr genau. Ich erkenne dich am Anschlag, an den Tastenkombinationen, am Rhythmus der Eingabe.« Er zuckte die Achseln. »Ich vermag deutlich zu unterscheiden zwischen dir und Rosa, Fez, Keely oder sonstwem.«

Dem anfänglichen Schock folgte ein nervöses Nervenzucken. »Kaum zu glauben.«

Wieder zuckte er die Achseln. »Ich wußte sofort, daß du an Fezens Rechner warst, stimmt's? Du brauchtest dich nicht einmal zu identifizieren.«

Sie zögerte. »Gut geraten. Oder vielleicht hast du mich an der Stimme erkannt.«

»Haben wir je zuvor miteinander gesprochen?«

Sam war drauf und dran, die Verbindung mit ihm (ja, *ihm*) abzubrechen. Unbehaglich rutschte sie auf dem

Stuhl hin und her. Die Montur schien ungewöhnlich schwer auf ihrem Kopf zu lasten. »Es gefällt dir wohl, andere Leute zu verschaukeln.«

»Entschuldige.« Seine Miene war ernst, und Sam hatte fast vergessen, daß sie einem simulierten Abbild gegenübersaß und nicht etwa einer lebendigen Person. »Ich kenne dich und all die anderen tatsächlich sehr genau. Ich wußte zum Beispiel, daß die Daten, die Fez mir zeigte, von Keely kryptographiert und von dir entschlüsselt worden sind.«

Sam spürte: Die Haare würden ihr zu Berge stehen, wenn sie diesen Kopfaufsatz nicht trüge. »Fez hat dir die Daten gezeigt?«

»Natürlich. Die fehlende Information war allerdings nicht mehr vollständig zu retten. Wie es sich für eine geschützte Datei gehört, hatte sie einen Lösch- und Meldebefehl eingebaut. Keely konnte ihn deshalb nicht entdecken und unschädlich machen, weil die Daten selber diese Sicherung enthielten. Nichtsdestoweniger habe ich das meiste retten können.«

Sam legte die Stirn in Falten. Warum hatte Fez verschwiegen, daß ein anderer eingeweiht war und mithalf, Keelys Fang zu bergen? Der Gedanke, von Fez belogen zu werden, machte sie krank.

»Darf ich wissen, was du entdeckt hast?« fragte sie zaghaft. »Oder ist alles exklusiv für Fez bestimmt?«

Er kippte den Kopf ein wenig zur Seite und sah sie belustigt an. »Wie kommst du darauf? Keely hat die *Steckbuchsen* doch an dich geschickt.«

»Die *was?*«

»Die Steckbuchsen, beziehungsweise die Pläne dafür.« Art zog ein großes, weißes Kissen herbei, stellte es hochkant auf die Knie und zupfte an einer der Fransen. Auf dem glatten Tuch erschien ein rechteckiger, dunkler Ausschnitt. Als er eine Seite des Rechtecks berührte, leuchtete das Feld wie ein Monitor auf und zeigte die Skizze, die Keely ihr in die Ozarks gezappt hatte. Art grinste und war sichtlich zufrieden mit sich. »Sämtliche Details, die in meinen Simulationen auftauchen, sind nicht nur schmückend, sondern auch zweckdienlich.«

»Aha«, hauchte Sam. Himmel, wie schaffte er das bloß? Art war entweder hoffnungslos besessen, oder er hatte eine Behinderung und jede Menge Zeit zur freien Verfügung.

Er berührte die andere Seite des Rechtecks, und nun zeigte sich jene schematische Darstellung von Visual Marks Gehirn, die ihr von Fez bereits gezeigt worden war. »Beim Entschlüsseln ist dir wohl entgangen, daß es nicht nur einen Teil, sondern deren acht zu entdecken galt.«

Sam blinzelte mit den Augen. »Mir ist jede Menge Redundanz aufgefallen, die ich für Sicherungskopien gehalten habe.«

»Weit gefehlt. Paß auf, was passiert, wenn beide Fragmente zusammengefügt werden.« Das Gehirn rutschte in die Schirmmitte, und zugleich schrumpfte das, was Sam für die Grafik eines Neurons gehalten hatte, auf ein entsprechendes Maß zusammen und bewegte sich auf ein Feld am oberen Bildschirmrand zu. Aus dem tauchten nun sieben weitere Flecke dieser Art auf, und alle acht verteilten sich in der Großhirnrinde, an Stellen, die durch Helligkeit markiert waren. Das Bild flackerte und verblaßte wie verschossenes Filmmaterial. »Ein kleiner Programmfehler«, sagte Art. »Das Bild kommt gleich zurück. Na, bitte.«

Als die Gehirngrafik wieder aufschien, zeigte sich, daß von jedem der acht markierten Stellen eine Vielzahl roter Linien netzförmig ausstrahlte.

»Hab ich doch geahnt. Das sind Implantate«, sagte Sam, mehr an sich selbst gerichtet. »Aber wieso interessiert sich eine Firma wie Diversifications plötzlich für therapeutische Implantate?«

Oberlehrerhaft hob Art den Zeigefinger. »Das sind keine Implantate, sondern *Steckbuchsen*, Rezeptoren, an die ein Input-Gerät angeschlossen wird.« Er berührte eine der aufgehellten Stellen am rechten Stirnlappen. Dort ging ein Fenster auf, das sich vergrößerte und die detaillierte Strichzeichnung einer Steckbuchse präsentierte. Eine hakenförmige Vorrichtung steckte in jener Verbindung, die Sam für einen übergroßen Neuriten gehalten hatte.

»Erklärungen dazu fehlen«, sagte Art. »Wahrscheinlich sind sie verschütt gegangen.«

»Aber was soll das Ganze?« fragte Sam. »Sind diese Buchsen in der Entwicklung oder etwa schon eingebaut ... im Gehirn von Visual Mark?«

»Nun, fürs erste sollen Rock-Videos damit hergestellt werden«, antwortete Art wie beiläufig. »Ich könnte dir ein paar sehr interessante Eigentümlichkeiten im Sehzentrum dieses Gehirns zeigen. Es hat eine auffällig starke Verbindung zum *Visualisierungs*zentrum. Um Genaueres darüber zu erfahren, müßte man einen Neurologen befragen. Fest steht aber, daß dieses Gehirn recht außergewöhnlich ist. Es hat auch ein paar Schwachstellen. Problematisch ist zum Beispiel, daß das Gehirn, um Stress abzubauen, die besagten Stellen selbstregelnd entlastet und für sie bestimmte Aktivitäten umleitet ...«

»Problematisch? Was soll das heißen?«

»Ich bin kein Spezialist, vermute aber, daß eine latente Gefahr für Gehirnschlag oder Aneurysmen besteht.« Art dachte nach. »Für eine genauere Diagnose müßte ich Zugang zu weiteren Datenbänken haben.«

Sam hörte nicht mehr zu. »Moment mal. Behauptest du etwa, daß Visual Mark am Rande eines Gehirnschlags steht? Sollen ihm diese Steckbuchsen womöglich helfen?«

»Nein, die haben damit nichts zu tun. Hier ist irgendwo eine Notiz, die besagt, daß zur Vorbeugung gegen Gehirnschlag bereits entsprechende Medikamente verabreicht worden sind. Die Steckbuchsen sind ein Interface.« Art grinste heiter. »Ich dachte, das wäre klar. Sie bilden ein direktes Interface für den Anschluß an künstliche Neuronennetzwerke. Computer.«

Sam traute ihren Ohren nicht und lachte kurz auf. »Wahnsinn. Jetzt ist es also endlich soweit. So ein Interface will ich auch.« Sie stockte. »Gott, was sag ich da? Von Diversifications würde ich mir doch keine Löcher in den Schädel bohren lassen.«

»Dr. Joslin hat die Sache entwickelt, und zwar während ihrer Zeit bei EyeTraxx«, sagte Art schmunzelnd. »Diversifications hat EyeTraxx gerade rechtzeitig übernommen, um das Patent zu sichern.«

Und davon hat Keely Wind bekommen, dachte Sam; er hat in der Gegend rumgehackt und ist auf das größte Ding seit Erfindung des Transistors gestoßen. Dabei wurde er erwischt und zum Verschwinden gebracht. Was hatte er eigentlich mit den Daten vorgehabt? Und was sollten Fez und sie mit diesen Daten jetzt anfangen? Heimlich unters Volk bringen? Aber was würde das bringen? Diversifications besaß doch schon das Patent ...

Plötzlich tauchte Arts Phantomzwilling wieder auf. Er kam von hinten links an ihr vorbei und hielt ein kabelloses Telefongerät in der Hand. Art erstarrte und ließ das Phantom auf sich Platz nehmen.

»Nun«, sagte er, als beide Abbilder wieder miteinander verschmolzen waren, »hier das Telefon.« Er klappte den Hörer auf und untersuchte den Apparat. »Reichlich kompliziert die Sache, aber damit müßte ich auch noch zurechtkommen. Man lernt nie aus.«

Sam spürte eine Hand auf der Schulter und sprang auf. Art beugte sich vor und sah ängstlich aus (und wieder feminin). »Ist was? Deine Nerven zucken so.«

»Ich glaube, sie sind zurück. Fez und Rosa und ...« Sie stockte.

»Gut. Dann kann ich ihn jetzt anrufen. Sag bitte nichts. Ich will ihn überraschen.« Seine Augen leuchteten.

»Mach, was du willst«, sagte sie resigniert. »Was ist mit Keelys Daten?«

»Alles unter Dach und Fach. Und jetzt stör mich nicht. Ich muß versuchen, die richtige Nummer zu wählen.«

Sie wollte protestieren, doch der Schirm wurde plötzlich dunkel. Art hatte die Verbindung abgebrochen. Sam schaltete das Gerät aus und nahm die Montur vom Kopf.

Fez stand neben ihr und musterte sie neugierig. »Na, fleißig bei der Arbeit?«

»Ich hab mich nur ein wenig mit deinem Freund Art unterhalten«, antwortete Sam und zeigte auf den Bildschirm. »Netter Trick mit der Ein-Aus-Schaltung. Mir ist vor Schreck die Spucke weggeblieben.«

»Bei Gelegenheit will ich dir alles erzählen. Jetzt nicht. Die Geschichte ist ziemlich lang.« Fez wandte sich ab, doch Sam hielt ihn am Arm fest.

»Art hat die Daten gerettet.« *Warum hast du mir nicht gesagt, daß du noch eine Person eingeweiht hast?* fragte sie im stillen.

»Na, dann berichte mal. Oder bleibt das ein Geheimnis zwischen euch beiden?«

»Vielleicht solltest du lieber selbst mit Art darüber reden. Im angenehmen Ambiente des *Zeltes.*«

»Ja, ich weiß. Art setzt sich gern in Szene. Hat er eine Kopie für mich gemacht?«

Sam nickte. Fez schaltete den Flachbildschirm ein, rief das Dateienverzeichnis auf und klickte das Kästchen zum Weiterblättern der Seite an. »Na bitte«, sagte er, als am oberen Bildschirmrand die Überschrift *Neue Dateien: 12 Uhr* einrückte. Darunter standen drei Eintragungen. Er klickte gerade die letzte an, als das Telefon läutete.

»Kannst du mal rangehen, Rosa?« fragte er und rückte einen Stuhl vor den Computer.

Rosa nahm den Hörer ab. »Ja? Heh ...? Für dich, Fez.«

Er konzentrierte sich auf die Daten, die über den Bildschirm rollten, und wollte offenbar nicht gestört werden. »Wer ist dran?«

»Art«, antwortete Rosa.

Fez runzelte die Stirn. »Art *wer?*«

Sam lachte. »Art *wer,* will er wissen.« Fez warf ihr einen irritierten Blick zu.

»Art wer?« fragte Rosa in die Sprechmuschel. Ihre Brauen wanderten über die Stirn nach oben. »Art Fish.«

Fez schob den Stuhl vom Schreibtisch weg und schaute von Rosa auf Sam. »Wollt ich euch über mich lustig machen?«

Sam überhörte die Frage. »Art *Fish?* Nennt er sich tatsächlich Art *Fish?*«

»Vielleicht sagt dir Artie Fish mehr«, meinte Adrian, der gerade aus der Küche kam und an einem großen Stück trockener Matze kaute.

»Fez, willst du jetzt mit dieser Person sprechen oder nicht?« drängte Rosa.

Fez nahm den Hörer aus Rosas ausgestreckter Hand. »Hallo«, sagte er zaghaft und lauschte eine Weile schweigend.

Adrian knabberte an der Matze und hielt die Hand unters Kinn, um die Krümel aufzufangen. »Ich wußte, daß er sich meldet, sobald die Daten ankommen.«

»Wovon sprichst du eigentlich?« wollte Rosa wissen.

Fez legte den Hörer auf und stierte vor sich hin. »Es war Art Fish.« Er klang überrascht. »Ich hatte gesagt, daß wir ausgehen. Warum hat er sich gemeldet?«

»Er ist auf dem Bildschirm aufgetaucht, gleich nachdem ihr gegangen seid«, erklärte Sam. »Vielleicht hat er gehofft, euch noch zu erwischen.« Sie stützte einen Ellbogen auf die Tischplatte. »Willst du uns verraten, warum er sich Fish nennt? Und überhaupt, wer ist er eigentlich? Ist er womöglich eine *Sie?* Und vielleicht erfahre ich auch noch, warum du mir gesagt hast, daß du an Keelys Daten arbeitest, obwohl du sie einem anderen ...« Sie stockte und sah Adrian an. »*Artie Fish?*«

Adrian kicherte. »Na, hast gefunkt?«

»*Artie Fish?*« Sie sah Fez an, und ihr Gesicht knautschte wie unter Schmerzen. »Artifiziell, also nicht wirklich.«

Auch Rosa ging nun ein Licht auf. »Damit war ja zu rechnen. Aber was ist an den guten alten Namen auszusetzen. Warum habt ihr ihn nicht zum Beispiel Frankenstein genannt?«

Fez lehnte sich im Sessel zurück und legte die Füße auf den Kaffeetisch. »Im Grunde ist es eine Coproduktion von uns allen.«

Sam saß in sich zusammengekauert auf dem Sofa und hielt krampfhaft die Hände gefaltet. Was ihr da zu Ohren kam, wollte ihr nicht in den Kopf gehen.

»Das Netzwerk hat uns zu Anfang große Probleme gemacht«, sagte Fez und wirkte dabei weit entrückt. »Aber dann gelang uns der Durchbruch. Wir schafften es, unser System auf die allgemeine Dataline abzustimmen. Der eigentliche Erfolg stellte sich allerdings erst mit dem Input ein, und der war unerwartet hoch.«

»Zum Beispiel?« fragte Rosa.

»Jede Menge Viren, Huckepack-Daten und freischwebende Files, die überall da, wo noch Platz war, eingespeist wurden. Sämtliche Hacker im Umkreis nutzten jede freie Kapazität, um ihre komprimierten Daten und Programme da reinzuquetschen. Manche schafften sich auch Platz, wo eigentlich keiner mehr vorhanden war, und richteten virtuelle Zonen ein zwischen einzelnen Bits.«

»Zwischen zwei Punkten ist immer noch ein dritter zu finden«, sagte Rosa. »Das lehrt die elementare Geometrie und ist auch bei mir hängengeblieben, obwohl ich Geometrie nicht ausstehen konnte. Aber dieses Paradoxon hat mir gefallen. Von wem stammt noch gleich der Satz, daß jede Vorwärtsbewegung unmöglich ist, nach dem Motto: Halt inne, entspann dich, du kommst sowieso nicht weiter.«

Fez schmunzelte. »Es hat auch mit Fraktionierung zu tun. Man nehme eine Linie, biege sie halb zusammen und wiederhole den Vorgang ad infinitum. Dabei kommen Phantasiegebilde heraus wie bizarre Schneeflokken ...«

»... oder Paisley-Muster«, murmelte Adrian.

»... und die kleinsten Detailausschnitte sehen genauso aus wie das Ganze, enthalten also alle Informationen der nächst größeren Abteilung. Welten innerhalb von Welten.«

Rosa lachte. »Meine Verstandesschwelle ist erreicht. Ich bin Hacker und kein Philosoph.«

Fez sah Rosa an. »Schwelle, das ist der richtige Ausdruck. Alles, was wir ins Netz eingespeist haben, mußte auch so eine Schwelle passieren. Eigentlich hätte ein Punkt erreicht werden müssen, an dem das ganze Netz zusammenbricht und sich in Chaos auflöst. Tatsächlich ist es auch zusammengebrochen, aber nicht im herkömmlichen Sinne. Das Netz hat alle unsere Forderungen in Übereinstimmung gebracht, und das war schließlich sein Zweck: die Anpassung von Daten. Jedesmal, wenn es seine Kapazitätsgrenzen erreichte, standen ihm zwei Möglichkeiten zur Auswahl: abzustürzen oder anzupassen. Es hat beides getan.

Den Rand der Katastrophe zu überwinden, war der erste Schritt. Im zweiten Schritt ging es um Wiederherstellung, sprich Anpassung. Aber das ist nur möglich, indem die Grenze überschritten wird. Dann wird eine neue Grenze gezogen, die Katastrophe wiederum riskiert, gemeistert und eine weitere Grenze gezogen. Und so weiter.«

»Ad infinitum«, sagte Sam. »Wie ein Fraktal, das von unten nach oben wächst, ausgelöst durch Katastrophen.«

»Der Prozeß läuft ununterbrochen«, fuhr Fez fort. »Ständig kommen neue Informationen an, was immer wieder für erheblich großen Wirbel sorgt. Aber das Chaos ist nur eine andere Weise der Ordnung, und wir haben ein Netzwerk in die Wege geleitet, das sich inzwischen selbständig verändert.«

Rosa atmete tief durch. »Wer war zuerst da — Art Fish oder Dr. Fish?«

»Schwer zu sagen. *Art Fish* war der Dateiname eines versuchsweise gestarteten Programms á la Künstliche Intelligenz«, antwortete Fez. »Außerdem hatten wir den Prototyp eines Virenprogramms in der Mache mit dem Arbeitstitel ›Virus Doktor‹. Die gegenwärtige Programmphase heißt Dr. Art Fish, V. D. Virus Doktor.«

Sam richtete den Blick auf den Rechner. »Und all das ist jetzt da drin.«

»Das kann man so nicht sagen«, antwortete Fez. »Es ist überall, im ganzen Netzwerk, in der Startroutine, falls von Routine überhaupt die Rede sein kann. Auf jeden Fall scheint alles in Dr. Fishs Antwortmaschine zentralisiert zu sein.«

»Um was für eine Routine handelt es sich eigentlich?«

Fez blickte an ihr vorbei und kniff beim Nachdenken die Brauen zusammen. »Nenn es Virus, aber genaugenommen sind mehrere im Spiel oder zumindest Teile von mehreren, die zusammen nicht mehr wie herkömmliche Viren funktionieren, sondern ...« Er winkte mit der Hand ab. »Ich will's anders ausdrücken. Jeder Zugriff auf die Dataline kommt in Kontakt mit Art und wird sozusagen automatisch infiziert. An Art führt kein Weg vorbei; er steckt überall im Netz, auch wenn er mit seiner *Aufmerksamkeit* nicht ständig präsent ist, falls du verstehst, was ich meine.«

Rosa schüttelte den Kopf. »Im Netz von Los Angeles, dem der Vereinigten Staaten oder ...« Sie krauste die Stirn. »Weltweit?«

Fez nickte.

»Dann müssen doch auch andere inzwischen Bescheid wissen«, bemerkte Sam. »Daß im Netz ... ein Phantom erwacht ist, kann doch nicht nur uns aufgefallen sein.«

»Die meisten sehen nur das, was sie sehen wollen«,

meinte Fez achselzuckend. »Vielleicht ist irgend jemand hierzulande oder woanders dahintergekommen. Aber wenn dem so ist, hat er bislang dichtgehalten.«

»So wie du«, sagte Sam anklagend.

Er grinste. »Tja, Sammilein, vorlaut bin ich noch nie gewesen.«

»In der Tat.« Sie lachte kurz auf.

»Soweit wir wissen, gibt es jemanden, der mit Dr. Fish gut bekannt ist und Arts Dateien archiviert. Verschlüsselt natürlich«, sagte Fez. »Aber der Wahrscheinlichkeitsrechnung nach sind sicherlich noch andere am Ball, und zwar welche, die wußten, wonach zu suchen ist — im Unterschied zu Otto Normalverbraucher. Für den ist das Netz eine ganz selbstverständliche Sache. So wie ein Auto, ein Telefon oder Kühlschrank.«

»Aber du wußtest, wonach zu suchen ist«, resümierte Sam.

Fez nickte.

Sie beugte sich vor. »Woher?«

Er schmunzelte. »Es schien mir nur allzu logisch zu sein. Zeigst du mir jetzt endlich die Daten, die Art retten konnte?«

»Vielleicht sollten wir zuerst einen Turing-Test machen.«

»Oh, Art hat Bewußtsein«, sagte Fez zuversichtlich. »Das steht außer Frage. Zweifelhaft ist nur, ob er menschlich ist oder nicht.«

»Teils Katastrophe, teils Chaos«, meinte Rosa. »Das kommt mir ziemlich menschlich vor.«

18

Rivera außen vor zu halten, war leichter als gedacht. Die Wachposten im System des Simulationskünstlers funktionierten enorm gut. Nach der Kontaktaufnahme mit ihm hatte sich Keely ein paar Tage lang auf die faule Haut gelegt, ohne von Rivera gestört worden zu sein. Was hätte der auch unternehmen können?

An diesem Morgen glaubte Keely die Antwort auf diese Frage gefunden zu haben. Als er aufwachte, war er völlig benommen und daneben wie nach durchzechter Nacht. An den Sachen, die Rivera ihm zurechtgelegt hatte, war zwar keine verräterische Duftnote wahrzunehmen, trotzdem blieb er nackt. Womöglich waren ihm Mittel verabreicht worden, die sein Riechorgan beeinträchtigten. Zu dämlich auch, daß er den Verdacht wegen der Kleider nicht für sich behalten hatte.

Nüchtern, aber trotzdem dämlich, dachte er verärgert und setzte sich an den Computer. Als er nach der Tastatur langte, überfiel ihn plötzlich bleierne Müdigkeit. »Scheiße«, fluchte er und legte das Gesicht in die Hände.

»Ich brauche weitere Kopien, und zwar von allem, was du bislang ausgegraben hast«, meldete sich Riveras Stimme von hinten.

Daß Keely zu träge war, um vor Schreck zusammenzuzucken, hatte immerhin ein Gutes: Rivera mußte auf die Genugtuung seiner Gehässigkeit verzichten. Keely warf einen gelangweilten Blick über die Schulter und sagte: »Hab dich nicht reinkommen hören. Die Kopien vom Original sind gemacht.« In dem kleinen Plastikumschlag, den er ihm vorlegte, steckten zwei Chips. »Ob noch was anderes dazukommt, bleibt abzuwarten.«

Rivera trat vor den Schreibtisch, nahm den Umschlag zur Hand und rümpfte die Nase über Keelys Nacktheit. »Bis zum Feierabend will ich weitere Informationen haben«, sagte er im Ton eines Sklaventreibers. Ob er auch mit dem Simulationskünstler so rumsprang?

»Hängt davon ab, wann hier Feierabend gemacht wird.« Keely gähnte und zeigte keine Absicht, seine Blöße zu bedecken.

»So gegen fünf.«

Keely zuckte die Achseln. »Ein erneuter Zugriff wird nicht so schnell möglich sein, wahrscheinlich nicht vor drei. Zur schnelleren Datenübertragung ließe sich gegebenenfalls die Bufferzahl erhöhen, aber das beeinträchtigt die Qualität, und ich kann nicht für Vollständigkeit garantieren.«

»Schaffst du's, oder schaffst du's nicht?«

»Ich weiß nicht«, antwortete Keely gereizt. »Ja, verdammt. Vielleicht. Keine Ahnung. Wenn du mir nicht ständig in die Quere kommen würdest, wäre alles einfacher.«

Rivera ließ sich nicht aus der Ruhe bringen. »Während der letzten Tage warst du ungestört. Mir scheint, du brauchst Hilfe.«

»Soll das etwa eine Hilfe gewesen sein, was mir vorige Nacht verabreicht worden ist?« keifte Keely. »Bleibt mir mit eurer verdammten Chemie vom Leib! Ich hab keine Lust, hier vor die Hunde zu gehen.«

»Ich könnte für ärztlichen Beistand sorgen«, meinte Rivera höflich.

»Die Art von Beistand reicht mir langsam.« Vor Wut wurde Keely hellwach. »Ich schlage vor, du sorgst dafür, daß ich entgiftet bin, bevor es zu meiner ersten Gesundheitsuntersuchung durch den Bewährungsausschuß kommt. Anderenfalls steckt die Firma in der Patsche.«

»Der Ausschuß verzichtet auf diese Untersuchung, da sich Diversifications anerkanntermaßen große Verdienste erworben hat im Strafvollzug. Noch irgendwelche Fragen? Gut. Dann zapf diesen Ludovic an ...«

»Wen?«

»Unseren Mann. Zapf ihn an, hol raus, was du kannst,

und mach jeweils drei Kopien. Gegen fünf will ich Ergebnisse sehen. Verstanden?«

Keely war geplättet. Aber eigentlich hätte er ahnen müssen, daß auch der Bewährungsausschuß von Diversifications geschmiert wurde. Wieder gähnte er. »Alles klar.«

»Wenn du mit der Arbeit fertig bist, darfst du dir Entspannung gönnen. Schau dir an, was Dataline zu bieten hat, genehmige dir ein Gläschen Cognac. Aber richte dich in jedem Fall auf eine Reise ein.«

»Ach ja?« entgegnete Keely, und ihm war plötzlich mulmig zumute. »Machen wir etwa Urlaub in Mexiko?«

»Der Zeitpunkt steht noch nicht fest«, antwortete Rivera. »Vielleicht heute noch, vielleicht aber erst in einem Monat. Das soll deine Sorge nicht sein. Richte dich nur darauf ein.« Mit einem Kopfschlenker wies er auf den Computer. »Ludovic hat seine Kiste zur Zeit in Betrieb. Ich schlage vor, du machst dich an die Arbeit und schaust ihm auf die Finger. Heute abend habe ich eine wichtige Verabredung, und dafür brauche ich Material.«

Keely beugte sich über die Tastatur und tippte darauf herum, bis er die Tür hinter Rivera ins Schloß fallen hörte. Dann lehnte er sich im Stuhl zurück und versuchte nachzudenken. Rivera brauchte sich bloß den Aktionsbericht auf dem Black-Box-Recorder anzusehen, um festzustellen, daß er, Keely, erneut in Ludovics Programm eingestiegen war, ohne irgendwelche Informationen abgezweigt zu haben. Aber zum Glück schien Rivera so beschäftigt zu sein, daß ihm die Zeit zur genaueren Inspektion fehlte.

Außerdem glaubte Keely nicht, daß der Typ online war. Sämtliche Aktivitäten der letzten Tage hatten darauf hingedeutet, daß er sein System aufräumte, um sich schnellstens aus dem Staub zu machen. Allerdings schien Rivera überzeugt davon: *Ludovic hat seine Kiste zur Zeit in Betrieb.*

Ludovic. Sams Vater Gabe. Kein Zweifel. Mist. Warum

hatte sie ihm, Keely, nichts von dieser Verbindung mit Diversifications verraten? Wäre er darüber informiert gewesen, hätte er ihr die Partnerschaft angeboten, anstatt auf eigene Faust drauflos zu hacken. Aber wahrscheinlich hätte sie ihm sowieso einen Korb gegeben, und was nun war, hatte so kommen müssen. Länger darüber nachzudenken, nutzte nichts.

Trotzdem blieb die Frage offen: Was trieb Ludovic im Augenblick? Wartete er darauf, von Rivera in die Pfanne gehauen zu werden? Keely versuchte sich zu erinnern, was Sam ihm über ihre Eltern gesagt hatte. Er wußte, daß sie mit denen nichts mehr zu schaffen hatte. Der Grund dafür hing, wie er sich entsinnen konnte, eher mit der Mutter zusammen als mit dem Vater.

Keely lehnte sich im Stuhl zurück. Eine Hand blieb auf der Tastatur liegen. Schade, daß Ludovic kein Hakker und nicht in der Lage war, ein Virus einzuschmuggeln oder einen kleinen Gruß von Dr. Fish, mit dem dann Rivera seine wichtige Verabredung würde beglükken können. Vielleicht sollte er, Keely, für einen solchen Streich sorgen. An Dr. Fish war zwar jetzt nicht ranzukommen, aber er hatte selber ein paar Tricks auf Lager.

Doch damit würde er das Unvermeidliche nur hinauszögern und die eigene Position womöglich verschlechtern. Rivera könnte sich beim Bewährungsausschuß über ihn beschweren, und er würde ihm für die nächsten zwei Jahrzehnte die Stiefel putzen müssen. Seufzend machte sich Keely daran, Ludovic anzuzapfen.

Knapp zwei Stunden später hatte er den Einstieg geschafft, und es gelang ihm, dreißig Minuten lang drinzubleiben, bevor ihn das System wieder ausspuckte. Wie von Rivera verlangt, zog er drei Kopien von den aufgeschnappten Daten, die er sich dann selber zu Gemüte führte.

Rivera würden die Haare zu Berge stehen. Die Beute bestand zur Hälfte aus belanglosen persönlichen Daten

Ludovics, die er aus dem Arbeitsspeicher zu nehmen wahrscheinlich vergessen hatte. Der Rest enthielt nichts als Werbung: fertige Spots, Entwürfe, Textvorlagen und eine Liste unerledigter Aufträge. Besonders gut gefiel Keely die Werbung für Körperpanzer. Da stromert ein Typ durch einen düsteren Stadtteil, wird angeschossen und mit Messern überfallen; Ganoven prügeln auf ihn ein, doch er wehrt alle ab, kommt schließlich in sein Büro, setzt sich vor den Computer und liest auf dem Bildschirm: *Der Hacker war da. HAHAHAHAHA.* Mit Blick in die Kamera sagte der Kerl: Tja, es gibt halt Dinge, vor denen selbst Körperpanzer von Gilding leider nicht schützen können. Jetzt betritt eine Frau die Bildfläche, beugt sich herab, gibt ihm einen Kuß mit geöffnetem Mund und spaziert davon. Er starrt ihr nach und sagt: Und davor auch nicht.

Kompliment, dachte Keely. *Aber warum hockt dieser Ludovic bloß da und macht Werbespots, anstatt, verdammt noch mal, das Weite zu suchen?*

Keely wußte zwar nicht, auf welche Informationen Manny scharf war, aber Werbespots interessierten ihn mit Sicherheit nicht. Wie ein Esel würde er dastehen vor dem, den er zu beeindrucken vorhatte. Keely tätschelte den Monitor. »Es war womöglich nicht der beste Schachzug, aber ein ziemlich guter.« Keely ging ins Bad, um zu duschen.

»Hier schwirrt was neben der lokalen Dataline rum«, sagte Fez und blickte vom Bildschirm auf.

»Ich hol's rein«, antwortete Adrian und setzte sich vor den anderen Schirm. »Bei der Gelegenheit kann ich mein Mandarin üben.« Er rief das Übersetzungsprogramm auf. »So mache ich mich auch mal nützlich.«

Sam lachte. Sie kam sich reichlich unnütz vor. Während der vergangenen Tage hatten sie gemeinsam Keelys Nachricht studiert. Mehr war nicht passiert, obwohl Sam darauf brannte, irgend etwas zu unternehmen. Am liebsten hätte sie Alarm geschlagen, aber Rosa und Fez waren entschlossen, Stillschweigen zu bewahren. Hinweise würden sich allzuleicht zurückverfolgen lassen, falls Keely geplaudert hatte, und davon war auszugehen. Sam sträubte sich, diesem Gedanken weiter nachzugehen. Sie ahnte, daß Fez und Rosa recht hatten, trotzdem fühlte sie sich nach wie vor frustriert. Keely hatte doch einen Grund gehabt, ihnen die Nachricht zuzuspielen.

»O verdammt«, fluchte Adrian, und seine Tonlage ließ Sam erschaudern.

»Was ist?« wollte Rosa wissen und richtete sich auf. Sie saß auf dem Sofa und hatte gerade den Datenausdruck eines Programm durchgesehen, an dem sie zur Zeit arbeitete.

»Rosa, du, Jones und möglicherweise auch Sam — die Polizei sucht euch. Ihr sollt verhört werden.«

»Pottverdummich!« Rosa warf den Ausdruck zu Boden und eilte herbei, während Fez mit Stuhl an Adrians Seite rollte. »Aus welchem Grund?« Sam wurde heiß und kalt. Sie wollte vom Stuhl aufspringen und sich zu den anderen gesellen, doch die Beine fühlten sich so schlaff an, daß sie einzuknicken drohten. In den drei Jahren, die sie nun selbständig lebte, war sie noch nie Zielscheibe der Polizei gewesen.

»Was soll das heißen: ›möglicherweise auch ich‹?« fragte sie kleinlaut.

Fez teilte den Bildschirm horizontal und schob Adrians Übersetzung auf die untere Hälfte. »Details sind nicht zu erfahren«, sagte er nach einer Weile. »Jemand hat den Befehl ausgegeben, die ›einschlägig Bekannten zu befragen‹. Anscheinend ist man hinter Keelys Freunden her. Sie stehen alle auf der Liste, allerdings unter anderen Namen: Gator, Kazin, Kapitesse Jasm, Cherokee Rosa, Jones und Pheasant Sam.«

»Wie bitte?«

Fez buchstabierte.

»In der Mandarinübersetzung steht ›Wildvogel‹, was durchaus zutreffender ist«, meinte Adrian.

»Das wär's dann wohl. Wir sollten die Adresse wechseln«, sagte Rosa. »Ich gehe gleich nach Hause und pack meine Sachen zusammen.«

»Ich gehe mit.« Sam schlotterte vor Angst.

»Ihr solltet lieber hier bleiben«, erwiderte Fez und schaute mit ernstem Blick von Rosa auf Sam.

»Du hast ja recht«, sagte Rosa. »Meine Sachen sind mir auch egal; aber was ist mit der Leiche? Wenn ich mich nicht um ihn kümmere, gibt Jones womöglich endgültig den Löffeln ab. Dann findet man ihn bei mir und glaubt, ich hätte ihn zum Schweigen gebracht. Wär doch peinlich, oder?«

Fez seufzte. »Was ist mit deinen Jobs? Hältst du es für möglich, daß dich einer deiner sauberen Kunden verpfiffen hat?«

»Woher soll ich das wissen?« Rosa breitete die Arme aus. »Falls die Bullen zu Hause auf mich warten, mach ich die Biege und laß dir über die Antwortmaschine eine Nachricht zukommen. Wenn nicht, bin ich schnellstens wieder hier, zusammen mit Jones.«

»Wechsel die Mietwagen!« rief ihr Fez nach, als sie zur Tür hinausging.

»Pheasant Sam.« Sam schüttelte den Kopf. »Vielleicht bin ich gar nicht gemeint. In Adrians Übersetzung ...«

Fez raubte ihr die Hoffnung »Ein Pheasant ist ein Wildvogel«, sagte er und kehrte an seinen Bildschirm zurück.

»Keely hat doch wohl nicht gesungen, oder? Was meinst du?« fragte sie.

»Freiwillig bestimmt nicht. Aber vielleicht unter Drogen.«

»Das können die Bullen nicht machen. Ich meine, das dürfen sie nicht.«

»Von der Polizei war nicht die Rede. Vielleicht liegt Keely im Krankenhaus.« Fez stockte. »Falls er deinen ersten Vornamen kennt, ist ›Pheasant‹ womöglich als Verballhornung zu verstehen.«

Sam ließ die Namen *Kassandra* und *Pheasant* im Geiste anklingen. Der Vorschlag von Fez war, wie sie fand, weit hergeholt, doch nachdem, was ihr heute auf dem Bildschirm begegnet war, wunderte sie sich über nichts mehr.

»Scheiße«, sagte sie. »Pheasant Sam soll was anderes heißen, und zwar *Fez und Sam*.«

Fez wurde kreidebleich. »Auweia. Heute ist wieder mal so ein Glückstag.« Er starrte auf die untere Bildschirmhälfte. »Hat Art gesagt, daß er dir diese Information in die Mailbox überspielt?«

»Nein!« Sam sprang auf und eilte herbei. »Das heißt ...« Sie versuchte nachzudenken. »Er sagte, daß er mir eine Kopie zukommen lassen will, aber ich hab nicht im Traum daran gedacht, daß er ... Himmel, warum hat er das getan?«

Sie trat vor den anderen Bildschirm. Adrian überließ ihr seinen Stuhl. »Ich schicke gleich von hier aus einen Löschbefehl zur Mailbox«, sagte sie.

»Tu das bloß nicht!« warnte Fez. »Bleib draußen. Du kannst nur unter deinem eigenen Namen löschen, und womöglich liegt da jemand auf der Lauer und wartet auf Variationen von Pheasant Sam.«

Stöhnend warf sie sich in die Lehne zurück. »Ach, ich vergaß. Arts Kopie kann ja gar nicht an mich adressiert sein. Meine Post geht an Rosa, und ich kenne nicht einmal ihr Paßwort. Wir müssen ihr eine Meldung durchgeben und sagen, daß sie die Post sofort löschen soll.«

»Das kann Adrian übernehmen«, sagte Fez.

Verblüfft sah Sam zu dem Jungen auf. »Wie denn? In Mandarin?«

»Ich kann doch schreiben«, sagte Adrian, als sie die Plätze tauschten. »Mein Schreibvermögen ist trotz Gehirnverletzung intakt geblieben. Du mußt mir allerdings diktieren.«

Fez diktierte eine kurze Botschaft an Rosa, und Sam beobachtete die Finger des Jungen, die behende über die Tasten tanzten. »Und jetzt schick den Text ab«, sagte Fez. »Wir können nur hoffen, daß sie nicht irgendwo im Stau stecken geblieben ist.«

Eine Stunde später rief Rosa zurück und meldete, daß Jones verschwunden, ihr Laptop weg und die Mailbox ausgeräumt worden sei.

Er hatte den Kantinensaal für sich alleine, da es gerade nicht an der Zeit war für eine offiziell genehmigte Pause. Die Sache mit den offiziell genehmigten Pausen fuchste ihn schon lange. Aber was würde Manny tun, wenn er ihn hier anträfe? Einen disziplinarischen Vermerk in seine Akte schreiben? Inzwischen lachte er darüber, daß er sich vor solchen Vermerken einmal gefürchtet hatte.

Seit einigen Tagen fürchtete er nichts mehr. Er spürte nur noch eine sonderbare Benommenheit von der gleichen Art, wie er sie in der Flußsequenz von *Kopfjäger* empfunden hatte, als er bis zum Hals in kaltem Brackwasser steckte und darauf wartete, daß ihn die bösen Voodoo-Buben herausziehen und an eine Zypresse nageln würden.

Nachdem ihm die letzte Meldung des Hackers zu Gesicht gekommen war, hatte er spontan das ganze Programm auf Chips kopieren und klar Schiff machen wollen. Marly und Caritha wären dann jedoch außer Reichweite gewesen, denn sein Computersystem zu Hause bewältigte nur Standardspiele und keine so raffinierten Simulationen.

Als er sich vom ersten Schock — *Rivera weiß Bescheid* — erholt hatte, strengte er den Grips an. Falls Manny tatsächlich Bescheid wußte — über ihn, Marly und Caritha nämlich —, kam nur dieser Hacker als Informant in Frage, und daß der in sein System eingestiegen war, stand im Widerspruch zu den Regeln von Diversifications. Das wiederum bedeutete, daß Manny mit seinen Informationen nichts anfangen konnte. Denn würde er dem Dach-Team Bericht erstatten, müßte er zuerst einmal erklären, wie er an sein Wissen gekommen war. Gabe riskierte seinen Job, aber Manny würde mit Sicherheit gefeuert werden. Auch wenn er im Einverständnis mit dem Dach-Team gehandelt hätte, würde Gabe ihn mit einer Beschwerde an den Betriebsrat zu Fall bringen können. Um einen Skandal zu vermeiden, würden die Chefs nicht zögern, ihn den Wölfen vorzuwerfen.

Patt — vorläufig jedenfalls. Nie hatte Gabe schneller gearbeitet, als er das Simulationsprogramm abkopierte und den Speicher mit Werbespots füllte. Vielleicht hatte Manny nur vor, seinen Arbeitseifer zu testen, um gegebenenfalls eine vorgezogene Prüfung zu veranlassen. Darauf war Manny nun vorbereitet. Die Prüfer würden jede Menge Entwürfe, Drehbücher, fertige Werbespots und Requisiten entdecken. Selbst wenn sie Verdacht schöpften, wäre Manny der Gelackmeierte.

Das Verblüffendste an Gabes Plan war die Ausführung, wie er selber befand. Er hatte tatsächlich neue Werbespots für Körperpanzer, Pharmazeutika und Oberbekleidung entwickelt und sämtliche Aufträge erledigt, die ihm abverlangt worden waren. Wie eine Maschine war er an die Arbeit gegangen. Dabei hatte er sich keinerlei Gedanken gemacht, sondern einfach nur getan, was getan werden mußte. Offenbar war er doch noch nicht so ausgebrannt, wie er geglaubt hatte. Oder vielleicht hatte es nur einer Bedrohung von außen bedurft, um den alten Generator seiner Kreativität wieder in Schwung zu bringen.

Also waren ihm sämtliche Aufträge spielend leicht von der Hand gegangen, und nun wartete er darauf, über eine Mailboxnachricht von Manny in dessen Büro gerufen oder von ihm persönlich beehrt zu werden. Doch es passierte rein gar nichts. Manny ließ sich nirgends blikken.

Womöglich wußte er doch nicht Bescheid. Vielleicht hatte der Hacker alles für sich behalten, vielleicht waren dessen Warnung und Gabes Reaktion darauf früh genug erfolgt. In diesem Fall würde er Marly und Caritha wieder laden können. Allerdings wollte er in Zukunft vorsichtiger sein und seine Produktivität nach Möglichkeit halbwegs konstant halten. Schließlich konnte ihm nicht daran gelegen sein, alles zu verlieren und im Regen zu stehen.

Es war ein Glück, wie er fand, daß er Catharine seit Tagen, seit ihrer Ankündigung, ihn verlassen zu wollen, nicht gesehen hatte. Ihr wäre sofort aufgefallen, daß ihm nicht das Ende der Ehe, sondern ein ganz anderes Problem auf den Nägeln brannte. In der Wohnung war inzwischen alles wieder beim Alten. Sie hielt sich rund um die Uhr in ihrem Büro auf, und er schlich wie gewöhnlich auf Zehenspitzen zwischen Wohn- und Gästeschlafzimmer hin und her. Anscheinend hatte sich für ihr Objekt noch kein Käufer gefunden. Catherine würde ihm schon Bescheid geben, wenn es soweit wäre, seine Siebensachen zu packen. Es riet sich durchaus, schon jetzt nach einer neuen Bleibe zu suchen, aber er wollte sich nicht unter Druck setzen lassen, weder von Manny noch von Catherine.

Er hörte, wie sich die Türen zum Saal wispernd öffneten. »Da bist du ja!«

LeBlancs Stimme erschreckte ihn so sehr, daß er kalten Kaffee über den Schoß schüttete.

»Tut mir leid«, kicherte LeBlanc verlegen. »Ich ahnte nicht, daß du in medialer Trance versunken bist. Was treibst du überhaupt hier so ganz allein, während alle anderen oben in Mirischs Kabarett die Show verfolgen?«

Er tupfte mit einer Serviette die Hose ab und sah sie mit blinkenden Augen an. »Mirischs Kabarett?«

»Sein Balkon im zwanzigsten Stock.« Sie reichte ihm eine frische Serviette aus dem Behälter auf dem Tisch.

»Und da läuft eine Show ab?«

»Könnte man sagen. Diese Frau hat vor zu springen.«

Gabe schüttelte den Kopf. »Welche Frau?«

»Die dich geschlagen hat. Sie hockt auf dem Geländer und will springen. Vielleicht interessiert es dich.«

»Sie hat tatsächlich vor, sich umzubringen?«

»Sieht so aus; bei uns gefällt es ihr offenbar nicht. Nein, im Ernst: Sie hängt in einem Geschirr mit langen Gummiseilen und will eine Art Stunt vorlegen.« LeBlanc half ihm aus dem Stuhl. »Komm, das mußt du sehen.«

Ganz schön sensationsgeil, dachte Gina mit Blick auf die Menge, die sich auf dem Balkon versammelt hatte und von zwei Werkschutzleuten zurückgehalten wurde. Ein Kerl namens Clooney rannte umher und machte sich wichtig. Die beiden Männer vom Werkschutz stritten darüber, ob sie der Situation gewachsen seien oder Verstärkung nötig wäre. Ein paar Schritte entfernt lehnte Valjean am Geländer und tippte ungeduldig mit dem Fuß auf, während sein Cape mustergültig auszuflippen schien. Gina konnte seine Gedanken buchstäblich hören: *Springst du nun endlich oder wartest du verdammt noch mal lieber auf noch mehr Zuschauer?*

Sie prüfte die Karabinerhaken am Geschirr, stellte sicher, daß die Seile am Geländer fest verknotet waren und zurrte das Band der Stirnkamera fest, auf der das Markenzeichen von Canadaytime abgebildet war. Als Gina das letzte Mal vom Dach des alten EyeTraxx-Gebäudes gesprungen war, hatte sich Valjean darüber beklagt, daß der Sturz nicht *tief* genug gewesen sei. Zur Klage hatte er diesmal keinen Grund. Die Bunjee-Seile würden sich mindestens fünfzehn Stockwerke tief ausdehnen.

»Sorgen Sie dafür, daß die Leute hier verschwinden, und halten Sie für den Notfall ein Rettungsteam in Bereitschaft!« brüllte Clooney einem der Werkschutzmänner zu. Von einem Windstoß aufgeweht, flappte ihm die lange, schlaffe Spitze des Hemdkragens in den offenen Mund. Der Wachmann schob ihn beiseite.

»Madam, *bitte* steigen Sie vom Geländer und kommen Sie ins Haus«, drängte er Gina. »Legen Sie es nicht darauf an, daß ich Ihren Vorgesetzten rufe.«

»O Mann, mit meinem Vorgesetzten jagen Sie mir aber jetzt gehörig Angst ein«, entgegnete sie und blickte über West Hollywood hinaus auf die Berge von Santa Monica. Wollte man ihr etwa weismachen, daß Rivera nicht informiert würde, wenn sie sich artig fügte? Davor hatte sie damals schon den Beater gewarnt: daß eine Firma wie Diversifications seinen Mitarbeitern eine Menge Bullshit zumutet.

Und an welchen Blödsinn glaubte sie? Daß Mark auf Trab zu bringen sei, indem man ihm acht Löcher in den Schädel bohrte? Daß sie sich dann mit ihm wieder zusammentun könnte und die Welt in Ordnung wäre?

Wenn du einverstanden bist, kannst du morgen abziehen, zusammen mit Mark. Nach Mexiko. Wenn nicht, wird man einen Grund finden, dich aus dem Weg zu räumen, Gina. Da bin ich mir sicher.

Gib nach; noch bittet man dich höflich.

Er will, daß du ihn begleitest. Wenn du dich weigerst, wird er ohne dich gehen, denn das verlangt die Abmachung. Rivera wollte nicht, daß ich dir Zeit zum Nachdenken oder die Möglichkeit lasse, Mark die Sache auszureden.

Der Kerl, dem sie eine Kopfnuß verpaßt hatte, tauchte auf dem Balkon auf und mischte sich unters Publikum. Er sah verwirrt und benommen aus. Anscheinend kennt er keinen anderen Zustand, dachte Gina.

Wenn du ihn begleitest, kann er es schaffen. Er hat nur diese eine Chance, um nicht restlos vor die Hunde zu gehen. Du bist seine einzige Chance. Euch verbindet eine Menge, auch wenn dir das selber nicht klar ist.

Wieviel Blödsinn glaubte sie also? Und wieviel von dem, was sie glaubte, war Blödsinn? Sie hatte an Marks Tür geklopft, aber er war nicht zu Hause gewesen. Er steckte irgendwo in Videoland, in seiner beschränkten Idiotensphäre.

Wer soll ihn finden, wenn nicht du, Gina?

Fast hätte sie dem Beater wegen dieser Frage eine gelangt; dafür und für die Unverschämtheit, sie bis zu jenem Morgen hinzuhalten, so daß nur noch das Eine zu sagen übrigblieb. Aber darauf konnte er lange warten; von ihr würde er nichts erfahren, selbst wenn er fünfundvierzig Meilen weit über Stacheldraht kröche.

Gina sah sich unter den Zuschauern um; ihr Blick streifte kurz den Punchingball. Der Beater war noch nicht aufgekreuzt. Genausowenig wie Mark.

Valjean warf sich in die Brust und schlug den rechten Teil des Capes über die Schulter. Wolkige Gebilde zitterten durchs Material. Worauf wartete sie noch? Wieso setzte sie nicht endlich zu diesem verdammten Sprung an? Das Erlebnis würde ihr tief im Bewußtsein hängenbleiben; wenn man ihr dann später den Schädel aufbohrte, würden die Eindrücke wie perfekte Träume aus den Löchern sickern und sie könnte in Zukunft getrost verzichten auf den Streifen aus der beknackten Kamera, die ihr auf der Stirn saß.

Gina richtete sich auf dem Geländer auf, hielt vorsichtig die Balance und ignorierte die Männer vom Werkschutz, die auf sie einschrien.

»Augenblick!«

Der Punchingsack löste sich aus der Menge und kam auf sie zu. Er sah aus, als würde er sich im nächsten Moment übergeben. Sie stemmte die Fäuste in die Hüften. »Was ist los?«

Er blickte sich befangen um. »Ehh ... wollen Sie wirklich springen? Wie Sie wissen, habe ich ein Fluggeschirr in meiner Simulationswerkstatt.«

Komisch. Kaum zu glauben, daß er sich um sie Sorgen machte. Plötzlich schoß ihr eine verrückte Idee durch den Kopf. »Wie wär's mit einer Revanche?«

Sein Gesicht knitterte. »Wie bitte?«

»Für den Kinnhaken von mir.«

»Sie wollen bloß angeben!« trötete der Esel namens Clooney. Drohte er ihr doch tatsächlich mit dem Zeigefinger. Sie zeigte ihm einen anderen Finger.

»Wollen Sie nun Revanche oder nicht? Entscheiden Sie sich. Wenn Sie mich nicht runterstoßen, springe ich von alleine.«

Er glotzte wie eine Kuh im Gewitter.

Sie ließ ihn mit wegwerfender Handbewegung abblitzen. Dann bittest du höflich, aber niemand will dich vom Geländer schubsen. Wie gesagt: verrückte Idee. Gina drehte ihm den Rücken zu, holte tief Luft und blickte nach unten, um den Schwindel zu verstärken. Der Balkon kragte weit genug vor. Es bestand also nicht die Gefahr, daß sie eine lange rote Schmierspur auf der Außenwand zurücklassen würde. Wie als Sprungschanze geschaffen. Wofür sollte das Gebäude sonst gut sein? fragte sie sich beim Abspringen.

Auf dem Balkon war nun der Teufel los. Manny kam und mit ihm der ältere Mann, der Beater. Gabe hatte eigentlich keine Lust, Manny zu sehen, wollte sich aber auch nicht entgehen lassen, wie die Männer vom Werkschutz die Frau hochhievten. Sie schien den Sturz gut überstanden zu haben. Der seltsame Vogel in dem noch seltsameren Cape versuchte sich an Clooney vorbeizudrücken. Doch der stieß ihn immer wieder zurück und beschwerte sich über dessen ›unbefugten Zutritt‹. Wie albern, dachte Gabe. Alle anderen schwirrten durcheinander und kreischten in schrillen Tonlagen drauflos. Soviel Aufregung hatte es nicht mehr gegeben, seit die Hauptdarsteller des sehr populären schlechten Films *Love's Madness* während einer Promotiontour bei Diversifications aufgetaucht und irgendwie in eine Schlägerei geraten waren. Der Liebe Wahnsinn damals und jetzt: das wahnsinnige Rock-Video.

Manny hatte Gabe sofort entdeckt und nickte ihm

freundlich zu. Gabe war so verdattert, daß er zurücknickte. Als sich dann Manny über Gina Aiesi hermachte, suchte Gabe hinter einem Türrahmen Deckung.

Sie deutete ein paarmal auf den Beater, ließ Manny an ihrer Faust schnuppern. Gabe freute sich schon darauf, ihn mit blutspritzender Nase zu Boden gehen zu sehen. Doch plötzlich kehrte sie ihm den Rücken zu und fing an, das Geschirr abzuschnallen. Manny und der Beater gingen weg und kamen auf dem Weg zum Fahrstuhl direkt an Gabe vorbei. Der hätte sich am liebsten unsichtbar gemacht, aber Manny blieb stehen und fragte: »Wie geht's dem Kiefer?«

Gabes Augenlider klappten auf und zu. »Pardon?«

»Der Kiefer.« Manny zeigte auf die entsprechende Partie seines Gesichts. »Besser?«

»Oh, bestens«, stammelte Gabe und nickte. »Danke der Nachfrage.«

»Schön zu hören.« Manny und der Beater bestiegen den Fahrstuhl. Ihr Abgang leitete einen Massenexodus ein. Gabe schwamm gegen den Strom der Menge und steuerte auf Gina zu, die gerade dabei war, unter den strengen Blicken der Wachposten ihr Geschirr einzupakken.

»Die Show ist vorbei«, sagte sie. »Was ist los? Habt ihr Angst, daß ich den verdammten Balkon klaue?«

Der Mann im Cape schob Clooney unwirsch beiseite. »Gib's ihnen, Gina.«

»Wir werden Sie jetzt an Ihren Arbeitsplatz zurück begleiten«, sagte einer der Aufpasser förmlich. »Und da bleiben Sie dann. Sie haben auf dieser Etage nichts zu suchen.«

Gina sah die beiden an. »Mann, ihr könnt einen ganz schön einschüchtern.«

»Machen Sie endlich voran, junge Frau.« Der Schutzmann langte nach ihr, doch sie schlug ihm die Hand weg.

»Ich begleite sie«, sagte Gabe spontan. »Ich bringe sie zurück.«

Der Aufpasser musterte ihn mit finsterem Blick. »Sie sind also mit im Spiel.«

»Nein«, entgegnete Gina. »Geht mir aus dem Weg. Dieser Herr da *begleitet* mich.«

Die Jungs vom Werkschutz wandten sich dem Capebehangenen zu. »Sir, wir müssen Sie jetzt nach draußen geleiten.«

»Tun Sie das«, sagte Gina. »Ihr zwei könntet einen Begleiterdienst aufmachen. Würde euch vielleicht besser liegen als Werkschutz.« Lachend blickte sie den Männern nach, die ihren Freund zum Fahrstuhl führten, vor dem sich immer noch die Leute drängten. »He, Val«, rief sie, »ich hab den Scheiß-Sturz im Kasten. Was sagst du eigentlich dazu?«

»Laß mich erst das Ergebnis sehen«, rief er zurück, bevor ihn die Wachen durch die Menge stießen.

Sie schnallte die Kamera vom Kopf und rieb sich die Stirn. »Wir sollten warten, bis die Meute verschwunden ist, denn schubsen wollen Sie mich ja nicht, sondern nur *begleiten.*«

»Ist das Ihre Vorstellung vom Ei im Bier?« Gabe war von seiner Frage selber überrascht.

Sie lächelte ihn an. Was für ein Lächeln, dachte er. Es bewirkte etwas in ihm, aber er wußte nicht, warum. Sie warf ihm die Kamera zu. Er fing sie mit einer Geschicklichkeit auf, die ihm außerhalb seiner Simulationen nur selten abverlangt wurde.

»Kommen Sie«, sagte sie. »Gehen wir ein bißchen spazieren.«

19

»Verdammt, nein«, sagte Gator. »Nachdem er mir die Schererei mit seiner Leiche gemacht hat, wird er seinen toten Arsch hier nicht mehr blicken lassen.« Sie hatte die Nadel gründlich abgeputzt und legte sie aufs Tablett. »So bedankt er sich für mein gutes Zureden und die Tätowierung, die ich ihm gemacht habe.«

»Die ist ihm wahrscheinlich nicht einmal aufgefallen«, murmelte Rosa.

»Ist ja auch nicht der Rede wert«, entgegnete Gator. »Vermutlich nicht annähernd so wertvoll wie das, was er dir aus der Mailbox genommen hat.« Sie betrachtete Rosa mit skeptischem Blick. »Hast du denn nicht beizeiten daran gedacht, die alte Post durchzusehen und rauszunehmen?«

»Ich hatte so viel um die Ohren«, antwortete Rosa. »Und außerdem wird alles, was reinkommt, automatisch im Offline-Speicher abgelegt. Daß er auch dort nachsieht, war nicht zu erwarten.«

Sam saß vor Gators Laptop und richtete sich auf. »Tja, gemeldet hat er sich auf jeden Fall nicht, weder mit noch ohne Daten.«

»Wieso sollte er auch? Er ist doch kein Hacker«, sagte Gator. Sie ging an den Bildschirm und rief ein Efeumuster ab. »Das habe ich ihm verpaßt. Wir könnten eine Kopie davon im Tätto-Club verteilen lassen; der besteht zufällig aus der kompletten Belegschaft von Sankt Weckmann. Es sei denn, du willst ihn finden, bevor ihm andere auf die Spur kommen. Er ist kein Hacker, weiß aber, wann Zahltag ist, und daß er mit den geklauten Daten Mäuse machen kann, wird er bestimmt längst geschnallt haben.«

»Falls er nicht mehr in der Mimosa ist, weiß ich nicht,

wo wir nach ihm suchen könnten«, seufzte Sam erschöpft.

Gator krauste die Stirn. »Oh, ich habe nicht behauptet, daß er aus der Mimosa raus ist. Ich sagte, er ist nicht mehr hier gewesen, hier in meinem Zelt. Vielleicht versteckt er sich in der Nähe; vielleicht seid ihr an ihm vorbeigekommen, ohne es zu wissen.«

»Großartig«, sagte Rosa. »Fällt dir sonst noch was ein?«

»Und ob«, antwortete Gator. »Ich würde raten, herauszufinden, wann und wo die nächste Spontanfete steigen soll. Garantiert ist Jones dabei. Er wird mit einem der Hacker zu feilschen versuchen, die ihre Störschleifen abspulen.«

»Was macht dich so sicher?« wollte Sam wissen.

»Für Jones waren Spontanfeten sein zweites Zuhause, bevor er sich mit Keely zusammentat. Er war immer zur Stelle und hoffte darauf, mit irgendeiner Berühmtheit eingebuchtet zu werden, um selber mal auf der Dataline zu erscheinen. Genausogut hätte es ihm gefallen, mit einer Berühmtheit auszubüchsen, um dann durch sie an guten Stoff zu kommen.«

»Das wäre für uns ziemlich riskant«, gab Sam zu bedenken. »Denn wir sind inzwischen selbst schon Berühmtheiten, und falls man uns erwischt, werden wir womöglich wie Keely von der Bildfläche verschwinden.«

»Ihr müßt bloß rechtzeitig untertauchen«, meinte Gator.

»Du bist wirklich eine große Hilfe«, sagte Rosa gereizt.

Lächelnd beugte sich Gator über den Laptop. »Ihr könnt ein paar Ausweise von mir haben, die euch im Fall einer Verhaftung durch die Gerichtsverhandlung flutschen lassen wie Melonenkerne. Mehr ist nicht drin. Der Weckmann hat mich gebeten, hier auf Fez zu warten.«

»Sankt Weckmann?« fragte Sam.

»Ja, bekannt auch als mein Leibarzt«, antwortete Gator.

»Du hast mit ihm gesprochen?«

Aus dem Drucker rutschten zwei Papierstreifen, einer nach dem anderen. »Er füttert mich mit Entwürfen für Tätowierungen.«

Sam wollte mehr darüber wissen, doch Rosa drängte zum Aufbruch. »Komm jetzt, wir müssen rausfinden, wo eine Spontanfete steigt. Wenn wir Glück haben, läuft uns Jones über den Weg.«

»Stellt fest, wo die Fete stattfindet, und dann seid an Ort und Stelle«, empfahl Gator. »Fahrt nicht mit dem ganzen Pulk dorthin.«

Sam blieb im Zeltausgang stehen. »Und was ist mit dir? Du stehst auch ganz oben auf der Liste.«

Gator grinste. »Tja, mich hat man schon ausfindig gemacht. Im Leichenschauhaus von Santa Monica. Mein Arzt hat mich vor wenigen Stunden für tot erklärt und den Totenschein ausgestellt. Was Jones kann, kann ich auch.«

Das Ungeheuer war zweieinhalb Meter groß, teils Samurai — genauer: die Videovorstellung eines Samurai —, teils Voodoo-Gespenst, teils Maschinenphantasie und dargestellt in hoher Auflösung. Es bewegte sich im kleinen Radius mitten im Raum gemäß einer stilisierten Choreographie, die Gabe an die Flügelschläge eines Signalmastes erinnerten. Er starrte und staunte, hockte im Schneidersitz vor dem Sofa auf dem Boden und hielt einen unidentifizierbaren Drink auf dem Knie. Er befand sich in einem fremden, riesig großen Wohnzimmer, in dem eine bunte Schar von Leuten aß, trank, umherschlenderte oder auf die multiplen Bildschirmwände schaute. Um das Ungeheuer in der Mitte machte jeder einen weiten, respektvollen Bogen.

Er war Gina im Anschluß an das Spektakel auf dem

Balkon hierher gefolgt, nachdem sie ihn gebeten, nein, aufgefordert hatte, mit ihr spazierenzugehen. Gina bat nicht.

Er hob das Glas, an dem er nun schon eine Ewigkeit zu nippen schien. Dem Inhalt waren irgendwelche Kräuter und Gewürze beigemischt, die anscheinend entgiftend wirkten. Gina hatte ihm den Drink gegeben — und wahrscheinlich nicht etwa nur angeboten. Doch er erinnerte sich nicht mehr so genau. Er wußte nicht einmal mehr, wie er in dieses riesige, scheinbar endlose Wohnzimmer geraten war.

Der Typ mit dem verrückten Cape kreuzte Gabes Blickfeld. An dem ständig wechselnden Muster im Material des Umhangs fand Gabe außergewöhnlich großen Gefallen, was vielleicht an seinem gegenwärtigen Zustand lag. Hätte er sich bewegen können, wäre er aufgestanden und dem Mann gefolgt, um ihm dafür zu danken, daß er eine so interessante Garderobe trug.

Gabe dachte eine Weile darüber nach. Plötzlich glaubte er am Blickfeldrand jenen merkwürdigen, dunklen Fleck auftauchen zu sehen, der ihn in verschiedenen *Kopfjäger*-Sequenzen genarrt hatte. Doch als er genauer hinsah, war nichts zu erkennen.

Natürlich nicht. Der Gedanke kam träge, drängte sich aber schließlich durch den warmen Brei seines Bewußtseins in den Vordergrund. Natürlich war hier kein Fleck, kein Datenfehler, denn er befand sich ja nicht in einer simulierten Szene, obwohl es durchaus den Anschein hatte. Im Geiste konnte er die Stimmen von Marly und Caritha so deutlich wie durch den Kopfhörer vernehmen. Er bekam zwar nicht mit, was sie sagten, aber das erschien ihm auch nicht wichtig. Er durfte sich ganz und gar dem Programm überlassen, und Marly und Caritha würden auf ihn achtgeben. Schließlich hatte Caritha die Kamera; von ihr war zu erfahren, ob er einen wirklichen Gegenstand vor Augen hatte oder nur eine Holografie.

»Holos, ja«, sagte eine Stimme nahebei. »Mit dem, was Valjean für Holos ausgibt, ließe sich ein neuer Videokanal in der Dataline finanzieren. Zum Teil jedenfalls.«

Das Ungeheuer in der Mitte wurde plötzlich länger und verwandelte sich in eine Feuersäule.

»Deckung!« schrie Gabe und warf die Arme über den Kopf. Doch die befürchtete Explosion blieb aus. Langsam senkte er die Arme und sah sich um. Mehrere Leute starrten ihn neugierig an. Die Feuersäule flackerte munter weiter.

Irgend jemand tippte ihm auf den Kopf. »Ich glaube, das gehört Ihnen.« Verschreckt blickte er auf. Eine Frau hielt ihm ein leeres Glas vor die Nase. Das seidene Oberteil ihres Kleides war klatschnaß. Sie sah ihn verärgert an und wirkte zugleich amüsiert; einen ähnlichen Blick kannte er von Marly. »Also, wenn Sie Lotus nicht vertragen, sollten Sie die Finger davon lassen.«

»Das hätten wir«, sagte jemand anders. Gabe drehte sich um und sah eine Frau im Overall, die eine Kamera in der Hand hielt. Caritha war's nicht. Natürlich nicht, dachte er verwirrt; sie kann ja nicht hier sein. »Prima Aufnahme«, sagte die Frau. »Wir bearbeiten den Spritzer ein wenig, so daß es aussieht, als hätte er mit Diamanten nach dir geworfen. Partylöwen stehen auf sowas.« Mit Blick auf Gabe sagte sie: »Haben Sie mir eigentlich schon die Video-Verwertungsrechte übertragen? Wenn nicht, unterschreiben Sie mir den Wisch, bevor Sie gehen. Sonst muß ich ein Double für Sie einsetzen.«

»Ist das also doch ein Video hier?« fragte Gabe, verwirrter denn je.

»Dafür werde ich bezahlt«, erwiderte die Frau. Sie sagte noch mehr, aber Gabe hörte nicht zu. Schwerfällig stand er auf und sah sich um. Wenn er sich tatsächlich in einem Video befand, würden bestimmt auch Marly und Caritha anwesend sein. Er könnte sie suchen und mit ihnen noch ein paar Kopfjäger zur Strecke bringen.

Suchend tappte er umher. Gesichter schwebten an ihm vorbei wie buntbemalte Luftballons. »... ich liefere meinem Agent ständig neue Clips«, tönte eine Stimme neben ihm. »Aber er sagt immer nur, daß ich mich aus dem Geschäft mit Instantparty-Videos raushalten soll. Ich verstehe das nicht. Die Kamera liebt mich, und deshalb bin ich wie geschaffen für diese Arbeit.«

Die Entgegnung darauf, falls es denn eine gab, war für Gabe nicht mehr zu hören. Er stand nun vor einer Wand mit eingebauten Bildschirmen, über die jeweils ein anderer Film ablief. Sein Blick wanderte aufgeregt hin und her. Er versuchte, zusammenhängende Sequenzen zu erkennen, und ihm wurde so schwindelig dabei, daß er umzukippen drohte.

Plötzlich spürte er einen festen Händedruck am Arm. »Für Liebhaber von Techno-Phantasie-Pornos ist der Streifen da recht interessant.« Eine warme Hand lenkte sein Kinn ein Stück nach links unten. Er sah eine sonderbare goldene Maschine, aus der zwei glimmende Kegel, auf Schwanenhälsen montiert, herausragten. Die Spitze eines dieser Kegel schrieb leuchtende Symbole auf einen endlosen Streifen transparenten Materials, das aus einer unsichtbaren Quelle gezogen wurde. Die andere Kegelspitze steckte im Kopf einer Frau, die reglos auf einem Stuhl neben der Maschine saß.

»Kopfjäger«, flüsterte Gabe.

»Gut geraten. Aber der richtige Titel lautet: *Gewußt wie*«, sagte ihm dieselbe Stimme ins Ohr. »Es ist eine Anklage gegen unser gegenwärtiges Informationswesen. Die Medienzare entscheiden, was wir wissen müssen und was nicht. Sie nennen das ›Marktforschung‹, ›effizienten Einsatz von Ressourcen‹ oder ›Abfallvermeidung‹. Aber im Grunde singen sie das alte Lied: Wir lassen die Leute im Dunklen. Wir bräuchten eine neue Zeit der Aufklärung, finden Sie nicht auch?«

Gabe starrte wie gebannt auf das Bild. *Es war fast ebenso schockierend wie das, was er auf der Krankenstation gesehen hatte.*

»Was für eine Station?«

Er hatte unwillkürlich gesprochen. Das war ihm heute abend schon des öfteren passiert. »Wo man Patienten Löcher in den Kopf bohrt und ihnen Neurotransmitter klaut.«

Nach einer Pause dann: »Sie fahren wohl tatsächlich auf Techno-Phantasie-Pornos ab. Das habe ich Ihnen auf den ersten Blick angesehen.«

Er wandte sich der Person zu, die mit ihm sprach. Er sah ihr Gesicht nur undeutlich und wie von einem kunstvoll changierenden Schleier verhüllt. Trotzdem erkannte er, daß es sich weder um Marly noch Caritha handelte. »Entschuldigen Sie mich«, sagte er. »Ich bin auf der Suche nach jemandem.«

Das Haus brannte lichterloh. Nein, er brannte. Nein, er stand inmitten der Feuersäule. Die hatte er ganz vergessen. In Verlegenheit geraten, versuchte er, daraus hervorzutreten, doch sie hängte sich an, als wollte sie von ihm Besitz ergreifen. Adoptiert von einer Feuersäule. Das Programm schien heute wieder einmal verrückt zu spielen. Er plierte durch die Flammen. Ein paar Leute klatschten ihm Beifall. Er wandte sich ab, ging im Kreis herum und suchte nach Orientierung. Die Bildschirmwand. Von dort mußte er gekommen sein. Nein, da vorn stand noch eine Bildschirmwand; vielleicht war er von da gekommen. Das Grüppchen applaudierte immer noch. Plötzlich teilten sich die Flammen, die Feuersäule gab ihn frei. Eine Frau im Militärrock mit Epauletten auf den Schultern fingerte an der Maschine herum, warf ihm einen Blick zu und schüttelte den Kopf.

»Wenn Ihnen nichts Besseres einfällt, als bloß dumm rumzutapsen, kann ich Sie nicht gebrauchen.«

»Entschuldigung«, sagte er. »Ich bin auf der Suche nach Freunden.«

Er zog davon, bog um eine Ecke und betrat einen langen Flur. Lang? Nein, er war bloß auf einen perspektivischen Trick hereingefallen. Aus einer Tür lugte ein Robotervogelkopf, der ihn sekundenlang neugierig beobachtete. Dann tauchte das Gesicht eines Mannes auf, der ihn herbeiwinkte. Er hielt eine Kamera in der Hand. Gabe glaubte endlich Bescheid zu wissen und wähnte sich in einem dieser Unterhaltungsvideos simulierter Parties in Privatclubs und Bars. Instantfeierabend. Musik war zu hören. Ein gehetzter Beat drängte ihn: entspanne dich, entspanne dich!

Auf dem oberen Absatz einer Wendeltreppe sah er eine Frau vorbeihuschen. Sie hatte einen Wust von Haaren auf dem Kopf, gefärbt wie dunkler Honig. »Marly?« rief er und wühlte sich an warmen Körpern vorbei, die am gewundenen Handlauf lehnten. Wie Hagelkörner prallten Worte von ihm ab, und er erreichte die obere Etage. Völlig erschöpft.

Noch ein Flur, den er entlangging. Vor jeder Tür machte er halt. Einige Zimmer waren voller Menschen, andere fast leer. Von Marly keine Spur. Die Tür zum letzten Zimmer stand halb offen. Er zögerte, war geneigt anzuklopfen, trat aber dann mit dem Fuß vor die Tür.

Musik dröhnte ihm entgegen, ein seltsamer Mischmasch von Klängen. Er hielt sich am Türrahmen fest, überwältig, geblendet. Wenig später wurde sein Blick klarer, und er sah ein Bett, hochkant an die Wand geklappt. Um Platz zu schaffen für die Musik, dachte er. Und für den Mann, den er nun entdeckte, der in der Zimmermitte vor einem kleinen Feuer kniete und mit dünnen Fingern die Flammen aufzulodern lockte.

Einige Schritte entfernt lag Caritha ausgestreckt am Boden. Sie stützte sich mit dem Ellbogen ab und schaute zu. Erleichtert nahm Gabe neben ihr Platz.

»Hab ich doch geahnt, daß ich dich hier antreffe«, sagte er, lehnte den Hinterkopf an die Wand und schloß die Augen.

»Was ist denn mit dir passiert?« Ihre Stimme tönte seltsam rauh im Zusammenklang mit der Musik.

»Wann?« Er wollte sie ansehen, den Arm um sie legen, doch der Kopf war plötzlich viel zu schwer, und die Augen weigerten sich aufzugehen. Aber gleich würde er die Lider wieder öffnen können. Es hatte doch keinen Zweck, ein Video laufenzulassen und die Augen dabei geschlossen zu halten.

»Du hast wohl ganz schön nachgetankt, oder?«

Er schaffte es, die Augen einen Spaltbreit aufzuzwingen. Carithas Stimme klang wirklich merkwürdig, als hätte jemand am Programm herumgepfuscht. Der Hakker. Das war bestimmt der Hacker gewesen, obwohl er behauptet hatte, auf seiner Seite zu stehen. Gabe mühte sich, den Kopf zu heben. Der Mann in der Mitte des Zimmers verbrannte ein Musikinstrument, eine alte elektrische Gitarre aus dem vorigen Jahrhundert. Er hatte Benzin darüber gegossen und ein Streichholz angelegt. Jemand fragte ihn: *Are You Experienced?*

»Das ist nicht die Frage«, sagte er. »Die Frage ist, ob du wirklich jemanden auf deiner Seite hast. Behaupten kann man vieles, aber es ist … es ist …« Der Gedanke entglitt ihm wie Wasser zwischen den Fingern.

»Gehupft wie gesprungen? Wolltest du das sagen?«

Er langte, ohne hinzusehen, mit der Hand nach ihr und fand ihr Handgelenk. »Ich wollte sagen, daß wir aufgeflogen sind. Wir müssen verschwinden. Wo ist Marly?«

»Aufgeflogen? Ja, ja, du bist ganz schön high, Mann.« Ein rüdes Lachen, das ganz und gar nicht zu Caritha paßte. Gedanken, Bilder und Geräusche purzelten ihm durch den Kopf, und dazwischen glaubte er den Kalenderalarm leise piepen zu hören. Doch der entsprechende Hinweis auf der Mattscheibe blieb aus.

»Es war Manny«, sagte er schwach. »Er ist uns auf die Schliche gekommen. Nicht gerade auf legale Art, aber trotzdem. Keine Ahnung, was er jetzt vorhat.«

»Manny? Du meinst wohl Rivera.« Wieder dieses Lachen. »An dem Kerl ist alles faul. Ich könnte da Geschichten erzählen ...«

»Könntest du?« Gabe war perplex.

»Aber ich werde einen Scheißdreck tun.«

Der Mann verbrannte immer noch seine Gitarre. Oder verbrannte er sie nun zum zweiten Mal? Flackernde Lichtstreifen zogen sich durch das Bild vor Gabes Augen, und erst jetzt erkannte er, daß er der Holografie eines sehr alten Filmstreifens zuschaute.

»Zum Geschichtenerzählen fehlt uns sowieso die Zeit«, sagte er nach einer Weile. »Ich habe so viel wie möglich verschwinden lassen. Im Speicher sind nur noch Werbespots zu finden. Leider wird's noch lange dauern, bevor wir drei wieder zusammenkommen können.« Er faltete seine Finger mit den ihren zusammen. Es fühlte sich so echt an. Er spürte den Schweiß auf ihrer Hand, die Haut der Finger, die Wärme. Er versuchte sich zu entsinnen, ob denn der neue Hotsuit mit den aufgemotzten Sensoren tatsächlich schon geliefert worden war. Die Empfindungen waren nie zuvor so lebendig gewesen, sondern nur annährend realistisch, was durchaus gereicht hatte, weil die Videobilder die Vorstellungskraft stützten und das Gehirn alle Detaillücken auffüllte. Für gewöhnlich war die Illusion unwiderstehlich, und so mußten gute Videos und Werbespots auch sein.

Ihm wurde nun bewußt, daß er wieder laut gesprochen hatte. Ganz unwillkürlich. Er starrte in die Flammen, die von der Gitarre aufflackerten.

»Ich habe dir zwei Lotuspillen in den Drink getan in der Hoffnung, daß du diese verdammte Sauertopfmiene endlich ablegst. Anscheinend hat man dir unten noch ein paar weitere verabreicht, denn du bist ja total von der Rolle.«

Er runzelte die Stirn, drehte ihr den Kopf zu und zuckte zusammen. Es war nicht Caritha.

»Kannst du dich noch an die letzten Minuten erinnern?« fragte Gina und wartete auf Antwort. »Offenbar nicht.«

Achtung! meldete sich Marlys Stimme in seinem Kopf. *Dies ist keine Simulation.*

»Ist es nicht ein bißchen spät, mir das zu sagen?« murmelte er.

»Ein *bißchen* spät?« Gina lachte freudlos auf. »Wenn du mich fragst, ist es viel zu spät.« Ihre Augen glichen dunklen Löchern. Gabe ahnte, daß sie noch berauschter war als er. »Wir haben's geschafft, in Ton- und Bildkonserven reinzusteigen, aber nichts von alledem ist wirklich, sondern nur der schnelle, leichte Weg zu einer realistischen irrealen Erfahrung. Weißt du überhaupt, wovon ich spreche?«

»Ich verstehe nicht einmal das, was ich von mir gebe«, antwortete er ehrlich.

»Gut für dich, solange du high genug bist und in der Wahnsinnssphäre schwebst.« Eine Kamera tauchte in der Tür auf, schwenkte durchs Zimmer und verschwand wieder. »Valjean kriegt den Hals nicht voll genug«, sagte Gina. »Er verscherbelt seine Parties als Videos. Sogar beim Pinkeln hast du Zuschauer. Vor allem in Kansas. Da findet der Quatsch reißenden Absatz und flimmert über abertausend Kopfmonturen, wenn's denn sowas in Kansas überhaupt schon gibt. So kommt das Landvolk auch mal in den Genuß von Parties, die ihnen sonst verschlossen bleiben. Und willst du wissen, wo der Ursprung liegt? Weißt du, woher dieser blöde Wunsch stammt?«

Gabe schüttelte den Kopf. Die Drogen schienen in der Wirkung nun nachzulassen; er rutschte aus den Wolken, und im Magen brannte es.

»Früher gab's diese Fernseh-Shows mit Musik und Tanz auf diesen Bildschirmen aus der Steinzeit. Schwarzweiß, ausgestrahlt von zwei, drei Sendern, die in jeder Stadt zu empfangen waren. Tanzende Teenies, solo oder in Gruppen. Die bewegten die Lippen synchron zur Playbackmusik. Und draußen vor den Bildschirmen tanzten Millionen von Teenies mit und bildeten sich ein, auf der Bühne zu stehen.«

»Hmmmm«, sagte Gabe höflich. Er versuchte, ihren Worten zu folgen, verstand aber nur die Hälfte.

»Später dann wurde mit der Musik enorm viel Zauber gemacht«, fuhr sie mit leiserer Stimme fort. »Sie wurde mit Ideen und Absichten vollgepfropft. Zur Vorstellung von Neuerscheinungen sagten die Künstler: ›Mein Album protestiert gegen dies‹ und ›Mein Album protestiert gegen jenes‹. Das war, bevor jemand den tollen Einfall hatte, Riesenkonzerte zu veranstalten, um die Hungernden der Welt zu speisen. Davon weißt du wahrscheinlich nichts mehr. Das ist heute längst vergessen. Denn heute nimmt man die Hungernden mit der Kamera auf und wirft Armutspornos oder Slumpornos auf den Markt.

Damals also gab es diese Alben, mit denen sich die Musiker für dies und das einsetzten, doch am Ende kämpfte nur jeder gegen den anderen um den Spitzenplatz in der Hitparade. Rigoros. Vom wirklichen Geschehen waren die weit weg, verdammt weit weg. Sie schwafelten fromme Sprüche von einer ›friedlichen Welt‹ daher, hatten aber keine Ahnung, wie's draußen aussah. Sie retteten die verdammten Wale, lebten aber längst nicht mehr in unserer Scheiß-Welt.«

Sie wischte die Filzlocken aus der Stirn und fuhr so fest mit den Fingern in die Haare, daß Gabe fürchtete, sie würde sich skalpieren. »Diese Typen von damals trifft beileibe nicht alle Schuld. Es wurde insgesamt jede Menge Mist gebaut — schon vor dem Massaker während des Behemoth-Konzertes. Bist du alt genug, um dich daran zu erinnern?«

Gabe versuchte nachzudenken. Sie winkte mit der Hand ab.

»Das kannst du dir auf Video reinziehen. Der Kanal

für Katastrophenpornos bringt ständig Wiederholungen. Zu sehen ist dieser Wahnsinnige im Kampfanzug, wie er rund tausend Leute niedermäht. Aber wie gesagt, schon vorher hat's solche Typen gegeben, die mit Messern oder Knarren Amok liefen und nur Scheiße im Kopf hatten wie dieser Kerl, der Lennon umbrachte.«

»Lenin?« fragte Gabe verdutzt.

»Er hätte besser seinen verdammten Fernsehapparat abknallen sollen, denn im Grunde hat er darauf abgezielt. Und all das Geflenne anschließend. Unglaublich. Ich weiß noch, wie meine Oma trauerte. Nach fünfzehn Jahren kamen immer noch Videos von diesem Lennon heraus, als wäre nichts passiert, als lebte er immer noch. Die Fans wollten es so. Ja, man hat sogar eine Simulation von ihm zusammengeschustert mit nachgestellten Interviews, simulierten Fragen und Antworten. Aber dann gab's Probleme mit den Urheberrechten.« Gina betrachtete Gabe mit skeptischem Blick. »Kannst du mir überhaupt folgen?«

Gabe dachte angestrengt nach. »Tja, soweit ich weiß, muß ein Künstler hundertfünfzig Jahre tot sein, bevor seine Werke frei vermarktet werden können. Es sei denn, die Erben sichern sich weiterreichende Rechte ...«

»Ich will, daß Menschen und Musik wieder wirklich zählen«, sagte Gina. »Ich hab die Schnauze voll von Rock 'n' Roll-Pornos als Untermalung für Medizin-, Kriegs- und Waffenpornos. All das ist zum Kotzen.« Sie deutete auf die Holografie. Die Gitarre brannte nach wie vor. »Das ist gemacht worden, um ihn ewig leben zu lassen. So ein Quatsch. Er lebt auch ohne diesen Spuk ewig weiter, denn was er hervorbrachte, war echt und bleibt real. Und ich will, daß es aus einer lebendigen Quelle kommt, nicht aus irgendeiner blöden Trickkiste. Es soll aus *wirklichen* Menschen kommen, und zwar so, daß man spürt, am Leben zu sein und nicht bloß Staffage in einem Video.«

Sie legte die Unterarme auf die Knie. Gabe berührte

ihre Schulter und wünschte, ihr etwas anbieten zu können, wußte aber nicht was.

»Deshalb werde ich es tun«, sagte sie nach kurzer Pause.

»Was?« fragte er und massierte die Stelle im Gesicht, auf die sie vor scheinbar hundert Jahren eingeschlagen hatte.

Er erschrak, als sie ihm kameradschaftlich auf den Schenkel klopfte. »Tja, so sind wir aneinander geraten.« Sie stand auf und streckte die Hand nach ihm aus. »Komm. Wir vertreten uns die Beine.«

Argwöhnisch fixierte er ihre Hand.

»Keine Angst, ich schlag nicht noch mal zu. Es war ein Versehen. Wie oft soll ich das noch sagen?«

Er starrte unverwandt auf ihre Hand. »Nun, ich hoffe bloß, daß ... daß ich mich nicht allzuweit bewegen muß.«

»Die längste Strecke, die du je gegangen bist.« Sie packte zu und hievte ihn vom Boden auf.

Das Zeichen tauchte aus bunter Düsternis auf in rotglühender Druckschrift auf weißem Feld. Es handelte sich weder um eine Holografie noch um irgendeinen anderen Trick: *Kutt-Upps (2 Drink Minim.)* Gabe blieb wie angewurzelt stehen und starrte zu dem Zeichen auf. Es war ihm ein Rätsel, und er konnte sich nicht erklären, wieso es sich vom Chaos seiner visuellen Eindrücke so deutlich abhob.

Gina nahm ihn beim Arm. »Sag bloß nicht, du bist auch noch scharf auf Medizinpornos.«

»Ach, wer einmal einen Luftröhrenschnitt gesehen hat, ist bedient«, antwortete er in blasiertem Tonfall und ließ sich von Gina weiterdrängen. Die Droge wirkte wieder, es sei denn, er hatte einen Nachschlag zu sich genommen, ohne es zu wissen. Er glaubte, durch einen Obstgarten zu gehen, vorbei an stilisierten, womöglich künstlichen Bäumen mit Zweigen, die Spalieren und

Blitzen glichen. Aber gab es nicht im Süden einen Ort, wo man Bäume so behandelte, daß sie Blätter trugen, die wie Litzen aussahen? Eine große Touristenattraktion.

Dann wähnte er sich plötzlich in einem langen, dunklen Tunnel, und er sah den Boden nicht mehr unter den Füßen. Der nächste Schritt mochte in einen gähnenden Abgrund führen, doch Gina marschierte zuversichtlich drauflos.

Und tatsächlich, sie befanden sich wirklich in einem leicht ansteigenden Tunnel. Er duckte den Kopf aus Angst, an die Decke zu stoßen. Gina aber zog ihn weiter, und vielleicht, so dachte er, hatte sie recht mit der Behauptung, daß dies die längste Strecke sei, die er je gegangen war. Und mit einemmal explodierten vor ihm Licht und Laute.

Sie hatte von hinten beide Arme um ihn geschlungen und steuerte ihn durch das Chaos. Ein durchsichtiges Luftschiff in der Größe einer Wassermelone segelte auf ihn zu und flog unmittelbar vor seinem Kopf in zwei Teile auseinander. Er blieb stehen und sah zu, wie winzige Lichtpunkte durch die Luft sprühten und die Worte MEHR DROGEN buchstabierten. Lachend lehnte er sich zurück an Gina und legte seine Hände über die ihren. »Es reicht mir«, murmelte er. Gina sagte auch etwas, aber nicht zu ihm. Egal. Er genoß ihre Umarmung. Er hatte vergessen, wie gut sich eine wirkliche Berührung ohne Hotsuit anfühlte.

Dein ganzer Körper ist ein Hotsuit, flüsterte ihm Carithas Stimme zu.

Das Gehirn wäre demnach die Kopfmontur, dachte er traumversunken und sah sich um. In einem anderen Teil des Zimmers stand auf erhöhter Bühne eine Frau mit einem seltsamen Apparat in der Hand, der wie die Kreuzung zwischen einer Schaufel und einem Keyboard aussah. Sie schrie aus voller Brust und rammte ab und zu den breiten Teil des Apparates auf den Boden. Beim dritten Mal sah Gabe an der Stelle des Aufpralls Funken auffliegen.

Ja, sein Körper war ein Hotsuit und sein Gehirn eine Kopfmontur. Nur das Programm schien ein bißchen verrückt zu spielen.

MEHR DROGEN.

Das Wort *Percussionistin* verstand er auf Anhieb, aber es dauerte eine Weile, bis er gerafft hatte, daß ihr Nachname *Soundso* war. Der Goldton ihrer Haut hatte ein kräftigeres Gelb als der von Catherine, machte sich bei ihr aber sehr gut. Seine Kalauer über ihren Namen beeindruckten sie nicht im geringsten, aber immerhin drosch sie nicht mit ihren Schlagstöcken auf ihn ein. Damit traktierte sie die Tischplatte.

Er hätte selber gerne Schlegel zur Hand gehabt und Manny damit den Takt getrommelt. *Bing, bang, bap, flip-flip, tap.* Da sie ihre Stöcke nicht an ihn abtreten wollte, nahm Gabe die Finger zu Hilfe und versuchte, ihren Rhythmus zu kopieren. Sie meinte, daß er Talent habe, und wenn er Musik machen wolle, könne sie ihm zeigen, wo's langgeht. Aber kurz darauf zog Gina ihn beim Kragen aus dem Stuhl, und er sah nur noch den Tisch von sich wegrücken. Die Stöcke klopften Adieu, und dann versperrte ihm glitzendes Volk die Sicht. Er mußte gehen.

Er war schon weit weg, erinnerte sich aber noch vage an ein kleines Luftschiff, an eine goldgelbe Frau mit Schlagstöcken und an eine Ziegelmauer, über die Schlangen krochen. Oder war es ein gefliester Boden gewesen? Eine gemauerte Decke? Jedenfalls befand er sich jetzt unter klarem Nachthimmel und jemand sagte: »AR ist Spitze. Läßt sich 'ne Menge mit machen, jede Menge.«

Allmählich schärfte sich sein Blick wieder. Er blickte auf einen Monitor. Der war vertikal geteilt, und über beide Hälften liefen Zahlenkolonnen, die identisch zu sein schienen, aber in unterschiedlicher Geschwindigkeit nach oben hin wegrollten.

»Rechts sind die Meßdaten der Gegend unter normalen Umständen, also dann, wenn niemand hier ist«, fuhr die Stimme fort. »Die Daten auf der linken Seite sind die realen Meßwerte, die abgefangen werden, bevor sie die Sensoren des Sicherheitssystems erreichen können ...«

Marlys Stimme meldete sich in seinem Kopf. *Sag diesen Satz fünf Mal ganz schnell hintereinander.* Nein, nicht ihre Stimme, es war die eigene, entschied er, denn es gefiel ihm nicht länger, seine Gedanken anderen zuzuschieben und sie mit falschen Namen zu belegen. Das hatte er nun nicht mehr nötig: Stücke von sich abzuschneiden und sie mit Masken und Kostümen auszustatten, um Gesellschaft zu haben ...

»... wir errichten also vor dem Sicherheitssystem eine simulierte Fassade, die vortäuscht, daß niemand hier ist. Seht her — da stehen die Meßwerte für Luftdruck und Windgeschwindigkeit. Die Ton- und Bilddaten zu manipulieren, ist natürlich komplizierter, weil wir den Kameras mitteilen müssen, was sie dem System zu melden haben. Deshalb lassen wir eine reale Fassadensimulation laufen, und zwar als Endlosschleife. Das ist die Störschleife. Man muß nur noch aufpassen, daß nichts aus der Reihe tanzt ...«

Gabe ließ sich wieder treiben. Dabei war ihm nicht klar, ob er sich auch körperlich bewegte oder nicht. Licht und Farben schwammen in der Dunkelheit umher. Die Orientierung war ihm gänzlich abhanden gekommen.

»O yeah, wir sind Korken in diesem Meer.« Ein junger Typ, der bislang über seinem Synthesizer gehangen hatte, stand nun auf. »Ich hab ein irres Feeling für Gitarrenklänge. Mitspieler brauch ich nicht. Ich ersetz 'ne komplette Fünf-Mann-Band ...«

Jemand unterbrach ihn. Er streckte die Hand aus,

schüttelte die von Gabe und sagte: »Merk dir meinen Namen. Ich bin Dexter und 'ne ganze Band in einer Person. Echt. Sag ihr das. Versprich mir, daß du ihr das sagst.«

Gabe nickte benommen und döste weiter. 'ne ganze Band in einer Person. Dafür hatte er Verständnis. Auf diese Weise war man nie allein, und die Simulation ließ sich leicht einrichten.

Sperrfrist ‹ Monat.

Die Erinnerung war wie ein Schlag ins Gesicht, und wie sich so ein Schlag anfühlte, wußte er genau. Es wäre ihm ein leichtes, einen Kinnhaken für Hotsuits mit Gesichtsabdeckung zu programmieren. Aber vielleicht, so dachte er, sollte er lieber für einen der Werbespots einen Boxhieb in die Magengrube programmieren und Manny einen Probedurchlauf mit Montur verordnen. Der Gute würde staunen und womöglich ins Grübeln geraten. Der Eindruck wäre bestimmt unangenehm, auch wenn keine Verletzungsgefahr bestand. Immerhin war ein Hotsuit kaum dicker als Haut.

Gabe mußte echte Erfahrungen sammeln, um eine Simulation richtig einrichten zu können. Halbe Sachen kamen nicht in Frage. Manny haßte halbe Sachen und legte Wert auf Authentizität.

Gabe schlang die Arme um den Bauch. Das Gefühl, von Gina berührt worden zu sein, war längst verwischt, und er sehnte sich danach zurück. Rosafarbene Federn ragten in absurder Länge auf von einem Kopf, der dem eines Flamingos glich und, eine Leuchtspur hinter sich herziehend, durch sein Blickfeld schwebte. Er wurde Musik gewahr, ein Gejaule aus zahllosen Gitarren.

Er glaubte zu gehen, doch sein Schritt war träge und wie von einem Hotsuit gehemmt, dessen Sensoren minimal reagierten. Die Farben teilten sich nach rechts und links, und auf einmal sah er Hunderte seltsamer Buckel aus dem Boden wachsen (aus irgendeiner Oberfläche, die nach Gras und Erde roch, weshalb er sie für den Boden hielt). Ihre Anordnung war auf exakte Weise regelmäßig. *In Formation,* dachte er. *Organisiert.* Byzantinische Gärten gefielen ihm besser. Zwar war die Vorstellung davon längst verblaßt, käme aber womöglich zurück, wenn Gina noch einmal ihren Arm um ihn legte. Dafür würde er auch einen Schlag in die Magengrube einstecken.

»Gina?« fragte er schüchtern.

Über die Buckel schallte schnatterndes Stimmengewirr.

»... ich bin stocksauer auf dich, du Arschloch.«

»In dieser Stimmung ist Rock 'n' Roll groß geworden.«

»War ich nicht immer für dich da?«

»Wo liegt ›da‹«, murmelte Gabe und schob sich zwischen zwei Buckel. »Und was hab ich zu dieser Zeit getan?«

»... zwanzig Jahre für nichts und wieder nichts?« Ginas Stimme, dachte Gabe. Überall würde er sie heraushören und nie mehr vergessen. Daß sie sich ihm so tief eingeprägt hatte, lag nicht daran, daß er von ihr k. o. geschlagen worden war. Ihre Stimme hatte nicht nur Klang, sondern auch eine geradezu greifbare Textur. Daß er sie jetzt wieder hörte, ließ ihn erkennen, wie sehr er sie schätzte.

»Gina«, sagte er, drängte vor und prallte mit der Hüfte wogegen. Er tastete mit der Hand danach und erschrak bei der Berührung kalten Steins. Einer dieser Buckel.

»Die Sache ist ziemlich verwickelt«, sagte die andere Stimme. Die war saft- und kraftlos und schien sich in der Ferne zu verflüchtigen. »Ich wollte dir alles schon längst erklärt haben. Aber die Geschichte ist verdammt lang, lang wie 'n Brunnenseil.«

Gabe stolperte in einen zweiten Buckel und schleppte sich daran vorbei.

»Hübsche Metapher. Ein verwickeltes Brunnenseil. Und du baumelst daran.«

»Ich bin am Abnibbeln.«

»Das sehe ich.«

Die Dunkelheit schien sich ein wenig zu lichten. Gabe konnte Bäume erkennen und in der Ferne kreiste weißes Licht in weitem Bogen über eine Grasfläche. Er hangelte sich an den kalten, gleichgerichteten Steinbrocken entlang. Wenn er die Stimmen in eine Flucht zwischen sich und dem fernen weißen Licht brächte, würde er Gina sehen können und den anderen, mit dem sie sprach.

»... haben uns wohl zu wenig umeinander gekümmert.«

»Ich hab mich sehr um dich gekümmert, Mann.«

»Aber immer, wenn's drauf ankam, hat jeder seinen eigenen Kram gemacht. Nämlich meistens irgendwelche Videos.«

»Ich hab mir ja schon viel Schwachsinn von dir anhören müssen, aber das höre ich jetzt zum ersten Mal. Ich will kein Resüme der letzten zwanzig Jahren, keine Schuldbekenntnisse, sondern Bestand aufnehmen von dem, was wir noch miteinander gemein haben. Vielleicht ist das herzlich wenig, aber sei's drum. *Ich* hab dich nicht hängenlassen.«

Gabe sah vor dem entfernten Lichtfleck Gestalten herumspringen. Sie schienen einander zu jagen. Im Takt zur Musik.

»Hör zu. Du hast deinen eigenen Videokopf, ich hab meinen. Was, zum Henker, hätten wir tun sollen? Blagen in die Welt setzen? Aber reg dich ab; ich bin morgen da, versprochen. Wann war ich jemals nicht für dich da?«

Zwei dunkle Schemen rückten vor das Getümmel im Hintergrund. Gabe erkannte Ginas Silhouette sofort. Die andere kam ihm auch irgendwie bekannt vor.

»Gina«, sagte er, als sie sich gerade auf den anderen zubewegte.

»Was ist?« schnauzte sie.

»Gina«, wiederholte er heiter und trat auf die beiden zu. »Schlag mir in den ...« Es traf ihn in Höhe der Gürtellinie, und zwar so wuchtig, daß die Füße abhoben und der Kopf nach unten schnellte. Die rechte Gesichtshälfte prallte auf kalten Stein, und im Kopf explodierten Farben à la Technicolor. Unwillkürlich schlug er mit den Armen um sich, bis er einen Tritt im Rücken verspürte, der ihm die Luft nahm. Farben stürzten wie eine Lawine auf ihn ein.

Weißes Licht sickerte ihm durch die Pupille und drang vor bis ins Hirn. Er kniff die Augen zu. Das brummende, auf- und abschwellene Dröhnen im Ohr ließ sich allmählich unterscheiden in Stimmen und Musik. Er spürte einen Druck auf der geschundenen Gesichtshälfte. Schmerzpflaster, dachte er. Wenn sich der Arm bewegen ließe, würde er in die Tasche greifen können und zwei, drei oder auch vier Pflaster aufkleben ...

Jemand hielt seinen Arm. Mühsam drehte er den Kopf, spürte den Druck im Gesicht leicht nachgeben und öffnete die Augen.

Sams Gesicht schwamm ins Blickfeld, unscharf zunächst, dann schärfer. Ihre Wangen waren ein wenig eingefallen, und die großen, ernsten Augen wirkten erschreckend alt und erschreckend jung zugleich. Das zerzauste schwarze Haar war länger als sonst und weicher. Sie hielt seinen Arm gepackt, als gälte es, ihn aus tiefem Wasser zu ziehen. *Wir sind Korken im Meer.*

»Schau an«, sagte er und holte vorsichtig Luft. Ein heißer Schmerz zog ihm durch den Rücken, ebbte aber sogleich auf ein erträgliches Maß ab. »Seit wann bist du wieder in der Stadt?«

Sam blickte zur Seite. »Es wird wohl wieder mit dir. Immerhin hast du mich wiedererkannt. Schwein gehabt.«

Eine junge Frau kam hinter Sam zum Vorschein und legte ihr eine Hand auf die Schulter. »Ob wir so glimpflich davonkommen, steht noch in Frage, Herzchen.«

»Ich weiß, Rosa. Augenblick noch, dann können wir gehen. Wo ist Jones? Laß ihn nicht wieder entwischen.«

Sie schaute auf, und Gabe folgte ihrem Blick, der einen jungen Mann anpeilte. Der zeigte ein knochiges, traniges Gesicht, und die Haare standen ihm zu Berge. »Rühr dich bloß nicht vom Fleck«, sagte Sam zu ihm. Dann wandte sie sich an ihren Vater zurück. »Gabe, ich kann nicht länger bleiben. Ich weiß nicht, was du hier treibst und was dir passiert ist ...«

»Wie gesagt, er ist über einen dieser verdammten Grabsteine gestolpert«, tönte Ginas Stimme aus der Nähe. Sie drückte ihm etwas ans Gesicht. Sein Kopf lag, wie er nun registrierte, auf ihrem Schoß. Er langte hoch, fand ihre Hand und den weichen Lappen darin. Sie wand sich aus seinem Griff und legte ihm die Hand um den Lappen. Er glaubte etwas Rotes zu sehen.

»... ich muß weg«, sagte Sam. »Wohl für lange Zeit. Versuche bitte nicht, mich zu finden.«

»Du gehst immer weg«, entgegnete er resigniert. »Es wär mal was Neues, wenn du bleiben würdest.«

Sam zuckte die Achseln. »Eigentlich wollte ich dich schon längst informiert haben, aber ...« Die Frau hinter Sam versetzte ihr einen Stoß in den Rücken, und Sam schaute sich zu ihr um. »Mensch, Rosa, er arbeitet in dem Laden.« Und an Gabe gewandt: »Dich hier in Forest Lawn auf einer Spontanfete anzutreffen, hätte ich wirklich nicht erwartet.« Sie beugte sich vor und steckte ihm etwas in die Hosentasche. »Falls irgendwas passiert ... irgendwas Ungewöhnliches, falls es Ärger gibt und du mich sprechen willst, dann versuch mich zu benachrichtigen, und zwar über die Person, deren Namen ich dir aufgeschrieben habe.«

Er schenkte ihr ein schwaches Lächeln. »Und du? Vielleicht solltest auch du mir mal eine Nachricht zukommen lassen.«

»Ich weiß doch, wo du bist.« Sie ließ seinen Arm los, stand auf und warf einen flüchtigen Blick auf Gina. »Wie das Leben so spielt, Dad.« Sie ging mit der anderen Frau und dem jungen Mann davon. Gabe wollte aufspringen, sie zurückrufen, doch die Schmerzen in Gesicht und Rücken nagelten ihn am Boden fest.

Gina legte seinen Kopf auf das Kissen ihrer zusammengewickelten Jacke, kniete sich neben ihn und verschränkte die Arme vor der Brust.

»Meine Tochter«, sagte er. Sam hatte ihn Dad genannt; er konnte es kaum fassen.

»Das weiß ich schon von ihr.«

»Und ich hatte keine Gelegenheit, ihr Bescheid zu geben«, meinte er traurig.

»Bescheid geben? Daß du ›aufgeflogen‹ bist?«

»Ihre Mutter will mich verlassen. Das muß sie doch wissen.« Er nahm den Lappen vom Gesicht und sah ihn sich an. Daß das Rote sein Blut war, begriff er nicht sogleich. Gina führte seine Hand samt Lappen ans Gesicht zurück.

»Davon hast du mir auch noch nichts erzählt«, sagte sie leise. »Dabei haben wir schon über vieles gesprochen. Wolltest du deshalb in den Bauch geboxt werden, weil dich ihre Mutter verlassen will?«

Mit der freien Hand fand er ihren Arm. »Nein. Wenn dich die Frau am Morgen verläßt, ist das Schlimmste vorbei. Ich wollte geschlagen werden, weil ...« Weil er seinen Job zu verlieren glaubte und Manny ein Souvenir zurücklassen wollte? Auweia, wie bescheuert! Manny einen simulierten Schlag in den Magen verpassen zu wollen aus Wut über den Verlust seiner simulierten Freundinnen, seines geheimen simulierten Doppellebens, seines simulierten Jobs. Wenn er all dies tatsächlich verlöre, könnte er sich getrost mit einem *echten* Boxhieb von Manny verabschieden.

Der Gedanke erfüllte ihn mit Vergnügen und für einen Moment lang vergaß er die Schmerzen. Was Handfestes war angebracht, kein Ersatzporno. Tu einmal was Reales, dachte er, auch wenn es das letzte Mal ist.

Gina schaute nach rechts. Visual Mark, dieser verrückte Kerl, stand über ihn gebeugt und trug dieselbe versponnene Miene wie an dem Tag, als Gabe ihn zum ersten Mal gesehen hatte.

»Geh nach Hause und pack den Koffer«, forderte ihn Gina auf. »Ich komme nach. Wie immer.«

Visual Mark richtete sich auf und zog ab, die Hände tief in den Taschen. Gabe wußte nicht so recht, warum, aber er bezweifelte, den Kerl jemals wieder zu sehen. Und Gina?

»Gehst du auch weg?« fragte er. »Zusammen mit ihm?«

»Das ist eine verdammt lange Geschichte.« Sie gähnte. »Bist du wieder klar im Kopf?«

»Ich habe Schmerzen.«

»Dann bist du wieder klar.«

Er drückte ihre Hand. »Wohin gehst du?«

»Tust du nur so, oder hast du wirklich keine Ahnung? Deine Tochter weiß Bescheid. Die gute alte Sam ist immer bestens informiert.«

»Was?« Ihm wurde plötzlich flau vor Angst, und er versuchte sich einzureden, daß die Drogen und der Schock schuld daran wären.

»Das ist eine verdammt lange Geschichte«, wiederholte sie. »Mach dir um deine Tochter keine Sorgen. Du bist's, der Hilfe braucht. Ich schätze, die Wunde muß genäht werden. Du hast dir 'ne schöne Macke verpaßt.«

»Sieht so aus.«

Gina musterte ihn schweigend und sagte schließlich: »Scheiß drauf! Vielleicht ist's besser, du erfährst alles, solange du noch high genug bist, um nicht gleich auszurasten.«

Sie war gerade dabei, ihm die Sache mit Mexiko zu schildern, als die Polizei aufkreuzte.

20

Das Gehirngewebe ist ohne Schmerzempfinden.

Von wem stammte dieser Ausspruch? Von Frank Sinatra oder dem Beater? Jim Morrison oder Visual Mark? Mozart oder Canadaytime? Vom Lustigen Sichelorchester ... oder dem seltsamen, rotgesichtigen Arzt?

Ihre Gedanken wälzten sich wie unter dem Eindruck eines Alptraums vor der Schwelle zum Erwachen. Wahre Träume.

Komm mit mir.

War ich jemals nicht für dich da?

Es entstand eine Pause, die lange genug währte, um darin zu leben oder zu sterben. Die Perspektive kippte langsam, bis ihr Blick schließlich auf das eigene Gesicht fiel. Schockiert war sie nicht, sich selber zu sehen, denn das Bild entsprach nicht ihrer Perspektive. Mark lungerte ihr durch den Sinn, nicht als Gefühl oder Ahnung, sondern als ein Geschmack.

Sie hörte das gedämpfte Kreischen eines senkrecht startenden Jumpers. Sie hatte noch immer das eigene Bild vor Augen. Du siehst ein bißchen mitgenommen aus, dachte sie.

Ich hätte nicht gedacht, daß du kommst. Marks Stimme, an sie gerichtete Worte. Sie sah, wie sich ihr Blick ihm zuwandte, sozusagen einen neuen Gesichtspunkt annahm.

Ich bin gekommen, sah sie sich sagen. *Ich bin wieder mal mies drauf und in dieser beknackten Dennoch-Stimmung.*

Seine Verwirrung schmeckte leicht metallisch am Gaumen. *Was soll denn ›Dennoch-Stimmung‹ heißen?*

Das soll heißen: weiter zu hoffen, obwohl kein Grund vorliegt; nicht loszulassen, obwohl es nichts zum Festhalten gibt. Noch mal ganz von vorn anfangen.

Das Bild verdunkelte sich. Erst jetzt spürte sie, daß

die Kopfschmerzen — unterschiedliche Schmerzen an verschiedenen Stellen — abgeklungen waren, und sie hörte eine Stimme, die aus dem Nichts zu kommen schien:

ACHTUNG, GINA.

»Schon gut«, murmelte sie. »Du brauchst nicht zu schreien.«

ENTSCHULDIGUNG. SIE WERDEN SICH AN DIE LAUTSTÄRKE GEWÖHNEN. BITTE, KONZENTRIEREN SIE SICH.

Das hatten wir doch schon einmal.

BITTE, MACHEN SIE EINEN KASTEN.

»Was für einen Kasten?« fragte sie.

EINEN KLEINEN WÜRFEL. BITTE, STELLEN SIE SICH EINEN KLEINEN WÜRFEL VOR. Da entstand eine Pause, und sie hatte den Eindruck, als würde im Nebenzimmer gesprochen, leise und für sie unhörbar. BITTE, STELLEN SIE SICH EINEN KLEINEN WÜRFEL VOR.

Sie gehorchte, und der Würfel zeichnete sich vor ihr in der Dunkelheit ab. Viele Hände klatschten Beifall. Den konnte sie zwar nicht hören, war sich aber trotzdem dessen sicher.

MACHEN SIE NOCH EINEN, verlangte die Stimme. Ihr lag der Geschmack von Plastik und Metall auf der Zunge. Sie gehorchte aufs neue, und die Forderungen gingen weiter, wurden immer komplexer, bis die Dunkelheit ausgefüllt war, überschwemmte und sich wiederum füllte. Trotzdem machte sie immer weiter.

»Wir spielen jetzt Musik, Gina, und wünschen, daß du dich darauf einläßt, genau so, als würdest du ein Video dazu schaffen wollen. Einverstanden?«

Video?

Zuerst sieht man Video ...

»Einverstanden?«

Video —

Dann trägt man Video ...

»Einverstanden?«

Video ...

Dann frißt man Video ...

»Laß dich beschwingen, laß Bilder entstehen. Einverstanden?«

Video.

Dann ... *ist* man ...

Es kam ein leichter, fast gemächlicher und doch kräftiger, guter, sauberer Beat. Die Nummer war alt, aber sie hatte sie erst vor kurzem gehört — oder war's vor hundert Jahren? — auf einem Friedhof. Live-Musik, du erinnerst dich? Nichts geht über Live-Musik.

Der Beater wirbelte wie ein Derwisch vorbei; er sah aus wie ein dynamischer Geschäftsmann, kosmetisch geliftet. Ihm folgte eine Schar von Tänzern, die als Symbole und Rätsel durch den Nachthimmel schwirrten.

Nun leuchteten Farben auf und musterten die Dunkelheit, spritzten umher, verblaßten oder vermengten sich in der Himmelsschüssel. Buntes Licht tropfte in ihre Hand, und sie schleuderte es zurück, ließ neue Muster entstehen, und dieser Vorgang wiederholte sich, bis die Dunkelheit vollständig überdeckt war.

Dann zogen von Osten weitere Farben auf, mischten sich mit den nächtlichen Schatten. Goldene Tunnel durchhöhlten und verdrängten die Nacht. Um Überblick zu gewinnen, bewegte sie sich zurück, stolperte plötzlich und fiel und fiel, bis sie die Musik nicht mehr hören konnte.

Aus dem Nichts tauchte eine Hand auf, die sich um ihre Hände schloß. Mark. Sie hielt ihn fest, entschlossen, ihn nicht mehr gehen zu lassen.

Der See kräuselte unter wolkigem Licht. Die Luft war feucht und grau. Sie schaute herab aufs Wasser, das über Kieselsteine am Strand schwappte.

Sie drehte den Kopf und spürte einen kühlen Luftschwall durchs Gesicht streifen. Mark sah besser aus als sonst, jünger. Er lächelte ein wenig verstohlen, und es schien, als zaudere er noch, ihr ein Geheimnis anzuvertrauen. Er nahm sie bei der Hand und führte sie an den Rand des Sees.

»Was machen wir hier?« fragte sie und stolperte vor sich hin. Sie war kein Mädchen vom Lande, nicht einmal in der Vorstellung. Die Stiefelabsätze rutschten über Steine.

»Rast.« Seine Stimme klang weicher, fast melodiös. »Wir machen Rast an einem geheimen Ort.« Er sprach weiter, doch sie hörte nicht, was er sagte, sondern beschränkte sich darauf, seine Stimme zu fühlen. Und zuerst war es ein gutes Gefühl. Sie empfand eine Nähe zu ihm, wie sie intensiver nie gewesen war.

Doch später wurde ihr bewußt, daß sie sich von ihm zu entfernen versuchte, obwohl sie seine Hand fest umschlossen hielt. Dann riß der Kontakt plötzlich ab, und sie bewegte sich davon, zwar ohne Hast, aber doch schnell.

Eine weite Kluft tat sich auf, und ihr schien es, als tauchte sie auf aus tiefem, bewußtlosem Schlaf.

HALLO, MARK.

Da war die Stimme wieder. Er kringelte sich vor Vergnügen. Es war so einsam hier gewesen ohne diese Stimme. Wo befand er sich überhaupt?

WIR HÄTTEN GERNE, DASS SIE UNS NOCH EIN PAAR BILDER ENTWERFEN. WENN SIE NICHTS DAGEGEN HABEN.

O nein, dagegen hatte er nichts. Er war Experte im Entwerfen von Bildern. Hatte man das noch nicht erkannt?

BITTE, ERKLÄREN SIE UNS AUCH, WOHER DIESE BILDER STAMMEN.

Er schmunzelte. Naseweis, reichlich naseweis. Was glaubten sie wohl, woher die Bilder stammten? Himmel, das wußte er selber nicht so genau. Hauptsache war doch, daß er sie machen konnte.

ALSO, MARK, ÜBER EINIGE DER BILDER WERDEN SIE UNS DOCH BESTIMMT EINE AUSKUNFT GEBEN KÖNNEN.

Was an dieser Frage interessiert, wollte ihm nicht einleuchten. Sie war unwichtig und kaum zu beantworten. Die Bilder kamen einfach, Punktum. Auch im Leben stand man plötzlich vor Dingen, die sich nicht auf ihren Ursprung hin abfragen ließen. Entschuldigung, wo kommst du her? Bist du echt oder eingebildet? So ein Blödsinn.

NA SCHÖN, FRAGEN WIR ANDERSHERUM: SIND DIE BILDER ERINNERUNGEN?

Wenn man so will, ist alles Erinnerung. Alles klar?

Er spürte, daß sie aufgaben und sich zurückzogen. Tja, selbst hier in diesem Weiß-nicht-wo-was-soll's entstanden Bilder, ununterbrochen. Er brauchte nur der Musik zu lauschen, die ihm ständig durch den Kopf ging. Sein Programmdirektor machte niemals Pause. Gott sei Dank.

Sie wachte auf mit dem Gefühl, tagelang geschlafen zu haben.

Der düstere, fensterlose Raum war kaum größer als eine Abstellkammer, aber gut eingerichtet. Alles war da, was sie brauchte, und das meiste war vom Bett aus zu erreichen. Dennoch stand sie auf, reckte sich und vertrat sich die Beine. Die Matratze des kleinen Betts war entschieden zu weich.

Plötzlich hielt sie inne und langte mit der Hand an den Kopf. Abgesehen von einigen geschorenen Stellen, an denen bereits wieder nachwachsendes Haar zu fühlen war, ließ sich nichts Ungewöhnliches feststellen. Sogar der lange Filz lockte in alter Pracht. Sie war immer noch die Alte …

ACHTUNG, GINA.

Sie schaute nach oben, im unklaren darüber, ob sie tatsächlich eine Stimme gehört hatte oder nicht.

BITTE, KONZENTRIEREN SIE SICH. STELLEN SIE SICH EINEN KASTEN VOR.

Sie hielt den Kopf mit beiden Händen. Dann wurde sie gewahr, daß sich bloß eine Erinnerung gemeldet hatte. Eine bescheuerte, blödsinnige Erinnerung. Benommen nahm sie auf der Bettkante Platz und wurde von einer weiteren Erinnerung überrascht.

Ausgestreckt auf einer gepolsterten Platte, die langsam in Bewegung gerät. So auch die Zimmerdecke. Der Kopf taucht in einen Kasten ein. Bald darauf Stiche wie von Insekten, tief, ganz tief, und schließlich nur noch dumpfe, kalte Empfindung. Murmelnde Stimmen, die sagen, dies und jenes orten zu wollen. Das Gehirn sei ohne Schmerzempfinden, behaupten sie, gefühllos, ganz gefühllos …

Aber dieses *Gehirn fühlt doch etwas.*

Da ist irgend etwas zu spüren. Etwas ist eingedrungen und dringt weiter ein und …

Bilder flackerten auf, eins ums andere. Wieder fuhr sie mit der Hand an den Kopf und ertastete nun kleine wulstige Stellen, da, wo die Steckbuchsen eingepflanzt waren. *Ich muß bestimmt ziemlich fertig ausgesehen haben mit all den Drähten am Kopf. Wie Medusas häßliche Schwester.*

Mark.

Sie stand auf und ging zur Tür. Wahrscheinlich verriegelt, dachte sie und nahm sich vor, Rabatz zu machen, bis Alarm gegeben würde. Aber die Tür ging auf, und sie trat hinaus in einen langen Korridor. An dessen Ende brannte ein Licht in einer Nische.

Gina zögerte. Paßte denn hier niemand auf, keine Wachen — Pardon, keine Pfleger oder Schwestern? Ihr Blick folgte der Lichtspur, die sich über die gesamte Länge der Decke erstreckte. Das Licht war gedämpft, auf Nachtbetrieb. Oder aus Rücksicht ihr und Mark gegenüber, die so lange geschlafen hatten? Verdammt, auch wenn keine Kameras zu sehen waren — Gina ließ sich nicht verschaukeln. Nach dieser Gehirnoperation stand sie mit Sicherheit unter Beobachtung.

Verfluchte Bande. *Schau dich ruhig um, du sprechendes Rock 'n' Roll-Tierchen.* Sie ging den Korridor entlang.

Mark saß an einem Tisch in der Nische, die zu einer Art Küche ausgebaut war. Er aß eine unidentifizierbare Suppe aus einem Plastikteller. Sie sah ihn herausfordernd an.

Er hob den tropfenden Löffel. »Scheiß Suppe. Soll aber angeblich die Produktion von Neurotransmittern ankurbeln. Schmeckt 'n bißchen fischig, besteht aber aus Hirn.«

Sie streifte die Ärmel ihres weißen, elastischen Overalls hoch — oder war's ein Schlafanzug? Mark trug den gleichen Fummel. Die beiden sahen darin aus wie Riesenbabies, die nachts, wenn die Eltern schlafen, heimlich naschen.

»Hast du das gewollt?« fragte sie.

Er blickte flüchtig auf. »Ich war nicht unbedingt dagegen.«

Sie stellte sich hinter ihn und legte die Hände auf seine Schultern. Sie fühlten sich knochig und zerbrechlich an. Wie immer. Unvermittelt dachte sie an Gabe Ludovic. Sie sah ihn im Geiste mit blutendem Gesicht und verwirrter Miene am Boden liegen, und die Vorstellung war so intensiv wie ein von außen eingespeistes Bild.

Mark nahm ihre Hand und verschränkte seine Finger mit ihren. Er sah wirklich ganz passabel aus, für sein Alter gut sogar, und es schien, als sei ihm eine große Last abgenommen worden. Vielleicht war er jetzt seiner Sorgen ledig. Er brauchte nur noch einen Stecker in den Kopf zu schieben, und die reine Essenz würde herausfließen. Frischgezapfte Videos à la Mark.

Abrupt stand er auf und schlang die Arme um sie, was ihm nie sonderlich leicht gefallen war. Auch sie hatte Schwierigkeiten damit. Auf Schmusen standen sie beide nicht. Dafür war ihnen der Sinn in über zwanzig Jahren abhanden gekommen.

Einmal jedoch — und das war schon länger her —

hatten sie in einem kurzen lichten Moment zueinander gefunden und eine Erfahrung ganz anderer Art gemacht. Es war natürlich weder das erste noch das letzte Mal gewesen, aber definitiv anders, einmalig vielleicht, und es hatten sich beide danach gesehnt, rauszufinden, wie es um sie stand. Vielleicht war es in jener Nacht zu dieser Überschneidung beider Lebenskreise gekommen, die sie auf Dauer miteinander verquickte.

Und um ganz sicher zu gehen, daß die Verständigung stimmte, hatte er Musik aufgelegt, schnörkellos aus Lautsprechern, ganz alte Musik von einem Kerl namens Dylan. *I Want You.* Sehr alt, überwältigend, vielleicht zu viel für die beiden. Sie erinnerte sich, wie gelähmt dagesessen und zugehört zu haben, und gleichzeitig war ihr zum Lachen zumute gewesen; mit spöttischem Lachen hatte sie Einspruch erheben wollen — he, du Schlappschwanz, komm, wir suchen uns in den Eingeweiden der Popkultur unser Profil heraus; was hältst du davon? Aber sie lachte nicht, weil sie etwas davon abhielt, das stärker war. Denn die Wahrheit meldet sich um so lauter, je mehr man davor zurückschreckt, sie auszusprechen.

Aber vielleicht hatte damals ein bißchen zu viel Wahrheit in der Luft gehangen. Jedenfalls war die Nacht bald um die Chance vertan.

Zum ersten Mal seit langer Zeit ließ sie sich nun wieder entspannt in seine Arme fallen und legte den Kopf an seine harte, knochige Brust. Die Gedanken drifteten ab, kreisten um ungeordnete Erinnerungen, Bilder und Szenen aus alten Tagen: Mark vor dem Bildschirm hokkend, im früh gealterten Gesicht das Flackern einer Rohfassung, die er betrachtete, um Änderungen vorzunehmen; der Beater vor seinem für immer zugeklappten Synthesizer, starr und ungerührt; ihm gegenüber Mark, der ihn vergeblich umzustimmen versuchte; Mark auf der Treppe zum Gerichtsgebäude; der See und das steinige Ufer ...

Ihr war, als öffnete sich eine Papierblume, um ein tiefes Geheimnis zu offenbaren. Der See gehörte zu jener Landschaft in Neuengland, wo Mark aufgewachsen war. Sie hatte den Ort gesehen, war aber nie dort gewesen — bis jetzt. Was immer dieses *Jetzt* bedeuten mochte.

Vorsichtig strengte sie den Kopf an, versuchte herauszufinden, ob sich in ihrem Denken etwas verändert hatte.

»Es ist gut«, sagte er plötzlich leise und locker und verdammt unverschämt, wie sie fand, da sie sich in ihren Gedanken ertappt fühlte. Aber sie war zu matt, um aufzubegehren. »Ich meine, ob's wirklich gut ist, weiß ich nicht; ich weiß auch nicht, ob's richtig ist. Trotzdem gehe ich davon aus. Ich bin dazu geboren und habe, ohne es zu ahnen, mein ganzes Leben darauf hingearbeitet. Irgendwann einmal wirst du vor einem komischen Apparat aus Fleisch und Drähten stehen, und du staunst nicht schlecht und fragst dich, wo die Drähte aufhören und das Fleisch anfängt, denn beides geht ununterscheidbar ineinander über, und Teile des Gehäuses sind so lebendig wie Fleisch, während manche Fleischteile so tot sind wie Hardware. Und was du da siehst, bin ich.«

Gina schwieg. Sie hatte die Arme um ihn geschlungen und drückte ihn fest an sich.

»Mir ist nicht klar, ob ich das will«, fügte er hinzu. »Aber darauf wird's hinauslaufen. Tut mir leid.«

»Für wen tut's dir leid?« entgegnete Gina. »Falls du mich bemitleiden solltest, nimm zur Kenntnis, daß ich die falsche Adresse bin.« Sie spürte, wie er verkrampfte, hob den Kopf und sah ihn an. »Du bist's doch, der es alleine nicht rafft. Immer wieder muß man dir einen Rettungsring zuwerfen.« Ihr Mund zuckte. »Mir ging's nur um die Musik.«

Seine Augen leuchteten auf. »Willst du Musik hören? Mein Programmdirektor hat was Nettes zusammengestellt, und bei mir im Zimmer steht 'ne Anlage. Monitor, Strippen, alles, was wir brauchen.«

Arm in Arm gingen sie in sein Zimmer. Gemeinsam

musterten sie die Anlage. Gina aber war mit ihren Gedanken woanders und darauf gefaßt, daß jemand durch die Tür hereinplatzte, um ihr Vorhaben eifrig zu unterstützen.

Doch es kam niemand. Mark hatte sich bereits aufs schmale Bett gelegt. Sie inspizierte die feinen Kabel und die entsprechenden Anschlußbuchsen, die inmitten kleiner, kahlrasierter Stellen auf Marks Schädel sichtbar waren. So wie bei ihr.

Mit der ersten Verbindung zeigte sich auf dem Monitor eine grüne, dreidimensionale Skizze von Marks Kopf. Die Anschlußpunkte waren bernsteinfarben unterlegt. Bei jeder weiteren Verbindung, die sie steckte, leuchteten zusätzliche Punkte bernsteinfarben auf. Funkelnde Sterne in künstlicher Konstellation. *Nein, wie poetisch,* dachte sie und warf einen Blick auf Mark, der mit geschlossenen Augen dalag. Die Lippen deuteten ein Lächeln an, und vom Kopf flossen die Drähte in geschwungenen Linien. Sie spürte plötzlich den Drang, ihn zu küssen. Es wäre seit langer Zeit wieder das erste Mal gewesen. *Und womöglich das letzte Mal.*

In Gedanken versunken, betrachtete sie sich die Simulation von Marks Gehirn auf dem Monitor und rieb dabei träge die Handflächen aneinander. *Du hast da einen Menschen des einundzwanzigsten Jahrhunderts vor dir liegen; womöglich küssen Menschen des einundzwanzigsten Jahrhunderts nicht. Das haben sie vielleicht nicht mehr nötig.* In ihrer Erinnerung blinkte ein Bild des Sees auf und verschwand wieder. *Tja, da haben wir etwas, das länger vorhält als ein Kuß.*

Aber er ist doch an die Maschine *angeschlossen, oder?*

Sie fuhr mit dem Handrücken über den Mund, als versuchte sie, etwas wegzuwischen. Unnötigerweise. Der Impuls war weg. Sei's drum. Mark zu küssen, wäre ohnehin idiotisch gewesen, zumal er gerade auf andere erotische Stimulanzien abfuhr.

Plötzlich tastete er mit einer Hand im Halbdunkel

umher. Anscheinend suchte er nach ihr. Sie beugte sich über ihn und berührte seine Finger. Er langte zu und versuchte, sie festzuhalten. Doch sie befreite sich aus seinem Griff.

»Ich brauche jetzt beide Hände«, sagte sie, obwohl sie bezweifelte, daß er sie überhaupt hören konnte. »Aber du weißt ja, wo ich bin.« Seine Hand fiel auf den Bauch zurück. Die Augen blieben geschlossen.

Die Skizze auf dem Monitor verschwand; statt dessen leuchtete eine verschwommene Szene auf, die den See darzustellen schien unter verdunkelnder Bewölkung. Zwei Gestalten näherten sich, blieben aber schemenhaft und tauchten schließlich wieder ab.

Musik ertönte, und Gina lachte überrascht. Ein sehr altes Stück: Lou Menschmeier Reeds ›Coney Island Baby‹. Der Programmdirektor schwelgte offenbar in Nostalgie.

Doch das, was auf dem Monitor wieder in Sicht kam, war nicht Coney Island, jenes heitere Inselchen, wo sie schon mal gewesen war, der Programmdirektor aber nicht. Das Kameraauge schwenkte tief und langsam über ein Terrain, das sie als stark vergrößerten Teppich identifizierte. Bisweilen verharrte der Blick auf verstreute Gegenstände: Da waren ein Schuh, ein Hemd, eine Unterhose. Schließlich rückte ein zerwühltes Bett ins Bild, und langsam wie die Musik zoomte das Auge auf eine Gestalt ein, die unter der Decke lag.

Gina schaute zu, wie das Auge die Konturen der Gestalt abtastete und jede Falte der verbergenden Decke einfing. Unvermittelt wechselte die Szene; aus der Vogelperspektive war eine versprengte Menschenmenge zu sehen, die sich nachts auf einem Parkplatz versammelt hatte. Dann glitt das Auge wieder über die Falten der Decke.

Sie schluckte und rieb die Hände aneinander, als der Blick zur Seite schwenkte und eine zweite Gestalt unter der Decke zum Vorschein brachte und nun deren Konturen abtastete. Dazwischen wieder ein Ausschnitt des nächtlichen Parkplatztreffens, diesmal aus kürzerer Distanz, so daß Gesichter zu erkennen waren, bizarre Kostüme und wild tanzende Beine. Dann war das Bett wieder im Bild und Marks schlafendes Gesicht. Es wirkte nicht friedlich, sondern erschöpft, ausgelaugt, fast wie tot.

Unerträglich langsam wanderte das Auge über Marks Gesicht hinweg auf ihr eigenes, das im Kontrast zu seiner käsigen Haut um so dunkler erschien und in schwarzen Filzlocken nistete. Die Lider waren geschlossen, aber darunter bewegten sich die Augen rastlos hin und her.

Schnitt zurück zur Spontanfete auf dem Parkplatz, nun aus Augenhöhe aufgenommen. Eine Frau mit bunten Federn im aufgeplusterten Blondhaar lockte den Blick tiefer in das Partygetümmel hinein. Ein junger Kerl mit hüftlangen Filzlocken und einer Sonnenbrille mit aufgeklappten Gläsern hakte sich mit breitem Grinsen bei der Frau unter.

Und wieder die Bettszene: Das Auge zeigte die Stelle, an der sich beide Köpfe berührten, schwenkte dann auf seine Augen, die nach wie vor geschlossen, aber gleichfalls voller Unruhe waren, und kehrte zurück auf ihr Gesicht.

Schnitt: Das närrische Treiben im weißen Licht aufmontierter Lampen, und mittendrin das Auge, das nun zu rotieren anfing, schneller und immer schneller, bis nur noch Lichtschlieren zu sehen waren und plötzlich wieder das Bett ins Bild rückte.

Das Auge strich über ihre Schulter und den unter der Decke liegenden Arm; dann zog es unversehens unter gleißender Sonne den Gehweg des Hollywood Boulevards entlang, notierte die Schilder der Wunschsalons und Videotreffs und hielt an beim Chinesentheater, vor dem Touristen die Fußabdrücke im Pflaster mit der eigenen Schuhgröße verglichen und für Fotos posierten. Ein junges Mädchen trat ins Bild; sie trug einen roten Abfallsack mit dem Aufdruck SONDERMÜLL und fing an, mit den Fäusten auf das Auge einzuschlagen. Ihr Mund war wutverzerrt. Die nun folgende Einstellung glich dem Blickwinkel einer Person, die vor den Schlägen in Deckung zu gehen versucht, und dann waren Gesichter von Passanten zu sehen, die aus allen Richtungen zusammenliefen und zu einem Haufen zusammenschrumpften, als sich das Auge entfernte. Es fing nun den grauweißen Himmel ein, dessen schattige Wolkengebilde an die Falten und Unebenheiten der Bettdecke erinnerten. Schließlich verlor sich das Bild in grellem Weiß, und die Musik verhallte.

Auf dem Monitor erschien wieder die schematische Darstellung von Marks Kopf; die bernsteinfarbenen Punkte glühten.

»Das war's«, meldete sich Marks Stimme über Lautsprecher. »Zieh die Kabel bitte ab, ja?«

Er hatte bereits den Quitt-Befehl gegeben. Sie beugte sich über ihn und löste die Steckverbindungen an seinem Kopf. Er blieb für eine Weile stocksteif liegen, dann holte er tief Luft und richtete den Oberkörper auf. »Paßte doch alles gut zusammen, oder?« fragte er und grinste sie an.

»Prima«, antwortete sie. »Wer sich für Videos mit uralter Musik und alten Knackern interessiert, wird seinen Spaß dran haben.«

»Der Beater meint, wir sollen uns nehmen, was die Bands liefern, nämlich Musik, Bilder und so weiter, und das in irgendeine Form bringen.« Er ließ die Augenbrauen wackeln. »Wir sind jetzt richtige Synthesizer. Echte Synder.«

Sie sah ihn an. Auf der Zunge lag ihr die Frage: *Sollen wir uns das nicht noch mal durch den Kopf gehen lassen?* Doch die Stimme spielte nicht mit.

»Willst du's auch mal probieren?« fragte er.

»Der Apparat ist nur für einen.«

»Dann holen wir deinen rüber. Er steht in deinem Zimmer.«

»Als ich aufwachte, war da keiner.«

»Ich wette, jetzt ist einer da.« Er sah sie erwartungsvoll an.

»Ja? Ich wette, wir schaffen's, beide miteinander zu verbinden.«

»Ja?« Seine Augen funkelten. »Wär dir das recht so?«

»Nein.« Sie biß sich auf die Innenseite der Wange und fragte sich, ob er ihre Lüge durchschaute.

Er zog die Knie ein und schlang die Arme darum. »Was glaubst du, warum man uns das Zeug so bereitwillig überläßt?«

Sie lachte spitz auf. »Das bildest du dir bloß ein.« Sie schaute auf den leeren Monitor. »Ich bin sicher, man hat uns ständig im Visier.« Davon war sie tatsächlich überzeugt. Natürlich standen sie nach einer solchen Operation unter Beobachtung, auch wenn davon nichts zu merken war. Sie beugte sich vor und kam mit ihrem Gesicht dicht an das seine. »Falls du was Besonderes vorhast, solltest du besser damit warten.«

Er strich ihr mit der Hand über die Wange, legte dann die Arme um sie und zog sie auf das schmale Bett.

Sie war perplex und wunderte sich, ob er wußte, was er tat. Aber schließlich half sie ihm, den Overall abzulegen, und pellte sich hastig aus ihrem. Daß sie so drängte, überraschte sie selber; noch mehr überraschte sie sein Drängen. Sie benahmen sich wie zwei stürmische Teenager, die einen Moment vermeintlicher Heimlichkeit auszukosten versuchten.

Ein Gefühl inniger Vertrautheit durchströmte und erwärmte sie für ihn. Es schien, als gäbe es nichts, was ihnen am jeweils anderen unbekannt war, als hätten sie nie getrennt gelebt.

Zum zweiten Mal betrachtete Manny das neue Video — wenn man es denn als solches bezeichnen konnte. Er achtete nicht auf Travis' Kommentare und Hinweise auf die bemerkenswerte Klarheit und Realitätsnähe und all den anderen Blödsinn. Vielmehr ärgerte er sich noch immer über dessen Versagen, ein voll funktionierendes Überwachungssystem in den Zimmern zu installieren.

Aber das Video war wirklich gut, und Manny hoffte, den ausgebrannten Typen, von dem der Streifen stammte, wieder auf Vordermann bringen zu können, sobald sie in die Staaten zurückgekehrt sein würden.

21

Auf einem der zahlreichen Wandbildschirme im Büro von Rana Copperthwait war eine Schauspielerin zu sehen, die Arme verschränkt, das Haar schwarz und der Blick beleidigt. »Können wir nicht wenigstens ein paar deutsche Schäferhunde haben oder was ähnliches?«

»Unmöglich«, antwortete Rana Copperthwait. »Und jetzt stirb endlich. Aber bitte laß es nach Sterben aussehen und nicht nach einem mehrfachen Orgasmus.« Mit energischem Tastendruck schaltete sie den Ton aus und ließ erschöpft Luft ab. »Sie *weiß,* daß sie in einsamer Wildnis zu erfrieren hat und daß Wölfe ringsum darauf warten, sie zu verschlingen; sie *weiß,* daß das Drumherum später nachgestellt wird. Was könnte klarer sein? Und trotzdem glauben diese Früchtchen, ständig mitreden zu müssen. Dabei sollen sie nur tun, was ich ihnen sage.«

Sie zeigte auf die anderen Schirme, auf denen weitere Features in unterschiedlichen Produktionsphasen zu sehen waren, und setzte dann wieder ihr Tausendwatt-Lächeln auf. Gabe fühlte sich geblendet. »Deine Idee ist super. Ich habe zwar nur einen kleinen Ausschnitt gesehen, muß aber sagen: Mit diesen beiden Frauen ist dir ein toller Wurf gelungen. Wie lange wirst du wohl für die Ausarbeitung brauchen, für ein fertiges Treatment, meine ich?«

Gabe schluckte. »Ich weiß nicht. Ich ... ähm ... verfahre anders mit ihnen, das heißt mit dem Programm.«

»Mit *ihnen*«, korrigierte Copperthwait. »Du brauchst mir nichts vorzumachen. Ich weiß, daß sie für dich real existieren. Wie gesagt, ich habe großes Verständnis für Künstlernaturen.« Ihr Lächeln wurde etwas schwächer. »Ich will nur wissen, wie du arbeitest.«

Gabe warf einen scheuen Blick auf Manny. Geheimnisse gab es keine mehr, nichts, was zu verbergen wäre. Trotzdem fühlte er sich gehemmt, in Mannys Gegenwart frei darüber zu reden. »Nun, ich richte die Programme ein, schalte dann den RNG dazu ...«

»Orange E?« Copperthwait zwinkerte mit den übermüdeten Augen.

»R-N-G, den Zufallsgenerator. Er wählt die Situationen und Requisiten aus, die im Speicher vorliegen und beliebig abgerufen werden können.«

»Aber du kommst doch zu den gewünschten Ergebnissen, oder?«

Gabe rutschte in dem viel zu bequemen Sessel hin und her und trat mit dem Fuß vor ihren Schreibtisch. Manny musterte ihn mit krauser Stirn. »Trotzdem lasse ich gerne dem Zufall Raum. Um so wirklichkeitsgetreuer ist das Erlebnis. Verstehst du?«

»Natürlich.« Copperthwait behielt ihr Lächeln bei, als wolle sie ihn damit auf dem Sessel festnageln. »Der Handlungsablauf läßt sich also im vorhinein nicht beschreiben?«

Er öffnete den Mund, um zu antworten, doch sie richtete sich plötzlich auf und sagte: »Vielleicht übersehe ich den entscheidenden Punkt, vielleicht ist mir entgangen, was deine Kreation so bezaubernd macht und nicht nur mich fasziniert, sondern das ganze Land faszinieren wird. Orange E. *Orange E.* Wie im richtigen Leben. Man weiß nicht, was kommt.« Sie rieb graziös die Finger aneinander. »Also gut, ich schlage vor, du gibst mir ein paar grobe Vorinformationen über die Ausgangssituation. Das ist alles. Laß mal überlegen, vielleicht fällt mir was ein ...« Ihr Gesicht verzerrte sich beim Nachdenken.

Manny versetzte ihm einen Tritt, diskret, aber fest.

»Mit einem Zeppelin rund um die Welt«, platzte Gabe mit der ersten Eingebung heraus. MEHR DROGEN.

Copperthwait schlug mit der flachen Hand auf den

Schreibtisch. »Der letzte Zeppelin! Das ist brillant! Ein Geniestreich.«

»Ähm ... ich weiß nicht, ob der letzte Zeppelin tatsächlich rund um die Welt ...«

»Was soll's?« Copperthwait war in Fahrt geraten. »Die Idee ist so schön, daß wir sie nicht aufgeben sollten. Du bist die Besatzung des letzten Zeppelins. Oder die Passagiere. Oder die sind die Besatzung, und du bist einer der Passagiere oder umgekehrt. Wie auch immer, das überlasse ich ganz dir.« Sie zeigte mit einem langen, eleganten Finger auf ihn. »Du hast alle künstlerischen Freiheiten. Allerdings möchte ich dich bitten, mich ab und zu über den Stand der Dinge zu informieren. Ich *liebe* es, mit Künstlern zu diskutieren. Ich halte euch für die Krone der Schöpfung. Im Ernst. Und im Beisein von Künstlern fühle ich mich erst richtig lebendig, lebendiger als beim Betrachten der gelungensten Features. Und das will einiges heißen, denn meine Kopfmontur ist meine beste Freundin. Ich will, daß wir als Freunde zusammenkommen und das Beste draus machen, wenn du weißt, was ich meine.«

»Aber sicher weiß er das«, sagte Manny und schenkte ihm ein leutseliges Grinsen, das Gabe zutiefst erschreckte.

»Genial. Ich bin überglücklich.« Copperthwait stand auf, langte über den Schreibtisch nach seiner Hand und pumpte sie energisch auf und ab. »Wirklich genial. Und profitabel. Wir geben den Leuten, was sie brauchen, und ich glaube, daß es das Ultimum an Unterhaltung sein wird. Es nährt die Seele, tröstet die Einsamen, und wir wissen ja, wie viele einsame Menschen es gibt. Die Fanpost, die bei uns eingeht, spricht Bände.« Wieder zeigte sie mit dem Finger auf Gabe. »Du, mein Freund, wirst allen wieder Lebensmut vermitteln. Und noch etwas: Wir werden uns Gedanken über ein passendes Männerpärchen machen müssen.«

Ihr Lächeln verschwand abrupt, als sie den Blick auf

die Bildschirme in der Wand richtete. Per Tastendruck stellte sie den Ton wieder an. »Was sollen diese blöden Verrenkungen?«

»Ich werde gefressen. Von Wölfen«, sagte die Schauspielerin. Manny führte Gabe aus dem Büro.

»Tja«, meinte Manny und ließ sich auf der weiten Rückbank der Limousine nieder. »Ich würde sagen: Ende gut, alles gut. Besonders dann, wenn das Ende in Hollywood stattfindet. Nicht wahr?«

Gabe mühte sich ein Grunzen ab, das als Zustimmung aufzufassen war. Die Rede war von jener Sequenz mit Marly und Caritha, die aus dem Arbeitsspeicher ans Ende des Werbespots kopiert worden war. Manny hatte die Zusammenhänge natürlich durchschaut, hielt sich aber bedeckt.

Seit dem Morgen hatte Manny das Lügenheft in seine Hand genommen, und Gabe war zu benebelt, um es ihm streitig zu machen. Außerdem verdankte er ihm die Freilassung. Er saß da, hörte zu und befingerte das altmodische Durchschlagpapier, das ihm der Kassenbeamte überreicht hatte. Es sah eher nach einem Zertifikat aus als nach einem Beleg für die bezahlte Strafe. *Hiermit wird bekanntgegeben, daß der Unterzeichner nun vorbestraft ist* — ein Souvenir vom längsten Spaziergangs seines Lebens oder zumindest von jener Strecke, an die er sich erinnern konnte.

Am besten erinnerte er sich noch daran, daß Gina auf der Treppe zum Gericht auf Mark gewartet hatte, der von der anstürmenden Bullenstaffel aufgegriffen worden war. Gabe beobachtete sie aus sicherer Entfernung. Er stand unter allmählich heller werdendem Himmel auf dem Gehweg und hielt die Quittung in der Hand sowie eine Anti-Drogen-Broschüre, die ihm von der Gefängnisärztin, die ihm die Wunde im Gesicht geklammert hatte, aufgenötigt worden war.

Er wollte auf Gina zugehen, doch dieser Weg wäre

noch länger gewesen als der gerade zurückgelegte. Er wähnte sie von Tretminen und Stacheldraht umgeben, und im Unterschied zu einer Simulation würden alle Eindrücke und Empfindungen, die ein Annäherungsversuch auslösen könnte, echt und wirklich schmerzhaft sein. Schließlich kam Mark aus dem Gericht und nahm ihm die Entscheidung endgültig ab.

Gabe war zur Arbeit zurückgekehrt, zurück zu Marly und Caritha, mit denen er sich nun wieder herumtreiben durfte — dank Manny. Der wartete außerdem mit einer Bomben-Nachricht auf, die für Gabe aber längst nicht mehr neu war. Gina hatte ihn bereits eingeweiht. Trotzdem tat er beeindruckt, als Manny mitteilte, daß die Steckbuchsen ihn gerettet hätten. Acht Löcher in der Kalotte hätten ihm aus dem Schlamassel geholfen, und diese Buchsen würden nun danach *lechzen,* mit Marly und Caritha Bekanntschaft zu machen, Instantfreundschaft zu schließen.

Verdammte Instantfreundschaft, dachte er und betonte im Geiste die Worte wie Gina. Um Himmels willen, worein bin ich geraten?

»... in Mexiko laufen zur Zeit die letzten Tests«, verkündete Manny heiter. »Wenn alles klappt — und davon gehe ich aus —, können deine Leute noch in dieser Woche entlassen werden. Ich werde runterfliegen und nach dem Rechten sehen. Es wäre doch wirklich nachlässig, wenn ich mich nicht persönlich davon überzeugte, daß für unseren nächsten Star alles hundertprozentig vorbereitet ist.« Manny schmunzelte zufrieden. »Ich bin froh, daß es so gekommen ist. Deinetwegen habe ich mir Sorgen gemacht, aber jetzt läuft alles wie am Schnürchen. Ich wußte nicht, daß du soviel Feeling für diese Art von Arbeit hast, ein so begnadetes Händchen. Und einem Wunder gleich kommt die Tatsache, daß sich dein Talent ausgerechnet in dem Augenblick offenbart, da wir dieses neue Projekt starten.«

Wunder. Das Wort schwirrte Gabe im Kopf herum,

während er durch die getönten Scheiben nach draußen blickte. Hatte er doch immer geglaubt, daß es nur in der künstlichen Wirklichkeit Wunder gibt.

»Sankt *wer, wie, was?*« fragte Caritha.

Gabe zögerte. Der Name war ihm spontan herausgerutscht und klang immer noch so absurd wie damals, als er ihn zum ersten Mal auf dem Zettel gelesen hatte, der ihm von Sam zugeschoben worden war.

»Das Sankt Weckmann Hospital für die heillos Informierten«, wiederholte er und spähte über den Rand der Betonmauer auf den Zeppelin, der am anderen Ende des Flugfeldes vor Anker lag.

»Zieh den Kopf ein, Glühfix«, sagte Caritha und schaute auf das Seitenteil der Kamera. Darin war ein kleiner Bildschirm eingebaut. Gabe war daran gewöhnt, daß sich das Programm selbständig verbesserte, aber diese Änderung war zu raffiniert, um sie dem Programm zuzuschreiben. »Die Gegend hier ist ziemlich heiß. Ich habe uns zwar gut abgeschirmt, garantiere aber für nichts, solange du so herumhampelst. Davon geht das Energiefeld kaputt.«

»Sankt Weckmann war der brave Räuber«, flüsterte ihm Marly zu. Überrascht merkte er auf. Sie lag neben ihm platt auf dem Boden und musterte ihn aus fiebrig leuchtenden Augen. Er war drauf und dran, den Statusreport abzufragen, doch sie fuhr fort: »Für die meisten Leute ist Sankt Weckmann eine Art Nachrichtenbörse für politische, kulturelle und personelle Fragen. Tatsächlich aber handelt es sich um eine Quelle für gestohlene und geheime Informationen. Man muß ihr etwas opfern, um Zugriff zu bekommen.« Sie zwinkerte ihm zu.

»Woher weißt du das?« fragte Gabe.

»Wir wissen eine Menge«, antwortete Caritha, die nach wie vor den Bildschirm in der Kamera studierte. »Sie sind gerade dabei, den Hangar zu schließen. In zehn Minuten dürfte die Luft rein sein. Dann sind alle zu Hause.« Sie warf Gabe einen Blick von der Seite zu. »Ich hoffe, du bist dir deiner Sache sicher, Glühfix. Denn wenn wir uns an den Zeppelin rangemacht haben, gibt's kein Zurück mehr.«

»Mir ist immer noch nicht klar, warum du einen verdammten Zeppelin kapern willst«, sagte Marly und stieß ihn mit dem Ellbogen an.

»Weil's der letzte ist«, erklärte er. »Ich will ihn mir unter die Lupe nehmen und sehen, was er in freier Luft so leistet.«

»›Unter die Lupe nehmen‹ ist bei so 'nem Riesending wohl der falsche Ausdruck«, meinte Caritha. »Übrigens, sagt dir eigentlich der Name Hindenburg was?«

Gabe seufzte. Es reute ihn schon, frische Kopien ihres Programms gestartet zu haben. »Die Hindenburg hat nichts zu tun mit der Handlung, die wir entwickeln sollen. Vergiß bitte diesen Bezug wie auch die Sache mit Sankt Weckmann. Tust du mir den Gefallen?«

»Na schön, kein Sankt Weckmann stiehlt die Hindenburg«, sagte Caritha. »Aber meiner unmaßgeblichen Meinung nach ist die Verfolgung von Kopfjägern viel sinnvoller als das Klauen von Luftschiffen.«

Gabe sah sie an. »Auch den Satz solltest du sofort streichen. *Status!*«

Im Statusreport wies nichts auf das Eindringen eines Hackers hin, und das Programm lief, wie zu erkennen war, ausschließlich über geladenes Material. Er stürzte sich zurück in die Simulation. »Wiederaufnahme.«

Marly zupfte an seinem Ärmel. »Willst du wirklich, daß wir den Zeppelin klauen und all die Kopfjäger entwischen lassen?«

»Zum letzten Mal«, knurrte Gabe. »Wir sind in einem anderen Film. *Das Haus der Kopfjäger* war im übrigen nie im Para-Versal-Verleih.«

»Das will nichts heißen, Glühfix.«

Er stöhnte verzweifelt. »Bitte, kapert mit mir den

Zeppelin; den Kopfjägern stellen wir dann später nach. Einverstanden?«

»Das ist ein Wort«, antwortete Caritha. »Fünf Minuten noch. Ich hoffe, du bist wieselschnell auf den Beinen.«

Er trieb die Handlung voran, und sie waren schließlich bereit, den Zeppelin abheben zu lassen, als Gabe die Sequenz unterbrach. Die Anstrengung hatte ihn ausgelaugt. Vielleicht, so dachte er, riet es sich, von vorne anzufangen und frische Kopien zu verwenden, die kein Kopfjäger-Material enthielten. Die Programme wären zwar weniger eingespielt und interaktiv, aber wohl besser als die laufenden Versionen, an denen ständig herumgepfuscht werden mußte.

Nicht wahr, Glühfix, an uns willst du doch nicht herumpfuschen, hörte er Caritha im Geiste sagen. Immerhin sind wir deine besten Freunde, *und du wirst uns noch brauchen, wenn diese Steckbuchsen verstöpselt werden.*

Steckte er doch nach wie vor die eigenen Gedanken in bunte Kostüme und bildete sich ein, in Gesellschaft zu sein! Aber so weggetreten war er nicht, daß ihm entging, was er tat, und daß er nicht mehr zu differenzieren verstand.

Du willst doch, daß wir so bleiben, wie wir sind, Glühfix. Denn später, wenn die Stecker drin sind, wird's schwerer sein, den Unterschied festzustellen. Sehr viel schwerer.

Über dieses Problem dachte er tagelang, wochenlang nach, genaugenommen bis zu jenem Zeitpunkt, da man ihm die Stecker einstöpselte, und zwar, wie sich herausstellte, nicht in Mexiko, sondern im OP vor Ort.

22

Sensationelle Neuheit. Die Musikgruppen waren jeck danach.

Sie hatte den anfänglichen Tumult nicht mitbekommen, aber das Aufsehen war immer noch groß genug, als sie aus Mexiko zurückkehrte. Sie wurde von einer Veranstaltung zur nächsten weitergereicht: als Shows inszenierte Präsentationen für die Medien, für Rockbands, für die Initiative zukunftsbesorgter Bürger, für den Überregionalen Verband der Implantatkliniken und den Verein der Mütter anonymer Suchtkranker, für die Interessengemeinschaft stationär behandelter Suchtpatienten und so weiter und so fort. Sie wußte am Ende nicht mehr zu unterscheiden zwischen den Müttern und den Suchtkranken und umgekehrt. Vor ihr tat sich nun eine völlig neue Welt auf.

Stelle dich der neuen Welt, sie ist nicht anders als die alte. Der genaue Wortlaut des alten Refrains lautete zwar anders, ergab aber so oder so keinen Sinn mehr. Nur für den Beater und seine Kollegen schien er noch Gültigkeit zu haben, denn die Arbeit blieb prinzipiell dieselbe: Musik hören und Bilder dazu entwerfen.

Allerdings war die Qualität nun sehr viel besser. Anstatt die Musik bloß zu hören, steckte sie jetzt mittendrin in der Musik. Der Kopf projizierte Bilder auf den Monitor; sie formierten sich beim Zusehen. Jede Vorstellung war sofort sichtbar und jederzeit korrigierbar. Wie ein lebendiges Kind nahm ihre Phantasie Gestalt an.

Schon bald war es für sie — zumindest während der Herstellung — unvorstellbar, jemals auf andere Weise gearbeitet zu haben. Einen Traum aus der inneren Dunkelheit ans Tageslicht zu befördern, kam ihr ganz und gar natürlich und schlüssig vor. Und obendrein ausgesprochen reizvoll. Sie mochte gar nicht mehr aufhören, und je mehr sie produzierte, desto leichter fiel ihr die Arbeit.

Zum ersten Mal empfand sie vollstes Verständnis für Mark und für das, was sich nun schon seit vielen Jahre hinter seiner Stirn abspielte. Endlich brauchte er nicht mehr nach Münzen für die Automaten zu kramen. Die Automaten waren sozusagen auf ihn gemünzt, und er konnte tun, was er schon immer tat.

Das aber gelang nicht jedem. Nur die wenigsten kamen mit der neuen Technik klar. Ecklestone verschwand vom Canadaytime-Kabel. Darauf rockten jetzt nur noch Valjean und Moray herum.

»Willst du mal was hören?« fragte Valjean im Studio seines Hauses. »Richtig was hören?« Er saugte kurz an der Sauerstoffmaske und ließ das Cape flackern und blitzen.

Moray schien vor Ungeduld aus der Haut platzen zu wollen. Dann spielten die beiden ihr was vor, vom Anfang bis zur letzten Note, und obwohl sie an keiner Hardware angeschlossen war, zogen ihr die entsprechenden Bilder durch den Kopf, der wie ein Dampfkessel unter Druck geriet und zu bersten drohte.

Als Valjean und Moray aufhörten, sah sie wieder klarer und registrierte, daß Valjeans Synthesizer verschlossen und stumm war. Auch Moray hatte ihr Keyboard nicht angerührt. Die Musik war auf direktem Wege ihrer Vorstellung entsprungen. Und nun war für sie kein Halten mehr. Sie rannte los, Richtung Topanga. Sie brauchte ihren eigenen Automaten, wollte unbedingt darauf umrüsten. Alles rüstete darauf um.

Der Laden für Möchtegern-Stars war verschwunden. An seiner Stelle hatte ein Geschäft aufgemacht, das Träume verkaufte.

FRISCH AUS DER STECKDOSE
ANSCHLÜSSE FÜR
FLACHBILDSCHIRME UND KOPFMONTUREN
!!!BALD IM ANGEBOT: DIE PASSENDE HARDWARE!!!
WEITERE INFORMATIONEN DEMNÄCHST BEI UNS

Ringsum waren neue Kliniken eröffnet worden. Der Kommerz hatte schnell geschaltet. Ob dieser Traumladen nun wirklich reale Träume anbieten konnte oder nur aufgewärmte Clips aus alten Wunschprogrammen, tat nichts zur Sache. Steckbuchsen waren der Renner, der Superhit, die neue Stimulans schlechthin. Und dazu ließ sich jede Menge Schnickschnack verkaufen.

Sie blieb vor dem Chinesentheater stehen. IN KÜRZE: DER LETZTE ZEPPELIN! stand in gewölbter Holografie über dem Eingang geschrieben. EINE PRODUKTION VON PARA-VERSAL UND DIVERSIFICATIONS! Die Holografie blinkte. DIE ABENTEUERPHANTASIE SPEZIELL FÜR SIE. UNÜBERTREFFLICH LEBENDIG ... blink ... DENN SIE SIND VOLL DABEI!!!

Das alte Hollywood-Ideal: Identifikation pur, dank Ultra-HD-Format. *Würdest du nicht gerne mit von der Partie sein? Worauf wartest du noch? Steig ein!*

»Fürchtet euch nicht.«

Er war unbemerkt und wie vom Straßenlärm ausgespuckt neben ihr aufgetaucht: ein klapperdürrer Drogendealer in einem dunkelgrauen Overall, der früher einmal silberfarben gewesen sein mochte. Er fuchtelte ihr mit einem blau glitzernden Quadrat vorm Gesicht herum. »Damit ist dir jede Angst genommen; du fürchtest niemanden, nichts und wieder nichts.«

»Kein Bedarf«, sagte sie und ging weiter.

»Ach, womöglich willst du das Fürchten lernen?« Jetzt hielt er ihr einen gelben Rhombus unter die Nase. »Kein Problem. Das hier ist der reine Schrecken. He, am besten schluckst du beides auf einmal und läßt dich von den Göttern hin und her schubsen.«

Sie kehrte ihm den Rücken zu.

»Wie wär's mit einem geilen Ego-Trip? Ein Ego-Trip gefällig?« rief er ihr nach. »Scheiß Steckerbuchsen, unsereins geht den Bach runter.«

Schon? Na bitte. Der Trend ging hin zum Automaten. Bald würden alle Ereignisse in Gedankenschnelle passieren und im wahrsten Sinne des Wortes passiert sein, so daß sich gar nichts mehr wirklich zu ereignen brauchte. Man würde nur noch glauben, daß sich etwas ereignet hätte, und könnte nicht mehr unterscheiden zwischen Geschehen und Ungeschehen.

Begleite mich ein Stück.

Jetzt geht's los.

Weißer Blitz im Einmachglas. Wer davon getroffen wurde, verreiste schnurstracks via LotusLand. *Zzzzt!* Hoffentlich magst du dein Grillfleisch extra knusprig.

Der Pegel im Glas ging Schluck für Schluck zurück. Musik dröhnte. Sie war allein und trank, obwohl ihr der übliche Grund dazu fehlte, denn sie wußte, wo Mark steckte, wußte genau, wo er zu finden war, und würde auch in Zukunft genau Bescheid darüber wissen.

Doch alte Gewohnheiten wurzeln tief, und obwohl der Weiße Blitz eingeschlagen hatte und die Bewegung hemmte, lief der Kopf heiß und produzierte Bilder auf Abruf.

Sie ließ die Musik über sich hinwegschwappen: Speed-Thrash, Cruise-Metall, Knall-Rock, Hardcore-Soul. Es war wie damals in einer jener üblen alten Bars von Boston, in Babe's Beantown, Harborville oder Kathye's Klown — lang ist's her; da war der Stoff noch sauber, die Typen, hart am Getränk, scheel und bekifft, tobten zum Krach der Band.

Die Schlegel klapperten auf dem Tisch herum, brachten auch ab und zu das Glas zum Klingen. Die kleine Flavia ließ die Schlagstöcke sprechen, und die sagten alles, was zu sagen war. Der Weiße Blitz verschleierte Ginas Blick, mit dem sie das Mädchen fixierte. *Jetzt geht's los.*

Der Rest der Loopheads hatte sich an den Tischen ringsum und im Gewühl auf der Tanzfläche verteilt. Ein junger Typ, der sich einen Schuhabsatz auf die Stirn hatte tätowieren lassen, bestieg die Bühne. Flavia sprach nun, aber die Stöcke hatten schon alles gesagt. *Jetzt geht's los. Begleite mich ein Stück.*

»Weil, wir müssen am Ball bleiben«, fügte Flavia hinzu. »Du schaffst es; wir schaffen es.«

Loopheads Baßmann Claudio hob sie leicht und lokker vom Stuhl. Er wußte wie, hatte es schon früher getan, mehr als einmal. Er spielte wirklich gut, klimperte nicht bloß rum, im Gegenteil: Er hatte Magie in den Fingern. Echte Magie, echte Finger.

Musik für unterwegs, bitte.

Loophead probte in einem Kellerstudio am verwüsteten Rand von Fairfax, wo die Grundstückspreise den Bach runtergingen wie die Drogen. Muß ein verdammt großer Bach sein, dachte Gina; da geht schließlich alles rein, peu-à-peu.

Aber die Fender war definitiv noch nicht drin. Dorcas legte den Gurt um wie andere ein Brillantenkollier. Er war groß, schwarz und alt genug, um eine Fender würdigen zu können. Tom war klein und drahtig; er war in der Mimosa und zahlreichen anderen Orten zu Hause, und wer ihn Tastenquäler nannte, tat dies auf eigene Gefahr, denn auch er wußte ein Keyboard zu würdigen.

Flavia beugte sich vor, hielt die Stöcke still und lächelte. Sie trug nichts nach von damals, als ihr Gina einen hübschen Burschen weggeschnappt hatte. »Hat uns ein Vermögen gekostet, die zusätzliche Box anzuschaffen. Die Dinger sind wieder mal gefragt und machen sich bezahlt.«

Jemand trichterte Gina noch einen Schluck aus dem Einmachglas ein, und dann wurden ihr die Drähte in die Schwarte gesteckte.

Sie sackte tief, tiefer als sie jemals vor Valjean in die Knie gegangen war. Sie erinnerte sich daran, wie Valjean mal von Claudio angefurzt, als Stümper und Aufschneider beschimpft worden war.

Doch das hatte jetzt keine Bedeutung. Jetzt spielte die Musik; die Rhythmen — Schläge auf Metall, Glas und Holz — schlugen Funken in ihrem Kopf.

Sie spürte Flavia übers ganze Gesicht grinsen, die Zähne auf der Unterlippe knabbern und den Takt allmählich härter schlagen.

Claudios magische Finger rührten den Baß. Sie erinnerte sich vage, ihn schon in berauschterem Zustand gehört zu haben; aber nie hatte er sich so unter ihre Haut gespielt wie in dieser Nacht.

Aus den Funken wurden Blitze, weiß und farbig, und im Licht der Blitze zuckten Silhouetten auf von Türmen, Minaretten, Monolithen, Obelisken. Gina schmunzelte. Was dem Baßmann an Subtilität mangelte, machte er wett durch schiere Hitze.

Dorcas erster Akkord kam einem mittleren Erdbeben gleich, und der Rest der Band, wie aufgescheucht, hetzte der Tonspur nach, die Tom auf dem Keyboard zurücklegte.

Jetzt geht's los. Gina ging mit; was anderes blieb ihr nicht zu tun übrig, und das war ihr recht so. Die anderen ließen sie nicht hängen.

Wir lassen dich nicht hängen.

Da war ein Mann, dem eine andere Welt aus den Augen leuchtete, eine reale Welt aus Lärm und Licht.

Wir lassen dich nicht hängen.

Da war ein Mann, ganz real; er nahm einen Umweg nach Hause und wählte eine Strecke, die früher mal am Meer entlanggeführt hatte, und sie eilte über eine Brükke, gejagt von wilder Lust, doch je schneller sie rannte, desto weiter entfernte er sich.

Wir lassen dich nicht hängen.

Da waren ein Mann — weniger real; er hatte sich auf

den Automaten ummünzen lassen — und ein Fremder — wieder ganz real —, der unter grauen Wolken an steinigem Strand sich langsam nach ihr umdrehte. Doch die Musik teilte und zerriß den Himmel, und sie war wieder verschwunden.

Das qualvolle Heulen des Fenders traf auf den nüchternen Teil ihrer Sinne, doch ihr fehlte die Zeit zum Überlegen, denn schon trieb es sie wieder davon, und sie hastete mit fiebrigem Kopf über eine lange Allee, durch ein Spalier von Bäumen, deren Zweige wie Finger nach ihr langten, sie berührten und sich dabei in Rauch aufzulösen schienen.

Und wieder verschwand sie, wie eins ums andere Mal in dieser endlos scheinenden Nacht. Zum Teufel auch, wozu hatte sie die Sonne nötig?

Jetzt geht's los ...

Endlose Nacht, Haut an Haut, kein möbliertes Zimmer, aber ein Platz zum Wohnen, vorübergehend. Sie machte kehrt, rannte wieder los, doch es überholte sie, warf sie zu Boden und schlitzte sie auf.

Los jetzt, gib es endlich zu: Du kannst fliegen, wie ein Meteor, in hellen Flammen und lebendig. Sengende Hitze, und plötzlich flammt der ganze Himmel auf. Zum Teufel auch, laß brennen, was brennt; laß alles niederbrennen und wieder aufflackern.

Laß es aufflackern, auf, auf, bis über den Gipfel hinaus.

Flavia betupfte ihr Gesicht mit weichem Material. »So was nennt man Video!« sagte sie ernst. »Und wenn deine beschränkten Bosse nichts damit anzufangen wissen, schlag dich auf unsere Seite; dann kommen wir ganz groß raus. Was könnte Diversifications gegen das aufbieten, was uns gerade gelungen ist? Absolut nichts.«

Gina konnte nicht einmal mit dem Kopf nicken. Die Kleider waren durchgeschwitzt. Flavia setzte ihr das Einmachglas an die Lippen; das Zeug rann brennend durch die Kehle. Gina wälzte sich auf der Matratze herum und stützte den Ellbogen auf. Die Anschlüsse hingen lose von der Konsole. Tom stöpselte gerade seine Stecker heraus. Er sah sie an und atmete schwer.

»Was ist passiert?« hauchte Gina.

Flavia grinste, und ihr goldbraunes Gesicht war wie aus Glanzpapier geschnitten. »Wir haben ein Video gemacht, und zwar auf die neue Art, die *echte* Art. Wozu sollten die verdammten Buchsen sonst gut sein?« Sie warf einen Blick über die Schulter. »Wir sind fertig. Er kann jetzt reinkommen und sie sehen.«

Gina ließ sich zurück auf die Matratze fallen und deckte die Augen mit dem Unterarm ab. Himmel, daß sie ausgerechnet jetzt jemand sehen wollte. Über den Kellerboden kamen Schritte näher und blieben neben dem Bett stehen. Hoffnung flammte in ihr auf, ein brandneues Feuer. Vielleicht war er auf den Automaten so komplett umgepolt, daß *er* nun kam, um sie zu suchen, und nicht umgekehrt wie früher. Sie holte tief Luft und senkte den Arm.

Er stand da in Lebensgröße und aus Fleisch und Blut.

»Wie hast du mich gefunden?« fragte sie.

»Es war nicht leicht«, antwortete Gabe.

Er fühlte sich besser als in all den Jahren zuvor. Was heißt besser? Er fühlte sich phantastisch. Mehr als phantastisch. Er fühlte sich *irreal.*

Irre irreal.

Visual Mark. Das war die Wahrheit, die volle Wahrheit und nichts als die Wahrheit.

Er hatte den Körper ganz vergessen, der seit nun fast fünfzig Jahren sein Gefängnis gewesen war, und die Erleichterung, die er nach Ablegen dieser Last empfand, war so großartig wie er selbst. Sein *Selbst.* Und sein Selbst wurde ständig größer und schöner.

Das Gefühl, sich räumlich ausdehnen zu können, mußte, wie er glaubte, dem eines Neugeborenen gleichen, das nach neun Monaten den Mutterbauch verläßt — und das Initiationstrauma überwunden hat. He, it's partytime!

All diese Jahre im Knochenkäfig, sinnierte er. All diese Jahre im Delirium, dieses idiotische Herumgeflippe, bis er nicht mehr aufrecht stehen konnte und auf dem Zahnfleisch ging. Und warum? Weil er sich, ohne es zu wissen, schon damals danach sehnte, ein paar Löcher in den Schädel gebohrt zu bekommen, um aus dem Knochenkäfig fliehen zu können.

Wohin?

In den ureigenen Kontext. Dem rückte er nun, allmählich und so oft er am Draht hing, Stück für Stück näher. »Am Draht hängen«, so nannte er es.

Während der Zeit, die er im ausgestöpselten Zustand verbrachte, döste er nur vor sich hin und wartete darauf, bald wieder am Draht hängen und noch ein Stück über sich hinauswachsen zu können. Der Draht war gut zu ihm, er half ihm in seinen Kontext, und er wähnte sich dann wie auf dem Weg nach Hause.

Wenn er das kleine Klo neben der Simulationswerkstatt aufsuchen mußte, schenkte er sich die Mühe, die Drähte abzuziehen. Was soll's? Sie waren ja lang genug. Leider reichten sie nicht bis vor die Tür, doch inzwischen durfte er sich vom Botenpersonal verpflegen lassen — wie es die Bosse vom Dach-Team taten, wenn sie Überstunden kloppten. Auch beim Essen ließ er die Drähte stecken; es dauerte sowieso nur wenige Minuten.

Im Grunde machte es keinen Sinn mehr, am Abend in die Wohnung zurückzukehren. Die Werkstatt war größer, mit allem, was er brauchte, ausgestattet, und der Programmdirektor wurde nie müde.

In den Knochenkäfig zurückschlüpfen zu müssen, war ihm jedesmal ein Greuel, denn darin herrschte beklemmende Enge. Um so mehr genoß er den grenzenlosen Zustand, das Loch im Schädel, die Tür zum Universum, durch die er fliegen konnte, wann es ihm beliebte.

Vielleicht machte er sich bloß was vor. Vielleicht war das Loch bei aller Breite und Tiefe am Ende doch begrenzt. Oder womöglich wurde es kleiner, so oft er aus seiner Haut schlüpfte, die er bald überhaupt nicht mehr nötig haben würde. Wie das Hirn und den Rest des Körpers.

Der Entschluß, permanent am Draht hängen zu bleiben, kam zwangsläufig. Seine Bewegungsfreiheit war unbegrenzt, so auch seine Visionen. Diversifications hatte ihn voll im Visier, das wußte er. Die Überwachungskameras waren ihm längst aufgefallen. Eine solche Entdeckung hätte ihn in seiner ehemaligen Inkarnation verunsichert oder verärgert. Jetzt aber war er froh, so viele Augen auf sich gerichtet zu sehen.

Um diese Augen auszublenden, zog er sich zurück und schaute nach innen, konnte dabei aber trotzdem aufnehmen und zur späteren Betrachtung abspeichern, was durch die jeweilige Linse kam. Kleinere Informationen ließen sich fast überall unterbringen, und die Kapazitäten des Systems waren längst nicht erschöpft. Er minimierte die Wahrscheinlichkeit einer Entdeckung dieser zusätzlichen Informationen, indem er davon soviel wie möglich miteinander verknüpfte, so daß ein Eintrag drei-, vierfache Querverbindungen enthielt und mehr noch, wenn sein Blickwinkel den gesamten Informationsspeicher einschloß.

Dies hatte er dadurch lernen können, daß er am Draht hing. Es gelang ihm im zunehmenden Maße, nicht nur seine, sondern sämtliche Informationsvorräte und -übertragungen so umzuarrangieren, daß sie nur noch einen Bruchteil des vordem notwendigen Speicherplatzes beanspruchten. Aus der Musik entstanden Muster, aus den Mustern entstanden Bilder, daraus wiederum Träume und aus den Träumen all jene Videos, die man von ihm verlangte. Doch daran verlor er sein Interesse. Der Programmdirektor produzierte eigene Bilder, und nun war endlich genügend Speicherplatz vorhanden, um sie so zu sehen, wie er sie immer hatte sehen wollen.

Er dachte daran, das System nach seinen Vorstellungen umzubauen. Damit würde er bis zur Nacht warten müssen, da das System zu der Zeit nur wenig beansprucht wurde und seine Manipulationen unbemerkt blieben. Am Morgen dann, wenn alle an die Arbeit zurückkehrten, wäre die Verwunderung groß. Aber wahrscheinlich war die Hardware zu sperrig und die Betriebssysteme zu unflexibel, und daran kam er nicht vorbei. System und Hardware waren so verschieden voneinander wie das Bewußtsein und dessen fleischliches Organ: das Gehirn.

Zu Anfang hatte er fest damit gerechnet, daß Gina für ihn da sein würde. Er war sicher gewesen, auf ihr Verständnis bauen zu können, nicht nur, weil sie in Mexiko gemeinsam das System kennengelernt hatten. Immerhin waren sie sich ja auch außerhalb des Systems — körperlich — wieder so nahe gekommen.

Mit Wonne dachte er daran zurück. Sie hatten es lange nicht getan, und er hatte ganz vergessen, wie schön es sein konnte. Jetzt aber war die Erinnerung daran hellwach. Er konnte den Augenblick zurückrufen und wieder Lust empfinden. Aber auch seine Einsamkeit.

Es war ein einsames Vergnügen gewesen, denn es blieb ungeteilt: Für sie hatte die Bettnummer, wie er im Rückblick erkannte, eine andere Bedeutung gehabt als für ihn. Während er sich auf diese Weise von seinem Körper verabschieden wollte, lag ihr offenbar das Gegenteil am Herzen — was er ganz und gar nicht verstand. Hatten sie doch gemeinsam erfahren, wie frei der Geist sein konnte. Doch das schien ihr weniger zu bedeuten als ihm. Ihre Videos zeugten davon. Vielleicht blieb ihr System für immer im Knochenkäfig gefangen, ohne sich ausdehnen zu können. Vielleicht fürchtete sie, sich selbst zu verlieren.

Egal, denn so oder so: Sie würde ihn nicht auf seinem Trip begleiten.

Vielleicht hätte sie in jedem Fall darauf verzichtet, dachte er und spürte, wie sich die organischen und anorganischen Teile seines Systems zusammenschnürten. Er mochte über sich hinauswachsen, aber an seiner Einsamkeit änderte das nichts.

Sie ließ sich von ihm zu Marks Wohnung begleiten. Das Gebäude war alt, auf vornehme Weise verkommen und ohne Fahrstühle. Gabe las die Graffiti an den Wänden, als er hinter Gina die Treppe hinaufstieg. *Es wächst zusammen, was zusammengehört: Stecker und Buchse. Freiheit den Hackern! Amis raus aus Malaysia!* (Der Spruch war alt.) Und wie überall: *Dr. Fish macht Hausbesuche!*

Ein Mädchen um die zwölf saß auf dem ersten Treppenabsatz und hielt einen Laptop auf verschränkten Beinen. Sie warf denen beiden einen argwöhnischen Blick zu. Gabe musterte sie interessiert. Sie war nicht ungepflegt, recht sauber gekleidet — die Jeans kaum verschossen —, hatte aber heißhungrige Augen, die ihm nur allzu vertraut waren. In wenigen Jahren, dachte er, würde sie eigene Wege gehen und in der Stadt untertauchen, sich günstigstenfalls mit einer Gruppe von Hackern zusammentun oder, was weniger günstig wäre, in Fairfax oder der Mimosa landen. Auf jeden Fall würden sie die Eltern nicht wiedersehen. Wer weiß? Vielleicht war's denen recht so.

Ihn plagten Schuldgefühle, was die eigene Tochter anging. Er hätte sich energischer für sie einsetzen sollen, dachte er bekümmert. Er hätte ihr den Rücken stärken müssen gegenüber Catherine, der Schule und allen anderen schädlichen Einflüssen. Statt dessen hatte er sie ziehen lassen.

Gina mußte auf den Schlüssel spucken, um die Tür öffnen zu können. Aus der Wohnung nebenan tönte Musik, gehetzter, hämmernder Lärm, der sich in Gabes

Ohren wie die instrumentale Lautäußerung eines Psychopathen anhörte. Nervös blickte er sich um, aber der Flur war leer.

Die Wohnung war dunkel und muffig; seit Wochen schien nicht gelüftet worden zu sein. Gina machte Licht. Auf dem Tisch bei der Couch standen zwei leere Flaschen LotusLand. Kleidungsstücke lagen verstreut am Boden.

Halbwegs gepflegt wirkte einzig und allein der Medienblock an der Wand. Der große Bildschirm war blank, abgesehen von einigen Ziffern in der rechten unteren Ecke, die darauf hinwiesen, daß von der Dataline aufgezeichnet wurde.

»Fühl dich ganz wie zu Hause«, sagte Gina und ging ins Schlafzimmer, kam aber gleich wieder zurück, holte eine Flasche LotusLand aus dem Kühlschrank und ließ sich auf die Couch fallen. »Hier, für dich«, sagte sie.

Gabe verzog das Gesicht. »Ich sollte besser die Finger davon lassen.«

Er nahm am anderen Ende der Couch Platz. Gina war schicker, wie er erst jetzt bemerkte.

»Ich hatte diese verrückte Hoffnung, daß ich ihn hier antreffe«, sagte sie und ließ den Kopf an die Rückenlehne fallen. »Ganz schön bescheuert, anzunehmen, daß er sich von seinem Apparat trennt und zurückkommt.« Sie rollte den Kopf zur Seite und sah ihn an. »Bescheuert, oder?«

Ihr Mundgeruch war tödlich. Er wollte ihr anbieten, ein Medikament für sie zu besorgen, als sie auf die Fernbedienung zeigte, die vor seinen Füßen auf dem Teppich lag.

»Schauen wir mal in die Dataline rein. Vielleicht finden wir einen Grund zum Weiterleben.«

Zögernd hob er die Fernbedienung auf und drückte den EIN-Schalter. Auf dem Schirm zeigte sich die Liste geladener Programme, den Titeln nach zu urteilen vor allem Musikvideos.

»Weg damit«, sagte Gina. »Versuch's woanders. Dreh am Glücksrad. Jeder gewinnt.«

Per Tastenwahl holte er die *Allgemeinen Nachrichten* ins Bild. Der Schirm teilte sich in vier Quadrate: Oben links war die Uhrzeit eingeblendet; daneben standen die wichtigsten aktuellen Schlagzeilen, darunter Ausschnitte des Leitartikels. Im Geviert rechts unten war ein Menü der übrigen Kanäle sowie die Funktionszeile mit der Auswahl zwischen *Stop, Wiederholung, Auswahl, Menü* und *Quitt*.

Nach einer Minute wurde der nächste Kanal eingeblendet. Anstelle der Uhrzeit zeigte sich das hübsche, aber strenge Gesicht der jüngsten Frau Sorge; im Feld daneben stand der Problemfall zu lesen, der im Quadrat darunter von Frau Sorge besprochen wurde.

»... wenn Sie mit einer inhaftierten Person eine Beziehung eingehen, müssen Sie sich damit abfinden, sehr oft mißverstanden zu werden. Gefängnismauern verzerren den Sinn Ihrer Worte. Und Ihnen, meine lieben Strafgefangenen — ich weiß aufgrund der Mailbox-Eingänge, daß viele zuschauen —, Ihnen möchte ich folgendes sagen: Wenn Sie mit einer *nicht* inhaftierten Person eine Beziehung eingehen, müssen Sie sich damit abfinden, daß Erwartungen an Sie gestellt werden, denen Sie womöglich nicht gewachsen sind. Verzichten Sie lieber auf eine solche Beziehung, falls Sie nicht dazu bereit sind, nach Ihrer Entlassung ein rechtschaffenes Leben zu führen. Berufsverbrecher sind zumeist angewiesen auf den Austausch mit ihresgleichen, was ein Problem werden kann, wenn sie auf Bewährung entlassen werden und keinen Kontakt zur Unterwelt aufnehmen dürfen ...«

»Hört, hört«, sagte Gina. Das Programm wechselte auf *Läßliche Sünden*. »Fühlst du dich schon wie ein Gewinner?«

Gabe zuckte die Achseln. »Wie fühlt sich ein Gewinner?« Er sah sich in der Wohnung des legendären Visual Mark um. Sie war alles andere als videomäßig gestylt.

Plötzlich sagte Gina: »Ich weiß nicht, was mich stutziger macht: daß du mich gefunden hast oder daß du nach mir gesucht hast.«

»Ich habe einfach alle Orte abgeklappert, wo wir zusammen gewesen sind«, antwortete er. »Ein paar Leute haben dich in dieser Kneipe am Boulevard gesehen. Da sagte man mir, du seist mit ... ähm ... den Loopheads losgezogen. Die Studioadresse war leicht zu erfahren.«

»Das beantwortet die eine Frage.«

»Was soll ich sagen?« meinte er schulterzuckend. »Auf solche Detailfragen bin ich nicht vorbereitet. Vielleicht hätte ich vorher ein Exposé anfertigen sollen.«

Gina fing lauthals zu Lachen an. Verlegen befingerte er die unangebrochene Flasche LotusLand und sagte nach einer Weile. »Was war denn daran so lustig.«

Sie wischte mit dem Handrücken die Augen trocken. »Himmel, wir sitzen dir wohl schwer im Nacken, was? Rivera, Para-Versal und jetzt auch noch ich.«

Die Dataline brachte den Werbespot einer neuen privaten Wohnsiedlung im Vanoga Park. Die Kommentarstimme überschlug sich fast. »... gekachelte Badezimmer! Geräumige Wohnzimmer! Küchen mit funktionalem Design!« Das Kameraauge schwenkte auf eine schmale Kochnische, die, wie Gabe ahnte, in Wirklichkeit nur halb so lang war wie von der Weitwinkelaufnahme vorgetäuscht. Dann zeigte die Kamera ein anderes Zimmer mit geschickt plazierten Raumteilern. »Exklusive Wohnarrangements in vorzüglicher Lage. Für weitere Informationen, Online-Besichtigungen und persönliche Führungen — nehmen Sie bitte Kontakt mit Catherine Mirijanian auf.«

Gabe winselte beim Anblick der klassischen Schönheit, die auf dem Bildschirm eingeblendet wurde. »Meine Frau«, sagte er. »Für richtiges Timing hatte sie noch nie Gespür.«

»Die dich verlassen will?«

»Verlassen hat. Sie ist schon weg. Ich warte nur noch darauf, daß sie mir die Wohnung unterm Hintern wegverkauft.«

»Wohin gehst du dann?«

Er hob die Schultern. »Weiß ich noch nicht.«

Gina fixierte den Bildschirm. »Sie sieht dir gar nicht ähnlich.«

»Wenn Eheleute einander zu ähneln anfangen, haben sie für gewöhnlich längere Zeit zusammen verbracht als wir.«

»Ich meinte was anderes. Sie scheint nicht so richtig zu dir zu passen.«

»Ich weiß.« Catherines Bild verschwand. Gleichzeitig startete eine weitere Episode jener rätselhaften Serie mit dem Titel *Flinke Finger.* Gabe fragte sich, wo die Bildschirmunterteilung abgeblieben war. Alle Veränderungen schienen dann stattzufinden, wenn man nicht hinsah. »Ich habe wohl immer gehofft, daß sie mal wie meine Frau aussieht, aber warum ich das gehofft habe, weiß ich nicht mehr.«

Gina gähnte. »Solche Diskussionen finde ich stinklangweilig.«

»Wer hat denn damit angefangen?« entgegnete Gabe gereizt. »Du bist mir vielleicht 'ne Marke. Haust anderen ins Gesicht, pfeifst dir jede Menge Drogen rein und rast hinter einem Kerl her, der nicht mehr zu wissen scheint, auf welchem Planeten er sich befindet.«

Sie senkte den Blick. »Außerdem produziere ich Videos.«

»Ist es das, was du heute abend gemacht hast? Mit diesen Loopheads?«

»Hast du schon mal Arbeiten von mir gesehen?« fragte sie und sah ihn an.

»Alle. Man hat mich nicht an dich rangelassen, aber gesehen hab ich alle und weiß, was Sache ist.«

Sie nickte. »Nicht übel, oder? Die Synthese war da

und auch genau so, wie sie sein sollte. Wirklich nicht übel.«

Er stellte die Flasche auf dem Boden ab. »Willst du's jetzt mit Mark versuchen?« fragte er unüberlegt.

Sie zeigte sich entsetzt, und er bereute die Frage sofort. »Mark ist doch kein Musiker. Er ist ein Synder. Warum sollte ich sowas mit ihm machen wollen?«

Er rückte ein Stück näher an sie heran. »Ich habe mich gewundert, als ich euch alle miteinander verdrahtet sah. Ich ...« Er wußte nicht mehr weiter und hatte das Gefühl, ins Leere zu tappen. MEHR DROGEN. Er schüttelte den Kopf. »Mach dir nichts draus. Ich zieh die Frage zurück.«

»Was hast du denn eigentlich vor?« wollte sie wissen.

»Wie meinst du das?«

»Wenn die Wohnung verkauft ist und du an die Luft gesetzt wirst?«

Wieder schüttelte er den Kopf. Jetzt war es an der Zeit für ihn, aufzustehen und sich zu verabschieden, und er wartete darauf, daß ihn die Beine zur Tür tragen würden. Er war allzu oft in Simulationen herumgeirrt und hatte vergessen, wie er es anstellen mußte, realiter und in Realzeit davonzulaufen. Genauso hatte er vergessen, daß, falls er Fehler machte, kein Sicherheitsprogramm zur Verfügung stand, das für ihn einsprang und den Ablauf korrigierte.

Gina ließ ein lautes Prusten vernehmen. »Willst du das Bett oder die Couch? Ich weiß aus Erfahrung, daß man auf beiden beschissen liegt.«

»Nein, ich kann nach Hause gehen.« Er wollte aufstehen.

»Keine gute Idee«, entgegnete sie und zog ihn zurück. »Die Schlitzer unten auf der Straße haben dich am Wikkel, bevor du den Mietwagen erreichst. Ich hab keine Lust, deinen Kadaver von der Treppe kehren zu müssen.«

Er war zu müde, um ihr zu widersprechen. Sobald sie

zu Bett ginge, würde er sich heimlich verkrümeln und nach Hause gehen. »Ich nehme die Couch.«

»Und mach das Licht aus.« Sie stand auf und verschwand im Schlafzimmer.

Er starrte auf die Dataline, die inzwischen wieder bei den *Allgemeinen Nachrichten* angelangt war. Ein junger, skandinavisch aussehender Typ, der kaum älter als sechzehn wirkte, verlas mit sonniger Stimme eine Meldung zum Thema Steckbuchsen. Wie konnte es anders sein? Eine echte Sensation wäre es, wenn die Buchsen einmal über eine halbe Stunde lang nicht im Gespräch sein würden. Erstaunlich, daß Frau Sorge keinen Rat für Steckverbundene angeboten hatte. *Nun, meine Lieben, heterogene Beziehungen, bestehend aus einem Steckverbundenen und Nicht-Steckverbundenen, werden, wie wir uns alle vorstellen können, schwerwiegende Probleme aufwerfen. Meine Empfehlung: Fangen sie lieber was an mit einem verurteilten Verbrecher hinter Gittern.*

»Habt ihr nicht verstanden? Ihr hört wohl nicht richtig zu. Wenn ihr nicht zuhört, könnt ihr mich natürlich nicht verstehen. Ihr macht mich rasend.«

Gabe glotzte auf den Bildschirm. Das sonnige Gesicht des Nachrichtensprechers war nun eine Grimasse wütenden Abscheus.

»Ihr da auf euren Sofas und Betten, auf euren *Toiletten,* ihr da in euren stinkenden Höhlen — ihr hört wohl überhaupt nicht mehr zu, sondern laßt euch nur bequatschen, weil's sonst zu still wird in euren Strohköpfen. Macht euch auf was gefaßt, ihr Nullen, denn jetzt geht's los ...«

Der Bildschirm wurde dunkel. Sekunden später zeigte sich eine friedliche Szene: Meeresbrandung vor Sonnenuntergang. »Wir bitten, die technische Störung zu entschuldigen«, meldete sich eine ruhige, sonore Stimme. »Das Programm wird in Kürze wieder aufgenommen werden können. Falls Sie gerade aufzeichnen, raten wir dringend zur Diagnose und Korrektur. Außerdem sollten Sie auf weitere Aufzeichnungen verzichten, solange nicht sichergestellt ist, daß Ihr System frei von Infektionen ist. Wir erinnern unsere Zuschauer daran, daß Diagnose- und Korrekturprogramme kostenlos erhältlich sind, sofern der Fehler vom Netzwerk verursacht wurde. Holen Sie bei Ihrem Programmführer weitere Informationen ein.«

Gabe kicherte irritiert. So etwas hatte es auf der Dataline schon lange nicht mehr gegeben. Er fragte sich, wer dieser schwadronierende Quertreiber wohl gewesen sein mochte. Vielleicht war es einer von Sams Freunden?

Er schaltete den Apparat aus. Von der Dataline beleidigt und im Stich gelassen zu werden, war wirklich unerträglich, denn die Einsamkeit lastete schwer.

He, Glühfix, du bist ein Arschloch, hörte er sich oder eine andere Stimme im Geiste sagen.

»Ja, ich weiß«, murmelte er, stand auf und ging ins Schlafzimmer.

Sie saß in T-Shirt und Slip auf der Kante des zerwühlten Betts. Ein Bild der Unentschlossenheit.

Er wollte ihren Namen aussprechen, doch die Stimme versagte ihm. Sie drehte sich um und sah ihn in der Tür stehen; er lehnte am Rahmen, als versuchte er, die Öffnung weiter aufzustemmen.

Langsam stand sie auf. Ihrer Miene war nichts abzulesen. Immerhin wirkte sie nicht unglücklich, ganz und gar nicht unglücklich. Vielleicht war der Gesichtsausdruck ein anderer gewesen, als sie auf der Treppe vorm Gericht auf Mark gewartet hatte, vielleicht auch nicht; Gabe hatte sie nur von hinten gesehen. Ob sie ihm wohl jetzt anmerkte, daß auch er nicht gerade unglücklich war? Er öffnete den Mund, aber es wollte ihm immer noch kein Wort über die Lippe gehen. Schließlich warf er die Arme in die Luft und ging auf sie zu. Sie kam ihm auf halbem Weg entgegen, und gemeinsam warfen sie sich auf die durchgelegene Matratze. Er schob mit dem Finger den Slip zur Seite und drang ein, ungestüm und heftig.

»Es ist wie … ein Hafen im Sturm, und es gibt keine andere Zuflucht«, sagte sie nach einer Weile. Ihre Stimme war ein Ächzen. »Macht's dir was aus?«

Er schnaufte.

»Mir auch nicht.«

23

Die Erinnerung war so lebendig, daß sie den Sprung tatsächlich zu wiederholen glaubte.

Der Wind fauchte sie an, raubte ihr den Atem, als sie den Füßen hinterher nach unten raste und die Fassade, verschwommen, verschmiert, nach oben wegflog.

Das Bild verschwand mit dem Ausklingen des letzten Akkords. Was für ein Sturz! Valjean würde Augen machen.

Schön zu fallen, fällt mir leicht, dachte sie. Von Häusern, in Betten.

Zurück, befahl sie, und sofort zeigte sich der Anfang als Standbild. Sequenz um Sequenz klickte sie weiter, bis der Moment unmittelbar vor dem Sprung erreicht war, und fuhr dann ein Stück zurück, um ein paar zusätzliche Effekte einzubauen. Der Augenblick — oder Gedankenblick? — des Absprungs mußte als Schlüsselerlebnis ausgebaut werden. Der Schritt ins Leere, zerhackt: vor, zurück, vor, zurück ...

Nicht übel. *Was sagt dir das?* — Sie mußte grinsen. Wäre alles nur ein bißchen anders verlaufen, hätte sie ihn mit einem Tritt in den Hintern nach draußen befördert, raus aus Marks Schlafzimmer. Statt dessen war sie, ohne hinzusehen, auf den D-Zug aufgesprungen, den Claudio, Flavia, Dorcas und Tom bereits ins Rollen gebracht hatten. Und zum Schluß hatte sie sich nicht mehr bremsen können, als Gabe auf sie zugekommen war.

Mark kam nie aus eigenem Antrieb. Er kam oder blieb aus wie Schnee oder Regen, je nachdem, wie die äußeren Umstände waren. Das hatte es schon lange nicht mehr gegeben, daß jemand wie Ludovic auf sie zugekommen war, und noch länger war es her, daß sie sich jemandem an den Hals geworfen hatte. Mit Mark war es in gewisser Hinsicht einfacher. Keine Hast, keine Sorge. Sie brauchte nur zu warten, bis die äußeren Umstände günstig waren. Nicht gut? Dann beklag dich beim Himmel über den Regen.

Doch diesmal gab's ein Problem. Sie hätte es nicht so weit kommen lassen dürfen. Zumindest wäre etwas mehr Bedenkzeit nötig gewesen.

Scheiße. Tu nicht so. Du hast es drauf angelegt. Na, mein Lieber, was ist das wohl? Ein offenes Fenster oder eine offene Wunde? Er hat ein offenes Fenster gesehen und ist eingestiegen. Du wußtest ganz genau im voraus, was er sehen und tun wollte. Red dich nicht raus.

Es war in der Tat schon lange her, daß sie auf den D-Zug aufgesprungen war, und der war eigentlich nur für die Jungen und Starken reserviert. Wer schon ein paarmal unter die Räder gekommen war, mußte einsehen, daß er nicht mehr zu den Jungen und Starken gehörte.

Gabe Ludovic hatte anscheinend noch nie den D-Zug genommen. Am Ende einer fünfzehn Jahre dauernden Ehe wollte er mehr als Sex. Sein Verlangen war alles andere als vordergründig. Das hatten seine Berührungen verraten und die Hitze, die nicht nur sie, sondern offenbar auch ihn überrascht hatte. Er war hellwach gewesen, fast die ganze Nacht hindurch. Und sehr gesprächig. Vielleicht hätte eine solche Nacht mehr bewirkt, wenn sie nicht vorher schon mit Mark nach Mexiko gereist wäre.

Er hatte auf sie gewartet; er hatte darauf gewartet, daß sie zurückkommen würde. Womöglich war er sich selber nicht im klaren. Aber sie wußte es inzwischen genau.

Sein Bild tauchte vor ihr auf und schien auf Chip abgespeichert werden zu wollen. Statt dessen aber wischte sie es weg und konzentrierte sich wieder auf das Video in ihrem Kopf.

Sie war gerade mitten in der Geisterstadt-Sequenz und schlich an rostenden Autowracks vorbei, als sie plötzlich das Gefühl hatte, beobachtet zu werden — was nicht zum Video gehörte. Sie unterbrach den Handlungsablauf und sah sich auf der menschenleeren Straße um. Zu beiden Seiten ragten hohe Gebäude mit eingeschlagenen Fenstern ins kalte, fahle Licht des Himmels. Vom Straßenrand aus starrten ihr die zersplitterten Scheinwerfer einer demolierten Limousine entgegen. Spontan fiel ihr ein, woher diese Szene stammte, und zwar aus einem alten Streifen, der die Ereignisse vom 1. Januar 2000 dokumentierte. Die Häuser der Universitätsstadt waren wiederzuerkennen; es fehlten nur die Leichen.

Oder? Plötzlich waren sie da: zerfetzte Phantome auf der Kühlerhaube, aus dem Seitenfenster und der Tür hängend, verstreut auf den Straßen wie weggeworfene Puppen. Ihr Auge fing sie ein, und das Verrückte war, daß sie nicht wußte, ob sie die Leichen aus der Erinnerung dort hingelegt hatte oder …

— geh ein Stück spazieren —

Ein flüchtiger Gedanke, der, kaum registriert, wieder weg war. Sie zog weiter, ließ sich treiben von Musik und bildlicher Vorstellung, immer weiter bis zum Augenblick des Sprungs. Der zerhackte Anfang: Jedes Vor und Zurück in der Zeit dauerte nun eine Sekunde länger, und schließlich war der Sturz wie eine Erleichterung.

Im kurzen Schwebezustand vor dem Fall wurde sie seiner Gegenwart schreckhaft gewahr, und gemeinsam stürzten sie in den Abgrund.

Sie ließ sich gehen und war doch entsetzt darüber, daß er mit ihr fiel, er, der gar nicht anwesend sein durfte, aber trotzdem hierher zu gehören schien.

Sie kam zu sich, lag zitternd auf der Matratze.

Durch das Außenobjektiv des Kopfaufsatzes, der auf der Konsole lag, sah er, wie sie mit dem Aufzug herabschwebte und dann mit entschlossenem Schritt durch die Simulationsgrube auf ihn zukam. Mit einem zu rupfenden Hühnchen. Er visualisierte das entsprechende Requisit: einen bedrohlich aussehenden Feuergockel mit geschwollenem Kamm. Gemeingefährlich. Das Bild speicherte er ab, um es eventuell später zu verwenden.

Wie perfekt sie von der Mattscheibe abgebildet wurde! Der Gesichtsausdruck war beredter als Worte. Die gekrauste Stirn, die Verwirrung beim Anblick seiner Gestalt, die eingerollt auf dem Teppich lag, ihr Rätseln darüber, wie er sie in diesem Zustand hatte hereinlassen können; dann schien sie die Frage selbst beantwortet zu haben, das Gesicht glättete sich, und die Mundwinkel zuckten nervös. Es war fast, als könnte er ihre Gedanken lesen, die so offen zu liegen schienen wie in ihrem Video, das er sich mit großem Vergnügen angesehen hatte, obwohl er von einigen Details verunsichert worden war. Um so größer war seine Neugier und der Wunsch, ihre Gedanken noch gründlicher zu studieren. Allerdings wußte er, daß sie gekommen war, um ihm davon abzuraten.

Seine Befehle an das System waren kaum mehr als ein Atemhauch.

»Hierher«, tönte seine Stimme aus dem Lautsprecher der Konsole. Er speicherte den Anblick ihres verschreckt herumfahrenden Kopfes, digitalisierte das Bild so weit wie möglich, bis er ein Bit erzeugt hatte, das schieres Erschrecken war.

Sie rückte an die Konsole heran. Drei- oder viermal streifte ihr Blick die Kopfmontur, bevor sie sie zur Hand nahm. Ihm wurde schwindelig von der ruckhaften Bewegung.

»Vorsicht, nicht so hastig«, sagte er.

Er sah, wie sie die Anschlüsse zum System zurückverfolgte und dann den Drähten nachging, die an seinem Kopf endeten.

»Hast du dir das selbst ausgedacht?« fragte sie und legte die Kopfmontur ab.

»War ganz einfach. Im Kopf ist Platz genug für die gesamte Apparatur. Dadurch wird vieles leichter. Sieh dir mal den Flachbildschirm an.«

Darauf zeigte er ihr in Wiederholung, wie sie mit dem Feuergockel im Arm durch die Simulationswerkstatt auf ihn zuging.

»Nicht schlecht«, sagte sie beiläufig. »Sehr authentisch, gute Auflösung. Aber jetzt steh endlich auf, ich muß dir was sagen.«

»Warum steigst du nicht auch mit ein ins System?«

Sie blickte von der Kopfmontur auf seinen Körper, der wie weggeworfen am Boden lag, und sagte wütend: »Ich will wissen, wie du diesen verdammten Trick mit mir abgezogen hast?«

Wie ich das geschafft habe, Gina? Besser gefragt: Wie hätte ich umhin können, das zu tun? Dafür bin ich geschaffen. Das habe ich dir bereits gesagt, als ich noch ganz aus Fleisch und Blut bestand.

Sie stand über ihm und betrachtete die Drähte, die in seiner Schwarte steckten. »Tu das nicht noch einmal«, sagte sie ruhig. »Verschaukeln kann ich mich selber.«

Er ließ ihre Worte auf sich einwirken, registrierte den besonderen Tonfall, die Betonung, die Art, wie sie die Lippen bewegte — und speicherte alles unter der Datei ›Gina‹ ab.

»Ich habe dir wohl angst gemacht«, sagte er. »Aber ehrlich, es war nicht bös gemeint ...«

Sie schaute auf den Lautsprecher.

»Ja, meine Stimme klingt anders«, sagte er. Ihr Blick fuhr zurück auf den Körper am Boden, den sie auch weiterhin anzusprechen vorhatte, obwohl es angemessener war, die Kamera der Kopfmontur zu adressieren. »Keine Sorge. Mir geht's gut; mir geht's immer besser. Der Balg da war mir nur noch eine Last.«

»An deiner Stelle würde ich nicht in der Vergangenheit reden. Du glaubst doch wohl nicht, daß du in diesem Zustand bleiben kannst.«

Er zeigte ihr auf dem Flachbildschirm seine Biodaten. »Ich habe inzwischen gelernt, meinen Stoffwechsel zu senken, wenn ich am Draht hänge. Dazu sind wie bei jeder Maschine bloß ein paar Einstellungen nötig. Umrüstung ist angesagt.«

Sie ging neben dem Körper in die Knie; er behielt sie im Kameraauge und beobachtete jede ihrer Bewegungen. Vorsichtig langte sie nach seinem Arm, versetzte ihm einen Kniff und schaute auf den Monitor.

»Du verstehst, Gina, nicht wahr? Ich hab mich weitestgehend zurückgezogen. Der Körper lebt zwar weiter, ist aber nicht mehr mein Zuhause. Ich weiß, du denkst anders darüber, aber für mich ist es nun mal so.«

Sie stand verärgert auf und schüttelte den Kopf. »Ich hab dich schon in schlimmerem Zustand erlebt. Du glaubst wohl, es wäre neu für mich, dich so zu sehen.« Abrupt drehte sie sich um und steuerte auf den Fahrstuhl zu.

Er folgte ihr mit dem Objektiv. »Gina.«

Sie blieb stehen und warf einen Blick über die Schulter. »Was ist?«

»Ich hab dir doch gesagt, daß es so kommen mußte. Erinnerst du dich?«

Ihre knappe Kopfbewegung war als ein Nicken zu deuten. Dann eilte sie davon.

Er schloß das Objektiv und überließ sich ganz dem, was es an Bildern eingefangen hatte.

Er folgte Caritha und rannte über das Flugfeld auf den Zeppelin zu. Die Entfernung täuschte — oder aber das Visier war wieder mal falsch eingestellt. Die Koordination gelang ihm nicht so recht, und er fragte sich, wie Gina wohl in solchen Fällen reagierte. Er hätte sie in der Nacht danach fragen können, bei passender Gelegenheit vielleicht, doch dieses Thema war ihm natürlich nicht in den Sinn gekommen. Jetzt spürte er das Herz bedrohlich flattern, und daran war nicht allein die Illusion des hastigen Laufes schuld, die er mit heftigem Arm- und Beineinsatz unterstützte.

An der Flanke des Zeppelins leuchteten plötzlich die Worte MEHR DROGEN auf. Er bremste ab, blieb stehen. Auf das, was er da sah, reagierte er weniger bestürzt als amüsiert. Marly stand auf den Stufen zur Gondel; Caritha schaute zur Einstiegsluke heraus, um festzustellen, wodurch er aufgehalten wurde.

»Entschuldige. Was treibst du da?«

Er drehte sich um. Rana Copperthwait kam ihm mit ernstem, besorgtem Blick auf dem Landefeld entgegen.

»Es geht um Liebe«, sagte Rana Copperthwait. Ein Windstoß lüftete ihre schweren Locken und blies eine Strähne über den Mund, die sie nervös zur Seite wischte. »Es geht um Liebe und Sex. Bitte nichts Sprödes, Verhohlenes. Der Reiz des ganzen muß klar rüberkommen. Es wäre vielleicht besser, wenn du noch mehr Frauen einbeziehen könntest. Und jetzt steig endlich in den Zeppelin und komm zur Sache.«

Gabe sah sich hilfesuchend nach Marly und Caritha um. »Komm schon, Glühfix«, sagte Marly und stieg die Stufen zur Gondel hoch. Er folgte und blieb vorm Eingang zaudernd stehen. Caritha steckte wieder den Kopf zur Tür heraus.

»Was ist denn los?«

»Ich habe keine Ahnung, wie die Gondel von innen aussehen soll.«

»Ruf doch die Datenbank ab.« Sie packte ihn beim Hemdkragen und zerrte ihn nach innen.

Er stand in Marks Schlafzimmer und sah Gina zwischen zerwühlten Laken schlafen. Erschrocken blickte er zu Marly auf, die mit erhobenen Händen zurückwich. »Damit will ich nichts zu tun haben. Das ist auf deinem Mist gewachsen. Kümmere du dich darum.«

»Allerdings«, sagte Caritha und stellte sich dicht neben Marly. Hinter den beiden tauchte eine Tür auf, durch die sie entschlüpften. Für einen kurzen Moment hatte er Einblick in einen Raum, der wie ein Cockpit aussah. Dann fiel die Tür ins Schloß.

Gina lag immer noch schlafend im Bett. Vorsichtig rückte er näher und nahm auf der Bettkante Platz. Sie rührte sich ein wenig.

Zuerst glaubst du, daß alles besser werden wird. Du hältst an der Hoffnung fest, gibst dich ihr hin ...

Das H-Wort, hatte sie gesagt.

Wie bitte?

Das H-Wort. Hingabe. Du hast wohl wieder den alten kosmischen H-Wort-Blues.

Das war nicht nur ein Wort für mich, sondern was Reales. Keine zweifelhafte Simulation. Darauf kannst du dich verlassen. Ein für allemal. Selbst dann noch, wenn's keinen Wert mehr zu haben scheint. Du kannst dich darauf verlassen, bis es schließlich eines Tages ... weg ist. Aufgebraucht.

Ja? Wie die Cheshire-Katze in Alices Wunderland, von der am Ende nur noch ein Grinsen übrigbleibt. Das ist doch alles Mist. Ich höre dein H-Wort und hab nichts davon. Was kannst du mir bieten?

Den letzten Zeppelin. *Ein Superhirn.*

Gina rührte sich wieder. Auf den Lippen lag der Anflug eines Lächelns. Oder täuschte er sich? Es war dunkel. Wer hätte jemals im Schlaf seinetwegen gelächelt?

Als es im Zimmer ein wenig heller geworden war, hatte er zu grübeln angefangen und die verrückte Vorstellung gehabt, daß die Dunkelheit eine Art Schutzzone bot oder einer Störschleife gleichkam und daß das Tageslicht alles zerstören würde. Verzweifelt hatte er sich ihr zugewandt. Vielleicht empfand sie ähnlich wie er. Sie waren gierig übereinander hergefallen, und er hatte gehofft, den Tag auf diese Weise fernhalten zu können.

Als sie endlich zur Ruhe gekommen waren, strahlte helles Licht durchs Zimmer, doch der Bann war immer noch nicht gebrochen. Auch als sie das Bett verlassen hatten, dauerte der Zauber an.

D-Zug.

Wie bitte?

D-Zug. Fährt für gewöhnlich bei Nacht. Mach dir nichts draus, Ludovic. Jetzt weißt du, wie es ist.

Der Boden unter den Füßen schwankte ein wenig, als der Zeppelin aufstieg, und plötzlich hatte er wieder einmal das Gefühl, als ob sich jemand oder etwas näherte. Er fuhr herum, um sich zu vergewissern.

Er starrte in sein Abbild, reflektiert vom Spiegel im Bad der Medizinstation. Tatsächlich. Was man ihm gesagt hatte, traf zu: Er sah genauso aus wie früher. Derselbe alte Kopf, in dem sich allerdings nun acht Löcher befanden. Acht Löcher, in denen acht Anschlüsse steckten. Dazu ein kleines Befehlsmenü, womit er Einfluß nehmen konnte auf die vorgestellten Bilder. *Anfang. Vor. Zurück. Halt. Wiederaufnahme. Ende. Speichern. Quitt.*

Er führte die Befehle nacheinander aus. Die Bilder setzten sich blitzschnell wie zu einer Collage zusammen: Caritha; MEHR DROGEN; Rana Copperthwait, wie sie mit ihm sprach, vor und zurück, innehielt und dann auf den Zeppelin zeigte; Marks Schlafzimmer; Gina; Marly und Caritha, wie sie ihm die Tür vor der Nase zuschlugen; Gina, die sich rührte; und dann dieses Gefühl, von einer fremden Gegenwart bedrängt zu werden; das Abbild im Badezimmerspiegel; das Wissen darum, daß der ganze Mist auf Chip abgespeichert wurde. Und schließlich starrte er zur hohen Decke der Simulationswerkstatt empor und fragte sich, wie er all dies jemals auf die Reihe kriegen sollte.

Quitt, dachte er. Tief im Innern spürte er, wie der Befehl ausgeführt wurde, ein Gefühl, das er zu beschreiben versucht hatte, allerdings ohne Erfolg. *Ohne Erfolg* — dies schien auch auf seine Situation im allgemeinen zuzutreffen. Er langte zum Kopf und zog behutsam die Stecker, ein Akt, der, wie versprochen, gänzlich schmerzlos war, ihm aber immer noch kalte Schauer über den Rücken rieseln ließ, und er dachte dabei an

Voodoozauber, an Puppen, in die man lange Nadeln steckte und wieder herauszog. Diese Assoziation war ihm immerhin lieber als der Gedanke an die Krankenstation in *Das Haus der Kopfjäger.*

Er schüttelte den Kopf, als wollte er sich besinnen, obwohl ihm durchaus wohl zumute war. Das schien ihm besonders interessant zu sein am Gebrauch des neuen Interface: Er fühlte sich nie erschöpft oder verkatert danach wie früher, wenn er das alte System benutzt hatte. Weder waren die Augen gereizt noch die Muskeln verkrampft.

Eigentlich hätte er schrecklich müde sein müssen, da er in der Nacht zuvor ohne Schlaf geblieben war. Trotzdem fühlte er sich munter und frisch.

Das H-Wort, Ludovic. Um das auszusprechen, braucht's verdammt gute Nerven, denn es gibt nichts Schlimmeres als Tinte im Füller und niemanden, dem man schreiben könnte.

Er lachte laut auf. Ihre Stimme war deutlich im Kopf zu vernehmen. Das verdankte er den Steckbuchsen. Alle Gedanken waren so scharf und deutlich wie Bilder auf einem Monitor, aber viel realer und nahezu faßbar im wahrsten Sinne des Wortes.

Nur eines vermochten die Steckerbuchsen nicht; sie ließen ihm keine Kontrolle über das, was in den Kopf eindrang. Und daß er keine Anspannung empfand, hatte den Nachteil, daß er die eigene Leistung nicht zu bemessen vermochte, und er konnte nicht lange genug von sich absehen, um eine kohärente Sequenz zu produzieren.

Er stand auf, ließ den Chip von der Konsole auswerfen und hielt ihn auf der Zeigefingerspitze ans Licht. Dann steckte er ihn in den Lösch/Formatierungsschlitz über der Tastatur. Manny hatte seine Implantate erst seit vier Tagen. Er würde noch drei weitere Tage in der Klinik zubringen müssen. Diese drei Tage blieben Gabe also noch, um das Zeppelinabenteuer für Para-Versal fertigzustellen, aber er brachte keinen einzigen zusammenhängenden Dialog zustande, ohne daß sich andere Gedanken dazwischenmengten. Vielleicht sollte er noch einmal mit Copperthwait sprechen und ihr eine andere Geschichte vorschlagen. *Klar, doch, komm rüber. Ich liebe es, mit kreativen Künstlern zu reden ... Entschuldigung, was hast du vor?*

Sein Blick fiel auf den Hotsuit, der sorgsam zusammengefaltet im Regal über dem Schreibtisch lag. Das alte System und die alten Chips wären ihm jetzt nützlicher. Damit würde die Arbeit in rund zwei Wochen erledigt sein. Das Ergebnis ließe sich dann über das neue Interface abspielen, das aber den Streifen bei den flatterhaften Gedanken, die er hatte, innerhalb von zwei Minuten zu Videokonfetti zerschnipseln würde. Das könnte er dann Manny unterjubeln. Der würde Scheiße schreien oder aber durch irgendein Spähloch bei ihm einsteigen.

Vielleicht war er schon eingestiegen.

Die Erinnerung an das unheimliche Gefühl dieser fremden Aufsässigkeit traf ihn wie ein Hammerschlag. Ein Irrtum war ausgeschlossen. Schon einmal hatte er diesen Eindruck gehabt, und zwar während der Visualisierungsübungen am Tag nach der Operation. Es war, als rückte ihm jemand auf die Pelle, als lehnte sich jemand an ihn.

Steckte womöglich der Hacker dahinter? Aber hätte der nicht mit ihm zu sprechen versucht?

Gabe wühlte mit der Hand in den Haaren. An den Hacker durfte er um Himmels willen keinen Gedanken verlieren, der dann auf Chip gespeichert werden würde zusammen mit all den anderen Bildern, die nicht zur Geschichte gehörten. Sollte er vielleicht mal in die medizinische Abteilung gehen und sich nach einem Programm erkundigen, mit dem unpassende und unerwünschte Vorstellungen gelöscht werden konnten?

Er raufte sich die Haare so wild, als versuchte er, die Angst mit den Wurzeln auszureißen. Der Blick auf den Hotsuit, auf die Kopfmontur, die Konsole und all die

Anschlüsse, die vom Schreibtisch herabhingen vermittelte ihm plötzlich den Eindruck, in einer kleinen Kiste luftdicht abgeschlossen zu sein. Per Schalterdruck öffnete er die Außentür und rannte zur Leiter, über die die Balustrade zu erreichen war.

Im Flur angelangt, sah er, daß an der Tür gegenüber das Warnlicht leuchtete. Ginas Simulationswerkstatt war also belegt. Langsam ging er auf die Tür zu und hob die Hand, um den Summer zu drücken. Ob sie sich wohl wieder in Musik und Videos gestürzt und alles andere vergessen hatte? Oder aber war es möglich, daß sie ihn ebenso sehnlich zu sehen wünschte wie er sie?

Er drückte den Summer. Bald darauf sprang lautlos die Tür auf. Er zögerte noch, wußte nicht, was er ihr sagen sollte, als sich die Tür wieder zu schließen begann. Im letzten Moment schlüpfte er hindurch, doch die Türkante schabte an der Brust vorbei und riß einen Hemdknopf ab.

Leise winselnd setzte sich der Aufzug nach oben in Bewegung. Gina saß unten vor ihrem Schreibtisch und hatte die Füße auf die Platte gelegt. Sie starrte auf einen der Flachbildschirme in der Konsole und schien Gabe nicht zu beachten. Er stieg in den Aufzug und fuhr hinunter, wartete darauf, daß sie ihn anblickte, begrüßte. Plötzlich ging der Aufzug wieder hoch. Gabe sprang ab.

»Himmel«, sagte er.

»Tut mir leid. Ich dachte, du hättest es dir wieder anders überlegt.« Ihre Stimme klang ungeduldig und gezwungen. Dann bemerkte er, daß zwischen ihren Filzlocken Drähte hingen. Sie war angeschlossen. Er trat einen Schritt zurück in Richtung Leiter.

»Komm schon, oder hast du Angst, ich beiße?« Langsam drehte sie den Kopf und richtete den Blick auf ihn. Die Augen schienen zu schwimmen und mit der Scharfeinstellung Probleme zu haben.

Zaghaft kam er näher. »Was machst du?«

»Meine Gehirnwellen überprüfen.« Sie zeigte auf den Bildschirm.

Die drei Linien, die sich auf der Mattscheibe auf und ab schlängelten, sagten ihm nichts. Plötzlich blieben sie stehen, kehrten die Bewegung um und flossen dann zuckend, aber in halbwegs symmetrischem Verlauf zurück.

»Hier, diese einzelnen Schlenker: Da hab ich die Tür geöffnet und geschlossen, an der Stelle habe ich den Aufzug nach oben geschickt, nach unten und hier wieder nach oben. Alles klar?« Der Schirm wurde leer, flakkerte, und dann sah er sich vor der Tür stehen. »Es läßt sich alles von innen heraus steuern. Man muß nur wissen, wie's geht.« Wieder wurde der Schirm dunkel. »Quitt«, sagte sie.

Fasziniert sah er ihr zu, wie sie die Anschlüsse aus dem Kopf zog und beiseite legte.

»Verdammt sonderbar, he? Du wolltest wohl sehen, wie's bei mir klappt. Es klappt. Bestimmt auch bei dir. Du mußt nur wollen.« Sie gähnte, ließ den Kopf im Nakken kreisen und massierte den Hals. Dann sah sie ihn herausfordernd an.

Wieder versagte ihm die Stimme. Ironie des Schicksals. Ihm steckten gottverdammte Buchsen im Kopf, die jeden Gedanken im Nu nach draußen ließen, und doch konnte er der Frau, mit der er noch in der Nacht zuvor geschlafen hatte, nicht sagen, weshalb er gekommen war.

Sie nickte. »Mit mir ist alles in Ordnung. Sieh lieber zu, daß du keine Scheiße baust. Du hast diese Sache für Para-Versal am laufen und künstlerisch freie Hand. Sei froh darüber; andere haben weniger Schwein. Bei all dem Geld, das du verdienst, kannst du deine Ex-Frau locker auszahlen und die Wohnung behalten. Und wer weiß? Vielleicht nimmt dich Para-Versal demnächst direkt unter Vertrag. Dann brauchst du endlich keine blöden Werbespots mehr zu machen.«

»Wie kommst du darauf?« sagte er und zwinkerte mit den Augen.

Sie lachte kurz auf. »Zum Kuckuck, du glaubst doch wohl nicht, daß sich Studios wie Para-Versal noch länger von Diversifications bescheißen lassen. Die verdammten Direktanschlüsse ans Gehirn machen den Laden hier überflüssig. Das hat das Dach-Team nur noch nicht gecheckt. Aber denen wird bald ein Licht aufgehen, und dann stellen sie selber Autoren ein, die sich rund um die Uhr Spielfilme aus dem Schädel leiern. Produktionsarbeit ist dann nicht mehr nötig.«

»Aber die Gewerkschaften ...«

»Die Gewerkschaften sind erledigt. Für die ist nicht mehr viel rauszuschlagen, bestenfalls ein Arrangement, wonach sich der Bühnendesigner Bühnen ausdenkt, der Kostümschneider Kostüme, der Autor Handlung und Charaktere, und der Synder packt dann alles zusammen. Ich rate dir also: Kümmere dich um deinen Scheiß. Ich kümmere mich um meinen.«

Sie wandte sich von ihm ab und fing an, die Drähte zurück in die Buchsen zu stecken. Gabe verzog sich.

Er, Mark, war in sicherer Entfernung, als er sie sprechen spürte.

Komm schon, oder hast du Angst, ich beiße?

Da waren jede Menge störender Nebengeräusche, doch die ließen sich leicht ausblenden und für später abspeichern, zumal sie allesamt von ihm selber stammten. Gina saß vor ihrem Apparat, reckte die Arme und dachte an Ludovic. Netter Trick, ganz nach dem Motto: *Schau mal, Mama, freihändig.* Anscheinend kam sie langsam auf den Trichter. Ja, wenn sie sich noch ein bißchen mehr anstrengte, würde sie dahinterkommen. Ob das gut oder schlecht für sie wäre, wußte er nicht. Das aber war ihm klar: Zwischen ihr und ihm bestand ein großer Unterschied. Er wollte dahingehen, wo die Bilder waren; sie wollte die Bilder zu sich holen. Wie dem auch sei, er wußte jetzt genau Bescheid. Aus ihrem Mund hatte er zwar nichts erfahren können, aber das war auch nicht nötig. Er sah klar. Ludovic dagegen hatte nur Augen für sie.

Was machst du? Als ob sie das nicht wüßte! Und auch er hatte nichts gerafft. Bei all den neuen Möglichkeiten, die ihm zur Verfügung standen, hätte er doch von Anfang an klar sehen müssen und ihre Bewegungen wie auch die eigenen durchschauen oder interpretieren können. Dann wäre er vorbereitet gewesen. Jedenfalls ein bißchen. Nach wie vor steckte ihm dieser verdammte Kloß im Hals.

Es läßt sich alles von innen heraus steuern. Wieder wurden störende Geräusche laut; sie galten ihm und zum Teil auch diesem Ludovic. Zu dumm. Ihr war wohl selbst nicht klar, was sie ihm sagen wollte.

Verdammt sonderbar, he?

Nur wenn du nicht alle Fakten beieinander hast, Liebste. Aber sobald du sie hast, ist alles ganz verständlich. Er warf einen heimlichen Blick durch ihr Gesichtsfeld. Ja, Ludovic sah in ihren Augen ganz passabel aus.

Quitt.

Scheiße. Er tastete sich weiter vor, schlich um ihren Automaten in der Hoffnung, wenigstens zuhören zu können, doch er ahnte, daß es ziemlich lange dauern könnte, bis ein Weg gefunden war, unbemerkt in die Hardware einzusteigen. Er zog sich zurück, dachte aber weiter über eine Möglichkeit nach.

Er wiederholte, was er bislang von ihr empfangen hatte. Sich mit Algorithmen oder Entscheidungsstrategien abzumühen, war nicht nötig. Er sah, wohin das ganze führte, falls Gina nicht dazwischenfunkte.

Laß sie gehen. Du mußt *sie gehen lassen.*

Sei's drum. Um so leichter würde es ihm fallen, zu tun, wozu er geboren war. Er hatte sich gebremst, sich klein gehalten, um in den Körper zurückschlüpfen zu können, was ein für allemal unmöglich wäre, sobald er einen bestimmten Punkt überschritten haben würde. Aber der Zwang, den er sich antat, war viel zu ermüdend.

Also nichts wie raus durch die Einwegtür. Was hatte er schon zu verlieren? Nur den Körper, und den würde er nicht missen. Nein, im Leben nicht.

Der Körper sandte klägliche Signale aus, dumpfe tierische Notrufe. Komm zurück ins Nest, kleine Sheba. Möglich, daß das Leben, wozu er sich berufen fühlte, unnatürlich war. Aber ein Naturhansel war er schließlich nie gewesen. Den Körper abzulegen, würde ihm nur ein müdes Stirnrunzeln kosten.

Aber den entscheidenden Befehl dazu zu geben, war ihm nicht möglich. Der konnte nur von seinem Körper kommen, doch dieser alte Sack hielt dicht. Er lag da in der Simulationswerkstatt und träumte von erhabener Größe, einen Traum, der vorüber sein würde, wenn die Trennung vollzogen wäre.

Wenn doch bloß jemand käme — Gina zum Beispiel — und ihm die Anschlüsse aus dem Schädel reißen würde. Aber mit Gina war nicht zu rechnen. Er mochte bitten und betteln und ihr zu erklären versuchen, warum der Körper da auf dem Boden in den Müll gehörte. Keine Chance. *Dein Balg gehört mir.* Ein gelungener Witz, an den er sich erinnerte. Soll sie sich doch an Ludovic halten.

Dein Balg gehört mir.

O nein, Liebste, das tut er nicht. Wenn du mir zuhörtest, könnte ich dir erzählen, was Sache ist.

Die Tatsache, daß er umgerüstet und aufgemotzt war, schien ihn nicht davon abzuhalten, im Konditional zu denken.

Er kehrte zurück in Ludovics Speicher, schnappte ein paar weitere Daten auf und stellte fest, daß der Kerl seine Anwesenheit spürte, sie aber nicht identifizieren konnte. Vorsicht war geboten. Wenn er allzu hektisch operierte, würde ihn der Kerl ertappen und das Geheimnis lüften.

Ludovic kümmerte ihn eigentlich weniger. Im Vergleich zu Gina. Auf sie und ihre Videos zu verzichten, fiel ihm verdammt schwer. Immer wieder hatte er den Sturz mit ihr vollzogen, obwohl er wußte, daß er sich damit verriet. Gleichzeitig hoffte er, ertappt zu werden, denn vielleicht würde sie anders von ihm denken, wenn ihr bewußt wäre, daß sie den Sprung in die Tiefe nicht alleine machte. Womöglich aber wollte sie alleine springen.

Ach, hätte er doch eine Kopie des Videos für sich gezogen. Plötzlich spürte er, daß sie wieder einschaltete. Er aber hielt sich im Abseits; er war nicht scharf darauf zu erfahren, daß sie wieder mal nur an Ludovic dachte. Statt dessen wollte er lieber einen Blick ins zentrale Aktionsregister werfen, um zu sehen, was sie mit dem Video angestellt hatte.

Es steckte in einer Warteschlange, abrufbereit für Manny Rivera. Aber der war gerade anderweitig beschäfigt. Er erholte sich von seiner Operation. Manny Rivera am Draht. Verdammt. Jetzt war doppelte Vorsicht geboten.

Unwillkürlich dachte er wieder an den Hacker, der im Penthouse zu ihm vorgedrungen war. Ob der Junge immer noch in der Leitung war? Wahrscheinlich. Aus dieser Richtung waren nämlich Aktivitäten zu spüren. Vielleicht sollte er sich bei Gelegenheit einmal melden, Hallo sagen und darauf hinweisen, daß es sich nicht lohnte, mit Fleisch bepackt in der verdammten Schrödinger-Welt herumzukrauchen. Dem Jungen würde die Spucke wegbleiben.

Das computergesteuerte Getriebe jener komplexen Maschine, die unter dem Namen Diversifications GmbH firmierte, funktionierte weiterhin wie geschmiert und absolut verläßlich. Neuen Gegebenheiten hatte es sich immer schon flexibel anzupassen verstanden, ohne daß dadurch der normale Betriebsablauf gestört wurde. Alles lief wie gehabt: Anrufe und elektronische Post wurden an die entsprechenden Empfänger durchgestellt, Eindringlinge abgewehrt und vertrieben.

Auch die kleinste Unregelmäßigkeit fiel auf. Dem System entging auch nicht, daß in Manny Riveras Warteschlange ungewöhnlich wenige Vorgänge speicherten und länger als sonst unbearbeitet blieben. Doch dies wurde nur der Form halber registriert. Bei Verzögerungen lautete die Systemanweisung schlicht und einfach: abwarten. Wenn die gesamte Firma fünfzig Jahre lang leer stünde, würde sich daran nichts ändern, vorausgesetzt, die Stromzufuhr bliebe intakt, was nicht selbstverständlich war.

Plötzlich erhielt das System den Befehl, einen der Vorgänge in der Warteschlange zur Revision auszuspukken. Ein nicht planmäßiger Abruf bedurfte eines zusätzlichen Befehls, der nach kurzem Zögern auch tatsächlich erfolgte. Das System schaltete arglos und identifizierte den gewünschten Vorgang — *Gina Aiesi/Canadaytime: Rock-Musik-Video* —, überspielte ihn auf den dafür vorgesehenen Revisionsbereich und nahm den entsprechenden Inventareintrag vor. Dann wartete es auf weitere Befehle.

Der zur Revision bestellte Vorgang kam zurück. Das System prüfte, ob eine besondere Instruktion verlangte, ihn in die Warteschlange zurückzuschicken. Dem war nicht so, was nur eines bedeuten konnte: Der Vorgang gehörte in den mit *Freigabe* markierten Ausgang.

Dieser Ausgang war zwar Teil des Systems, funktionierte aber nach eigenen Verfahrensmustern. Im Unterschied zu dem Bereich, der die Revision verwaltete, wurden in der *Freigabe* alle Eingänge geprüft, um eine geordnete Auslieferung zu garantieren. Hollywood-Produkte gingen an die entsprechenden Studios, Werbespots an die Netzwerke, Gesellschaftspiegel an bestimmte Mailbox-Adressen. Rock-Video, der neuste Verkaufsschlager im Programm, wurden dem Unterhaltungsnetzwerk zur Verteilung zugestellt. Kopien der einzelnen Produkte gingen ins hauseigene Archiv sowie an Verlage und Künstler, die die Rechte an der Musik hielten.

Als das System die Aufgabe erledigt hatte, bemerkte es, daß im Revisionsbereich etwas Sonderbares passiert war: Der gerade freigegebene Vorgang hatte eine komplette Replik hinterlassen. Repliken, die nicht auf normalem Wege kopiert worden waren, deuteten auf das Wirken eines Virus hin, denn es konnte nicht sein, daß die Dopplung durch einen überhastet oder falsch ausgeführten Kopiervorgang entstanden war. Das System ließ solche Fehler nicht zu und startete darum automatisch sein eingebautes Antiviren-Programm.

Die Replik wurde isoliert, durch eine Reihe von Instruktionen an einer weiteren Verdopplung gehindert und schließlich zerpflückt.

Die Operation verlief reibungslos. Das System meldete bereits den Erfolg der Sterilisation und war gerade dabei, die Datenreste zu entsorgen, als ihm auffiel, daß die unschädlich gemachten Elemente auch einen systemrelevanten Befehl enthielten. Bei der Wiederherstellung war zu erkennen, wozu dieser Befehl diente: Mit ihm ließ sich ein Vorgang aus der Warteschlange in den Revisionsbereich abrufen. Er durfte keinesfalls vernichtet werden und wurde deshalb vom System wieder an die Stelle verschoben, wo er zuletzt in Einsatz gebracht worden war.

Das System kehrte nun an den Anfang zurück, steuerte den fraglichen Vorgang in der neugeordneten Warteschlange an und schickte ihn zur Revision. Der gesamte Prozeß wiederholte sich nun immerzu.

Bald darauf waren sowohl der Revisionsbereich als auch der Überlaufspeicher voll. Dem wurde auf einfache Weise Abhilfe geschaffen. Was in den Speicher nicht mehr reinpaßte, ging in die Warteschlange zurück. Das System überprüfte jeden Rücklauf und gehorchte nun, weil es keine Fehler bemerkte, der für diesen Fall vorgesehenen Instruktion: Es schickte die zurücklaufenden Vorgänge zur Freigabe.

Was das System nicht erkannte: Sämtliche Originalinstruktionen waren modifiziert worden, und zwar von Manny Rivera selbst. Es handelte sich bloß um eine geringfügige Modifikation, die sich ohne große Umstände vornehmen ließ. Manny hatte von seinem Vorgänger gelernt, wie dieser Eingriff gelingen konnte, ohne dabei erwischt zu werden. Es galt bloß zu verhindern, daß ein überprüfter und zur Freigabe weitergeleiteter Vorgang als solcher gekennzeichnet wurde. Das System mußte dann nur noch so instruiert werden, daß es einen nicht gekennzeichneten Vorgang, der den Revisionsbereich verließ, sofort zur Freigabe überstellte.

Damit ihm nicht auf die Schliche zu kommen war, hatte Manny Vorsorge getroffen und seine Kalenderdatei veranlaßt, vor jeder Quartalsprüfung eine Warnung auszugeben, um auf die Schnelle das Originalprogramm wiederherstellen zu können. Doch dann kam ihm die Steckbuchsenimplantation dazwischen, und er vergaß, die Korrektur beizeiten vorzunehmen.

Das System gehorchte seinen Instruktionen, und alles, was einen bestimmen Punkt in der Warteschlange erreichte, gelangte über die Prüfung zur Freigabe. Die jeweiligen Titel wurden notiert und inventarisiert.

Später dann entdeckte das System, daß sich ein weiterer Vorgang selbständig verdoppelt hatte. Diese Replik aber reagierte auf die Anwendung des Antiviren-Programms plötzlich ganz anders.

24

So real war die Empfindung, daß Sam den Sturz in die Tiefe auch ohne Hotsuit von den Zehenspitzen bis zum Haaransatz spürte. Der Boden flog ihr entgegen, blähte sich auf zu einer Fratze des Todes, und dann wurde plötzlich alles schwarz. Durch die Leere, die sich vor ihr auftat, dröhnte ein langezogener dumpfer Ton und brachte ihr zerschmettertes Bewußtsein in Schwingung, und es schien, als setzte es sich mit Hilfe dieses Lautes neu zusammen.

Der Ton verhallte, und in die Stille hinein sprach Art: »Das also nennt man Rock 'n' Roll.«

Vor ihren Augen tauchte das Innere von Arts Zelt auf. »Himmel«, hechelte sie.

»Das war nur die harmlose Bildschirmversion«, sagte Art. »Mit Steckbuchsen würdest du noch viel mehr davon haben.«

»Ja«, erwiderte Sam. »Einen Herzstillstand wahrscheinlich.«

»Nein, ich meine was anderes. Ein größeres Videoerlebnis, ein totales. Wenn du willst, kann ich dir einen Eindruck vermitteln.«

»Mir reicht's«, antwortete Sam, die sich immer noch schwach auf den Beinen fühlte.

Art zog ein großes Kissen zu sich und plazierte es hochkant auf die Knie. »Sieh's dir auf meinem Bildschirm an«, sagte er. »Ein Video im Video.«

Plötzlich sah sie das friedliche Bild eines Sees, dessen Ufer mit Steinen übersät war. Der Blick konzentriere sich auf einen der eiförmigen Kiesel, dessen körnige Oberfläche mit einem Male zu changieren anfing. Doch dann verschwand das Bild. Art warf das Kissen zur Seite.

»Mehr kann ich dir nicht bieten«, sagte er entschuldigend. »Der Rest läßt sich nicht auf Videoformat übersetzen.«

»Übersetzen?« fragte Sam.

Er zuckte die Achseln. Was sein Geschlecht anging, war Art in letzter Zeit — jedenfalls so oft sie mit ihm sprach — weniger ambivalent. »Ja, aus der Aktion heraus. Was da in dem Stein passiert, ist mir selber nicht klar.«

Sam spürte einen kleinen kalten Kloß in der Magengegend. »Hast du Fez davon erzählt?«

»Nein, du bist die erste. Ich bin selber noch ratlos.« Er stockte und blickte besorgt drein. »Es könnte sein, daß ein Gegenstück zu mir dahintersteckt.«

»Ein Teil von dir?«

»Möglich. Oder jemand, der so ist wie ich. Hier im System gehen seltsame Dinge vor sich. Ich weiß nicht, was, kann es aber deutlich spüren.«

Sam dachte einen Moment lang nach. »Vermutlich spürst du die Gegenwart derjenigen, die mit ihren Steckbuchsen eingeschaltet sind. Es sind womöglich andere mit ihrer Intelligenz, mit ihrem Geist im System.« Sie konnte das Wort ›Geist‹ nicht leiden. Es klang zu sehr nach metaphysischem Hokuspokus.

»Nein«, sagte Art. »Um die zu spüren, müßte ich an deren Ausgangspunkt zurück, an das, was du Konsole nennen würdest. Damit stehen die Steckerleute in Kontakt und nicht mit dem Netz. Sie sind begrenzt auf ihre Hardware.«

»Das glaubst du«, murmelte Sam. *Die Steckerleute.* Sie erinnerte sich an einen Ausdruck, den Fez ab und zu benutzte: *Hülsenköpfe.* Hülsenköpfe mit Steckbuchsen. Informationen liefen rein und raus, während sie in ihren kokonartigen Hüllen mutierten …

Sie schob den Gedanken beiseite. »Sei's drum. Du weißt bestimmt mehr als ich.«

»Soll ich dir weitere Informationen zukommen lassen. Ich könnte mich ein wenig umhören.«

»Nein, danke. Ich habe fürs erste genug um die Ohren.«

»Ich weiß«, antwortete Art. »Daß du dir Sorgen machst, ist unverkennbar.«

»Was du nicht sagst«, entgegnete Sam schnoddrig.

»Ich kenne dich genau«, fuhr er unbeirrt fort. »Ich kenne deinen Tastenanschlag, die Bewegung deiner Augen, und daraus läßt sich manches schließen.«

»Aha. Erinnere mich das nächste Mal daran, daß ich stur geradeaus blicke.« Sie seufzte. »Mir geht in letzter Zeit vieles durch den Kopf. Du weißt, daß nach mir gefahndet wird. Wir unterhalten uns später weiter, okay?«

Der Schirm wurde dunkel. Sam streifte die Montur vom Kopf. Hinter ihr im Zelt saßen Fez und Gator am Laptop. Sie hatten von Sams Gespräch mit Art nichts mitbekommen. Auch hatte Sam die Stimmen der beiden nicht hören können; die Kopfmontur war schalldicht und im aufgestülpten Zustand wie ein separater Raum in Gators engem Zelt.

Sam schaute sich um. Die Schlafsäcke waren weggepackt. Wo sie nachts über ausgerollt wurden, wußte Sam nicht. Sie vermutete, daß sie nebeneinander liegen würden, doch weiter wollte sie die Phantasie nicht bemühen.

Gator warf einen Blick über die Schulter und lächelte. »Wie geht's dem Doktor?«

Sam zuckte die Achseln. »Er hat mir eins der neuen Videos gezeigt. Da steckt offenbar der Wurm drin.«

»Wie könnte es anders sein«, brummte Fez, ohne den Blick vom Bildschirm zu wenden, auf dem irgendeine komplizierte Grafik rotierte, eine von Gators Tätowierungsmustern. Es sah aus wie ein Paisley-Dekor, umringt von einem Vieleck, das ständig variierte.

»Ich geh zurück zu Sankt Weckmann«, verabschiedete sich Sam und verließ das Zelt, ohne Fezens stereotype Ermahnung zur Vorsicht abzuwarten.

Die Luft war kühl geworden, der Sommer wohl endgültig vorbei. Die Szene dünnte aus. Viele der Mimosabewohner hatten sich schon auf den Weg in wärmere Gebiete aufgemacht. Diejenigen, die zurückblieben, bissen die Zähne aufeinander und schmollten. Wer sich auf Dauer hier einzurichten versuchte, hatte endgültig resigniert. Zu denen wollte Sam auf keinen Fall gehören.

Zum Glück hatte Rosa eine halbwegs passable Bleibe in einer alten Kneipe gefunden; wie lange die beiden darin wohnen konnten, war ungewiß. Trotz regelmäßiger Besuche bei Art und obwohl sie Nachrichten vom Netz empfing, hatte Sam den Bezug zur Zeit verloren. Ein Tag war wie jeder andere, und sie hatte den Eindruck, auf der Stelle zu treten. Der Sommer ging zu Ende, doch den Antworten, die sie suchte, war sie keinen Schritt näher gekommen. Nach ihr und den anderen wurde immer noch gefahndet, und Keely war nach wie vor unauffindbar. Die Implantation von Steckbuchsen war inzwischen offiziell genehmigt. Die Welt aber schien sich dadurch um keinen Deut verändert zu haben, abgesehen von den Kliniken, die mächtig Kasse machten.

Sie kam an einem Stand vorbei, wo ein paar junge Typen auf zwei miteinander verbundenen Monitoren Grafiken von Delphinen und exotischen Vögeln ablaufen ließen. Die Auflösung war perfekt, obwohl die Anlage aussah, als wäre sie aus Schrotteilen zusammengebaut worden.

»He«, rief ihr eins der Kids nach. »Ich kenne dich.«

Sam salutierte mit ausgestrecktem Mittelfinger. Das Mädchen winkte, kam dann auf sie zu.

»Bist du jetzt auf AR umgestiegen?« fragte sie. Der Knirps an ihrer Seite schien, wie Sam mutmaßte, der kleine Bruder zu sein.

»Sieh dir das mal an«, sagte das Mädchen und zeigte auf den Monitor, über den nun ein neonfarben glühender Papagei flatterte. »Fliegen wie ein Adler.«

»Fliegen wie ein Papagei«, korrigierte Sam schmunzelnd. Und plappern wie ein Adler, fügte sie im stillen hinzu. Bislang gab es kein Gesetz, daß die Erzeugung künstlicher Welten verbot.

»Aus einem Ei geschlüpft«, sagte das Mädchen. »Es kommt darauf an, zu transformieren und an das Ergebnis zu glauben.«

Das Wort *glauben* war in dieser Gegend schwer in Mode gekommen. Vielleicht hatte das einen besonderen Grund, doch zum Philosophieren war Sam viel zu müde.

»Ich glaube später«, antwortete sie, hob die Hand zum Gruß und ging weiter. Bald darauf passierte sie zwei Penner, die sich um einen Schlafplatz unter der Hermosa-Landungsbrücke stritten. Der an den Beinen aus seinem Loch gezerrte Typ schleuderte jede Menge Sand mit den Händen auf und schrie zetermordio.

Kopfschüttelnd steuerte Sam auf das halb eingefallene Gebäude zu, in dem sie und Rosa gemeinsam mit einer Gruppe von Hackern vorübergehend hausten. Die Mitbewohner hatten Stützbalken angebracht, um den völligen Zusammenbruch zu verhindern. Besonders attraktiv an dem Haus war die Tatsache, daß es ein richtiges Dach hatte und am Stromnetz hing. Für den Energiebedarf war also gesorgt, zumal auch Sonnenkollektoren zur Verfügung standen. Die Löcher im Dach waren zugedeckt worden mit allen verfügbaren Materialien, von denen allerdings keines das Regenwasser abzuhalten vermochte. Trotzdem, für Mimosa-Verhältnisse war diese Unterkunft ein wahres Zuhause, und Sam wären auch diesmal wieder vor Rührung die Tränen gekommen, wenn sie sich nicht schon in der ersten Woche nach dem Einzug trocken geheult hätte.

Wo einst die Haustür gesteckt hatte, klaffte jetzt ein Loch, notdürftig verbarrikadiert mit einem schiefen Gatter, an dem die Bewohner der Reihe nach mehr oder weniger aufmerksam Wache schoben. Heute hockte Percy davor. Müßig bastelte er mit provisorischen Werkzeugen an einem Hardware-Teil herum. Für seine fünfzehn Jahre war er sehr groß gewachsen; er hatte glatte, schwarze Haare, die er immer selbst trimmte, wenn ihn die Strähnen beim Basteln störten. Ein dünner schwarzer Flaum auf der Unterlippe wollte Schnurrbart werden. Sam hatte ihn immer für einen Spanier gehalten und erst vor kurzem von Gator erfahren, daß er zur Hälfte Filipino war. Er hatte ein enorm geschicktes Händchen für Hardware und war für sein Alter ungewöhnlich kompetent und selbstbeherrscht. Sam erinnerte sich, mit fünfzehn noch viel weniger weit gewesen zu sein, und das war erst zwei Jahre her. Nein, fast schon drei. Im Oktober wurde sie achtzehn.

Mit achtzehn auf der Mimosa. »Gefällt uns das?« murmelte sie vor sich hin. »Wohl kaum.«

Percy blickte auf, erkannte sie und winkte ihr zu. Wo, zum Teufel, sollte sie sonst unterkommen?

»Auf dem neuesten Stand: drahtlos«, sagte Percy und zeigte ihr das Ding, an dem er gearbeitet hatte. Sam gingen die Augen über.

»Wenn das so funktioniert, wie's aussieht, mußt du mir auch eins machen. Oder zeig mir, wie's geht.« Sie nahm das Teil entgegen — eine handtellergroße Karte, auf der eine Anzahl silberner Rezeptoren angeordnet war.

»Geil, ey?« Percy grinste und schob ihre Hand zurück, als sie ihm das Teil zurückgeben wollte. »Kannste behalten. Echt, ey.«

Sein freundliches Grinsen machte sie verlegen. »Das ist nett von dir, Percy, aber ...«

»Laß stecken. Ich kann dir noch was Tolles zeigen.« Er sprang auf und brüllte: *»Ritz!«*

Ein etwas älterer Junge tauchte mit dem Kopf hinter einem Berg von Brettern und Sperrmüll auf. »Was denn, jetzt schon?«

»Ja, Mann«, antwortete Percy. Der Junge bezog vor dem Gatter Stellung. »Komm mit!«

Sam folgte und warf unterwegs einen Blick in den

Raum, wo sie Quartier bezogen hatte. Das Wertvollste ihrer Besitztümer lag versteckt unter einer losen Fußbodendiele, auf der sich jede Menge Schutt häufte. An Schutt und Trümmern gab es keinen Mangel. Sams Quartier war wahrscheinlich früher einmal Teil eines Eßzimmers gewesen. In einer Ecke stapelten sich zerlegte Tische und Stühle, die noch durchaus gut in Schuß waren. Um die Jahrtausendwende waren die Menschen noch verschwenderischer gewesen als heute.

Von den Wänden zwischen den einzelnen Zimmern standen nur noch wenige, und die Decke zur zweiten Etage war bis auf einige Querstreben komplett eingestürzt. Ein paar Mitbewohner hatten in wagemutigen Kletteraktion diese Streben dekoriert und hängende Schrottskulpturen daran befestigt — alte Hardware und zerbrochene Teile von Geschmacklosigkeiten, die irgendein Inneneinrichter vor Jahren ausgetüftelt und das Erdbeben demontiert hatte.

Im hinteren Teil des Gebäudes befand sich ein Saal, der früher wohl für Versammlungen und Tanzveranstaltungen genutzt worden war und nun als gemeinsames Lager und Werkstatt diente. Hier hatte Sam die sagenhafte Kapitesse Jasm persönlich kennengelernt: eine schlaksige, schwarze Japanerin von unbestimmbarem Alter. War sie zwanzig, dreißig? Älter wahrscheinlich nicht. Jedenfalls knösterte sie ständig an Exoskeletten herum. Zuerst hatte Sam angenommen, daß sie diese Gestelle in Ermangelung eines Hotsuits benutzte, aber tatsächlich gab Jasm nichts auf Hotsuits; zumindest waren sie für ihre Zwecke unpassend, denn es ging ihr vor allem darum, geheimnisvolle Bewegungsmuster zu programmieren. Eins ihrer Exos war eine vier Meter hohe Monstrosität in Menschengestalt, die Jasm mit Hardware-Kram drapierte, für das sie ansonsten keine Verwendung fand. Sam fand das Ding ziemlich gespenstisch aussehend, fast so wie einen Roboter im Aufbau, von dem zu befürchten war, daß er jeden Moment zum Leben erwachte und aus eigenem Antrieb herumtrampelte. Ein High-Tech-Monstrum à la Frankenstein.

Zur Zeit stand das Ding zusammen mit Jasms restlichem Krimskram in einer Ecke, weggeräumt, um Platz zu schaffen für ein riesiges Metallgerüst, in dem sechzehn Monitore steckten. Sam traute den Augen nicht und wandte sich mit offenem Mund an Percy.

»Na, willst'e 'n bißchen fernsehen?« fragte er heiter.

Sam sah nun Rosa an einer Kamera herumhantieren, die schräg neben der Monitorwand auf einem Stativ stand.

Percy ging auf Rosa zu. Sie blickte auf und grinste dem Jungen zu, der sich nun daranmachte, die Anschlüsse der Kamera zu prüfen. Sie führten zur Videowand.

»Da bist du baff, was?« sagte Rosa. »Sechzehn Monitore. Keine Wartezeit mehr.«

»Wo habt ihr die her?« wollte Sam wissen.

Rosa hob die Schultern. »Hier und da standen welche rum.«

»TVs über TVs. Sieht aus wie in einem der alten Filme«, staunte Sam. »Vor vierzig, fünfzig Jahren hat man auch schon die Kästen übereinandergestapelt, wenn gezeigt werden sollte, wie schön die Zukunft ist. Als bestünde die Zukunft aus lauter Fernsehgeräten.«

»So ist es doch auch«, sagte Rosa.

»Jetzt paß mal auf, ey«, sagte Percy und trat einen Schritt zurück.

Rosa schaltete die Kamera ein. Sam sah die Monitore aufflackern. Die Wand zeigte ein gerastertes Bild, das anscheinend sie und Rosa darstellte.

»Immer noch ziemlich mager, Percy«, meinte Rosa.

»Gib's ihm«, sagte Percy.

»Die Kamera *ist* eingeschaltet.«

Er schüttelte den Kopf, trat herbei und schlug mit der Hand aufs Gehäuse. Die Einzelbilder zitterten kurz und waren mit einem Male ganz scharf.

»Perfekt«, meldete sich Arts Stimme aus einem Lautsprecher, der irgendwo in dem Metallgerüst steckte. »He, nicht auf die Bildschirme glotzen. Schaut in die Kamera, damit ich euch sehen kann.«

Percy stellte sich zwischen Sam und Rosa und legte ihnen die Arme über die Schultern. »Na, bin ich nicht gut für drei?«

Art kicherte. »Halt dich an Rosa. Sam ist meine Entdeckung.«

Sam verdrehte die Augen. Donnerwetter, dachte sie; die erste echte künstliche Intelligenz, die auf sich eingebildet ist. Sie versuchte, sich an die letzte Unterhaltung mit Art zu erinnern, um seine jetzige Manifestation besser begreifen zu können.

Percy drückte sie und Rosa enger an sich. »Ich bin gut für drei. In echt, ey.«

Sam wand sich aus seiner Umklammerung. »Du wiederholst dich.«

Die untere Bildschirmreihe wurde dunkel; dann leuchteten dort vier verschiedene Dataline-Kanäle auf.

»Na bitte«, sagte Percy. »Die Dinger sind nicht bloß zur Show. Damit lassen sich jede Menge Kanäle anzapfen. Tausende und Abertausende.«

Auf den zwölf anderen Monitoren war zu erkennen, daß Sams Gesicht einen äußerst skeptischen Ausdruck angenommen hatte. »Das geht in die Hose. Man wird uns in kürzester Zeit auf die Schliche kommen.«

»Ach, Quatsch«, sagte Percy ungehalten. »Das ist alles nur eine Frage des Talents.«

»Recht hat er«, meinte Art. Das Bild auf dem Monitor änderte sich; es zeigte nun Art, der in einem Nest aus Kissen hockte und einen Laptop auf den Knien hielt. Die Hintergrundkulisse war aber nun nicht mehr das Zelt, sondern glich dem Ambiente der Kneipenruine. Art Fish beweist Solidarität, dachte Sam, die sich ihrerseits am liebsten separiert hätte.

Sie seufzte. »Na schön, vielleicht sind wir ja gerissen

genug, uns bedeckt zu halten. Aber unser Talent wird kaum ausreichen, Abertausende von Kanälen gleichzeitig im Auge zu behalten. Wir können nicht mal sechzehn auf einmal sehen.«

»Ich schon«, strunzte Art.

»Schön für dich.« Sam sah sich um. »Wär's nicht praktischer, die Monitore im Raum zu verteilen? Wenn das Dach runterkommt, würden nicht alle auf einmal kaputtgehen.«

Percy wackelte mit der Nase. »Das sähe weniger geil aus.«

»Ach ja, natürlich.« Sam ließ erneut die Augen kreisen. »Wie dumm von mir.« In der Tat, der Aufbau war imponierend. Aber wer sollte denn beeindruckt werden? Die eigene Clique? Wohl eher Art. Seit er in der Mimosa herumgeisterte — und das war nun schon ein paar Wochen der Fall —, schienen sämtliche Hacker einen Gang zuzulegen. Wie Sam von ihrem Vater wußte, war die Belegschaft von Diversifications auch immer besonders emsig, wenn ein Chef auftauchte. Offenbar galt Art als eine Art Chefhacker, den alle zu beeindrucken versuchten.

»He, sprecht lauter«, sagte Art und hielt die Hand ans Ohr. »Der Ton kommt nicht so gut an. Vielleicht kann Percy mal die Mikrophone verstellen.«

»Lieber nicht«, sagte Percy in die Kamera. »Frisieren heißt riskieren.«

»Aber der Ton muß doch irgendwie zu verbessern sein«, entgegnete Art. »Zeig mir mal den Schaltplan, vielleicht fällt mir was ein.«

»Wir haben keine Pläne«, antwortete Percy. »Die Dinger sind aus neunter Hand und x-mal umgebaut. Ich müßte sie einzeln auseinandernehmen, mit dem CAD-Scanner drübergehen und neu zusammensetzen. Damit wär ich ewig beschäftigt. Wir müssen uns vorläufig begnügen mit dem, was da ist.« Er sah Rosa und Sam an, die ihn staunend begafften, weil er plötzlich so gewählt daherredete. »Ich wollte euch nur beweisen, daß ich auch anders kann.« Er trat zurück und schaute wieder in die Kamera.

»Eh, deine Stimme kommt gut, und das Bild ist voll scharf. Das muß doch wohl reichen.«

Art mimte auf sauer. »Du solltest dir mal anhören, was für 'n Gescheppere hier bei mir ankommt, Sonny-Jim.«

»Sonny-Jim?« staunte Rosa.

Percy hob an zu einer langatmigen Erklärung beziehungsweise Verteidigung, die wieder deftig mit Slangwörtern gesalzen war. Sam hörte nicht zu. Mit Art zu streiten, konnte ewig dauern und hatte wenig Sinn.

Sie ging zurück in ihr Quartier, wo sie sich auf eine schmale Matte fallen ließ, die sie einem Lumpensammler im Revier der Rude-Boy-Gang abgeschwatzt hatte. Als Raumteiler lagen zerborstene Bohlen und Berge vom Mörtel ringsum. Trotzdem fühlte sie sich wohler als im Zelt, das sie und Rosa in den ersten Tagen ständig hatten auf- und abbauen und mit sich herumschleppen müssen. Was ihr im Augenblick aber gar nicht behagte, war die Sache mit der verrückten Monitorwand. Es schien, als wollten sich die anderen hier auf Dauer etablieren — zusammen mit Art.

Ihre Hand fiel auf die Tasche, in der die umgebaute Insulinpumpe steckte. Sie hatte das Ding ganz vergessen, war sie doch in letzter Zeit nur wie im Tran umhergeirrt. Fast so wie Jones, der geschlagene sechzehn Stunden am Tag besinnungslos in irgendeiner dunklen Ecke lag. *Der ist viel zu oft und lange tot,* hatte Gator gesagt. *Ein Wunder, daß der Organismus da noch mitmacht. Wahrscheinlich hat er sich schon selbständig gemacht.* Kann gut sein, dachte Sam.

Sie hatte Jones eigentlich endgültig den Laufpaß geben wollen, als er ihr und Rosa auf dem Friedhof unter die Augen gekommen und gerade dabei war, eine der Frauen anzubaggern. Zum Glück kannte Rosa die Braut und hatte leichtes Spiel, ihn davon zu überzeugen, daß er von einer, die von den Bullen gesucht wurde, besser die Finger lassen sollte. Schwieriger war es gewesen, ihn davon zu überzeugen, mit ihnen zu kommen. Hätte er sich aber nicht so stur angestellt und die beiden aufgehalten, wäre Sam nie in den Genuß gekommen, ihren Vater neben Liberaces Grabmal liegen zu sehen, wo er von Gina und Visual Mark gepflegt wurde.

Diese Szene war eigentlich schon das Risiko wert gewesen, sich von den Bullen erwischen zu lassen. Rosa hatte ihr anschließend die Hölle heiß gemacht wegen des Hinweises auf Sankt Weckmann, den Sam auf einen Zettel gekritzelt und Gabe zugesteckt hatte. Dabei war das Info völlig unverfänglich. Die Behörden kannten nur eine längst pleite gegangene Suppenküche dieses Namens, die einmal im Stadtteil von Watts in Betrieb gewesen und von einer frömmelnden Technophobin mit strahlenden Augen und klebrigen Fingern gegründet worden war. Der Legende nach, jedenfalls. Sam würde sich nicht wundern, im nachhinein zu erfahren, daß die Suppenköchin zur Hackerszene gehörte und womöglich ebenfalls auf der Fahndungsliste stand. Zum Verhör zitiert zu werden, war Grund genug, um selber im Suppentopf unterzutauchen.

Aber es hätte auch alles schlimmer kommen können. Sam und Rosa würden vielleicht immer noch in dem Zelt hausen, während Jones in Gators Aborthäuschen verstaut lag. Sam hätte womöglich in jener ersten Nacht auf dem Strip mehr verloren als bloß ihre Schuhe. Um ein Haar wären sie alle zusammen auf der Spontanfete hoppgenommen worden, und die von Gator gefälschten Personalausweise hätten dann einer genaueren Prüfung mit Sicherheit nicht standgehalten.

Wie dem auch sei, nun hockte sie hier in der einbruchgefährdeten Kneipenruine mit einer motzig-protzigen Monitorwand, angeschlossen an einem selbstgebastelten, aber enorm leistungstarken System, das größer und schneller war als jene Kiste, die Fez in seiner Wohnung hatte zurücklassen müssen, als er, mit dem Notdürftigsten bepackt, in Gators Zelt geflohen war. Unter den wenigen Geräten, die er hatte mitnehmen können, war auch die von ihr gebaute Kopfmontur.

Sam kramte die Ex-Pumpe aus der Tasche und drehte das Ding zwischen den Fingern hin und her. Sie hatte ihren Beitrag geleistet am Aufbau der gemeinsam benutzten Hausanlage; das kleine Ding wollte sie nicht auch noch hergeben. Das Betriebsprogramm rausgerückt zu haben, war schon mehr als genug.

Das Programm allein brachte natürlich nicht viel und war längst nicht so hilfreich wie jener saubere, gut beleuchtete Arbeitsplatz, den sie in dem kleinen Proviantladen in den Ozarks hatte benutzen dürfen und wo ihr sämtliche Geräte zur Verfügung standen, die für die Modifikation der Protein-Assembler nötig waren. Als sie die Pumpe im großen und ganzen neu konfiguriert hatte, war es ein Leichtes gewesen, den Rest des Umbaus im Zelt vorzunehmen, wo keiner stören konnte. Es war eigentlich bloß ein kleines Hackerspielzeug, geklaut ausschließlich zum Eigengebrauch, denn sie hatte keine Lust gehabt, sechs Monate, ein Jahr oder noch länger zu warten, um es schließlich zugunsten von Diversifications auf dem Markt kaufen und es dann auseinandernehmen zu können in der Absicht, einen Nachbau zu versuchen.

Das Ding kam jetzt wie gerufen und schien dafür ausgelegt zu sein, unwirtliche Behausungen erträglich zu machen. Sam erinnerte sich an die Hardware, die Percy ihr gegeben hatte und immer noch in der anderen Hand steckte. Die kleine Karte paßte offenbar perfekt zur Pumpeneinheit. Hervorragend. Nun hatte sie ihren persönlichen Minicomputer mit drahtlosem Modem, um mit Art in Kontakt zu treten. Die Sonnenbrille war zwar nicht so gut wie eine Kopfmontur, aber besser als gar nichts. Die gesamte Anlage zu installieren hätte nur wenige Minuten gedauert; allein ihr fehlte plötzlich die Lust dazu.

»Wie geht's?«

Rosa stand in der als Eingang geltenden Trümmerlükke. Sam nickte und winkte sie herbei. »So lala. Ich hab wohl wieder mal den alten kosmischen Mimosa-Blues.«

»Halb so schlimm.« Rosa hockte sich neben sie und lehnte den Rücken an die bröselnde Wand.

»Ich weiß. Das red ich mir auch immerzu ein. Aber ich fühle mich hier nicht sicher. Die Bullen sind nicht blöd und werden längst gecheckt haben, daß wir eine falsche Fährte gelegt haben und nach wie vor in der Stadt sind.« Sam holte tief Luft. »Davon abgesehen fühl ich mich ja ganz wohl hier. Ein nettes Fleckchen, geradezu romantisch. Freakig allemal. Der Reihe nach Laptops, jede Menge Musik. Geile Hardware-Genies bauen dir drahtlose Modems.« Sie lachte und seufzte zugleich. »Aber ansonsten nur Dreck und Gestank, nichts zu essen und keine Rückzugsmöglichkeiten.«

»Und die Schuhe geklaut«, ergänzte Rosa.

»Genau. Das macht mich immer noch stinkig.«

»Ich hab sie wieder. Das blaue Auge ist auch schon fast wieder verheilt. Du hättest mal den anderen Knaben sehen sollen.«

»Den hab ich gesehen. Das Arschloch. Die Sache liegt mir schwer im Magen.«

Rosa kicherte. »Du brauchst dir keine Vorwürfe zu machen. Du bist unsere Prinzessin und kein Schlägertyp.«

»Dann gehöre ich wirklich nicht hierher. Und jedermanns Prinzessin bin ich auch nicht.«

»Hab dich nicht so. Wenn Percy gut für drei ist, ist er auch gut für zwei. In echt.«

Sam stöhnte. »Selbst wenn ich's über mich brächte, einen Fünfzehnjährigen zu vernaschen ...«

»... der wahrscheinlich mehr Erfahrung hat als du«, unterbrach Rosa.

»… wär die Sprachbarriere viel zu hoch für mich. Ich versteh nur Bahnhof, wenn er den Mund aufmacht.«

»Dabei strengt er sich so an, verstanden zu werden. Aber gut, wenn du erst einmal seinen Stimmbruch abwarten willst…« Rosa kicherte wieder, aber weniger fröhlich. »Und was hast du sonst auf dem Herzen?«

Sam biß die Lippen aufeinander. Sie hatte ihre Gefühle für Fez nie zu erkennen gegeben. Rosa aber ahnte offenbar etwas und hielt sich taktvoll zurück. Was sie zu dieser Affäre sagen würde, war Sam ohnehin klar. Warum also sollte sie die Sache aufs Tapet bringen? Eine Simulation durchzuspielen, deren Ende schon bekannt ist, wäre doch bloß reine Zeitverschwendung.

»Das Leben im Untergrund ist mir einfach zu stressig. Ich will mich frei bewegen können. Vielleicht bin ich im Grunde meines Herzens ein Spießer und sollte, sobald ich achtzehn bin, meinen Laptop verkaufen, mir eine Versicherungsnummer zulegen und eine ordentliche Anstellung annehmen.«

Rosa tätschelte ihren Schenkel. »Reiß dich zusammen. Sobald Gras wächst über die Instant-Informationsrevolution, wird man sich für uns nicht mehr interessieren. Dann können wir wieder nach Hause gehen.«

»Glaubst du?«

»Ja, und das wird spätestens der Fall sein, wenn Keely seine Strafe verbüßt hat.«

Sam stöhnte laut auf.

»Komm«, sagte Rosa. Sie stand auf und reichte Sam die Hand. »Gleich kommen *Gurken des Tages*. Mal sehen, was es an Neuigkeiten gibt. Vielleicht haben wir ja was zu lachen. Es sei denn, du willst weiter schmollen.«

Zurück in Gators Zelt. Konnte sie sich das schon wieder zumuten? Zum Teufel, dachte sie und lachte. »Ich komme.«

»›Post-millenaristische Fundamentalisten warnen: Dämonen ergreifen Besitz mittels Steckbuchsen-verabreichter Rockmusik.‹« Arts Abbild strahlte ein wenig violettstichig von einem Monitor (Marke Percy) auf die Gruppe in Gators Zelt. Neben dem Monitor stand der Flachbildschirm, den Fez hatte retten können, und übertrug die Schlagzeilen im Textformat.

»Ganz schön dämlich, aber nicht gerade originell«, kommentierte Gator, die sich auf der Rückenlehne von Fezens Stuhl aufstützte.

»Ja«, sagte Kapitesse Jasm, die rechts neben Sam saß. »Aber immerhin 'ne echte Gurke.« Ihre tiefe Stimme klang wie ein nicht ganz sauber laufender Motor.

Art legte eine Pause ein. Er hatte sein Abbild vor einen Schreibtisch plaziert und blätterte durch einen Stoß Papier. »Wie wär's damit? ›Lobby für Schicklichkeit erklärt Gehirn zur erogenen Zone: Behuten soll zur Pflicht gemacht werden.‹«

»Behuten?« fragte Adrian.

»Das hast du dir doch ausgedacht«, sagte Gator argwöhnisch.

»Nein.« Art grinste. »Hier, Adrian, für dich ...« Auf dem Flachbildschirm erschien unter der eingeblendeten Schlagzeile die Übersetzung auf mandarin.

»Behuten.« Jasm ließ sich das Wort auf der Zunge zergehen. »Hast du dich auch anständig behutet? Ich behute mich, du behutest dich ...«

»Gott behute!« warf Rosa ein.

»Reicht's nicht auch, wenn man sich bloß bekappt?« fragte Adrian.

Jasm schmunzelte ihm neckisch zu und gab ihm einen Klaps auf den Hinterkopf. »Das müßte auch schon reichen.«

»›Para-Versal macht bekannt: Neuerscheinung mit multipler Querverbindung/Maßgeschneiderte Partnerschaft kein Problem dank Steckbuchse.‹«

Zuerst waren alle sprachlos. Dann sagte Gator: »Das ist doch keine Gurke. Das ist Schweinerei.«

»Kann sein«, antwortete Art. »Aber ich dachte, Sam

würde sich vielleicht dafür interessieren, da ihr Vater daran beteiligt ist.«

»Tatsache?« fragte Sam.

»›Im Auftrag hergestellt von Gabe Ludovic, Diversifications‹. Steht hier«, sagte Art.

»Dann haben sie ihn wohl auch angebohrt«, murmelte Sam vor sich hin.

»Wir sollten lieber keine Nachnamen nennen«, warnte Fez. »Wir sind zwar unter Freunden, aber wer weiß, wer zuhört?«

Art schien seit Sekunden wie versteinert zu sein. Sam beugte sich über Jasm, um Fez anzustupsen. »Fez ...«

»Stör mich nicht«, sagte er. »Art? Bist du noch da?«

Gator langte zur Tastatur und schwebte mit dem Finger über dem QUITT-Schalter. In Arts Abbild kam plötzlich wieder Leben.

»Merkwürdig«, sagte er.

»Schnüffelt jemand in der Leitung rum?« fragte Gator.

»Nein ...« Er sah nachdenklich aus. »Da hat mich was ... *berührt.*«

»Drück dich genauer aus«, sagte Fez.

»Es war ganz plötzlich. Ich muß der Sache auf den Grund gehen und melde mich später wieder.« Er raffte die simulierten Zettel auf dem simulierten Schreibtisch zusammen. »Ach, das ist gerade reingekommen. ›Hallo, ich bin nicht tot; ich bin im großen Turm. Diverse Stufen auf und ab, diverse Tage auf Urlaub.‹«

Alle sahen einander verblüfft an. »Soll das 'ne Schlagzeile sein?« fragte Gator.

»Die Meldung steht im Ereignisfeld von Dr. Fishs Antwortmaschine und hat einen zusätzlichen Vermerk, der ziemlich merkwürdig ist.«

Gator wollte Art gerade dringend raten, auf Sendung zu bleiben, als von hinten eine Stimme laut wurde. »Diverse Tage auf Urlaub. Mensch, das kapiere ich ja sogar.«

Sam fuhr mit dem Kopf herum und sah Jones durch den Zelteingang schlüpfen. Er hatte verquollene Augen und eine sauertöpfische Miene. »Percy hat mir verraten, wo ich euch finde«, sagte er und schaute verlegen in die Runde.

»Wehe, du stirbst hier«, warnte Gator.

Sam sprang auf. »Komm, ich bring dich zurück.«

Er winkte ab. »Nicht nötig. Ich kann zur Zeit nicht schlafen. Aber keine Angst, Gator. Die Implantate wirken nicht mehr. Fürs erste, jedenfalls.«

»›Steckbuchsen-Erfinderin und Hall Galen tot in Mexiko‹«, sagte Art. »›Gemeinsamer Selbstmord nicht ausgeschlossen.‹«

Alle Augen richteten sich wieder auf den Bildschirm. Sogar Jones zeigte Interesse.

Die Musik — aus pfeifenden Synthesizern und stampfenden Beatboxen — wurde wieder leiser.

»Die Nachricht ist abgeschickt. Hab ich dir das mit der verdammten Schrödinger-Welt gesagt?« fragte der Mann auf dem Bildschirm. Er saß auf einem gelben Chaiselongue in einem seltsam verbauten Raum. Die beiden Seitenwände ragten unterschiedlich weit hoch und statt der Decke und Rückwand war eine grün-blaue Himmelskulisse zu sehen; darüber zogen in Windeseile bleigraue Wolken, die sich im gekachelten Boden spiegelten. Neben der Chaiselongue standen zwei eckige, schwarze Sessel wie aus einer Puppenstube und ein kleiner weißer Tisch mit erstaunlich dünnen Beinen.

»Schrödinger oder Heisenberg?« sprach Keely fragend ins Mikrophon.

»Nun, sowohl als auch, nehme ich an. Sein oder nicht sein, bist du's oder bist du's nicht ... das bleibt fraglich, solange du nicht aus deiner Kiste rauskommst. Wir fliegen mit Linie Heisenberg, wissen zwar nicht, wo wir sind, kommen aber verdammt schnell voran.« In seiner Hand nahm eine altmodische Granate Gestalt an. »Willst du wirklich nicht, daß ich die Tür für dich aufsprenge?«

»Wenn ich von hier verdufte, würde das einem Ausbruch aus dem Knast gleichkommen«, sagte Keely müde. »Im Moment wär's mir lieber, ich hätte eine Telefonleitung nach draußen. Ich weiß nicht, wo die Kollegen sind und wie ich sie erreichen kann. Wenn ich sie über die offene Leitung suchen würde, könnten ihnen auch andere auf die Spur kommen.«

Die Granate blähte sich auf wie ein Ballon und schob den Mann, der rittlings darauf hockte, in die Höhe. Dann öffnete er den Verschluß, langte hinein und zog eine Handvoll verwickelter Drähte zum Vorschein, die er nun gründlich musterte. »Es könnte noch eine Weile dauern, bevor ich daraus schlau werde.«

»Ich weiß nicht, wieviel Zeit mir noch bleibt«, entgegnete Keely. »Vielleicht bin ich morgen schon auf der Medizinstation.«

»Eingesperrt zu sein wie du, könnte ich nicht aushalten.« Der Mann schüttelte den Kopf im Takt der Musik, die nach wie vor dudelte, aber in einer Lautstärke, die nicht störte. »Freiheitsentzug ist eine verdammte, riesengroße Bärenscheiße. Vergiß das nicht.«

Wie könnte ich, dachte Keely und sah ihn neugierig an. Seit er die Steckbuchsen hatte, war Visual Marks Energie merklich aufgefrischt.

»Ich für mein Teil bin endlich raus aus der Kiste«, fuhr Mark fort und zupfte an den Drähten herum. Wieder griff er in den Sprengkörper und holte noch mehr Drähte heraus.

»Weißt du auch, was du da tust?« fragte Keely.

»Nee. Ich fliege, ich fliege immer schneller. Aber im Grunde hab ich keine Ahnung.«

Keely zog die Stirn kraus und schöpfte Verdacht. »Aha. Und was soll der ganze Quatsch? Machst du mir bloß 'ne billige Videokömodie vor?«

Der Mann ließ die Drähte fallen und starrte mit ernstem Gesicht vom Bildschirm. Keely wunderte sich. Es war fast, als könne der andere ihn durch die Mattscheibe hindurch erkennen. Manchmal ging Marks Blick daneben, jetzt aber waren seine Augen ganz genau auf ihn gerichtet. »Hab ich nicht gesagt, daß ich helfe? Hab ich nicht die verdammte Nachricht für dich abgeschickt? Antworte!«

»Tut mir leid«, sagte Keely.

»Außerdem hast du mich nicht ausreden lassen. Ich bin genauso ahnungslos wie du. Daß ich im Unterschied zu dir Löcher im Kopf habe, macht mich nicht schlauer. Aber immerhin bin ich jetzt auf Draht. *Angeschlossen.*« Aus der Schwarte wucherten ihm nun zausig Drähte. »Kapiert? Ich weiß, was sich in Erfahrung bringen läßt. Aber wie ich das ganze Zeug in meinem Kopf verstauen soll, bleibt mir ein Rätsel.« Wieder zupfte er an den Litzen herum.

»Augenblick mal.« Keely ging ein Licht auf. »Du bist also wirklich online, und zwar mit diesem neuen Interface.« Daß er nicht schon vorher darauf gekommen war...

»Na klar. Was dachtest du denn? Seit meinem verdammten sechzehnten Lebensjahr war ich nicht mehr so gut beieinander wie heute.« Grinsend hob er das Drahtgewirr. »Ich hab noch was zu tun. Melde mich später wieder. Ich laß dir ein Hintertürchen offen. Kannst mich erreichen über Paßwort ›Gina‹.«

»Was ist, wenn du ausgeschaltet bist?«

Mark breitete die Arme auseinander. »Wenn ich ausgeschaltet bin, ruf den Arzt an. Dann bin ich nämlich tot.«

Die Mattscheibe wurde dunkel. Keely starrte auf sein düsteres Abbild im Glas.

25

Manny hatte rasende Kopfschmerzen. Er war nach seiner Operation gerade wieder seit einer halben Stunde am Arbeitsplatz, als ihm aus der Dataline diese unmögliche Schlagzeile ins Auge sprang, zusammen mit Mirischs Befehl: *Gehen Sie der Sache nach!*

Manny war geneigt, dem großen Boss zu antworten: *Tun Sie's doch selber!* Aber er hatte so viel um die Ohren, daß er sich nicht noch mehr Ärger aufhalsen wollte. Zum einen mußte er ein Kündigungsschreiben für den Beater aufsetzen. Ein Glück, daß sie keine Steckbuchsen an ihn verschwendet hatten. Zum anderen mußte Manny nach dem Hacker im Penthouse sehen und feststellen, ob das Medikament noch wirkte. Womöglich war eine stärkere Dosis fällig, die ihn gesprächiger machen würde. Denn bisher hatte er keine Namen preisgegeben, und wenn die Fahndung nicht bald Erfolg hatte, war damit zu rechnen, daß die Bullen die Sache einstellten.

Vielleicht wäre das gut so. Mehr als zwei Hacker auf einen Haufen könnte unangenehm werden. Vielleicht reichte es, den einen zu haben, der bereits angebohrt war und eventuell im Sicherheitsbereich eingesetzt werden könnte. Wenn sich der Junge umkrempeln ließ, wäre Diversifications aus dem Schneider: absolut dicht und von außen unanzapfbar. Gleichzeitig hätte er, Manny, die Möglichkeit, sämtliche Mitarbeiteranschlüsse anzuzapfen.

Doch zunächst war Travis an der Reihe. Der rothaarige Doktor saß offenbar direkt neben dem Telefon. Gleich nach dem ersten Rufzeichen zeigte sich sein Gesicht auf dem Bildschirm. Er wirkte abgespannt und übernächtigt. Der Raum, in dem er sich befand, war definitiv nicht sein Büro.

»Ich habe den Vorfall geheimzuhalten versucht«, sagte Travis, bevor Manny ein Wort sagen konnte. »Und sie werden sich freuen zu hören, daß von den tatsächlichen Umständen nichts nach außen gedrungen ist. Wir konnten sämtliche Zeugen mit Geld zum Schweigen bringen, auch die Polizei. Allerdings mußte einer Beamtin ein höher dotierter Posten verschafft werden, bevor sie klein beigab.« Travis trat zur Seite. Auf dem Tisch hinter ihm lagen, von einem weißen Tuch zugedeckt, die beiden Toten.

»Was ist passiert?« wollte Manny wissen.

Travis' Miene verdüsterte sich zusehends. »Sie hatten einen Schlaganfall. Das heißt, sie hatten zusammen ein und denselben.« Er lüftete das Laken.

Manny war auf den ekelerregenden Anblick nicht gefaßt. Joslin und Galen lagen nackt auf dem Tisch; ihre Gesichter schienen in Blut getunkt worden zu sein. Manny schaute weg.

»Sehen Sie her«, verlangte Travis und justierte das Objektiv an seiner Kamera, die nun auf die Köpfe der Leichen einzoomte. Mannys Magen schlug Purzelbäume.

Zwischen Galen und Joslin rankte ein Dickicht von Drähten, die die Anzahl der zur Verfügung stehenden Steckbuchsen bei weitem zu übersteigen schienen. Die Kamera blieb lange auf dieses entsetzliche Bild gerichtet, bevor sie von Travis gnädigerweise weggeschwenkt wurde.

»Tja«, sagte Travis. »Die beiden haben sich direkt miteinander verbunden. Das ist alles. Blut, Scheiß und Drähte. So hat das Zimmermädchen sie gefunden.«

Manny massierte sich die Stirn. »Und hat das Mädchen kapiert, was Sache ist?«

»Darauf können Sie wetten. Sie spart Geld, um Medizin zu studieren.« Travis' Lippen zuckten nervös. »Wir bauen ihr nächste Woche Steckbuchsen ein — auf eigene Kosten, versteht sich. Danach schicken wir sie auf eine hawaianische Renommierschule. Auch dafür übernehmen wir die Kosten. Auf Oahu wird ihr eine hübsche Praxis eingerichtet, sobald sie mit dem Studium fertig ist.«

»Haben Sie schon daran gedacht, daß sich beim Einbau der Buchsen vielleicht auch ein paar alte, nutzlose Erinnerungen löschen lassen, um Platz zu schaffen für Wichtigeres?«

Travis schüttelte übertrieben heftig den Kopf. »Wenn das so einfach wäre, hätte der Staat das Verfahren mit Sicherheit nicht legalisiert. Ich hab jetzt nicht die Zeit, Ihnen zu erklären, wie kompliziert es ist, am Erinnerungsspeicher herumzupfuschen. Aber glauben Sie mir, Mr. Rivera, dabei würden Gedächtnislücken entstehen, die wir noch nicht zu überbrücken verstehen. Selbst wenn wir dazu in der Lage wären, würde ich mich weigern, die Verantwortung zu übernehmen.«

Er wischte sich mit der flachen Hand über den Mund. »Aber wie gesagt: Von dem, was die beiden miteinander getrieben haben, ist nichts an die Medien durchgesikkert.« Travis warf einen Blick über die Schulter auf die immer noch unbedeckten Leichen. »Tja, wie könnte man das nennen? Geistiges Vögeln? Sie haben offenbar auch Hardware angeschlossen gehabt, um ihre Vorstellungen zu speichern. In ihrem Zimmer, das inzwischen gründlich sauber gemacht worden ist, waren jede Menge Chips zu finden. Ein paar davon habe ich mir angesehen. Daß so was Hirnrissiges wie diese beiden überhaupt noch aufrecht stehen konnte, ist wirklich verblüffend.«

Nach Ansicht von Manny schien Travis der Sache nicht gewachsen zu sein. »Wir wissen seit langem, daß die beiden gesundheitlich nicht voll auf dem Posten waren«, sagte er und konnte seine wachsende Unruhe nicht verbergen. »Wenn Sie sich zum Beispiel Joslins Gehirn einmal näher ansehen, wird Ihnen vielleicht auffallen ...«

»Es geht nicht um krank oder gesund«, unterbrach

Travis. »Es geht um absonderliche Gedanken und um deren Austausch untereinander. Wir sprechen doch darüber, woran die beiden gestorben sind, oder? An einem Schlaganfall, wie gesagt. Aber wie's dazu gekommen ist, weiß ich auch nicht. Ihre Gehirne gingen einfach ... *ex*. Bei der Scan-Probe ließ sich nicht einmal feststellen, wer von beiden zuerst tot war. Aber darauf kommt's, glaube ich, auch gar nicht an. Aber ich will Ihnen sagen, was ich vermute, Mr. Rivera. Ich glaube, daß sich gewisse Gedanken und Vorstellungen verheerend auf die Gesundheit auswirken und zerebrale Störungen hervorrufen können.«

Travis starrte in die Kamera und hob das Kinn, als wollte er Manny davor warnen, sich mit ihm anzulegen. »Kommen Sie runter, um die Sache selbst in die Hand zu nehmen?«

»Nein«, antwortete Manny ruhig. »Lassen Sie die Leichen verschwinden. Mehr haben Sie nicht zu tun. Um die Medien kümmern wir uns.«

»Vielleicht sollten wir eine Resektion der Gehirne vornehmen, falls davon noch was übriggeblieben ist«, sagte Travis, dessen Stimme plötzlich ganz nüchtern und pedantisch klang. »Immerhin waren hier zwei Gehirne erstmalig direkt miteinander verbunden.«

»Tun Sie, was Sie für richtig halten ...«

»Am liebsten würde ich sie verbrennen, die Asche tief verbuddeln und Salz drüber streuen, daß aus dem Boden nichts mehr hervorwachsen kann.«

»Jetzt reicht's aber!« schnauzte Manny. »Reißen Sie sich zusammen! Ihre Aufgabe ist es, die mexikanische Regierung für unser Projekt zu gewinnen und Ärzte auszubilden. Ob sich mit Hilfe der gefundenen Chips Baron Krafft-Ebing aus dem Marquis de Sade wiedererwecken läßt, ist mir scheißegal. Wir wissen nur, daß die beiden den Fehler gemacht haben, sich untereinander zu verdrahten. Daran sind sie gestorben und nicht an irgendwelchen absonderlichen Ideen.«

Travis lachte humorlos. »Sie haben die Chips nicht gesehen.«

»Das brauche ich nicht. Ich muß nur zusehen, daß hier alles klar geht. Sorgen Sie dafür, daß bei Ihnen nichts schiefläuft.«

»Im Ernst, wir sollten uns die Verbindungen näher ansehen«, sagte Travis pedantisch wie zuvor. »Ich bin neugierig zu wissen, wie Joslin es geschafft hat, eine Kommunikation ohne Hardware herzustellen. Genauer gesagt: ohne *zusätzliche* Hardware. Als Wissenschaftler muß ich darüber Bescheid wissen. Über solche Dinge darf man nicht hinwegsehen.«

»Wir werden auf alle Geräte einen warnenden Hinweis kleben«, sagte Manny betont ernsthaft. »Mißbrauch und Veränderung der Hardware können zu verheerenden Folgen führen bla-bla-bla. Das hatten wir sowieso vor. Allerdings braucht niemand zu wissen, was wirklich passieren kann, wenn die Warnung mißachtet wird.

Fühlen Sie sich Ihrem Job eigentlich noch gewachsen?«

Travis beugte sich vor. »Wollen Sie mich feuern, auf Rente schicken oder in irgendein Labor stecken, wo ich keine Dummheiten machen kann?«

»Vielleicht sind Sie überlastet. Sie haben ja viel Arbeit und müssen sich obendrein noch mit all den Reportern herumschlagen«, antwortete Manny gutmütig. »Wie dem auch sei, ich brauche Ihre Fachkraft. Wenn Sie die nicht leisten können, besorgen Sie Ersatz.«

Travis ließ die Schultern hängen, und aus seinem Gesicht schien alle Anspannung gewichen zu sein. Manny konnte sehen, wie es im Kopf des Mannes arbeitete. Wahrscheinlich dachte er darüber nach, wer aus seinem Betrieb in das Joslin-Galen-Fiasko eingeweiht werden konnte und mit welcher neuen Geschichte er an die Medien herantreten sollte. Als Manny das Gespräch beendete, war Travis wieder aufmerksam und beherrscht, abgesehen von gelegentlichem Aufglimmen unterdrückter Emotionen.

Manny fühlte sich geschlaucht und urlaubsreif. Trotzdem machte er sich sofort daran, eine Presseerklärung abzufassen, in der davon die Rede war, daß Joslin eines ›natürlichen Todes‹ gestorben und Galen aus Trauer um den Verlust der Liebsten freiwillig aus dem Leben geschieden sei. Es durfte auf keinen Fall der Verdacht entstehen, daß die Erfinderin der Gehirnbuchsen nicht ganz bei Trost gewesen war.

Fünf Minuten später meldete sich seine Mailbox, die eine Nachricht von Mirisch empfangen hatte. Manny rief den Text auf.

Wir hätten uns die Videos vor ihrer Freigabe doch besser ansehen sollen — M.

Manny spürte das Herz auf dem Zwerchfell trommeln. In panischer Eile holte er das Verzeichnis der Warteschlange auf den Bildschirm und sah mit Entsetzen, wie die Einträge einer kleinen Parade von Daten-Soldaten gleich von der Prüfstelle zur Freigabe marschierten. Sofort stoppte er diesen Prozeß, und es gelang ihm, zwei Vorgänge zurückzurufen, bevor sie die Freigabe erreicht hatten. Dann lehnte er sich zurück und versuchte nicht zu hyperventilieren.

Wenn das Dach-Team Wind von dieser Sache bekäme, würde er noch vor dem Beater auf der Straße landen. Nein, schlimmer noch; er würde wahrscheinlich vor Gericht zitiert werden, und es wäre nicht das erste Mal, daß sich eine Firma mit Erfolg gegen einen Mitarbeiter wehrte, der seine Arbeit unstatthafterweise zu automatisieren versucht hatte. Die Panik ließ ein wenig nach, als er entdeckte, daß noch eine Handvoll von Vorgängen in seiner Warteschlange zur Prüfung anstand, darunter eine paar kurze Werbespots und zwei Videos, die beide von Visual Mark waren.

Einen Moment später fing das Herz wieder wie wild zu trommeln an. Ihm wurde bewußt, daß es eigentlich gar nicht zu dem Fehler hätte kommen dürfen. Normalerweise mußte er einen jeden Vorgang aus der Warteschlange *aufrufen,* prüfen — also auf dem Schirm begutachten — und ihn dann zur Freigabe weiterleiten, was entweder manuell gemacht wurde oder eben auch automatisch vom Programm geleistet werden konnte. Um also in die Freigabe zu gelangen, mußte ein Vorgang zuerst aufgerufen worden sein. Von alleine lief nichts — unter normalen Umständen.

Das Herz hämmerte, als versuchte es, die Brust einzureißen. Dieser kleine Bastard im Penthouse. Das Miststück hatte sich nicht nur in sein System gehackt, sondern es auch noch mit einem Virus infiziert. Jede andere Möglichkeit schied aus. Wenn es diesem Wurm gelang, sich bis nach Ludovic durchzuschlängeln, kam er überall hin. Er hatte am Programm herumgepfuscht und ein kleines Virus hinterlegt. Anscheinend war die Dosis, die ihm mit dem Essen verabreicht wurde, nicht stark genug. Wenn das Dach-Team dahinter käme ...

Angstanfall, dachte er; *im linken Schläfenlappen. Travis hätte seine Freude daran, mich jetzt untersuchen zu können.*

Er schloß die Augen und zwang sich, trotz der Schmerzen in der Brust normal zu atmen. *So ein Schlamassel,* meditierte er fast mantrisch, *so ein Schlamassel, Schlamassel ...*

Allmählich ließ der Schmerz nach. Er hatte sich beinahe beruhigt, als es an der Tür klopfte.

»Rivera, du Schweinehund, ich weiß, daß du da bist!«

Er stöhnte. Aiesi. Die einzige Person, die sich an dem Schild *Nicht stören* nicht störte. Er drückte den Knopf der Gegensprechanlage.

»Ich hoffe, es ist dringend. Ich habe zu viel zu tun, um mich auch noch mit Problemen von Mitarbeitern befassen zu können.«

Sie schlug an die Tür, bis er den Öffner bediente. Unter normalen Umständen hätte er die Wachmannschaft alarmiert. Aber womöglich wäre sie dann wieder vom Balkon gesprungen.

Sie kam hereingeschneit, pflanzte die Fäuste auf den Schreibtisch und beugte sich vor. »Du wirst bald 'ne Menge zu tun haben, um am Leben zu bleiben, wenn du nicht sofort was wegen Mark unternimmst. Er ist am Ende.«

Manny ließ sein bekanntes Wehklagen vernehmen, um kundzutun, wie ungerecht er sich behandelt fühlte. »Deinem Freund geht's gut. Den Berichten ist zu entnehmen, daß er fleißiger arbeitet als erwartet. Die Buchsen schlagen wunderbar an. Die Ärzte sagen ...«

»Kann ich mir denken, was die verdammten Metzger sagen, die auf deiner Gehaltsliste stehen. Die unterschreiben doch alles. Ich will, daß jemand nach ihm sieht, der sauber ist.«

»Wie bitte?« fragte er höflich. »Was soll das heißen?«

Sie richtete sich auf und stemmte die schweren Fäuste in die Hüften. »Ein Neurologe von draußen. Jemand, der nicht mit dir unter einer Decke steckt wie all die anderen, die bloß darauf warten, von dem verdammten *Durchbruch* profitieren zu können.«

Manny ließ ein kurzes, aber wohlklingendes Lachen vernehmen. »Ich fürchte, daß im Versicherungsbudget von Diversifications kein Posten freizumachen ist für Honorarforderungen unabhängiger Ärzte, es sei denn, es handelt sich um einen ernsten Notfall, der von einem bestimmten Spezialisten behandelt werden muß.«

»Dann soll man mir die Rechnung vom Gehalt abziehen.«

»Soviel Kredit hast du nicht. Es sähe für dich günstiger aus, wenn du ein bißchen öfter auf Draht wärst, um dich mit dem System besser vertraut zu machen. Ich will ganz offen sein. Dein Output ist bescheiden und liegt unter allen Erwartungen.« Tatsächlich kannte er ihren Output gar nicht, aber dieser Spruch machte sich immer gut, um aufmüpfige Mitarbeiter abzuwimmeln.

»Komm mir nicht mit Output. Wenn Mark nicht sofort von einem neutralen Arzt untersucht wird, sorg ich dafür.«

»Nein, das tust du nicht«, antwortete er jovial. »Es wird sich kein Arzt finden lassen, der den Patienten eines Kollegen untersucht, es sei denn, der Patient bittet darum. Und Mark hat eine solche Bitte noch nicht geäußert.«

Gina musterte ihn mit bitterbösem Blick. »Laß mich nur machen. Wenn's sein muß, schleif ich dich an den Haaren vor Gericht, dich und deine Kopfbohrer. Ich laß den ganzen Scheißladen auffliegen.«

»Soso.« Manny rückte nach vorn und legte die gefalteten Hände auf den Schreibtisch. »Bist du fertig? Wenn ja, möchte ich auch etwas sagen. Mich stört, wie du mit deinem Vorgesetzten redest. Kommt das noch einmal vor, werde ich disziplinarische Maßnahmen ergreifen. Die wären eigentlich schon längst fällig. Aber ich will ein Auge zudrücken, denn mir scheint, du bist überreizt — aus verständlichen Gründen ...«

»Au Backe. Strengst du dich mit diesem Gnadenakt nicht allzu sehr an?« Sie sah ihn spöttisch an. »Da bin ich also noch mal haarscharf an einem Verweis vorbeigekommen; das erleichtert mich ungemein.« Sie drehte sich um und marschierte nach draußen.

Die Tür ging hinter ihr zu. Manny machte sich gefaßt auf eine weitere schlimme Nachricht per Telefon, denn die hätte ihm gerade noch gefehlt. Aber nach wenigen Minuten willkommener Stille, entspannte er sich ein wenig.

Anscheinend hatte das Pech an diesem Tag ein Ende. Irgendwann ging jeder Pechtag mal zu Ende.

Er rief die Liste der freigegebenen Produkte auf in der Absicht, sie allesamt zu überprüfen für den Fall, daß das Dach-Team unangenehme Fragen stellen würde. Dann würde er einfach behaupten, die meisten Vorgänge noch vor seiner Steckbuchsenoperation bearbeitet und, um keinen Datenstau zu verursachen, für deren automatische Weiterleitung gesorgt zu haben. Von den Chefs hatte keiner das Fachwissen, ihm das Gegenteil beweisen zu können. Dann würde er — entweder noch vor Feierabend oder am folgenden Morgen — überprüfen, was noch in der Warteschlange steckte. Fürs erste blieben die darin enthaltenen Dateien eingefroren.

Zunächst musterte er die Werbespots. Seine Kritik an ihnen hielt sich in Grenzen. Normalerweise hätte er einige davon noch einmal überarbeiten lassen, aber sie waren durchaus vertretbar.

Die Videos ließ er über den hoch auflösenden 90er Bildschirm in der Wand abspielen. Das erste, das er sich ansah, stammte von Aiesi und präsentierte eine Musikgruppe namens Canadaytime. Er schüttelte den Kopf über diesen verrückten Namen. Wortsalate lagen eigentlich nicht gerade in der Linie von Diversifications. Nach wenigen Minuten schaltete er per Fernbedienung zum nächsten Video über.

Später wurde er gewahr, daß er auf einen blanken Bildschirm starrte. Benommen rückte er den Stuhl zurück an den Schreibtisch, aber er wußte nicht, was er nun tun sollte. Er warf einen Blick auf den Desktop-Monitor. *Abspiel beendet,* stand da in weißer Schrift. Und darunter: *Wiederholung/Weiter/Abbruch?*

Stirnrunzelnd drehte er sich um und schaute noch einmal auf den großen Schirm. Sein Kopf war wie benebelt, und es schien, als wäre er soeben aufgewacht. Anscheinend war er über einem entsetzlich langweiligen Rockvideo eingenickt.

Manny versuchte sich zu erinnern, was er gesehen hatte, doch er entsann sich bloß an vage Formen in rhythmischer Bewegung. Der erste Tag war wohl zu viel für mich, dachte er müde.

Wie aufgeschreckt stand er plötzlich auf und rieb sich ein Auge, bis es weh tat. Verdammt. Er brauchte unbedingt Ruhe. Die scheußlichen Rock'n'Roller und dieser

Hacker, der gerissener war als klug, waren ihm schwer auf die Nerven gegangen.

Apropos — was sollte er wegen dieses kleinen Bastards unternehmen? Er könnte ihn aufsuchen und zur Rede stellen. Eine andere Möglichkeit wäre, ihn noch ein paar Tage gewähren zu lassen. Vielleicht würde er so dreist sein und versuchen, noch einmal ins System einzusteigen. Doch dann würde ihm Manny einen heißen Empfang bereiten und ihn auf frischer Tat ertappen. Dann hätte er ihn in der Hand. Der Bursche würde butterweich werden angesichts der Drohung, in den Knast wandern zu müssen.

Dieser kleine Scheißer. Zum Teufel mit ihm! Er hatte keinen Anspruch mehr auf Schonung. Manny setzte sich und tippte eine kurze, pointierte Nachricht in die Tastatur und zappte sie ins Penthouse. *Auf daß dir vor Angst der Schweiß ausbricht, du Scheißer,* dachte Manny; *du sollst die Nacht kein Auge zumachen und morgen, wenn ich aufkreuze, schlotternd vor mir stehen.*

Immanuel, seit wann bist du denn so gemein?

Es schien, als spräche sein Vater zu ihm, obwohl er dessen Stimme jahrelang nicht gehört hatte. Manny wunderte sich. Daddy war immer stolz auf seinen ehrgeizigen Sohn gewesen, aber nun schon fast fünfundzwanzig Jahre tot. Manny hatte, als er starb, noch nicht einmal die Highschool abgeschlossen.

Korrekt. Sein Vater hatte ihn nur als Kind gekannt und von seiner Karriere nie erfahren. Manny war plötzlich voll von Trauer und Zerknirschung. Ich wollte doch bloß vorankommen in der Welt, dachte er; um sich von der Masse abzuheben und voranzukommen, muß man einiges in Kauf nehmen ...

Bis auf die Köpfe haben wir alles beieinander.

Der Gedanke an Joslin war wie ein ranziger Nachgeschmack im Mund.

Hacker und verrückte Pathologen und ausgeflippte Rock 'n' Roller ringsum. Ich bin von Wahnsinnigen umzingelt, und wer nicht wahnsinnig ist, bringt produktionsmäßig nichts auf die Reihe. Deshalb *bin ich so gemein, Vater, und an meiner Stelle wärst du das auch.*

Er ertappte sich dabei, vernehmlich zu flüstern. Erneut überkam ihn eine Welle der Erschöpfung. Zu viel, zu schnell, dachte er und nahm sich vor, alle Sorgen auf morgen zu vertagen. Auch den Burschen im Penthouse wollte er sich dann erst zur Brust nehmen. Falls der nach Mannys Nachricht immer noch den Nerv hatte, zum wiederholten Mal ins System einzubrechen, würde an seiner Unverbesserlichkeit kein Zweifel mehr bestehen. Das Gericht würde ihn schon zur Räson bringen und jede erschwindelte Datei aus ihm herausbleuen. So oder so.

Manny markierte die Videos, die er sich noch einmal mit Anschluß über die Steckbuchsen ansehen wollte. Dann schaltete er den Apparat aus. Wenn sie so schlecht waren, daß er darüber einschlief, mußte ihm der Inhalt genaustens bekannt sein für den Fall, daß er dem Dach-Team erklären mußte, warum er sie zur Freigabe ausgeliefert hatte. Eine Musterung per Steckbuchse schloß immerhin die Gefahr aus, vor Langeweile wegzunicken.

Wenn er nicht noch in der Kantine haltgemacht hätte, um eine kleine Erfrischung zu sich zu nehmen, wäre er wohl schon draußen gewesen, bevor ihn der Werkschutz zu sich zitierte.

Kaum war Gabe in den Flur hinausgetreten, hörte er ihr Schreien. Es kam aus der Simulationswerkstatt am anderen Ende des Korridors. Aus der Werkstatt von Visual Mark. Die Tür stand offen.

Einen Moment lang zögerte er. Das letzte Gespräch, das er mit Gina geführt hatte, war nicht gerade harmonisch verlaufen. Vielleicht wollte sie nicht, daß er sich einmischte. *Das ist nicht dein Bier.* Er saß einem Irrtum auf, wenn er glaubte, ihr in irgendeiner Weise helfen zu können.

»Er ist durchgedreht«, brüllte Gina. »Schafft ihn hier raus!«

»He«, meldete sich hinter ihm eine leise Stimme.

Er drehte sich um. Der große, dünne Mann in dem verrückt gemusterten Cape stand in einem der Fahrstühle und hielt die Tür offen. Das Cape war zurückgeschlagen, so daß nur ein kleiner Teil zu sehen war, auf dem seltsame Schattenformen in einem Rhythmus pulsierten, der Gabe sogleich nervös machte. Er versuchte, sich nur auf das Gesicht des Mannes zu konzentrieren, doch auch dieser Anblick war alles andere als beruhigend. Seine Miene verriet Hilflosigkeit, aber zugleich einen Zug, den Gabe unter normalen Umständen als Wollust interpretiert hätte.

»Du kannst ihnen folgendes mitteilen«, sagte der Mann. »Ich kenne das Video im Extrakt; Tatsache ist, daß ich den Fremden am Kiesstrand gesehen habe.« Er trat zurück und ließ die Fahrstuhltür zuschnappen.

Gabe war völlig perplex und ging auf die offene Tür zu Marks Werkstatt zu.

Zwei der Implantationsärztinnen aus dem Hospital blickten auf Marks reglosen Körper herab. Gina stand ihnen gegenüber und hörte nicht auf zu schreien.

»Er steht nicht auf, geht nicht rum, kommt nicht raus aus diesem Loch, sondern liegt einfach nur da auf dieser verdammten Matte und rührt sich nicht.«

»Wie gesagt, Miss Aiesi«, entgegnete die großgewachsene Ärztin mit heiserer Stimme, »Marks Werte sind, wenn er am System hängt, immer ziemlich niedrig. Das ist für ihn ganz normal.«

»Von wegen ...«

»Sein Körper reagiert nun einmal so. Wir haben es mit dem gleichen Phänomen zu tun wie bei einem Fakir, der ...«

»Fuck ...«

Die andere Ärztin hob die Hand. Gabe hatte weder die eine noch die andere jemals zuvor gesehen. »Wenn wir ihn zum Abschalten zwingen würden, könnte das schwerwiegende Schäden hervorrufen.«

»Die hat er doch schon!« protestierte Gina und zeigte mit der Hand auf die Konsole. »Die verdammte Werkstatt hier ist nichts anderes als ein Grab.«

Gabe trat auf die Brüstung hinaus und spähte übers Geländer. Mark lag, wie ein Embryo eingerollt, auf der Matte und sah sterbenskrank aus. Aber Gabe fand, daß er immer schon so ausgesehen hatte.

»Den Aufzeichnungen nach ist Mark *nicht* andauernd online«, sagte die eine Ärztin.

»Ihre verdammten Aufzeichnungen sind falsch. Er hat bestimmt daran herumgepfuscht. Mir hat er gesagt, daß er längst nicht mehr drinsteckt in seinem Körper.«

»Das ist doch nur im übertragenen Sinne gemeint.«

»Ich übertrag Ihnen gleich eine«, sagte Gina und ballte die Faust.

»Beherrschen Sie sich«, zischte die andere Ärztin und wich mit erhobenen Händen zurück. »Wir sind hier nicht in einer Bar und haben keine Lust, uns mit Ihnen zu prügeln.«

»Aber Sie können mir nicht einreden, daß Marks Zustand normal ist.«

Die Gestalt am Boden reckte sich plötzlich und gähnte. Gina zuckte vor Schreck zusammen, als Mark auf den Rücken rollte und die Augen öffnete.

»Hallo«, grüßte er matt. »Ist das hier Extrakt oder Fakt?«

Grabe krauste die Stirn. *Ich kenne das Video im Extrakt; Fakt ist ...*

»Zieh dir die verdammten Drähte aus dem Kopf«, verlangte Gina. »Und steh auf!«

Er blickte sich um und sah die Ärztinnen. »Stimmt was nicht?« fragte er und stützte sich mit dem Ellbogen auf.

»Alles in Ordnung«, sagte die kleinere herzlich. »Wie fühlen Sie sich.«

Mark grinste breit. »Besser denn je. Ich bin fleißig bei der Arbeit.«

Gabe fand, daß sich Marks Stimme merkwürdig anhörte, so ungewöhnlich … Er suchte nach einem passenden Ausdruck. Kohärent?

»Erfahren Sie irgendwelche Symptome, über die Sie mit uns reden wollen?«

»Er soll die verfluchten Drähte abziehen«, forderte Gina, und ihre Filzlocken wippten hektisch auf und ab.

»Aber jetzt doch nicht, Gina«, sagte Mark geduldig. »Ich arbeite gerade an einem Video.«

Die kleine Ärztin räusperte sich höflich. »Nun, wenn Sie damit fertig sind, wär's wohl angebracht, daß Sie sich einmal mit Ihrer Freundin hier unterhalten. Sie ist nämlich der Meinung, daß Sie zu viel arbeiten und über Gebühr lange nicht mehr offline gewesen sind.«

Mark lachte. »Ich bin wirklich sehr beschäftigt und habe alles hier, was ich brauche.« Als die Ärztinnen zum Aufzug gingen, rollte er sich wieder auf der Matte ein. Gabe zog sich von der Brüstung zurück.

»Hiergeblieben!« rief Gina ihnen nach. »Ihr könnt mir nicht weismachen, daß alles in Ordnung ist. Das war nicht Mark, sondern irgendein verdammtes Programm. Er ist ein Zombie …«

»Miss Aiesi, wir werden seine Biodaten im Auge behalten. Mehr können wir nicht tun.«

»Seine Gehirnströme sind total anormal!« zeterte Gina. »Und das wissen Sie genau.«

Gabe hörte, daß der Aufzug die Galerie erreicht hatte, und zog sich tiefer in den Flur zurück. »Natürlich sind sie nicht ganz normal. Immerhin haben Sie und Ihr Freund auch kein sonderlich normales Leben geführt. Aber die Werte liegen innerhalb der für Implantatpatienten üblichen Toleranzen.«

»Dünnschiß.«

Gabe winselte vor Scham, die er für Gina empfand.

Ihre Wortwahl schlug in kritischen Momenten immer fehl. Er floh zurück zu seiner Werkstatt, öffnete die Tür und tat so, als wollte er gerade eintreten. Die Ärztinnen tauchten auf, schritten, resolut und professionell dreinblickend, an ihm vorbei und nickten. Er nickte zurück, starrte ihnen nach und fragte sich, ob ihnen auch schon Steckbuchsen eingesetzt worden waren. Er konnte sich nicht erinnern, sie jemals gesehen zu haben, auch nicht bei seiner Operation.

Als sie außer Sicht waren, ging er zurück zu Marks Werkstatt. Gina stand immer noch neben ihm. Sie hielt den Kopf gesenkt und hatte die Arme um die Brust geschlungen. Gabe war plötzlich wütend auf Mark und auch auf sie, ohne zu wissen warum.

»Ich habe alles mitangehört«, sagte er.

Der unwirsche Blick, den sie ihm zuwarf, wich schnell einem freundlicheren Ausdruck, der ihn ermutigte, auf sie zuzugehen.

»Nicht alles«, korrigierte er sich, »aber das meiste. Und ich habe gesehen, daß er aufgewacht ist und gesprochen hat. Seine Stimme kam mir nicht geheuer vor. Aber das war auch bei dir der Fall, als du wieder zu dir gekommen bist.«

Sie zuckte die Achseln. »Ich mach mir Sorgen um ihn, und das gefällt ihm nicht.« Sie stupste den schlaffen Körper mit der Stiefelspitze an. »Ich geb's wohl besser auf. Soll er doch machen, was er will.«

Spontan nahm Gabe sie bei der Hand, führte sie zum Aufzug und registrierte überrascht, daß sie ihm gefügig folgte. »Wir müssen einen unabhängigen Arzt konsultieren«, sagte er, als sie die Galerie erreicht hatten.

»Das hab ich schon versucht«, entgegnete sie müde. »Rivera stellt sich quer. Ich dachte, daß sich vielleicht jemand aus dem Haus für Marks Zustand interessieren ließe.«

»Nun, es gibt da jemanden«, sagte Gabe. »Und zwar einen Kerl mit Cape, dessen Muster ständig wechseln ...«

»Valjean.« Gina zeigte sich irritiert und betrat vor Gabe den Korridor.

»Ich habe ihn vor wenigen Minuten hier gesehen. Er stand im Fahrstuhl und bat mich, dir oder anderen etwas mitzuteilen. Er sprach von Extrakten und Fakten.«

Gina blieb stehen und sah ihn fragend an. »Was?«

»Mark hat etwas Ähnliches gesagt.«

»Ja, was denn nun?« drängelte Gina.

»Wortwörtlich sagte er: Ich kenne das Video im Extrakt; Fakt ist, daß ich den Fremden am Kiesstrand gesehen habe.«

»Ach, darum geht's«, meinte sie achselzuckend. »Mark hat ein Video für Canadaytime gemacht.«

»Ich dachte, du hättest deren letztes Video produziert«, erwiderte Gabe. »Dafür bist du doch vom Balkon gesprungen.«

Die Tür eines Fahrstuhls flog plötzlich auf. Zwei Männer vom Werkschutz stürmten heraus und bremsten jäh ab, als sie Gina erblickten. »Ist dieser Mark noch in seiner Werkstatt?« fragte einer von ihnen.

»Mehr oder weniger«, antwortete Gina. »Oder glaubt ihr etwa, ich hätte ihn geklaut?«

Gabe wußte nicht mehr, ob einer der beiden Männer auf dem Balkon gewesen war, als Gina den Sprung inszeniert hatte. Die Wachleute von Diversifications sahen alle gleich aus. Sterotype Gestapotypen in braunen Uniformen.

»Ist er da oder nicht?« fragte der andere.

Gina grunzte. »Fragen Sie mich was Leichteres.«

Der Mann wandte sich an Gabe. Der hob die Schultern. »Wenn Sie mich fragen, ist er ganz woanders.«

»Weißt du was?« sagte der eine Kollege zum anderen. »Der Kerl war auch dabei, als sie ihre Nummer abzog.«

»Wer?« wollte Gina wissen.

»Das hat ihn wahrscheinlich auf die Idee gebracht«, sagte der zweite Wachmann. Die beiden wandten sich ab und wollten gehen.

»Welche Idee?« Gina hielt den einen am Ärmel zurück.

Er sah sie an. »Ach, lassen Sie mal gut sein. Sie richten doch nur Schaden an.«

»Ich werde gleich in deiner Visage Schaden anrichten, wenn du mir nicht sofort verklickerst, was Sache ist«, knurrte Gina.

Beide Männer zögerten. Gabe trieb sie wortlos in den Fahrstuhl zurück, als hätte er alle Vollmachten der Welt. Gemeinsam fuhren sie hinauf zum Balkon im zwanzigsten Stockwerk.

Daß da oben auf der zwanzigsten Etage kein Wind blies, war ungewöhnlich. Der hatte sich offenbar gelegt und schien ins Gras gebissen zu haben. Zu dumm, dachte Gina. Bei Wind wäre das Cape nach hinten weggeflattert und sie hätte das alberne Schattenspiel darauf nicht zu sehen brauchen.

Sie versuchte, Valjeans Gesicht fest im Auge zu behalten — und auch das der Frau namens Dinshaw. Sie war diejenige, die ihr damals in der Kantine mit den Bullen gedroht hatte. Aber alle Achtung, im Augenblick hielt sie sich recht wacker, wie Gina befand, hatte sich auch noch nicht die Hose naßgemacht. Noch nicht. Valjean hockte mit halbem Hintern auf dem Geländer, hatte den linken Arm um ihre Taille geklammert und hielt ihr rechtshändig ein Messer an die Gurgel, fest entschlossen, sie entweder aufzuschlitzen oder mit sich in die Tiefe zu reißen.

»He!« rief er Gina zu, und seine Stimme klang groteskermaßen fröhlich. »Du hier?« Er deutete auf die Männer vom Werkschutz, die sich im Halbkreis vor ihm aufgebaut hatten. »Ihr könnt jetzt abziehen.« Dann zwinkerte er Gina zu, und sein Gesicht war plötzlich schmerzverzerrt. »Wann kommt Mark?«

Vorsichtig ging sie auf ihn zu, streng darauf bedacht, keine Panik aufkommen zu lassen. »Mark ist noch online.

Ich glaube, er würde dich gerne sehen. Dich oder dein Cape.«

Valjean schüttelte heftig den Kopf. Dinshaw hielt den Arm, der sie umklammerte, mit beiden Händen gepackt. »Nein, nein, du irrst dich. Er ist voll im *Kontext*, wenn du verstehst, was ich meine. Im Unterschied zu uns steckt er im Kontext, denn er ist der Fremde am Kieselstrand. Schon immer gewesen. Wir dagegen stehen allesamt außen vor, und alles, was den inneren Zusammenhang verlassen hat, hat keinen Durchblick mehr.«

Gina nickte. »Von welchem Kontext reden wir hier? Und wie, zum Henker, paßt *sie* da rein?«

»Wir reden von *meinem* Kontext, und wen ich mit reinnehme, ist ganz allein meine Sache.« Valjean legte das Kinn auf den Kopf der Frau. Sie kniff die Augen zusammen. Gina sah das Messer zucken.

»He, du Arschloch, du bist hier nicht im Kontext deines Schlafzimmers. Der Werkschutz sieht zu, verdammt noch mal!«

»Ich hab doch nichts getan.« Valjean blickte beleidigt drein, was aber seinem wild entschlossenen Ausdruck keinen Abbruch tat.

Gina trat einen weiteren Schritt auf ihn zu. »Okay, okay. Typen wie dich kenn ich zu Genüge. Immerhin war ich schon zwei-, dreimal mit auf Tournee.«

»Tourneen hab ich nie gemacht«, entgegnete er stolz. »Ich bin Videoproduzent. Immer schon gewesen.«

»Klar doch. Das war vor deiner Zeit. Ich spreche nur im übertragenen Sinne. Von der Tournee als Kontext. Logo?«

»Logo.« Valjean starrte auf einen imaginären Punkt über ihrem Kopf. Die Messerhand fing zu zittern an. »Logo? Logo.« Er nahm nun das Messer vom Hals der Frau und kratzte mit der Klinge über die eigene Backe. »Irgendwann werden's alle gerafft haben.«

»Das war nur so dahergesagt ... ohne Zusammenhang. Hör zu, Valjean. Ich kenne mich im Kontext bestens aus und weiß von dem Fremden am Kiesstrand. Aber was hat das Messer da zu suchen? Kannst du mir das erklären?«

Er betrachtete das Messer, als hätte er es vorher noch nie gesehen. »Ich dachte … tja, was eigentlich? Als du gesprungen bist und die Luft durchschnitten hast …«

Die Frau in Valjeans Arm sackte in sich zusammen und schien alle Hoffnung aufzugeben. »O *Scheiße*«, stöhnte sie.

Gina drehte sich um. Clooney war soeben auf den Balkon gekommen, pumpte die Brust auf und strich mit beiden Händen über die Revers. »Also, Mr. Valjean oder Canadaytime — oder wie darf ich Sie anreden?« tönte er laut und stampfte herbei. »Lassen Sie die Frau los, sonst passiert was!«

Gina langte ihm, als er vorbeizog, von hinten in den Hemdkragen und zerrte ihn zurück. »Na, was wird wohl passieren? Womit willst du wohl drohen?«

Clooney gaffte sie entgeistert an.

»Nicht mal feuern kannst du ihn, denn er arbeitet gar nicht hier.«

Clooney riß sich von ihr los. »Wir kündigen Ihren Videovertrag bei uns!« brüllte er Valjean zu. »Sie werden in der Branche nie mehr ein Bein auf die Erde kriegen.«

»Ich *bin* die Branche«, entgegnete Valjean triumphierend.

»Valjean, hör zu! Ich habe einen Vorschlag zu machen«, sagte Gina und hielt Clooney am Ärmel fest. »Wie wär's, du tauschst die Frau gegen den Kerl hier ein? Einverstanden?«

Valjean blickte von Clooney zurück auf Gina und zog die Frau noch enger an sich. »Was soll der Quatsch? Willst du mich verarschen?«

Clooney zeigte selbstgerechten Zorn und bedachte Gina mit bitterbösen Blicken. Sie ließ sich nicht beirren. »Valjean. Sieh mich an!« Sie riskierte noch einen Schritt näher und stand nun in der Reihe der Schutzmänner. Der Kerl zur Rechten zwinkerte ihr geheimnisvoll zu und tätschelte diskret sein Pistolenhalfter. Sie schüttelte den Kopf und hob beide Arme, um Valjeans Aufmerksamkeit auf sich zu lenken. Kontext. Der Sprung. Der Fremde auf dem Kiesstrand. Unter diesen Stichworten war der Schlüssel zu suchen. »Von welchem Kontext reden wir eigentlich? Geht's um Musik oder um Videos. Um was geht's?«

»Video«, sagte er, doch es klang nicht wie eine Antwort auf ihre Frage. Er legte das Gesicht auf Dinshaws Scheitel. »Gina, du steckst doch auch mit drin, nicht wahr; darin, wo auch das Video ist.« Er tippte mit der Messerspitze an die Stirn. »So wie die chinesischen Schachteln, die alle ineinanderpassen. Wir waren in der zweiten drin und müssen jetzt in die vorletzte raus. Das ist der Kontext. Versteh. Wer sich im Video befindet, ist selber noch längst nicht das Video schlechthin.«

Die Frau wimmerte, als Valjean weiter über das Geländer rutschte. Die Schatten seines Capes pulsierten schneller und unruhiger; der Rhythmus geriet ins Stottern. Die Formen glichen Wolken, die im Wind dahinjagen.

»Gina«, fuhr er plötzlich fort. »Stell dir eine Flasche mit Inhalt vor. Du bist entweder die Flasche oder der Inhalt, kannst aber nicht beides sein. Stimmt's?«

Gina nickte. »Soweit kann ich dir folgen. Und?«

Er gab sich frustriert. »Ja, findest du das nicht zum Kotzen?«

»Klar. Zum Kotzen ist das. Und was hat das mit dem Fremden zu tun?«

»Man kann sich selbst übertreffen«, sagte Valjean. »Man hat einen Gedanken, und dieser Gedanke will über sich hinauswachsen; es wird ein Konzept daraus, und schon bald ist es ein Teil von einem selbst. In diesem Sinne bin ich jetzt ein Gedanke und will ein Konzept werden. Ich will das größere Etwas sein, das Gedanken hervorbringt — Gedanken wie mich —, und zwar bevor mir der Fremde am Kieselstrand den Kopf zudreht und mich dazu bringt, so zu bleiben, wie ich bin.«

Gina prustete. »O Mann, und wieso hängst du dann auf einem Balkongeländer im zwanzigsten Stock und hältst einer Frau ein Messer an die Kehle?«

»Wenn man die Luft rasiert ... wenn man tief fällt, muß es ganz flott gehen, sonst dreht der Fremde am Kieselstrand womöglich den Kopf und fixiert dich, fixiert dich da, wo du bist, und dann kommst du nicht mehr von der Stelle. O Gina« — er kicherte zitternd — »ich bin ein böser, böser Gedanke und muß in meinen Kontext gelangen.«

»Du bist ein böser Gedanke und mußt in deinen Kontext gelangen«, bestätigte Gina.

»Genau, Mädchen. Du hast es erfaßt.«

»Nenn mich nicht Mädchen!« knurrte sie.

»Ich bin ein böser Gedanke.« Valjean blickte an der Nase entlang in ihr Gesicht.

»Aber lieber nicht vor diesem Arschloch«, sagte Gina und deutete mit einer ruckartigen Kopfbewegung auf Clooney.

»Du hast recht. Tut mir leid.«

»Na schön, du böser Gedanke außerhalb des Kontextes. Du wirst also nach unten stürzen und sie mit dir nehmen, weißt aber nicht, wo dein Kontext ist?«

»Wie könnte ich? Ich bin ja leider draußen.« Er beugte die Frau rücklings übers Geländer. Ihre Füße baumelten über dem Rasenimitat, mit dem der Balkon ausgelegt war. Valjean hob das Messer und schien auf sie einstechen zu wollen. Es war ein Steakmesser, wie Gina registrierte.

»Valjean, stell dir vor, du gelangst in deinen Kontext und erfährst, daß es deine Bestimmung ist, ein guter Gedanke zu sein.«

Er wirkte erschöpft. »Böse ist Böse.«

»Aber du kennst den Kontext doch nicht. Woher willst du wissen, daß du böse sein sollst?«

»Was quasselst du da?« brüllte Valjean. »Du glaubst wohl, Bescheid zu wissen. Du hältst dich hier wohl für den Fremden.«

»Solange du nicht im Kontext bist, kann dir unmöglich klar sein, wie du zu sein hast«, insistierte Gina. »Du erinnerst dich doch an das Video, das ich für dich gemacht habe, an den Sprung, die Bungee-Seile und so weiter.« Sie wartete darauf, daß er zur Bestätigung mit dem Kopf nickte. »Angenommen, der Sprung stünde nicht im Kontext ...«

»Es wäre immer noch ein Sprung«, meinte er argwöhnisch.

»Glaubst du wirklich? Der gleiche Effekt wäre erzielt worden, wenn ich mich aus einem Flugzeug hätte fallen lassen. Ich hätte die Kamera auch an eine Rakete festbinden, das Ding hochschießen und dann den Streifen rückwärts laufen lassen können. Die Wirkung käme aufs gleiche raus. Die Bilder müssen sich nur in der richtigen Reihenfolge bewegen. Es sieht aus wie ein Fall im Kontext. Aus dem Kontext herausgenommen, handelt es sich bloß um schnell aufeinander folgende Bilder.« Sie fuhr mit der Zunge über die Lippen und schluckte trokken. »Worauf bist du aus? Auf schnelle Bilder oder einen echten Sprung?«

Valjean krauste die Stirn. »Du verwirrst mich.«

»*Ich* doch nicht«, antwortete sie in bewußt blasiertem Tonfall. »Der fehlende Kontext ist schuld daran. Du mußt ihn unbedingt kennen, denn du hast nur einen Versuch, da hineinzugelangen.«

Er dachte nach und sagte dann: »Woher weißt du das?«

»Wenn mir ein Video nicht gelingt, schmeiß ich es weg. Es taugt nicht, paßt nicht in den Kontext. Ums Material ist es nicht schade. Aber wie steht's mit Gedanken? Du willst doch wohl kein Gedanke sein, der in einem kosmischen Mülleimer landet. Aber da kommst du unweigerlich rein, wenn du den Kontext noch nicht kennst.«

Lange Zeit passierte nichts. Schließlich ließ Valjean die Frau los. Sie wankte, schaute mit glasigem Blick in die Runde und sackte auf dem grünen Bodenbelag zusammen. Gina lockte sie mit winkendem Finger herbei, und Dinshaw kroch weg von Valjean.

Der blieb auf dem Geländer hocken und hielt das Messer mit beiden Händen. Das ganze Gesicht war ein Runzeln. Wie Meteore rasten jetzt die Steingebilde über sein Cape. Gina dachte an Sternschnuppen, als sie ein, zwei Schritte auf ihn zu ging. Schließlich war sie bis auf Armeslänge an ihn herangekommen. Er schien sie gar nicht zu beachten und reagierte auch nicht, als sie die Hand auf seine Schulter legte. Die Muster auf dem Cape verblaßten, wurden fleckig und flackerten. Gina betrachtete sein Gesicht genau. Dann packte sie fest zu und versuchte, ihn vom Geländer zu ziehen. Sein linkes Auge war blutunterlaufen und füllte sich mit rosaschimmernden Tränen. Für einen Moment widerstand er Ginas Zerren. Schließlich rutschte er herab. Das Messer steckte zwischen den Händen, die wie zum Gebet gefaltet waren.

Behutsam und langsam nahm Gina ihm das Messer ab. Valjean sah sie fragend an und wollte ihr etwas sagen. Doch bevor er ein Wort von sich geben konnte, waren die Männer vom Werkschutz zur Stelle und nahmen ihn in ihre Gewalt.

»Geben Sie mir das Messer.«

Gina wandte sich Clooney zu. Sie hielt das Messer mit zwei Fingern. »Reiz mich nicht, Arschloch. Du stehst bei mir auf der Abschußliste.«

»Ich bin Ihr Vorgesetzter.« Er schnippte mit den Fingern und streckte die Hand aus.

Gina schlenzte das Handgelenk, und plötzlich steckte die Messerspitze zwischen seinen Füßen in der grünen

Matte. »Hoppla«, sagte sie ihm ins wütende Gesicht. Einer der Wachleute packte sie beim Arm.

»Entfernen Sie diese Frau!« befahl Clooney und ließ die Augen rollen. »Anscheinend ist sie ebenso verwirrt wie ihr Rock'n'Roll-Kumpel.«

Mühelos entwand sich Gina dem Griff des Schutzmannes. »Ich kann mich selbst entfernen, du Witzbold.«

Zwei der Wachen führten sie ab. Als sie an Ludovic und Dinshaw vorbeimarschierten, fing Valjean ›Coney Island Baby‹ zu singen an. Der Kerl war total breit.

26

Valjean hörte zu singen auf und kollabierte vor den Füßen der Ärztin. Ein Häufchen Elend mit zuckenden Mustern. Über ihm stand dieselbe hoch aufgeschossene Frau, die mit Gina in Marks Werkstatt gestritten hatte.

Mit ungerührter Miene machte sie sich daran, Valjean das Cape auszuziehen, und entdeckte die sorgfältig getarnten Anschlüsse, die von der Hardware im Kragen zu den Steckbuchsen im Kopf verliefen. Gabe ekelte sich zu sehen, wie sie den halb Ohnmächtigen bekniete, den Befehl zum Ausschalten zu geben.

Dinshaw stieß Gabe von der Seite an. Er warf ihr einen schuldbewußten Blick zu, hatte er doch ganz vergessen, daß sie neben ihm stand. »Alles in Ordnung mit dir?« fragte er, aber sie ging auf die Frage nicht ein und wies zur Tür. Manny stieg gerade aus einem der Fahrstühle. Er sah so benommen und zerzaust aus, als wäre er soeben aus dem Bett gestiegen.

Clooney eilte auf ihn zu und erklärte wortreich, warum er die Initiative ergriffen und den Werkschutz gerufen hatte. Manny schien kaum zuzuhören; seine Aufmerksamkeit galt der Ärztin und den Wachleuten. Dann drehte er sich kurz nach Dinshaw um und legte die Stirn in Falten, als er Gabe neben ihr stehen sah.

»Dir wird bestimmt demnächst unter die Nase gerieben, daß du wieder einmal zur Stelle warst«, flüsterte ihm Dinshaw zu. »Ist doch merkwürdig, daß du immer hier auf dem Balkon bist, wenn jemand zu springen vorhat. Oder?«

»Zufall«, antwortete Gabe. Ein Wachmann kam herbei und reichte ihm Valjeans Cape.

»Hier. Sie sind mit ihr befreundet. Geben Sie ihr das Ding.«

Gabe hätte die Finger lieber davon gelassen. Er ballte das Cape zusammen und sah zu, daß die Anschlüsse, die in Valjeans Kopf gesteckt hatten, in den Falten verborgen lagen.

Dinshaw wich einen Schritt zur Seite aus und zeigte sich angewidert. »Ein echt innovatives Stück Technologie.«

»Nicht wahr?«

Der schwergewichtigste unter den Wachleuten hievte Valjeans schlaffen Körper vom Boden auf, warf ihn über die Schulter und ging zum Fahrstuhl, gefolgt von der Ärztin und Clooney, dem der Mißmut im Gesicht geschrieben stand.

»Du bist doch nicht verletzt, oder?« fragte Manny. Er musterte Dinshaw, als sei er sich noch nicht schlüssig darüber, ob sie womöglich eine Mitschuld an dem Vorfall traf.

Dinshaw schüttelte den Kopf.

»Gut. Da bin ich erleichtert.« Nachdenklich verließ er den Balkon. Gabe und Dinshaw starrten ihm nach.

»Was hat er bloß?« fragte Dinshaw und massierte den Nacken.

»Keine Ahnung«, antwortete Gabe. Er betrachtete das Cape. Ein letzter Rest an Spannung schickte eine graue Welle über das weiße Material, und es war, als hauchte ein Tier seinen letzten Atem aus.

Weißer Blitz im Einmachglas. Noch vor kurzem hatte es gewirkt, jetzt aber nicht mehr.

Der Pegel im Glas ging Schluck für Schluck zurück, doch die Wirkung blieb aus. Das Gesöff brannte wie gewohnt in der Kehle, aber heute abend war Gina anscheinend feuerfest.

Jetzt geht's los!

Mit einem weiteren Schluck aus dem Glas versuchte sie den Gedanken wegzuschwemmen.

Begleite mich ein Stück …

Es geht ab nach LotusLand. Halt den Rand, Motherfucker.

Nicht auszuhalten; der Gedanke war nicht auszuhalten.

Begleite mich ein Stück ...

... in Richtung Kontext ...

Prost Kontext. Das Glas war schon zur Hälfte leergetrunken, aber Gina spürte immer noch nichts. Nichts und wieder nichts. Der junge Kerl mit dem Absatz auf der Stirn war an diesem Abend schon wieder aufgetaucht. Konnte der nicht mal woanders hingehen, was anderes machen?

»Wieso denn?« — *klapp, klapp, klapp* — »Wir machen, was sich machen läßt, und weil es machbar ist« — *klapp, klapp, klapp.*

Gina legte die Hand auf die Schlagstöcke und brachte sie zur Ruhe. Flavia wartete einen Moment lang, zog dann die Klöppel unter der Hand hervor und trommelte auf der Tischkante weiter.

»Du mußt wissen, wonach du suchst«, sagte Flavia und schob das Einmachglas beiseite. »Lern dich kennen, ein für allemal. Per Drahtanschluß.«

Gina schob das Glas zurück und hielt es mit beiden Händen fest. »Ich glaube, du wirst mich gleich von einer ganz anderen Seite kennenlernen.«

Dieses freche Grinsen wieder. »Immer noch nicht vollgeballert?«

Gina schüttelte den Kopf. »Nicht annähernd. Es ist wohl soweit, die Sättigungsgrenze erreicht. Jetzt bleibt nur noch eins: das Fegefeuer und neu durchstarten, bevor der Kilometerzähler sechsmal auf Null springt.«

»So ist es«, sagte Flavia und tippte mit einem der Stöcke auf Ginas Wange. »Spürst du das?«

Gina erschrak und lachte. »Nein.«

»Dann bist du voll genug.« Flavia winkte jemanden von hinten herbei. »Wir sind soweit. Musik, wenn ich bitten darf.«

Macht das nicht, sagte sie, als sie sie nach draußen brachten. Und dann, neben Claudio und seinen magischen Fingern auf die Rückbank eines Mietwagens gepfercht: Laßt es sein. Ach was, wir machen, was sich machen läßt, und weil es machbar ist. Lieber nicht, sagte sie, als sie sie in den Keller brachten. Und Claudio, legte sie auf die Matratze, machte es ihr bequem, gab ihr einen Kuß auf den Mund. Laßt es lieber bleiben. Voll von Weißem Blitz; hoffentlich magst du dein Grillfleisch extra knusprig. Macht es nicht. Mit geschickten Fingern hatte Flavia die Anschlüsse schnell gesteckt. Zum letzten Mal: Laßt es sein.

Dann machten sie es.

Das Gehirn empfindet keinen Schmerz. Glaubt ihr das auch?

Sie bejahten. Claudios magische Finger, der Fender in Dorcas Hand, Tom und sein Phantomzug, und Flavia, immer feste druff mit den Klöppeln.

In der Tat, es ist völlig schmerzfrei, aber niemand hat erwähnt, daß es sich zu Anfang anfühlt, als würden — kaum merklich — acht Nägel in deinen Kopf geschlagen; und dann, wenn's vorbei ist, hast du den Eindruck, als würde man dir Arme und Beine ausreißen — völlig schmerzfrei. Sie haben bloß von Zugewinn gesprochen, aber unerwähnt gelassen, was dir verloren geht. Das war wohl nicht der Rede wert. Schwamm drüber, denn was einem fehlt, weiß man manchmal selber nicht. Sei's drum. Wir machen, was sich machen läßt, und weil es machbar ist. Aber wißt ihr denn auch, was?

Begleitet mich ein Stück ...

Ein kleines Stück, eine weite Strecke, heimgesucht und dann links, die ganze Nacht hindurch; lauft, lauft, bis ihr von Sinnen seid. Habt ihr Reißaus genommen oder Zuflucht gesucht?

Voll von Weißem Blitz. Hoffentlich magst du dein Grillfleisch extra knusprig. (Sie glaubte, jemanden vor

Schmerzen schreien zu hören, doch das war unmöglich, einfach albern. Das Gehirn ist schmerzunempfindlich.)

Hast du schon mal deinen Arsch riskiert? Das geht ungefähr so ...

Aber Flavia zerrte an ihr herum, schlug mit den Klöppeln auf sie ein, um sie zurückzuholen, während Claudio mit magischen Fingern die Stecker aus ihrem Kopf zog. Flavia hob sie auf in den Sitz.

»He, schafft sie raus!«

Déjà-Voodoo. »Wie hast du mich gefunden?« fragte sie.

»Warum hast du nicht auf mich gewartet?« Ludovics Gesicht war jämmerlich zerknautscht. »Warum bist du nicht zu mir gekommen?«

»Das sind für jemanden, der Buchsen im Kopf hat, viel zu viele Fragen, *Glühfix.*«

Er trug sie nach draußen.

Fez lächelte müde. Er saß allein vor der ausgeschalteten Bildschirmwand. Es war früh am Morgen, vier Uhr vielleicht. In der Kneipenruine herrschte Stille. Nur in der Ferne, tief im Innern der Mimosa, hörte man ein paar Hartgesottete, womöglich die Rude Boys, herumgrölen, Randale machen.

»Was machst du hier?« fragte Sam.

Er gähnte. »Ich hab mich bloß ein bißchen zurückziehen wollen.«

»Oh, tut mir leid. Ich geh schon.« Sie kehrte ihm den Rücken zu.

»Nein, komm mal her. Ich muß dir was zeigen.«

Sie hockte sich neben ihm auf den Boden, gähnte und wischte die tränenden Augen. »Ob ich um diese Uhrzeit was raffe, ist fraglich. Aber nur zu, hau rein, mach hin.«

Er sah sie an. »Redest du jetzt auch schon so?«

»Ach was.« Blinzelnd blickte sie auf den Laptop, der vor Fez auf einer Kiste stand. »Da sind sechzehn astreine Bildschirme, und du gebrauchst Rosas Laptop?«

»Ich wollte nicht so viel Aufsehen machen.«

Sam studierte, was auf dem Schirm zu sehen war, und erkannte schließlich, daß es sich um eine Übertragung der MedLine handelte. »Du liebe Güte, damit kann ich nichts anfangen. Was sollen diese Wörter? *Oidema* und *homonyme Hemianopsie?*« Aber dann ging ihr ein Licht auf, und sie war schlagartig hellwach. »*Hemianopsie.* Das ist doch eine Sehstörung, durch Schlaganfall verursacht. Die linke oder rechte Hälfte des Gesichtsfeldes fällt aus, je nach dem, welche Hemisphäre des Gehirns betroffen ist.« Sie sah Fez an. »Und Oidema ist wohl die alte Schreibweise für Ödem ...«

»Danke, ich weiß«, knurrte Fez. »Krankhafte Ansammlung von Flüssigkeit im Gewebe infolge von Durchblutungsstörungen.«

»Um wen geht's?«

»Um eine beängstigend hohe Anzahl von Leuten, denen Steckbuchsen eingebaut wurden. Und es treten nicht nur Schlaganfälle auf, sondern alle möglichen neorologischen Störungen. Epileptische Anfälle, multiple Sklerose, Huntingtonsche Chorea, Parkinsonsche ...« Fez krauste die Stirn. »Nein, die Parkinsonsche Krankheit brauchen wir nicht mitzuzählen, denn davon sind in diesem Zusammenhang nur wenige Fälle bekannt.« Er holte tief Luft. »In der Hauptsache sind mehr oder weniger schwere Schlaganfälle und Absencen zu verzeichnen. Bei der Menge der aufgetretenen Fälle müßte eigentlich längst jemand Verdacht geschöpft haben und Alarm schlagen. Aber dem scheint nicht so zu sein.«

»Und Ursache sind die Steckbuchsen?« fragte Sam, der sich der Magen zusammenschnürte.

»Es wird behauptet, daß keine Beweise vorliegen, die einen Zusammenhang bestätigen«, antwortete Fez und rollte den Text um mehrere Zeilen nach oben. »Wer soll das glauben? Die Häufung der Fälle wird zwar zur Kenntnis genommen, doch es heißt — ich zitiere —, ›daß die Gesamtheit der Betroffenen die Bevölkerungsstruktur im ganzen widerspiegelt.‹ Zitat Ende. Als Ursache wird eine Vielzahl von Faktoren genannt. Zum Beispiel die Umweltvergiftung während des vergangenen Jahrhunderts.«

»Nach dem Motto: nicht wir sind schuld, sondern unsere Großeltern«, kommentiere Sam.

Fez tätschelte ihr Schulter. »Du hast es erfaßt, mein Sammilein.«

»Ich bin nicht dein Sammilein«, schnaubte sie.

Er sah sie verwundert und dann argwöhnisch an. »Bist du sauer auf mich?«

»Quatsch.« Ihr wurde heiß im Gesicht. Großartig. Daß sie rot anlief, passierte ihr alle Jubeljahre einmal, und ausgerechnet jetzt war es wieder mal soweit. Achselzuckend sagte sie: »Es wär nur schön, wenn du mich für voll nehmen würdest.«

Sein Blick wanderte irritiert zwischen Bildschirm und Sam hin und her. Am liebsten hätte sie sich die Zunge abgebissen. Fez war einem dicken Hund auf der Spur, und sie zeigte sich beleidigt über eine beiläufige Bemerkung, die sie schon hundertmal zuvor von ihm gehört hatte.

»Mir fallen jetzt nur lahme Sprüche dazu ein«, sagte er nach einer Weile. »Ich könnte sagen: ›Sam, du bist sehr jung, und ich bin ein alter Knacker‹, oder: ›Um Himmels willen, du könntest meine Enkelin sein. Das schickt sich nicht.‹ Aber wir beide wissen, daß der beschränkteste Hollywood-Skribent wahrscheinlich bessere Dialoge schreiben könnte.«

Sie lachte trotz alledem. »Laß gut sein. Tut mir leid. Als Flüchtling bin ich beschissen, als Mimosanerin und manchmal auch als Freund.«

»Wir leben in einer beschissenen Welt«, entgegnete Fez, und sie lachten gemeinsam.

»Tut mir leid«, wiederholte sie. »Die Welt ist in der Tat beschissen. Zurück zum Thema. Unternimmt denn keiner was?«

»Sieht nicht so aus. Allerdings geht an manchen Orten die Anzahl der Implantierungen ein wenig zurück, und die Eröffnung der neuen Klinik in Schenectady ist bis auf weiteres verschoben worden. Jeder Eingriff wird streng kontrolliert. Neurologische Störungen sind in keinem Fall nachgewiesen worden.«

»Vielleicht liegt's an dem, was später in die Steckbuchsen reingeht«, sagte Sam. »Das mit den Umweltschäden aus dem vorigen Jahrhundert erscheint mir etwas weit hergeholt.«

»Du magst zwar in mancherlei Hinsicht beschissen sein, aber spekulieren kannst du gut. Nun, dem Bericht hier zufolge geht nichts rein in die Buchsen, was einem Neurotransmitter gleichkäme. Es handelt sich bloß um den üblichen Unterhaltungsmist: Rock-Videos, Spielfilme, Werbung.«

»Werbung, vielleicht ...« Sie stockte. »Ich erinnere mich, daß Art behauptet hat, Visual Mark sei schlaganfallgefährdet. Sieh mal nach, ob sein Name unter den Erkrankten aufgeführt ist.«

Fez blätterte einige Bildschirmseiten zurück und ging eine Liste von Namen durch. »Hier steht nichts«, sagte er wenig später. »Und wenn es so wäre, könnten wir nichts machen. Wir schnüffeln hier in geheimen Unterlagen rum. Und wenn wir damit hausieren gehen, steckt man uns in den Bau.«

»Von mir aus. Ich hätte nichts dagegen. Bleib du ruhig hier und amüsier dich.« Sie stockte und sah ihn an. »Soll heißen, ich hab schon schöner gewohnt.«

»Ich weiß, was du meinst«, antwortete Fez und richtete den Blick zurück auf den Bildschirm. »Ich finde, wir sollten Art einschalten. Vielleicht weiß er was mit den Unterlagen anzufangen.«

»Du traust ihm ja einiges zu.« Sam seufzte. »Aber genau das wollte ich auch vorschlagen. Art kennt alle Schliche im System. Gemeinsam ließe sich die Sache aufklären. Ich frage mich nur, wohin wir diesmal flüchten sollen.«

Fez sah sie fragend an. »Wie bitte?«

»Jedesmal, wenn Art eine große Entdeckung macht, werden wir zum Verhör geladen. Ist dir das noch nicht aufgefallen?«

»Das war doch erst ein einziges Mal, Sam.«

»Na also. Eine hundertprozentige Trefferquote.« Sie wischte mit der Hand übers Gesicht. »Verdammt, bin ich kaputt.« Müdigkeit hatte sich wie ein gewaltiger Vogel auf sie niedergelassen. »Außerdem muß ich mal. Keine Angst, ich vergrab es tief genug. Wo ist das Schäufelchen?« Mühevoll stand sie auf.

Fez hielt sie bei der Hand zurück. »Vielleicht können wir die Unterhaltung in meiner Wohnung fortsetzen — in meiner neuen Wohnung, die ich hoffentlich irgendwo und irgendwann demnächst beziehen kann. Dann will ich dir erklären, was ich vorhabe. Wer weiß, vielleicht wäre alles anders gekommen. Aber das Eine laß dir gesagt sein: Ich habe dich immer ernstgenommen, Sam.«

Sie nickte. »Schon gut.« Und achselzuckend fügte sie hinzu: »Im nächsten Leben wird alles besser.« Dann schlurfte sie müde hinaus und suchte Klopapier.

Er döste dämmernd vor sich hin, als er den Ruf vernahm, das Signal, den Wink aus dem System von Diversifications.

Zuerst glaubte er, daß es womöglich Gina sein könnte, die sich online bei ihm meldete, doch in den weiteren Signalen, die er empfing, war von ihr nichts enthalten. Plötzlich kam ihm sein träges Fleisch zu Gesicht; er lag immer noch in der Werkstatt. Die Aufzeichnungen besagten zwar, daß sich der Körper abgesondert habe und nach Hause gegangen sei, in Wahrheit aber lag er nach wie vor am Boden. Die Biodaten waren leicht zu manipulieren, und er hatte versucht, sie so normal wie möglich aussehen zu lassen, vorzutäuschen, daß er sich vom Körper gelöst hatte. Dieses Rein und Raus wurde ihm von Mal zu Mal lästiger.

Er wünschte, der Körper könnte zumindest für kurze Zeit aus sich heraus und ohne sein Mitwirken funktionieren; dann wäre er in der Lage, sich zu separieren, nach Hause zu gehen und zurückzukehren. Die Ärzte würden ein solches Verhalten als normal bezeichnen, so normal wie die kleine Show, die er ihnen vor kurzem geboten hatte. Die waren immer noch emsig dabei, die Angestellten von Diversifications umzurüsten: die Redakteure des Gesellschaftsspiegels, die Hardware-Designer, die Leute aus der Verwaltung und das sagenhafte Dach-Team. Das Fleisch ließ sich ohne weiteres foppen. Es war so sehr mit sich selbst beschäftigt, daß ihm vieles sozusagen durch die Lappen ging.

Mitten in seinen Grübeleien über das Fleischproblem spürte er wieder diesen Wink von außen, stärker nun, aber aus gleichgebliebener Entfernung. Er ortete ihn in Riveras Bereich. Dorthin richtete er seine Aufmerksamkeit, und plötzlich fiel dieses fremde Etwas über ihn her.

Es war ein gefräßiges Ding, seelenlos, aber mit einer Ausstrahlung, die ihm vertraut war und eigene Empfindungen spiegelte, Schmerzen und Zwänge, den Wunsch, sich zu vergessen. Ein Moloch, der darauf aus war zu verschlingen, zu vergewaltigen, sich Fremdes einzuverleiben, anscheinend mit Selbstbewußtsein ausgestattet oder mit einem Anflug von Selbstbewußtsein, durch und durch zerstörerisch, aber so wenig vorsätzlich böse wie das Gift einer Kobra. Das Ding, es kannte nur eins und war entschlossen.

Beinahe wäre er entkommen; beinahe hätte es ihn erwischt — beides traf für den Bruchteil einer Sekunde zu (*verdammte Schrödinger-Welt*): Er wähnte sich diesem Ding bereits ausgeliefert und sah gleichzeitig aus sicherer Entfernung zu, wie es die Warteschlange im Prüfbereich durchschlich und kleine gelbe Funken sprühte ...

Er floh zurück in den Körper und versuchte, das Gehirn zu justieren, als bediente er die Senderwahl eines kleines, schwachen Radios.

Das Gehirn lief noch, wenngleich alles andere als störungsfrei. Es schaffte nicht die einfachsten Routineaufgaben und stiftete nur Unordnung, Datensalat.

Plötzlich wurde ihm bewußt, daß, wenn er die Funktionsfehler im Gehirn beheben könnte, ein Instrument zur Verfügung hätte, das jenem Ding in Riveras Warteschlange sehr ähnlich wäre.

Die blinkenden Lichter, das Gefühl, in der Schwebe zu sein — die Ärzte hatten einen Ausdruck dafür: *transischemischer Anfall.* Ihm war klar, daß sie längst Bescheid wußten, seit jener Nacht, als der Hacker geschnappt worden war; und sie hatten während der Entgiftung des Körpers ein vorbeugendes Mittel gegen Schlaganfall gespritzt und die Hoffnung geäußert, daß ihm die Steckbuchsen weiterhelfen würden.

Armes Fleisch. Niemand kümmert sich darum. Nicht einmal ich.

Es war kein schwerer Schlaganfall gewesen. Würde er noch im Körper stecken, wäre es ihm durchaus möglich, herumzuspazieren, vielleicht wackliger als sonst und zänkischer. Er würde wirres Zeug reden, wenn überhaupt; aber dafür war er ja ohnehin bekannt, und niemand fände daran etwas Ungewöhnliches.

Aber dem Fleisch drohte ein neuer Schlaganfall, ein wesentlich stärkerer, und solange die Drähte im Kopf steckten, würde sich der Kollaps aufs gesamte System auswirken, das ja schon durch den kleinen Anfall erschüttert worden war. Dann würde ein Geschoß durchs System jagen, eine verirrte Kanonenkugel. Träfe die dann auf einen Empfänger, auf jemanden mit Steckbuchsen im Kopf ... Prost Mahlzeit.

Gina? Gina?

Ihre Konsole war ausgeschaltet, die Werkstatt leer, verdammt kalt und tot, als wäre sie endgültig dicht gemacht worden.

Auch Ludovic war nicht mehr da. Mark richtete eine Facette seiner Aufmerksamkeit ganz kurz auf Hinweise über den Aufenthalt der beiden. Ob sie zusammen waren, wußte er nicht, aber er nahm es an.

Auch in der Medizinabteilung zeigte sich niemand. Verdammt, wie spät war es? Mitternacht.

Der Knabe im Penthouse …

Rivera hat zumindest mit einer Behauptung recht behalten, dachte Keely benebelt. Der gute Fusel war wirklich verträglich. Er schaute hinüber auf die antike Likörvitrine.

Schnaps war eigentlich nie sein letztes Wort gewesen. Sich zu besaufen kam ihm vor, als würde man mit einer Donnerbüchse auf Moskitos schießen oder in einen Müllverdichter steigen, um eine Fliege zu klatschen, die auf der Nase saß. Maßlos übertrieben eben. Aber Übertreibung hatte auch etwas für sich. Er war in den alten Müllverdichter gestiegen und davon überzeugt worden, daß dieser gute Arbeit leistete oder immerhin ein Ergebnis zeitigte, das zählte.

Und dieses Ergebnis war verdammt nötig nach dem Schock der Nachricht, die er von Rivera erhalten hatte. Sie stand immer noch auf dem Schirm und war vom Sofa aus zu lesen, wo er nun saß, die Flasche zwischen die Schenkel geklemmt. *Ich weiß, daß du in mein System eingestiegen bist. Aber der Schaden ist nicht annähernd so groß wie von dir erhofft. Morgen werde ich mich deiner Sache widmen. Mach dich auf das Schlimmste gefaßt.*

Der hat wohl nicht alle Tassen im Schrank, dachte Keely und setzte die Flasche an den Mund. Darauf hinzuweisen, daß er nicht der einzige Hacker auf der Welt sei, würde aber wahrscheinlich nicht viel bringen. Denn selbst für Manny müßte klar sein, daß Hunderte von Hackern bei ihm einsteigen konnten. Nicht zuletzt sein schräger Online-Vogel Visual Mark.

Die Nachricht auf dem Schirm flackerte und löste sich auf. »Wenn man vom Teufel spricht …«, murmelte Keely, als er den Raum, der nun auftauchte, wiedererkannte. Die vom Sturm zerzausten Wolken waren eine Zumutung.

»Sag bloß, du bist wach«, grüßte Mark und drehte die Lautstärke voll auf.

Keely wankte herbei und ließ sich in den Stuhl vor dem Monitor fallen. »Psst. Die Erwachsenen schlafen schon.« Er stützte das Gesicht mit der Hand ab. »Sag mal, du hast wohl in Mannys Privatcomputer rumgepfuscht.«

»Zum Palavern bleibt mir keine Zeit. Hör zu: Du bist frei.«

Keely war ganz Ohr. Irgendwo in einem anderen Teil des Penthouses war mehrmals hintereinander ein leises Klicken zu hören. Die Tür. Er fuhr mit dem betrunkenen Kopf herum und erwartete Rivera mit feistem Grinsen hereinmarschieren zu sehen. Ich habe mich entschlossen, doch nicht bis morgen zu warten. *Auf gerichtliche Anordnung hin soll dir der Kopf aufgebohrt werden. Draußen warten ein paar nette Leute; sei ihnen gefügig, und du brauchst dir keine Sorgen zu machen.* Aber es kam niemand herein, nichts passierte. Er wandte sich wieder dem Schirm zu.

»Hast du gerade die Tür aufgesperrt?« fragte Keely erstaunt.

»Ja. Ich will, daß du sofort losgehst. Mach dich auf den Weg in meine Simulationswerkstatt und zieh mir die Stecker aus dem Kopf.«

»Was soll das?« entgegnete Keely und winkte mit der Hand ab. »Das kannst du doch selber. Ich weiß Bescheid. Du brauchst nur ›Aus‹ oder ›Quitt‹ zu denken.«

»Mein Körper macht nicht mit, und von hier aus schaffe ich es nicht ...«

»Von *hier* aus? Was heißt das?«

»Online. Aus dem System heraus. Wie gesagt, ich steck nicht mehr im Körper drin, ich bin draußen ...«

»Ja, das hast du gesagt«, nuschelte Keely. »Ich wette, du warst es, der Riveras System auf den Kopf gestellt hat. Und der hält mich jetzt für den Übeltäter. Was hast du eigentlich angestellt?«

»Nur mal einen Blick riskiert«, antwortete Mark ungeduldig. »Was ist los mit dir?«

»Was soll schon sein? Ich hab mich mit der Hausmarke des Dach-Teams vollaufen lassen. Nur vom Feinsten. Ich kipp mir das Zeug nun schon seit Stunden rein, und bin immer noch nicht breit.«

»Um so besser«, sagte Mark. »Beeil dich und komm zu mir in die Werkstatt.«

»Und wo finde ich die?« fragte Keely und gähnte.

»Im sechzehnten Stock. Vom Fahrstuhl aus gesehen, am Ende des Korridors, letzte Tür links. Da liegt mein Körper...«

»Aber der Geist schwebt frei«, ergänzte Keely und gestikulierte dramatisch. »Stimmt's?«

»Ich werde die Tür für dich öffnen; du brauchst sie nur aufzustoßen. Und dann zieh mir die Stecker aus dem Kopf.«

Keely beugte sich näher an den Monitor heran. »Das könnte saugefährlich werden. Womöglich kriegst du einen Schlaganfall und gehst vor die Hunde. Also nochmal gefragt: Warum klinkst du dich nicht selber aus? Schlag doch die Konsole klein. Das ist so gut wie Ausschalten.«

Das Bild auf dem Schirm gefror, und Keely meinte zu spüren, daß der Netz-Kumpel nicht mehr zugegen war. Allerdings hatte er seine Rufkarte oder besser gesagt: sein Lesezeichen zurückgelassen. Also würde er wohl wieder auftauchen. Keely nahm einen Schluck aus der Flasche und legte den Kopf neben die Tastatur auf den Schreibtisch.

Nach einer Weile wurde ihm bewußt, daß er auf einen Laptop stierte, der mit ein paar anderen Zusatzgeräten auf der Schreibtischplatte festgeschraubt war. Das kleine Ding ließ sich ohne weiteres loseisen, und wenn er sich entschlösse, durch die angeblich aufgesperrte Tür nach draußen zu marschieren, hätte er ein Info-zum-Mitnehmen, eine Datenfreibank ...

»Unmöglich«, sagte Mark und schreckte ihn aus dem Halbschlaf auf. Keely hob den Kopf und starrte auf den Bildschirm.

»Was ist unmöglich?«

»Ich komm nicht an meine Konsole ran. Die Idee ist zwar nicht schlecht, und sie hätte mir auch selber einfallen können. Aber jetzt ist es zu spät. Das Ding ist da; es ist aus Riveras Bereich gekommen, hat den Körper gefunden und wartet auf den Schlaganfall. Womöglich hilft es sogar nach.«

»Zum Teufel, wovon redest du?« sagte Keely, dem die Augen immer wieder zuklappten. »Wer hilft wem nach?«

Die Lautsprecherstimme war nun nicht mehr zu unterscheiden von dem Gesumm, daß in Keelys Kopf laut wurde, und was Mark zu erklären versuchte, drang nicht zu ihm durch. Aber es schien sehr wichtig zu sein. Sooft er die Augen öffnete, sah er Mark auf dem Bildschirm die Lippen bewegen. »Ich sag's dir noch einmal, und dann antworte mir ...«

Der Bursche vertrug offenbar keinen Alkohol. Typisch, dachte Mark. Das Jungvolk stand auf anderen Drogen, sauberem Stoff mit dieser oder jener Wirkung. Bei diesen Scharfschützen war alles genaustens definiert.

Genau wie bei der Dataline, dachte Mark, als er den Kerl zum dritten Mal zu wecken versuchte. Auch sie war haarklein unterteilt in eine Vielzahl von Kanälen und bis zum Geht-nicht-mehr durchstrukturiert. Total unflexibel. Sobald den wohlorganisierten Daten was in die Quere kam, war Hängen im Schacht und großes Tohuwabohu. So wie bei dem besoffenen Kerl, der vor dem Monitor eingepennt war. Mark hörte ihn ins Mikro schnarchen. Wenn ihm danach gewesen wäre, hätte er ihn auch sehen können, und zwar durch die im Kronleuchter versteckte Kamera. Doch deren Schußwinkel war denkbar schlecht.

Mark ließ fünf scharfe Töne in einer Frequenz verlauten, die dem Nagelkratzen auf einer Wandtafel gleichkam. Der Junge hielt im Schnarchen kurz inne, sägte aber dann im normalen Rhythmus weiter.

»Mensch, hör doch endlich!« brüllte Mark. Keine Antwort. Nächtelang war dem Jungen der Schnaps schnuppe gewesen; ausgerechnet heute ließ er sich vollaufen. Mark hätte damit rechnen müssen, er hätte alle seine Bewegungen genaustens aufzeichnen sollen.

Er wäre gut beraten gewesen, die eigenen Bewegungen aufzuzeichnen. Dann hätte er womöglich alles kommen sehen, nicht zuletzt den Zusammenbruch seines armen Körpers. Er richtete seine Aufmerksamkeit kurz auf den Statusreport. Während der letzten Viertelstunde hatte es keine Veränderungen gegeben, was nicht unbedingt ein gutes Zeichen war.

Das Ding wartete auf ihn in seiner Werkstattkonsole, in der von Gina, Ludovic, Manny Rivera und in allen übrigen Terminals sowie in sämtlichen Stellen, die Kontakt hatten zum Werkschutz und zur Medizinabteilung. Der Werkschutz war ahnungslos; dort lief das System rund um die Uhr und ohne Störung. Das Ding wartete darauf, daß er Kontakt aufnahm, und sei es nur mittels eines falschen Alarms. Mark konnte ohne weiteres Einblick nehmen in den Sicherheitsbereich, ja, sich sogar darin einnisten, wenn er wollte; doch sobald er tätig einzugreifen versuchte, würde das Ding über ihn herfallen. Und dann wäre ein heftiger Schlaganfall vorprogrammiert.

Er hatte das Ding durchs Netz schleichen und genau jene Pfade einschlagen sehen, die auch er während seiner ersten Erkundungsgänge abgeklappert hatte. Als wäre eine Art Tropismus am Werk, so schien es ihm zu folgen. Was nicht verwunderte, denn es war der kleine Schlaganfall, dem er angeblich erlegen und gleichzeitig entkommen war. Ein Schrödingerscher Schlaganfall. Der Körper hatte den Schlag vollzogen, ihn, Mark, aber nicht treffen können, denn er war ja aus der Haut gefahren.

Es suchte ihn also, das Ding, der Schlag, folgte ihm auf der eigenen Spur. Nur selten lief es in die Irre, und je mehr es sich ausbreitete, desto präziser und lernfähiger wurde es. Mark hatte fast den Eindruck, als sei die Zeit für ihn stehengeblieben, um dem Ding die Chance zu geben, aufzuholen und seinen Erfahrungsstand zu erreichen. Der Vorsprung schrumpfte stetig. Bald würde es den Weg ins Penthouse gefunden haben und den schnarchenden Kerl antreffen. Wenn das Ding nicht so schnell Irrtümern aufsitzen würde, hätte es das Penthouse wahrscheinlich längst erreicht. Aber Irrtümer und Schlaganfälle hatten von Natur aus viel miteinander gemein. Welch glücklicher Umstand in Anbetracht der gegenwärtigen Lage!

In Zukunft werde ich für jeden Routinejob ein bißchen Glück mit einplanen, dachte er. *Aber wie programmiert man Glück?*

Wenn sich der Kerl nicht bald wecken ließe, wäre der große Knall unabwendbar, der aus dem Körper ins System fahren würde. Dann hätte er, Mark, nur noch eine Ausweichmöglichkeit, nämlich durch die öffentliche Telefonleitung nach draußen ...

Aber da ist es bereits. In dem Video.

Natürlich, das Ding war mit dem Video nach draußen gelangt. Vor einer Woche schon. Oder noch länger?

Er ließ die Konsole in der Frequenz eines Nebelhorns tuten, fünfmal kurz hintereinander. »Wach auf, verdammt noch mal!«

Der Junge bewegte den Kopf, schien zu sich zu kommen. Aber Mark hatte keine Zeit mehr. Er mußte die letzte Chance ergreifen und im größeren, öffentlichen Netzwerk Zuflucht suchen.

Wenn er bliebe, könnte er versuchen, das Ding im System von Diversifications festzuhalten und abzuschotten. Aber Metastasen hatten sich ja schon draußen breitgemacht. Und außerdem, so nobel und aufopferungsvoll war er nicht. Davon abgesehen könnte ein solcher Versuch auch nicht gelingen, denn wenn es ihn erwischte, würde das Ding seine Intelligenz, sein Bewußtsein übernehmen, was es zwar nicht schlauer, aber lebendig machen würde.

Mark nahm sich noch die Zeit, eine schnelle Routine zusammenzustoppeln: eine Alarmschleife, die, sobald der Kerl darauf reagierte, eine interaktive Nachricht ausspucken würde. Oder auch nicht, falls das Virus das Penthouse erreichte, bevor der Knabe aufgewacht war.

Mark setzte die Schleife in Aktion. Fünf schrille Pfeiftöne. »Wach auf, verflucht, der Himmel stürzt ein!«

Dann war er draußen.

27

Marks Canadaytime-Video war in der Röhre. Gina betrachtete den Anfang nun schon zum vierten Mal. Dreimal hatte sie schon abgebrochen, und auch jetzt hielt sie es nach zwei Minuten nicht mehr aus.

Aber es sind doch bloß Bilder. Per Fernbedienung rief sie zum Neustart auf. Letzter Versuch.

Der Monitor leuchtete weiß auf. Nach einer Weile zogen zarte Schatten auf, während leise die Musik einsetzte: die stark verfremdete, schiefe Version des alten Titels ›Wasted‹. Der Song war so alt, daß er wie neu wirkte. Valjeans Reibeisen ging ihr durch und durch, und es drängte sie näher an den Bildschirm, näher heran an die pulsierenden, sich windenden Schattengebilde. Die Musik zeichnete die Schatten weich, die Schatten besänftigten die Musik, und Gina spürte das Muster im Sinn, warm und lebendig wie Fleisch.

Sie warf einen Blick über die Schulter auf die halbgeöffnete Schlafzimmertür. Als sie aufgewacht war, hatte sie Ludovic tief schlafend neben sich liegen sehen, auf der Decke, während sie darunterlag. Charmant und rührend sein Anblick, doch Gina war an diesem Morgen nicht in Stimmung.

Am Abend zuvor hatte er ihr von Valjeans elektronischem Umhang erzählt. Allein die Vorstellung, auf dem Cape tanzen zu sehen, was ihm durch den Kopf ging, war ihr zuwider. Und seine Bilder schöpfte er offenbar aus diesem Video.

Auch ohne dieses Video per Drahtanschluß genossen zu haben, konnte sie sich die Wirkung ausmalen: Es wäre wie ein Schweben durch dichte Nebelbänke, und während die Schatten pulsierten, würde sich tief im Kopf ein entsprechender Druck bemerkbar machen, wie von einem unsichtbaren Finger verursacht, der mal hier, mal da hintippt auf der Suche nach einer besonders empfindlichen Stelle.

Die Schatten gerieten nun, von Rockmusik getrieben, in heftigere Bewegung und glichen Rorschach-Bildern. Siehst du hier einen Schmetterling oder einen Beckenknochen?

— ein offenes Fenster oder eine offene Wunde —

Sie drückte den Aus-Schalter und drehte sich weg vom Monitor. Es war wieder passiert: Sie fühlte sich wie hypnotisiert. Mehr noch als hypnotisiert.

Sie fuhr mit der Hand über den Kopf, befingerte die eingepflanzten Buchsen. Wenn sie sich so weit ins Innere zurückziehen könnte wie Mark, hätte sie wahrscheinlichen ähnlichen Murks produziert.

Sie hörte, wie sich Ludovic im Bett zur Seite wälzte und wartete. Aber er stand nicht auf. Geh und hol ihn; laß auch ihn einen Blick auf die vermurkste Ansicht von der dunklen Kehrseite werfen. Mal sehen, was er damit anfangen kann. Als er wieder im Keller der Loopheads aufgetaucht war, wußte sie nicht, ob sie weinen oder lachen sollte.

Warum hast du nicht auf mich gewartet? Warum bist du nicht zu mir gekommen?

Darauf hatte sie keine Antwort parat gehabt. Ihre Stimmung war nicht leitfähig genug gewesen, um ihm die Geschichte ihres Lebens anzuvertrauen.

Wenn du so was regelmäßig zu tun vorhast, werde ich dich mit guten Stimulanzien versorgen müssen.

Ach, wer hat dich denn gefragt? Das war ihr wie Erbrochenes rausgerutscht.

Ich bin Volontär.

Hat dir deine Mutter nicht eingeschärft, niemals irgend etwas freiwillig zu machen?

Himmel! Er hatte mit beiden Fäusten auf das Steuerrad eingedroschen, und das Mietauto wackelte wie der Haufen Scheiße, der es war. *Was, zum Teufel, ist eigentlich angesagt?*

Wieder warf sie einen Blick ins Schlafzimmer. Was angesagt ist? Siebenundvierzig Meilen Stacheldraht zum Beispiel. Nur für den Anfang. Das wirklich gefährliche Zeug kommt später dran. Denn wir machen, was sich machen läßt, und weil es machbar ist.

Plötzlich schämte sie sich, für den Ausspruch und für die Loopheads. *Ich weiß nicht warum, aber sie wollen dich nicht wiedersehen.*

Ich habe ihnen gesagt, sie sollen die Finger davon lassen. *Ich war nicht high, fühlte mich auch nicht high. Ich fühlte gar nichts.*

Nach einer Verteidigung hatte sich das nicht angehört, und es klang auch jetzt nicht danach. Sie wußte genau, was sie getan hatte. Sie hatte die Typen schwer rangenommen, jeden einzelnen und alle zusammen. Sie hatte nicht lange gefackelt, sondern es aus ihnen herausgequetscht und ihnen gezeigt, wo's lang geht. Mitgespielt hatte sie — nicht zur Musik, sondern ihnen, und zwar übel. Sie war keine Synderin gewesen für Flavia, Dorcas, Tom und Claudio, nein, ganz und gar nicht ...

Sie blickte auf den leeren Monitor und glaubte im ersten Moment, Phantomgebilde darüber huschen zu sehen.

Ja, wir machen, was sich machen läßt, und weil es machbar ist. — Und wo habt ihr das gelernt?

»Herr im Himmel«, murmelte sie. Sie wußte, wo Mark war, und sie wußte, wo Valjean war, und auch, wo das Video war, nämlich draußen auf dem Markt. Es war tatsächlich freigegeben worden ...

Sie zögerte einen Augenblick lang, schaute dann zurück ins Schlafzimmer. Wenn sie nicht hier in Marks Wohnung wären, hätte sie wahrscheinlich keine Hemmungen gehabt und Ludovic schon längst aufgeweckt. Er wußte nicht, wo sie wohnte, und hatte keine Lust gehabt, bis nach Reseda zu fahren. Aber das nächste Mal — Swing low, sweet Sheriott — bestimmt.

Bestimmt.

Laß gut sein, Glühfix, dachte sie. *Du brauchst nicht mehr Volontär zu spielen.*

Sie hinterließ eine Nachricht auf dem Bildschirm. *Bin zu Mark.* Daran würde er zu schlucken haben.

Keely hatte geträumt, von Rivera in die Medizinabteilung geschickt worden zu sein, um Steckbuchsen eingepflanzt zu bekommen. Und sie hatten es auf die rauhe Tour gemacht: mit Bolzenschneidern und Preßluftbohrern, die unter schrecklich lautem Gepfeife den Knochen zermahlten, durch den Schädel drangen, durch den Hals bis in den Körper ...

Abrupt hob er den schmerzenden Kopf und sah sich um. Er war immer noch im Penthouse. Dem Licht nach zu urteilen, war es Tag. »Scheiß Traum«, knurrte er und massierte die Kopfhaut. Ja, er hatte bloß geträumt. Sonst wäre er in der Medizinabteilung aufgewacht — wenn überhaupt.

Er sah die leere Flasche neben dem Monitor stehen und stöhnte. Verdammt, er konnte sich glücklich schätzen, noch am Leben zu sein. Schnaps war nicht sein Ding, auch wenn er geglaubt hatte, daß es angebracht wäre, sich mal richtig vollaufen zu lassen.

Wieder schrillte der Pfeifton, und vor Schreck wäre er fast vom Stuhl gefallen. Der Monitor leuchtete auf. Mark starrte ihm aus einem seltsam parzellierten Raum entgegen. Im Hintergrund kochten Wolken.

»Die Tür ist auf. Mach dich vom Acker!«

»Sobald ich wieder bei mir bin, werde ich darüber nachdenken«, antwortete Keely. »Ich fühle mich ...«

»Ich konnte nicht länger warten«, fuhr Mark fort. »Was du da siehst, ist eine Aufzeichnung. Unterbrich mich nicht. Mach dich endlich auf die Socken, komm zu mir in die Werkstatt im sechzehnten Stock, knack das Schloß auf und reiß mir die verdammten Stecker aus dem Kopf. *Sofort!*«

Keely verzog das Gesicht. »Was?«

»Du hast mich richtig verstanden. Reiß mir die verdammten Stecker aus dem Kopf, und zwar schleunigst. Die alten Organe machen schlapp, und wenn der Anfall aufs System schlägt, geht alles hopps, nicht nur das System, sondern auch jeder, der dranhängt. Kapiert?«

»Was für 'n Anfall?« Keely rieb sich die Stirn.

»Sieh nach unter *Apoplexie:* Gehirnblutung. Doch diesmal verhält es sich anders. Wenn der Schlag ins System geht und jemanden erreicht, der per Interface angeschlossen ist, fällt er auch darüber her. Verstehst du? Ein ansteckender Schlaganfall, ein verdammtes Virus. Kannst du mir folgen?«

»Scheiße.« Keely krauste die Stirn. »Augenblick ... ist das wirklich eine Aufzeichnung?«

»Eingemachtes. Mach dich endlich auf die Socken, komm zu mir in die Werkstatt im sechzehnten Stock, knack das Schloß auf und reiß mir die verdammten Stecker aus dem Kopf. Kümmere dich nicht um den Fleischkloß, der ist hinüber.«

»Fleischkloß?«

»Mein Körper. Kapiert? Mach dich endlich auf die Socken, komm zu mir in die Werkstatt im sechzehnten Stock, knack das Schloß auf und reiß mir die verdammten Stecker aus dem Kopf. Sonst gelangt der große Rums ins System und trifft auf den kleinen.«

»Was soll das nun wieder? Der Kleine ...«, fragte Keely verdutzt, ohne eine Antwort vom Programm zu erwarten.

»Der Kleine — soll heißen: mein erster Schlaganfall. Ist keinem aufgefallen. Aber er steckt bereits im System, und deshalb konnte ich nicht länger bleiben und darauf warten, daß du dich bekrabbelst.«

»Wo bist du denn jetzt?«

»Wenn ich das man wüßte, Junge. Irgendwo draußen im Netz. Im großen Kontext. Wenn du mich suchen willst, wähl den Zugriffscode VM für Visual Mark. Gib das Paßwort *Gina* ein, und ich weiß, daß du es bist.

Wenn es mir möglich ist, antworte ich. Mach dich endlich auf die Socken, komm zu mir in die Werkstatt im sechzehnten Stock ...«

Das Bild stand plötzlich still und zerfranste dann von links oben nach rechts unten. Es sah aus, als würde es von einem unsichtbaren Tier portionsweise verschlungen. Keely kniff die Augen zusammen. Halluzinierte er in seiner Verkaterung? Oder spielte Mark Kasperletheater?

Als er die Augen wieder öffnete, war die Hälfte des Bildes weggefressen, der Rest zerfranst. Keely drückte die Clear-Taste. Nichts passierte. Er versuchte, das Menü der Dataline aufzurufen. Da schien wirklich etwas an dem Bild herumzuzerren und zu fetzen. Er drückte auf *Reset,* um neu zu starten. Wieder nichts.

Der letzte Rest des Bildes verschwand, und der Schirm wurde gräulich-weiß.

»Was soll das?« sagte Keely. »Willst du mich zum Narren halten?« In der Schirmmitte breitete sich ein dunkler, konturloser Fleck aus. »Du bist noch in der Leitung, stimmt's?«

Musik ertönte, leise und maschinenhaft rasselnd, und der schattige Fleck pulsierte und blühte auf, und als Keely näher hinsah, glaubte er ...

Er schüttelte den Kopf. Seltsam. Der gerade gefaßte Gedanke war weg wie eine fallengelassene Masche. Jetzt füllten mehrere pulsierende Schatten den Schirm. Er schaute weg und suchte den Aus-Schalter. Phantasiegebilde schwirrten ihm durch den Kopf, der nun um so mehr schmerzte. Sie glichen Steinen oder Wolken ... Wasser ...

Obwohl er den Aus-Schalter immer wieder bediente, tat sich nichts. Die Schatten krochen über den Schirm, beharrlich, magnetisch, lockend. Er glaubte, in Trance zu geraten, so oft er daraufschaute.

Dabei sprach er ganz und gar nicht leicht auf Hypnose an; das wußte er. Mit Hypnose hatte dies jedoch anscheinend nichts zu tun. Es war, als tastete etwas nach einem wunden Punkt, nach einer schmerzenden Stelle. Aber da waren doch nur Schatten auf dem Schirm!

Keely versuchte nachzudenken. Es mußte mehr dahinterstecken als der Wust von Schatten. Vorsichtig drehte er den Kopf, bis der Blickfeldrand den Bildschirm erreichte. Sonderbar. Lag da ein Systemfehler vor? Muckte der Bildschirmtreiber? Wie dem auch sei, die Pulsfrequenz der Schatten setzte ihm auf rätselhafte Weise zu. Vielleicht entsprach sie dem Takt der Synapsensprünge im Gehirn. Sam hätte ihm Auskunft geben können. Sie kannte sich aus, war aber leider nicht hier. Keely war ganz allein.

Mach dich endlich auf ... reiß die Stecker raus ...

Er kroch unter den Schreibtisch, fand die Netzanschlüsse sowohl des einen als auch des zweiten Rechners und riß sie aus der Dose. Doch auf dem Schirm pulsierten die Schatten nach wie vor; sie schwammen umeinander, kräuselten sich. Er wandte den Blick ab und starrte auf das weiße, leinene Tischtuch, das er kurzentschlossen herunterriß mitsamt dem metallenen Tafelaufsatz und dem schweren Kerzenleuchter aus Kristall. Das Getöse, mit dem sie auf den Boden stürzten, tat gut. Er hastete zurück zum Schreibtisch und warf die Decke über den Monitor.

Die Schatten pulsierten nun auf der weißen Leinwand. Ihm wurde heiß und kalt, doch dann bemerkte er, daß er einer Täuschung aufsaß und sich das Bild nur vorstellte. »Reiß dich zusammen«, zischte er und blickte zum Fenster hinaus, zur Decke hoch, auf den Boden, überall hin, um für visuelle Ablenkung zu sorgen.

Wenig später ging es ihm schon besser. Er schaute wieder auf den abgedeckten Monitor. Weder Virus noch irgendeine Intelligenz hätte dem guten alten Netzausschluß widerstehen können. Was, zum Teufel, also war das? Ein Supervirus? Völlig unverwüstlich?

Sei's drum! Er mußte jetzt, unverzüglich und ohne

dabei erwischt zu werden, in den sechzehnten Stock und zu Marks Werkstatt gelangen. Kein Problem. Da war bloß ein Schloß aufzuknacken. Womit? Verdammt, wahrscheinlich würde er nicht einmal soweit kommen. Er hatte keinen Magnetstreifen für den Fahrstuhl.

Sein Blick fiel auf den zweiten Rechner. Den hatte er nie eingeschaltet. Es war ein Laptop unter einer Abdeckhaube, die ein paar Übervorsichtige von Diversifications an der Schreibtischplatte festgeschraubt hatten.

Keely eilte in die Küche, um sich nach Werkzeug umzusehen.

Dann ging er mit einem metallenen Fleischklopfer zu Werke (dank der wiederentdeckten Cuisine), schlug die Abdeckhaube in Stücke und schraubte schließlich mit einem Buttermesser die große Tastatur und den zusätzlichen Monitor ab. Das kleine Ding hatte nämlich einen integrierten Schirm und eine eigene Tastatur sowie eine unerwartete Fülle von Anschlußmöglichkeiten, die im Batteriefach verstaut waren. Eine Licht-Kollektor-Batterie, voll aufgeladen, obwohl der Kasten abgedeckt war. Dem Himmel sei dank.

Nachdenklich schaute er auf die andere Einheit, über die immer noch das Tischtuch hing. Natürlich. Als er die Stecker gezogen hatte, war auf Batterie umgeschaltet worden, um einen Absturz zu verhindern. Für gewöhnlich verhinderte das residente Antiviren-Programm die Umstellung auf Batteriebetrieb, sobald es eine Infektion entdeckte. Diesmal wohl nicht. Keely grinste. Vielleicht steckte wirklich ein Supervirus dahinter.

Der Laptop ließ sich problemlos mit der Fahrstuhlsteuerung verbinden. Keely sah ungeduldig auf dem kleinen Bildschirm zu, wie sich eine Kabine im zehnten Stock entleerte, und rief sie dann so eilig herbei, daß er fürchten mußte, Aufsehen zu erregen.

Er war unterwegs in den sechzehnten Stock, als ihm der Laptop mitteilte, daß alle anderen Fahrstühle plötzlich zum Stehen gekommen waren.

Es reute sie, ihn nicht aufgeweckt zu haben. Sich allein in diesen Verkehr hinauszuwagen, war dumm von ihr gewesen.

Festgefahren im Stau auf dem Santa Monica Boulevard, suchte sie in der Navigationseinheit des Mietwagens nach irgendwelchen Ausweichvorschlägen. Jedenfalls versuchte sie es. GridLid reagierte an diesem Morgen so träge, daß es weniger langwierig gewesen wäre, auszusteigen und auf eigene Faust nach möglichen Umwegen Ausschau zu halten. Aber offenbar waren sämtliche Straßen blockiert. In regelmäßigen Abständen wanderte GridLids standardmäßige Krisenmeldung über den unteren Bildschirmrand: AUFGRUND DES UNGEWÖHNLICH HOHEN VERKEHRSAUFKOMMENS SOLLTEN ALLE FAHRTEN, DIE NICHT UNBEDINGT ERFORDERLICH SIND, UNTERBROCHEN WERDEN. SUCHEN SIE DIE NÄCHSTMÖGLICHE PARKGELEGENHEIT AUF UND WARTEN SIE DORT, BIS DIE STRASSEN WIEDER FREI SIND.

Klar doch. Wo's auch so viele Parkgelegenheiten gibt! Ungeduldig rutschte sie auf dem abgewetzten, durchgesessenen Sitz hin und her. Wer L. A. fluchtartig zu verlassen versuchte, hatte keine Chance. Probleme waren im Stau auszubaden.

Am Blickfeldrand sah sie den GridLid-Monitor flakkern.

»Großartig«, schnaubte sie. »Jetzt geht mir das Mistding auch noch kaputt. Hat wohl selber die Faxen dikke.«

Der Fahrer im Privatwagen hinter ihr hupte, um kundzutun, daß das vordere Mietauto ganze fünfzehn Zentimeter weiter gerollt war. »Ist ja gut.« Auch sie zog fünfzehn Zentimeter vor. »Nicht, daß sich einer dazwischendrängelt.«

Wieder hupte es hinter ihr. Irritiert drehte sie sich um und sah einen jungen Mann. Er winkte sie herbei und schien sich dem schmalen Rand der Verzweiflung zu nähern. Sie stand aus und ging auf ihn zu.

»Entschuldigung, Sie haben nicht zufällig Ahnung von diesen Navigatoren?« fragte er. Sie musterte das Auto. Privat mit allen Extras. Die Navigationseinheit hatte vollen Zugriff auf die Dataline.

»Nicht mehr als alle anderen«, antwortete sie. »Warum?«

»Ich empfange ständig eine ganz merkwürdige Meldung. Schauen Sie.« Er schwenkte den Monitor herum und lehnte sich zurück, um ihr freie Sicht zu bieten. »In wenigen Sekunden müßte sie wieder kommen.«

Er hatte den Satz noch nicht zu Ende gesprochen, als die erwähnte Meldung mitten über die Navigationsgrafik auf dem Bildschirm marschierte. HABEN WIR NICHT GESAGT, DU SOLLST DIE SCHROTTMÜHLE VON DER STRASSE RÄUMEN? Gina lachte wider Willen auf.

»Das ist der Wagen meiner Eltern, und sie haben alle möglichen Sonderanfertigungen einbauen lassen. Die Navigationseinheit empfängt sämtliche Stationen der Dataline, und ich vermute, daß irgendwelche Störsender dazwischenfunken. Denn sehen Sie mal ...« Er tippte auf der Tastatur herum. »Es lassen sich keine anderen Übersichtskarten mehr aufrufen. Wie kann ich feststellen, welche Straßen noch frei sind?« Er sah sie flehentlich an.

»Erstens gibt es keine freien Straßen, und zweitens kommen Sie an die anderen Übersichtskarten nicht ran, weil GridLid total überlastet ist. Schalten Sie doch auf Dataline um; schauen Sie sich *Liebe Frau Sorge* auf FolkNet an oder von mir aus auch Meldungen zum Verkehrschaos in den *Allgemeinen Nachrichten*. Sonst noch irgendwelche Fragen?«

»Und was soll diese komische Meldung bedeuten?« fragte er. »Die stammt doch nicht von GridLid. Was meinen Sie?«

Sie kicherte. »Wohl kaum. Aber von Dr. Fish. Anscheinend macht er jetzt auch Autobesuche.«

»Ich bitte nochmals um Entschuldigung«, rief er ihr

nach, als sie zu ihrem Mietwagen zurückging. »Ich fahre noch nicht lange Auto.«

»Wenn wir hier aus dem Stau raus sind, können Sie auf eine sehr lange Fahrpraxis zurückblicken«, antwortete sie, war aber mit den Gedanken längst woanders. Dr. Fish in GridLid. Wahrscheinlicher war, daß Dr. Fish in der Navigationseinheit steckte, weil Mammi und/oder Daddy immer heiße Tips aus den freien Business-Kanälen eingespeist hatten. Denn auch die Wartezeit im Verkehrsstau war kostbar und mußte geschäftlich genutzt werden.

Der Navigationsbildschirm war leer. Sie schlug mit der Faust gegen die Armatur. »Verdammter Müll. Jetzt hab ich aber langsam für heute die Nase voll!«

Ein Wort sprang auf den Schirm.

Gina.

Sie zuckte mit der Hand zurück und starrte auf ihren Namen.

Ich bin's, Mark.

Sie traute ihren Augen nicht und warf einen flüchtigen Blick auf ihre Kreditkarte, die im Schlitz neben der Zündung steckte. Darüber also hatte er sie gefunden: über die kleine Kreditkarte.

Mir bleibt nicht viel Zeit, stand jetzt auf dem Schirm zu lesen. *GridLid ist im Eimer. So wie mein Körper. Wie ich.*

Als sie sich wieder gefaßt hatte, langte sie nach dem Telefonhörer, ohne eigentlich zu wissen, wen sie anrufen sollte. Eine Entscheidung brauchte sie nicht zu treffen; das Ding funktionierte nicht. Es war zum Verrücktwerden.

Es wird ernst.

Sie hielt den Hörer immer noch in der Hand.

Es ist vom Video ausgelöst worden und hat den Körper verlassen. Schalte mich aus. Zieh die Stecker. In meiner Werkstatt.

Dann rollte ein anderer Text in die Bildschirmmitte. HABEN WIR NICHT GESAGT, DU SOLLST DIE SCHROTT-

MÜHLE VON DER STRASSE RÄUMEN? Das war nicht Marks Stil.

Die aufdringlichen Großbuchstaben verschwanden und machten einer weiteren Botschaft Platz.

Hilf mir.

Das klang schon eher nach Mark. Die kleinen Buchstaben schrumpften auf eine Linie zusammen, die sich über den Schirm schlängelte und zu einer asymmetrischen Sinuskurve ausschlug mit immer spitzer werdenden Bögen. Sie erkannte darin ihre Gehirnwellen, wie sie sie auf dem Monitor in der Werkstatt gesehen hatte. Plötzlich zuckten die Spitzen heftig auf und ab. Dann wurde der Schirm dunkel.

»Gütiger Himmel«, murmelte sie.

Das Mietauto vor ihr hatte sich ein Stück nach vorn bewegt. Im Rückspiegel sah sie den jungen Mann in der Sonderausstattung, der mit sorgenvollem Blick die Armaturen fixierte.

»Verdammt«, sagte sie, stellte den Motor ab, stieg aus und ging nach hinten.

»Hören Sie mal«, sagte sie. »Ich muß unbedingt zum Klo. Mein Auto steht im Leerlauf. Wenn sich die Schlange bewegt, schieben Sie das Ding mit der Stoßstange weiter.«

Seine Augen wurden groß. »Aber das ist verboten ...«

Der Fahrer hinter ihm reckte den Kopf zum Fenster heraus. »He, wo wollen Sie hin? Sie können doch nicht einfach Ihr Auto im Stich lassen.« Ein Hupkonzert ertönte, als sie mit schnellem Schritt auf West Hollywood zueilte.

»... und die Berichte, wonach GridLid von einem oder mehreren Viren verseucht sein soll, lassen sich weder bestätigen noch abstreiten.«

Gabe saß in der Medienbar und blickte seufzend und mit schweren Lidern zum großen Bildschirm auf. Sein mulmiges Gefühl beim Erwachen war müder Benommenheit gewichen, als er festgestellt hatte, allein in der Wohnung zu sein. Gina war wohl, wie er glaubte, losgezogen, um beim Griechen an der Ecke ein Frühstück zu besorgen. Auf dem Monitor hatte eine unmißverständliche Nachricht für ihn gestanden.

Hat dir deine Mutter nicht eingeschärft, niemals irgend etwas freiwillig zu machen?

Das muß ich dann wohl mit Mutter ausmachen, dachte er griesgrämig. Es war eine halbe Stunde vor Mittag. Daß er viel zu spät zur Arbeit kommen würde, kümmerte ihn nicht. Er saß auf einem Barhocker und schlürfte schlechten Kaffee. Rechts und links hockten fragwürdige Gestalten. Ob sie noch fragwürdiger waren als Gina Aiesi, vermochte Gabe nicht zu entscheiden.

Verfolgt vom Pech, wie er es war, hätte er eigentlich mit dem Verkehrschaos rechnen müssen. Die einzige Möglichkeit, einen miesen Tag abzuschließen, bestand darin, den Anfang des nächsten Tages zu vermasseln.

Mies? Wohl eher absolut beschissen. Wer Kraftausdrücke scheut, hat Angst vorm Leben.

Ich hab keine Angst vorm Leben, weiß nicht einmal mehr, wie es sich richtig lebt.

Jedenfalls nicht so wie in der vergangenen Nacht. Eher so wie in jener Nacht, als er sicher gewesen war, daß alles, was sie einander gesagt hatten, ein weiteres Geheimnis des Universums sein mußte. Wer so einen Schwachsinn glaubte, schwebte ziemlich weit oben in der Idiotensphäre, und daraus ohne Fallschirm abzustürzen, war kein Zuckerschlecken.

Zur Zeit konnte er sich auf nichts mehr einen Reim machen. Mentale Verstopfung.

Eine mentale Verstopfung entsprach in etwa dem, was auf dem großen Bildschirm zu sehen war. Die Hollywood-Autobahn, La Cienega und der Santa Monica Boulevard sahen aus wie ein langgezogener, schmaler Parkplatz.

»He, Mann«, sagte sein bärbeißig dreinblickender

Tresennachbar. »Müssen wir uns das noch länger mitansehen? Warum läßt du nicht mal 'n anständigen Porno laufen?« Er trug einen viel zu engen, gelben Plastikoverall und eine rote Schlinge um den Hals.

Der Barkeeper grinste. »Was hast du gegen Verkehrspornos?«

»Pornos kommen nur im Pornokanal«, antwortete der Kerl.

»Ich find's obszön genug«, meinte die Frau zu Gabes Rechten. Sie rührte mit einem kaputten Leuchtstift in ihrem hellvioletten Drink herum. »Dreh doch mal lauter, ja?« bat sie den Barkeeper.

»... eine unerklärliche Störung der Ampelanlage; dazu kommt, daß in der GridLid-Navigation anscheinend Übertragungsfehler enthalten sind. Es hat zwar in der Vergangenheit hin und wieder Ausfälle bei GridLid gegeben, aber noch nie eine Übertragung fehlerhafter Daten.«

Die Kamera schwenkte über eine endlos scheinende Fahrzeugschlange und folgte dann dem Stau auf der Autobahn bis hin zum Überflieger des Santa Monica Boulevards.

»Bemerkenswert ist auch, daß ausgerechnet hier eine Störung der Ampelanlage vorliegt. Die anderen Stadtteile von Los Angeles sind nicht davon betroffen, obwohl bald überall mit Verkehrsproblemen zu rechnen ist aufgrund der Umleitungsmaßnahmen, die, wie es heißt, wohl noch bis zum Abend andauern werden.«

Jetzt zeigte die Kamera eine Massenkarambolage in der Nähe von La Cienega. »Zwei Dutzend Fahrzeuge sind in diesem Unfall verwickelt. Schwerverletzte hat es offenbar nicht gegeben. Allerdings wurden einige ältere Verkehrsteilnehmer mit dem Rettungshubschrauber in nahegelegene Krankenhäuser gebracht. Über ihren Zustand ist noch nichts bekannt; wir wissen auch nicht, warum die Polizei darauf bestand, sie untersuchen zu lassen.

Einem Gerücht zufolge soll es sich bei einem der im Unfall verwickelten Verkehrsteilnehmer um eine Hollywood-Schauspielerin handeln, die zur Zeit des Unfalls in Online-Verbindung mit ihrem Fahrzeug stand. Donner Moquin vom Allgemeinen Automobilverein berichtet, daß eine entsprechende elektronische Umrüstung zwar möglich, aber bislang noch nicht zugelassen sei.«

Schnitt auf einen Mann, der, mit nachdenklicher Miene und von der Nachmittagssonne geblendet, ins Mikrophon sprach. Nun kam der Ton hinzu. »... nicht sonderlich kompliziert. Man braucht bloß ein paar Spezialanschlüsse, die sich überall kaufen lassen. Die Verdrahtung ist im Grunde recht einfach. Das kennen wir bereits aus der Luftfahrt; Piloten sind ähnlich angeschlossen. Wir haben uns mit dem Verfahren vertraut gemacht und überprüfen entsprechende Möglichkeiten im Straßenverkehr. Ich persönlich bin sehr dafür ...« Er lachte. »... aber meine Frau sagt immer, daß ich viel zu sehr am Auto hänge.«

»Was soll das heißen: in Online-Verbindung mit dem Wagen?« knurrte der bärbeißige Typ. »Hat wohl mit diesen verdammten Steckbuchsen zu tun, oder?«

Der Barkeeper schob ihm ein Dataline-Modem über den Tresen zu. »Ruf doch selbst an und bitte um Auskunft. Die Rechnung kommt auf deinen Deckel.« Murrend schob der Kerl das Ding zurück.

Auf dem Bildschirm war nun der Unfallschauplatz zu sehen. »Auf dem Santa Monica Boulevard sind die Ampeln immer noch nicht in Betrieb«, meldete eine Frauenstimme in flachem, ernstem Tonfall. »Uns wurde berichtet, daß sich das Störgebiet auf den Sunset ausgeweitet hat, und zwar über die Kreuzung Santa Monica und Sunset Boulevard hinaus in Richtung Stadtmitte. Probleme werden auch von La Cienega gemeldet, wo ebenfalls die Ampelanlage gestört ist. Vertreter der Behörde wollen weder bestätigen noch dementieren, daß in Kürze mit Verkehrsnotstandsmaßnahmen zu rechnen ist; auch verweigern sie jeden Kommentar zu der Vermutung, daß die Störungen möglicherweise zurückzuführen sind auf ein ›Verkehrsstau-Virus‹, der von vandalierenden Hackern ins GridLid-System eingeschleust wurde.«

Nun war eine kleine Gruppe von Kindern zu sehen, die Gabe auf etwa zwölf Jahre schätzte. Sie schienen sowohl geschmeichelt als auch ein wenig irritiert davon zu sein, daß die Kamera auf sie gerichtet war.

»Hacker tun so was nicht«, meinte die Sprecherin der Kinder, ein abgemagertes und verdrecktes Mädchen. Es stand vor seinen vier oder fünf Gefährten und hatte die Arme fest um die Brust geschlungen. Vom Ohrläppchen baumelte an einer dünnen Kette ein aufgespaltener Chip. »Im Leben nicht«, fügte das Mädchen energisch hinzu und blickte immer wieder nervös auf den, der hinter der Kamera stand. Gabe vermutete, daß das Interview irgendein Freelancer mit Minicam machte, einer, der stets bemüht war, zur rechten Zeit am rechten Ort zu sein. Zwar war die Aufnahme kaum verwackelt, doch die Perspektive verriet den Amateur. Die Kinder wirkten übergroß im Bild.

Deren Sprecherin schien einer Frage zuzuhören und sagte dann: »Tja, das ist doch auch unsere Stadt. Wir kommen ganz schön rum und wissen, wo was los ist. Deshalb sind wir auch sicher, daß da keine Hacker im Spiel waren. Es ist nicht mal gesagt, ob da wirklich ein Virus rumgeistert. Es läuft doch andauernd irgendwas schief, und ständig steckt man den Hackern die Schuld in die Schuhe. Für alle Probleme müssen wir herhalten. Kann doch auch sein, daß die Software von sich aus hakt. Euereins ... wie soll ich euch eigentlich anreden ...?«

»Spießer«, schlug ein älteres Mädchen vor, das aber gleich darauf die Hand vor den Mund schlug, als schämte es sich für einen Ausrutscher.

»Ja, ihr Spießer solltet euch lieber mal ein bißchen besser um eure Soft- und Hardware kümmern. Ihr laßt das Zeug verkommen, und daß es dann manchmal streikt, ist kein Wunder. Im Gegenteil, ein Wunder ist es, daß nicht die ganze Stadt zusammenbricht.«

Plötzlich zitterten Zickzacklinien durchs Bild, und die Übertragung riß ab. Der Mann im gelben Overall kicherte kiebig. »Verdammt, das ist doch kein Zufall. Da hat wieder so ein Lümmel die Finger im Spiel.«

»Womöglich waren's die Kinder selber«, meinte die Frau rechts neben Gabe. »Haben vielleicht dafür gesorgt, daß das System abstürzt, sobald ein bestimmtes Stichwort fällt.«

»Stichwort-Viren zu programmieren, ist viel zu aufwendig, und außerdem taugen sie nichts«, sagte Gabe impulsiv. »Intonation, Lautstärke und Klangfarbe variieren so stark, daß sich solche Auslöser kaum zielsicher einsetzen lassen. Einfache Methoden sind nach wie vor die besten, der Einsatz von Zeituhren zum Beispiel. Gute Hackerarbeit erkennt man immer daran, daß sie möglichst einfach ist ...«

Er stockte, als ihm auffiel, daß alle Augen auf ihn gerichtet waren.

»Ach, wirklich?« sagte die Frau neben ihm. »Sie sind wohl eine Autorität auf dem Gebiet. Gehören Sie selber zu dieser Bande oder sind Sie einer der Anwälte, die diese Schnösel vor Gericht rausboxen?«

»Das hab ich mal irgendwo aufgeschnappt«, entgegnete er lahm, und sah sich um. »Wahrscheinlich in einer der Sendungen, die darüber berichten.« Er zog die Schultern ein. Die Bar war, wie Sam sagen würde, ein saungemütlicher Ort.

Auf dem Bildschirm zeigte sich plötzlich die Programmansagerin. »Wir bitten um Entschuldigung für die kurze Unterbrechung. Es scheint, daß die Hollywood-Antenne ausgefallen ist. Genaueres wissen wir noch nicht, aber das Service-Team von Dataline ist bereits im Einsatz. Im Augenblick werden an den Schaltstellen von West-Hollywood und Century City Messungen vorgenommen.«

Die Ansagerin räusperte sich. »Vor zwei Minuten hat die Verkehrskontrolle ganz Hollywood zum begrenzten Verkehrsnotstandsgebiet erklärt. Dazu gehören der Mulholland Drive im Norden, die San Diego Freeway im Westen, die Hollywood Freeway im Osten und die Hafenschnellstraße im ...«

In der Bar wurde ein Raunen laut. *»Begrenzt?«* rief jemand aus der Ecke. »Die wollen uns wohl verarschen. Wer soll denn jetzt noch rein- oder rauskommen?«

»Immerhin sind Canoga Park und Reseda ausgegrenzt«, antwortete jemand zynisch. »Besonders tragisch wird's für den, der nicht mehr aus San Berdoo rauskommt.« Ein paar Leute lachten, aber ihr Lachen klang dünn und verlegen. Gabe rutschte nervös auf dem Hocker hin und her. Der Arbeitsplatz war jetzt nicht mehr zu erreichen.

»... nach bisher unbestätigten Meldungen wurde ein Verkehrsteilnehmer per Hubschrauber abtransportiert, der einen Schlaganfall am Steuer erlitten und damit den Massenauffahrunfall verursacht hatte. Wir bemühen uns, im Krankenhaus mehr darüber zu erfahren.« Zwei Sekunden ungenutzter Sendezeit verstrichen, während die Ansagerin an der Kamera vorbei auf einen unsichtbaren Punkt starrte.

»Wie wir soeben aus Santa Monica erfahren, sind zwei Menschen in ihrer Wohnung auf mysteriöse Weise ums Leben gekommen. Die Polizei hat bisher jede Stellungnahme verweigert. Von Zeugen, die die Toten aufgefunden haben, war jedoch zu hören, daß das Paar immer noch an einem Neuronen-Interface angeschlossen war, an jenem Gerät also, das seit seiner behördlichen Freigabe enorm populär geworden ist. Die Polizei hat die Untersuchungen aufgenommen, lehnt es aber strikt ab, sich an Spekulationen zu beteiligen, wonach die beiden, deren Namen noch zurückgehalten werden, üblen Machenschaften zum Opfer gefallen sein sollen.«

Die Ansagerin stockte und zog die Stirn kraus. »Und hier ein Lagebericht vom internationalen Flughafen von Los Angeles. Sämtliche Zufahrtswege sind gesperrt worden — aus welchen Gründen, ist nicht zu erfahren. Ein aus der Bay-Gegend kommender Jumper mußte umgeleitet werden und auf dem Van-Nuys-Airport notlanden. Soviel zu diesem Thema.« Die Ansagerin wirkte recht verstört. Wieder schien ihr etwas aus dem Hintergrund suffliert zu werden. Ziemliche Hektik heute im Lokalsender, dachte Gabe, und es drängte sich ihm der ungemütliche Verdacht auf, daß nicht nur GridLid und die Dataline in Bredouille waren, sondern die öffentliche Ordnung allgemein kollabierte.

Warum bist du heute morgen überhaupt aus dem Bett gestiegen?

»Einem unserer freien Mitarbeiter ist es gelungen, sich aus dem Krankenhaus zu melden«, sagte die Frau im Studio plötzlich. »Die Leitung ist leider ein wenig pickelig ...«

»Die Leitung ist *was?*« fragte der Mann im Overall.

»... die Schlaganfallpatientin war in Online-Kontakt mit ihrem Fahrzeug. Ich wiederhole: Es kann nun als gesichert gelten, daß die Patientin tatsächlich direkt an ihr Fahrzeug angeschlossen war, was anscheinend zu dem Unfall auf dem Santa Monica Boulevard geführt hat ...«

Das Bild auf dem Schirm löste sich fast explosionsartig in weißes Geflimmer auf. Hinter dem Schneegestöber waren nur noch dunkle Silhouetten zu erkennen.

»Das muß an deinem Apparat liegen«, sagte der Mann links neben Gabe. »Die *Allgemeinen Nachrichten* von Dataline machen niemals schlapp.«

Der Barkeeper nahm die Fernbedienung zur Hand und schaltete auf das Hauptverzeichnis zurück. Von den fünf dort aufgelisteten Kanälen war einer als ›gestört‹

markiert; die anderen vier brachten entweder Spielfilme oder Serienfolgen.

»Gibt's hier eigentlich nur diesen einen Bildschirm?« fragte die Frau mit dem violetten Drink und tippte mit dem kaputten Leuchtstift an den Glasrand. »Und so was nennt sich Medienbar.«

»Zwei Schirme haben heute früh den Geist aufgegeben«, sagte der Barkeeper und zeigte unter die Decke. »Ich hab sie da hochgezogen, damit sie nicht im Weg rumstehen. Die Werkstatt will noch am Nachmittag jemanden vorbeischicken.«

»Da wird wohl nichts draus«, murmelte Gabe.

»Das sind Verhältnisse wie nach 'nem Erdbeben. Nichts geht mehr.« Der Barkeeper ging mit der Fernbedienung an den Anfang des Menüs zurück, klickte das Kulturangebot an und rief eine Liste auf, die mit Tanz begann und mit Museen und Kindern endete. Er wählte den Eintrag ›Straßenveranstaltungen‹ aus und drückte den Eingabeknopf. Auf dem Bildschirm war nun eine Gruppe junger Künstler zu sehen, die an der Autoschlange auf dem Santa Monica Boulevard vorbeitanzte.

»Zum Teufel damit, ich hasse Straßenballett«, sagte die Frau links neben Gabe.

»Immerhin sehen wir jetzt, was auf dem Boulevard los ist«, sagte der Barkeeper. »Zwar fehlt der Kommentar, aber ...«

»Test ... Test ...«, tönte es unvermittelt aus den Lautsprechern. »Test ... in Ordnung. Der Nachrichtendienst von Los Angeles hat vorübergehend auf diesem Kanal die Regie übernommen. Aufgrund technischer Probleme ist es uns nicht möglich, auf der gewohnten Frequenz zu senden ...«

Statisches Knacken wurde laut, doch das Bild blieb scharf. Die Ballettänzer hatten sich schon weit entfernt. Manche Fahrzeuge waren noch besetzt; Insassen winkten aus den Fenstern. Jemand hatte in aller Eile einen

Karton bemalt mit der Aufschrift: DU BRAUCHST NICHT MEHR AUF MICH ZU WARTEN, HARRY!

»... Kurzschlüsse, Fehlschaltungen und gestörte Ampelanlagen im ganzen Gebiet und möglicherweise auch darüber hinaus«, meldete eine neue Stimme, sehr jung, sehr nervös. »Nach unseren Informationen sind sämtliche Kommunikationswege nach außen abgeschnitten. Über ein mögliches Erdbeben im Westen liegen keine Meldungen vor. Die Behörden hegen den Verdacht, daß Vandalismus Ursache der Störungen ist, doch es konnten bislang keine Beweise dafür gefunden werden.« Die Kamera machte einen Schwenk an den stehenden Autos entlang.

Seltsam, dachte Gabe. Die Stadt kollabierte, und alle sahen im Fernsehen zu. Er fragte sich, ob es Gina wohl noch rechtzeitig geschafft hatte, Diversifications zu erreichen. Am liebsten wäre er zu Fuß losgezogen und wenn nötig über die Autodächer in Richtung West Hollywood marschiert. Sich von dem intakten Fernseher zu entfernen, erschien ihm allerdings nicht ratsam. Ihm schwante, daß ein zweiter Apparat nicht so schnell zu finden sein würde.

Die junge Stimme von Dataline wiederholte die Nachrichten über das Verkehrschaos, die Massenkarambolage und die Fahrerin, die einen Schlaganfall erlitten hatte. Das Bild auf dem Schirm verschlechterte sich zusehends, die Farben wurden immer blasser. Eines der Fahrzeuge fing in seinen Konturen plötzlich zu pulsieren an. Gabe hatte den Eindruck, als ob es atmete.

Verstört wandte er den Blick ab und fuhr mit der Hand massierend über den Nacken. Er hatte das Gefühl, gerade erst aufgewacht zu sein. Plötzlich ging ihm der verrückte Rockstar mit dem Cape durch den Kopf, und er ahnte instinktiv, daß die pulsierenden Schatten auf dem Cape und das seltsame Phänomen des atmenden Autos auf irgendeine Weise zusammenhingen.

Lächerlich, dachte er; das eine hat mit dem anderen

doch nichts zu tun. Es handelte sich lediglich um eine optische Täuschung, hervorgerufen durch einen gestörten Fernsehempfang. Zugegeben, Fernsehbilder waren bisweilen durchaus suggestiv, aber zu hypnotisieren vermochten sie wohl kaum, geschweige denn *verletzen* ...

»Auf Automaten umgemünzt.«

Die Stimme war so leise, daß Gabe zunächst glaubte, er habe sie nur im Geiste gehört. Ein kalter Schauer lief ihm über den Rücken, als er sich der Frau zur Rechten zuwandte und fragte:

»Was haben Sie gesagt?«

Sie starrte auf den Bildschirm, als würde sie Zeichen und Wunder darauf erblicken. Am Rande nahm Gabe ein Flackern wahr. Er schaute hin. Es war nur ein kurzer Blitz zu sehen, aber im Kopf setzte sich ein Bild fest: der Anblick eines Kiesstrandes, auf dem eine zarte Silhouette stand. Das Bild kam ihm auf merkwürdige Weise vertraut vor, doch er wußte es nicht einzuordnen. Er wußte nicht einmal, ob er es je zuvor gesehen hatte.

»Verdammte Schrödinger-Welt«, murmelte die Frau und fuhr mit der Hand durchs Haar. »Es wird dir erst klar, wenn du hinsieht. Erst dann weißt du, wer da auf dich wartet ...«

Gabe wollte gerade fragen, ob sie sich Steckbuchsen habe einpflanzen lassen, als sie rücklings vom Barhokker kippte und zu Boden stürzte.

»Besoffene Frauen kann nicht ausstehen«, meinte der Mann im Overall. Ein paar Leute eilten herbei.

»Sie ist nicht betrunken«, entgegnete Gabe. Auch er wollte helfen, blieb aber wie festgeklebt auf seinem Platz sitzen und sah zu, wie einer der Gäste ihr den Kopf vom Boden hob. Eins der starrenden Augen war purpurrot, und aus der Nase tropfte Blut. Ein Mann mit goldgefärbten Haaren musterte Gabe mit argwöhnischem Blick.

»Haben Sie die Frau geschlagen?«

Gabe schüttelte den Kopf. »Nein. Ich habe sie nicht angerührt. Sie ist einfach ... umgekippt.«

Die Frau richtete nun die Augen auf ihn; ihre Lippen bewegten sich, formulierten ein stummes Wort. Dann sackte sie in sich zusammen.

»Ich glaube, sie ist tot«, sagte jemand kleinlaut.

»Rufen Sie einen Krankenwagen«, rief ein anderer.

»Nein, einen Hubschrauber.«

»Polizei. Die wird einen Hubschrauber anfordern.«

»Sie hat Steckbuchsen im Kopf«, sagte Gabe. »Vielleicht schaut mal jemand in ihrer Handtasche nach, wenn sie eine dabei hat. Da müßte ein Ausweis zu finden sein.«

»Hier ist er«, sagte der Goldgefärbte und hob den Arm der Frau. Am Handgelenk hing eine Kette mit altmodischer Personalplakette. »Da steht, daß sie Steckbuchsen und eine Schokoladenallergie hat. Sie hat doch keine Schokolade gegessen, oder?« Er sah Gabe fragend an. »Glauben Sie, daß die Steckbuchsen schuld sind?«

»Ich weiß nicht«, log Gabe. Er kehrte dem Bildschirm den Rücken zu und stellte sich vor, anstelle der Frau auf dem Boden zu liegen. Es hätte so kommen können. Warum war er verschont geblieben?

Er mußte auf schnellstem Weg zur Firma. Der Barkeeper versuchte, die Polizei zu erreichen, als Gabe vom Hocker sprang. Er wühlte sich zur Tür vor, ging hinaus und eilte durch die verstopften Straßen.

28

Daß sein System so stark infiziert war, hatte er sich nicht träumen lassen. Die Erreger schwemmten wie explosives Treibgut hin und her oder kauerten getarnt in Verstecken.

Was er früher für Arterien und Venen eines immensen Kreislaufsystems gehalten hatte, glich eher einer Abwasserkanalisation, durch die zusammen mit nützlichen und notwendigen Stoffen Abfall und Schutt einhertrieb, wovon vieles träge und harmlos war, manches aber auch gefährliche Verbindungen eingehen konnte oder von sich heraus vergiftende Wirkung zeitigte. Das Nützliche und Notwendige war zumeist geschützt, doch der Schutz machte es größer und zum Teil so schwerfällig, daß es seinen Aufgaben nicht mehr nachkommen konnte.

Das ökologische Gleichgewicht war zerrüttet, die Katastrophe unvermeidlich. Am univerellen Schlaganfall, an der Computer-Apokalypse, dem totalen Systemzusammenbruch ging kein Weg vorbei.

Und er, Mark, würde aufhören zu existieren.

Für kurze Zeit hatte er sich in Sicherheit bringen können, indem er den ausgelaugten, kranken Körper verließ, doch draußen sah er sich wieder mit dem Verhängnis konfrontiert.

Er durfte die Katastrophe nicht geschehen lassen. Er mußte die anderen warnen, aufmerksam machen und ihnen zeigen, wie der drohende Feuersturm aufzuhalten war.

Verdammter Mist, dachte er wütend. War denen denn überhaupt noch zu helfen? Sie taten ja doch nur, was sie wollten, und stifteten nichts als Unheil. Große Teile der physischen Welt waren durch Mißachtung und Dummdreistigkeit zerstört worden, und diese Idioten hatten immer noch nicht begriffen, wie verheerend es war, auf den Tisch zu scheißen, von dem man aß.

Auch du hast zu diesen Idioten gezählt, als du noch in deiner Haut stecktest und fleißig Drogen zu dir nahmst. Der Gedanke kam von nirgends und überall, sprang ihn an, der nunmehr Gefäß und Inhalt in einem war, und er schämte sich für die eigene Blindheit.

Vorsichtig streckte er seine Fühler aus. Es war, als befände er sich gleichzeitig an mehreren Orten, Informationen aufnehmend, die mit Lichtgeschwindigkeit herbeiflogen. Wofür er früher Minuten und Stunden gebraucht hatte, war nun in Nanosekunden verarbeitet. An sein neues Wesen hatte er sich inzwischen gewöhnt; er erfuhr sich als vielfältig ausuferndes Sensorium und konzentriertes Ich zugleich. Im alten Organismus wäre er mit dieser Realität nie zu Rande gekommen, doch hier draußen legte er sich erweiterte Kapazitäten zu mit der gleichen Leichtigkeit, wie er sich früher ein größeres Hemd übergestreift hatte.

Kaum war er in das große System eingestiegen, und schon hatte er Ginas Code identifiziert, und sie zu orten, war eine Sache von Sekundenbruchteilen. Schwierigkeiten hatte er allerdings damit, Kontakt zu ihr aufzunehmen. Der kleine Schlag war über Dataline und GridLid in das Verkehrsleitsystem gefahren und hatte sich in dem großen Verbund gleichsam verausgabt. Mit dem Akt der Infektion war seine Kraft so gut wie erschöpft. Für Mark drohte einstweilen keine Gefahr, und so hatte er für ein paar Sekunden mit Gina in Verbindung treten können.

Doch dieser Kontakt war enttäuschend verlaufen. Er wußte nicht, ob sie ihm glaubte, und er hatte ihr keine Beweise liefern können. Dabei war es so wichtig, daß sie seinen alten Körper in der Werkstatt erreichte, zumal er sich nicht auf den Jungen im Penthouse verlassen konnte und die Verbindung mit ihm ein für allemal abgebrochen war.

Wahrscheinlich verstanden weder der Junge noch Gina, wie es möglich war, daß er, Mark, das Penthouse verlassen hatte, aber trotzdem noch in gewisser Weise anwesend war. Er verstand es selber nicht. Doch wie dem auch sei, dieser Teil seines Sensoriums war abgetrennt wie ein amputiertes Glied; der Junge ließ sich für ihn nicht mehr erreichen.

Jetzt lag es an Gina, den großen Schlaganfall daran zu hindern, von seinem Körper aus ins System überzuspringen. Der kleine wartete bereits darauf.

Mark ahnte, daß seine Gegenwart die Krise zuspitzte. Um dem gefräßigen Ding zu entkommen, mußte er sich in die Breite verflüchtigen und womöglich Teile seines Selbst abtrennen, was sein erweitertes Sensorium beeinträchtigen, im schlimmsten Fall ganz und gar zerstückeln würde. Vielleicht verlöre er darüber sein Gedächtnis und die Erinnerung daran, einmal Mensch gewesen zu sein.

Diesen Gedanken ging er nach, als er plötzlich die erste Schockwelle spürte; und die Nachricht, die er unmittelbar darauf erhielt, war die allerletzte, die ihm sein Körper zukommen ließ.

Zuerst wußte sie mit dem, was sie sah, nichts anzufangen. Mark lag in seiner Werkstatt auf der Matte, und zwar genau so, wie sie ihn verlassen hatte. An der Konsole stand ein ihr unbekannter junger Mann. Er starrte auf den Bildschirm, tippte auf der Tastatur herum (gab er etwas ein, oder schnüffelte er bloß herum?) und war so konzentriert bei der Sache, daß er Gina nicht bemerkte. Sie stand auf der Galerie und kletterte dann leise die Leiter herunter.

Der Junge hatte offenbar auf dem Schirm eine Entdeckung gemacht und ließ hektisch die Finger über die Tastatur fliegen. Dann hielt er das Ohr an den Lautsprecher und fragte: »Soll ich jetzt ausschalten?« Anscheinend war die Antwort nein. Er schüttelte den Kopf und murmelte etwas vor sich hin. Womöglich war er einer jener promovierten Wunderknaben, die Diversifications angestellt hatte, um an dem Implantat-Programm zu arbeiten. Er schien sogar clever genug zu sein, um zu erkennen, daß einiges im argen lag. Zu spät, viel zu spät.

Gina schlich unter der Brüstung her, und von dem Jungen unbemerkt, näherte sie sich Mark. Die Drähte aus dem Kopf zu ziehen, würde ihn entweder aus der Apathie befreien oder ins Gras beißen lassen. *Es ist vom Video ausgelöst worden. Schalte mich aus. Zieh die Stecker. Hilf mir.*

Sie betrachtete Marks reglosen Körper, der nach wie vor zusammengerollt auf der Matte lag. *Hätte ich ihn doch bloß geküßt, damals in Mexiko,* dachte sie. *Damals, als er zum ersten Mal die Drähte anschloß. Ich hätte mich über ihn beugen und küssen sollen. Vielleicht wäre er dann geblieben. Doch dann war er nicht mehr zu halten, weder durch Liebe noch Sex. Durch nichts.*

Fürchtet euch nicht?

Das lange, graumelierte braune Haar fiel ihm über das ausgemergelte Gesicht, und es schien, als wäre er schon tot. *Wir trauern nicht um das, was Rock 'n' Roll hätte sein können. Wir rocken weiter.*

Aber das hat nichts mit Rock 'n' Roll zu tun. Schon lange nicht mehr. Es geht um Business, Geld, Umrüstung auf Automaten ...

Der Junge tippte fleißig weiter; er ließ ein kompliziertes Programm ablaufen, das in drei Zahlenkolonnen auf dem Bildschirm erschien. Gina ging neben Mark in die Knie und legte sanft die Hand an seine Wange. Das Gesicht war warm. Sie hob den Kopf und schlang die Drähte um die Hand, um sie fest in den Griff zu bekommen.

»Was machst du da?«

Gina fuhr herum und hätte ihm dabei fast die Anschlüsse herausgezerrt. »Ich kümmere mich um ihn«, antwortete sie. »Verschwinde! Geh in die Medizinabteilung und tu so, als hättest du nichts gesehen. Wenn er stirbt, stelle ich mich freiwillig.«

»Ich kümmere mich um ihn«, sagte der Junge. »Ich versuche, das Programm für die Anschlüsse zu kippen. Wenn das gelingt, können wir ihn zum Arzt bringen, bevor der Schlag überspringt.«

Ihr Unterkiefer klappte auf. »Wer, zum Teufel, bist du? Und was soll das heißen: ›bevor der Schlag überspringt‹?«

Ein Zucken ging durch Marks Körper.

»O Scheiße!« brüllte der Junge und sprang zurück zur Konsole. »Raus damit, sofort raus damit!«

Zitternd und krampfend wälzte sich Mark auf den Rücken. Speichel blubberte von seinen Lippen. Der linke Arm schlug auf und ab, klatschte auf ihre Schenkel.

»Abtrennen, abtrennen!« schrie der Junge verzweifelt. Mark zuckte und bockte wie wild. Sie versuchte, die Hand von den Drähten zu lösen. Es schreckte sie die Vorstellung, ihn zu skalpieren.

»Reiß die Stecker raus!« brüllte der Junge.

Mark zappelte wie ein Fisch im Trockenen. Jahrelang hatte er all das verdammte Gift in sich reingestopft und nie Probleme gehabt. Aber ausgerechnet jetzt fing er zu krampfen an. Rittlings setzte sie sich auf seine Brust und packte die Drähte mit beiden Händen, entschlossen, ihm den Schädel zu sprengen, wenn es denn sein mußte.

Plötzlich schlug er die Augen auf, und sie wußte, daß er sie sehen konnte, auf ihm hockend, die Drähte in den Händen und auf das Schlimmste gefaßt. Er zitterte immer noch am ganzen Leib, doch seine Kraft schien verbraucht zu sein. Sie spürte es.

Die wäßrig grünen, blutunterlaufenen Augen sprangen hin und her, und er schien ihren Anblick im Bewußtsein fixieren zu wollen.

Sag es, forderte eine innere Stimme von ihr.

Sie hielt die Drähte fest umklammert. Sein Kopf hob

sich ein wenig, aber er ließ ihr Gesicht nicht aus den Augen.

Sag es. Er will es hören, hat es immer hören wollen, und nur weil er ständig vollgedröhnt und abgedreht war, ist ihm das nie klar gewesen.

Die Augäpfel röteten sich zusehends. Fiebrig heiß waren die Drähte in ihren Händen. Der Schaum vor seinem Mund wurde flüssig und tropfte vom Kinn. Gina zwang sich, hinzusehen. Sie zerrte an den Drähten. Der Kopf nickte grotesk. Das Kinn schlug an die Brust, doch die Verbindung hielt.

»Zieh raus!« schrie sie der Junge an.

Wieder ruckte sie an den Drähten. Mark nickte. *Ja.*

Sag es!

»Zieh raus!«

Ja.

Sag es!

Die Augen waren dunkelrot; sie konnte kaum mehr das Grün darin erkennen.

»Verdammt, zieh endlich!«

Ja!

Sag es!

»Du altes Arschloch!« fauchte sie.

Mark lächelte. *Tja.* Er schloß die Augen, und sie spürte den Körper unter sich erschlaffen.

Gina hielt die Drähte in der Hand; mit dem freien Arm hievte sie ihn auf den Schoß. Der junge Mann jammerte in einem fort: »Ogottogottgott ...« Gina mußte an sich halten. Sie war drauf und dran, den Jungen auszuknokken, den Monitor zu zertreten, in Riveras Büro zu stürmen und ihm an die Gurgel zu springen. Aber zunächst galt es, Mark zur Ruhe zu verhelfen.

Eine rote Träne kullerte über die linke Wange und tropfte herab. Gina bewegte sich nur sacht, aber plötzlich sprudelte das Blut aus seiner Nase, malte Mund und Kinn rot an und durchtränkte das Hemd.

Und dann sprangen die Stecker aus den Buchsen.

Acht Drähte hingen von ihrer Hand wie ein Bouquet verwelkter Blumen. Sie mußte die verkrampften Finger am Schenkel aufbiegen, um die Drähte loszuwerden.

Hat bestimmt weh getan. Muß sich wohl angefühlt haben, als hätte ich dir einen mit dem Schlagring verpaßt. Sie bemerkte, daß seine Augen doch nicht ganz geschlossen waren. Es schien, als habe er eine Überdosis geschluckt. *Ja, wie so oft — du pfeifst dir das Zeug rein und ich passe auf, für den Fall, daß du blau oder grün anläufst.* Der Kopf sackte an ihre Brust. Ein roter Tropfen rutschte über den Nasensteg.

Zugegeben, ich hab es nicht gesagt. Aber du weißt ohnehin, was ich meine, stimmt's, du Miststück? Ja, du wußtest längst Bescheid. Versuch dich bloß nicht rauszureden.

Daß die Zeit verging, war ihr nur am Rande bewußt, war unwichtig. Soll sie doch ohne uns vergehen. *Verdammt, wir haben uns zwanzig Jahre lang abgehetzt; jetzt machen wir 'ne Pause.*

Irgendwann später flackerte das Licht. Zuerst glaubte sie, sich getäuscht zu haben, doch dann flackerte es wieder. Ihr kam die Wut hoch. Zum Teufel, mußte denn alles auf einmal in die Binsen gehen; mußte ausgerechnet jetzt der Strom ausfallen, jetzt, da es Wichtigeres zu bedenken gab, zum Beispiel die Frage, wie sie den Rest ihres Leben hinter sich bringen sollte?

Als sie die Hand auf ihrer Schulter spürte, fuhr sie schnaubend mit dem Kopf herum und bleckte die Zähne.

»Entschuldigung«, flüsterte der Junge. »Es tut mir leid, aber wir bekommen hier großen Ärger.«

Er zog sie am Arm; sanft, aber entschieden versuchte er, sie von Mark zu trennen.

»Finger weg!« zischte sie. Der Junge ließ von ihr ab.

»Wir haben's nicht geschafft«, sagte er. »Das Ding ist raus.«

Wieder flackerte das Licht.

Es war wie ein kleines Beben, gefolgt von einem jähen Schlag überall da, wo ein Infekt steckte. Es war, als hätte sich ein loser Rattenhaufen zu einem Bataillon von Terroristen formiert. Es wurde in Marsch gesetzt von einer Intelligenz, die sich von seiner eigenen deutlich unterschied: Sie war roh, aber wie eine hochentwickelte Maschine in der Lage, sich aus eigenem Antrieb an alle möglichen Gegebenheiten anzupassen.

Er konnte nichts tun; dagegen kam er nicht an. Es war für ihn gemacht worden. Er würde es auf sich ziehen, solange er existierte.

Anstatt zum Kampf anzutreten oder die Flucht zu ergreifen, ließ er sich von neuen Instinkten lenken. Er wich zurück, und um unerkannt zu bleiben wie ein getarnter Soldat im Dschungel, nahm er sich in seinen Aktionen so weit wie möglich zurück. Das Ding schien tatsächlich seine Spur verloren zu haben; es folgte ihm nicht mehr. Bald aber würde es umgelernt haben und die Tarnung auffliegen lassen. Noch war es in seinen Grenzen gefangen; noch befand es sich vor der entscheidenden Schwelle auf der Seite des Endlichen.

Und ihm stand noch ein Schlupfloch offen, der allerletzte Ausweg. Wenn er den nehmen würde, gäbe es kein Zurück mehr, und das Resultat käme — aus seiner Perspektive — einem totalen Systemausfall gleich: Auf dieser Ebene wäre seine Existenz erloschen. Jenseits des Loches würde es zweifellos für ihn weitergehen, aber auf eine Weise, die beschreibbar wäre als ein unendlich fortgesetztes Verschlingen seiner selbst.

Würde das überhaupt noch als Existenz zu bezeichnen sein?

In der Zwischenzeit bewegte sich das Ding durchs System, es schlug um sich, absorbierte, wuchs. Früher hätte er wahrscheinlich einen passenden Begriff dafür geprägt; doch das erschien ihm nun nicht mehr angebracht. Es war ein Virus, doch von der herkömmlichen Art in einem wesentlichen Punkt verschieden: Es wußte, daß es im System steckte, es wußte, was es war und *daß* es war. Es lebte.

Das Problem bestand also darin, sich vor Ansteckung zu hüten und krank beziehungsweise noch kränker zu werden. Daß er — das System, krank wie es war — überhaupt noch funktionierte, wunderte ihn sehr. Er erinnerte sich an seine alte, fleischliche Existenz. Hatte ein Körper nicht auch bestimmte Infekte oder Bakterien, die nicht nur nützlich, sondern geradezu lebensnotwenig waren?

Auf diesen Gedanken hatten ihn ein paar alte Aufzeichnung gebracht, auf die er zufällig gestoßen war. Sie stammten von Dr. Fish; er hatte sie zurückgelassen, als er das Weite suchte. Dr. Fish machte keine Hausbesuche mehr. Er wußte, wo Art abgeblieben war, und auch Art schien seinen Wechsel in die Systemimmanenz erahnt zu haben. Ab und zu waren Schwingungen zu spüren, das Echo einer sympathisierenden Natur, eine Resonanz. Art aufzusuchen, war ihm unterschwellig schon lange ein Bedürfnis gewesen, aber nie ernsthaft in Erwägung gezogen worden. Doch dann drang die letzte Nachricht seines Körpers zu ihm vor.

Er lag in seiner Werkstatt und schaute in ihr Gesicht. Sie hielt die Drähte mit beiden Händen gepackt und versuchte, sie herauszureißen. Wenn er geistesgegenwärtig gewesen wäre, hätte er ihr sagen können, daß sie zu spät gekommen und die Mühe vergeblich sei. Denn das Gehirn hatte schon der große Schlag getroffen. Auf irgendeine Weise aber war er doch bei ihr, hatte sich sogar bemerkbar machen können.

Er sah ihr ins Gesicht und wunderte sich darüber, wie klar ihre Gedanken zu erkennen waren. Daß sie nach ihm verlangte, stand ihr nicht nur im Gesicht geschrieben; es *formte* geradezu ihr Gesicht. Und er wußte, daß sie an Mexiko dachte. Sie hockte auf ihm, und es ging ihr — auch das spürte er — vor allem darum, ihn zu berühren, ganz nah bei ihm zu sein.

Den engen Körperkontakt fand er nun abstoßend. Ihm war es, als streiften zwei Rindfleischhälften auf dem Fließband eines Schlachthofs aneinander. Doch das, was er empfand, verstand sie nicht. Dabei hatte sie immer Verständnis für ihn gehabt, auch wenn er wie so oft abgestürzt war. Nur, daß er diesmal nicht am Boden lag, schien sie nicht verstehen zu können.

Es hätte ihm das Herz gebrochen, hätte er noch eins gehabt.

Wenn es ihm gelungen wäre, den Körper zu reaktivieren und das kleine, matte Gehirn zu bemühen, hätte er sie angefleht, mit ihm ins System zu steigen, nur für kurze Zeit, nur probehalber, um ihr zu zeigen, wie weit sie als Fleischwesen voneinander getrennt waren.

Er betrachtete Gina und schöpfte dabei aus dem unendlichen Erfahrungsschatz, der im System gespeichert war, in den jeweiligen Datenbanken, die Auskunft gaben über menschliche Verhaltensweisen und Emotionen, die jeden Tonfall zu deuten vermochten, Tausende von Schicksalen erzählten, eingescannt zum Zweck der Simulation, abgepackt als Werbespots und Spielfilme und Videoclips und Serien wie Nachrichten, Talkshows und Episoden. Ein Bild konnte nicht alle Geschichten erzählen, aber jedes Bild erzählte eine Geschichte. Alle diese Daten erweiterten den Rahmen dessen, was er sah, ins Unermeßliche, und er erblickte nicht nur Ginas Gesicht, sondern auch ihre geheimsten Gedanken.

Freude durchströmte seine Konfiguration, Freude darüber, so tief in sie hineinschauen zu können, obwohl sie gar nicht online mit ihm verbunden war. Wenig später schien es, als glitt er dahin; sie war nicht mehr da, und da war kein Austausch mehr möglich. Schmerzlicheres hatte er als Inkarnation nie erfahren.

Dann wurde ihm bewußt, daß ihn der Aufwand an Emotion in das sichtbare Spektrum des Virus' rückte, und wieder nahm er sich zurück und erlebte die letzten Momente mit Gina in Reserve (*du altes Arschloch* — das zu deuten, fiel ihm auch in flüchtigster Präsenz nicht schwer). Derweil durchforschte er verschüttete Bereiche, die ihm auf höherer Energiestufe uneinsichtig geblieben wären. Sie wirkten täuschend klein, unscheinbar wie ferne Echozeichen, blühten aber aus anderem, vorsichtig eingeschlagenem Blickwinkel großartig auf.

Schließlich erreichte er Dr. Fishs Antwortmaschine, und er wußte, daß er an der richtigen Stelle war, am Ausgang, den Dr. Fish genommen hatte. Der Weg nach draußen aber war ihm versperrt, und immer noch hielt er an Gina fest. Umhertastend ahmte er die Form der Antwortmaschine nach, hinterlegte sich selbst als eine Nachricht, die in Tarnung auf sich warten ließ.

Irgendwann kam etwas und holte ihn.

»Steh auf, Sam«, drängte Fez und schüttelte sie bei den Schultern.

»Was? Was ist?« fragte sie und mühte sich, die Augen zu öffnen. Es schien ihr, als sei sie erst vor wenigen Minuten zu Bett gegangen.

»Eine schlechte und eine noch schlechtere Nachricht. Ganz L. A. ist abgestürzt.«

»Das kennt man schon«, antwortete sie schläfrig. Doch dann wurde sie hellwach. »Augenblick mal.« Sie wand sich von ihm los. »Was noch?«

»Ich glaube, wir haben Art verloren.«

29

Anstelle der Rezeptionistin saß nun ein Mann vom Werkschutz am Empfangsschalter in der Eingangshalle des Konzerns. Er versuchte, Gabe abzuwimmeln. Das Haus werde geräumt, sagte er, und die Fahrstühle seien außer Betrieb. »Aber von mir aus können Sie die sechzehn Stockwerke zu Fuß hochgehen«, fügte er hinzu. »Ihnen wird wahrscheinlich die nächste Welle von Kollegen entgegenkommen, die sie dann wieder nach unten schwemmt.«

»Ich versuche mein Glück«, sagte Gabe und warf einen Blick auf die im Tisch eingebauten Monitore. Sie waren allesamt dunkel.

»Das Überwachungssystem ist ausgefallen. Die Mattscheiben bringen nur noch Schneegestöber.« Der Wachmann hob ein Sprechfunkgerät. »Vorwärts in die Vergangenheit.«

Gabe durchquerte die Halle und befingerte in der Tasche den Schlüssel zum Lastenaufzug. Der war wahrscheinlich schon von anderen belegt, die ebenfalls einen Schlüssel dazu besaßen und es versäumt hatten, ihn wieder abzugeben. Aber immerhin war der Aufzug nicht im Online-Betrieb.

Der Wachmann hatte sich geirrt. Gabe traf keinen einzigen Kollegen im Treppenhaus, und so konnte er unbemerkt in den Versandbereich vordringen. Wohl war ihm nicht dabei.

Die Doppeltür zur Kantine war nur mit Gewalt zu öffnen. Gabe zögerte. Er hoffte, niemanden anzutreffen, doch dann entdeckte er LeBlanc. Sie saß am selben Tisch, an dem er vor Tagen gesessen hatte, als sie hereingekommen war, um ihm zu sagen, daß Gina vom Balkon zu springen beabsichtigte. LeBlanc saß mit dem

Rücken zur Tür und blickte auf die Bildschirme in der Wand, auf denen nur seltsam pulsierende Schatten zu sehen waren.

Bevor Gabe wegblicken konnte, hatte sich ihm in Bruchteilen einer Sekunde die Szene am Kiesstrand eingeprägt. »LeBlanc«, rief er und ging langsam auf sie zu. »Bonnie, ist alles in Ordnung mit dir?«

Ihr rundes Gesicht zeigte einen Ausdruck, den er bislang immer nur bei Opfern besonders scheußlicher Unfälle vermutet hatte, die auf eine Stelle starrten, an der vorher ein Arm oder ein Bein gewesen war. Mit ihren Augen schien etwas nicht zu stimmen. Sie bewegten sich nicht mehr synchron, sondern flatterten unabhängig voneinander hin und her. Schließlich aber gelang es ihr, den Blick auf ihn zu richten.

»Ach du, wer sonst«, sagte sie mit angestrengter Stimme. Sie zitterte, zwinkerte mit den Augen und schien ihn wieder aus dem Blick zu verlieren. »O Gabe, du steckst wohl auch mit drin, nicht wahr? Oder vielleicht sollte ich sagen: Es steckt in dir.«

Er spürte das Pulsieren der Schatten auf den Bildschirmen hinter sich. »Möglich, daß es so ist, Bonnie.«

»Auf Automation umrüsten.« Sie seufzte tief. »Darauf waren wir so eifrig aus. Doch jetzt ist Schluß. Alles weitere werden von nun an die Automaten selber besorgen.«

Er nahm sie bei der Hand, versuchte, sie zum Aufstehen zu bewegen. »Komm, wir gehen runter in die Medizinabteilung.«

»Hat keinen Zweck.« Sie zog die Hand zurück. »Die Abteilung war als erste betroffen. Dort ist die Umrüstung längst vollzogen.« Mit beiden Händen befühlte sie den Kopf, vorsichtig als wäre er eine Eierschale. »Uns steht nur noch ein Weg offen, der Weg in den Kontext. Falls er sich finden läßt. Zwischen Kontext und Inhalt, zwischen Extrakt und Fakt fällt tiefer Schatten. Hab ich nicht recht?« LeBlanc verzog das Gesicht. »Wehe, wenn nicht. Mir bleibt nicht mehr viel Zeit. Der Schatten fällt und reißt mich mit. Darum ging's, verstehst du, darum hat Valjean Dinshaw mit auf die Terrasse genommen. Wegen des Falls. *Er* ist abgestürzt, und zwar mit Gina.« Sie lachte, doch ihr Blick wirkte flehentlich. »›Was sich nicht vögeln oder zum Tanzen bringen läßt, sollte entweder zu fressen sein oder weggeschmissen werden.‹ Ich hoffe, du kannst tanzen, Gabe, und wenn ja, hoffentlich schnell genug, denn jetzt geht's los ...«

Sie riß die Augen weit auf. Dann fing ihr Körper heftig zu zucken an, und sie stürzte vom Stuhl.

»Bonnie?« Gabe hockte sich neben sie, hob ihren Kopf. Die Augen starrten ins Leere, die rechte Pupille stecknadelkopfgroß, die linke ein klaffendes Loch. Zweimal noch schlug die Pulsader in der Schläfe, dann nicht mehr.

Gabe ekelte sich. Er ließ sich auf den Hintern fallen und schlug die Hand über den Kopf. Die Steckbuchsen ...

Die Gedanken rasten, vernebelten, konzentrierten sich, vernebelten wieder. Er kniff die Augen zu, wartete darauf, daß etwas passierte. Was auch immer. Vielleicht würde es kommen wie ein Tritt vor den Kopf oder ein Spitzhackenhieb oder ein Faustschlag ins Gesicht ...

Plötzlich zeigte sich ihm ein erschreckend klarer Anblick vom See. Er schaute übers Wasser auf eine Gestalt, die am Kiesstrand stand und ihm langsam das Gesicht zuzuwenden schien. Gabe zitterte vor Angst, doch dann sah er nur die leere Kantine vor sich. Fast hätte er die Gestalt am Strand erkennen können, fast. Aber das Bild war zu schnell verschwunden.

LeBlanc rührte sich nicht. »Bonnie?« sagte er wieder. Die Kantine schien seine Stimme zu schlucken. Er stand auf und wankte auf den Notrufschalter neben den Getränkeautomaten zu.

Er schlug mit der Faust auf den Knopf. »Werkschutz«, rief er. »Erste Hilfe, wer auch immer. Hier liegt eine verletzte Frau!« Er warf einen Blick über die Schulter auf LeBlanc, sah das Flackern der Bildschirme, deren lokkendes Licht er nur mit äußerstem Zwang widerstehen konnte. »Verletzt oder tot. Es muß jemand herkommen.«

Aus dem Lautsprecher über dem Rufknopf tönte statisches Knacken. Er glaubte, eine schwache Stimme ausmachen zu können.

»Werkschutz oder Sanitäter«, rief er und hämmerte auf den Schalter. Doch diesmal dauerte das statische Knacken nur eine Sekunde. Darauf war nichts mehr zu hören.

Gabe schaute nach oben, als hoffte er, mit Röntgenaugen die Decke durchdringen und hinaufblicken zu können in den sechzehnten Stock, wo seine Werkstatt war wie auch die von LeBlanc, von Gina und Mark. Er legte die Hand an die Stirn. *Merkwürdig, daß ich die Bombe nicht ticken spüre.*

Wieder blickte er zu LeBlanc hinüber. Neben ihrem Kopf breitete sich ein dunkler Fleck auf dem Teppich aus. Blut floß ihr aus den Ohren.

Er stürzte durch die Doppeltür nach draußen und rannte auf den Lastenaufzug zu.

Im Korridor war es so still wie in der Kantine. Alle Türen waren geschlossen. Gabe krauste die Stirn. Die hätten doch offen sein müssen. Die Schlösser sollten doch aufspringen, sobald ein Fehler im System auftrat — zur Sicherheit, um zu verhindern, daß jemand in der Werkstatt eingesperrt wurde.

Er ging von Tür zu Tür, drückte die Rufknöpfe, erhielt aber keine Antwort und nicht einmal einen Hinweis darauf, ob die jeweilige Werkstatt belegt war oder nicht. Keiner mehr da, dachte er; sind denn alle auf dem Weg, den LeBlanc einschlagen wollte?

Am Ende des Korridors fand er die Tür zu Marks Werkstatt einen Spaltbreit offenstehen und trat ein.

Nicht auszuhalten, dachte Gabe und betrachtete Marks Körper. Wäre er in der Medienbar geblieben, hätte er diesen Anblick nicht ertragen oder dem Geplapper des Jungen zuhören müssen, der da unter flackerndem Licht stand und in einem fort redete. Wer immer er war; er schien um die achtzehn Jahre alt zu sein, für einen Arzt zu jung. Vielleicht zählte er zu Ginas verrückten Rock-Freunden, doch dafür war er eigentlich nicht verrückt genug. Vergleichsweise.

Der Junge streckte die Hand aus und schüttelte Gabe beim Arm. »Ich fragte, was da draußen los ist.«

Gabe sah ihn fassungslos an.

»Bevor er ... ähm ... abgetreten ist, ließ sich die Dataline nur noch in Bruchstücken aufrufen. Jetzt ist gar nichts mehr zu holen.«

Gabe wandte sich Gina zu. Ihr ausdrucksloses Gesicht erschreckte ihn mehr als LeBlancs Leiche. Oder die von Mark. »Was draußen los ist ...?« Er holte Luft. »Wahrscheinlich immer noch das, was auch auf Dataline zu sehen war. Ich war in einer Medienbar. Neben mir ist eine Frau vom Schlag getroffen worden. Ich bin sicher, daß sie Steckbuchsen im Kopf hatte. So wie LeBlanc. Sie liegt unten in der Kantine. Tot. Ihre Werkstatt liegt nebenan. Sie ist vom Stuhl gekippt und gestorben und ...« Er stockte, starrte auf Marks Leichnam.

Gina blickte von Gabe auf den Jungen. »Das Ding ist draußen.«

»Allerdings«, erwiderte der Junge. »Und das nicht zu knapp.«

»Wovon redet ihr denn?« fragte Gabe. »Was ist draußen?«

Der Junge plapperte wieder drauflos. Gabe verstand durchaus, wovon die Rede war, aber was er da hörte, kam ihm ganz und gar irreal vor, geradeso wie eine Szene aus *Die Kopfjäger.* Wären Marly und Caritha bei ihm gewesen, hätte er vielleicht eher an die groteske Vorstellung glauben können, daß das arme, tote Häufchen Elend da auf dem Boden einen Schlaganfall von seinem Gehirn aus ins Netz geschickt hatte …

»Was machen wir jetzt?« wollte der Junge wissen und verstaute die Laptopanschlüsse im Gehäuse. »Wir sollten alles, was sich von der unverseuchten Hard- und Software mitnehmen läßt, zusammenpacken und die Kurve kratzen. Raus aus der Stadt.«

»Vielleicht gibt's nichts mehr, was noch unverseucht wäre«, sagte Gabe.

»Doch«, antwortete der Junge und klappte den Laptopdeckel zu. »Die Kiste hier zum Beispiel.«

»Wie ist das möglich? Die war doch angeschlossen.« Gabe deutete auf die Konsole.

»Schon mal was von einem Camouflage-Programm gehört?« Das Grinsen des Jungen war flach. »Es ist eine Störschleife in Verbindung mit einem Spiegel. Damit kann man überall einsteigen, und zwar maskiert als ein x-beliebiger Input, den das betreffende System gerade empfängt. Ich habe damit Anschlußbefehle auszuführen versucht, um Mark noch rechtzeitig abzukoppeln. Doch das hat nicht geklappt. Ich konnte bloß einen flüchtigen Blick in das Programm werfen. Es reagierte nicht, weil er dazwischenfunkte. Aber in Kontakt mit dem Virus bin ich nicht gekommen. Die Störschleife hat meinen Input maskiert, und weil der Spiegel dazugeschaltet war, hat das System meinen Input als eigene Redundanz interpretiert.« Der Junge sah Gina an. »Viel länger wäre ich damit allerdings nicht durchgekommen. Das Virus hätte schließlich angefangen, die Datenwerte miteinander zu vergleichen …«

Die Lampen flackerten unablässig.

»Wenn das Ding den Strom kappt …«, sagte Gabe.

Der Junge schüttelte entschieden den Kopf. »Keine Bange. Es spielt nur rum. Probiert aus. Auf keinen Fall wird es sich selber den Saft abdrehen.« Er musterte Gabe mit kritischem Blick. »Bist du heute schon online gewesen?«

Gabe schaute Gina an. »Nein.«

»Gut. Du bist also auch noch nicht verseucht. Dann pack deine Sachen. Hardware, Software, alles, was du zusammenraffen kannst.«

»Ich hab bloß eine Konsole wie die da«, antwortete Gabe. »Selbst wenn ich sie losmontieren könnte, wäre sie viel zu schwer zum Schleppen.«

»Wer weiß?« entgegnete der Junge und ging auf die Leiter zu. »Vielleicht steckt, ohne daß du es weißt, ein Laptop in der Konsole. Kommt jetzt! Wir müssen weg.«

Der Junge brach die Abdeckung der Konsole auf und hob sie ab. Tatsächlich, wie eine Spinne in einem Netz aus Peripherieanschlüssen steckte darin ein Laptop. Er zog sämtliche Stecker ab und löste das Gerät heraus.

»Na bitte. Die Konsole ist bloß Fassade«, sagte er beiläufig, als hätte er nichts anderes erwartet. »Mogelpakkung. Dabei leistet der Laptop nicht weniger als die großen Modelle.« Er untersuchte die zugeschalteten Peripheriegeräte. »Die könnten wir auch noch gebrauchen. Auch den Hotsuit und die Kopfmontur.« Sein Blick fiel auf das Cape, das nach wie vor zusammengeknäuelt auf dem Tisch lag. Er breitete es auf dem Boden aus.

»Augenblick mal«, sagte Gabe, als sich der Junge daranmachte, die Geräte im Cape einzuwickeln. »Was ist mit den anderen Werkstätten. Wir müssen die Türen öffnen.«

Der Junge blickte auf. »Vielleicht solltest du dir das lieber ersparen. Aber von mir aus. Was wäre noch an Software mitzunehmen? Kopien vielleicht, auf denen die Geschichten um Marly, Caritha und die *Kopfjäger* gespeichert sind?«

Gabe klappte der Unterkiefer auf.

»Ich hab dich wiedererkannt, gleich als ich hier reinkam«, erklärte der Junge. »Und zwar an der Stimme. Na, wo hast du die Chips versteckt? Vielleicht können wir auch damit was anfangen.«

Widerwillig kramte Gabe die Kassette unter dem Schreibtisch hervor und steckte so viele Chips in seine Taschen wie möglich. Der Junge faßte die Zipfel des Capes zusammen, warf den Sack über die Schulter und mühte sich die Leiter hinauf zur Galerie. Gabe folgte. Gina wartete bereits vor der offenen Tür.

»Was hast du denn *damit* vor?« fragte sie und zeigte sich angewidert vom Anblick des Capes.

»Wir packen jetzt noch dein Zeug zusammen und dann ...« Der Junge stockte und wandte sich an Gabe. »Wie bist du eigentlich hier hochgekommen? Die Fahrstühle sind doch ausgefallen. «

»Mit dem Lastenaufzug«, antwortete Gabe. »Der ist nicht zentral gesteuert.«

»Prima.« Der Junge strahlte wonnig. »Damit kommen wir also runter. Wo ist deine Werkstatt?« fragte er Gina.

Sie wies mit dem Kinn auf die Tür. »Nimm mit, was du willst, aber beeil dich!«

»Zahlencode?« Er deutete auf die Schalttafel an der Tür. Gina tippte eine Zahl ein. Nichts tat sich. »Ausfall auf der ganzen Linie. Egal.« Er legte das Bündel ab, kramte ein Buttermesser aus der Tasche und stemmte den Rahmen der Schalttafel ab. Dann langte er in den Kasten, wickelte die nun freiliegenden Drähte um die Finger und riß sie heraus. Die Schlösser schnappten, und die Tür sprang auf.

»Das nennen wir den Ludditen-Trick.« Er packte das Cape und trat ein.

Gabe starrte auf die Schalttafel. »Ludditen-Trick.« Dann ging er ein paar Schritte weiter zur Tür von Dinshaws Werkstatt. Er kramte in den Taschen, fand aber nur eine Handvoll Münzen. Für Automaten.

»Versuch's damit.« Klickend schnappte unter seiner Nase ein Klappmesser auf. Gina ließ es in der Hand herumwirbeln und reichte ihm das Heft.

»Danke«, sagte er kleinlaut. Sie antwortete nicht. Ihre Augen glichen zwei schwarzen Löchern, so extrem geweitet waren die Pupillen. Gabe erschauderte. Spontan hatte er das Verlangen, sie in die Arme zu schließen, doch ihre Miene verriet, daß sie ihm ausweichen würde, sobald er sich einen Schritt auf sie zubewegte, und vielleicht wäre mit diesem Schritt ein Abstand erreicht, der sich nie mehr überwinden ließe.

Wie poetisch, dachte Gabe verlegen und nahm das Messer entgegen, *wie poetisch und tragisch und albern. Wenn sie nur wüßte, wie poetisch und tragisch und albern du bist, würde sie womöglich noch vergessen, daß ihr Liebster soeben gestorben ist.*

Er stemmte die Abdeckung auf, riß die Drähte heraus und öffnete die Tür.

Dinshaw hing über der Konsole. Der Hals steckte in einer Schlinge, die aus den Beingurten des Fluggeschirrs geknüpft war. Die aus dem Kopf wuchernden Drähte waren aus dem Rechner herausgerissen und baumelten immer noch sacht hin und her.

Die Hardware ist nachgiebiger als der Schädel, dachte Gabe und war vor Schrecken wie gelähmt. Dann wankte er, wie von Geisterhand gezogen, zurück zur Tür und schlug mit flacher Hand auf den Notrufknopf. »Werkschutz! Hier oben ist jemand ermordet worden!« Aus dem Lautsprecher war nicht einmal mehr ein Knistern zu hören.

Gina zerrte ihn zurück in den Korridor. Er befreite sich aus ihrem Griff und stürzte auf die gegenüberliegende Tür zu. Shuets Werkstatt.

Shuet hatte offenbar die Konsole zu zertrümmern versucht, um den Anschluß zu unterbrechen. Ein Bein des Stuhls, mit dem er zugeschlagen hatte, steckte im Monitor. War Shuet womöglich durch einen elektrischen Schlag getötet worden? Es stank nach versengtem Horn und Fleisch. Gabe wich zurück. Ihm wurde schwarz vor Augen, und er war nicht einmal mehr in der Lage nachzusehen, ob der Mann am Boden noch lebte oder nicht.

Die nächste Werkstatt war leer, was Gabe aber nur für einen Moment erleichtern konnte, denn sogleich erinnerte er sich daran, daß sie LeBlanc gehörte.

Silkwood saß vor seiner Konsole und hatte der Tür den Rücken zugekehrt. Gabe rutschte mit gegrätschten Beinen die Leiter hinunter und eilte auf den Kollegen zu, dem, wie zu erkennen war, die Drähte noch im Kopf steckten. Gabe wirbelte den Drehstuhl herum.

Aus der Nase hatte er nur wenig geblutet. Aber nun schwappte es ihm rot aus dem halbgeöffneten Mund, und die Hände, die im Schoß ruhten, waren als solche kaum mehr zu erkennen. Gabe sah die Bißstellen an den Innenseiten der Unterarme, und erst jetzt schlug ihm der kupferne, schwere Gestank entgegen. Schoß und Beine waren voller Blut, und unter dem Stuhl hatte sich ein kleiner See gebildet.

See ...

Es rauschte Gabe in den Ohren, als ihm erneut schwarz vor Augen wurde.

Irgendwann später fand er sich im Korridor wieder. Er hockte auf dem Boden, und jemand drückte ihm den Kopf zwischen die Knie. Er versuchte aufzustehen, aber eine starke Hand zwang den Kopf nach unten. Halluzinierend wähnte er Caritha im Rücken. Caritha kümmerte sich um ihn, während Marly die Lage erkundete, auf der Hut vor den Kopfjägern, die womöglich nach draußen zu stürmen versuchten. Falls sie denn einen Ausweg fänden. Costa hatte allerdings gesagt, daß man eher an Altersschwäche stürbe, als den Ausweg zu finden.

Marly und Caritha wollten ihm nicht glauben. Gabe aber ahnte, daß Costa nicht übertrieben hatte, war er doch selber nach wie vor gefangen; ja, er steckte immer noch im Haus der Kopfjäger und wußte nicht rauszukommen oder welches Ende die Sache nehmen würde, da das Programm im Zufallsmodus ablief. Sei's drum, dachte Gabe. Im Haus der Kopfjäger an Altersschwäche zu sterben, schien ihm tausendmal vorteilhafter zu sein als so manches andere Ende, das ihn hier erwartete …

Jemand hob ihm das Kinn an, und nun sah er sich Gina Nase an Nase gegenüber. Er runzelte die Stirn. Da war sie ja schon wieder. Verdammt, es schien, als hinge sie im Schlepp seiner Gedanken, so oft er in simulierte Wirklichkeiten ausschwärmte …

Sie richtete sich auf, und er sah den Jungen mit käsebleicher, ängstlicher Miene neben ihr stehen.

»Ich habe dich gewarnt«, sagte der Junge.

»Also, was ist?« fragte Gina. »Willst du deinen Leichentrip fortsetzen oder endlich Leine ziehen?«

»Wo ist der Lastenaufzug? wollte der Junge wissen.

»Ein Stockwerk tiefer, am Ende des Korridors. Kommt mit!« sagte Gina. Gina zwängte den Nacken unter seine Armbeuge, umfaßte seine Hüfte und stützte ihn so auf dem Weg durch den Flur, obwohl er durchaus allein hätte gehen können. Aber er genoß es, sie so nahe zu spüren. Er erinnerte sich an die gemeinsame Nacht und an den Morgen danach, als er an ihrer Seite aufwachte und das Gefühl hatte, dort, in Marks Wohnung, zu Hause zu sein.

In der Mitte des Korridors blieb Gina so abrupt stehen, daß er fast vornübergekippt wäre.

»Was ist los?« fragte der Junge.

Gina zeigte auf eine der Türen. Sie führte zu Manny Riveras Büro. Sein Name war in schmucken, schwarzen Lettern dort angeschlagen.

Was stimmt an diesem Bild nicht? dachte Gabe. Die Frage kehrte ihm wie ein verirrtes Echo in den Sinn zurück und mit ihr die Ansicht von See und Kiesstrand. »Gina«, sagte er.

Sie warf ihm nur einen kurzen Blick zu, stieß dann mit einer Hand die Tür auf und trat ein. »Rivera, du Scheißkerl, weißt du eigentlich, was da draußen los ist?«

Gabe folgte, blieb aber nach wenigen Schritten wie

angewurzelt stehen. Manny saß hinter seinem Schreibtisch und lächelte matt. Blut war ihm aus Augen, Nase und Mund gesickert, war über das knitterfreie Hemd und die weiche, maßgeschneiderte Jacke geschmiert.

»Du Scheißkerl«, flüsterte Gina.

Am Tisch vorm Fenster bewegte sich etwas. Der Beater saß da mit derart verdutzter Miene, als wäre ihm ein Kinnhaken verpaßt worden, der gerade Wirkung zu zeigen begann.

»Wir waren zum Essen verabredet«, sagte er trocken. »Bei der Gelegenheit wollte er mir die Kündigung geben. Als er mich ins Büro kommen ließ, hing er an den Drähten und sagte noch, daß er mir im nachhinein den Wechsel von der freien Kunst ins Geschäftsleben verübeln würde. Dann fing er zu bluten an.«

Gabe ging vorsichtig, fast auf Zehenspitzen um den Schreibtisch herum. Die Steckverbindungen hingen samt und sonders in Mannys Buchsen. Auf dem Tisch lagen alle Details fein säuberlich beieinander. Geschäftsmäßige Ordnung. *Nicht vergessen: den Beater feuern; nach dem Mittagessen üppig bluten, gegebenenfalls sterben.* Ein voller Arbeitstag.

Er berührte Mannys Schulter, gefaßt darauf, daß er womöglich aus dem Sessel fallen würde. Statt dessen aber schwang er herum und starrte ihn an. Gabe sprang entsetzt zurück.

»Du Scheißkerl«, schrie Gina. Sie stand inzwischen vor dem Schreibtisch. »Bist du dir im klaren darüber, was du verbrochen hast, du Miststück, du widerliches ...«

Manny sprang auf, langte ihr an die Kehle und zerrte sie über den Tisch. Gabe konnte gar nicht so schnell hinsehen, und als er einzugreifen versuchte, verpaßte Manny ihm einen Stoß mit dem Ellbogen direkt ins Gesicht.

Der Schmerz lag jenseits registrierbarer Empfindung. Gabe vernahm nur noch am Rande Ginas Flüche, ein wüstes Gerangel, den Aufschrei des Jungen und ein paar hämmernde Laute. Er wälzte sich auf dem Boden und spürte das Blut aus der Nase sprudeln. Mühsam richtete er sich auf den Knien auf und hob den Kopf.

Durch schlierende Tränen hindurch sah er, daß Manny Gina auf dem Tisch fixiert hielt und mit einem seiner Kopfanschlüsse herumfuchtelte. Gabe ahnte sofort, was er vorhatte.

Er langte nach der Tischkante und hievte sich daran hoch. »Manny«, sagte er.

»Nein, nicht Manny, sondern Mark«, entgegnete der Beater, der neben dem Jungen zu Boden gestürzt war und nun langsam aufstand.

»Stimmt auch nicht ganz«, sagte Manny. »Aber so gut wie, nur nicht ganz so verrückt.« Seine Miene erinnerte an Visual Marks leicht entrücktes, ewiges Grinsen. Gabe traute den Augen nicht. Marks Züge in Mannys Gesicht zu sehen, war grotesker als der Anblick von Silkwood. Manny schien Mark nachzuäffen und aus dieser Simulation nicht mehr herauszufinden.

Gina hatte alle Gegenwehr eingestellt und starrte ihn an. »Leider ist es kein Scherz, sondern ein Schlag. Aber vielleicht ist ja der Schlag ein übler Scherz von Mutter Natur«, fuhr Manny fort, der immer noch mit einer Drahtlitze vor Ginas Kopf hantierte. »Oder besser gesagt: ein korrupter Scherz. So sieht's doch aus. Mark ist vermarktet. Und beide, Mark und Markt, sind im Arsch. Rock 'n' Roll und das dicke Geschäft. Es stimmt, Gina … was sich nicht vögeln oder zum Tanzen bringen läßt, sollte entweder zu fressen sein oder weggeschmissen werden.« Er richtete den Blick auf Gabe, und seine Miene war wieder ganz die alte. Gabe glaubte, kotzen zu müssen. Es verschlug ihm den Atem.

Ginas Faust flog nach oben. Manny taumelte zurück und stürzte vor den großen Wandschirm, der plötzlich aufleuchtete. Gabe stolperte um den Schreibtisch herum und prallte mit Gina zusammen.

»Schnapp dir den Jungen und komm!« sagte sie und

versetzte ihm einen Stoß in den Rücken. Doch bevor er den Jungen erreicht hatte, sah er, was auf dem Bildschirm zu erkennen war.

Nicht jene seltsam pulsierenden Schatten, sondern der See samt Kiesstrand. Das Kameraauge bewegte sich langsam an der Wasserlinie entlang, und Gabe wußte, daß es die mysteriöse Gestalt ins Bild rücken würde. Er wollte den Blick abwenden, wollte die Gestalt nicht sehen, nicht erfahren, wer dahintersteckte, und doch war es ihm unmöglich, dem Anblick zu widerstehen. Die auf dem Schirm zu sehende Aufnahme und das Bild, das er im Kopf mit sich trug, schienen aufeinander zuzustreben, ineinander verschmelzen zu wollen, identisch zu werden ...

Der Schirm wurde dunkel, und Gabe kam wieder zu sich. Immer noch tropfte ihm Blut aus der schmerzenden Nase.

»Ich sagte, schnapp dir den Jungen und komm!« Gina hatte sich über Manny gebeugt und hielt einen Kabelstrang in der Hand, den sie aus Mannys Rechner gerissen hatte. Die Litzenenden sahen aus wie verkrüppelte Insektenbeine. »Du hast recht. Die Hardware gibt eher nach als der Schädel.« Sie sah zu dem Jungen hinüber, der sich vom Boden aufmühte und den Hinterkopf massierte. »In der Reihenfolge hätten wir auch bei Mark vorgehen sollen.«

»Gina ...«, sagte der Beater.

»Halt's Maul! Willst du hier raus oder nicht?«

Die Beleuchtung flackerte, schmurgelte und ging aus.

Spärlich drang durchs Fenster Licht von draußen; das Büro lag im Schatten, der für Gabe unwillkürlich zu pulsieren anfing. Er preßte die Fäuste vor die Augen, blinzelte. Der Eindruck war nicht wegzuwischen.

Gina warf ihm einen flüchtigen Blick zu und wandte sich dem Jungen zu. »Ich dachte, das Ding würde sich nicht am Stromnetz vergreifen.«

»Es hat auch nur das Licht ausgemacht und nicht den Strom abgestellt«, antwortete der Junge mit zitternder Stimme.

»Sucht mal was, womit wir Licht machen können«, sagte Gina und sah sich um. »In den Fluren wird's zappenduster sein.«

»Nicht ganz«, entgegnete Gabe und zeigte auf die bläulich glühenden Streifen an den Fußbodenleisten ringsum. »Die sind überall, im ganzen Gebäude, und leuchten an die fünf Stunden lang, vielleicht länger.«

»'ne Taschenlampe wär mir lieber«, sagte Gina und kramte in Mannys Schreibtischschublade herum.

»Ich glaube kaum, daß ...« Gabe stockte, als er sah, daß sie mit einer Handkamera fündig geworden war. Sie schaltete den Apparat an, und aus einer Lichtquelle über dem Objektiv fiel ein dünner, aber intensiver Strahl auf die Wand gegenüber. »Um so besser«, sagte er. »Also los jetzt!«

Von Ginas Arm geführt, watete er durch die pulsierenden Schatten hinaus in den Korridor. Er war froh darüber, daß Gina die Kamera gefunden hatte, denn die gespenstisch glühenden, blauen Streifen erinnerten ihn auf irritierende Weise an eine bestimmte Sequenz aus *Das Haus der Kopfjäger.*

»Entspann dich«, flüsterte Gina und befreite ihren Arm aus seinem Griff. »Du brichst mir noch die Knochen.«

»Wo ist der Lastenaufzug?« fragte der Junge.

Gabe blickte suchend auf und ab. Der Orientierungssinn hatte ihn im Stich gelassen, und er fühlte sich verloren im blau glühenden Nichts. Schwarze Flecken, die ihm durchs Gesichtsfeld schwammen, pulsierten allzu vertraut und waren überall, wo er hinblickte. Er schloß die Augen, doch die Flecken zogen vor den Lidern auf, riefen beharrlich das Bild aus den Tiefen des Gehirns hervor, den See unter grauem Himmel an steinigem Strand.

»Hierher, Ludovic. Schau mal. *Jetzt!*«

Er blickte in die Richtung, aus der Ginas Stimme zu hören war, und war plötzlich von hellem Licht geblendet, das ihm direkt in die Augen strahlte. Es brannte, und grelle Punkten tanzten auf der Netzhaut, als Gina die Kamera von ihm wegschwenkte.

»Besser?« fragte sie.

Immer noch tanzten die Funken, doch sie schienen die pulsierenden Schatten vertrieben zu haben. »Ja«, antwortete er verwundert. »Wie ... woher ...?«

Sie kicherte. »Ich weiß doch, was dich juckt. Aber das Ungeziefer kriecht in seine Löcher zurück, sobald das Licht angeht. Wo, zum Teufel, ist der verdammte Lastenaufzug?« Sie verstellte etwas an der Kamera; der Lichtstrahl wurde breiter und beleuchtete den Korridor ringsum.

»Hier lang«, sagte er und zeigte in die Richtung. Gina zog ihn mit sich und trug die Kamera auf der Schulter. »Da vorne rechts ab und dann den Flur entlang.«

Die beiden bogen um die Ecke und blieben so plötzlich stehen, daß der Beater und der Junge sie von hinten anrempelten und fast die Kamera von Ginas Schulter gestoßen hätten. Mitten auf dem Gang hockte eine Gestalt.

Eine Hand ging in die Höhe und wehrte den Lichtstrahl ab. »He, dazu ist es noch zu früh oder schon zu spät. Ich weiß nicht ...«

Es war Clooneys Stimme, doch der Tonfall entsprach dem von Mark. Gabe spürte, wie Gina am ganzen Körper verkrampfte. Sie ließ die Kamera von der Schulter gleiten und hielt sie in Brusthöhe mit beiden Händen fest.

»Tja.« Clooney stand vom Boden auf und versuchte immer noch, das Licht abzuschirmen. »Gewohnheiten sind zuerst Spinnweben, dann Drähte. Umrüsten auf Automaten. Was sich nicht vögeln oder zum Tanzen bringen läßt, sollte entweder zu fressen sein oder weggeschmissen werden. Und auf der Suche nach Mark. Das ist dein Ding, gell? Immer auf der Suche nach Mark. Was du auch tust, du suchst nach Mark. Und findest ihn.«

Clooney schlurfte ein paar Schritte herbei. Auch er hatte dieses Grinsen aufgelegt, aber es wirkte nur scheinbar entrückt und darum um so härter. Gabe erschauderte. War der entrückte Ausdruck bloß Maske gewesen, unter der nun das eigentliche Wesen zum Vorschein kam?

»Und jetzt findest du ihn, wohin du auch schaust«, fuhr Clooney fort. »Genau darauf warst du aus, ob bewußt oder unbewußt. Aber vielleicht gefällt es dir nicht, die Wahrheit zu erfahren. Du lachst dich lieber kaputt, schlägst alles kurz und klein. Aber es nützt nichts, und dir am wenigsten. Ich will dich. Ich *will* dich.«

Er war auf Reichweite an sie herangekommen. Blitzschnell holte sie mit der Kamera aus und wuchtete den Apparat in Clooneys Gesicht. Er stolperte zurück, krachte vor die Wand und kippte bäuchlings zu Boden.

Der Junge sprang auf ihn zu, wurde aber von Gina zurückgehalten. »Der ist bedient. Kommt, wir müssen uns beeilen.«

Wie auf ein stummes Startkommando hin hasteten sie auf den Fahrstuhl zu. War es, so fragte sich Gabe, der Schrecken, der ihnen in Gestalt von Clooney im Nacken saß, oder einfach nur der Wunsch, so schnell wie möglich nach draußen zu kommen? Gina stieß ihn in den offenen Fahrstuhlkorb und leuchtete mit dem Licht der Kamera ein letztes Mal durch den Korridor. Nichts zu sehen — bis auf Clooney, der reglos dalag und aus den Ohren blutete. Gabe schaute weg, um sich den Anblick zu ersparen, und sah statt dessen den Jungen an, der die Stirn kraus zog und mit ruckender Kopfbewegung auf Gina deutete.

Gabe zuckte die Achseln und stieß sie von hinten an. »Was ist?« fragte er. »Worauf wartest du noch?«

»Bist du taub oder was«, antwortete sie schroff, stieg

aber dann kopfschüttelnd in den Fahrstuhl und lehnte sich an die Wand.

»Moment mal«, sagte der Beater. »Rivera und diesen Kerl da hat's erwischt. Aber was ist mit all den anderen in den Werkstätten?«

»Frag nicht; die Antwort würde dir nicht gefallen«, sagte der Junge, schloß die Tür und drückte den Knopf zum Erdgeschoß.

Schweigend fuhren sie nach unten und traten durch den Notausgang hinaus in ein Chaos, das mit einer Stadt nichts mehr gemein hatte.

30

Wenige Stunden nach Arts Verschwinden zogen Sam und Rosa mit Handscannern am Hermosa-Pier entlang. Von zwei Mitgliedern der Rude Boys zum Schutz begleitet, suchten sie die menschlichen Wracks ab. Die Penner stanken, und die Bodyguards langweilten sich. Gator hatte ihnen als Gegenleistung eine Tätowierung versprochen, und sie waren heiß darauf, verziert zu werden. Sam fragte sich, womit Gator sie wohl beglücken würde, mit einem Allerweltsmotiv oder einem Entwurf von Art Fish. Nein, wahrscheinlich kam nur ein Allerweltsmotiv in Frage, denn Gator hatte ja schließlich alle Klischees von Arts Entwürfen vernichtet. Aus Sicherheitsgründen, hatte sie gesagt. *Klischees sind leicht zu klauen; um an die Tätowierungen zu kommen, braucht man einen meiner Spezialscanner. Einmalig.* Echt artistisch. Sam fand die ganze Sache ziemlich verwirrend.

Rosa schien von solch abstrakten Überlegungen nicht beeindruckt zu sein. Statt dessen machte ihr offenbar der Gestank zu schaffen. Gegen eine Gasmaske hätte auch Sam nichts einzuwenden gehabt, aber so ein Ding war in der Mimosa ebensowenig zu haben wie Seife.

Sie richtete den Scanner auf die filigrane Abbildung eines Spinnennetzes auf dem Rücken eines ausgemergelten Mannes, der ihr kaum Beachtung schenkte. Immerhin war er weder zudringlich noch widerborstig. Aber so verhielten sich die meisten Penner: lethargisch und desinteressiert. Karteileichen, nichts als Karteileichen. Was stand wohl in der hier zu lesen? fragte sich Sam. Ein Beispiel für Arts Humor oder für seine Großspurigkeit? Oder gar eine Sammlung von Assoziationen, die zu seinem Selbstbewußtsein beitrug? Künstliche Intelligenz, verschlüsselt in einer Tätowierung. Oder vielleicht war *übersetzt* das angemessenere Wort.

Sie hatte gerade den Scanvorgang abgeschlossen, als das rasierapparatgroße Ding zu piepen anfing und einen vollen Speicher meldete. Rosa tastete mit ihrem Gerät gerade ein halbabstraktes Federmuster auf dürrem Arm ab und schaute über die Schulter. »Ich hab noch Platz für ein kleines Format«, sagte sie. »Das mache ich noch, und dann soll's für heute genug sein.«

Sam nickte und schaute zu dem Bösen Buben hinüber, der an einem Verschlag lehnte. Fünfzehn war er, vielleicht sechzehn, kahlrasiert und in der typischen Aufmachung: schwarzes Lederimitat, voller Ketten und einer Halskette aus Zähnen. Davon schienen die meisten aus dem eigenen Mund zu stammen, der ziemlich eingefallen war. Sein Partner, der Rosa auf fünf Schritt Abstand folgte, sah nicht viel anders aus, hatte aber noch die meisten Zähne im Mund und den kahlen Schädel mit pornografischen Details verziert.

»Verpiß dich! Das ist meins, und ich laß mir's nicht nehmen.«

Rosa hockte auf den Fersen und starrte auf eine Stilettspitze, die dicht unter ihrer Nase schwebte. Die Schneeflocke, die sie hatte aufnehmen wollen, war deutlich sichtbar auf dem Rücken der Messerhand. Bevor die Bösen Buben zur Tat schritten, konnte Sam einen kurzen Blick werfen auf ein Gestrüpp brauner, öliger Haare und ein Profil mit häßlich gebrochener Nase. Dann flogen die Fetzen, und schließlich kniete einer der Bösen Buben im Nacken des Penners und verdrehte dessen Arm, während der andere mit der bemalten Schwarte das Stilett wie eine Blume aus der Hand pflückte und in die eigene Tasche steckte. Dann packte er mit beiden Händen zu und präsentierte Rosa das gewünschte Motiv.

»Praktischer wär's, wir brechen die Hand einfach ab und nehmen sie mit«, sagte er.

»Ich ... ähm ... habe schon genug zu tragen«, stammelte sie und fuhr eilig mit dem Scanner über die Tätowierung. »Fertig. Wir können gehen.« Sie warf Sam einen verzweifelten Blick zu. Sam zuckte die Achseln.

Die Anlage im Festsaal der Kneipe entwickelte sich von einem verspielten Bastlerobjekt zu einer — wie Percy es nannte — ›ernsten Maschine‹. Er nickte ihnen zu, als sie eintraten, ließ sich aber nicht unterbrechen bei der Instruktion einer kleinen Gruppe Jugendlicher, die noch jünger zu sein schienen als er und mit Kameras bewaffnet waren, die fast nur noch aus einem Objektiv und einem Chip bestanden.

Jasm stand ein wenig abseits und zerlegte mit Adrians Hilfe ihren technoiden Homunkulus. Die Einzelteile wurden sorgfältig abgelegt. Ein paar Leute turnten in dem hohen Monitorgestell herum und verlegten neue Anschlüsse, wozu ihnen Kazin Anweisungen gab. Fez saß mit überkreuzten Beinen auf dem Boden. Er balancierte Gators Laptop auf den Knien und schien das Treiben ringsum nicht wahrzunehmen. Sam bemerkte, daß er seine eigene Anlage dem großen System beigesteuert hatte, und fragte sich, ob er sich demnächst auch selber zur Verfügung stellen würde.

»Prima«, sagte Gator und nahm Rosa und Sam die Handscanner ab. »Wenn Graziella und Ritz auch noch liefern, ist die Kollektion wohl komplett. Ich bin euch wirklich dankbar.« Sie nahm die Scanner mit an ihren kleinen Arbeitsplatz, der aus wenigen krummen Kisten bestand. Der Monitor, den sie benutzte, war — wie die Kameras von Percys Gruppe — auf das Nötigste ausgedünnt.

»Da verliert man leicht die Bodenhaftung. Ich hoffe, du bist geerdet«, sagte Rosa und zeigte auf den Monitor, auf dem die neusten Nachrichten und Szenen aus Los Angeles zu sehen waren.

»Mit beiden Füßen, aber in welcher Wirklichkeit?«

Gator schloß die Scanner an den Rechner an und seufzte lächelnd. »Der Kollaps ist in der Tat total. Ich hab's geschafft, die Antenne von Phoenix anzupeilen, aber die Nachrichten, die man da bringt, sind kaum verläßlich. Bevor ihr reingekommen seid, ließen sich auch noch Satellitenübertragungen empfangen. Aber die hat man mittlerweile eingestellt, was wohl darauf hindeutet, daß die Satelliten sauber geblieben sind.« Sie nickte in Richtung Monitor. »Die Bilder, die ihr da seht, sind übrigens schon eine Stunde alt. Es gilt, neue Quellen aufzutun. Ich habe ein paar Freunde auf einer Pferderanch bei Santa Fé. Wenn's uns gelingt, mit denen Kontakt aufzunehmen, ließe sich vielleicht eine saubere Verbindung über Phoenix bis nach Alameda herstellen. Allerdings ist der Alameda-Verteiler ein Problem, hyperempfindlich und voller Widerhaken. Für die Absicherung haben Ex-Hacker gesorgt. Aber ich zähle auf dich, Herzchen«, sagte sie mit Blick auf Sam. »Die Sache ist wichtig.«

Sam nickte. »Ich kann's versuchen. Was gibt's sonst Neues?«

»Tja, das ganze Gebiet von Lompoc im Norden, Barstow im Westen bis runter nach San Diego und Chula Vista ist ein einziger elektronischer Krater, aus dem es raucht.« Gator breitete einen großen, zerknitterten Papierbogen auf dem Boden einer umgekippten Mülltonne aus. Auf der handgezeichneten Weltkarte waren innerhalb der Kontinente einige Ländergrenzen gezogen und kleine Sterne und Kringel als Markierungen eingetragen. »Die hat Adrian gemacht. Der Junge kann zwar nicht lesen, dafür aber funktioniert sein eidetisch räumliches Vorstellungsvermögen um so besser. Schaut her. San José ist hinüber, Santa Cruz wohl nicht, scheint aber eine Käseglocke übergezogen zu haben. Unmöglich, Kontakt aufzunehmen. Auch über Radio ist nichts mehr zu holen.«

»Überhaupt nicht mehr?« fragte Sam.

»Zwischen hier und meinem Zelt ließe sich vielleicht noch eine Verbindung per Walkie-Talkie herstellen, ansonsten aber sind sämtliche Frequenzen verrammelt. Was hätten wir da noch? Ach ja, Mexiko natürlich. In Tijuana ist die Hölle los mit Tendenz nach Süden. Sakramento und Seattle sind fast gleichzeitig hoppsgegangen. Auch Tokio meldet vereinzelte Infekte, die aber anscheinend nicht epidemisch sind. Noch nicht. Hawaii hat sich von Bangkok angesteckt, nicht von uns ...«

»Bangkok?« fragte Rosa.

»Ja, schau her, das Sternchen da. Ansonsten ist Thailand verschont geblieben. London hat's erwischt, im Gegensatz zu Brighton. Glasgow ist infiziert und macht auch bald schlapp. Es hat den Kanal durchschwommen und Frankreich erreicht. Von da aus ging's nach Osten und Süden, durch Spanien bis nach Algerien. Es ist kaum möglich, überall nachzuhaken. Auf jeden Fall ist Phoenix okay, Flagstaff aber nicht. Und Las Vegas ist dicht.«

»Man könnte fast lachen«, sagte Sam.

»Fast.« Gator grinste. »Bevor das Radio streikte, konnten wir aus Phoenix erfahren, daß sich in Boston und New York Flugzeugkatastrophen ereignet haben. Piloten am Draht sind über ihre Bordcomputer infiziert worden.«

»Um Himmels willen«, stöhnte Rosa.

»Es kommt noch schlimmer«, sagte Gator. »Vielen platzt der Kopf.«

Sam schnürte sich der Magen zusammen. »Was soll das heißen?«

»Da war irgendein Freiberufler in einer Klinik am Werk. Was er gemacht hat ist nicht klar; es muß auf jeden Fall 'ne ziemlich bizarre Nummer gewesen sein. Wie dem auch sei ... alle, die online angeschlossen waren, traf der Schlag. Sie sind durchgedreht und krepiert.« Gator hob die Schultern.

Sam bekam schwache Knie. Sie mußte sich setzen.

»Gabe. Mein Vater. Er ist bei Diversifications angestellt und hat heute wahrscheinlich gearbeitet.«

»Vielleicht auch nicht.« Rosa ging neben Sam in die Hocke und legte den Arm um ihre Schulter. »Du hast doch gesagt, daß er seinen Job nicht ausstehen kann. Vielleicht war er gar nicht online, womöglich hat er sich krank gemeldet ...«

Sam schüttelte den Kopf. »Er bearbeitet diesen neuen Film von Para-Versal. Der Letzte verdammte Zeppelin. Den hat er sich bestimmt auch heute wieder vornehmen müssen.«

Gator sah aus, als würde sich ihr jeden Moment der Magen entleeren. »Mist, verfluchter. Von Diversifications scheint die ganze Sache auszugehen. Es tut mir leid.«

»Schon gut«, antwortete Sam. »Früher oder später hätte ich's sowieso erfahren, und ich will Bescheid wissen.«

Sie holte tief Luft und sah Gator an. »Du möchtest also eine Verbindung nach Santa Fé, oder?«

Gator schüttelte den Kopf, doch Sam war bereits aufgestanden.

»Warum auch nicht«, sagte sie. »Hauptsache, ich muß nicht wieder mit dem Scanner zum Hafen runter.«

»Dann viel Erfolg«, antwortete Gator und nahm Sam in die Arme. »Du kannst dir von meinem Rechner alle Systemdaten, die du brauchst, runterholen.« Dann zog sich Sam zurück.

Nach Arts Ausstieg war das Netz viel langsamer und unwegsamer geworden. So hackerunfreundlich wie das öffentliche Netz.

Sam saß über ihren Laptop gebeugt und versuchte, sich auf ihre Aufgabe zu konzentrieren. Sie wollte an nichts anderes denken und war froh, tun zu können, was ihr schon immer Spaß gemacht hatte: das Aufspüren alternativer Kommunikationswege. Allerdings war sie noch nie gegen ein derart weit verbreitetes Virus angetreten.

Das Virus war zu einer dreidimensionalen Wahrnehmung in der Lage, was es für Sam notwendig machte, ihren Antivirenschutz ständig zu verändern, und zwar auf möglichst unregelmäßige Art und Weise. Der Gedanke, daß sie es womöglich mit manifesten Überresten von Arts Intelligenz zu tun hatte, konnte sie nicht schrecken. Es ließ sich alles übertölpeln, einfach alles.

Nach kaum zwei Stunden hatte sie einen Punkt erreicht, der es ihr ermöglichte, an x-beliebigen Stellen ins Netz einzutreten und dabei unentdeckt zu bleiben, vorausgesetzt, daß sie darauf verzichtete, selber aktiv zu werden. Sie verhielt sich passiv und unauffällig wie eine Perle in einer Kette.

Tja, wenn man nicht über den Boden gehen konnte, mußte man eben zur Decke ausweichen oder die Wand entlang spazieren. Und wenn das nicht möglich war, mußte man in die Wand hineinschlüpfen. Als Mauerteil verschlüsselt sozusagen. So verlangte es die Hackerkunst.

Kunstvoll, aber langwierig. Stunden später hatte sie ein Programm in Gang gesetzt, das sympathetische Schwingungen erzeugte, eine Art virtueller Musik. Damit war zwar keine Realzeit-Kommunikation möglich, aber trotzdem ließen sich auf diese Weise Meldungen in dicht gebündelter Form aussenden und empfangen. Sam lächelte. Wer in eine Wand hineinschlüpft, die schwarze Löcher enthält, sollte sich so tarnen, daß er von den Löchern nicht bemerkt wird.

Sie stand auf und ging los, um Gator zu suchen.

Fez und Gator hockten auf dem Boden und brüteten über Gators Laptop, der nun an das große System angeschlossen war. Hin und wieder zeigte sich auf der Mattscheibe Arts Gesicht in einer Folge von Standbildern.

»Das müßte so klappen«, sagte Fez müde.

»Er ist den ganzen Tag über nicht aufgetaucht«, hörte Sam Gator flüstern, »und wird wohl auch in der Nacht ausbleiben.«

Sam stand wenige Schritte hinter den beiden und dachte, daß es an der Zeit sei, sich bemerkbar zu machen. Gator würde wissen wollen, wie weit sie mit der Arbeit vorangekommen war. Immerhin lag ihr, Gator, viel daran, so schnell wie möglich eine Nachricht nach Santa Fé zu schicken.

Gators Kopf sank auf Fez' Schulter, und er legte den Arm um sie. »... müde«, murmelte sie.

»Dann laß uns jetzt nach Hause und ins Bett gehen.«

Sam ging hinter einem Schutthaufen in Deckung, als die beiden aufstanden und das Haus verließen.

Sie blieb eine Weile sitzen. Dann ging sie, ohne lange nachzudenken, hinüber zu Gators Arbeitsplatz. Der Bildschirm war dunkel, aber der Rechner lief. *Art, bist du da? Irgendwo? Irgendwie?*

Ihre Hand glitt in die Tasche und ertastete die umgebaute Pumpe, die sie schon lange nicht mehr benutzt hatte — seit dem Tag in Fezens Wohnung, als sie von Fez und Rosa gerüffelt worden war. Dabei verdiente es das Ding, viel häufiger zum Einsatz gebracht zu werden, zumal dessen Beschaffung alles andere als leicht gewesen war.

Sam fragte sich, ob Fez die Pumpeneinheit deshalb ablehnte, weil sie gestohlen war. Möglich. Obwohl er vehement für den freien Informationszugang eintrat, war er, was Formen anging, ziemlich konservativ. Abkupfern und klauen war für ihn dasselbe, und er tat fast so, als hätte er selber noch nie die Finger langgemacht.

Vielleicht war dem tatsächlich so, dachte Sam. Fez kannte sich im Netz aus wie kaum ein anderer, doch daß er sich jemals mit Hilfe seiner Hackerfähigkeiten bereichert hätte, war Sam nie zu Ohren gekommen. Sein Interesse galt ausschließlich dem System schlechthin.

Was soll's? Sam hatte das Ding schließlich nicht von Diversifications abgekupfert, um selber ein Geschäft zu gründen oder eine Konkurrenzfirma damit zu beglükken (was ihr jede Menge Inhaber-Chips eingebracht hätte). Sie war einfach nur auf das Betriebsprogramm scharf gewesen, um damit herumexperimentieren zu können. Der Markt hatte nur wenig Neuentwicklungen anzubieten. Die Pumpeneinheit war deshalb ein echter Fund.

Sie zog das Gerät aus der Tasche und entwirrte die Anschlüsse. Die beiden Nadeln funkelten im Licht. Sam hielt die Luft an, langte unter das Hemd und steckte die Nadeln in eine Hautfalte, die sie mit zwei Fingern zusammengekniffen hielt.

Wie gewöhnlich brannte die Einstichstelle ein wenig. Sie wartete, bis der Reiz nachließ. Dann drückte sie die Klebfläche des Anschlusses an die Haut, um die Nadeln zu fixieren. Rosa hatte recht: Diversifications wäre mit dem Ding nie auf den freien Markt gegangen — ein weiterer Grund dafür, es zu besitzen. Aber so schlimm waren die Nadel nun auch wieder nicht. Der Schmerz ließ sich sehr wohl ertragen angesichts der Tatsache, daß mit ihnen allzeit Betriebsstrom auf Nano-Niveau abzuzapfen war.

Sie fischte die Sonnenbrille aus der Hemdtasche und schloß sie an die Einheit an, die nun ihrerseits nur noch in den Eingang von Gators System zu stöpseln war. Den Chip-Player brauchte sie für das, was sie vorhatte, nicht einzuschalten.

Die Daten waren wenig später gefunden. Gator hatte sie mehrfach abgespeichert, in ihrem eigenen System wie auch im großen Rechner der Hausgemeinschaft. Sam rief das rohe Quellenmaterial auf und ging jedes Tätowierungsmuster einzeln durch, was sehr viel Zeit in Anspruch nahm. Aber sie hatte es ja nicht eilig; es ging ihr um Genauigkeit. Sie kopierte die Daten auf die Pumpeneinheit. Womöglich, so dachte sie, hatte das Problem der Reaktivierung von Art mit Kopienverschleiß zu tun. Mit jeder Kopie einer Kopie gingen Informationen verloren, egal, wie sorgfältig der Prozeß auch durchgeführt wurde. Aber vielleicht gab es ja die Möglichkeit, bestimmte Details zurückzugewinnen.

Wie immer, wenn sie etwas Neues ausprobierte, packte sie auch diesmal der alte Eifer. Damit beschäftigt zu sein, war, wie sie fand, weitaus lohnender als in der Ecke zu sitzen und zu schmollen. Und außerdem paßte Gator wahrscheinlich besser zu Fez als sie, allein schon aus Altergründen. Gator war fast dreißig.

Hoffentlich sehe ich mit dreißig auch noch so gut aus. Ich wünschte, ich sähe jetzt schon so aus.

Sie schob den Gedanken energisch beiseite, als das System den Abschluß des Kopiervorgangs meldete. Sie schaltete sich von Gators System ab und wechselte hinüber in ihre kleine Arbeitsnische an der Wand.

Der Pumpenbildschirm leuchtete im linken Brillenglas auf, und es dauerte eine Weile, bis sich das Auge darauf eingestellt hatte. Sämtliche Daten waren vorhanden, fehlerfrei.

»Na bitte«, sagte sie und verstöpselte die Einheit mit ihrem Laptop. »Ab geht die Post.«

Im Arbeitsspeicher befand sich noch immer der zuletzt bearbeitete Vorgang. Sam dachte nach. Wie viel, wie weit? Art residierte im gesamten Netz. Weltweit, hatte Fez gesagt. Allerdings konzentrierte er sich immer auf einen bestimmten Ort. Ihn zufällig in der Verbindung zwischen hier und Alameda anzutreffen, war also nicht sehr wahrscheinlich.

Sie nahm die Brille von der Nase, schaltete zurück an den Anfang des Programms und gab noch ein paar Korrekturen ein.

Zum Teufel mit allen Zweifeln; früher oder später würde irgendwann bestimmt irgend jemand mit Japan,

England oder auch Boston Kontakt aufzunehmen versuchen. Dann wären all diese Punkte anzupeilen, und sie könnte ihre sympathetischen Schwingungen gezielt einbringen.

Sie machte sich auf die Suche, die durchaus zügig ablief, zügiger als der Versuch, nach Alameda vorzustoßen. Aber da hatte sie auch ganz andere Hindernisse überwinden müssen. Der schwerste Teil der Arbeit war geschafft.

Um sie herum wurde es immer stiller. Selbst Mimosaner schlafen bisweilen, dachte sie. Ja, die Mimosaner — ein wirklich eigenes Völkchen. Demnächst würde es womöglich staatliche Unabhängigkeit für sich reklamieren. Die Landessprache wäre dann das Kauderwelsch, das Percy sprach. Illegale aller Couleur fänden offene Grenzen. Mit Touristen wäre allerdings kaum zu rechnen.

Sam hing abstrusen Phantasien nach und war schon fast weggenickt, als der Laptop plötzlich zu piepen anfing. Auf dem Bildschirm leuchteten vier Zahlenkolonnen auf. Sie drückte eine Taste, und nun tauchten auch Ortsnamen auf, die bestimmten Ziffern zugeordnet waren.

Liebkosend tätschelte Sam die Pumpeneinheit. »Bist du bereit, Art? Sei vorsichtig und schreib mir, wenn du Arbeit gefunden hast.«

Ihr Finger schwebte über der Enter-Taste. Für den ersten Versuch war die Übertragung ziemlich umfangreich und sperrig. Falls irgend etwas schief ging, falls das Virus aufwachte und die Maske entlarvte, wär's um Arts Rohmaterial geschehen, ganz zu schweigen von den noch unverseuchten Verbindungen.

»Art, ich hoffe, du bist das Risiko wert.« Sie drückte die Taste.

Zuerst wußte sie mit dem, was sie sah, nichts anzufangen. Dann wurde ihr bewußt, daß sie eingeschlafen war

— mit der Brille auf der Nase. Auf dem linken Glas blinkte folgende Meldung:

Übertragung erfolgreich ausgeführt.
›Sam, falls du es bist: Halte dich bedeckt!‹

Halte dich bedeckt. Sam kicherte. Was sollte das denn heißen? Sie hatte Art erfolgreich von den Toten (oder was auch immer) auferweckt, und sollte das nun für sich behalten?

Sie spähte über den Brillenrand und sah, daß sie inzwischen allein war in der Tanzhalle. Sie steckte den Tastaturanschluß in die Pumpeneinheit und tippte: *›Art, falls du es bist:* WARUM?‹

Die Buchstaben marschierten in einem Rhythmus herbei, der typisch war für Art, wie Sam spontan erkannte: *›Mir geht's nicht gut.‹*

Kein Wunder, dachte Sam. Aus Bruchstücken neu zusammengesetzt zu werden, war nicht jedermanns Sache, auch nicht die einer virtuellen Person.

›Mir geht's nicht gut‹, blinkte es wieder.

Mit zitternder Hand tippte sie ein: *›Bist du infiziert?‹* Der Daumen lag auf der Lösch-Taste. Falls er wirklich infiziert war, hätten sich nun auch der Laptop und die Pumpe anstecken können. Noch war ein Übergriff des Virus auf das größere System zu verhindern.

Seine Antwort ließ lange auf sich warten: *›Nein.* Pause. *Danke der Nachfrage.* Pause. *Aber ich fühl mich einfach nicht wohl.‹*

›Hör zu, tippte Sam ein. *Und paß ganz genau auf. Du bist aus verschiedenen Dateien neu zusammengestückelt. Wir haben dich nämlich verloren, weil ein Virus im Netz umherschleicht. Bitte laß mich wissen, was in letzter Zeit so alles passiert ist.‹*

Diesmal dauerte die Pause noch länger. Anscheinend hatte er Probleme beim Zugriff auf den eigenen Gedächtnisspeicher.

›Ich bin keine Rekonstruktion. Ich bin das Original, exakt derjenige, der schon im Netz war, bevor das Virus zugeschlagen hat.‹

Sam zog die Stirn kraus. Natürlich. Er hielt sich für das Original. Ihm fehlte der Vergleich. *›Was macht dich so sicher?‹*

›Du hast mich nicht rekonstruiert, sondern gefunden. Pause. *Und mich nach Hause zurückgebracht. Wo ist das eigentlich?‹*

Sam zögerte. Art war doch überall zu Hause. *›Ich verstecke mich mit Rosa, Fez und anderen in der Mimosa. Du kommst im Augenblick aus einer umgebauten Insulinpumpe. Ist es das, was du wissen willst?‹*

›In etwa, ja. Wieder eine Pause. *Hast du eine Kopfmontur griffbereit?‹*

›Wozu?‹

›WEIL ICH KEINE LUST DAZU HABE, BUCHSTABEN ZU PRODUZIEREN. DESHALB. ICH MÖCHTE MICH UNTERHALTEN. MIT DIR. AUS NÄCHSTER NÄHE.‹

›Schon gut. Du brauchst nicht so zu brüllen. Warte, ich schnall das Ding gleich über.‹

Komisch, dachte sie, während sie den Laptop ausstöpselte und loszog, um die Kopfmontur zu holen, die Fez mitgebracht hatte. Den Aufsatz schloß sie an die Pumpe an, streifte ihn über den Kopf und dämpfte die Toneingabe.

Art Fish tauchte auf vor einem Hintergrund aus rasch dahinziehenden Wolken. Peu-á-peu füllte sich die Szene auf: mit einem schwarz-weiß gekachelten Boden, Raumteilern zu beiden Seiten, einem Fenster, freischwebend, wo die Rückwand hätte sein sollen, und schließlich mit den Kissen aus dem alten Zelt. Art ließ sich in das Kissennest nieder. Er sah aus wie eh und je, schien aber, wie Sam meinte, entrückter zu sein als sonst.

»Du hast doch keinem was gesagt, oder?« fragte er.

»Nein. Was ist eigentlich mit dir los? Hast du dich wirklich nicht infiziert?«

»Keine Bange. Das Virus war mir zwar auf den Fersen, aber ich habe abtauchen können. Bin auf Schleichwegen zurück, und wo es die nicht gab, habe ich welche angelegt. Hier und da lauerten Wachhunde zum Schutz gegen das Virus, was ein Problem für mich war, da sie natürlich nicht unterscheiden konnten zwischen dem Virus und mir.« Art zeigte sich bekümmert. »Wer noch eine offene Verbindung hat, versucht sie natürlich sauber zu halten. Was nicht sofort zu erkennen ist, wird abgeschossen.« Er machte mit der linken Hand eine Pistole. »Peng. Küß den Himmel, wie Hendrix sagen würde. Ich steh auf Hendrix. Also wie gesagt, alle waren hinter mir her, die Wachhunde und der Virus. Ich habe mich so extrem wie möglich verdichtet und bin in ein Loch gekrochen, aus dem ich dann aber nicht mehr rauskommen konnte. Und nach anderen Auswegen zu suchen, war mir auch nicht mehr möglich. Ich hätte zuviel Energie aufwenden müssen und mich dadurch verraten. Aber du hast mich zum Glück gefunden.«

»Wie?« fragte sie.

»Indem du eine Rekonstruktion von mir durch die noch sauberen Netzwege geschickt hast. Die Schwingungen waren deutlich zu vernehmen; ich konnte mit einstimmen und mich vom Gesang nach Hause führen lassen.« Sein Bild lächelte. »Wir sollten die Übertragung jetzt abbrechen, bevor das Virus aufwacht. Er ist ziemlich gerissen.«

»Wir versuchen, Nachrichten zu empfangen und weiterzuleiten. Wenn der Phoenix-Verteiler baden geht, ist Alameda …«

Er winkte mit der Hand ab. »Wenn der Phoenix-Verteiler baden geht, ist Alameda auch bald dran. In L. A. läuft nichts mehr. Auf meinen Schleichwegen hab ich noch ein paar Eindrücke gewinnen können. Auf den Straßen wird geplündert. Die Nationalgarde ist ohne Funkverbindung völlig aufgeschmissen. Das Ding hat sich überall breitmachen können, weil mittlerweile fast alles permanent am Netz hängt. Es stellt sich auf jede Bandbreite ein und lernt ständig dazu. Auch mir wäre es bald auf die Schliche gekommen.«

»Aber es handelt sich doch bloß um einen Infekt, es sei denn, er wurde eigens programmiert, um ...«

»Es ist nicht bloß ein Infekt«, unterbrach er und zoomte sich für Sam ein bißchen näher heran. »Das wird zwar allenthalben behauptet, stimmt aber nicht. Leider können diejenigen, die wirklich Bescheid wissen, keine Auskunft mehr geben. Aber laß es dir von mir gesagt sein: Es ist keine Infektion, kein Virus, keine Bombe, sondern ... wie soll ich sagen? Ein heißer Blitz, eine Giftspritze.« Er deutete auf das freischwebende Fenster. Auf der Scheibe leuchtete eine schematische Darstellung des menschlichen Gehirns in Seitenansicht auf. Art erhob sich aus dem Kissennest und lockte Sam mit dem Zeigefinger näher. Aus ihrer Perspektive rückte das Fenster herbei.

»Das ist dein neurales Netzwerk. Hier, meins im Vergleich dazu.« Im Fensterwinkel rechts oben zeigte sich ein blauer Ballon, gefüllt mit Ziffern und Symbolen. Er schwebte langsam auf das Gehirn zu. »Und hier ist die Giftspritze, die ein neues Opfer sucht.« Vom Ballon baumelte eine Schnur herab, die sich auf das Gehirn zuschlängelte und schließlich darin einzudringen schien. Nun rutschten die Symbole aus dem Ballon über die Schnur ins Gehirn, wo sie sich rasch vervielfältigten und bald nicht mehr einzeln auszumachen waren. Das Gehirn zersprang wie ein Seifenblase.

»Seit neustem können also Menschen auf die gleiche Weise draufgehen wie Computer oder Software. Sieh nur, der Input ...«

»Art«, sagte Sam zaghaft.

»Unterbrich mich nicht. Ich habe eine Menge durchgemacht, um mit dir sprechen zu können. Es kommt also Input herein — was sollte er auch sonst tun? —, hakt sich überall fest und beginnt munter mit der Reproduktion. Die Gedanken kreisen, der Adrinalinspiegel steigt oder das Serotonin geht zurück oder die Endorphine schwappen über. Wie dem auch sei, der Prozeß ist nicht mehr aufzuhalten. Rückkopplung. Der Output macht kehrt und wird zum Input. Die Neuronen feuern nach Belieben und nicht zum Besten für die Gesundheit. Ihr Menschen könnt euch dagegen nicht wehren. Ihr habt euch Steckbuchsen einbauen lassen, aber vergessen, Wachhunde zu postieren, Alarmsysteme zu installieren, kurz: Vorsorge zu treffen. Eure externen Netzwerke sind viel besser abgesichert als das eigene Gehirn.«

Er musterte sie mit vorwurfsvollem Blick. »Die Gefahren waren von Anfang an bekannt, sind aber einfach ignoriert worden.«

»Art, ich würde Fez gerne Bescheid sagen, daß du hier bist«, sagte Sam.

»Noch nicht.« Er kehrte in sein Kissennest zurück. »Wie gesagt, ich habe ein Menge durchgemacht und bin noch nicht besonders aufnahmefähig. Ein großer Teil von mir ist amputiert. Wenn du dich von einem Arm oder einem Bein hättest trennen müssen, wäre dir auch nicht danach zumute, lange Schwätzchen zu halten. Aber vielleicht erwarte ich zu viel Verständnis. Für euereins sind Netzwerke bloß Objekte, verschieden von euch. Ihr denkt bloß in Begriffen wie Ich und Nicht-Ich. Mit diesen Kategorien ist mir nicht beizukommen. Das System von L. A. war kein *Was* oder *Wo,* sondern eine Konfiguration von mir.« Er stockte. »Mit Armen oder Beinen ist das nicht zu vergleichen, vielmehr mit einer Hemisphärektomie.«

Ist es möglich, daß eine künstliche Intelligenz hysterisch wird? dachte Sam. »Art, du bist präsent, du bist komplett, und es gibt immer noch ein System, in dem du dich aufhalten kannst ...«

»Ich bin nicht allein.«

Sam zögerte. »Was meinst du?«

»Ich bin nicht allein. Ich habe die Antwortmaschine bei mir.«

»Aber du bist doch die Antwortmaschine. Jedenfalls gehört sie dir. Oder …« Sam war ganz durcheinander geraten. Ich, Nicht-Ich, Semi-Ich? Von welcher Art war wohl Arts Weltschauung?

»Sie ist etwas ganz anderes und unabhängig von mir. Aber wenn ich in deiner Pumpeneinheit bin, ist sie hier bei mir.«

Sam schaute in den Programmdaten nach und sah, daß er recht hatte. Da waren zwei separate Einträge inventarisiert. »Ich verstehe immer noch nicht«, sagte sie nervös. »Sag mir, um was es geht, sonst muß ich abbrechen, denn ich will nicht riskieren, daß da was schiefläuft.«

»Es kann nichts schieflaufen.« Art deutete mit ausgestrecktem Arm auf seine Umgebung. »Das gehört nicht zu mir, ist nur eine Pseudo-Oberfläche. Mehr kann ich nicht reinholen. Abgesehen davon.« Auf dem gekachelten Boden stand plötzlich ein Wort geschrieben: ZAMIATIN. Nie von gehört, dachte Sam und kniff die Brauen zusammen. »Vielleicht kann irgend jemand was damit anfangen«, fuhr Art fort. »Der Rest ist nur über Zugriffscode und Paßwort zu erreichen, aber die kann ich dir nicht nennen.«

»Kannst du sie nicht knacken?«

»Ich hab's versucht. Es kommt nur Müll dabei raus.«

»Aber wenn man sich den Müll genauer ansieht, entdeckt man manchmal bestimmte Muster«, antwortete sie. »Ich weiß von Fez, wie man das macht.«

»Nicht mit diesem Müll. Er wechselt ständig, und Muster sind nicht zu erkennen. Da scheint so etwas wie ein Programm am Werk zu sein.«

»Etwas *wie* ein Programm?« fragte Sam. »Was soll das heißen?«

»Ich bin doch auch eine Art von Programm. Sam, du traust mir wohl nicht, oder?«

Sam stöhnte laut auf. »Ich fürchte nur, daß du nicht weißt, was Sache ist.«

»Ich weiß durchaus Bescheid.«

»Na schön, dann will ich dir glauben. Aber was soll ich jetzt tun?«

»Laß ihn einfach nur hierbleiben.«

»Ihn?« Sie dachte nach. »Art, bist du sicher, daß das, was du nun hast, nicht bloß die Rekonstruktion ist, die ich durchs System geschickt habe?«

»Ganz sicher«, antwortete er. »Wenn wir darauf zugreifen können, ist es eine Reinkarnation oder partielle Wiedergeburt. Wenn nicht, liegt er womöglich für immer im Koma.«

»Im Koma?«

»Der treffendere Ausdruck würde dir sicher nichts sagen.«

»Willst du mich für dumm verkaufen?«

Art grinste breit. »Daß du auf der Flucht bist, hat dich nicht weniger schnippisch gemacht, oder?«

»Hör mal, kann ich den anderen jetzt sagen, daß du zurück bist?«

»Wenn du mich ans System hängst, kann ich ihnen selber Bescheid sagen. Und ich würde auch gerne mit Fez sprechen.«

»Der ist im Augenblick nicht zu erreichen«, entgegnete sie. »Seine komplette Hardware steht jetzt hier. Gators Zelt ist leer. Abgesehen von Gator und ihrem Tätowierkram. Und Fez natürlich.«

Arts Abbild beugte sich vor. »Aha. Das stinkt dir wohl.«

Sam lachte. »Davon verstehst du nichts. Augenblick, ich schalte jetzt um.« Sie legte die Kopfmontur ab und schloß den Laptop wieder an. Dann gab sie ihm ein Zeichen über die Tastatur.

Kurz darauf hallte Arts Stimme durch die Kneipe. »Wacht auf! Alle mal herhören! Ich bin zurück.«

Sam gähnte. Erschöpfung machte sich bemerkbar.

Immer diese Müdigkeit in letzter Zeit, dachte sie, während sie die Pumpe vom Laptop abzog und sich zu ihrer Lagerstelle schleppte. Sollte Art doch erklären, was Sache war. Sam fläzte sich auf ihre dreckige Matratze und schlief augenblicklich ein.

31

Die Reaktion nagte an den Nerven, aber Gina ließ sich nicht verrückt machen. Immer mit der Ruhe, dachte sie. Die Bilder schwirrten ihr durch den Kopf, mischten sich mit dem chaotischen Anblick der Stadt. Der Typ trug offene Wildlederchaps auf nackter Haut und tanzte auf dem Dach eines abgestellten Mietwagens, während über ihm ein Hubschrauber der Nationalgarde wie ein monströses Insekt herumschwirrte und mit verstärkter Automatenstimme verlangte, sofort von dem Auto herunterzusteigen. Ja, das war ein echtes Live-Erlebnis. Flavia fuchtelte ihr mit den Schlagstöcken vorm Gesicht herum — das war weniger originell. Der Bursche mit dem Absatzabdruck auf der Stirn sprang vom Dach einer überlangen Limousine in die Menge, die sich um die verlassenen Fahrzeuge ballte. Echt oder unecht? Real oder irreal?

Wie hoch sind wir eigentlich schon in der Idiotosphäre. Geht's womöglich noch höher?

Ludovic zu fragen, hatte keinen Sinn. Er sah ziemlich fertig aus und ängstlich. Sein Gemüt hätte ein Gläschen LotusLand aufhellen können, aber LotusLand war heute nicht zu haben. Wen konnte man sonst fragen? Den Jungen? Lieber nicht, denn womöglich wußte er die Antwort. Den Beater? Von wegen. Der weilte in anderen Sphären, jenseits aller Drogen. Vielleicht war es am Ende doch keine schlechte Idee gewesen, den Synthesizer zuzuklappen und ins Geschäftsleben zu wechseln. Zu dumm, daß sie Mark darüber nicht mehr aufklären konnte. Oder doch?

Tu's nicht. Der Gedanke schnitt scharf durch den benebelten Kopf, und Hysterie drängte zurück. Gemeinsam standen sie im Eingang einer Desasterpornobar und beobachteten das ausgelassene Treiben auf der

Straße. Irgendwie hatten sie es geschafft, dem Gewühl zu entkommen, ohne zertrampelt zu werden, ohne das kostbare Bündel, das Keely trug, zu verlieren.

»Wir sind auf dem falschen Weg«, sagte Keely. »Wir wollen doch nach Süden, zur Mimosa, und nicht nach Hollywood.« Unnötigerweise deutete er auf die dicken Rauchwolken, die aus brennenden Häusern aufstiegen und die Luft verpesteten. »Es gibt nur einen Ort, den das Virus höchstwahrscheinlich verschont hat, und das ist die Mimosa.«

»Und wenn schon«, meinte Ludovic. »Wir kommen nirgendwo hin, solange die Straßen dermaßen verstopft sind.«

Gina lachte freudlos. »Mark hat L. A. schon immer gehaßt. Die Clubs, die Musik — ja, das war nach seinem Geschmack. Aber die Stadt als ganzes konnte er nicht ausstehen.« Sie sah, daß Ludovic sie mit gerunzelter Stirn betrachtete. Aus ihm schlau zu werden, hätte ihr eigentlich leichter fallen sollen. »Was hast du?«

In schleppendem Tonfall antwortete er: »Ich frage mich, wie viele dieser Leute infiziert sind.« Pause. »So wie wir.«

Die letzten Worte waren so leise gesprochen, daß Gina nachfragen mußte. »Wie wer?«

»Tu nicht so. Du weißt, daß wir infiziert sind.«

Sie warf dem Jungen einen Blick zu, der Ludovic von der Seite aus argwöhnisch beäugte. »Mag ja sein, daß dir der Kopf zu platzen droht. Mir platzt höchstens gleich der Kragen, wenn du weiter so dumm daherredest. Ich hab heute einen guten Freund verloren und bin nicht in der Stimmung, mir dein Gewäsch anzuhören. Ansonsten geht's mir prima. Halt also endlich deinen Mund!«

Wütend wandte sie sich von ihm ab und verschränkte die Arme, um die Hände am Zittern zu hindern. Ludovic versuchte, sie herumzudrehen. Sie wehrte sich bokkig. Immer wieder langte er mit den Händen zu, die wie

Vögel an ihr herumpickten, als wäre sie ein Futterkasten. Ja, das alte Lied: Sie hatte alle zu versorgen, mit Videos und noch mehr Videos, mit Einfällen, Gedanken und Ideen, und jeder machte sich über sie her. Ludovic, der Beater und Mark. Immer wieder Mark. Ihn mußte sie auch nach seinem Tod füttern und wohl so lange noch, bis der Vorrat, bis sie selbst aufgezehrt war.

Ludovic versuchte, sie an sich zu ziehen, und schon wieder spürte sie dieses verdammte Bedürfnis, dieses Fütterverlangen. Doch damit ging nun ein anderes Gefühl einher — so wie damals nachts: der Wunsch zu geben und zu empfangen. Im Augenblick aber war doch weiß Gott anderes wichtiger, und außerdem — was glaubte er eigentlich, ihr geben zu können?

Wuchtig stieß sie ihn von sich, wich zurück und wurde von der wogenden Masse erfaßt. Ludovic reckte entsetzt die Arme nach ihr.

Sich mitreißen lassen. Davon verstand sie eine Menge. Geschiebe und Rempeleien von allen Seiten, so wie an heißen Nächten in den Clubs, wenn es auf der Tanzfläche hoch herging: ein bißchen fetzige Begleitmusik, bitte, wir haben noch siebenundvierzig Meilen Stacheldraht zurückzulegen.

Ihre Hand landete auf einer Schulter. Der Typ, der sich nach ihr umdrehte, war schreckensbleich. Er versuchte, sich von ihr loszureißen, und bewegte die Lippen. Doch was er sagte, ging im Lärmen unter.

Sag's noch mal, Kleiner, ich hab dich nicht verstanden.

Er schlug ihre Hand von der Schulter und verdrückte sich. Entschuldigung, ich hab mich wohl verwählt. Links hämmerte ein Junge mit beiden Fäusten auf der Haube einer protzigen Limousine herum. O Mann, wer läßt denn hier sein Auto stehen?

Sie wühlte sich durch bis auf den Gehweg, trieb eine Weile in der Masse mit und tauchte dann in einer kleinen Durchfahrt auf. Sie brauchte Ruhe, Zeit zum Nachdenken, Luft zu atmen, doch sie hetzte weiter, getrieben von den häßlichen Klängen, dieser musikalischen Überleitung, die ihr auf Schritt und Tritt folgte. Auf der Suche nach Mark. *Was du auch tust, du suchst nach Mark. Und findest ihn.*

Raus aus der Einfahrt, zurück auf die Straße. Rippenstöße. Herumgewirbelt, sah sie sich einem riesigen Anschlag gegenüber: BRENDA SAGT: WAHNSINN HERRSCHT. — So ist es, Brenda. Das Gedränge war nicht auszuhalten. Gina wich in eine Seitenstraße aus. Hier war es leichter, voranzukommen — und schwerer, rechtzeitig abzubremsen. Mit voller Wucht prallte sie gegen einen abgestellten Mietwagen.

»Bist du besoffen, oder was?« brüllte sie jemand an.

Frag noch mal, Puppe, wohl nicht gesehen, was ich höre.

Eine verzweifelte Visage rückte nah heran, als sie an dem Wagen lehnte und nach Luft schnappte. Weg, nichts wie weg, zurück in das Gewimmel. Der Rauch wurde dicker, der Brandgeruch immer stickiger. Sie blickte hinauf zu den Wolken, die zerrissen vorbeiflogen — aber nicht pulsierten. Dieser dämliche Ludovic hatte unrecht. Oder vielleicht war *er* infiziert, sie aber nicht ...

Auf der Suche nach Mark. Das ist dein Ding, gell?

Sie suchte aber gar nicht nach ihm, jetzt nicht. Plötzlich hörte sie eine vertraute Stimme ihren Namen rufen, doch schon war sie weiter, wurde gejagt von dem häßlichen Riff, durch Häuserschluchten, bedrängt von Menschen, vorbei an Autos, Autos, Autos. Scheiße, wo waren die Piers und der verdammte Strand?

O Puppe, das wüßtest du wohl gern.

Wieder kam sie an einer überlangen Karosse vorbei. Drei, vier Leute saßen auf dem Dach wie Schiffbrüchige auf umgekipptem Boot; mit verängstigten Blicken beobachteten sie das wilde Treiben ringsum. Scheiß-Spiel, was? Ein Bulle thronte auf der Haube eines viersitzigen Mietwagens. Auch er hatte offenbar die Schnauze voll. Das war's wohl — wenn Bullen falschparkenden Autos keine Strafzettel mehr hinter die Wischer klemmten und statt dessen resigniert darauf Platz nahmen, war die Zivilisation offiziell kollabiert.

Es wurde dunkel, der Rauch sank herab und stank beißend scharf. Gesichter irrten umher, flogen an ihr vorbei. Sie waren alle aus ihren Löchern am Hafen herausgekrochen. Aber wo wollten sie denn hin? Der war's nicht, der nicht und der auch nicht ...

Hände packten ihr von hinten an den Kragen. Sie versuchte sich loszureißen. He, ich muß weiter; ich hab noch längst nicht meine siebenundvierzig Meilen Stacheldraht abgerissen ...

Zwei Arme schlangen sich um sie, hoben sie vom Boden auf und trugen sie raus aus der Menge in den Schutz eines Hauseingangs. Der Beater stand vor ihr und wollte etwas sagen. Sie trat nach ihm. Dann ließen die Arme von ihr ab und sie sank aufs Pflaster. Ludovic richtete sie auf.

»Was, zum Teufel, soll der Quatsch?« schnauzte er sie an, und seine Stimme bebte.

Kleiner, warum stellst du immer dieselbe Frage? Du siehst wohl, was ich nie gesagt habe.

»Sie sucht Mark«, sagte der Beater.

»Leck mich!« Sie holte zum Schlag aus, doch Ludovic hielt ihr den Arm fest.

»Wir sind immer noch auf dem falschen Weg«, sagte der Junge beharrlich. Vielleicht war das seine Lebensaufgabe, dachte Gina. Ein griechischer Ein-Mann-Chor, der die Richtung wies.

»Schon gut«, beruhigte Ludovic. »Wir verstecken uns im Keller.« Er sah Gina an. »Bei deinen Freunden, den Loopheads.«

»Keine gute Idee. Sie hängen am Draht«, antwortete sie.

Er schüttelte den Kopf. »Ich hab ihr Equipment gesehen. Sie sind nicht online und scheinen sauber zu sein.«

Er schleifte sie den ganzen Weg bis zur Fairfax Avenue hinter sich her, während der Beater und der Junge von hinten schoben. Flavia Sowieso machte ihnen die Tür auf. Sie gab Gina einen empfindlich harten Schlag mit den Klöppeln, ließ sie aber eintreten.

Der Beater schilderte Flavia in Kürze Valjeans Auftritt auf der Terrasse. Gina lag auf einer Matratze weit weg in einer Ecke, k. o., schlafend, im Schock oder hellwach — Gabe wußte es nicht. Er war jenseits aller Müdigkeit und nur noch vom Kollaps aufzuhalten.

»Ihr seid ohne Visual Mark?« fragte Flavia, als der Beater den Bericht beendet hatte. Sie warf einen Blick auf Gina, schaute ihn dann wieder erwartungsvoll an und fuhr mit der Hand über die Schlagstöcke.

Der Beater schüttelte den Kopf. »Ja, ohne Visual Mark.«

Verflucht, dachte Gabe.

»Wo sind die anderen?« wollte der Beater wissen.

»Irgendwo da draußen, voll in der Scheiße. Laß uns von was anderem reden.« Sie ließ sich ins dicke Polster eines plumpen Sessels fallen und sah Keely zu, der die Schnittstelle der Anlage inspizierte. Die war, wie Gabe auf den ersten Blick erkannte, nicht viel wert, nur halb so groß wie die Konsole in seiner Werkstatt, eine kleine Schalttafel sowie eine Außensteuerung für AN und AUS.

»Gefällt dir das Ding; es gehört dir«, sagte Flavia und trommelte mit den Stöcken auf der Armlehne herum. »Wir sind ab davon. Pack ruhig ein.«

»Vergiß es«, sagte Gabe.

Keely nickte. »Wär mir auch zu schwer. Aber ich würd's gern mal auseinandernehmen. Nein, besser noch wär's, wenn sich Sam das Ding vorknöpfen würde. Sam und Maschinen, das ist echte Zauberei.«

Gabe nickte und winselte im stillen. An Sam hatte er überhaupt nicht mehr gedacht. Und was mußte er jetzt hören? *Irgendwo da draußen, voll in der Scheiße. Laß uns von was anderem reden.*

»Habt ihr einen Dataline-Anschluß hier unten?« fragte Keely das Mädchen.

»Hatten wir mal.« Sie deutete mit einem der Stöcke quer durch den Raum. »Ist jetzt voll im Brötchen.«

Keely nahm seinen Laptop zur Hand. »Mal sehen, ob er wirklich im Brötchen ist.«

»Gib ihm Saures, Jack Hack«, rief sie ihm nach und schaute mit skeptischem Blick zu Gabe auf.

Gabe zuckte die Achseln.

Mit düsterer Miene wirbelte sie mit den Schlagstökken Staub von der Armlehne auf.

»He«, sagte Keely und winkte Gabe zu sich. »Du bist gleich dran, du und die Ladies.«

Er ging auf Keely zu, der gerade vor der großen, dunklen Bildschirmwand seinen Laptop aufklappte.

Jack Hack. Keely schmunzelte. Den Titel hatte er schon lange nicht mehr gehört. Er kramte das Anschlußkabel aus dem kleinen Staufach im Boden des Laptops und wickelte es auseinander. Dann steckte er Ludovic das Verbindungsstück in die Hand und sagte: »Schließ an, aber laß die Hand am Kabel. Das mußt du auf mein Kommando sofort wieder rausziehen, und zwar feste.«

Während Gabe noch die richtige Anschlußstelle suchte, rief Keely sein Camouflage-Programm auf. Der Anblick des großen Bildschirms stimmte den Jungen froh. Mehr noch, seine Stimmung entsprach exakt dem Gegenteil dessen, was er empfunden hatte, als ihm im Penthouse das Virus zu Gesicht gekommen war. Was für eine Anlage! Groß, leistungsstark, vollgepumpt. Keely war in seinem Element.

Ludovic reckte den Hals und schaute auf den Schirm, ohne das Kabel aus der Hand zu lassen. »Das Camouflage-Programm?« fragte er.

»Genau.« Keely grinste breit. »Wir wollen doch vorsichtig sein, oder?« Er setzte das Programm in Funktion. Es lief diesmal viel schneller ab und hatte anscheinend seit dem Einsatz bei Diversifications dazugelernt. Er sah die Codeziffern des Installationsvorgangs über die Anzeige huschen. Das Programm suchte selbständig einen Umweg um die Infektion. Was hatte Sam immer gesagt? Irgend etwas von Decken, über die man ausweichen mußte, und von Wänden, durch die hindurchzugehen sei …

»Fast fertig«, sagte Keely. »Das Programm legt gerade noch einen Zahn zu.« Auch sein Herz schlug schneller. Endlich gab es wieder eine echte Beschäftigung. »Jetzt fehlt bloß noch die passende Begleitmusik.«

Unversehens schepperte wüster Lärm aus allen Ecken des Raums. Ludovic schlug beide Hände über die Ohren, langte aber sofort wieder zum Kabel, das er halten sollte.

»Sorry!« schrie Flavia. Die Lautstärke ging zurück, aber noch immer spürte Gabe den Boden unter den Füßen beben. Nicht schlecht. Wie in alten Tagen, wenn er, um Jones nicht zu stören, die Kopfhörer übergeschnallt und voll aufgedreht hatte.

»Immer schön festhalten«, sagte Keely und nickte im Takt der Musik. »Ich habe nämlich jetzt folgendes …« Die Installation schien plötzlich zu haken, sprang aber zum Glück auf den entsprechenden Befehl hin an den Anfang zurück. »Also folgendes: Das Virus wird glauben, daß alles aus *diesem* Terminal kommt.« Er nickte mit dem Kopf in Richtung Dataline-Schirm. »Da rennt er dann seinem eigenen Schatten und mir nach, und unser Camou-Pro schleicht auf Zehenspitzen vorbei und schaut sich an, was das Virus übersehen hat.«

»Woher willst du wissen, daß er tatsächlich was übersehen hat?« fragte Ludovic.

»Nichts ist perfekt. Ausgenommen die Musik da. Das Stück haut dich glatt vom Hocker. Von wem ist es?« rief er dem Mädchen mit den Stöcken zu.

»Loopheads«, rief sie zurück. »Von wem denn sonst?«

Keely nickte im Rhythmus der Musik und beobachtete die Prozession der Ziffern, die er zu lesen verstand wie andere Leute Verkehrszeichen. Ein seltenes Talent. »Ich kann ihn *fühlen*«, sagte er zu Ludovic, dessen Miene von äußerster Besorgnis zeugte. Schnall dich an, Kerl, gleich geht's rund. »Schalt ein!«

Ludovic gehorchte. Der Schirm strahlte schneeweiß auf. Keely wartete, bis er den dunklen Fleck sah, der sich in der Mitte ballte. »Okay, mach jetzt lieber die Augen zu. Ich sag Bescheid, wenn du wieder hinsehen kannst. Das Miststück ist echt sublim, und zwar auf die alte Tour. Es trifft genau den Nerv. Hast du noch die Hand am Stecker? Ich will mich nämlich nicht überraschen lassen.«

Daß Ludovic die Muffe sauste, war unverkennbar. Aber Keely hatte keine Zeit, ihm gut zuzureden. Auf dem Laptopschirm waren nun drei Ziffernkolonnen zu sehen, die Zeile um Zeile nach oben wegmarschierten. Störschleife und Spiegel trieben ihren Schabernack im System und übertölpelten alles. Für eine Weile zumindest.

»Schön, daß wenigstens einer seinen Spaß hat«, hörte er den Beater knurren.

Keely grinste und wippte rhythmisch hin und her. Und ob, Mann. Es war wirklich ein Vergnügen, mal wieder was Reales tun zu können. »Ja«, antwortete er. »Ja, der Wind bläst nicht überall zur gleichen Zeit. Selbst Hurrikane haben Augen.«

»Und wenn's kein Wind ist, sondern Feuer?«

Er schaute zu Gina hinüber, die auf der Matratze kniete und ihn beobachtete. Sie sah schlecht aus, überarbeitet und geschlaucht.

»Feuer brennt überall gleichzeitig«, sagte sie.

»Falsch«, antwortete er und grinste mit Blick auf den Schirm. Camou-Pro hatte die Lücken entdeckt und kroch voran. Bald würde der Schirm eine echte Überraschung liefern. »Im Zentrum der Flamme brennt nichts. Überzeug dich bei Gelegenheit. Das Problem ...« Er warf einen Blick auf den Wandmonitor und lachte. »Das Problem besteht nur darin, in die Flammenmitte zu gelangen, ohne unterwegs versengt zu werden. Unmöglich ist das nur in der realen Welt. Laß die Hand am Stecker, Mann!«

Die Ermahnung war nicht nötig gewesen. Ludovic hielt das Kabel fest gepackt. Nervös, wie er war, bestand allerdings die Gefahr, daß er es zu früh herausriß. Camou-Pro war nun voll bei der Arbeit. Auf dem Wandschirm blinkten kleine Lichter zwischen den changierenden Schatten; sie flohen vor den dunklen Flecken und antizipierten die hellen.

»Aufgepaßt«, sagte Keely und zeigte auf den Schirm. »Das Virus wird gleich auf eine andere Frequenz gelockt. Uns bleibt dann für kurze Zeit die Möglichkeit, eine Nachricht abzuschicken. Hast du die Chips parat?«

Keine Antwort. Ludovic starrte fasziniert auf den Schirm. Tja, mein Alter, täusch dich nicht; es sieht einfacher aus als es ist.

»Gabe? Die Chips? Die beiden Ladies. Marly und Caritha.«

»Was ist mit denen?«

»Hab ich doch gesagt, Mann. Das ist euer Auftritt. Ich brauche die beiden jetzt, wie ich nie zuvor jemanden gebraucht habe.« Er rückte den Stuhl nach hinten und knöpfte das Hemd auf. Der Schweiß rann in Strömen, wie immer, wenn er eifrig hackte. Nichts war ihm lieber als dieser Zustand.

»Jetzt?« fragte Ludovic.

Keely streckte die Hand aus und wackelte mit den Fingern.

»Alle auf einmal?«

Keely knurrte. »Du willst doch jetzt nicht knickrig werden, Mann. Deine Ladies kommen genau richtig, sie wissen sich durchzuschlagen. Und jetzt gib endlich her, einen Chip nach dem anderen, bis ich stopp sage. Ich hoffe, wir haben genug.«

Ludovic ließ den ersten Chip in Keelys Hand fallen. Er öffnete ein Laufwerk und steckte den Chip hinein. Camou-Pro akzeptierte die Daten und justierte die Voreinstellungen. Im Geiste sah er schon, wie die simulierten Ladies auf die für sie fremde Situation ansprangen.

Am unteren Rand des Bildschirm tauchte plötzlich eine neue Zeile auf. Die Ziffern huschten selbst für Keelys geübtes Augen zu schnell von links nach rechts, aber trotzdem wußte er sofort, was sie besagten.

»Himmel, Arsch und Zwirn!« schrie er. »Das Zeug ist infiziert!«

Ludovic wurde schlagartig käsebleich.

»Aber keine Panik«, fügte Keely schnell hinzu. »So nun auch wieder nicht. Es stinkt bloß gehörig nach Fish hier drin. Wußtest du das nicht? Wohl kaum. Auch mir ist nichts aufgefallen, als ich eingestiegen bin.« Er lachte. »Wirklich spitze dein Programm. Hat mich glatt hinters Licht geführt. Ich brauch wohl bald 'ne Brille.«

Die Musik schien in ihm zu sieden. Die Kleine mit den Schlagstöcken hatte sich von hinten herangemacht und stierte auf den Laptopbildschirm. »Das kannst du lesen?« staunte sie.

»Man braucht im Grunde nicht mehr zu kennen als den Unterschied zwischen AN und AUS, Tag und Nacht, rechts und links, rauf und runter, Takt und Synkope.« Die Ziffernfolge wurde langsamer. Er ließ den Chip auswerfen und verlangte mit ausgestreckter Hand nach dem zweiten. »So kompliziert ist das nicht; es kommt nur darauf an, den Unterschied zu kennen.« Er steckte den nächsten Chip ins Laufwerk. »Ich wette, der Fish ist zumindest zeitweise hellwach.«

»Hellwach?« fragte Ludovic.

»Lebendig, intelligent, bei Bewußtsein.«

»Ein intelligentes Virus«, sagte Gina. Sie stand von der Matratze auf und nahm neben Ludovic Platz, der den Blick wieder auf den Bildschirm gerichtet hatte. Camou-Pro tanzte mit dem Virus. Bisweilen leuchteten die Punkte in den Schattenflecken auf und schienen darin wegzuschmelzen.

»Das Virus übernimmt alles, was es als Output unseres Terminals ansieht.« Keely ließ den Chip auswerfen und steckte den nächsten in den Schlitz. Die Ziffernfolge zuckte, sprang zurück und verharrte. Wieder verlangte er nach einem neuen Chip.

»Mich darf keiner fragen«, sagte Ludovic kleinlaut. »Ich bin nur der Lieferant. Keine Ahnung, was er damit macht.«

Keely lachte. »Ich zieh 'ne Spritze damit auf.«

»Wunder dich nicht«, sagte Gina. »Wenn wir's wirklich bis zur Mimosa schaffen, wirst du die echten Verrückten kennenlernen.«

Verrückte? Sie wollte einen Verrückten sehen? Keely zog das Hemd aus, ließ es über dem Kopf im Kreis herumwirbeln und wegflattern. Es flog dem Beater ins Gesicht, der abseits stand.

»Ist das Programm wirklich so gut?« fragte Ludovic und reichte den nächsten Chip.

Schweiß tropfte dem Jungen in die Augen. Er wischte sie mit der Faust trocken. »Du hast ein kurzes Gedächtnis. Wenn wir Hotsuit und Kopfmontur hier hätten, wärst du nicht mehr zu halten.«

Ludovic war eine Weile still. »Wahrscheinlich«, antwortete er schließlich.

»Ein *was?*« Sam richtete den Blick vom Bildschirm in der linken unteren Ecke, wo Arts Abbild zu sehen war, auf die Kamera, die unmittelbar daneben stand.

»Es ist ein Werbespot«, wiederholte Art. »Für Körperpanzer.«

»Das ist bestimmt ein Kryptogramm«, meinte Gator und kam näher. »Stammt es aus Phoenix oder Alameda?«

»Aus L. A.«

Gator schüttelte den Kopf. »Weg damit, bevor es zubeißt!«

»Es ist sauber«, entgegnete Art.

»Was aus L. A. kommt, kann doch nicht sauber sein«, sagte Gator.

»Es ist auf demselben Weg gekommen wie ich«, erklärte Art mit strenger Stimme.

Gator zog die Stirn kraus und wandte sich Fez zu, der immer noch auf ihrer Arbeitsinsel hockte. Fez blickte an ihr vorbei. »Sam? Was sagst du dazu?«

Sam verdrehte die Augen. »Himmel, frag mich was Leichteres.«

Fez stand auf und kam auf sie zu. Sie massierte sich die Stirn und sagte: »Art, kannst du uns nicht mehr verraten? Denk doch mal nach.«

Arts Bild stand einen Augenblick lang still. »Früher hätte ich mehr damit anzufangen gewußt«, sagte er schließlich.

»Das hilft uns ungemein«, erwiderte Sam und blickte enttäuscht in die Kamera. »Entschuldige, Art, Gator hat recht. Laß die Finger davon. Vielleicht ist es wirklich harmlos, aber wir wollen lieber nichts riskieren.«

»Nicht so voreilig«, antwortete Art. »Du hast mich nicht ausreden lassen. Es stammt von Keely.«

Sam staunte nicht schlecht. »Bist du sicher?«

»Absolut. Wie gesagt, ich kenne euch alle.« Arts Bild wurde plötzlich ersetzt von einer Straßenszene. Die Aufnahme schwenkte an einer Reihe von ausgeplünderten Geschäften entlang und fing schließlich einen grotesk aussehenden Rabauken ein, dem ein mit Nägeln bespickter Ring in der Backe steckte. Er hielt ein langes, gezacktes Messer in der Hand und stach damit auf einen Mann ein, doch die Klinge prallte von dessen Brust ab. Sam riß die Augen auf und bekam eine Gänsehaut.

»Sam?« Fez legte ihr eine Hand auf die Schulter und sah sie mit besorgter Miene an.

»Das ist Gabe«, sagte sie und deutete auf den zweiten Mann. »Mein Vater.«

Die Aufnahme zeigte ihn nun beim Betreten eines

Bürogebäudes. Das Bild flackerte, und dann sah man ihn vor einem Monitor sitzen. Die Kamera zoomte auf den Bildschirm ein.

DER HACKER WAR DA! HAHAHAHAHA!

»Tja, es gibt halt Dinge, vor denen selbst Körperpanzer von Gilding leider nicht schützen können«, sagte ein männliche Stimme.

Das Bild blieb stehen. »Und jetzt paßt gut auf«, sagte Art. Die Zeichen auf dem Monitor des Mannes verschwammen ineinander und formierten sich plötzlich neu.

4 sind SSW5CFrFx
R. W. Art & Unsinn +- x^h
Tropf
GGF

»Tropf, den kenne ich«, sagte Rosa. Sie stand mit Percy rechts neben Sam. »So hat ihn seine Familie genannt. Er war Bettnässer.«

»Und was soll der Rest heißen?« fragte Gator.

Sam lachte. »Lest es laut. ›Wir sind südsüdwestlich unter Fairfax. Erwartet uns in plus minus x Stunden‹, also irgendwann demnächst. Keine Ahnung, was GGF bedeuten soll. Vielleicht ›Gott zum Gruß, Freunde.‹« Sie lachte und spürte die Augen feucht werden. »Er hat wohl darauf spekuliert, daß der Virus seinen Jargon nicht versteht.«

»Ich hoffe, der Hund kann erklären, warum er sich nicht schon früher gemeldet hat«, sagte Rosa. »Wenn nicht, kann er was erleben.«

»Der Junge hat immer schon mehr Talent als Verstand gehabt«, meinte Fez. »Stimmt's, Sam?«

Sie nickte und wischte die Tränen weg, bevor sie überquellen konnten. Gabes Rolle in dem Werbespot war ihr nicht klar, aber sie hegte keinen Zweifel daran, daß Keely, von dem die Nachricht stammte, Kontakt zu ihm hatte. Allerdings beunruhigte sie die Sache mit dem Körperpanzer. Sie fürchtete, daß ihm womöglich etwas zugestoßen war. *Es gibt halt Dinge, vor denen selbst Körperpanzer von Gilding leider nicht schützen können.* Wieder füllten sich die Augen mit Feuchtigkeit.

Gabe sah, daß die schwimmenden Lichtpunkte immer langsamer auf und ab blinkten. Er klammerte die Hand fester um das Kabel.

»Zieh ab!« schrie Keely. Gabe hielt den Stecker in die Höhe und seufzte erleichtert. Der Junge war sichtlich beeindruckt. »Keine schlechten Reflexe für dein Alter.«

»Ich habe auf Verdacht gezogen«, bekannte Gabe und zuckte die Achseln. Tatsächlich war es ein Versehen gewesen; sein nervöses Zulangen hatte den Stecker gelöst.

»Um so besser.« Keely reckte beide Arme über den Kopf. »Mann, das war was. Einfach ...« — er stockte und sah verdutzt aus — »... spitzenmäßig.« Die Lider flatterten, und er kippte hinten rüber. Flavia hielt ihn fest, bevor er mit dem Kopf auf dem Boden aufschlug.

»Himmel!« Gabe sprang herbei. Er tastete nach dem Puls des Jungen und versuchte, nicht in Panik zu geraten. War es denn möglich, daß das Virus auch denen gefährlich werden konnte, die keine Steckbuchsen im Kopf hatten?

»Ich vermute, der Hunger hat ihn geschafft«, sagte Gina mit tonloser Stimme. »Wann habt ihr das letzte Mal gegessen?«

Gabe sah sie verwundert an und registrierte erst jetzt, daß ihm der Magen seit Stunden knurrte. »Ich weiß nicht.« Er wandte sich an Flavia.

»Hier gibt's nichts zu essen«, sagte sie. »Wartet, bis es dunkel ist. Dann nehmen wir das Auto und fahren einkaufen.«

32

»Du hast dich verändert«, sagte Sam und versuchte, Fassung zu bewahren.

Gabe nickte. »Du auch.« Er blickte zu den anderen hinüber. Keely stopfte den Inhalt einer Warmhaltepackung in sich hinein und berichtete von der nächtlichen Fahrt im Auto — einem echten Auto und nicht etwa einem kurzgeschlossenen Mietwagen. Seinen Schilderungen nach schienen sie auf dem Weg von Fairfax nach Venice hauptsächlich über Hinterhöfe gefahren zu sein. Für Sam war es kaum vorstellbar, daß man ohne GridLid, so schlecht es auch funktionierte, auskommen konnte. Nicht zu wissen, worauf man zusteuerte, kam, insbesondere nachts, einem Selbstmordversuch gleich. Gabe mußte sie daran erinnern, daß sämtliche Durchgangsstraßen verstopft und nur ganz wenige Verbindungen von Bulldozern der Nationalgarde freigeräumt worden waren, um für Rettungswagen Platz zu schaffen.

Sam wollte gerade etwas sagen, als ihr auffiel, daß Gabes Blicke zum wiederholten Mal auf Gina Aiesi zielten. Die Frau saß mit geschlossenen Augen neben den Einzelteilen von Jasms Homunkulus auf dem Boden und hatte den Kopf an die Wand gelehnt. Zwei Schritte neben ihr stand der Beater; er schien darauf zu warten, daß ihm jemand sagte, was er tun sollte.

»Bei unserer letzten Begegnung habe ich vergessen, dir die gute Neuigkeit mitzuteilen«, sagte Gabe, ohne Gina aus den Augen zu lassen. »Deine Mutter hat mich verlassen.«

Nach einer kurzen Pause fingen beide zu lachen an.

»Tut mir leid«, sagte Sam und hielt sich die Hand vor den Mund. »Was daran so komisch ist, weiß ich selber nicht.«

»Der Schock vielleicht«, sagte Gabe. Er kramte etwas

aus der Tasche. »Das habe ich heute bekommen. Nein gestern, die Nacht ist ja schon rum.«

Sam nahm ihm einen Zettel aus der Hand. »Was ist das?«

»Ein Strafmandat. Ich bin fahrradfahrenderweise auf einem Gehweg erwischt worden.«

Sam lachte laut auf. »Du fährst Fahrrad?«

»Und es war außerdem gestohlen.«

»Du hast ein Fahrrad gestohlen?« Sie konnte sich kaum halten vor Lachen und fiel ihm um den Hals. Verlegen und unbeholfen drückte er sie an sich.

»Sammilein.« Keely war plötzlich aufgetaucht und zwickte ihr zärtlich den Arm.

Sie verpaßte ihm eine lässige Ohrfeige. »Für dich immer noch ›Sam‹.«

Er schnallte seinen Laptop von der Schulter und setzte sich. Er hatte inzwischen einige Stunden geschlafen und mehrere Mahlzeiten verzehrt, sah aber immer noch erschöpft aus, wenn auch nicht mehr ganz so wild. »Wie lange ist Jones tot?«

»Einen Tag vielleicht. War mir klar, daß du gleich nach ihm siehst.«

»Sowieso. Ich habe ihn sogar dazu bewegen können, für ein paar Sekunden die Augen aufzuschlagen, aber ich glaube nicht, daß er mich erkannt hat.« Er schaute hinüber auf Gators Werkecke, wo Fez und Gabe nun schon seit Stunden beieinander hockten. »Die beiden verstehen sich offenbar bestens.«

Sam nickte nachdenklich. Sie mußte sich zwingen, nicht ständig hinzusehen. »Hat Fez dich über Art Fish aufgeklärt?«

»Ja. Aber im Grunde hat er mir damit nur bestätigt, was ich schon lange vermutet habe. Er war wohl mehr verblüfft zu hören, was ich über Visual Mark und die Computerzombies aus der Hölle zu berichten wußte.«

»Klingt fast so gut wie *Tunnel im Nichts.*«

»Du übertreibst. Ich weiß von Fez, daß es dir auf diese Weise gelungen ist, Art vor dem großen Schlag zu bewahren und gleichzeitig dem Netz sozusagen zur Reinkarnation zu verhelfen. Getunnelte Informationen.«

Sie kicherte kurz. »Du lieber Himmel, daran habe ich ja noch gar nicht gedacht: Mein Verdienst ist im Grunde Beauregard zuzuschreiben. In der Tat, das hat was für sich. Intergalaktisches U-Bahn-System. Und damals hab ich ihm ins Gesicht gelacht.«

»Beaus Gesicht reizt ja auch zum Lachen«, sagte Keely. »Im Ernst, was du an dem gefressen hast, ist mir nie ganz klar gewesen. Aber zugegeben, wer im Glashaus sitzt, sollte nicht mit Steinen werfen.«

Sam schmunzelte. Keely kramte unbeirrt in der gemeinsamen Beziehungskiste, während ringsum die Apokalypse galoppierte. Er gab nicht auf. Recht so, dachte sie und musterte seine abgespannten Gesichtszüge.

»Ihr habt nicht zufällig noch was zu essen?« fragte er ein wenig belämmert.

Sam lachte. »Und ob. Rosa hat rechtzeitig eingekauft.«

»Rosa hat Sinn fürs Praktische«, lobte Keely und folgte Sam nach draußen. »›Scheiß auf die Technik, wann wird gegessen?‹ Daran hätte ich denken sollen, als es mir nur noch darum ging, uninfiziertes Equipment zusammenzuraffen.«

Die beiden hatten nun Sams Schlaflager erreicht. Sie kramte ein paar Fertiggerichte unter einem Dielenbrett hervor.

»Mal sehen, was noch da ist: Früchtekompott, Fischkompott, veredelter Bananenbrei, Bohnensuppe und … oh, hmmm, echter Käse im Frischhaltepack …«

Er nahm ihr den Käse aus der Hand und riß die Pakkung auf. »Das wird reichen. Ich will dir auf keinen Fall die gute Bohnensuppe wegessen, zumal sie womöglich ein persönliches Geschenk an dich ist.« Er brach ein

Stück Käse ab, steckte es in den Mund und verzog das Gesicht. »O Mann, ist das lecker. Aber ich glaube, mir würden zur Zeit auch Schuhe schmecken.«

»Falls du immer noch nicht satt bist, versuch's mal bei den Survivalisten. Die campen oben auf Palos Verdes, verkaufen uns ihre letzten Gourmet-Gerichte und ernähren sich selber von Eichhörnchen und Vögeln.«

Keely würgte. »Gut zu wissen. Wir müssen planen.« Er seufzte. »Herrje, hätte ich mich nicht ausgerechnet in jener Nacht so zugeknallt, wäre wahrscheinlich alles anders gekommen. Wenn man mich geschnappt und eingebuchtet hätte, wäre Mark womöglich draufgegangen und der ganze Schlamassel nicht passiert.«

»Ziemlich viele Wenns, Keely.«

Er hob die Schultern. »Ich war da. Ich hab sie mit eigenen Augen gesehen. Es tut mir selbst um dieses Miststück Rivera leid. Er ist auf elende Weise verreckt, in Angst und Schrecken wie die anderen. Sie wußten nicht, was ihnen geschah. Nur Mark wußte Bescheid, aber er war machtlos dagegen, konnte nur um Hilfe bitten.«

»Mach dich nicht verrückt«, sagte Sam. »Genaues weißt du auch nicht.«

»Und ob. Du hättest die Nachricht sehen sollen, die er mir hinterlassen hat. Sie ließ keine Frage offen.« Er zerknüllte die Warmhaltepackung.

»Hör auf«, drängte sie und hielt ihm die Hand fest. »Du willst dir doch wohl nicht alle Schuld anlasten. Genauso gut könntest du behaupten, Napoleon zu sein. Aber bevor du total ausflippst, solltest du dir lieber mal ein paar Gedanken darüber machen, wie wir aus der sympathetischen Schwingungstechnik ein reales Netz aufbauen ...«

»Art nennt es die Vibratortechnik«, sagte Keely.

»Typisch.« Sam verdrehte die Augen. »Jedenfalls wissen wir jetzt, wie damit umzugehen ist.« Sie knuffte den Jungen aufmunternd in die Rippen. »Wenn dich das Gewissen drückt, mach dich nützlich. Du weißt wie.

Gabe hat mir erzählt, wie du in Fairfax die Nachricht aufgegeben hast. Ein starkes Stück.« Sie lachte ein wenig. »Ich wäre gern dabei gewesen.«

»Ich war fix und fertig«, sagte er und schaute verlegen weg. »Rivera hat mir Medikamente eintrichtern lassen, die mich wahrscheinlich auf Dauer verkorkst haben. Vielleicht gelten für mich mildernde Umstände wegen Gehirnschadens.«

»Hör endlich auf!« sagte Sam ungeduldig. »Wenn jemanden eine Schuld trifft, dann wohl eher Rivera oder diese Frau Doktor von EyeTraxx.«

»Wie sich Rivera mit ihr kurzgeschlossen hat, werde ich dir später mal erklären«, sagte er düster.

»Interessiert mich nicht«, entgegnete Sam. »Das tut nichts mehr zur Sache.« Sie führte ihn zurück in den Tanzsaal und nahm vor ihrem Laptop Platz.

»Erinnerst du dich an die Programmdaten hierfür?« sagte sie und zog die Pumpeneinheit aus der Tasche. Er nickte. »Das Ding habe ich während meines Freisemesters in den Ozarks zusammengebaut.«

»Und an dir selber ausprobiert?« fragte er staunend, als sie die Pumpe an den Laptop anschloß.

Sie nickte grinsend. Auf dem Bildschirm leuchtete die von Art programmierte Oberfläche auf, allerdings ohne Art. »Weiter komm ich nicht. Vielleicht hast du mehr Glück. Ich weiß nicht, was dieser unfertige Raum zu bedeuten hat, und mit diesem Wort kann ich auch nichts anfangen.« Sie zeigte mit dem Finger darauf. »*Zamiatin.* Hast du eine Ahnung?«

»Zamiatin ist Visual Marks Nachname«, sagte eine rauchige Stimme aus dem Hintergrund.

Sam drehte sich um. Gina stand wenige Schritte hinter ihr und starrte auf den Schirm.

»Er ist es«, rief Keely verwundert aus und schaute zwischen Gina und dem Bildschirm hin und her. »Das Virus hat ihn nicht erwischt. Er ist noch am Leben ... irgendwie.«

Sam staunte nicht schlecht. »Bist du sicher? Vielleicht ist er nur Teil des …«

Keely schüttelte den Kopf. »Nein, er ist es wirklich. Ich kenne die Oberfläche. Ich habe sie jedesmal gesehen, wenn er sich zu mir ins Penthouse durchgehackt hat.«

»Aber wir können ihn nicht erreichen. Uns fehlt der Zugriffscode oder das Paßwort«, sagte Sam ziemlich frustriert.

Keely lachte spöttisch. »Von wegen. Der Zugriffscode ist *VM*, und das Paßwort lautet …« — er richtete den Blick auf Gina, die sich zwischen die beiden auf den Boden gehockt hatte — »es lautet *Gina.*«

Gina schaute unverwandt auf den Bildschirm. Sam hatte fast den Eindruck, als wäre sie hypnotisiert von den im Hintergrund vorbeifliegenden Wolken.

»Wirst du diese verdammten Codes eingeben?« fragte Gina plötzlich mit Blick auf Keely.

»Vielleicht willst du das tun«, antwortete er.

»Einen Scheißdreck werd ich tun.« Sie stand auf und verschränkte die Arme. »Ich habe diesen Mistkerl schon oft genug aus dem Schlamassel holen müssen. Versuch du's zur Abwechslung mal.«

Gina drehte sich um und ging zu Gabe und Fez. Keely sprang auf und eilte ihr nach.

»Kannst du mich sehen und hören?« fragte Keely und blickte in die Kamera, die Percy zusätzlich installiert hatte.

Der Mann auf der Chaiselongue zeigte sich verunsichert. »Augenblick. Ich bin noch nicht …« Das Bild flakkerte und wurde dann plötzlich scharf. »Na bitte. Das nenne ich Qualität. Wer ist da? Ach, der Vogel aus dem Penthouse. Bist also ausgeflogen.«

»Ja. Danke auch, daß du mir die Tür aufgemacht hast.« Keely klang so schüchtern und höflich, daß Sam lachen mußte.

»Schau, schau, da ist ja auch der Beater. Mann, du siehst ja zum Fürchten aus.«

Aber wirklich, dachte Sam. Die paar Stunden Schlaf hatten offenbar nichts genützt. Er sah noch müder aus als zuvor. Nicht einmal Marks Anblick schien ihn aufmuntern zu können.

»He«, sagte Mark. »Rück ein bißchen näher an die Kamera heran. Ich kann das Ding nicht auf dich einschwenken ...«

»Doch, das kannst du«, meldete sich Arts Stimme aus den Lautsprechern. »Versuch's mal.«

Sam lachte laut auf. Die Szene war so bizarr, als würden Percy und Rosa eine Simulation zum Besten geben wollen. Aber die beiden standen in der Gruppe, die sich ringsum versammelt hatte, und blickten so verdutzt drein wie die anderen — mit Ausnahme von Gina Aiesi. Sie hielt sich abseits, außerhalb der Reichweite der Kamera.

Sam warf ihr neugierige Blicke zu und drückte dabei die Hand auf den Bauch, um sicherzustellen, daß die Injektionsnadeln nicht verrutschten.

»Ja, du bist es wirklich«, sagte Mark, nachdem die Kamera, wie von Geisterhand bewegt, auf dem Stativ nach links geruckt war und direkt auf Gabe zielte. »Na, wie bekommt dir die Umrüstung?«

Sam musterte ihren Vater. Er schien noch unentschieden zu sein, ob er nun lachen, weinen oder Reißaus nehmen sollte. »Wie macht er das?« fragte er Keely. »Wie schafft er es, sich so ins Bild zu setzen?«

»Gute Frage«, sagte Keely. »Wie machst du das?«

»Er visualisiert«, antwortete Gina leise. Die Kamera schwenkte sofort auf sie ein.

»Du bist da.« Marks Monitorabbild rückte näher.

»Ja, ich habe überlebt«, sagte sie gleichgültig. »Was wohl kaum dir zu verdanken ist.«

»He, vom Schlag getroffen zu werden, kann jedem passieren.«

»Aber nur du bringst es fertig, den Schlag auf das gesamte Netz zu übertragen.«

»Wenn so was möglich ist, müßte der Schaden eigentlich mit einer Online-Therapie zu beheben sein«, meinte Fez, der neben Gator stand.

»Was siehst du mich an?« sagte Gina. »Meine Idee war's nicht.«

»Meine auch nicht«, erwiderte Gabe kleinlaut.

»Aber ihr zwei seid die einzigen mit Steckbuchsen im Kopf«, sagte Fez. »Und wir wissen mit Sicherheit, daß ihr nicht infiziert seid.«

»So sicher ist das nicht«, entgegnete Gabe.

»Ich habe euch nichts zuleide getan«, sagte Mark mit ernster Stimme.

»Mir kommen gleich die Tränen«, knurrte Gina. Sie schob sich zwischen Adrian und Jasm und blickte wütend in die Kamera. »Du hast doch keine Ahnung. Du bildest dir nur ein, Bescheid zu wissen. Ich bin mir da nicht so sicher. Und er auch nicht«, fügte sie mit einem Kopfschlenker auf Gabe hinzu.

»Das läßt sich klären«, meinte Fez. »Wir brauchen nur die entsprechende Hardware dazu, eine direkte Schnittstelle und ein Muster dessen, was Art ›Giftspritze‹ nennt. Damit ließe sich ein Diagnoseprogramm erstellen, das normale und virulent veränderte Funktionen miteinander vergleichen kann. Eine solche Diagnose zu starten, dürfte nicht allzu schwierig sein. Wir bräuchten allerdings die nötigen Schnittstellenverbindungen dazu.«

Flavia, das goldige Mädchen, kicherte hysterisch. »Woher nehmen und nicht stehlen?«

Gina ging zu Gators Arbeitsplatz hinüber und schnappte sich das Cape, das Keely zu einem großen Bündel zusammengeschnürt hatte. »Wir haben Anschlüsse, Programme und jede Menge Spielzeug. Auch ein Muster ist dabei.« Sie setzte das Bündel vor Fez auf dem Boden ab. »Das Cape. Schau dir den Kragen an.«

»Aber es ist ausgeschaltet«, sagte Gabe.

»Irrtum. Es ist nur nicht in Betrieb. Die Sonnenkollektoren am Saum sorgen ständig für Spannung. Das Programm steht, ist aber infiziert. Wenn du ein sauberes Gehirn brauchst, frag die Dame neben dir; sie hat eins.« Gina zeigte auf Flavia.

»Kommt nicht in Frage«, protestierte das Mädchen. »Dir geh ich nicht mehr auf den Leim. Die Nacht von damals ist mir noch böse in Erinnerung.« Das Goldgesicht nahm harte Züge an.

Gina breitete die Arme aus. »Ich hab dich damals gewarnt. Daran erinnerst du dich hoffentlich auch.«

»Wir könnten statt des Gehirns eine Simulation verwenden«, sagte Fez nach einer Weile. »Damit ließe sich dann die Diagnose festlegen ...«

»Das würde ich gerne übernehmen«, sagte Mark. »Wenn Gina einverstanden ist. Aber vermutlich hat sie was dagegen.«

»Mach dir nicht ins Hemd«, schnaubte Gina. »Du hast uns die Suppe eingebrockt. Löffle sie gefälligst aus, so gut du kannst.«

Es war schön, wieder lebendig zu sein.

Die als Art Fish identifizierte Konfiguration war für ihn ein Wunder, eine Offenbarung, ein synästhetisches Zusammenspiel von Intelligenz und Bewußtsein. Als ihn das Paßwort *Gina* zum Leben erweckt hatte, war es ihm für kurze Zeit vergönnt gewesen, einen Einblick in Arts Gedächtnisspeicher zu nehmen. Zuerst war er völlig verwirrt gewesen, aber mit den Daten kamen schließlich auch das entsprechende Format und Know-how. Als er dann endlich Gina wiedersah, hatte er sich in vielerlei Hinsicht gewandelt.

Trotzdem — oder gerade weil er sich verändert hatte — rief ihr Anblick alte Gefühle wach. Er sah nun klarer als jemals zuvor und spürte, wie sehr er sie liebte. Die Irritationen des Körpers hatten ihn für dieses Gefühl unempfänglich gemacht. Diese Irritationen waren verschwunden, doch nun fehlten ihm die Arme, um Gina an sich zu ziehen.

Art hatte zu diesem Thema genügend Gemütsdaten gespeichert, obwohl Es nie Fleisch gewesen war. *Es* — ein anderes Pronomen für Art fiel Mark nicht ein. Dieses kleine Fürwort war zwar schon mit anderen, alten Assoziationen besetzt, schien aber trotzdem zur Benennung dieser neuen Existenzform angemessener zu sein als *er* oder *sie*. Mark verstand sich hingegen nach wie vor als *er*, was sich jedoch womöglich auch mit der Zeit ändern würde. Die totale Umrüstung war am Ende vielleicht doch etwas Gutes.

Seit seiner Wiederbelebung standen er und Art in völliger Übereinstimmung miteinander, und der gemeinsam genutzte Gedächtnisspeicher machte den Mangel an Armen mehr als wett. Nach Marks Empfinden war alles, was ihn nun bewegte, sehr viel lohnender als Schrödingers Schwanz, und Art verstand genau, was er damit meinte.

Mit Arts Hilfe konnte er Ginas Biografie vollständig nachplottern. Unsicherheiten konnten ihn nicht weiter stören, denn auch sie ließen sich grafisch darstellen. Auf diese Weise entstand ein Zauberwald aus verästelten Entscheidungsbäumen, der sich auf unterschiedlichsten Wegen durchforsten ließ.

Um Gina brauchte er sich keine Sorgen mehr zu machen. Gabe Ludovic war der Richtige für sie. Die beiden paßten besser zusammen, als er ursprünglich angenommen hatte. Ein wenig taten ihm die beiden dennoch leid, weil nicht damit zu rechnen war, daß sie jemals so vertraut miteinander sein würden, wie er und Art es waren. Es sei denn, sie schalteten sich per Buchsenanschluß kurz.

Er war selbst überrascht davon, wie leicht es ihm fiel, eine Gehirnsimulation für Fez zu schaffen. Alte Assoziationsstücke ließen sich neu konfigurieren, so daß die wesentlichen Inhalte, auf die sie sich bezogen, ohne weiteres rekonstruierbar waren. Daß er diese Schwierigkeit meisterte, war ihm ein Beleg für die Gültigkeit dessen, was er von Art gelernt hatte: *Informationen können weder erzeugt noch vernichtet werden; sie sind entweder zugänglich oder nicht. Auf jeden Fall liegen sie vor, und wer sie einmal gespeichert hat, kann sie selbst über den winzigsten Rest einer Assoziation zurückrufen.*

Dieser Satz gab ihm großen Aufschwung. Er lernte immer mehr dazu und hatte den Eindruck, daß alles um ihn herum in Bewegung war, er selbst aber Konstanz bewahrte.

Der Kontext, in dem er sich befand, schien sich immer weiter zu öffnen und verschaffte ihm einen immer tieferen Einblick. Er sah die äußere, von Körpern bewohnte Welt zunehmend klarer, und verstand es bereits, einzelne Individuen anhand ihrer Eingaben zu unterscheiden. Es waren kleine Dinge, die ihm auffielen: Muster, Rhythmen und Pausen traten in unverwechselbaren Variationen auf. Fez zum Beispiel bewies an der Tastatur den Spürsinn eines Hirtenhundes; er trieb Massen von Details, die für sich genommen nur wenig Wert hatten, auf sinnvolle und nützliche Weise zusammen. Ihm war am ehesten zuzutrauen, daß er seiner — Marks — Existenzform auf den Grund kam. Fez hatte ein Verständnis für *Konfiguration;* allerdings schien er noch allzu sehr in Dimensionen der physischen Welt befangen zu sein. Einem raschen Perspektivenwechsel konnte er nicht folgen.

Er, Mark, hatte darin mehr Übung. Schon das alte, Gehirn genannte Fleischorgan war aufgrund jahrelanger Videoerfahrung in der Lage gewesen, Bilder aus Musik entstehen zu lassen und umgekehrt. Die Fähigkeit war ihm auch jetzt noch zuträglich. Wenn er eine Assoziation verloren zu haben glaubte, konnte er sie in Musik und Bildern wiederentdecken. Die waren ihm immer gegenwärtig, obwohl der Programmdirektor abgedankt hatte.

Automatisch konfigurierte er das Diagnoseprogramm und kam Fez damit zuvor. Die Sache war trotz Arts Hilfe kompliziert genug. Fez hätte mindestens zwei Tage daran herumtüfteln müssen. Womöglich erfolglos. Und doch, bei aller Kompliziertheit gestaltete sich die Lösung am Ende denkbar einfach. Der Kasus knacksus war nicht das Programm als solches, sondern der Output.

»Wie bitte?« wunderte sich Fez und starrte auf den Bildschirm, als die Resultate darauf sichtbar wurden. »Du hast eine äußerst raffinierte Virendiagnose durchgeführt. Und *das* kommt dabei heraus?« Er richtete den Blick auf die Kamera.

Zur Anschauung hatte Mark Diagramme vorbereitet, die Art nun auf dem Bildschirm zeigte. »Was du hier siehst, sind Outputs«, erklärte er Fez. »Und das hier sollen die jeweiligen Reichweiten innerhalb bestimmter Toleranzgrenzen sein. In der Zusammenschau läßt sich das Vorhandensein oder Nichtvorhandensein dessen ermitteln, was unserer Giftspritze gleichkommt.«

Sam trat vor die Kamera und blickte mit krauser Stirn auf die Bildschirme. »Art? Führst du uns wieder an der Nase herum?«

»Im Gegenteil«, erwiderte er. »Die Zeit drängt. Der Phoenix-Verteiler hat ausgedient, und Alameda ist gleich mit den Bach runtergegangen, gerade so, wie ich's vorausgesagt habe.« Und nach kurzer Pause: »Das Virus rückt näher. Er hat die Erde schon zweimal umrundet und kreist uns ein.«

Sam wischte sich mit beiden Händen durchs Gesicht. »Ach du Schande. Sag bloß, die sympathetischen Schwingungen sind schuld?«

»Es ist auf jeden Fall nicht deine Schuld, Sam«, tröstete Art. »Das Virus lernt ständig dazu; es raffiniert sich.«

»Was ist denn das für eine Ausdrucksweise?« fragte Rosa.

»Die angemessene«, entgegnete Art. »Zur Sache: Sämtliche Verbindungen nach draußen sind tot. Was macht ihr, wenn der Strom ausfällt?«

»Aber das Virus wird sich doch wohl nicht am Strom vergreifen, oder?« Sams Gesicht war vor Angst zerknautscht. Rosa stellte sich neben sie vor das Kameraobjektiv.

»Und ob. Er will uns erwischen, so oder so.«

Sam wandte sich Fez zu. »Wie lange reicht der Strom aus Solarzellen und Batterien?«

»Es wird jetzt schon ziemlich knapp. All die Monitore ...«

»Wofür brauchen wir die überhaupt?« empörte sich Sam.

Fez schaltete sie aus und schaute besorgt in die Kamera. »Wann wird sich der Virus bis zu uns durchgewühlt haben?«

»In ungefähr drei Stunden«, antwortete Art.

»Für eine Diagnose würde die Zeit also noch reichen. Viel steckt ja nicht dahinter.« Er zeigte auf Marks einzeiliges Meisterstück, das am unteren Bildschirmrand zu lesen stand.

›*Wie geht es dir?*‹

»Es bleibt sogar noch Zeit zur Kompression«, sagte Art.

»Kompression?«

»Auf Nanoware-Format.«

Sams Gesicht spiegelte hoffnungsfrohe Überraschung. Mark fand, daß sie in diesem Moment ihrem Vater besonders ähnlich sah. Dann runzelte sie die Stirn. »Und was passiert mit euch?«

»Wir sind topologische Akrobaten«, antwortete Art. »Es kommt bloß darauf an, alle Assoziationen mehrdimensional zu verteilen. Wir können jetzt anfangen.«

Fez hob die Hand. »Art, du hast eine solche Kompression noch nie im Beisein eines ... ähm ... anderen Individuums durchgeführt. Dasselbe trifft für Mark zu. Ihr könntet bei diesem Prozeß eure speziellen ... spezifischen ...«

»Informationen gehen nicht verloren«, beruhigte Art. »Wie dem auch sei, uns bleibt keine andere Wahl.«

»Ich wünschte, wir hätten mehr Zeit, um die Sache besser durchdenken zu können«, sagte Fez. »Wenn ihr wirklich so große topologische Akrobaten seid, wie kommt's, daß ihr euch im gesamten System breitgemacht habt.«

Der Impuls, den Mark von Art empfing, zeigte sich als Grinsen auf dem Bildschirm. »Wenn du die Wahl hättest zwischen einem Schuhkarton und einem Schloß mit hundert Zimmern — worin würdest du lieber wohnen wollen?«

»Die Frage ist unfair. Wir hausen seit Monaten in diesem Loch«, entgegnete Sam und verschwand aus dem Aufnahmewinkel der Kamera. Bald darauf kehrte sie zurück und hielt ein paar Anschlüsse in der Hand. »Wir müssen meine Pumpeneinheit von der Batterie abklemmen und wieder bei mir am Bauch anschließen«, sagte sie.

»Ekelhaft«, rief Rosa aus dem Hintergrund.

»Nein, sie hat recht«, meinte Fez und seufzte. »Um unanständig ehrlich zu sein: Ich wünschte, wir hätten mehr Geräte dieser Art.«

»Das kommt noch«, sagte Sam, »spätestens dann, wenn es jemandem einfallen sollte, Makrotechnologie wieder einzuführen.«

»Also los! Laßt von der Kompression so viel wie möglich auf dem Bildschirm erscheinen. Ich würde gerne zusehen.«

Art zeigte sich einverstanden; Marks Echo war zu hören, als der Prozeß schon begonnen hatte.

Zu Anfang war Mark skeptisch. Er glaubte, sich in ein Mauseloch zwängen zu müssen. Art gab ihm zu verstehen, daß er, Mark, noch allzu sehr in alten Gewohnheiten befangen sei und darum nicht erkennen könne, wie sich Erinnerungen und Identitätszüge ohne Verlust zu überlappen vermochten. Verloren ging nur alles Redundante, das sich die menschliche Intelligenz aus Sicherheitsgründen zugelegt hatte.

Die Prozedur an sich war durchaus angenehm, vergleichbar mit dem Zusammenzug eines Paares, das doppelte Einrichtungsgegenstände ausmusterte und alles andere sorgfältig auf die Wohnung verteilte. So wurde alles Überflüssige auf Chip gespeichert, um es später zurückzuholen. Falls denn überhaupt noch der Wunsch dazu bestand.

Mark ahnte, daß ihm daran später kaum noch gelegen sein würde. Alte Begriffe wie *Eigentum* oder *Individualität* hatten schon jetzt ihre Bedeutung für ihn verloren. Er und Art waren auf dem besten Wege, zwei Aspekte ein und desselben Bewußtseins zu werden und ihre separaten Intelligenzen zusammenzuwerfen. Gleichzeitig aber intensivierte sich sein Gefühl für Identität. Er näherte sich einem Zustand, der auf die Frage nach dem Selbst nur zwei Antworten zuließ: ja oder nein. Und der Schritt, der auf diese Wesenserforschung folgte, war der Schlupf ins Mauseloch: die Implosion.

Von alleine hätte er diesen Zustand der Balance nicht beibehalten können. Aber zum Glück war Art da, der für das nötige Gegengewicht sorgte.

»Bist du sicher, daß der Strom ausreicht?« fragte Rosa zum wiederholten Mal.

Fez schmunzelte. »Nanoware verbraucht nano-wenig. Sams Saft reicht allemal. Auf dich ist doch Verlaß, nicht wahr, Sammilein?«

»Ach, und das aus deinem Munde?« sagte Sam.

Fez rückte einen Stuhl herbei und nahm neben Sam

Platz. An die Pumpe war ein großer Monitor angeschlossen, auf dem der Konsolidierungsprozeß zwischen Art und Mark zu verfolgen war. Allerdings zweifelte Sam daran, daß irgend jemand aus dem Symbolsalat, der in zwei Kolonnen über den Bildschirm huschte, schlau werden konnte. Ihr war ein wenig traurig zumute. Sie vermutete, daß der Zusammenschluß der beiden endgültig sein würde, und fürchtete, Art in Reinform auf Dauer vermissen zu müssen.

Fez schien während der vergangenen Stunde sämtliche Bedenken aufgegeben zu haben. Es handele sich nicht bloß um eine Kompression, hatte er gesagt, sondern um eine Kompression, kombiniert mit einer Kryptogrammierung: »So was ist noch nie dagewesen.« Rosa fragte spöttisch, ob zu diesem Anlaß ein neuer Nationalfeiertag einzurichten sei oder ob eine Pressekonferenz ausreiche, falls denn die Medien ihre Arbeit wieder aufnehmen könnten.

»Vielleicht brauchen wir wirklich eine Ersatzstromquelle«, sagte Sam zu Fez. »Für den Fall, daß mein Herz aussetzt. Oder womöglich dreht Rosa noch durch und reißt mir die Nadeln aus dem Bauch.«

»Rosa wird sich hüten«, sagte Fez milde. »Und daß dir das Herz stehenbleibt, ist kaum zu befürchten. Oder stimmt was nicht mit dir?«

Sam schüttelte den Kopf. »Ich dachte nur, daß es vielleicht doch vernünftiger wäre, für den Notfall gerüstet zu sein. Wieviel Zeit bleibt noch?«

»Knapp anderthalb Stunden. Art und Mark werden bis dahin längst fertig sein.«

Sam schaute wieder auf den Monitor. Alle anderen Programme waren auf Chips kopiert, der Speicher fast gänzlich leergeräumt worden. Bald würde das System abzuschalten sein. Dann wären sie vom Rest der Welt abgeschnitten. So etwas hatte Sam noch nie erlebt. Seit fast achtzehn Jahren war sie rund um die Uhr am Netz gewesen. Die Vorstellung, davon getrennt zu sein, rief klaustrophobische Ängste in ihr wach, die sie Fez gegenüber auch äußerte.

»Seit dem Zusammenbruch der Dataline, bin ich auch ganz fickerig«, antwortete Fez. »Es ist schon schlimm, nicht mehr per Knopfdruck erfahren zu können, was auf der Welt passiert oder zumindest in den Bereichen, die mich interessieren. Und wenn ich mich hier so umsehe, fällt mir auf, daß die Reizbarkeitsschwelle ziemlich stark gesunken ist. Wir können unseren Gewohnheiten nicht mehr nachkommen und sind aufgeschmissen. Denn wir leben sozusagen als Bürger im Netzverbund. Unsere Spezies heißt Homo datum.«

»Wir sind Synder.«

Gina hockte auf dem Rand einer Kiste nicht weit vom Bildschirm entfernt, über den unverständliche Zeichen huschten.

»Wie bitte?« fragte Fez.

»Ein Freund hat das Wort geprägt«, sagte sie. »Es ist abgeleitet von Synthesizer.«

Fezens Gesicht nahm einen versonnenen Ausdruck an. »Du hast soeben einen Nerv bei ihm getroffen«, sagte Sam zu Gina. »Jetzt braucht er eine Schachtel Doughnuts, eine Couch und Muße zum Diskutieren.«

»Ein Kännchen Gourmet-Kaffee wäre auch nicht schlecht«, sagte er. »Genaugenommen ist die Gattung Mensch nunmehr in zwei Unterarten aufgeteilt: in synthetisierende und synthetisierte. Wir gehören zur ersten und Art Fish zur zweiten.«

»Und Mark ist wohl ein Bastard der beiden«, fügte Gina hinzu.

Fez zwinkerte mit den Augen. »Das wären dann drei Spezies. Und wie's unter allen Lebewesen so üblich ist, haben wir einen natürlichen Feind, der uns belauert.« Er seufzte. »Reizvolle Aspekte. Aber in etwas mehr als einer Stunde werden wir uns alle wieder zum Homo sapiens zurückentwickeln müssen. Vorübergehend, aber auf unbestimmte Zeit.«

Die Pumpeneinheit piepte. Auf dem großen Bildschirm leuchtete der Hinweis *Programm abgeschlossen.*

Sam wandte sich an Fez. »Das war's schon? Wirklich?«

»Offenbar. Die beiden sind jetzt komprimiert. Hast du deine Brille parat?«

Sam zögerte. »Warum lassen wir den großen Bildschirm nicht eingeschaltet, solange die Sonnenenergie ausreicht? Dann bleibt uns mehr Saft für die Pumpe.«

Fez legte den Arm um ihre Schulter und drückte sie herzlich. »Du bist ein Genie, Sammilein.«

»Übertreib nicht«, antwortete sie sichtlich verlegen und wand sich aus seinem Umarmung. »Der Vorschlag war nicht mehr als sinnvoll.«

»Genial, sag ich doch.«

Sie zeigte ihm eine Grimasse. Sie hatte sich mit der Liaison zwischen Fez und Gator abgefunden und reagierte nun gereizt, sobald er ihr gegenüber Zuneigung bekundete. Aber vielleicht war sie einfach nur schlecht gelaunt, weil die Dataline nicht mehr funktionierte.

Keely kam mit seiner Tastatur und stöpselte sie an ihre Pumpeneinheit an. »Ist doch bequemer als der kleine Handknauf.«

Sie schenkte ihm ein dankbares Lächeln und fragte: »Sollen wir mal nachfragen, wie's den beiden geht?«

In diesem Moment leuchtete eine Nachricht auf dem Bildschirm auf.

›Was du auch tust, Sam,
wackle nicht an den Nadeln herum!‹

»Schön, daß der Sinn für Humor nicht unter der Kompression gelitten hat«, sagte Fez.

»Fragt sich nur, wessen Humor«, murmelte Keely.

Sam sah, wie sich Gina, gefolgt von Gabe, in eine entfernte Ecke des Tanzsaals zurückzog, und warf Keely einen fragenden Blick zu. Der zuckte die Achseln und schmunzelte geheimnisvoll.

Wieder piepte die Pumpeneinheit, und auf dem Bildschirm erschien eine zweite Meldung.

›Wir hatten eine Idee.‹

Gina zuckte nicht zusammen, als er ihre Schulter berührte, sträubte sich auch nicht, als er den Arm um sie legte, blieb selber aber passiv. Immerhin, dachte Gabe und legte die Wange auf ihren Kopf.

Er hatte sich seit der Ankunft in der Kneipenruine sehr zurückgehalten und war Gina aus dem Weg gegangen. Die Überraschung, Sam wiederzusehen, hatte ihn von weiteren Annäherungsversuchen abgelenkt. Außerdem war er vollauf damit beschäftigt gewesen, sich in der neuen Umgebung zurechtzufinden. Zu viel in Simulation gelebt, dachte er. Hier war es nicht möglich, Programme umzuschreiben, unliebsame Sequenzen zu löschen oder an x-beliebiger Stelle den Faden einer Geschichte aufzunehmen.

Wie tiefschürfend, Glühfix, dachte er. Marly soufflierte diesmal nicht. Von seinen Phantomen ließ er sich nicht mehr narren, seit er den Keller in Fairfax verlassen hatte. Dort waren auch die Chips zurückgeblieben, die Keely für sein Hackerkunststück verwendet und dem infizierten Netz ausgesetzt hatte. Sie waren nun unnütz geworden und verdorben. Gabe tröstete sich mit der Hoffnung, daß Marly und Caritha unbeschadet geblieben waren und im Kopfjäger-Szenario weiterexistierten.

Nach einer Weile stieß sich Gina von ihm ab und bedachte ihn mit kritischem Blick. »Zum Teufel, wofür hältst du dich?«

»Für einen Synder«, antwortete er, ohne zu zögern.

»Nicht schlecht«, erwiderte sie. »Du überraschst mich immer wieder. Aber was glaubst du, wieviel Zeit uns noch bleibt?«

»Bis was passiert?«

»Bis unsere syndigen Köpfe platzen.«

»Das wäre wohl längst passiert, wenn Gefahr für uns bestanden hätte.«

Die Verblüffung in ihrem Gesicht machte sie um Jahre jünger. Gabe lachte.

»Ich glaube nicht, daß wir infiziert sind«, fuhr er fort. »Wir sind allenfalls unheilbar informiert.«

Ihre Augen verengten sich. »Aber du hast doch gesagt ...«

»Ich weiß«, unterbrach er. »Es war ein Irrtum.«

»Ach, es war ein Irrtum. Mehr hast du dazu nicht zu sagen? Rutsch mir den Buckel runter!«

Er griff in ihre Filzlocken und küßte sie. Zunächst widerstrebte sie, dann spürte er, wie sich ihre Arme um ihn schlangen.

»Glaubst du, daß wir's schaffen, was Gemeinsames zu synthetisieren?«

»Ich rate dir, streng dich an. Sonst hau ich dir noch eine runter.«

An Gina Aiesis Liebesgeflüster würde er sich noch gewöhnen müssen.

Hinter ihnen räusperte sich jemand. Gabe warf einen Blick über die Schulter und sah Keely mit verlegenem und amüsiertem Grinsen dastehen. »Ich störe nur ungern, aber es ist wichtig«, sagte er. »Kommt mit und hört euch das an.«

Ausgeschlossen, dachte sie spontan; das kann doch nur in die Hose gehen. Auch Sam schien von dem Vorschlag ganz und gar nichts zu halten. Recht so. Die anderen aber waren überschwenglich und voller Tatendrang. Allen voran diese weißhaarige Eminenz, die auf alle Fragen eine Antwort zu haben schien. Fez, der alte Knakker, hatte auch gute Argumente; die besseren aber kamen, wie Gina fand, von Gabes Tochter.

Gina mußte immer wieder auf das kleine Gerät schielen, das auf Sams Bein lag. Alle redeten durcheinander. Ludovic war dem Vorschlag offenbar zugetan, schlug sich aber auf Sams Seite.

In Ginas Kopf setzte mit einemmal Musik ein, während über den Bildschirm Meldungen der komprimierten Zwillinge, der phantastischen Schrumpfköpfe liefen.

Ich will dich ...

Zur Stelle zu sein, machte neunzig Prozent des Lebens aus; zum richtigen Zeitpunkt zur Stelle zu sein, machte den Rest aus.

Sei ein letztes Mal für mich da. Na klar doch; war ich das nicht immer? Mehr als zwanzig Jahre lang? dachte Gina; und was hat es gebracht?

»Wenn wir's nicht tun, machen es andere«, sagte Ludovic. »Der Vorschlag klingt vernünftig. Das Ding ist intelligent und muß mit intelligenten Mitteln bekämpft werden.«

»Ich glaube nicht, daß andere eingreifen werden«, meinte die Frau namens Jasm. »Man richtet wahrscheinlich ein neues Netz ein und hofft darauf, das es eine Weile verschont bleibt. Aber früher oder später wird es auch infiziert sein und zusammenbrechen. Es gibt nur eins: Wir müssen das Virus ausmerzen.«

Keely tippte fleißig auf der Tastatur herum und ließ so Mark und Art an der Unterhaltung teilhaben. Die beiden nannten sich nun Markt. Markant, dachte Gina.

»Wenn wir es wagen wollen, muß es bald geschehen«, sagte Fez. Ohne hinzusehen, wußte Gina, daß er sie dabei im Auge hatte. »Noch stehen uns ein paar saubere Verbindungen offen.«

»Woher willst du das so genau wissen?« hörte sie sich fragen.

»Ich habe dafür gesorgt, daß das System in regelmäßigen Intervallen kurze Checks durchführt. Aus der Richtung von Phoenix oder San Diego ist nichts zu befürchten.«

»Wir sind ja auch die meiste Zeit über offline. Wahrscheinlich hat das Virus uns noch nicht lokalisiert«, sagte die Gutaussehende mit dem unmöglichen Namen Gator. »Und das wird er wohl auch nicht, solange wir inaktiv bleiben.«

»Und was bringt das?« wollte Adrian wissen, der Junge, der weder lesen noch schreiben konnte. »Uns stehen saubere Verbindungen offen, die wir nicht nutzen können. Das ist so schlecht, als wären sie infiziert.«

Wieder wanderte ihr Blick zurück auf das kleine Gerät, in dem Mark nun auf neue Weise existierte. *Sieh von allem Drumherum ab und auf den Grund dessen, was du über Jahre zu lieben glaubtest. Wie wird die Wahrheit aussehen? Wär's nicht besser, ahnungslos zu bleiben?*

Nein, sie hatte keine Lust, sich den Kopf zerreißen zu lassen und einen Schlaganfall zu erdulden, um in das verdammte Computernetz überzuspringen.

Ich will dich ...

Und wenn's so sein wird, wie du es dir immer erträumt hast — und es steckt da im System, kommt aber nie wieder nach draußen? Könntest du das ertragen?

Nein, es reichte. Nach über zwanzig Jahren Stress mit Mark, wollte sie endlich Ruhe haben. Darauf hatte sie Anspruch.

»Wir könnten uns das Muster vornehmen und sehen, womit wir's zu tun haben«, schlug Ludovic vor und hob das Cape vom Boden auf.

»Nein«, sagte sie.

Er gab sich geschlagen.

»Statt dessen könnten wir das Cape ans System anschließen und als Köder einsetzen«, fuhr sie fort. »Der Fummel ist aus erster Hand und war nicht online, als es Mark erwischt hat. Das Virus wird sofort darauf anspringen. Na, was haltet ihr davon?«

Keelys Finger tanzten über die Tastatur.

Der Bildschirm blinkte. ›*Versucht's doch mal.*‹

»Okay«, sagte Fez. »Versuchen wir's!«

33

Fez löffelte ihr veredelten Bananenbrei in den Mund, als wäre sie invalide, und obwohl sie das Zeug nicht ausstehen konnte, hielt Sam ruhig. Sie war friedlich gestimmt, denn Fez hatte ihr endlich mal ein Kompliment gemacht und die Pumpeneinheit ausdrücklich gelobt.

»Ein wirklich nützliches Ding«, hatte er gesagt. »Die Energieversorgung ist zwar ein wenig ausgefallen, aber sehr verläßlich.«

»Es sei denn, man stirbt.«

»In dem Fall läßt sich ersatzweise eine Kartoffel als Batterie verwenden.« Er führte ihr wieder einen gefüllten Löffel zum Mund.

Sam schob seine Hand beiseite. »Es reicht. Das Zeug kommt mir sonst noch zu den Ohren raus. Wenn du jemanden bemuttern willst, kümmere dich doch mal um Gina und meinen Vater. Die haben's nötig.«

Fez musterte sie mit ernstem Blick. »Du bist immer noch gegen den Plan, stimmt's?«

»Allerdings. Ich glaube kaum, daß die beiden die Sache hinbiegen können. Was ihr da vorhabt, erinnert mich an ein Computerspiel, das ich mal geschrieben habe. Oder an einen miesen Film, der in den Wunsch-Kinos lief. *Das Haus der Kopfjäger.* Schon davon gehört?«

»Nein.« Fez seufzte. »Ehrlich gesagt, mir gefällt die Sache auch nicht besonders. Die Gefahr ist groß, daß wir alle buchstäblich auf einen Schlag verlieren. Wenn es nur um Art ginge, wäre ich strikt dagegen. Art ist im Grunde nicht mehr als ein Virus. Bestünde er aus Fleisch und Blut, müßte man sich vor ihm in acht nehmen. Er hat asoziale Tendenzen.«

Sam kniff die Brauen zusammen. »Wieso. Er ist doch ganz harmlos und gesellig.«

»Zugegeben. Er hatte auch keinen Grund, sich anders zu verhalten. Immerhin haben wir stets nach seiner Pfeife getanzt. Aber findest du ihn nicht auch ziemlich eingebildet.«

»Nur, wenn ich mir ihn als Person vorstelle.«

»Die Verbindung mit Mark läßt mich ein wenig hoffen«, sagte Fez. »Menschen sind nun mal gescheiter als Viren. Menschen steuern, Viren werden gesteuert, und sind sie noch so intelligent. Drei Menschen müßten gegen ein intelligentes Virus gute Chancen haben.«

»Aber genaugenommen handelt es sich doch gar nicht um ein Virus«, entgegnete Sam.

»Na schön, nennen wir das Ding eine intelligente Giftspritze. Wie dem auch sei, er handelt nicht aus freien Stücken, und das ist unser Vorteil. Hoffentlich.«

Gina und Gabe kamen mit Keely herbei, der das Cape und Anschlüsse mitbrachte. »Soweit ist alles vorbereitet«, sagte Keely. »Laut Diagnose sind alle Anschlüsse sauber. Aber ob jeweils vier davon reichen, bleibt fraglich.«

»Mark meint, daß wir damit hinkommen«, sagte Gabe. »Vier für meine linke Gehirnhälfte, vier für Ginas rechte.«

»Bist du immer noch entschlossen?«

Vater und Tochter sahen einander an. Seit der Entschluß feststand, war Sam ihm aus dem Weg gegangen. Nun wollte sie ein letztes Mal versuchen, ihn von seinem Vorhaben abzubringen. Doch sie spürte, daß es dafür zu spät war. Sein Blick warb um Verständnis. Bedenken oder Vorhaltungen waren fehl am Platz; die hatte er von Catherine oft genug gehört. Sam schaute auf die Pumpeneinheit in ihrem Schoß, schloß schützend die Hände darum und blickte wieder zu ihrem Vater auf.

»Ja«, sagte er zu Gina. »Ich bin entschlossen.«

Gina schüttelte den Kopf. »Du bist echt voll daneben.«

Sam schmunzelte. Sie hatte noch nie ein netteres Kompliment über ihren Vater gehört.

Sie lagen Seite an Seite auf schmalen Matratzen, die von Jasm und Graziella gespendet worden waren. Keely prüfte zum x-ten Mal die Stapeldatei, bevor er die Capeanschlüsse zwischen den beiden aufteilte.

»Wenn ihr miteinander verbunden seid, wird die Übertragung und das Camou-Pro gemeinsam mit euch durchstarten. Davon ist wahrscheinlich kaum etwas zu merken. Ihr könnt nichts verkehrt machen. Falls euch zwischenzeitlich irgendwelche Statusmeldungen interessieren, müßt ihr uns ...«

»Verdammt noch mal« schimpfte Gina. »Kann's jetzt endlich losgehen, oder willst du warten, bis es zu spät ist?«

Keely hob den Kopf und sah Sam an. »Wenn du aufs Klo mußt, geh am besten jetzt.«

»Wenn ich muß, kannst du mir 'ne Bettpfanne bringen«, antwortete sie und lachte nervös.

»Nun mach voran!« sagte Gina. Sie starrte unter die Decke und langte nach Gabes Hand.

»Also gut.« Sam wimmerte leise, als ihr Vater den Hals reckte, um ihr einen letzten Blick zuzuwerfen, und sie bedauerte es, ihn nicht noch einmal umarmt zu haben. Dann klappten ihm die Augen zu, und das Programm lief ab.

Er sah einen seltsamen, unfertigen Raum mit schwarzweißen Bodenfleisen vor einer Kulisse aus rasch vorbeiziehenden Wolken. Einzelheiten waren nicht zu erkennen, weil ihn ein helles Licht blendete, das aus der Raummitte aufleuchtete und schillerte wie Sonnenstrahlen auf sanft bewegtem Wasser. Er spürte Gina in der Nähe und richtete den Blick auf sie. Was er von ihr sah, entsprach dem Bild, das er kannte; doch die Farben und Formen wechselten ständig, und ihm war es, als betrachtete er ein bewegtes Gemälde.

Sie sagte etwas, doch er konnte sie nicht verstehen.

»Die Phasenverschiebung ist in Kürze überwunden«,

meldete sich eine Stimme aus dem hellen Licht. »Wir nähern uns der vollen Synthese.« Und dann: »Gina, das ist ein Trip, he?«

Das Gleißen blendete weniger stark; er hatte sich an das Licht gewöhnt und konnte nun in seiner Quelle eine Gestalt ausmachen, wenn auch nur schemenhaft, da diese eine Gestalt von zwei Bildern überlagert wurde, die aus vexierenden, sich ineinander verschiebenden Einzelteilen zusammengesetzt waren.

»Jede Menge Platz hier«, fuhr die Stimme fort, und Gabe bemerkte, daß auch sie zusammengesetzt war. Er wandte sich wieder Gina zu, deren Konturen nun deutlicher wurde. Was zuvor den Anschein eines impressionistischen Gemäldes hatte, wechselte allmählich über zu fotografischer Klarheit, bis schließlich nur noch eine transparente Schicht aus Glas oder Wasser den Blick verstellte, die sich aber am Ende auch noch auflöste.

Die Gestalt im Licht rückte zur Seite und zeigte auf ein Fensterkreuz, das vor der Wolkenkulisse in der Luft schwebte. Dann legte sie die Hand auf die Fensterbank, worauf die viergeteilte Scheibe verdunkelte und der Rahmen ein dunkles Rechteck umschloß.

»Proculrama«, sagte die Mischstimme. »Bedeutet ›Weitblick‹ und ist der Form nach eine Umkehrung der lateinischen beziehungsweise griechischen Teile des Wortes.«

»Prima«, sagte Gina spöttisch. »Genau das habe ich wissen wollen.«

Die Gestalt schien belustigt zu sein. »Ich teste bloß die Synthese.« Sie schwang ein Bein übers Fensterbrett und saß halb im Raum, halb draußen. »Ihr könnt so weit sehen, wie ihr wollt. Wir öffnen jetzt die Verbindung zur Schaltstelle von Phoenix.« Die Gestalt stieg durchs Fenster nach draußen.

Spontan zoomte Gabes Perspektive durch den Fensterausschnitt ins Schwarze.

Eine Statuszeile blinkte auf und marschierte am unteren Bildschirmrand entlang. »Sie sind in Kontakt mit Phoenix«, sagte Sam, schämte sich aber sogleich für den vorlauten Hinweis. Bis auf Adrian hatten alle anderen die Statuszeile ebenfalls gelesen. Schnippische Kommentare blieben aber aus.

Auf dem Stuhl neben ihr saß Fez. Er hatte sich nach vorn gebeugt, die Hände auf die Knie gestützt und blickte aufmerksam auf den Schirm. Rosa stand auf der anderen Seite von Sam und hielt ihre Hand. Percy und Keely hockten inmitten eines Wustes von Werkzeugen und Hardwareteilen beieinander. Gator hatte frische Batterien und zwei zusätzliche Laptops herbeigeholt und neben dem Monitor abgestellt. Alle anderen — Jasm, Graziella, Kazin, Rodriguez, ein paar von Percys kleinen Kumpeln, Flavia Soundso und der Beater — sie alle standen nervös im Halbkreis dahinter. Auf einem zweiten Bildschirm war die Diagnose mitzuverfolgen, die im großen System kontinuierlich ablief, während die Muster auf dem Cape wie belebt schlingerten und zuckten.

»Ich wünschte, wir hätten ein Bild und nicht nur diese Statusmeldungen«, sagte Sam.

»Dazu wäre es nötig gewesen, deren Perspektive anzuzapfen, was aber die Kapazität der beiden überbelastet hätte«, antwortete Keely. »Sie müßten für eine solche Übertragung miteinander kooperieren und könnten sich nicht mehr voll auf ihre Aufgabe konzentrieren.«

»Ist es jetzt noch möglich, eine solche Bildübertragung herzustellen?« wollte Fez wissen.

Keely zuckte die Achseln. »Vielleicht. Warum?«

»Wenn wir den Kontakt verlieren, ließe sich sehen, was passiert ist.«

»Viel würden wir dann nicht mehr sehen.«

Über der Statuszeile blinkte eine weitere Meldung im Monitor auf. *›Kopfjäger-Programme werden geladen‹*

»Kopfjäger?« staunte Sam. »Dieser lausige Film?«

»Dein Vater wird überrascht sein«, sagte Keely schmunzelnd.

Gabe lag überaus friedlich auf der Matratze. Er schien zu schlafen und hatte den besten Traum seines Lebens.

Gabe hatte den Eindruck, als befände er sich auf dem Sockel eines gigantischen Generators. Die Vibrationen gingen ihm durch Mark und Bein. Ebenso deutlich spürte er Ginas Gegenwart: eine energiegeladene Mischung aus Wut, Furcht und Aggression, die ihm und seiner Gemütsverfassung ganz und gar nicht zuträglich war. Mit der Idee vereinter Kräfte zwischen Mark und Art hatte er draußen noch mehr Hoffnungen verbunden als hier drinnen in dieser bizarren Landschaft aus Schatten und Schemen.

»Glaubst du, daß wir's schaffen, was Gemeinsames zu synthetisieren?« Die Worte kamen von Gina, aber er erkannte sie als die eigenen. »Etwas von uns, das wir gegen das Ding ins Feld führen können?« fügte sie hinzu.

Er wollte die Hand nach ihr ausstrecken, zögerte dann aber. Berühren, was so nahe war? Die Vorstellung erschreckte ihn.

»Ein Teil von meinem Gehirn, ein Teil von deinem«, sagte Gina. »Intimer geht's, verdammt, nicht mehr. Wenn ich das aushalte, kannst du's auch. Was hast du anzubieten?«

Er versuchte nachzudenken. Ja, was hatte er anzubieten?

Das Haus lag ruhig da wie auch die Straße, aber Gabe wußte, daß dies nur scheinbar so war. Da stimmte überhaupt nichts. Auf dem Kellerboden in Fairfax lag ein Haufen wertloser Chips.

»Nicht ganz.« Marly grinste und warf ihm einen muskulösen Arm über die Schulter. Auf der anderen Seite hakte sich Caritha bei ihm unter. »Die Veränderungen machen dir hoffentlich nichts aus. Seit wir uns das letzte Mal gesehen haben, ist einiges schiefgelaufen. Du dachtest, da wäre ein Fehler im Programm, aber tatsächlich steckte er die ganze Zeit dahinter. Art. Wenn ich richtig informiert bin, nennt er sich jetzt Markt. Hat wohl zugenommen.«

»Alles hat zugenommen«, meinte Marly.

Gabe war sprachlos. Kein Zweifel, die beiden waren nicht bloß Phantome aus der Erinnerung, sondern echt, zumindest programmecht.

Programmecht?

»Versuch's noch mal, Glühfix«, sagte Marly.

Der Junge saß vor dem Laptop: *Himmel, Arsch und Zwirn! Das Zeug ist infiziert!*

Du dachtest, da wäre ein Fehler im Programm, aber tatsächlich steckte er die ganze Zeit dahinter.

Auch nachher noch? wunderte sich Gabe. *Nach der Steckbuchsenoperation?* Er richtete seine Aufmerksamkeit nach innen, und dort, in der Tiefe des Unterbewußten, fand er es: ein kleines Schimmern, das gleiche Schimmern, das er in Marlys und Carithas Augen gesehen hatte. Ihm war, als schaute er in eine riesige, schwarze Kiste, auf deren Grund ein winziger, reiner Diamant lag. Unheilbar informiert?

Er spürte ein Zerren, gerade so wie damals, als Gina ihn eines Nachts aus dem Sessel gezerrt hatte. Ihre Berührung war unverwechselbar.

»Ich weiß, du meditierst über das verdammte Juwel im Lotus. Tut mir leid, wenn ich dich dabei störe«, sagte sie. »Aber der beknackte Programmdirektor ist wieder da.«

»Gut«, sagte Caritha und brachte ihre Kamera in Anschlag. »Ich will diese Giftspritze. Programme, die Gehirne wegpusten, sind mir zuwider.«

»Also los. Mischen wir den Laden auf«, sagte Marly. Sie ging auf das Haus zu und zog Caritha und Gabe hinter sich her.

Aus der Perspektive seiner neuen Konfiguration als Markt sah Art begeistert zu. Der Anfang des *Kopfjäger*-Szenarios hatte ihm immer schon besonders gut gefallen. Gabe wirkte zunächst recht zögerlich, nahm aber im weiteren Verlauf der Handlung geradezu heldenhafte Züge an. Seinen Freunden in Not zuliebe nahm er den Kampf entschlossen auf. Der Feind würde für ihn derjenige sein, dem er immer schon im *Haus der Kopfjäger* nachgestellt hatte. Womöglich gab es für ihn gar keinen anderen Feind.

Ginas Feind war für Art weniger leicht auszumachen. In der Hinsicht wußte sein Mark-Anteil wohl besser Bescheid.

Wen liebst du?

Noch übler als siebenvierzig Meilen Stacheldraht waren achtundvierzig Meilen, aber soweit mußte sie nicht. Nur durch diese zappelnde Menge auf der winzigen Tanzfläche in Richtung auf einen ansehnlichen Kopf, der auf und ab nickte. Wie ein innerer Donnerhall schlug ihr die Déjà-vu-Empfindung entgegen. Nein, sie war stärker noch: ein Déjà-Voodoo. In der Tat schon mal dagewesen und erneut durchlebt.

Wen liebst du?

Sag's noch mal, Puppe, ich hab dich diesmal nicht verstanden.

Sie ging durch die Tür, blieb stehen und sah jemanden, der mit Schlagstöcken auf die Kühlerhaube einer abgestellten Limousine eindrosch.

Wer läßt denn um diese nachtschlafende Zeit in dieser Randgegend von Hollywood, dem Land der Verlorenen, seine Limousine stehen?

Sie näherte sich dem Wagen, spähte durch die Heckscheibe und schirmte die Augen mit beiden Händen ab. Das dunkle Glas hellte auf, und sie sah sich und Ludovic Seite an Seite auf dem Boden liegen, die Köpfe mit Drähten verbunden.

Verstört trat sie zurück. Quilmar legte ihr einen Arm um die Schulter und führte sie in Valjeans lange, schmale Küche. »In echt, Mann, an einem guten Porno ist doch wohl verdammt nichts auszusetzen«, sagte Quilmar. »Im Porno liegt das Geheimnis des Lebens, Schwester. Was sich nicht vögeln oder zum Tanzen bringen läßt, sollte entweder zu fressen sein oder weggeschmissen werden. So ist das verdammte Universum eingerichtet, und ich steh an erster Stelle in der Freß-Fick-und-Tanz-Ordnung. Ich weiß nicht, was *das* da ist« — er zeigte auf die Limousine, die nun auf einem der Bildschirme in Valjeans Wohnzimmer zu sehen war —, »aber es macht mich geil, und darauf kommt's an.«

Die Anspielung war deutlich. Sie wandte sich ab von dem grotesken Anblick Quilmars, der einen Kühlschrank zu vögeln versuchte, verließ die Küche und ging nach draußen.

!! U B THE ASS TO RISK !!
Große Filme mit Ihnen in der Hauptrolle!
Kompletter Rock-Video-Katalog

Gina nickte. Das Ding fuhr große Kaliber auf, um sie zu narren. Vorsicht war geboten.

Wen liebst du?

Puppe, warum stellst du immer dieselbe Frage? Du siehst wohl, was ich nie gesagt habe.

Genau, absolut korrekt. Sie hatte immer schon sehen können, was er verschwieg. Und es brannte ihr fiebrig in der Brust dabei. Überleitung: ein schrecklicher Riff, als würde ein Hammer die Tonleiter herunterstürzen. Und sie ging weiter, getrieben von ihrem eigenen Verlangen, das, wie ihr das Déjà-Voodoo verriet, auch seines war. Doch ihr Verlangen zielte nach Osten, seins nach Westen. Immer lief es auseinander; seins war nach innen gekehrt, ihrs nach außen.

Wen liebst du?

Tja, Puppe, das wüßtest du wohl gerne.

Schlagstöcke wirbelten auf goldenen Mülleimern herum: ein Zeichen dafür, daß sie die richtige Richtung eingeschlagen hatte. *Weiter.*

Die Mimosa war leer. Sie drehte sich im Kreis, schaute umher, doch es zeigte sich keiner. Keiner steckte unter den Piers, keiner blinzelte aus den Schatten hervor. Es war niemand da. Aber dann kam der Feuerball herbeigeflogen und sie trat mitten hindurch.

Vielen blieb weniger übrig, wenn die rauchende Lampe auf Sparflamme brannte ...

Wen ...

... *Gina* ... (so matt, daß sie kaum glaubte, die Stimme wirklich gehört zu haben.)

In den Augen des Mannes leuchtete eine andere Welt, wohl real, aber aus Geräuschen und Licht bestehend. Vielen blieb weniger ...

Wen liebst ...

... *Gina* ... (Sie horchte auf.)

Da war ein Mann, ganz real, auf dem langen Weg nach Hause, der früher am Meer entlangführte, wo sie die häßliche Überleitung genommen hatte. Doch nun stand alles in Flammen, und auch das brannte, was möglich gewesen wäre.

Wen liebst du ...

Da stand ein Mann im Zimmer, auf Automaten umgemünzt, ganz und gar nicht real. Und ein Fremder war da, real, an einem steinigen Strand unter grauem Himmel. Langsam drehte er sich nach ihr um.

Willst du immer noch?

Im Laufschritt die Straße entlang. Funken schlagen Blitze, weiß und andersfarben.

Wen liebst du?

Sag's mir, Puppe.

Er war da am Strand und wartete. Sie ging einen Schritt auf ihn zu.

Gina!

Ein Anstoß von der Seite, und die Erinnerung kam wie ein Lichtschein.

Du gewinnst das Spiel, wenn du sie zum Sprechen bringst. Dann kannst du tun, was du willst. Und sie hatte es nicht gesagt, nicht ein einziges Mal.

»Viel zu simpel«, sagte sie und wich zurück, weit zurück, bis die Mimosa und der Feuerball, wie aus dem verkehrten Ende eines Fernrohrs betrachtet, zusammengeschrumpft waren. »Wo ist es nun eigentlich?«

Gewohnheiten sind zuerst Spinnweben, dann Drähte. Immer auf der Suche nach Mark. Das ist dein Ding, gell? Du suchst Mark. Und findest ihn.

Sie langte nach Markt, doch der war nicht zu spüren. Auch Ludovic schien abwesend zu sein. Sie wähnte sich plötzlich ganz allein. Lächerlich, da hatte doch gerade jemand ihren Namen gerufen ...

Und jetzt findest du ihn, wohin du auch schaust. Genau darauf warst du aus, ob bewußt oder unbewußt. Ich will dich. Ich will *dich.*

Was, zum Teufel, sollte sie nun tun?

Das Richtige, Gina.

Markt zeigte sich — insgesamt — mitfühlend. Er war so plötzlich da, daß nicht einmal für Überraschung Zeit blieb oder zu der Frage, wo er denn verdammt noch mal gesteckt habe. »Wo sind deine Schwachstellen, Gina? Mach sie schnell ausfindig, bevor er es tut.«

»Meine Schwachstellen?« sagte sie, von einer unheimlichen Müdigkeit überwältigt. »Hast du was zu schreiben, damit ich eine Liste machen kann?«

Markt musterte sie mit strengem Blick. »Wen willst du immer noch lieben?«

»... stimmt«, knurrte sie. Sie hatte das Bild nicht über Draht empfangen, konnte sich die Wirkung aber ausmalen. Es war wie ein Schweben durch dichte Nebelbänke, und während die Schatten pulsierten, machte sich tief im Kopf ein entsprechender Druck bemerkbar, wie von einem unsichtbaren Finger verursacht, der mal hier, mal da hintippte auf der Suche nach einer besonders empfindlichen Stelle. Unanständig, hinterhältig.

»I want you ...«

Sie war um Jahre zurückversetzt an einen altvertrauten Ort. Dylan formulierte mit nasalem Jaulen, was sie und Mark betraf.

Lach doch, mach dich über alles lustig. He, du Quarktasche ...

Aber was gibt's da zu lachen? Verpaßte Gelegenheiten haben nur wenig Heiterkeitswert, oder? Hier ist eine zweite Chance. Greifst du diesmal zu oder wieder nicht?

Damals hatte es in diesem Zimmer geknistert, und es knisterte wieder. Nicht bloß Sex war angesagt, sondern Erfüllung rundum. Danach hatten sich beide gesehnt.

»Aber gibt es wirklich eine zweite Chance?«

Ludovic stand in der Tür. Mark drehte die Musik lauter, und Ludovic löste sich auf. Er hatte damals noch nicht ins Bild gepaßt.

Aber jetzt paßte er hinein. Er war keine verpaßte Gelegenheit. Er war derjenige, mit dem sie noch ein Wörtchen würde reden müssen.

Mark wartete immer noch. Darauf zu kommen, war nicht schwer. Sie riß den Mund auf und wieherte ihr altes Lachen.

»Ist das wirklich nötig?« fragte er ernsthaft. »Du hast mich jahrelang gesucht und endlich gefunden. Du könntest mich retten.«

Im Moment des Zögerns kamen ihr Bilder in den Sinn, Bilder einer verrückten Show, die über zwei Jahrzehnte andauerte und immer noch nicht zu Ende war, Bilder aus ihrem, aus seinem und dem gemeinsamen Leben, von dem kleinen Spaziergang, der sich zu einer Marathonstrecke ausgedehnt hatte. *Wen willst du immer noch lieben?*

O Liebster, ich habe befürchtet, daß du mich das fragst.

»Rette mich«, sagte Mark mit zaghaft flehender Stimme. »Mir gefällt dieser Zustand nicht. Oder glaubst du, ich hätte es dir sonst so leicht gemacht?«

O Liebster, daß du mir diese Frage stellst, hab ich ebenfalls befürchtet.

Sie drückten sich in dem dunklen Korridor flach an die Wand. Marly hielt ihn mit starkem Arm zurück. Gabe wartete auf die Stimme und fragte sich, wem sie wohl gehörte.

»Diesmal wird's anders sein, Glühfix«, flüsterte Marly. »Bist du bereit?«

»Wie? Was?« fragte er verwirrt.

»Obacht! Jetzt geht's los!« Bevor er reagieren konnte, hatte sie ihn in den offenen Türrahmen gestoßen.

Er blickte über den Balkon im zwanzigsten Stock. Gina stand auf dem Geländer. Sie trug das Geschirr, doch er sah, daß die Seile diesmal nicht am Geländer befestigt waren. Ein Schritt noch, und sie würde diesmal tatsächlich runterstürzen.

Tatsächlich? War das denn hier überhaupt möglich?

Ja, vielleicht war diesmal wirklich alles anders, aber nicht weniger real. Ein virtueller Sturz und virtueller Aufprall würde sich auf reale Weise auswirken.

War ihr das klar?

Sie schien Bescheid zu wissen und gleichzeitig keine Ahnung zu haben. Anscheinend war ihr beides recht.

Schrödingers Gina.

Gabe krauste die Stirn. Wie kam er denn darauf? Er trat einen Schritt auf sie zu.

»Vorsicht Tretminen!« sagte Caritha beiläufig.

Gina schaute sich um. Ihr Blick ging auf merkwürdige Weise durch ihn hindurch. Was sah sie bloß? fragte er sich. War ihr überhaupt bewußt, daß sie da auf dem Geländer stand? Und in welchem Kontext?

Du mußt über deinen Kontext Bescheid wissen, denn du hast nur einen Versuch, da hineinzukommen.

Ja, aber sie stellte sich darunter etwas anderes vor als er. Welches war der reale Kontext?

Er brannte vor Ungeduld und Verzweiflung. Was sollte er bloß tun?

»Das Richtige«, sagte Gina. »Willst du dich nicht revanchieren?« Die losen Enden der Geschirrhalterung wehten im Wind. »Entscheide dich. Wenn du mich nicht runterstößt, springe ich von allein.«

Nein, bloß nicht! dachte er entsetzt. Das stand nicht in ihrem Kontext, und er wußte nicht, wie er ihr das klarmachen sollte.

»Es wird spät, Glühfix«, sagte Marly. Ihre Stimme klang ein wenig sonderlich. »Ein Streit bringt's nicht, das weißt du doch schon. Was jetzt?«

Er drehte sich um, aber anstatt Marly zu sehen, stürzte ein Gewirr von Bildern auf ihn ein.

Geh weiter. Egal wohin.

Vorsicht, Tretminen.

Umrüsten auf Automaten.

MEHR DROGEN.

Mach dich aus dem Staub.

Begleite mich ein Stück.

Paß gefälligst auf, wohin du gehst.

Auf dem Balkon knisterte Verlangen. Gina wandte sich von ihm ab. Die Szene verschwamm ihm vor Augen, und für Sekundenbruchteile sah er den geschwungenen Kiesstrand und das Wasser. Einen Wimpernschlag später blickte er wieder über den Balkon auf Gina, die in die Knie ging, um abzuspringen.

Jemand lachte von irgendwoher. *Was sich nicht vögeln oder zum Tanzen bringen läßt ...*

Er verdrängte den Gedanken. *Wer sich nicht umstimmen und aufhalten läßt ...*

Das erwartet keiner.

He, Glühfix, du bist ein Arschloch.

Ja, aber ich versuche, mich zu bessern.

Kaum hatten ihre Füße das Geländer verlassen, war

er auch schon herbeigestürzt und hielt sie im letzten Augenblick gepackt.

Hafen im Sturm, und es gibt keine andere Zuflucht. Macht's dir was aus?

Die Antwort kannte sie bereits, aber er wiederholte sie trotzdem. Ungestüm, ungehemmt warfen sie sich auf die zerlumpte Matratze.

Das ist, was mir bleibt: ein Hafen im Sturm, dachte er.

Vielen bleibt weniger übrig, wenn die rauchende Lampe auf Sparflamme brennt.

Er wähnte sie ganz nahe, zum Greifen nahe. Die erinnerte Empfindung ihres T-Shirts unter seiner Hand war auf lebhafte Weise gegenwärtig, dazu die Wärme ihrer Haut, deren Duft ihn unwiderstehlich anzog.

Ihre Kraft verblüffte ihn, obwohl er schon eine Kostprobe in Form eines Faustschlags bezogen hatte. Erstaunlich, was in ihren Muskeln steckte. Oder war es die Intensität ihrer Leidenschaft, die ihn so verwunderte? Kannte er bislang doch nur das laffe, langweilige Geplänkel mit Catherine, das nicht einmal die Erinnerung rosiger zeichnen konnte.

Oder vielleicht war es auch die Kraft seiner Leidenschaft, die in dieser Nacht für die eigentliche Überraschung gesorgt hatte (und jetzt sorgte). Bislang war ihm dieses Potential nicht einmal aufgefallen, geschweige denn in dieser Intensität. Aber es war da, und er machte davon Gebrauch ...

Wir machen, was wir machen können und weil sich's machen läßt. Was ihm damals im Dunklen nur als ächzender Laut aus dem Bauch zu Ohren gekommen war, ließ sich nun deutlich, Wort für Wort verstehen. *Ich bin froh, daß ich tanzen kann; dir geht's bestimmt genauso, und daß wir jetzt beide zusammen tanzen können, ist um so besser. Begleite mich ein Stück. Ein bißchen Begleitmusik, bitte. Jetzt geht's los. Woran erinnert dich das: an ein offenes Fenster oder eine offene Wunde ...*

Er antwortete, ohne nachzudenken.

Tja, Gina, manchmal sieht's so aus, manchmal so, und in Wirklichkeit ist es eine Kombination von beidem. Aber worauf's ankommt, worauf's wirklich ankommt, ist, daß ich da durchgestiegen bin; denn zur Stelle zu sein, macht neunzig Prozent des Lebens aus, zum richtigen Zeitpunkt zur Stelle zu sein, macht den Rest aus. Sein und Zeit, Gina. Aber das muß ich dir wohl nicht erklären.

Nein, das mußte er nicht. Aber es gefiel ihr, was er sagte. Genau das hatte sie hören wollen.

Wer mein Feind ist, brauchst du mir nicht zu sagen; sag mir lieber, wer's nicht *ist.*

Okay, Gina; was funktioniert, ist auch richtig so.

»Wie, zum Teufel, hast du mich gefunden?«

»Das war nicht schwer«, antwortete Gabe.

An der Schwelle zwischen einem Moment und dem nächsten entstand eine Pause.

»O Mann, Ludovic, das haben wir jetzt drauf. Mach hin!«

Von dort nach irgendwo, dachte er. Das konnte er tun. Und was sonst noch?

Begleite mich ein Stück.

Jawohl, auch das — er hatte einen Spaziergang unternommen, eine Strecke zurückgelegt. *Irgendwohin.* Und was noch?

Umrüsten auf Automaten.

MEHR DROGEN.

Paß auf, davon wird man womöglich plemplem.

Wie wahr, dachte Gabe schmunzelnd, bin wohl tatsächlich ein bißchen plemplem geworden.

Und? Der Junge sagte, daß alles zweckdienlich sein könnte.

Was ist mit dem H-Wort? Hingabe.

Liebster, manchmal bleibt einem nur das. Weißt du?

Manchmal, Gina. Aber nicht jetzt.

»Also gut«, sagte Mark beschwingt. »Eins zu null für dich. Ich hätte es besser wissen müssen. Das kannst du nun zu recht behaupten, Gina. Aber es sind noch Millionen Punkte zu verteilen ...«

... und die sind nicht alle für dich.

Vielleicht hatte Gina den Rest nicht gehört, Gabe aber wohl. Düstere Ahnungen kreisten in ihm wie die Zakken eines Sägeblatts. *Auf direktem Wege komm ich ihr nicht bei,* dachte er mit wachsender Panik. *Ich muß sie über die Schwachstelle erreichen, und die bin ich.*

»Laß den Scheiß, Glühfix«, mahnte Marly. »Es sei denn, du willst dir eine Zielscheibe auf die Stirn malen und stillhalten.«

Sie waren wieder in dem dunklen Flur, mit dem Rükken flach zur Wand. Doch der Flur war diesmal irgendwie verändert, wenn auch nicht gänzlich fremd.

»Du bist gut. Daran gibt's keinen Zweifel.«

»Dein Stichwort, Glühfix«, sagte Caritha und versetzte ihm einen Stoß.

Er saß am Tisch in Mannys Büro, und der Geruch gebratener Speisen war ekelerregend.

»So hab ich dich auch das letzte Mal erwischt«, sagte Manny. »Beim Spiel mit deinen Freundinnen.«

Gabe wollte sich nach Marly und Caritha umdrehen, aber der Kopf verweigerte jede Bewegung.

»Tja, ihr seid so berechenbar, richtige Gewohnheitstiere.« Manny beugte sich vor. Seine gekünstelt sorgenvolle Miene war so ekelerregend wie der Bratengestank.

»Ihr könnt mir nichts vormachen. Da sind diesmal weder Falltüren noch Sprünge aus dem zwanzigsten Stock. Ihr steckt in der Patsche.«

Gabe glaubte, tatsächlich darin versinken zu müssen, im Grundmuster billiger B-Filme, in denen Unmögliches möglich schien. Wie die Verwandlung einer Holografie in Laserstrahlen.

Eine dunkle Ahnung zupfte an seinen Gedanken, oder war es …

Manny stand auf und trat vor ihn hin. »Du hast zwar nicht gefragt, ich sag's dir aber trotzdem: Ja, ich bin's. Manny Rivera. Schlecht und recht.«

Schlecht und recht. Gabe war trotz allem zum Lachen zumute. Manny Rivera, dieser affektierte Kerl gab sogar in diesem Zustand an. Darin hatte er sich nach anfänglichem Schock wahrscheinlich schon häuslich eingerichtet. Wer in einem Konzern wie Diversifications zu überleben verstand, konnte sich wohl auch in dieser neuen Existenzweise zurechtfinden.

»*Ich* bin's«, sagte Manny, »nicht das armselige Stück Fleisch, das sich abgestrampelt und in deinem kümmerlichen Leben den Schurken gespielt hat. Auch du, Gabe, bist hier nicht das Stück Fleisch, das irgendwo in einer anderen Realität flach vor sich hinatmet. Die hast du hinter dir gelassen, so wie diesen lästigen Balg, der immer noch atmet, wenn auch flach. Stimmt's? Oder spürst du das nicht mehr?«

Gabe sehnte sich in seinen Körper zurück. Ein anderes Ziel blieb ihm nicht, wenn dieser Akt hier vorüber sein würde. *Ich kann mich nicht mehr erinnern, wie es sich anfühlt, einen Körper zu haben.* Nein? Wirklich nicht? Er wollte schreien und seiner Verzweiflung Luft machen, aber da war nichts, womit er hätte schreien können.

»Dein Leben ist bloß Einbildung. Stimmt's? Im Träumen bist du gut. Wachsein fällt dir sehr viel schwerer. Darin bist du eine verdammte Niete, wie man in der Welt sagen würde, da, wo du jetzt gerade nicht zugegen bist. Ja, du hattest recht. Du bist die Schwachstelle. Und ganz leicht auszumachen. Wenn du nur lange genug stillhältst, komme sogar *ich* an dich ran, und selbst *mir* ist es dann möglich, dich zur Schnecke zu machen.«

Ich kann mich nicht mehr erinnern, wie es sich anfühlt, einen Körper zu haben. Na, wenn schon. Wo steckten Marly und Caritha?

»In dem Fall können wir nicht helfen, Glühfix«, entschuldigte sich Caritha.

»Natürlich nicht«, stimmte Manny zu. »Kein Körper, kein Hotsuit, der sich überziehen ließe.«

Gabe versuchte, an sich hinabzublicken. Kein Körper und kein Hotsuit. Aber da waren die vertrauten, barokken Kringelmuster und Abdrücke der Sensoren. Endlich: die Tätowierung auf Dauer.

Ich kann mich nicht mehr erinnern, wie es sich anfühlt, einen Körper zu haben.

Große Persönlichkeiten hinterlassen Spuren. Auf allen anderen bleiben Spuren zurück …

… markante Spuren …

Wie ein Gewitter brach plötzlich Gina über ihn her.

»Du kannst dich nicht erinnern? Dann will ich dir auf die Sprünge helfen, Liebster. Nimm dies!«

Ein fürchterlicher Schmerz explodierte in seinem Gesicht. Der Aufprall des Körpers auf dem Teppichboden war nicht der Rede wert, aber er spürte jetzt ganz deutlich, wie zuerst der Steiß aufschlug, dann die Schulter und der Hinterkopf. Zum Schluß wippten noch die Hakken einmal auf und ab. Er hatte die Augen geschlossen und spürte, wie sich der Mund zu einem breiten Grinsen verzog.

»Um Himmels willen«, rief Keely. Er kniete nieder und berührte Gabes linke Gesichtshälfte.

»Was ist passiert?« Sam umklammerte die Pumpeneinheit und hielt mit der anderen Hand die Nadeln an den Bauch gepreßt. »Wie konnte das passieren? Keely, verdammt noch mal, ich kann nicht lesen, was da auf dem Schirm steht.« Ein kurzer Ruck. Wenn sich damit Gabes Leben retten ließ, würde sie es tun. Hoffentlich war es dazu nicht schon zu spät. Seine Wange schwoll auf merkwürdige Weise an; womöglich hatte ihn schon der Schlag getroffen …

Keely stand wieder am Monitor und ließ den Output

vor und zurück laufen. Dann warf er einen Blick über den Bildschirmrand auf Jasm, die neben Gina auf dem Boden kauerte.

»Jasm, sieh dir mal ihre Hände an. Sind die Knöchel geschwollen?«

Jasm schaute nach und hielt dann Ginas rechten, schlaffen Arm in die Höhe. »Du hast recht. Das sieht nach einer kleinen Prellung aus.« Dann warf sie einen Blick auf Gabe. »Keely, da ist noch etwas.« Sie beugte sich über Gina und streifte Gabes Hemd über die Brust. »Rate mal, was das ist.«

Keely starrte stumm auf die geschlängelten Linien und Abdrücke auf Gabes Haut. Prustend ließ er Luft ab und schüttelte den Kopf.

»Keely, ich reiß dir den verdammten Kopf ab«, sagte Sam unter Tränen. Fez legte einen Arm um sie, doch sie schüttelte ihn ab, ohne die Hand vom Bauch zu nehmen.

»Schon gut«, sagte Keely und schmunzelte. »Es ist nur das beste Beispiel einer Stigmatisierung, das ich je gesehen habe, und, um ehrlich zu sein, das erste überhaupt.«

»Auweia«, sagte Gator. »Die beiden sind in ihrem Zustand offenbar verflixt hysterisch.«

»Kein Wunder. Das wärst du auch«, entgegnete Keely, und an Sam gerichtet, sagte er lachend: »Gina hat deinem Vater soeben eine runtergehauen.«

»Boh-ey«, bemerkte Percy. Er stand vor Gabe und massierte die eigene Backe. »Das ist ja 'n Knaller.«

»Und was sollen die Abdrücke bedeuten?« wollte Sam wissen.

»Die stammen natürlich von einem Hotsuit«, sagte Keely wie selbstverständlich. »Du hast doch selbst mal einen getragen und müßtest eigentlich wissen, daß man Abdrücke davon zurückbehält. Dein Vater hat wohl gerade entdeckt, daß sein Körper ein Hotsuit ist. In der Einbildung zumindest.«

Sam konnte kaum glauben, was sie sah. Die Abdrükke auf der Haut waren frisch und tief, die Schwellung im Gesicht schien schmerzhaft zu sein, doch die Miene verriet, daß er den schönsten Traum seines Lebens träumte.

Ich fühle Schmerz.

So muß es sein.

»Kannst du auch den Schmerz eines anderen übernehmen?« fragte Marly.

Und bevor Gabe antworten konnte, sagte Caritha: »Du mußt es versuchen«.

Er befand sich in einem fremden Wohnzimmer, einem riesigen, endlosen Raum. Darin war eine bunte Gesellschaft zusammengekommen; die Gäste aßen, tranken, wanderten hin und her, schauten auf zahlreiche Monitore vor der Wand und machten einen großen, höflichen Bogen um das Ding in der Mitte des Raums.

Gabe blinzelte. Er erinnerte sich an einen zweieinhalb Meter hohen Koloß, der halb Samurai, halb Phantasiemaschine zu sein schien. Doch dieses Ding hier war noch bombastischer und vor allem irritierender. Aus dem einen oder anderen Blickwinkel heraus glaubte er Marly oder Caritha darin wiederzuerkennen; manchmal, wenn es sich auf bestimmte Weise herumdrehte, war er fast sicher, Gina zu sehen, manchmal auch Mark oder Markt und bisweilen sogar sich selbst.

Dann verwandelte es sich in eine Feuersäule, und er erinnerte sich, weggeduckt zu sein aus Angst, es würde sich im nächsten Augenblick zu einem Laserstrahl bündeln. Er richtete sich wieder auf und trat vor die Wand aus Monitoren.

Statt des Techno-Phantasie-Pornos sah er Gina. Sie lag auf einer Pritsche. Aus dem Kopf wuchsen Drähte, und unter den geschlossenen Lidern rollten die Augen hin und her.

Gina-Porno?

»So könnte man sagen«, tönte eine vertraute Stimme. »Was sich nicht vögeln oder zum Tanzen bringen läßt, sollte zu fressen sein oder weggeschmissen werden. Es sei denn, man macht es sich zu eigen. Sie ist glücklich dran. Sie kann nicht nur tanzen, sie kann's sich auch zu eigen machen. So wie du.«

Abrupt wechselte die Szene, und er sah sich und Gina in Marks Schlafzimmer. Er schaute weg, doch auch auf all den anderen Bildschirmen zeigte sich nun Marks Schlafzimmer. Ein gieriger Koitus; ineinander verschlungene Leiber. Sein pumpender Hintern. Schnell kehrte er der Wand den Rücken zu, sah sich aber von Bildschirmen umringt, die alle dieselbe Szene brachten.

»In der Art von Gefängnis hast du schon immer gesteckt.« Marks Stimme klang beruhigend. »So ist es nun halt mit Unterhaltung. Was dem einen eine große Liebesgeschichte, ist dem anderen ein Porno. ›Ich weiß nicht, was es ist, aber es macht mich geil, und darauf kommt's an.‹ So denken die meisten. Die einzelnen Geschichten sind ziemlich egal. Sie sind Tropfen im Konsumentenfaß, werden aufgeschlürft, verdaut, ausgeschieden und kehren zurück in den Freß-Fick-und-Tanz-Kreislauf. Und darin kannst du selber deinen Platz finden — du und Gina, du und deine virtuellen Gespielinnen, du und deine Frau, du und Sam oder einfach nur du und dein sorgfältig kultivierter, voll ausgereifter Schmerz.«

Die Monitore verdoppelten, vervielfältigten sich und zeigten eine Unzahl aus verschiedenen Bildperspektiven, die allesamt ihn und Gina darstellten. Es war unmöglich, sie alle auf einmal zu sehen oder den Blick zu richten, und die Bilder verschmolzen zu einem stumpfen Grau.

Ohh.

Ungestüm drehte sie sich um und hielt Ausschau nach Mark. Er — oder sie oder was auch immer — schien sich verflüchtigt zu haben, als sie mit Ludovic durch das Fenster gestiegen war. »Gefällt dir die Show?« rief sie verärgert. »Geht dir einer ab dabei, wenn du auf diese Weise dein Spiel mit mir treibst?«

Gelächter im Dunklen, beschwingt wie Musik. Dann zog Mark sie auf das schmale Bett in dem Zimmer in Mexiko.

Sie erinnerte sich, daß er nicht ganz bei sich gewesen und sie zunächst ganz perplex gewesen war. Aber sie wußte auch noch, daß sie seinen Overall mit beiden Händen gepackt und zerrissen hatte, angetrieben von einem Verlangen, das ihr selber nicht geheuer war. Sie hatte einfach nur vergessen und die Ahnung abschütteln wollen, daß er das letzte Mal bei ihr war, daß er bald für immer durch das Mauseloch im Gehirn schlüpfen würde.

Nur eine Ahnung? Von wegen. Er hatte es angekündigt, ausdrücklich. *Irgendwann einmal wirst du vor einem komischen Apparat aus Fleisch und Drähten stehen ...*

Was hatte sie also hier zu suchen; was stellte sie sich eigentlich vor?

»Du kannst alles haben, was du willst, brauchst es dir bloß vorzustellen. Mach den Wunsch zur Vorlage, und du wirst nie enttäuscht sei«, flüsterte Mark. Sie spürte seinen Atem im Nacken und schlüpfte eilig mit dem Arm aus ihrem Overall. »Das Gehirn empfindet keinen Schmerz.«

Die Empfindung, die seine Hand auf ihrer Haut auslöste, war in der Tat alles andere als schmerzhaft. Und indem sie sich dieser Empfindung hingab, wurde sie um so intensiver.

»Schmerz ist heilbar«, flüsterte Mark. »Er läßt sich so leicht abschütteln. Wir brauchen keinen Schmerz. Nur uns ... uns ...«

Gibt es wirklich eine zweite Chance?

»Das ist es nicht, Gina. Es ist eine *neue* Chance. Und die willst du doch, trotz allem, was geschehen ist. Oder gerade deshalb. Ergreif die Chance! Schmerzen sind Ballast; den hab ich für uns abgeworfen.«

An dem Bild stimmt doch was nicht.

Von den tiefen Wolken über dem Kiesstrand hallte es wie Echo. Gabe starrte zum Himmel hinauf. Die Steine drückten sich ihm in den Rücken. Gleich würden die dunklen Wolkenflecken zu pulsieren anfangen, doch das wollte er nicht sehen. Steine schabten über den Hinterkopf, als er den Blick aufs Wasser richtete.

Die Oberfläche des Sees kräuselte sich, als am Ufer etwas Gestalt anzunehmen begann. Die Verdichtung machte sich als unangenehmer Druck hinter den Augen bemerkbar. Mühsam wälzte er sich herum und richtete, vom Ufer abgewandt, den Oberkörper auf. Die Steine drückten von unten. Der Körper, so dachte er, hat als Hotsuit klare Nachteile. Er stand auf.

Jemand zupfte ihm von hinten an der Schulter. Er verlor das Gleichgewicht, geriet auf den rollenden, glatten Kieseln ins Wanken, schaffte es aber aufrecht zu bleiben. »Gina?« fragte er, ohne sich umzudrehen.

Ihre Abwesenheit war wie Luftleere.

Sam betrachtete die Muster auf dem Cape. Seltsam, dachte sie. Es war ihr, als sähe sie Andeutungen von Bildern, nicht bloß schattenhafte Formen, sondern richtige Bilder. Vielleicht reizten die Muster das Hirn zu entsprechenden Bildern, die sich mit Farben und Details füllten. Je länger sie hinsah, desto stärker empfand sie diesen Reiz, und es schien, als berührten sie diese Muster auf ganz persönliche Weise. Sie wußte nicht, ob sie Gefallen daran finden konnte, aber unangenehm war ihr der Anblick auch nicht. Nur gut, daß es in der Halle still geworden war. So konnte sie, ohne abgelenkt zu sein, die bewegten Muster des Capes auf sich einwirken lassen.

Aber sie hatte Schwierigkeiten, sich zu konzentrieren. Die sympathetische Schwingungstechnik auszuklamüsern, war ihr weniger schwer gefallen. Ständig drifteten die Gedanken ab, noch ehe sie schlau daraus wurde. Wie eine Herde flüchtender Tiere stoben sie davon. Und das war das Unheimliche daran: Sie hatte den Eindruck, als leerte sich der Kopf, um dem, was kommen sollte, Platz zu bieten.

Sie war in Meditation versunken, als sich am Blickfeldrand eine Bewegung bemerkbar machte, worauf sie mit maßloser Wut reagierte.

Als sie die Tränen aus den Augen gewischt hatte, sah sie Adrian vor dem Cape stehen, die Hände in die Hüften gestemmt und mit verdutzter Miene.

»Seid ihr jetzt alle übergeschnappt?« fragte er.

»Es geht schon wieder«, antwortete Keely müde. Sam sah sich um. Keely massierte das Gesicht mit beiden Händen, und es schien, als wäre er gerade aus tiefem Schlaf erwacht. Genauso fühlte sich auch Sam. »Danke, Adrian. Wie hast du das gemacht?«

»Was denn?« Adrian trat einen Schritt vor.

»Stopp!« rief Keely. »Deck das Cape vorher ab oder dreh's um!«

Gehorsam wendete Adrian das Cape, so daß die schlichte Innenseite nach oben zu liegen kam. Dann trat er in die Gruppe zurück. »So was Verrücktes ist mir mein Lebtag noch nicht untergekommen«, sagte er im Unterhaltungston. »Ich hab auf euch einzureden versucht, doch ihr ward völlig vernagelt, habt bloß auf diese Muster gestarrt ...« Er zuckte die Achseln.

»Ich weiß«, sagte Keely. »Als ich das Ding zum ersten Mal gesehen habe, ist es mir auch so ergangen. Aber ich konnte mich noch von allein losreißen. Ich frage mich, was dich immun dagegen macht.«

»Er kann nicht lesen«, sagte Sam leise. »Gehirnschaden im Sehzentrum.« Sie blickte zu Adrian auf. Der zuckte wieder die Achseln.

»Vielleicht wäre besser er anstelle von Gabe und Gina

abgetaucht«, brummte Keely. »In der Zwischenzeit ist 'ne Menge passiert, und es sieht nicht gut um die beiden aus.«

»Was ist los?« fragte Sam und reckte den Hals, um auf den Bildschirm blicken zu können. Aber die darauf aufleuchtenden Ziffern sagten ihr nicht viel.

Keely schüttelte den Kopf. »Wir werden sie verlieren.«

»Alle?« Fez klang so verdattert wie er aussah.

»Nein. Nur Gabe und Gina«, antwortete Keely mürrisch. »Mit Markt ist alles in Ordnung. Es sieht so aus, als könnte er das Ding neutralisieren, zumindest in Schach halten. Aber offenbar muß er dafür Gabe und Gina opfern. Scheiße.«

»Ich hab's geahnt«, stöhnte Fez. »Im Grunde seines Herzens — sprich: Kern — war Art immer schon gefährlich virös. Ein Herz hat er nie gehabt.«

»Aber Mark ist jetzt Teil von ihm«, sagte Sam. »Er wird das nicht zulassen. Oder?« Ihr Blick fiel auf den Beater, der schweigend neben Keely stand.

Sein Gesicht war ausdruckslos. »Ich bin mir da nicht sicher. ›Talent verdrängt Verstand.‹ Das sind Ginas Worte, auf ihn gemünzt. Er ist jetzt reine Information. Und was mag die verdrängen?«

»Wir müssen ihnen helfen«, flehte Sam und langte nach Keelys Arm. »Wir müssen sie erreichen.«

»Klar doch«, sagte Keely. »Vielleicht gelingt uns das sogar. Wir haben ja noch jemanden hier mit Steckbuchsen im Kopf. Allerdings fehlen uns die Anschlüsse. Die Strippen, die wir haben, stecken in Gabe und Gina. Eine Störschleife ins System zu schicken, reicht nicht. Wir brauchen etwas mit Bewußtsein. Einen Menschen. Weiß jemand Rat?«

Sam starrte an Keely vorbei auf die Hardware-Teile, die er von Diversifications mitgebracht hatte. »Ich«, sagte sie. »Was für Stromquellen haben wir noch, und wie lange reicht der Vorrat?«

Keely folgte ihrem Blick und strahlte vor Begeisterung auf. »Sam, du bist wirklich ein Genie.«

»Aber wird's auch klappen?« fragte sie.

»Das Genie will wissen, ob es klappt.« Er winkte Adrian herbei. »Komm her, Junge …«

»Nein.« Sam stand auf, die Pumpeneinheit in der Hand.

»Aber er ist doch der einzige, der immun gegen …«

»Sie kennen ihn nicht.« Sam sah sich um. »Kann mal jemand für 'ne Weile Kartoffel spielen?«

34

»Gina?« Gabe schaute ringsum. »Marly? Caritha? Markt? Hört mich denn keiner?« Aus allen Richtungen hallte es synkopisch wider. Stolpernd ging er ein paar Schritte weiter, ängstlich darauf bedacht, das Gleichgewicht zu halten.

Warum schaust du nicht hier herüber?

Was er da vernahm, war weniger stimmlich als ein lauthaftes Drängen. Er weigerte sich, darauf zu achten. »Antwortet doch!«

Hier herüber! Schau hierher!

Vor ihm erstreckte sich der weite Strandbogen mit seinen Millionen und Abermillionen Kieselsteinen, allzu vielen. Die er suchte, steckten irgendwo darin; er brauchte nur den richtigen Stein zu finden. Doch für die Suche würde seine Lebenszeit bei weitem nicht reichen.

... eher wirst du verhungern oder alters sterben, als den Ausgang finden ... Warum also schaust du nicht einfach hier herüber?

Langsam schwenkte sein Blick auf die Richtung ein, aus der das Drängen zu vernehmen war. Er spürte deutlich den Zwang, dem er ausgesetzt war. Nicht Gina übte ihn aus. Er widersetzte sich mit aller Willenskraft, schaute zurück auf die Steine und stolperte weiter. Aber immer wieder wichen seine Blicke ab, huschten verstohlen übers Wasser auf die dunklen Bäume und den Fremden hin, der jenseits des Kiesstrandes wartete.

»Gina?« rief er verzweifelt, nachdem er sich suchend einmal um die eigene Achse gedreht hatte.

Plötzlich strahlte helles Licht auf, und seine Blickrichtung war schlagartig eine völlig andere. »Rate noch mal, Dad.«

Zuerst glaubte er, einer Erscheinung von Mark gegenüberzustehen (einer jener markanten Visualisierungen, wie ihm der Verstand einflüsterte), doch sie war klar und deutlich eingeblendet wie ein mit Kopfmontur betrachteter Simulationsentwurf aus alten Tagen. Aus alten Tagen? So lange war diese Zeit doch gar nicht her.

»Ja, ich bin's«, sagte sie und schritt so locker über die Steine, als bewegte sie sich auf ebener Fläche. »Deine Tochter Sam. Ich trage deinen Hotsuit.«

Er blickte hinab auf die Schlingenmuster, die seine virtuelle Haut wie eine Tätowierung zierten. »Was willst du?«

»Mitmischen.« Ihr Gesicht verwackelte ein wenig. »Und euch hier rauspauken. Ihr steckt in der Falle. Wo ist Gina?« Sie streckte die Arme aus, und er faßte sie bei den Händen. Verblüffend realistisch, dachte er und sah ihrem Gesicht an, daß sie ebenso empfand.

»Du bist nicht daran gewöhnt, einen Hotsuit zu tragen«, sagte er. »Es kann hier verflixt schnell zu Veränderungen kommen, und du bist in diesem Ding viel zu träge.«

»Für mich muß es reichen. Ich habe keine Steckbuchsen.« Sie kniff für einen Moment die Augen zu.

»Was hast du?« fragte er.

»Keely unterbricht immer für kurze Zeit die Frequenz, damit ich nicht in Trance verfalle«, antwortete sie. »Und darauf reagieren die Augen ganz merkwürdig. Mir ist dann, als prallten sie im Kopf herum. Mir bleibt nicht viel Zeit. Wo ist Gina?«

»Sie ist hier.« Suchend blickte er zwischen den Steinen umher. »Aber ich kann ihren Kontext nicht finden.« Wieder drängte es ihn, den Blick zu richten auf den Fremden, und wider Willen drehte er sich um.

Sam versperrte ihm die Sicht. »Ihr Kontext? Was soll das heißen?«

Was ist das deiner Meinung nach: ein offenes Fenster oder eine offene Wunde?

... der Beater? Jim Morrison oder Visual Mark? Mozart oder das Lustige Sichelorchester ... oder dieser verrückte rothaarige Arzt? Ihre Gedanken zuckten krampfhaft hin und her wie ein schlafendes Wesen, dem ein Traum zusetzt, der Wirklichkeit wird. Wirkliche Träume.

Komm mit mir.

War ich nicht immer für dich da?

Komm jetzt mit mir.

»Was ich früher nicht gekonnt habe, ist mir jetzt möglich, Gina. Ich kann dir die Schmerzen nehmen.«

Wo sind deine Schwachstellen, Gina. Mach sie schnell ausfindig, bevor er es tut.

O du Arschloch, du Vollidiot, meine Schwachstelle ... das bist du, immer schon gewesen, und das weißt du auch. Du machst, was du machen kannst und weil's sich machen läßt. Zu diesem Zweck hast du sogar meine Schwachstellen gegen mich verwendet. Damit mußte ich leben.

Sie stand im Schatten der Treppe zum Gerichtsgebäude und sah Joslins leichenblasse Hand auf seiner Schulter liegen; sie kniete neben ihm an tausend anderen Orten, in Sorge darüber, daß er wieder einmal blau anlaufen könnte.

Kannst du mehr bieten, Liebster?

»Kannst du, Dad?« fragte Sam.

»Ich weiß nicht«, antwortete Gabe. Er hielt den Stein in der Hand, den sie für ihn ausgewählt hatte. Mit Hilfe sympathetischer Schwingungen, behauptete sie. Er ahnte, was es mit diesem Programm auf sich hatte, ohne es tatsächlich zu begreifen. Doch das brauchte er auch nicht in der Lage, in der er sich befand. Und das war gut so, denn er mußte Aufmerksamkeit bewahren.

»Dann ist das womöglich der falsche Kontext«, folgerte Sam. Wieder verwackelte ihr Bild. »Weißt du irgend etwas mit Bestimmtheit?«

Er stöhnte. »Ach, Sam, was läßt sich denn schon mit Bestimmtheit wissen?«

Sie musterte einen anderen Stein und zeigte daraufhin ihrem Vater ein schnippisches Grinsen. »Na, was hast du zu bieten?«

Das hatten wir doch schon einmal, dachte er und setzte sich in Bewegung. Er ging am Ufer entlang und suchte mit Sams sympathetischer Schwingungsmethode weiter.

»Nein, Dad«, sagte sie drängend, »was hast *du* zu bieten?«

»Was ich früher nicht gekonnt habe, ist mir jetzt möglich, Gina. Ich kann dir die Schmerzen nehmen. Das Gehirn ist schmerzunempfindlich.«

Vielleicht lag es daran, daß sie sich darunter nie etwas hatte vorstellen können. Die wohl einzige Gelegenheit, sich darüber Klarheit zu verschaffen, war vor Jahren ungenutzt geblieben, damals nämlich, als Dylan in jener Nacht für sie und Mark die Wahrheit formuliert hatte. Vielleicht schwankte sie nun deshalb so, obwohl er ihr diesmal kein Bein zu stellen vorhatte. Begleite mich ein Stück — ja, geradewegs und offenen Auges in den Rachen der Bestie. Wofür? Um all die Jahre zu vergessen, den Drogenmißbrauch und die möblierten Wohnungen mit allem drum und dran, wovon ihr aber nichts gehörte?

»Das Gehirn fühlt keinen Schmerz«, flüsterte er.

»Ich fühle Schmerzen«, sagte Ludovic klar und nüchtern. Sie blickte auf und sah ihn rücklings auf der Grabstätte liegen. Auf seinem Gesicht klebte Blut. »Schmerzen — seit dem Tag, an dem ich dich getroffen habe.«

»Leicht zu heilen«, flüsterte Mark. »Wir brauchen keinen Schmerz. Nur uns ...«

»Ach, nun komm endlich, Gina.« Ludovic richtete sich auf. Blut rann ihm in Strömen übers Gesicht. »Was würde aus dir werden, wenn du keinem mehr Schmerzen zufügen, Beulen verteilen und Nasenbluten verursachen könntest?«

»Mehr traust du mir wohl nicht zu«, sagte sie und fühlte sich wieder stärker zu Mark hingezogen.

»Und ob«, antwortete Ludovic. »Aber im Unterschied zu Mark kann ich jede Menge einstecken.« Er beugte sich vor, streckte die Hand nach ihr aus.

Ein offenes Fenster oder eine offene Wunde — was mir auch bevorsteht, ich nehm es an. Das H-Wort: schwer zu schlucken wie alles, was wirklich wertvoll ist.

Er berührte mit den Fingern ihr Gesicht, und es wurde ein Brausen laut, das einem Hurrikan gleich alles übertönte.

War sie diesmal auf ihn zugekommen oder er auf sie? Hatte diese Frage überhaupt eine Bewandtnis?

»Es ist gut«, sagte Ludovic. Er klang ein wenig überrascht. Sie erinnerte sich an Mexiko und fand, daß er einen Anspruch darauf hatte, ihre Gedanken zu erfahren.

Diesmal brauchten sie nicht den Flur zu durchqueren. Sie befanden sich sogleich in dem Zimmer, wo er sich von ihr aufs Bett ziehen ließ.

»Ich weiß«, sagte er. »Das ist schon immer der kritische Moment gewesen, und schmusig warst du nicht gerade.« Er lachte.

Ihr war unerklärlich, wieso er hier in diesem Zimmer und gleichzeitig am Kiesstrand sein konnte. Aber andererseits war's ja auch möglich, inmitten einer Feuersäule zu stehen, ohne zu verbrennen. Die einzige Schwierigkeit bestand darin, unbeschadet hineinzusteigen. Und das war nur in der realen Welt unmöglich.

»Ich bin stolz auf dich, Dad«, sagte sie impulsiv.

Er schaute immer noch mürrisch drein, wich aber ihrem Blick aus wie ein verlegener Junge, der bis über beide Ohren verliebt ist.

»Du brauchst dich nicht zu schämen«, fügte sie hinzu. »Davon verstehe ich auch ein bißchen.«

»Ja, aber als Vater will ich nicht nackt vor dir stehen. Nicht bloßgestellt sein.«

Sie wollte darauf antworten, aber plötzlich kam ihr Beauregard in den Sinn, so, wie sie ihn das letzte Mal gesehen hatte: mit einer holografischen Krone, Freikarten für eine Vorschau verteilend. »O Mann, das ist in der realen Welt wirklich unmöglich«, sagte sie.

»Wie bitte?«

Sie dachte an Fez und lachte. »Ach, Dad, ich wünschte, es wäre anders, aber ...«

Der Bildschirm flackerte; in der Ecke rechts unten blinkte das Zeichen auf, das vor einer drohenden Stromunterbrechung warnte.

»Scheiße!«

»Was ist los, Sam?« Er trat mit besorgter Miene auf sie zu.

Sie warf ihrem Vater die Arme um den Hals, doch kaum hatte sie ihn an sich gedrückt, wurde sie auch schon davongezerrt.

Das arabische Märchenzelt war nach wie vor prunkvoll überladen, schien aber zwischenzeitlich in Unordnung gebracht worden zu sein.

»Das ist ein unerwartetes, wahrhaft historisches Vergnügen«, sagte Markt. »Wenn die Medien ihren Betrieb wieder aufnehmen, werden wir der Öffentlichkeit erklären können, daß ein Zusammenwirken von alter und neuer Technologie durchaus möglich ist.«

»Wo, zum Teufel, hast du gesteckt?« schimpfte Sam. »Was hast du getrieben? Mein Vater liegt hilflos auf den Steinen, und auch Gina ist auf sich allein gestellt. Du wolltest doch deren Hilfe, um das Ding zu neutralisieren. Es war nicht die Rede davon, daß die beiden alleine damit fertig werden sollen.«

»Das müssen sie aber«, entgegnete Markt gelassen. »Jedenfalls bis zu gewissen Grenzen. Ein Teil von uns ist zu virös, der andere zu ... *markant.*«

»Für blödsinnige Kalauer bin ich nicht in Stimmung«, sagte Sam. Das Warnzeichen in der Ecke rechts unten blinkte immer rascher auf und ab. Jeden Moment drohte die Stromversorgung auszufallen. »Das hättest du früher sagen sollen. Bevor sich die beiden eingeschaltet haben, um die Welt zu retten. Deine Welt.«

»Und deine«, erwiderte Markt. »Wünschst du dir nicht auch von manchen Dingen, daß sie in der realen Welt nicht unmöglich wären?« Er schaute weg. »Aber jetzt steht Wichtigeres an. Ich schaff es nicht mehr länger, das Ding daran zu hindern, an eurer Stromversorgung rumzuknabbern. Danke Sam, du hast genau das Richtige getan. Dein sympathetisches Vibrationsprogramm ist super. Und Dank auch an Keely, daß er dich eingeschleust hat.«

Der Bildschirm wurde dunkel.

Keely half ihr beim Absetzen der Kopfmontur. Alle anderen standen rings um sie herum und sahen schweigend zu. So auch der Beater, der eine schrecklich nervöse Kartoffel abgab. Sam bedauerte ihn zutiefst.

»Wie war's?« wollte Keely von ihr wissen.

»Sonderbar«, antwortete sie und prustete. »Manchmal sieht man alles auf einmal, und manchmal sieht man nur, was direkt vor einem liegt. Die Auflösung müßte viel besser sein. Details habe ich kaum erkennen können. Außerdem schwirren ständig irgendwelche Symbole und Einzelteile herum und ...«

Als Vater will ich nicht nackt vor dir stehen. Nicht bloßgestellt sein.

»Aber vielleicht hab ich mich geirrt«, fuhr sie nach kurzer Pause fort. »Verdammt. Hätte ich doch bloß auch Steckbuchsen. Die Gedanken anderer so deutlich lesen zu können, ist ...«

Plötzlich fuhr ein Rest von Energie durch den Hotsuit, und sie hatte das Gefühl, als drückte ihr jemand die Hand. Hastig streifte sie die Handschuhe ab. »Entschuldigt. Ich will mir was Bequemeres anziehen«, sagte sie und marschierte in Richtung auf ihr Lager.

»Gute Arbeit, Sam«, rief Keely ihr nach. »Du hast's geschafft.«

»Ja«, antwortete sie und warf einen Blick über die Schulter. »Für eine Weile jedenfalls.«

»Sam?« rief Gabe. Das Interaktionsprogramm lief noch, doch er spürte, wie es zu stottern anfing. Zwar kam es immer wieder in Schwung, würde aber bald, wie zu erwarten war, von Markt gelöscht werden. Dann wäre er wieder diesem Zwang ausgeliefert, der ihm den Fremden zu präsentieren versuchte.

Plötzlich standen die beiden vor ihm. Er zuckte vor Schreck zusammen. Wie war es möglich, sie zu sehen? Hatte Wunschdenken sie herbeigezaubert?

Dann eilte er auf sie zu. Er wollte sie umarmen, doch sie wichen ihm aus.

»Das geht nicht, Glühfix«, sagte Marly. Ihre Stimme klang entschuldigend. »Du hast was versprochen.«

»Ja, das hast du«, bestätigte Caritha. »Ich war dabei.«

Er sah die beiden verwundert an. Ja, er hatte ein Versprechen abgegeben. An Gina. Er hatte ihr alles versprochen, was in der Realität unmöglich zu sein schien. Und ihm war nicht daran gelegen gewesen, im Gegenzug ein Versprechen ihrerseits zu hören. Was er ihr gesagt hatte, galt ohne Wenn und Aber und unabhängig davon, ob man nun eine Antwort hörte oder nicht, ob man über Glasspitter oder über kalte nackte Steine robben mußte. Mit oder ohne sympathetischem Vibrationsprogramm.

Eines Tages würde Ludovic — sofern er überlebte — zu verstehen lernen. Das Versprechen und die Auswahl — sie glichen einem üblen Streich. Vor allem die Auswahl, zumal Ludovic glaubte, darin frei zu sein. Markt wußte aufgrund bestimmter Daten, daß Ludovic immer wieder dieselbe Wahl getroffen, gleichzeitig aber darauf bestanden hätte, alle Möglichkeiten, jeden einzelnen Stein in Betracht zu ziehen. Trotz der Hilfe durch das sympathetische Vibrationsprogramm. Er hatte sich unbeeinflußt und selbständig entscheiden wollen, sah dies als sein Recht an. Was er jedoch nicht wußte: Art hatte sich schon vor langer Zeit in die Simulation von Marly und Caritha eingemischt. Und Ludovic schien seltsamerweise immer noch nichts bemerkt zu haben. Er hielt es offenbar für ganz natürlich, daß es nur einer Vielzahl weit verzweigter Entscheidungsmöglichkeiten bedurfte, um eine Simulation derartig reaktiv zu gestalten, daß sie an ein Wunder grenzte.

Es gab keine Wunder.

Geräusche und Bilder — ja, aber keine Magie. Schmerz und Vergnügen, Katastrophe und Chaos — ja, aber keine Magie.

Synthese, aber keine Magie.

Synder . . . aber keine Magie.

Ludovic, das ist doch keine schlechte Nachricht.

»Wie soll mir das helfen?« fragte Gabe verzweifelt.

»Laß dich nicht hängen, Glühfix«, entgegnete Marly oder Caritha. Er wußte nicht mehr wer. Sie waren für ihn nun ganz und gar austauschbar. »Damit wirst du auch noch fertig.«

Er schüttelte den Kopf.

»Wenn es Wunder gäbe«, sagte Marly oder Caritha, »was wäre dann die Hoffnung wert?«

Gabe dachte darüber nach. Dann drehte er sich um und sah Ginas geballte Faust auf sich zufliegen. Er hielt still.

Sie schwang die Beine über die Bettkante und stand auf.

Nachtgericht. Von ihrem hohen Podest aus musterte

die Richterin sie mit genüßlichem Grinsen. »Du bist mit dem falschen Bein aus dem Bett gestiegen. So wie immer, Gina, stimmt's?«

Ich kann doch hier nicht ganz allein ...

»Ich kann dir nichts anhängen, du mir aber auch nicht.« Die Richterin schlug mit dem Hammer aufs Pult und zeigte dann damit auf die Wand. »Wir können uns ja gegenseitig in Schach halten, bis ich *ihn* erwischt habe.«

Auf dem Wandbildschirm war Ludovic zu sehen, der mit gerunzelter Stirn nach unten auf die Steine blickte.

Zum Donnerwetter, Gabe, hör endlich auf mit dem Quatsch! Es ist doch egal, welcher blöde Stein ...

Die Richterin blickte selbstzufrieden auf. »Es ist zwar nicht von Belang, aber ich frage trotzdem: Worauf plädierst du?«

»Ich plädiere überhaupt nicht«, sagte Gina. Ihre Stimme verriet nur wenig von der Verzweiflung, in der sie sich befand. »Wie komm ich denn dazu?«

Die Richterin war sichtlich amüsiert.

Nimm die Flosse von ihm runter; der Kerl gehört mir.

Willst du dich nicht revanchieren?

Sie kehrte der Richterin den Rücken zu und stieg ins Bett zurück.

»Kann *ich* dir helfen?«

Gabe zögerte. Es war völlig still in der Kantine. Drüben an dem Getränkeautomaten standen Marly und Caritha, die mit den Fingern auf die Kamera tippte. Sie nickte ihm zu. »Mach weiter.«

Er schaute auf die Steine hinunter und blickte dann wieder zu ihr auf. »Himmel, ich weiß, wie es ausgeht.«

»Dann beeil dich!« sagte Marly.

Das ist nur in der realen Welt unmöglich.

Er seufzte. »Ihr seht aus, als fehlten euch die passenden Münzen für den Automaten.«

»Je mehr auf Automaten gemünzt wird, desto weniger weißt du, was Sache ist.« Markt lächelte verträumt, drehte sich um und stieß ihn in Ginas herbeifliegende Faust.

Sie schwang die Beine über die Bettkante und stand auf.

»Im Namen des Gesetzes: aufmachen!« Die Richterin — oder war es Manny Rivera — äffte Marks Stimme nach. »Du bist ganz allein da drin und wieder einmal mit dem falschen Bein aufgestanden.«

Sie trat in die Mitte von Marks Schlafzimmer. *Ach, wie schön symbolisch,* dachte sie und verzog das Gesicht dabei. Zwar war kaum zu befürchten, daß man sie beim Einstieg versengte, aber ihr wurde ziemlich heiß.

»Im Namen des Gesetzes: aufmachen!«

Sie war im Begriff, ins Bett zurückzusteigen, verharrte und fragte: »Was hast du gesagt?«

Im Namen des Gesetzes ... Das Echo prallte wie ein Gummiball vom grau bewölkten Himmel über dem See. Gabe fragte sich, wie wohl der Name des Gesetzes lauten mochte. Er wähnte sich der Antwort ganz nahe, doch dann ging sie unter im Lärm seiner Gedanken.

Er betrachtete den Stein in der Hand, ließ ihn fallen. Das war das Dumme am sympathetischen Vibrationsprogramm: das sympathetische Vibrieren war in allen Steinen wiederzufinden, und es brachte in ihm etwas zum Schwingen. Doch welcher der richtige Stein war, blieb fraglich.

Wer sagt denn, daß es unbedingt der richtige sein muß? Schau doch mal hier herüber.

Im Namen des Gesetzes ... Er suchte, hob einen Stein nach dem anderen auf, doch in keinem war der Name enthalten. Er kam sich wie ein Narr vor, plemplem, total gestört.

Störschleife.

Er hob den Kopf zum Himmel empor und lachte schallend.

Sie schwang die Beine über die Bettkante und stand auf.

U B the Ass to Risk.

Ja, das war uns längst klar. Aber trotzdem, vielen Dank für den Hinweis.

Wer wärst du gerne?

Gina lachte. *Du bist auf dem falschen Dampfer.*

Wirklich, Gina? Wirklich? Ein vergammeltes Zimmer. Überraschend, der Mitte so nahe zu sein. Doch sie wunderte sich über nichts mehr.

... denn das größere Muster ist schon im kleineren enthalten ... Sie schob den Gedanken beiseite wie auch die Frage, von wem sie ihn hatte.

Dylans näselndes Jaulen: *I want you.*

Wer wärst du gerne?

Aber sie hatte ihre eigene Musik dabei, eigene Töne und Visionen. Wahnsinniger Riff, als würde ein Hammer die Tonleiter von oben nach unten fallen. Das Ächzen ihres Verlangens. Farben schwappten aus der Himmelsschale.

U B the Ass to Risk.

Liebster, das bin ich doch immer schon gewesen. Wie schön, daß ich tanzen kann. Weißt du was Besseres?

Das war tatsächlich der Höhepunkt der Freß-Fick-Tanz-und-Existenz-Ordnung, und er brachte sie in Versuchung. Sie lief nicht davor weg.

Ich habe ihn geschlagen. Aber was kann er für mich tun?

»Ich kann dich finden«, sagte Gabe.

... zum richtigen Zeitpunkt zur Stelle zu sein, macht den Rest aus. Und jetzt war es an der Zeit.

»Bravo, Glühfix«, sagten alle. »Es tut auch gar nicht weh. — Nun ja, nicht allzu sehr«, fügte Caritha hinzu.

Ihm war, als würde er in einem riesigen Faß über ein holpriges Gefälle rollen, doch so unangenehm war es nicht.

Du hast jetzt alle Assoziationen parat, Gabe. Eine Stimme.

Kommt es denn nur darauf an ... auf Assoziationen? War sie auf diesem Weg zu finden? fragte er.

Nur zum Teil. Du warst die Störschleife, sie war der Spiegel. Da ist sie. Du mußt ihr helfen. Sie ist stark genug, sich helfen zu lassen.

Er wähnte sich durch eine dünne, aber feste Wand gestoßen, durch eine Plastikfolie, wie es schien. Dann landete er auf beiden Beinen in der Werkstatt. Sie hockte rittlings auf Mark und hielt die Anschlüsse gepackt.

Die linsenförmige Schnittfläche war ihr gemeinsames Leben.

»Aber was, glaubst du, wird passieren?« fragte Mark unter ihr. »Was soll das sein?«

Ein heftiger Schwindel traf sie zwischen den Augen. Sie hielt die Drähte in der Hand, entschlossen, sie aus dem Kopf zu reißen.

Daß es doch nicht so einfach sein würde, war abzusehen. UB the Ass to Risk. Was ich gerne sein würde? Ja, wenn ich das wüßte.

»Ein wenig war noch von ihm übrig, erinnerst du dich? Er öffnete die Augen und bat dich, es zu tun. Damals, in Mexiko. Es war nur noch wenig von ihm mit dem Körper zurückgeblieben, erinnerst du dich?«

Und dieses überraschende Drängen sowohl bei ihr als auch bei ihm; diese innige Vertrautheit, als hätten sie nie Geheimnisse voreinander gehabt. Denn er hatte sie schon einmal dort hingeführt: an den See am steinigen Strand.

Die Ärzte hatten ihr das Bild ins Gehirn gespeist, um herauszufinden, ob sie erkennen konnte, was es für ihn bedeutete. Aber ihnen war nicht klar, welche

Bedeutung es tatsächlich für ihn hatte. Er hatte sie dorthin geführt, und sie war schon zur Stelle gewesen.

»Kannst du es wirklich tun? Kannst du Schluß machen, nicht nur mit ihm, sondern auch mit dem kleinen Teil deines Selbst, das mit ihm in seinem Körper zurückgeblieben ist? Kannst du dieses kleine Sterben überleben?«

Sie versuchte, die Perspektive zurückzuzwingen auf seine Wohnung, und blickte ins eigene Gesicht. Wer war dort gewesen? Wer starrte da aus seinen Augen und bat sie, die Drähte aus dem Kopf zu reißen? Mark? Oder sie selber?

»Wenn du nicht glaubst, an zwei Orten gleichzeitig sein zu können, hast du alles Gelernte vergessen. Dann hast du dich vergessen, Ludovic, deine simulierten Gespielinnen und *mich* — Mark. Tu's, und jeder stirbt ein bißchen. Bist du dazu in der Lage? Wirklich?«

Sie sah sich schwanken und bedrängt von der rohen Hoffnung, die ihr aus diesen — ihr und Marks gemeinsamen — Augen entgegenstrahlte.

Na, was hast du nun von deiner Eigenbrötlerei, deiner kostbaren Einsamkeit?

Ludovic langte von hinten um sie herum und ergriff ihre Hände, die die Drähte gepackt hielten.

»Oh, für dich wird's noch schwerer sein, Mister Großmut. Tu's, und du wirst deine Lust daran verlieren; du wirst deine Gespielinnen verlieren und nie mehr wiedersehen. Willst du das wirklich?«

Ludovics Miene wechselte, und sie wußte, daß er sie, die Gespielinnen, vor Augen hatte.

»Du hast sie aufgegeben. Aber sieh nur, was ich aus deinem Systemspeicher retten konnte: jedes einzelne Bit. Kannst du wirklich auf die beiden verzichten? Würdest du nicht lieber alles daransetzen, um sie nicht noch einmal zu verlieren? Würdest du nicht lieber weitermachen wie bisher, mit ihnen leben, träge und untätig sein dürfen, statt Großmut üben zu müssen?«

»Das Letzte, was von dir erwartet wird, Glühfix.«

Es hätte alles so einfach sein können, aber er sehnte sich immer noch nach den beiden und das, was gewesen war.

»Aber du hast doch noch ganz andere Möglichkeiten«, sagte Gina.

Zumeist glaubt man, keine Wahl zu haben, und dann entscheidet man sich doch.

»Ich will nicht glauben, daß wir das noch einmal machen müssen«, sagte Gina, und ihre Faust flog auf ihn zu. »Die beiden bieten nichts, was dir nicht schon vorher eigen war, Glühfix. Und du weißt, was du an dir hast.«

»Aber wie soll ich wissen, was richtig ist?« fragte er verwirrt.

»Unmöglich, das zu wissen«, sagte sie, und mit den Worten kam die Einsicht. »Wir leben in einer verdammten Schrödinger-Welt.«

Der Name des Gesetzes.

Er stand am Kiesstrand, und daß er sich umdrehte, geschah nicht aus Zwang, sondern aus eigenem Antrieb. Und sie war da, hatte sich auch gerade umgedreht, um ihn zu sehen.

Diesmal duckte er sich, als die Faust herbeiflog. Sie verfehlte ihn und traf Mark.

Ihre Hände kamen zusammen und rissen die Drähte heraus.

In Lichtgeschwindigkeit löste sich die Kettenreaktion aus, unerbittlich und unaufhaltsam. Sie zerlegte die Werkstatt ringsum, setzte sich fort bis an den Kiesstrand, die Kantine, Mexiko, Mannys Büro, den Hollywood Boulevard, löste alles auf, versickerte im Nichts und riß sie mit sich fort.

»Mir ist manchmal gar nicht klar gewesen, daß du anwesend warst«, sagte Gina.

»So erging's mir auch«, antwortete Gabe. Er fühlte sich mit einemmal hundemüde und ausgelaugt. »Die Ungewißheit bleibt, solange man sich nicht umdreht und hinschaut.«

Plötzlich sah er sich zurückversetzt in den seltsam halbfertigen Raum. Richtig; die Kettenreaktion schritt voran, folgte Schritt für Schritt der Spur, die der große Schlag gelegt hatte, breitete sich in alle Richtungen aus, strahlenförmig bis hin nach Phoenix, Sacramento, Seattle, Japan, Mexico City, London, Bangkok ...

Er drehte sich um, wollte Gina etwas sagen, doch sie war nicht mehr da.

»He«, sagte Jasm. Sie hatte ein Ohr auf Ginas Brust gelegt. »Ich sag's nur ungern, aber es ist nichts mehr zu hören.«

Sam musterte ihren Vater. Sein Gesicht war immer noch geschwollen, doch die Konturen der Hotsuit-Stigmata lösten sich rasch auf. »Wann holen wir sie endlich zurück? Zumindest Gabe?«

Keely winkte ab. Sam wandte sich dem Beater zu. Er weigerte sich, seine neue Rolle als Kartoffel aufzugeben, und Sam wußte nicht, wie sie ihm diese Rolle streitig machen sollte. Daß sie zu Gabe und Gina vorgedrungen war — wenn auch nur kurz und womöglich ergebnislos —, hatte ihr einen neuen Status in der Gruppe verschafft.

Der Beater saß ungeschützt da; sie würde über ihn herfallen und ihm blitzschnell die Drähte aus dem Bauch reißen können. Wenn sich auf diese Weise Gabes Leben retten ließe ...

»Boh-ey, guckt euch das an!« sagte Percy. Er hielt das Cape in der Hand, das mit dem großen System verbunden war. Auf der Musterseite zeigte sich nun ein makelloses Weiß.

Immer mit der Ruhe, dachte Gabe. Er hatte ja erst in eine Richtung geschaut. Vielleicht war Gina an einer anderen Stelle des Raums. Schrödingers Gina …

Das Fenster umrahmte nach wie vor ein schwarzes Feld vor dem Hintergrund vorbeiziehender Wolken. Er trat einen Schritt näher, blieb dann aber stehen. Die Tür schwang inzwischen nur noch zur einer Seite hin auf. Sie hatte sich für ihn geöffnet. Er hatte die Wahl: zu warten oder zu gehen.

Sie schwebten in fast perfekter Eintracht. Mit dem Verschwinden des Virus' hatte sich Markt weit geöffnet, und sie sah nun alles deutlich vor sich — Markts Leben, das von Mark, das eigene und die gemeinsame Schnittfläche in altbekannter Proportion.

»Laß uns tanzen«, sagte Mark, als Teil des Kompositums abgehoben. »Laß uns einen draufmachen, über sämtliche Stränge schlagen. Laß uns sterben, bevor wir alt werden. Laß uns ewig weiterleben.«

Sie zögerte.

»Es wird besser sein als je zuvor«, sagte Markt, »jetzt, da wir immun sind. Selbst wenn der Schlag zurückkäme, könnte er uns nicht mehr treffen.«

»Ich will dich«, sagte Mark. »Wollte dich schon immer, hab's nur nicht geschafft, dich in all dem Lärm zu finden. Der Lärm hat sich gelegt, aber das Verlangen ist immer noch da.«

Hinter dem offenen Fenster sah sie Ludovic stehen, klein und entfernt. Er wartete.

»Dazu bin ich geboren worden. Ich vermag alles und kann jetzt ganz für dich da sein. Das war mir bloß in der realen Welt unmöglich.«

Sie drückte ihr Gesicht an seine knochige Brust, hielt fest an dem, was übriggeblieben war: nicht nur Reste, sondern alles. *Besser als je zuvor.*

»Was wir an Equipment brauchen, ist in unserem Zimmer«, sagte er und führte sie durch den langen Korridor. Er öffnete die Tür, trat ein, drehte sich um und streckte die Hand aus. Markt stand nahe bei.

»Das Gehirn empfindet keinen Schmerz.«

Das Argument war diesmal sehr überzeugend.

Er spürte, was sich jenseits des dunklen Fensters abspielte, und wußte, daß er nur wenig dagegen aufbieten konnte.

War er deshalb mit Gina ins System gestiegen? Hatte es sie so sehr zu dem anderem hingedrängt? Wenn ja, warum war er überhaupt mitgekommen? Um, wenn alles vorbei wäre, sie davon überzeugen zu können, daß es besser sei, wieder auszusteigen? Er kannte sie doch erst seit wenigen Monaten. Nach fünfzehnjähriger Ehe hatte er nicht einmal seine Frau bewegen können, aus ihrem Büro herauszukommen. Was hatte er der zwanzigjährigen Gemeinsamkeit zwischen Gina und Mark entgegenzusetzen? War es nicht aussichtslos, anzutreten gegen ... ja, wogegen eigentlich: ein Video, eine Synthese, eine sympathetische Schwingung?

He, Gina, komm und knall mir eine; im Ernst, ich würde mich dann besser fühlen.

Auch, wenn das Gehirn keinen Schmerz empfindet?

Ach, scheiß drauf, würde Gina jetzt sagen, wenn sie hier wäre. Du hast 'ne geschwollene Backe und bist für eine Weile noch am Leben. Was willst du mehr? Aber gib die Hoffnung nicht auf. Vielleicht legt dir eines Tages irgendwer ein Ei ins Bier. Nur heute nicht.

Er gab dem Druck nach außen nach und verschwand.

»Rund zehn Schläge pro Minute«, sagte Jasm, die Gina den Puls fühlte. Sam hielt die Drähte fest an den Bauch gepreßt. Gabe rührte sich auf der Matratze. Keely kniete daneben und blickte zu Sam auf. »Er kommt zurück.«

»Sie scheint wegzubleiben«, sagte Jasm.

Es dauerte mehrere Stunden, bis die Benommenheit und das Gefühl der Orientierungslosigkeit von ihm abließen. Gina war immer noch weggetreten. Er ignorierte die geschwollene Backe und berichtete in möglichst knappen Sätzen, was er erlebt hatte, und stellte Mutmaßungen über Ginas Verbleib an. Sam versuchte ihn mit dem Einwand zu beruhigen, daß er nichts Genaues wissen könne, und er verschieg ihr, daß er sich nach Gina umgesehen, sie aber nicht mehr gesehen hatte.

Am nächsten Morgen nahmen einige Lokalsender von Dataline ihren Betrieb wieder auf. Im Abstand weniger Minuten wurden Nachrichten von der überstandenen Katastrophe gebracht. Die genaue Anzahl aller Steckbuchsenopfer war noch nicht ermittelt. Die Stadt brannte noch immer, und es herrschte nach wie vor Ausnahmezustand.

Der Junge namens Percy bot Gabe Schmerzpflaster an. »Die machen plemplem«, sagte er und schob sie dem Jungen zurück. »Trotzdem, vielen Dank.«

Er widmete Sam seine ganze Aufmerksamkeit, erzählte ihr alles, was sich vor ihrem Wiedersehen auf dem Friedhof in seinem Fall zugetragen hatte, obwohl sie das meiste schon kannte. Was danach geschehen war, brauchte er glücklicherweise nicht zu wiederholen.

Am Abend darauf lag Gina immer noch darnieder. Gabe machte viel Aufhebens darum, Sam, die sich in ihrer Schlafecke hingelegt hatte, wie ein kleines Kind mit der Decke zuzupacken. Die Ex-Pumpe war zur Seite gelegt und die Daten auf das große System überspielt worden; bald würde der Kontakt wiederhergestellt sein und die protzige Monitorwand Erfolg melden. Darauf warteten alle.

Sam schlief ein, und Gina war immer noch nicht zurückgekehrt. Es gab eine Vielzahl von Türen, die allesamt nur zu einer Seite hin aufschwingen konnten. Er hatte die Wahl: zu warten oder zu gehen.

Vielleicht ist wirklich keine Magie im Spiel, aber ein paar

Momente lang schien es so, Gina. Und diese wenigen Momente waren mehr als genug. Kommt das an bei dir in deiner Idiotosphäre?

Geh zu, irgendwohin.

Er berührte die Prellung im Gesicht. An dieser Stelle hatte sein Auftritt begonnen; der Abgang war hier gut plaziert.

Diesmal drängte ihn nichts nach draußen, aber er ging trotzdem.

EPILOG

Das Licht am Telefon ließ wissen, daß eine Nachricht für ihn in der Mailbox bereitlag. Er rief die Auskunft an. Eine großväterliche Stimme las ihm die Nachricht vor: eine Danksagung der Schule, für deren Geometriestudenten Gabe Lehrsimulationen entwickelt hatte. Er fühlte sich geschmeichelt. Dort hatte er ein neues, wenn auch nicht besonders einträgliches Betätigungsfeld gefunden. Entsprechende Programme der Dataline waren für die Schulen viel zu teuer, doch Gabe kam mit dem kleinen Honorar, das er von ihnen für seine Produkte beziehen konnte, ganz gut über die Runden, zumal er gelegentlich an Hologrammentwürfen fürs Fernsehen dazuverdiente. Im Grunde aber hatte er für die Dataline nur noch Abscheu übrig. An ihrer Spitze saßen immer noch dieselben raffgierigen Gauner, die Bit für Bit kassierten und keinen Deut dazugelernt hatten. Gabe war jeden Tag aufs neue froh darüber, daß er sich geweigert hatte, sein Haus ans Netz anschließen zu lassen.

Es war ein hübsches Haus, kleiner zwar als das Apartment in Reseda, aber weitaus gemütlicher und wohnlicher allemal, wenn auch nicht besonders geschmackvoll eingerichtet. Die einzelnen Möbel paßten nicht so recht zueinander, und die Vormieter schienen besonders günstig an die Tapete gekommen zu sein: Gelbe Küken watschelten über die Wände der Küche, des Wohnzimmers und — merkwürdigerweise — über nur eine Wand des Schlafzimmers. Aber mit gelben Küken konnte er leben. Sie störten ihn nicht.

Mit der Elektrik hatte er größere Probleme. Um die Hologrammkamera starten zu können, mußte er den

Kühlschrank ausschalten. Doch bisher waren ihm weder Lebensmittel noch Holos verdorben.

Was er am meisten bedauerte, war sein Mangel an gärtnerischen Fähigkeiten. So sehr er sich auch anstrengte — das Gelände hinterm Haus blieb eine Wildnis.

Nach vorne hin bot sich dagegen ein ansehnliches Bild. Vor der Haustür lag eine schmale Freifläche, die nach rund zwanzig Metern steil zur Küste abfiel. Er genoß einen ungehinderten Ausblick aufs Meer. Einige hundert Meter weit draußen betrieb jemand eine Unterwasserfarm. Mit dem Fernglas konnte er Delphine auf- und abspringen sehen; sie verrichteten dort ihre Arbeit. Wie die im einzelnen ablief, wußte Gabe auch nicht, obwohl er an manchen Tagen von morgens bis abends vor der Tür saß und zuschaute.

Zu Anfang fürchtete er, in der Abgeschiedenheit womöglich kauzige Züge zu entwickeln. Doch dann fragte er sich, ob es denn möglich sei, noch kauziger zu werden, als er es ohnehin schon war. Und seitdem verschwendete er keinen Gedanken mehr darauf. Einsam zu sein, machte ihm nichts aus. Wenn er Gesellschaft wünschte, ging er anderthalb Meilen weit ins Dorf und kaufte ein.

An der kleinen Dorfstraße befand sich eine Medienbar. Nur ein einziges Mal war er versucht gewesen, dort hineinzugehen. Er hatte vor kurzem sein neues Zuhause bezogen und wanderte die Straße entlang. Die Tür zur Bar stand offen, und er hörte seinen Namen. Lauschend blieb er stehen. Der Nachrichtensprecher verlas eine Liste von Steckerbuchsen-Leuten, die noch vermißt wurden und deren Schicksal ungeklärt war. Auch Gina stand auf dieser Liste zusammen mit vielen anderen Personen, von denen er nie gehört hatte. Er kümmerte sich nicht weiter drum.

Er lebte inzwischen unter einem anderen Namen,

und daß ihn jemand anhand eines Fotos identifizierte, war unwahrscheinlich. Das Haar war noch grauer geworden und fiel bis auf die Schultern herab. Dem Aussehen nach war er von den anderen Dorfbewohnern kaum zu unterscheiden.

Aber wenige Tage nach diesem Zwischenfall fing er von dem, was er seit Monaten so erfolgreich verdrängt hatte, wieder zu träumen an, zuerst nur bruchstückhaft, dann aber immer detaillierter und im Zusammenhang. Er träumte von dem langen, langen Marsch, begleitet von den unverhohlen neugierigen Blicken der Survivalisten, und dann von der Fahrt in Falvias altem Karavan, den Gator bis nach Santa Ysabel steuerte. Dort hatte er ihr erklärt, daß er unbedingt aussteigen müsse, weil ihm nicht wohl sei. Wahrscheinlich hatte sie von Anfang an gewußt, daß er sich nur aus dem Staub machen wollte. Während sie unterwegs waren, klapperten die anderen die Piers ab, um zwischen all den Pennern nach ihm zu suchen.

Von Santa Ysabel war er dann in den Norden getrampt. Auf halber Strecke zwischen L. A. und San Francisco erreichte er die Küste und das Dorf, wo man ihn als Flüchtling aus L. A. bereitwillig aufnahm. Viel Mitgefühl von allen Seiten. Daß ihm Steckbuchsen eingepflanzt waren, verschwieg er, und keiner schöpfte Verdacht.

Der Traum hätte ihn noch bis zum Vorabend weitergeführt, an dem er zu Bett gegangen war, doch er zwang sich aufzuwachen und vertrieb sich die Zeit bis zum Morgen. Sentimentale Gefühle ließ er nicht zu.

In der Folgezeit träumte er noch manchmal von Gina, doch die Erinnerung verblaßte, und an den Kummer, der blieb, gewöhnte er sich allmählich.

Schließlich verlor er den Anschluß an die Zeit. Darauf hatte er gewartet, und daß er nun nicht mehr wußte, wie viele Monate seit seinem Weggang von der Kneipenruine gekommen und gegangen waren, stimmte ihn weder froh noch traurig. Zeitvergessenheit paßte in seinen Kontext. Für ein geregeltes Gleichmaß sorgten seine Schulaufträge.

Die Arbeit machte ihm mehr Spaß als erwartet. Die Anlage, die er benutzte, war aus Einzelteilen zusammengestückelt und nicht gerade auf dem neusten Stand, reichte aber für seine Zwecke. *Angemessene Technologie,* befand er, *nicht mehr, nicht weniger.* Kein Schnickschnack — nach diesem Grundsatz ließ sich leben.

Als er sie im verwilderten Garten stehen sah, glaubte er zu träumen, und genau davor hatte er sich gefürchtet — daß sie im Traum aufkreuzte, mit breitem, herausforderndem Grinsen und den Worten: *Hallo, ich bin nicht tot, sondern bloß unmöglich in der realen Welt.*

Dann kam Sam ums Haus herum, und er war sicher, einer Halluzination aufzusitzen.

Er verschloß die Haustür und ging zu den gelben Küken in die Küche, um Wasser ins Gesicht zu spritzen.

Das Klopfen an der Tür klang höflich.

»Mach auf, Ludovic. Ich bin's wirklich.«

»Ein *was?*« fragte er.

»Klon. Deshalb bin ich auch solange weggeblieben.« Sie lag ausgestreckt auf dem alten Plüschsofa. Er hockte auf der Armlehne zu ihren Füßen, während sich Sam den Rest des Hauses ansah. Die Küken schienen ihr zu gefallen.

»Sie haben eine nahezu vollständige Kopie angelegt«, fuhr Gina fort. »Was so verdammt lange gedauert hat, war der Fehler-Check.«

»Dem Himmel sei Dank«, sagte er plötzlich.

»Was?«

»Du hast ›verdammt‹ gesagt. Darauf habe ich die ganze Zeit gewartet.«

Sie grinste verlegen. »Du bist abgehauen, bevor ich dir sagen konnte, was passiert ist.« Es klang fast nach einer Anklage. Aber wütend war sie nicht; das spürte er deutlich. »Nach knapp einer Woche bin ich ausgehungert wieder aufgestanden, und zu essen gab's nur diese verfluchte Survivalistenkost in Frischhaltepackungen, Scheiß-Bananenmus und Bohnensuppe. Und über Dataline liefen Freßpornos. Kannst du dir das vorstellen? Zu den ersten Kanälen, die wieder auf Sendung gingen, gehörten doch tatsächlich diese Freßporno-Programme.«

Er zuckte die Achseln. »Klar. Warum nicht?«

»Mir ist aufgefallen, daß du hier nicht an Dataline angeschlossen bist.«

»Kommt mir auch nicht ins Haus«, sagte er.

Gina berichtete, daß sie wie so viele andere zur Erholung ins Sankt Weckmann Hospital für unheilbar Informierte gegangen sei. Ohne Privatwagen sei kein Fortkommen mehr gewesen. Als aber dann die Autovermietungen wieder geöffnet hatten, waren sie und Sam aufgebrochen. Sam hatte das Leben in der Kommune satt gehabt.

»Und was ist mit dem Beater?« fragte er.

Sie zuckte die Achseln. »Was soll schon mit ihm sein?«

»Aber du bist nicht wirklich an zwei verschiedenen Orten gleichzeitig«, sagte er beim Essen. Auf dem Tisch stand ein Auflauf aus Resten. Immerhin keine Survivalistenkost. »Du bist *hier,* denn sie haben nur eine elektronische Kopie gemacht, und dieser Klon ist bloß ein intelligentes Programm, aber ohne Bewußtsein.«

»Und ob«, sagte Sam. »Sie hat sich mit Markt zusammengetan. Und mit Marly und Caritha.«

Natürlich, dachte er und nickte.

»Apropos«, sagte Gina und ließ ihn nicht aus den Augen, als sie in die Hemdtasche langte und eine Handvoll Chips auf den Tisch legte. Verwundert starrte er darauf. Die gelben Küken schwammen aufgeschreckt umher.

»Sie sind sauber«, sagte sie. »Markt hat die Programme kopiert und die Originale für dich zurückgelegt. Sie gehören wieder dir.« Die Chips schimmerten im Lampenlicht. Gina schob sie in die Tischmitte.

»Im übrigen irrst du«, fuhr sie fort. »Aus Marks Sicht bin ich für ihn da. Soll mir recht sein. Aber wenn du die verdammte Wahrheit hören willst: Ich hätte nie und nimmer bleiben können. Mark ist zu so was geboren. Ich bin einfach nur geboren.« Sie grinste. »Nur wer seine Knochen beieinander hat, kann ordentlich einen draufmachen oder mit 'nem Bungee-Seil vom Dach springen.«

Sam entschuldigte sich und ging ins Wohnzimmer.

»Und wofür?« fragte Gabe. »Um die Chose aufzuzeichnen und simulierte Wirklichkeiten draus zu strikken? Nach all der Zeit ... ich weiß nicht, wie lange ich schon hier bin ...« Ihre Miene verriet, daß sie die Antwort auf den Tag genau kannte. »... mittlerweile jedenfalls sehe ich darin keinen Sinn mehr. Dinge zu tun, nur um später simulieren zu können, daß man sie tut ...«

Gina lachte lauthals auf. »Von wegen. Ich hab Videos gedreht, um all den Mist tatsächlich unternehmen zu können.«

Sam wischte mit dem kleinen Finger über die Augen. »Ich konnte kaum hinsehen. Nein, ich konnte überhaupt nicht mehr hinsehen.« Sie ließ Luft ab. »Es war einfach schrecklich, und ich dachte immer nur ... ach, Mann, es klingt so bescheuert zu sagen, daß einem fast das Herz gebrochen wäre.«

Gabe saß neben der Tochter auf der Couch, tätschelte ihre Schulter und suchte nach einem väterlich weisen Trostspruch. »Wir lieben, was sich lieben läßt und weil wir lieben können«, sagte er nach einer Weile. »So ist es nun mal.« Er lachte kurz. »Manchmal bleibt einem nichts anderes übrig, als standzuhalten.«

»Ich kann jedes Programm knacken«, sagte Sam. »Aber in dem Fall bin ich als Hacker machtlos.«

Gabe nickte. »Willkommen in der wahren Welt.«

Sam sah ihn von der Seite an.

»Tut mir leid«, sagte er achselzuckend. »Aber so ist es.«

»Und genau davor hab ich Schiß.« Wieder wischte sie mit dem Finger übers Auge.

»Du darfst ruhig heulen«, meinte er. »Ich sag es auch nicht weiter.«

»Danke.«

Er legte beide Arme um sie. »Keine Ursache. Wofür wäre ein Vater sonst wohl gut.«

Sam hatte ihn ausfindig gemacht, was, wie sich herausstellte, gar nicht so schwer war. Im Umkreis mehrerer hundert Meilen gab es keinen zweiten freischaffenden Produzenten von Simulationen.

»Es haben sich ziemlich alle wieder in die Arbeit gestürzt«, sagte Gina, als sie mit Gabe ums Haus spazierte. Es war Nacht, der Mond schien hell, und daß sie nicht auf andere Gedanken kamen, lag daran, daß sie sich noch viel zu erzählen hatten. Sie redeten und schlenderten umher. In Bewegung zu bleiben, schien ihnen wichtig zu sein. »Sogar die Belegschaft von St. Weckmann ist wieder emsig. Der alte Fez berät sich mit Ärzten und Technikern, denen man trauen kann. Von Marks neuer Existenz wissen nach wie vor nur die wenigsten. Aber es bieten sich durch ihn ganz neue Möglichkeiten der Heilung von Gehirnschäden und so weiter.«

»Aber dazu wären Steckbuchsen nötig«, sagte er.

»Allerdings.« Sie stockte. »Zur Zeit gibt's nur wenige mit Steckbuchsen, die als gesund einzustufen sind und bei der Forschung helfen könnten.« Gina ließ es bei dieser Information bewenden. Einstweilen. Gabe war erleichtert.

Einige Stunden später kam sie erneut auf das Thema zu sprechen. Die Sonne war aufgegangen und stand schon hoch am Himmel. Gabe war ganz und gar nicht müde. Im Gegenteil, er sprühte vor Energie. Kein Wunder.

»Es wurde mir schließlich zuviel«, sagte Gina. »Tagein, tagaus mußte ich im wahrsten Sinne des Wortes den Kopf hinhalten. Ich wollte eine Weile in Ruhe gelassen werden.«

Sie hatten sich am Rand der Klippe ins Gras gesetzt.

»Dann bin ich ausgebüchst, weil sie hartnäckig darauf bestanden, daß ich weiter mitmache. Sie wollen das neue, geimpfte Netz wieder anzapfen. Das finde ich ja auch nicht schlecht, wird vielleicht 'ne Menge bringen. Aber ich bin nicht gewillt, die ganze Arbeit allein zu machen.«

»Geimpft?« fragte er nach. »Ich bin davon ausgegangen, daß man die Steckbuchsen verbietet und einen Schlußstrich unter die ganze Sache zieht.«

»Es werden keine mehr eingepflanzt. Vorläufig jedenfalls nicht«, antwortete sie. »Aber sobald die notwendigen Sicherheitsvorkehrungen getroffen sind, wird das Geschäft wiederaufgenommen.«

Er krauste die Stirn. »Von wem?«

»Von wem wohl? Von Unternehmern und Ärzten natürlich. Letztere sind schon dabei, Bestand aufzunehmen. Wie gesagt, es gibt nicht mehr viele Buchsenbestückte, aber immerhin noch mehr, als anzunehmen war.« Sie zupfte einen Grashalm ab und spielte damit herum. »Ich bin jetzt auch registriert. Du wohl nicht, oder?«

»Nein, und das ist mir auch recht so. Steckbuchsen gehören verboten.«

»Vergiß Schrödinger. Pandora läßt grüßen.« Sie grinste, und er kam nicht umhin, ihr Grinsen zu erwidern. »Mark wußte Bescheid. Die Tür geht nur zu einer Seite hin auf. Die Katze ist aus dem Sack und mittlerweile zu groß geworden, um sie wieder einzufangen. Technik läßt sich nicht begraben. Wir können nur dafür sorgen, daß sie unter Kontrolle bleibt.«

Er schüttelte den Kopf. »Ich halte mehr von einer angemessenen Technologie.«

»Ach so?« Sie rückte näher an ihn heran. »Ob angemessen oder nicht, ohne Schaden läuft nichts. Kernfusion, Fließbänder bei Ford, Flugzeuge, ja, sogar das verdammte Feuer — jede Technik hat ihren Sündenfall.« Sie lachte. »Und wir sind die Synder. Was wir uns einbrocken, müssen wir auch auslöffeln.«

Weit draußen auf dem Wasser bemerkte er einen Fleck. Es war wohl ein springender Delphin.

»Denk mal darüber nach«, sagte sie.

»Na schön.« Er wandte sich ihr zu. »Aber es wird mir verdammt schwerfallen. Ich bin nämlich immer noch ...« Er stockte und zuckte mit den Schultern. »Für das, was ich bin, fehlt der richtige Ausdruck.« Er spreizte die Arme. »Aber so bin ich nun eben.«

»In Ordnung. Laß dir so viel Zeit, wie du brauchst.«

Er zog die Stirn ein wenig kraus. »Du hast den Eindruck gemacht, als würde die Zeit drängen.«

»Ich hatte es bloß eilig, hierher zu kommen«, entgegnete sie.

Er wußte nicht, was er sagen sollte, und fragte schließlich: »Ist hier der Hafen im Sturm?«

»Da fragst du noch? Bist du plemplem, oder was?«

Er warf den Kopf zurück und lachte. »Mehr wollte ich nicht hören. Erreicht dich das in deiner Idiotosphäre?«

»So gerade eben«, sagte sie und grinste.